Alfred Bekker
Der Krieg der Elben

Zu diesem Buch

Das weise Volk der Elben hat die sterbliche Welt verlassen und sucht nach den Gestaden der Erfüllten Hoffnung. Jenseits des großen Meeres finden sie schließlich einen unbekannten Kontinent, doch in der neuen Welt lauern innere und äußere Feinde …

Nach der erfolgreichen Verfilmung von »Der Herr der Ringe« erobern die Tolkien'schen Fantasy-Geschöpfe nun den deutschen Buchmarkt: In der Folge von Stan Nicholls' »Die Orks« und Markus Heitz' »Die Zwerge« widmet Alfred Bekker seine Trilogie den beliebtesten Fabelwesen des Tolkien-Universums: den Elben.

Der vorliegende Roman ist der dritte der Elben-Trilogie. Bereits erschienen:
Band 1: Das Reich der Elben
Band 2: Die Könige der Elben

Alfred Bekker wurde 1964 geboren und veröffentlichte mit großem Erfolg zahlreiche Romane in verschiedenen Genres der Unterhaltungsliteratur. Regelmäßig schreibt er für SF- und Spannungs-Serien wie »Sternenfaust«, »Ren Dhark« und »Jerry Cotton«, doch sein Herz schlägt seit jeher für die Fantasy.

Alfred Bekker

DER KRIEG DER ELBEN

Dritter Band der Elben-Trilogie

LYX EGMONT

Originalausgabe Februar 2008 bei LYX
verlegt durch EGMONT Verlagsgesellschaften mbH,
Gertrudenstraße 30–36, 50667 Köln

1. Auflage
Redaktion: Peter Thannisch
Karte: Daniel Ernle
Produktion: Susanne Beeh
Satz: Greiner & Reichel, Köln
Druck: Clausen & Bosse, Leck
ISBN 978-3-8025-8142-7

www.egmont-lyx.de

INHALT

Das Zwischenland
Nebelmeer
Eisfestung
Eisland
Meergond
Meerhaven
Meerland
Siranee
Berghaven
Nordbergen
Nordhaven
Nord-Elbiana
Elbanor
Naranduin
(Insel des augenlosen Sehers)
Hochgard
Miragond
Westgard
Hoch-Elbiana
Elbiana
Turandir
Norgud
Noram
Mannus-Insel
Nithrandor
Mittel-Elbiana
Elbenhaven
Baranee
Baranor
Dorin Diris
Wilderland
Nor
Estanor
Estgard
Mittelhaven
Tir
Tirasor
Siras
Hochgond
Tiragond
Nieder-Elbiana
Minasar
Waldreich
Reich der Kleinlinge
West-Elbiana
Elralon
Nurandor
Nur
Nuranien
Reich des Knochenherrschers
Estorien
Esthaven
Zwischenländisches Meer
Hadlanor
Skara
Reich der Whanur
Zyl
Albarée
Elbara
Zylopien
Candor
Zitadelle der Schatten
Die Stadt der Riesen
Hocherde
Mintua
Cadd

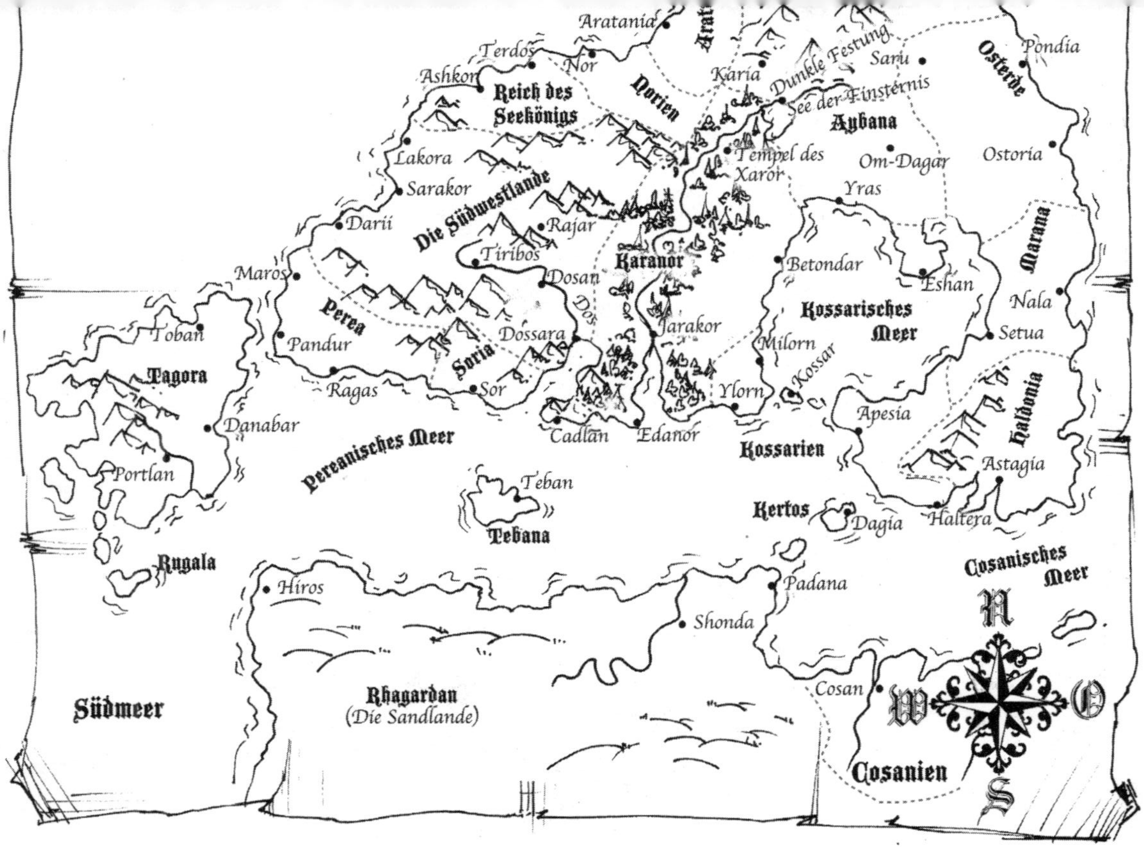
Aratania
Arat
Terdos
Nor
Ashkor
Reich des Seekönigs
Norien
Karia
Dunkle Festung
Saru
Pondia
Osterde
See der Finsternis
Aybana
Lakora
Tempel des Xaror
Om-Dagar
Ostoria
Sarakor
Yras
Die Südwestlande
Darii
Rajar
Marana
Tiribos
Karanor
Betondar
Maros
Dosan
Eshan
Nala
Dos
Kossarisches Meer
Perea
Dossara
Jarakor
Setua
Toban
Pandur
Milorn
Soria
Kossar
Tagora
Ragas
Sor
Ylorn
Haldonia
Apesia
Danabar
Cadlan
Edanor
Pereanisches Meer
Kossarien
Astagia
Portlan
Teban
Kertos
Dagia
Haltera
Tebana
Cosanisches Meer
Rugala
Hiros
Padana
N
Shonda
Cosan
W
O
Südmeer
Rhagardan
(Die Sandlande)
Cosanien
S

ERSTES BUCH

KÖNIGE IN DUNKELHEIT

Ein König des Schwertes.
Ein König der Schatten.
Ein König des Geistes.
So hieß man in jener Zeit die Könige der Elben.

Einer gründete das Elbenreich mit dem Schwert Schicksalsbezwinger und der dunklen Kraft, die seiner Seele innewohnte, seit er dem Augenlosen Seher von Naranduin begegnet war – das war Keandir.

Einer, erfüllt von der dunklen Kraft wie sein Vater Keandir, schuf sich sein eigenes Reich und herrschte über die Rhagar-Länder Aratan, Norien, Südwestlande und Karanor. Doch die Liebe zu einer Menschenfrau machte ihn zum Sklaven von Xaror, dem Herrn der Schatten, dem Gebieter der Nachtkreaturen – das war Magolas.
Einer floh in die Gefilde der reinen Erkenntnis und in die Einsamkeit der Berge von Hoch-Elbiana. Ein König des Geistes war er, ein Magier, wie das Volk der Elben keinen zweiten hatte. Doch war er auch eine einsame Seele, die nichts so sehr fürchtete, als dass auch in ihm die Kraft der Dunkelheit erwachte, die sich in seinem Vater Keandir so stark und in seinem Zwillingsbruder Magolas noch stärker manifestierte – das war Andir.

Die Verbotenen Schriften
(früher bekannt als: Das Buch Branagorn – Codex II,
abweichende und vermutlich durch Redaktor B
ergänzte Fassung)

Zwei Menschengeschlechter aber gab es im Zwischenland: Die Tagoräer, die in Tagora, Perea, Soria und Tebana siedelten – und die Rhagar, deren

barbarische Heimat die unwirtlichen Sandlande von Rhagardan waren, bevor sie das Pereanische Meer überquerten und unter der Führung des Eisenfürsten Comrrm von Cosanien viele Länder eroberten.
Die Rhagar waren ein wüstes, grobes und sehr primitives Menschenvolk, das sich von den kultivierten Tagoräern in jeder nur erdenklichen Weise unterschied. Ihre Neigung zur Gewalt und ihr Eroberungswille zeigten sich schon früh, wie auch ihre Wissbegier und ihre Lernfähigkeit. Verehrten sie das Elbenvolk zunächst als Lichtgötter, so zogen sie später unter der Führung des Eisenfürsten gegen das Elbenreich ins Feld und brachten es in der Schlacht an der Aratanischen Mauer an den Rand des Abgrunds.
Inzwischen leben viele Rhagar auf der elbischen Seite dieses Schutzwalls, vor allem in den südlichen Herzogtümern Nuranien und Elbara. Und auch in den nördlichen Herzogtümern Nordbergen und Meerland sowie in dem Herzogtum Noram, das König Keandir dereinst als Bollwerk gegen die Trorks des Wilderlandes gründete, bauen sie ihre Häuser, zeugen ihre Kinder und sterben nach einem kurzen, bedeutungslosen Dasein. Noch findet man sie kaum in Elbiana, dem unter direkter Herrschaft von König Keandir stehenden Kernland des Elbenreichs. Doch auch das wird sich mit der Zeit ändern, denn ihre Frauen sind gebärfreudig, und ihre Zahl nimmt ständig zu, während die der Elben stagniert.
Manch Elb blickt auf diese Elben-Rhagar hochmütig herab. Aber er sollte dabei bedenken, dass es auch ihre Krieger sind, die das Elbenreich an der Aratanischen Mauer verteidigen.

Aus den Schriften Hyrondisils des Vielwissenden

Und Magolas schuf ein Reich, das größer war als alle Menschenreiche, die es bis dahin gegeben hatte, und man verglich ihn alsbald mit dem legendären Eisenfürsten von Cosanien, der es Zeitalter zuvor gewagt hatte, das Elbenreich herauszufordern.
Zuerst nahm sich Magolas die Tochter des Königs von Aratan zur Gemahlin und herrschte alsdann als König von Aratan. Schon bald entriss er dem Kaiser der Südwestlande die Provinz Norien und machte sich schließlich sogar dessen gesamtes Reich untertan. Auch das Land Karanor fiel ihm zu, und später besiegte sein Heer die Armee des Rhagar-Reichs von Aybana, das er seinem Imperium ebenfalls einverleibte.

Bei der Stadt Milorn im Land Kossarien besiegte Magolas die Armeen des mächtigen Reichs von Kossar, dessen Bewohner es fortan vorzogen, ihm Tribut zu entrichten, statt dass seine Krieger ihr Land verwüsteten. Auch vom Reich der Halblinge in Osterde nahm Magolas Tribut, und die Rhagar-Herrscher von Haldonia und Marana schlossen sich ihm als Verbündete an, während die Tagoräer im Süden vor seiner Macht zitterten. Ihnen nahm er das Land Soria fort und gliederte es in sein Reich ein.
Einen Großkönig nannte man Magolas oder auch einen König der Könige, und sein Imperium wurde das Magolasische Reich genannt. Das Schicksal wollte es, dass einzig das Elbenreich seines Vaters Keandir in der Lage war, seinem Eroberungswillen die Stirn zu bieten. Doch war es Magolas prophezeit worden, dass sein Schwert einst den Namen Elbentöter erhalten würde, und inzwischen erschien dies dem langlebigen Elbenherrscher eines von kurzlebigen Menschen bewohnten Reichs keineswegs mehr absurd.
Mit der Rhagar-Prinzessin Larana aber zeugte er die magisch über die Maßen begabten Zwillinge Daron und Sarwen und setzte so die Blutlinie der Elbenkönige Péandir, Eandorn und Keandir fort.

Die Chronik von Elbara
(ursprüngliche Fassung vor der Redaktion
unter Herzog Deranos I., dem ersten
Rhagar-Herrscher von Elbara)

Nur ein Jahr später ward Larana schwanger, und so erfüllte sich ihr sehnlichster Wunsch. Magolas aber spürte das heraufdämmernde Verhängnis so deutlich, als wäre es schon geschehen. Die Finsternis, die seine Augen auf einmal ständig ausfüllte, war das äußere Zeichen dafür, dass er zum Sklaven der dunklen Kräfte geworden war.
Es war die Liebe zu der Rhagar-Prinzessin Larana, die ihn zum Diener des Schattenherrschers Xaror und zum Feind seines Vaters hatte werden lassen. Denn nur Xarors Magie konnte Laranas kurze menschliche Lebensspanne über das naturgegebene Maß hinaus verlängern. Und diese Magie war es letztendlich auch, die dafür verantwortlich war, dass Larana in einem Alter, in dem von einer gewöhnlichen Rhagar-Frau nur noch bleiche Gebeine geblieben wären, mit Zwillingen gesegnet wurde.
Der Großkönig hatte keine andere Wahl, als Xarors Willen zu erfüllen und

dem ehemaligen Herrscher des Dunklen Reichs die Rückkehr aus dem Limbus zu ermöglichen, in den es ihn vor vielen Zeitaltern durch ein fehlgeschlagenes magisches Experiment verschlagen hatte. Und die beiden Zwillinge, die ihm sein Weib gebar, trugen den Keim der Finsternis in sich. So waren sie wie geschaffen, um Xarors willfährige Diener zu werden.

»Was wir aus Hass tun, ist furchtbar, aber noch furchtbarer ist das, was wir manchmal aus Liebe tun«, so sprach Großkönig Magolas einmal, und dieser Gedanke bewegte ihn wohl auch, als er an die Betten seiner Kinder trat, um ihnen mit dem schwarzen Blut einer aybanitischen Giftkröte jene magischen Zeichen auf die Stirn zu malen, die Xaror ihm in den Mauern seines sechstürmigen Tempels im Wald von Karanor gezeigt hatte. Dazu sprach er jene Worte im Idiom des Volkes der Sechs Finger, die Xaror, der ehemalige Herrscher des Dunklen Reichs, in seinen Geist gebrannt hatte.

In zwei aufeinanderfolgendenden Generationen war die Blutlinie von König Keandir mit der Geburt von Zwillingen gesegnet worden. Auf Andir und Magolas, einem Sohn des Lichts und einem Prinz der Finsternis, hatte lange Zeit die Last einer Prophezeiung gelegen, der zufolge sie das Schicksal der Elbenheit bestimmen würden. Daron und Sarwen, ein Junge und ein Mädchen, waren Halbelben nur und doch mit einer magischen Kraft versehen, wie sie seit Langem in der Elbenheit nicht mehr vorhanden gewesen war.

Nachdem das Ritual vollendet ward, fand Magolas keinen Schlaf mehr in jener Nacht. Er stieg auf den Hauptturm des Königspalasts seiner Hauptstadt Aratania und rief gleichermaßen die Namenlosen Götter der Elben als auch den Sonnengott der Rhagar an: »Soll sich denn abermals der Segen einer Zwillingsgeburt in einen Fluch verwandeln, wie es bei meinem Bruder und mir der Fall gewesen ist? Sollen aus lichten Elbenseelen Kinder der Finsternis werden?«

Aber die Götter blieben stumm.

Und gleichgültig.

Sowohl die elbischen als auch jene der Rhagar.

Großkönig Magolas hatte in der Öffentlichkeit den barbarischen Glauben an den Sonnengott angenommen, damit ihn seine Rhagar-Untertanen als dessen Sohn verehrten, wie sie es schon bei dem Eisenfürsten Comrrm getan hatten. Doch ohnehin schienen die primitiven Idole der Rhagar den angeblich so hehren Namenlosen Göttern der Elben nicht unähnlich, zumindest hinsichtlich ihrer Gleichgültigkeit gegenüber dem Schicksal der Sterblichen. Weder inbrünstige Anbetung noch aufwendige Opferrituale vermochten

sie zu veranlassen, zumindest ein Zeichen ihres Mitleids zu geben. Doch obwohl Magolas von Aratan wusste, dass er etwas Kaltes, Gleichgültiges und Unpersönliches verfluchte, erleichterte dies seine Seele zumindest für den Moment.
Und Magolas sprach: »Unsterblicher König der Könige nennt man mich oder auch einen Gott in Herrschergestalt – und doch bin ich nichts als ein Sklave!«
Die Götter schwiegen, nur der heulende Wind und das Rauschen des Zwischenländischen Meeres antworteten ihm.

Das Buch Magolas

Was König Keandir über seinen Sohn Magolas dachte, ließ er nie wirklich nach außen dringen. Allerdings traf er sich einmal mit ihm an der Aratanischen Mauer. Sie schritten aufeinander zu, dann aber wich Keandir zurück, so entsetzt war er, als er die dauerhaft von Schwärze erfüllten Augen seines Sohnes sah.
»Schaudert nicht«, sagte dieser. »Ihr müsstet sonst vor Euch selbst schaudern.«

Das Jüngere Buch Keandir

Der Krieg zwischen dem Reich der Elben und dem Magolasischen Reich war unvermeidbar. Er dämmerte herauf wie die blutfarbene Glut der Morgensonne, wenn sie hinter den Bergmassiven von Hoch-Elbiana aufstieg. Geschöpfe des Lichts hatte man die Elben genannt – doch ihre Existenz wurde nicht nur durch die uralten Geschöpfe der Finsternis bedroht, sondern vor allem durch die Finsternis in den Seelen ihrer Könige. Ja, Letzteres war die größere Bedrohung.

Das Ältere Buch Keandir

Ein Elbenkönig der Schatten, der zum Diener der Finsternis wurde.
Ein Elbenkönig des Schwertes, der die Finsternis mit Finsternis bekämpfen wollte.

Ein Elbenkönig des Geistes, der seine Seele frei von Finsternis wähnte und den die Furcht vor ihr fest im Griff hatte.

Könige in Dunkelheit waren sie.
Alle drei.

Aus den »Gesängen der Verdammten«
(in den Apokryphen des Jüngeren Buchs Keandir)

I

EIN SCHWARM RABEN

Einige Meilen von Elbenhaven entfernt lag auf einem Felsmassiv, das aufgrund seiner annähernd zylindrischen Form auch als »Elbenturm« bezeichnet wurde, die Manufaktur des elbischen Waffenmeisters Thamandor, den man inzwischen auch Thamandor den Erfindungsreichen nannte.

Dass man die Waffenmanufaktur des Thamandor einst aus den Mauern der Hauptstadt Elbenhaven verbannt hatte, hatte seinen guten Grund, denn es war wiederholt zu folgenschweren Unfällen gekommen, sodass die Elbenbürger der Stadt nicht mehr bereit gewesen waren, dieses Risiko in Zukunft hinzunehmen. Ganze Gebäude waren durch den Brand magischen Feuers zerstört worden, und der Gedanke an die zum Teil hochgiftigen Essenzen, die der Waffenmeister in seiner Werkstatt aufbewahrte, hatte die Einwohner Elbenhavens schaudern lassen.

Seitdem befand sich die Manufaktur auf dem Gipfelplateau des Elbenturms. Schmale, beschwerliche Pfade führten dorthin. Teilweise hatte man sie mithilfe von Magie in den Fels fräsen müssen, denn schließlich war die Manufaktur darauf angewiesen, dass Transportgespanne sie erreichten. Aber die Lage der Manufaktur machte es auch Rhagar-Spionen schwerer, dorthin zu gelangen und vielleicht Einzelheiten über die Produktion von Flammenspeeren und Einhandarmbrüsten zu erfahren. Viel genutzt hätte den Menschen-Barbaren dieses Wissen wahrscheinlich aber nicht, waren doch ihre technischen Fähigkeiten im Vergleich zu denen der Elben nach wie vor recht begrenzt.

König Keandir befand sich mit einem kleinen Trupp auf dem Weg zur Manufaktur des Thamandor. Sie durchquerten dabei eine lang gezogene Schlucht, durch deren Talsohle inzwischen eine breite Straße ins Landesinnere führte. Rechts und links erhoben sich schroffe Felsenhänge. Und hinter den Kämmen der nächsten Anhöhen überragte der Elbenturm das Land.

Der König hatte wichtige Dinge mit Thamandor dem Waffenmeister zu beratschlagen. Dinge, die mit der Sicherheit des Elbenreichs zu tun hatten. Davon abgesehen hatte es sich Keandir zur Gewohnheit werden lassen, der Manufaktur mehr oder minder regelmäßig einen Besuch abzustatten, um sich persönlich von den Fortschritten zu überzeugen, die dort bei der Herstellung noch wirksamerer Waffen gemacht wurden. Das Elbenreich hatte schließlich mächtige Feinde, und ein kommender Krieg dämmerte bereits wie ein unvermeidliches Verhängnis herauf. Dass sein eigener Sohn die Heere der Rhagar anführte, versetzte Keandir jedes Mal einen schmerzhaften Stich, wenn er nur daran dachte.

Er selbst hatte sich auch ein eigenes Reich geschaffen, versuchte er sich dann immer wieder vor Augen zu halten. Wie hätte er also allzu hart über Magolas urteilen können, wenn er nicht auch gleichzeitig ein Urteil über sich selbst fällen wollte.

König Keandir sog die kühle Bergluft in seine Lungen. Die Sonne schien, aber der König und sein Gefolge aus zwei Dutzend Reitern bewegten sich gerade durch eine Zone innerhalb der Schlucht, die im Schatten lag. Eisig war es dort, und obgleich Elben Kälte wenig ausmachte, fühlte der König von Elbiana ein Frösteln. Es war ein kalter Hauch, der selbst das tiefste Innere seiner Seele zu erfassen schien.

Seine Augen wurden schmal. Er wandte den Kopf und ließ den Blick über die Felsen schweifen. Da war etwas in der Nähe. Etwas Kaltes, Böses.

Er spürte die Unruhe seines Pferdes und strich dem Tier über den Hals, woraufhin es sich etwas beruhigte; der Herzschlag des Rosses aus edler Elbenzucht verriet es. Für ein Elbenohr bedeutete es keine Schwierigkeit, das Pochen des Tierherzens aus der Unzahl von Naturgeräuschen herauszuhören.

»Wenn wir hundert Flammenspeere hätten, wäre das Elbenreich zumindest für das nächste Jahrtausend nicht mehr in Gefahr!« Es war die Stimme von Siranodir mit den zwei Schwertern, die Keandir aus seinen Gedanken riss, und auch das kalte Etwas, dieser Hauch des Bösen, war plötzlich wie verflogen.

Wurde er bereits zu misstrauisch? Sah er schon überall Mächte am Werk, die aus dem Verborgenen heraus daran arbeiteten, ihm die Herrschaft über sein Schicksal zu entreißen und die Elbenheit wieder in jene Lethargie des Lebensüberdrusses versinken zu lassen, aus der Keandir sein Volk befreit hatte, indem er das neue Elbenreich im Zwischenland gegründet hatte?

Ein Ruck ging durch den König. Er sah seinen getreuen Gefolgsmann Siranodir an und sagte: »Verzeiht, ich bin nicht sehr aufmerksam.«

»Wir müssen Thamandor dazu bringen, dass er seinen Drang nach Perfektion zügelt und endlich mit der Massenproduktion beginnt.«

Der von Thamandor entwickelte Flammenspeer war inzwischen zur Gänze ausgereift. Während des Feldzugs gegen die Trorks im Wilderland war er wiederholt eingesetzt worden und hatte jene ungeschlachten, augenlosen Barbaren, die wie eine groteske Mischung aus Trollen und Orks wirkten, das Fürchten gelehrt. Nur dem Einsatz von Thamandors Flammenspeer war es zu verdanken, dass die nordbergische, an den Ufern des Nur-Quellsees gelegene Elbenstadt Turandir gehalten werden konnte und die Angreifer zurückgeschlagen wurden.

Inzwischen hatte Thamandor bereits einen weiteren Speer fertiggestellt. Eine ganze Jahrhunderthälfte hatte der Waffenmeister dazu gebraucht, denn der Mechanismus dieser Waffe war äußerst kompliziert, und für seine Akribie war Thamandor der Waffenmeister ebenso bekannt wie für seinen Erfindungsreichtum. Aber um wirklich eine Massenproduktion dieser Waffen beginnen zu können – gedacht war an mindestens fünf Waffen pro Jahrhundert – musste zunächst die Versorgung mit einer Substanz sichergestellt werden, die man »Naranduinitisches Steingewürz« nannte, und deren Hauptbestandteil war ein pulverisierter Stein des Magischen Feuers, der auf der Insel Naranduin zu finden war. Ohne diese Substanz war ein Flammenspeer in keinem Fall funktionsfähig.

Thamandor hatte seinerzeit einen einzigen dieser Steine in seinen Besitz gebracht und für die Entwicklung des Flammenspeers benutzt. Doch die Vorräte an diesem Pulver waren inzwischen verbraucht, und selbst bei dem bisher einzigen funktionstüchtigen Exemplar dieser Waffe – für den zweiten Flammenspeer hatte das Steingewürz nicht mehr gereicht – konnte man sich nicht sicher sein, wie lange sie funktionieren würde.

Thamandor forderte seit Langem, dass man Naranduin, diese Insel namenloser Schrecken, erneut aufsuchen müsse, um sich weitere Steine des Magischen Feuers zu beschaffen. Dabei hatte er allerdings nicht nur die Massenproduktion von Flammenspeeren im Auge, die er insgeheim wohl noch für verfrüht hielt; er träumte davon, diese Steine zur Herstellung weiterer magischer Substanzen mit verwandten Eigenschaften zu verwenden.

Doch König Keandir hatte es stets abgelehnt, noch einmal nach Naranduin zurückzukehren, jene von einer düsteren, bösen Aura umgebene Insel, an deren Küste die Elbenflotte nach ihrer Ewigkeiten dauernden Odyssee durch das zeitlose Nebelmeer gelandet war. Jeder kannte die Geschichte jener fünfzig Elbenkrieger, die seinerzeit ihrem König ins Innere der Insel gefolgt und mit dem namenlosen Grauen konfrontiert worden waren. Keandir hatte sogar ein Gesetz erlassen, dass jedem Elben das Betreten der Insel untersagte, denn es stand zu befürchten, dass der Besucher des verwunschenen Eilands sonst unter den Einfluss der finsteren Magie fiel, die diese Insel beherrschte.

Auf einmal vernahm Keandir das Krächzen eines Raben. Es klang ganz leise; offenbar befand sich das Tier noch in großer Entfernung. Keandirs Linke umschloss den Griff des Schwerts mit dem Namen Schicksalsbezwinger an seiner Seite, während sich die Rechte um einen kleinen Lederbeutel legte, den er an einer Kordel aus geflochtenem Elbengarn vor der Brust trug. Ein Schimmern durchdrang seine Handfläche und ließ sie für einen Moment transparent erscheinen, sodass jeder einzelne Handknochen sichtbar wurde.

Fünf der sechs Elbensteine befanden sich in diesem Beutel; eines dieser magischen Juwelen, die das Elbentum symbolisierten, fehlte, war unwiederbringlich verloren, aber die anderen fünf hatte Keandir zurückerobert, nachdem sie geraubt worden waren. Und seitdem erfüllte ihn wieder die alte Kraft und Entschlossenheit, mit der er einst das Reich der Elben im Zwischenland gegründet hatte.

Um das Pferd zu lenken, auf dessen Rücken er saß, genügte ein Gedankenbefehl. Pferde aus Elbenzucht waren sensibel genug, solche geistigen Befehle sofort zu erfassen; der Reiter musste seine Gedanken nur so weit disziplinieren, dass das Tier sie nicht missverstehen konnte.

Während zur Rechten des Königs Siranodir mit den zwei Schwertern ritt, begleitete ihn zur Linken Prinz Sandrilas, der einer Seitenlinie des Königshauses entsprang und für den König stets eine Art väterlicher Mentor gewesen war. Während der Prinz vor Urzeiten sein rechtes Auge verloren hatte, angeblich im Kampf gegen jenes legendäre Menschenvolk, das einst in Athranor gelebt haben sollte, hatte Siranodir während der Schlacht von Turandir eine Verletzung am Ohr erlitten und dadurch einen Teil seines Gehörs eingebüßt. Normalerweise war das elbische Gehör viel empfindlicher als das eines Menschen, doch Siranodir konnte wegen der Verwundung nicht mehr besser hören als ein Rhagar, sodass er nach elbischer Empfindung nahezu taub war.

Darüber hinaus wurde der König von einem Trupp berittener Einhandarmbrustschützen begleitet, über zwanzig an der Zahl, die unter dem Kommando von Hauptmann Rhiagon standen. Die Sicherheit des Königs hatte allerhöchste Priorität, und obgleich Keandir kein furchtsamer Mann war und diese Eskorte nur wenige Meilen von seiner Hauptstadt entfernt für völlig übertrieben hielt, hatte der gewissenhafte Prinz Sandrilas darauf bestanden.

»Das Magolasische Reich wird alles tun, um Elbiana zu vernichten, mein König«, sagte Prinz Sandrilas in die Stille hinein, die wieder entstanden war, nachdem Siranodir gesprochen hatte. Der einäugige Elbenprinz lächelte, und sein uraltes, aber auf gewisse Art zeitloses Gesicht bekam dabei harte Konturen. »Ihr solltet Euch dieser Tatsache stellen.«

»Aber was auch immer unsere Reiche trennen mag – Magolas ist mein Sohn«, hielt Keandir dem entgegen. »Er wird kein Attentat auf seinen eigenen Vater befehlen, davon bin ich überzeugt!«

»Ich glaube, da schätzt Ihr die Lage nicht richtig ein, mein König.«

»So?«

»Magolas steht im Bann einer dunklen Magie«, stellte Sandrilas fest. »Wer mag schon wissen, inwiefern er tatsächlich noch Herr seiner Entscheidungen ist oder nur das Werkzeug einer finsteren Macht.

Xaror will sein dunkles Reich erneut errichten, so wie es in seiner morbiden Pracht wohl vor langer Zeit bereits existiert hat. Da er aber bisher nicht in dieser Welt agieren kann, missbraucht er Magolas als seinen Helfershelfer.«

Insgeheim gab Keandir seinem Mentor ja recht, aber der König der Elben weigerte sich einfach, das Offensichtliche zu akzeptieren. Obwohl die Nachrichten, die Keandir aus Aratan erhielt, eigentlich keine Zweifel ließen. Die Heilerin Nathranwen war vor einiger Zeit aus Magolas' Hauptstadt Aratania zurückgekehrt, wo sie in den Diensten des Großkönigs gestanden hatte. Über das neutrale Reich des Seekönigs von Ashkor und Terdos hatte sie sich einschiffen müssen, da es schon seit Längerem keine direkten Schiffsverbindungen mehr zwischen den Häfen der Rhagar und dem Elbenreich gab. Nathranwen hatte Larana bei der Geburt ihrer Zwillinge geholfen, aber schon recht bald war ihr der Kontakt zu den Säuglingen verwehrt worden. Man fürchtete offenbar ihren Einfluss auf die Enkel König Keandirs und hatte Nathranwen fortgeschickt.

Von düsteren Ritualen hatte sie berichtet, an denen die Kinder teilnehmen mussten – und davon, dass die Menschenfrau Larana offenbar von der Einnahme eines magischen Tranks abhängig war, der ihr Leben verlängerte. Keandir erfasste kalter Grimm, wenn er daran dachte. Offenbar war Magolas dazu bereit, alles zu opfern – selbst seine Kinder –, um seiner geliebten Gemahlin Larana ein Leben über das von den Namenlosen Göttern gesetzte Zeitmaß hinaus zu ermöglichen.

Erneut ließ ein fernes Krächzen den Elbenkönig aufhorchen. Wieder umfasste er den Beutel mit den Elbensteinen und fühlte einen angenehmen Strom der Kraft, der von ihnen ausging und seinen gesamten Körper durchflutete.

Kurz danach nahmen alle Reiter des Elbentrupps die krächzenden Laute wahr – abgesehen von Siranodir mit den zwei Schwertern, der etwas verwirrt dreinblickte. Er würde sich nie daran gewöhnen, allenfalls noch über das Hörvermögen eines Menschen zu verfügen, und es war ihm kein Trost, dass Gesinderis, der größte Komponist der elbischen Geschichte, tatsächlich völlig taub gewesen war.

Er drehte sich im Sattel um und erkannte, dass bis auf ihn sämtliche Elben des Trupps etwas gehört haben mussten; sie wirkten angespannt und lauschten. Nach dem teilweisen Verlust des Gehörs hatten sich Siranodirs andere Sinne zwar leicht geschärft, doch das konnte seine Beeinträchtigung nicht ausgleichen. Er sog die kühle, klare Bergluft durch seine Nasenlöcher ein, aber da war nichts Auffälliges zu riechen. Mit den Augen suchte er die Ränder der Schlucht ab und entdeckte ebenfalls nichts.

»Das muss das Krächzen eines Raben gewesen sein, der hinter einem dieser Berge seine Kreise zieht«, sagte Prinz Sandrilas, und doch ließ er die Hand am Schwertgriff.

»Das Krächzen eines Raben?«, mischte sich Hauptmann Rhiagon ein und schüttelte den Kopf. »Das ist ein ganzer Schwarm, mindestens hundert!«

»Wenn es nur Raben wären«, murmelte König Keandir. Da war noch etwas anderes, das seine sensiblen Sinne auffingen. Eine Aura von Finsternis und Tod. König Keandir konzentrierte sich darauf und nahm sie in aller Deutlichkeit wahr. Eine Aura der Magie!, durchfuhr es ihn, dann sah er den Rabenschwarm hinter einem der nahen Gipfel auftauchen.

Die Pferde der Elben wurden unruhig; sie schienen die Aura ebenfalls zu fühlen. Keandir murmelte eine kurze Beschwörungsformel, die vor dem Einfluss schwarzer Magie schützte, und für einen Moment wurden die Augen des Königs völlig schwarz, so wie es die seines Sohnes inzwischen stets waren, wie Keandir bei einem Treffen mit Magolas an der Aratanischen Mauer mit Bestürzung hatte feststellen müssen.

Die Raben kamen rasch näher, flogen unnatürlich schnell. Schon bald waren für die scharfen Elbenaugen Einzelheiten zu erkennen: Jeder dieser Vögel hatte die Größe eines Adlers, und doch handelte es sich ihrer Form und ihrem Gefieder nach zweifellos um Raben.

Die magische Aura … Der eisige Hauch …

Ein Wiehern hallte zwischen den Felshängen wider. Der König zügelte sein Pferd, das durchzugehen drohte, da es die Ausstrahlung des Bösen ebenso deutlich spürte wie sein Reiter. Mit einer weiteren Formel versuchte Keandir, den schwachen Geist des Tieres gegen den magischen Einfluss abzuschirmen, aber es fiel ihm schwer, seine Gedanken zu konzentrieren.

Vater …

Da war eine Gedankenstimme, die zu ihm sprach. Die Stimme von jemandem, der ihm gleichermaßen vertraut und fremd war.

Magolas – mein Sohn …

Für einen kurzen Moment spürte er eine geistige Verbindung zu ihm – und das mit einer Intensität, wie sie schon lange nicht mehr zwischen ihnen geherrscht hatte.

Schmerz! Unerträglicher Schmerz … Verzeih mir, Vater …

»Magolas!«, rief Keandir so laut, dass es zwischen den schroffen Felswänden des hoch-elbischen Gebirges widerhallte.

Die ersten Riesenraben waren heran. Sie erinnerten Keandir unwillkürlich an Ráabor, ein riesiges Vogelmonstrum, das in den Felsen von Naranduin seit Urzeiten gehaust hatte und schließlich durch einen Schuss aus Thamandors Einhandarmbrust getötet worden war.

Die Raben bildeten eine keilförmige Formation. Ihre krächzenden Schreie wurden so durchdringend, dass sie für empfindliche Elbenohren beinahe unerträglich waren. Schreie, in denen eine besondere Form der Schadensmagie liegen musste, denn sie verursachten höllische Schmerzen, die von den Ohren und dem Kopf aus den gesamten Körper durchfluteten.

Die Elbenpferde, deren Sinne durch eine lange Zuchtfolge geschärft waren, auch wenn sie nicht an die Empfindlichkeit der Elben heranreichten, scheuten, halb wahnsinnig vor Schmerz und Furcht, richteten sich auf und bockten. Die gedankliche Lenkung durch den Reiter versagte vollkommen. Das Einzige, was die Tiere noch erfüllte, war heillose Panik.

Keandir griff nach den Zügeln, die von elbischen Reitern normalerweise kaum benutzt wurden; mitunter verzichteten sie sogar ganz darauf, da die Führung durch einen halbwegs disziplinierten Elbengeist viel sicherer war als jener Grad des Gehorsams, den man durch Zügel bei einem Reittier erreichen konnte.

Ein besonders intensives Krächzen schnitt wie ein scharfes Messer in Keandirs Seele. Er konnte für Augenblicke keinen klaren Gedanken fassen. Vor seinen Augen wurde es zuerst schwarz und dann grellrot, so als würde er sich mit geschlossenen Lidern der Sonne zuwenden.

Der Elbenkönig kippte aus dem Sattel, als sich sein Pferd auf die Hinterhand stellte, und schlug zu Boden. Den Schmerz des Aufpralls spürte er kaum. Schicksalsbezwinger entglitt seiner Hand.

Sammle die Kraft der Finsternis deiner Seele!

Er rappelte sich auf. Ihm war schwindelig, er fühlte sich wie betäubt, und die krächzenden Schreie der Riesenraben hörte er wie aus weiter Ferne. Nur verschwommen vermochte er seine Umgebung wahrzunehmen. Seine Hand zuckte zu den Elbensteinen. Er umfasste sie, und ein Kraftstrom durchflutete ihn und drängte die grausamen Schmerzen zurück. Er schaute sich schnell um, sah Schicksalsbezwinger auf dem Boden liegen. Das Pferd, auf dem er geritten war, war in Panik davongestoben und schien völlig den Verstand verloren zu haben, denn es versuchte, einen der Steilhänge emporzulaufen. Das Tier rutschte ab und ließ dabei ein markerschütterndes Wiehern hören, ein Laut, derart erfüllt von Schmerz, Qual und Todesfurcht, dass er einem durch Mark und Bein ging.

Lass die Finsternis dich ganz und gar ausfüllen. Denn nur die Finsternis hilft gegen die Finsternis ...

Er fasste Schicksalsbezwinger mit beiden Händen, so fest, dass es beinahe schmerzte und die Handknöchel unter der blassen Haut deutlich hervortraten, und blickte sich um. Elben und Elbenpferde wälzten sich am Boden. Manche der Pferde waren schon nicht mehr am Leben, und mit einem zweiten Blick stellte Keandir voller Entsetzen fest, dass auch einige der Elben den fürchterlichen Zauberschreien der Riesenraben zum Opfer gefallen waren; reglos und mit weit aufgerissenen, starren Augen lagen sie da, der Geist zerstört durch die Magie der Rabenschreie.

Noch immer war es für Keandir kaum möglich, einen klaren Gedanken zu fassen. Sandrilas war offenbar ebenfalls vom Pferd geworfen worden; er erhob sich schwankend. Hauptmann Rhiagon schoss seine Einhandarmbrust ab und traf damit einen der Riesenraben. Doch in dem Moment, als der Bolzen auftraf und der feine Mechanismus eigentlich das magische Gift hätte freisetzen müssen, löste sich der Riesenrabe auf; er zerfiel in Dutzende von Rabenwinzlingen, die kaum größer waren als ein Elbendaumen. Ihre Schreie aber waren so schrill, dass sie sich wie glühende Nägel in den Geist der Elben bohrten. Rhiagon stöhnte sogleich schmerzerfüllt auf.

Auch andere Mitglieder der Einhandschützengarde des Königs setzten ihre Waffen ein. Manche waren vor Schmerzen kaum in der Lage, einigermaßen zu zielen. Andere schafften es trotz der Beeinträchtigung durch die Rabenschreie, eines dieser magischen Wesen zu treffen. Aber die Wirkung ging stets ins Leere: Bevor das Gift des Bolzens seine Wirkung entfalten konnte, zerfiel der jeweilige Vogel in Rabenwinzlinge, die wenige Augenblicke später wieder zu einem Riesenraben verschmolzen. Manche von ihnen waren noch größer als die ursprünglichen Vögel. Hier und dort vereinigten sich auch Riesenraben zu noch größeren Wesen.

Doch sie griffen nicht an – abgesehen davon, dass sie den Elbentrupp mit ihren magischen Schreien traktierten. Stattdessen kreisten sie über den Elben und warteten ab, was geschah.

Keiner der Elben saß noch auf dem Rücken seines Pferds. Ein Drittel lag reglos am Boden, ein weiteres Drittel rührte sich zwar noch, war aber schwer angeschlagen. Nur wenige hielten sich noch auf den Beinen.

Einzig Siranodir mir den zwei Schwertern wirkte vollkommen unbeeindruckt.

»Was ist los mit Euch?«, rief er, denn er war nicht betroffen von den Auswirkungen der Zauberschreie; er konnte sie offenbar nicht einmal wahrnehmen. Die Schwäche seines Gehörs, über die er sich schon so oft gegrämt hatte, war in diesem Fall ein Vorteil.

Siranodir griff nicht zu den beiden auf dem Rücken gegürteten Klingen, denen er die Namen »Hauen« und »Stechen« gegeben hatte, sondern sprang von seinem bockenden und ausschlagenden Pferd, schnappte sich die Einhandarmbrust eines am Boden liegenden Elbenkriegers und zielte auf eines der größten am Himmel kreisenden Rabengeschöpfe; das hatte etwa die Ausmaße von anderthalb Elbenpferden angenommen, und immer noch verschmolzen Rabenwinzlinge mit ihm auf magische Weise.

Obwohl er kein geübter Einhandschütze war, traf er das monströse Geschöpf, und das magische Gift im Inneren des Bolzens wurde durch den hochempfindlichen Mechanismus freigesetzt. Ein zischender, säureartiger Brand breitete sich aus, Flammen schlugen hervor, doch abermals teilte sich das Monstrum in Hunderte von Winzlingen. Einige von ihnen fielen als amorphe Klumpen zu Boden, von dem magischen Gift völlig verformt. Diesmal hatte der Teilungsprozess mit einer kleinen Verzögerung stattgefunden, aber den meisten Winzlingen konnte der Giftbrand nichts anhaben, denn sie lösten sich rechtzeitig von der Kreatur, die sie eben noch gebildet hatten.

Die Rabenungetüme kreisten immer schneller, teilten sich in immer kleinere Winzlinge, sodass sie aus der Ferne wie ein Schwarm Fliegen wirkten. Ein Strudel entstand in dieser schwarzen Wolke, und dann erfolgte ein weiterer Angriff.

Die Winzlinge stürzten sich auf die noch lebenden Elbenkrieger. Der Großteil der Elben war kaum fähig, sich zu wehren, und die Rabenwinzlinge verstärkten ihre magischen Schreie noch; Keandir glaubte, dass ihm der Schädel zerspringen müsse.

Die Angreifer stürzten sich auf ihn und stachen an Dutzenden Stellen mit ihren Schnäbeln zu. Ganz besonders hatten sie es aber auf die Augen abgesehen. Keandir hieb mit Schicksalsbezwinger um sich. Manche der Angreifer zerteilte die scharfe Klinge im Flug, aber es waren zu viele, und sie waren zu klein, um sie alle abzuwehren. Dazu kam, dass der Elbenkönig durch die Schreie der Angreifer in seinem Reaktionsvermögen erheblich beeinträchtigt war.

Taumelnd schlug er blindlings um sich, um sich so gut wie möglich vor den Rabenwinzlingen zu schützen, die ihn umschwirrten. Was mit Siranodir, Sandrilas und den anderen noch lebenden Mitgliedern des ihn begleitenden Elbentrupps war, bekam er kaum mit.

Vater …

Wieder war da die Gedankenstimme seines Sohnes Magolas. Keandir erkannte sie diesmal sofort, und der Schmerz, der sich in ihr ausdrückte, erschreckte den Elbenherrscher bis tief in die Seele.

Was ist mit dir geschehen, mein Sohn?

Als Herrscher verschiedener Reiche standen sie sich seit mehr als einem Menschenalter gegenüber – aber es waren die Umstände, die sie getrennt hatten, nicht die Gefühle, die Vater und Sohn füreinander empfanden. Auch wenn Magolas inzwischen von den Menschen als Großkönig verehrt wurde und durch seine Liebe zu der Menschenprinzessin Larana dunklen Kräften verfallen war, die ihn zu einem willfährigen Diener Xarors machten, Keandirs Sorge um seinen Sohn war damit nicht erloschen, ganz im Gegenteil.

Mein Sohn, was tut man dir gerade an?

Keandir gelang es, eine magische Formel zu murmeln. Sammle dich, Finsternis meiner Seele … Er versuchte, den höllischen Schmerz in seinem Kopf zu ignorieren, und dies gelang ihm sogar ein wenig, während er gleichzeitig mit dem Schwert nach den immer wieder auf ihn herabstoßenden Rabenwinzlingen schlug, deren Gekrächze daraufhin aber nur um so schriller und schmerzhafter wurde.

Der durchdringende Schrei eines Elben ließ ihm im nächsten Moment beinahe das Blut in den Adern gefrieren. Es war Hauptmann Rhiagon.

»Meine Augen!«, schrie er heiser. »Meine Augen!«

Keandir spürte, wie die dunkle Kraft, die seit seinem Zusammentreffen mit dem Augenlosen Seher von Naranduin in ihm war, ihn wieder vollkommen erfüllte. Sie schwächte den Schmerz durch das Krächzen der Rabenwesen enorm ab, drängte die Schreie in den Hintergrund, und seine Augen füllten sich mit Dunkelheit; nichts Weißes blieb dort noch.

Doch dann geschah etwas, was bisher noch nicht geschehen war: Die Finsternis, dieses schwarze Etwas, drang ihm in Form winziger insektengleicher Teilchen aus Augen, Mund und Nase. Ein Schwarm aus unruhig durcheinanderschwirrenden Teilchen, der an schwarzen Rauch erinnerte, breitete sich aus und hüllte einen Teil der Rabenwinzlinge ein. Deren Krächzen verwandelte sich in einen kreischenden Laut, dessen Schrillheit zwar noch immer eine Qual für jedes Elbengehör war, dem aber die Schadensmagie völlig fehlte. Hunderte von Rabenwinzlingen fielen wie Steine zu Boden. Sie waren hart gefroren, als wären sie in einem der sehr kalten Winter Nordbergens der Witterung zum Opfer gefallen.

Diejenigen Rabenwesen, die noch existierten, stoben augenblicklich davon und vereinigten sich – offenbar einem inneren Instinkt folgend – zu größeren Rabenungeheuern.

Siranodir hatte sich noch am besten gegen die Angriffe der Winzlinge zur Wehr setzen können, indem er Hauen und Stechen mit einer so großen Geschwindigkeit durch die Luft hatte wirbeln lassen, dass er Hunderte von ihnen regelrecht zersäbelt hatte. Schwarzes Gefieder unterschiedlichster Größe sowie zerschnittene und zerhackte Vogelkörper lagen um ihn herum am Boden und legten davon Zeugnis ab.

Aber im Gegensatz zu seinen Gefährten war Siranodir mit den zwei Schwertern auch im Vollbesitz seiner Kräfte und daher seine Schnelligkeit nicht beeinträchtigt. Seit der Verletzung, als deren Folge sich sein Gehör dauerhaft auf das erbarmungswürdige Niveau eines Menschen herabgesenkt hatte, waren seine Augen merklich schärfer geworden, sodass er seine beiden Klingen noch präziser einsetzen konnte. Ein Objekt von der Größe einer Fingerkuppe im freien Fall mit dem Schwert zu zerteilen war für ihn keine Schwierigkeit. Dementsprechend tödlich war seine Bilanz gegenüber den Rabenwinzlingen.

Allerdings hatte auch Siranodir einige üble Schnabelverletzungen davongetragen, denn aufgrund der großen Zahl der Angreifer war es auch ihn nicht möglich gewesen, alle Angriffe abzuwehren. Am Hals klaffte eine blutende Wunde, die sich nur allmählich schloss, obgleich Siranodir den Heilungsprozess mit ein paar entsprechenden Zauberformeln unterstützte.

Er stellte sich vor den am Boden kauernden, völlig hilflosen Hauptmann Rhiagon, dessen Augen durch die Schnäbel der Raben völlig zerstört waren. Blut rann Rhiagon übers Gesicht, und er war halb wahnsinnig vor Schmerz. Die Einhandarmbrust lag auf dem Boden, und mit dem Schwert versuchte er sich gegen die angreifenden Rabenwinzlinge mehr schlecht als recht zu verteidigen.

Prinz Sandrilas war ebenfalls schwer verletzt. Der einäugige Elbenprinz hieb mit seinem Schwert um sich und versuchte auf diese Weise, die Angreifer zu verscheuchen. Nur selten traf er einen von ihnen, denn in der Abschätzung von sich bewegenden Objekten war er aufgrund seiner Einäugigkeit längst nicht so gut wie Siranodir. Außerdem hatten ihm die Schreie zu Anfang mehr zugesetzt als vielen anderen Elben. Nur die Erfahrung eines selbst für elbische Verhältnisse schon sehr langen Lebens hatte Sandrilas vor der Zerstörung seines Geistes bewahrt. In den Jahrtausenden, die seit seiner Geburt in der alten Heimat Athranor vergangen waren, hatte er gelernt, seine Sinne im Notfall abzuschirmen, um sich gegen zu intensive Empfindungen zu schützen – eine Fähigkeit, über die jeder Elb verfügte, aber mit zunehmendem Alter pflegten Elben sich darin zu perfektionieren. Es war letztlich eine Frage der Erfahrung.

Die Folgen Dutzender Schnabelattacken waren an Sandrilas' Körper unübersehbar. Vor allem an der rechten Seite, die er den Angreifern zugewandt hatte, um sich zu verteidigen, hatte er zahlreiche, zum Teil schwere Verletzungen davongetragen. Das Blut rann ihm vom

Hals und an der Schulter herab. Der Ärmel seines Wamses war blutdurchtränkt, und manch einem dieser kleinen Ungeheuer war es sogar gelungen, seinen Kopf und das Gesicht zu attackieren. Knapp oberhalb seines einzigen Auges klaffte eine Wunde. Das Blut rann ihm übers Gesicht, und die Heilzauber halfen nur unzureichend.

Die Wolke aus schwirrenden dunklen Teilchen, die König Keandir entwichen war, kündete jedoch die Wende an. Sie breitete sich aus und hüllte immer weitere Gruppen von Raben ein, die daraufhin gefroren und hart wie Stein zu Boden fielen.

Ein Gefühl der Kraft durchströmte Keandir erneut. Er hob sein Schwert Schicksalsbezwinger, reckte es in die Höhe, und erneut kam ein Schwall purer Finsternis aus Mund, Nase, Ohren und Augen. Dieser Schwarm aus winzigsten Teilchen bildete zunächst eine gestaltlose Wolke, die zur Spitze Schicksalsbezwingers strebte. Dort begann sich die Wolke zu drehen und einen Strudel zu bilden. Dieser Strudel glitt die Klinge hinab – genau bis zu jener Stelle, an der Schicksalsbezwinger einst während Keandirs Kampf gegen den Furchtbringer geborsten war.

Das Tempo, in dem die kleinsten Partikel um die Klinge schwirrten, wurde immer rasender. Ein dumpfer, summender Laut entstand dabei. Die feinen Partikel verdichteten sich, wurden erneut zu einer Schwärze, die das Sonnenlicht nicht zu durchdringen vermochte. Dann schoss dieser finstere Wirbel die Klinge entlang, über die Schwertspitze hinaus und fuhr auf den bereits ziemlich zerstobenen Rabenschwarm zu. Jene, die von dieser Finsternis berührt wurden, wurden in die Schwärze gesogen und völlig von ihr verschlungen. Ein offenbar unentrinnbarer Sog entstand, dem sich selbst jene Rabenwinzlinge, die schon ein ganzes Stück davongeflogen waren, nicht entziehen konnten. Ihrem Kreischen wohnte keinerlei Schadenszauber mehr inne. Es waren Schmerzens- und Schreckenslaute.

Während sie unaufhaltsam in den dunklen Schlund gezogen wurden, vereinigten sie sich teilweise zu größeren Rabenvögeln – offenbar in der Hoffnung, dem magischen Sog auf diese Weise widerstehen zu können. Doch das Gegenteil war der Fall. Ein Rabenungeheuer von der Größe eines Pferdes wurde regelrecht zerrissen, bevor die Einzelteile und selbst das zunächst in alle Richtungen spritzende Blut in den dunklen Schlund gezogen wurden.

Das summende Geräusch, das an ein zorniges Hornissenvolk erinnerte, verklang, sobald die gesamte magische Rabenbrut verschlungen war.

Keandir fühlte sich leer und kraftlos. Er sank auf die Knie und stützte sich auf Schicksalsbezwinger, dessen Spitze er in den Boden gerammt hatte. Dabei fiel sein Blick auf seine Hände, die den Knauf des Schwerts umklammerten. Sie wirkten wie die eines Menschen, der dem Tode nahe war. Da war nur spröde, von unzähligen Falten durchfurchte Haut, die sich wie brüchiges Pergament über die Knochen spannte.

Kein bekannter Elb hatte jemals solche Hände gehabt. Nicht einmal Brass Elimbor, der dem Ende der natürlichen Lebensspanne eines Elben schon sehr nahe gekommen war, als ihm sein letzter Versuch, die Namenlosen Götter und die Jenseitigen zu beschwören, die verbliebene Lebensenergie genommen hatte.

Keandir war zu schwach, um sich zu erschrecken. Aber er nahm den Schrecken in Siranodirs Blick wahr.

Keandirs Augen waren noch immer pechschwarz wie die Nacht. Er zitterte. Seine Gedanken waren leer. Er suchte in ihnen nach der Stimme seines Sohnes Magolas, aber er fand sie nicht. Die Dunkelheit, die die Raben verschlungen hatte, vereinigte sich mit der Wolke aus rauchartigen Teilchen, die sich schon so sehr verteilt hatte, dass sie kaum noch zu erkennen gewesen war. Beides strömte auf Keandir zu, drang durch die Öffnungen seines Kopfes in ihn hinein, und der König fühlte sich alsbald wieder von Kraft erfüllt.

Er steckte Schicksalsbezwinger in die Scheide und betrachtete anschließend erneut seine Hände. Sie hatten wieder Muskulatur und Fleisch, so wie er es gewohnt war. Er hatte nicht gewusst, dass eine solche Kraft in ihm steckte.

Da antwortete ihm wieder die Gedankenstimme seines Sohnes Magolas: So teilen wir in dieser Hinsicht ein Schicksal!

Keandir nahm diese Stimme wie aus weiter Ferne wahr.

»Magolas!«, flüsterte er.

2

EIN SCHLACHTFELD

»Ihr habt gerade ausgesehen wie ein mumifizierter Leichnam, mein König«, stellte Siranodir mit den zwei Schwertern fest. »Und Eure Augen … Sie sind so schwarz wie damals auf Naranduin, als das Böse aus dem Augenlosen Seher in Euch fuhr!«

»Ja, möglich ist dies, werter Siranodir. Aber Ihr solltet nicht solches Grauen empfinden gegenüber Eurem König, wie ich es in Euren Zügen lese, denn diese Finsternis, die Ihr in meinen Augen seht, rettete Euch und unseren Gefährten das Leben.«

Doch lange hielt sich die Schwärze in Keandirs Augen nicht; er blinzelte zwei, drei Mal, und sie war verschwunden. Daraufhin ließ der Elbenkönig den Blick über das Schlachtfeld schweifen, und was er sah, bereitete ihm nacktes Grauen: Die Elbenpferde lagen tot am Boden, und von den Elbenkriegern, die sie begleitet hatten, hatten nur Siranodir, Sandrilas und Hauptmann Rhiagon den Angriff überlebt: Siranodir aufgrund der Schwäche seines Gehörs; Sandrilas, weil er als ein noch in Athranor geborener Elb besser als seine jüngeren Gefährten in der Lage war, seinen Geist gegen zu intensive Sinneseindrücke abzuschirmen; und Keandir …

Ihn hatte die Finsternis in seiner Seele gerettet. Eine Macht, die er nicht einmal im Ansatz beherrschte. Doch er würde es lernen müssen, wenn er nicht riskieren wollte, dass diese Macht eines Tages ihn beherrscht, wie es bei Magolas offenbar der Fall war …

Und Rhiagon?

Keandir sah seinen Hauptmann an. Selbst die hoch entwickelte elbische Heilkunst würde ihm das Augenlicht nicht zurückgeben können. Die Augäpfel waren zerstört, die Augenhöhlen blutige Löcher.

In den blutüberströmten Zügen des Hauptmanns spiegelte sich blankes Entsetzen. »Was ist geschehen?«, stieß er hervor und fuchtelte noch immer mit dem Schwert in der Luft herum. Aber die Stille, die eingetreten war, sagte ihm, dass der Kampf vorbei war, und so ließ er die Klinge schließlich sinken.

»Die Kreaturen, die uns angegriffen haben, sind vernichtet«, erklärte ihm Sandrilas. Dann murmelte er einen Heilzauber, um die Wunde an seiner Schulter, durch die er viel Blut verloren hatte, schneller zu schließen.

»Ich bin blind!«, flüsterte Rhiagon. Er schluckte, schüttelte den Kopf – und dann richtete er die Spitze seines Schwertes gegen den eigenen Oberkörper. Siranodir reagierte schnell genug, um ihn davon abzuhalten, sich selbst zu entleiben, er fasste ihn beim Arm, als sich der Hauptmann der Einhandgarde das Schwert in die Brust stoßen wollte.

»Nein, Hauptmann, tut das nicht!«, stieß er hervor. »Gebt nicht einem plötzlichen Anfall von Lebensüberdruss nach, nur weil Ihr angesichts Eurer Blindheit verzweifelt! Vielleicht gibt es ja einen Heiler, der Euch zu helfen vermag.«

»Ihr selbst habt doch die Grenzen elbischer Heilkunst schmerzlich erfahren müssen, werter Siranodir«, erwiderte Rhiagon mit klagender Stimme.

»Zumindest wird Euch ein Schmerzzauber aus der Alten Zeit vorübergehend Linderung verschaffen«, meinte Sandrilas. Er murmelte ein paar Worte in jenem alten Dialekt, wie man ihn einst in Athranor gesprochen hatte, der aber selbst unter den Athranor-Geborenen nicht mehr gebräuchlich war.

Keandir deutete hinauf zum Elbenturm. »Waffenmeister Thamandor lässt für gewöhnlich Posten aufstellen, die die Umgebung beobachten. Sehr wahrscheinlich ist der Angriff des Rabenschwarms beobachtet worden, und man schickt uns eine Eskorte entgegen.«

»Trotzdem sollten wir uns nicht darauf verlassen und uns auf den Weg zur Manufaktur machen«, drängte Sandrilas, dessen Wunden zusehends verheilten. Einige der tieferen Verletzungen würden ihm allerdings wohl noch eine Weile Schmerzen bereiten.

In der Manufaktur jedoch gab es einen Heiler, das wusste Keandir, denn er hatte gegenüber seinem Waffenmeister darauf bestanden, dass sich ständig ein Heiler dort aufhielt, falls es zu einem Unfall kam mit den gefährlichen Substanzen, mit denen dort gearbeitet wurde. Auch wenn die Arbeit in der Waffenschmiede des einfallsreichen Erfinders und Konstrukteurs keineswegs so gefährlich war, wie viele behaupteten, so hatte es hin und wieder Vorfälle mit schlimmen Folgen für die Elben in unmittelbarer Nähe gegeben.

Sandrilas wandte sich an Keandir. »Ich habe Euch mehrfach den Namen Eures Sohnes aussprechen hören. Hat er etwas mit dieser Magie zu tun, die uns auf so grausame Weise heimgesucht hat?«

»Ich fürchte ja«, bestätigte Keandir.

»Dann hätte Euer Sohn Euch beinahe getötet, mein König. Daran solltet Ihr denken, wenn Ihr ihm das nächste Mal gegenübertretet.«

»Er tat es nicht freiwillig!«, stellte Keandir klar. »Finstere Mächte haben ihn im Griff. Xaror, dessen Dunkles Reich vor langer Zeit einmal das Zwischenland beherrschte, erpresst ihn.«

»Er hätte sich niemals mit dieser Rhagar-Prinzessin einlassen dürfen«, sagte Sandrilas anklagend. »Aber er war nicht willensstark genug, um dieser Versuchung zu widerstehen, so wie er später nicht akzeptieren konnte, dass die Lebenspanne einer Menschenfrau nun einmal sehr kurz ist.«

»Ich weiß nicht, was ich getan hätte, wäre ich in Magolas' Situation gewesen«, erwiderte König Keandir. »Denkt daran, es ist tiefe, innige Liebe, die ihn an diese Menschenfrau bindet.«

»Ihr verteidigt ihn, weil Ihr sein Vater seid«, hielt ihm Sandrilas vor.

»In erster Linie bin ich der König aller Elben«, entgegnete Keandir, »und ich werde im Sinne der Elbenheit handeln, gleichgültig gegen wen.«

»Auch wenn dies bedeutet, dass Ihr gegen Euren Sohn in den Krieg ziehen müsst, mein König?«

»Ja.«

Diese Antwort kam sehr schnell und wirkte entschlossen, denn Keandir hatte über die Frage, die sein Mentor Prinz Sandrilas ihm gestellt hatte, bereits längere Zeit nachgedacht, und er hatte eine klare Entscheidung gefällt.

Sandrilas hoffte nur, dass Keandir auch die innere Stärke hatte, zu diesem Entschluss im Falle einer Konfrontation zu stehen. Und das mit allen Konsequenzen. Der Elbenprinz gab sich selbst eine Mitschuld daran, dass es zur Entstehung des Magolasischen Reichs gekommen war. Sandrilas erinnerte sich noch gut daran, wie der greise König von Aratan mit seiner reizenden und vor allem blutjungen Tochter Larana am Kai von Elbenhaven gelandet und von Bord des Flaggschiffs seiner Flotte gestiegen war. König Keandir war seinerzeit auf seinem Kriegszug gegen die Trorks gewesen, die Turandir belagert hatten; er hatte mit seinen Elbenkriegern die Stadt befreit und war gemeinsam mit Herzog Isidorn von Nordbergen bis ins Wilderland vorgedrungen, die wilde Heimat der Trorks, um die Invasoren so weit wie möglich zurückzudrängen und zu verhindern, dass sie in nächster Zeit noch einmal einen Eroberungszug ins Land der Elben wagten.

Dabei war man auf das Reich Estorien gestoßen, das von jener Handvoll Elben gegründet worden war, die es abgelehnt hatten, ein neues Elbenreich im Zwischenland zu gründen. Stattdessen hatten sie unter der Führung von Fürst Bolandor weiter nach Bathranor suchen wollen, den Gestaden der Erfüllten Hoffnung. Doch schließlich hatten auch sie irgendwann eingesehen, dass diese Suche sinnlos war, und sich in jenem Landstrich an der Ostküste des Zwischenlands angesiedelt, den man fortan Estorien nannte. Da sie jedoch viel zu wenige waren, um tatsächlich ein Reich zu gründen, hatten die estorischen Elben die Eldran beschworen, jene Bewohner des Reichs der Jenseitigen Verklärung, in das die meisten Elbenseelen eingingen, wenn sie die diesseitige Welt verließen. Nun existierten sie in einem Zustand zwischen Leben und Tod und wandelten über das Land, um es gegen Feinde wie die Trorks zu verteidigen.

Land der Geister – so nannten die Trorks die Küste Estoriens, und die Bezeichnung war gar nicht so verkehrt. Aber die Anwesenheit so vieler Eldran in der diesseitigen Welt hatte schwerwiegende Konsequenzen. Die Zeit verlief in diesem Land sehr viel langsamer, und so waren während Keandirs Aufenthalt in Estorien zu Hause in Elbenhaven, wo seine Gemahlin Ruwen auf ihn gewartet hatte, Jahre vergangen.

In dieser Zeit hatte man im Königreich Elbiana drängende Entscheidungen treffen müssen, auch wenn der König nicht anwesend war. Und eine dieser Entscheidungen war gewesen, die Bitte des aratanischen Königs um ein Bündnis positiv zu bescheiden. Nur so hatte man den aufstrebenden Kaiser der Südwestlande in seine Schranken verweisen können. Inzwischen waren die Südwestlande nur noch eine Provinz von vielen des Magolasischen Reiches.

König Keandir wandte sich von seinem Mentor ab und schritt zwischen den toten Einhandschützen aus Hauptmann Rhiagons Garde dahin, die nahezu alle durch die Schreie der Riesenraben ihr Leben verloren hatten. Bei dem ein oder anderen ging er aufs Knie und drückte ihm die Augen zu – soweit die überhaupt noch vorhanden waren.

»Die Schreie haben ihren Geist zerstört, bevor ihr Körper den Tod fand«, stellte Sandrilas fest. »Die Überlieferung sagt, dass solche Elbenseelen niemals Eldrana erreichen; sie erhalten keinen Zutritt ins Reich der Jenseitigen Verklärung. Im besten Fall gehen sie ins Reichs der Verblassenden Schatten ein und werden zu Maladran.«

»Das ist grauenvoll«, murmelte Siranodir mit den zwei Schwertern.

»Ich halte es allerdings auch für möglich«, fuhr Prinz Sandrilas fort, »dass sich ihre Seelen vollkommen aufgelöst haben und nichts von ihnen geblieben ist.«

Für einen Elben war das ein entsetzlicher Gedanke.

»Es war eine sehr mächtige Magie, die mit diesem Rabenschwarm verbunden war«, stellte Keandir fest, der gerade wieder vor einer Leiche aufs Knie gesunken war; die Augen des Toten waren von den Raben ausgehackt worden, nur noch zwei blutige Höhlen waren geblieben. Keandir schaute auf und wandte Sandrilas mit einer ruckartigen Bewegung das Gesicht zu. »Ich frage mich, was er damit bezweckte.«

»Sprecht Ihr von Eurem Sohn Magolas«, fragte Sandrilas, »oder von Xaror, dem Herrn der Schatten, auf dessen sechstürmigen Tempel Lirandil während seiner Reisen stieß?«

»Das macht in diesem Fall wohl keinen Unterschied«, antwortete Keandir betrübt. Er berührte den Beutel mit den Elbensteinen, der ihm vor der Brust hing. Er hatte sich dem Axtherrscher, einem Diener Xarors und einem Gott der Trorks, im Wilderland stellen müssen, um die Steine zurückzuerobern.

»Ihr werdet auf jeden Fall auf der Hut sein müssen«, sagte Prinz

Sandrilas. »Die Magie, die von den Feinden der Elbenheit angewandt wird, ist mächtig genug, um Euch überall und zu jeder Zeit erneut anzugreifen, mein König. Auch dann, wenn Ihr es am wenigsten erwartet.«

»Ja, dessen bin ich mir bewusst«, murmelte Keandir. Er ließ den Blick noch einmal über das grausige Schlachtfeld schweifen. Bei manchem der gefallenen Elbenkrieger war das Gesicht derart zerstört, dass der Tote nicht einmal mehr zu identifizieren war.

Zur selben Zeit.

An einem anderen Ort.

Magolas stöhnte laut auf, doch in diesem Moment zog sich die dunkle Hand, die aus purer Finsternis zu bestehen schien, wieder zurück. Ein dumpfer Schrei durchdrang die Hallen des sechstürmigen Tempels, der mitten in den dichten Wäldern Karanors an einem geheimen Ort lag. Ein Schrei des Zorns über eine Niederlage. So zumindest interpretierte Magolas diesen Laut.

Er stand ungefähr zehn Schritte von dem Altar entfernt, der aus einem großen Steinquader bestand und mit magischen Artefakten überhäuft war, darunter auch die beiden Zauberstäbe des Augenlosen Sehers. Auch an den steinernen Wänden waren Artefakte aller Art angebracht, und von der Decke hingen Totenschädel unterschiedlicher Form und Herkunft an fein gesponnenen, fast unsichtbaren Fäden sowie ein groteskes, grausiges Mobile aus bleichen Knochen, das sich beim kleinsten Lufthauch innerhalb der Tempelmauern bewegte und klapperte.

Auch die Elbensteine hätten in diesen Tempel gehört, wenn es nach Xaror gegangen wäre, der seit einem misslungenen magischen Experiment im Limbus gefangen war und darauf wartete, in die diesseitige Welt zurückkehren zu können. Genau dazu dienten all diese mit Zauberkraft gefüllten Gegenstände, die der Bruder des Augenlosen Sehers, dessen Dunkles Reich für ganze Zeitalter das Zwischenland beherrscht hatte, durch ihm hörige Wesen im Laufe der Zeit hatte sammeln lassen.

Der von den Trorks des Wilderlands als Gott verehrte Axtherrscher war zusammen mit seiner Horde von sechsfingrigen Gnomen Magolas' Vorgänger gewesen, und jene Gnomen, die vor dem sechstürmigen Tempel Wache gehalten hatte, waren von Magolas' Soldaten erschlagen worden. Nun bewachten Rhagar-Soldaten den Tempel und schirmten ihn weiträumig gegen jeden ab, der es wagte, sich in die Nähe dieses Gebäudes zu begeben.

Dieser Tempel war zum wahren Zentrum jenes Reichs geworden, das Magolas mit dem Schwert geschaffen hatte, und dies ausgerechnet mit der Unterstützung eines Elbenheers, dessen Oberbefehlshaber zudem noch der treue Prinz Sandrilas gewesen war. Denn eigentlich hatte das Königreich Aratan zum Bollwerk werden sollen gegen die von den Südwestlanden ausgehende Gefahr eines neuen geeinten Rhagar-Imperiums; doch unter Magolas' Herrschaft war es ironischerweise zum Mittelpunkt eines ebensolchen Menschenreichs geworden. Ein Menschenreich, das Magolas inzwischen nur noch vorkam wie der Vorposten einer noch viel größeren Macht, die nur darauf wartete, sich im Zwischenland wieder voll entfalten zu können.

Ein Statthalter auf Zeit war er, ging es Magolas durch den Sinn. Und noch dazu ein Statthalter des Bösen …

Aber er hatte keine andere Wahl, denn wenn er Xaror die Gefolgschaft versagte, bestand keinerlei Hoffnung für seine geliebte Larana, deren lächerlich kurze menschliche Lebensspanne längst ihr Ende gefunden hätte, wäre diese nicht durch Xarors Magie künstlich verlängert worden.

Die Hand aus purer Finsternis hatte für einen Zeitraum, den Magolas im Nachhinein kaum bestimmen konnte, den Kopf des Großkönigs vollkommen umfasst. Nun zog sie sich in den großen schwarzen Fleck zurück, der sich vor dem Altar auf dem Boden befand. Selbst ein Elb mit seinen scharfen Augen vermochte die Natur dieses ungefähr fünf Schritte durchmessenden Flecks nicht näher zu bestimmen. Er wirkte wie eine Öffnung ins Nichts, eine Wunde in der Struktur der Wirklichkeit. Ein Schlund, der bodenlos erschien und der bei jedem von Magolas' Besuchen im Tempel immer größer wurde.

Bisher war Xarors böser Geist nur im Inneren des Tempels aktiv gewesen; außerhalb der mächtigen Mauern des sechstürmigen Gebäudes konnte er kaum handeln. Dieser Tempel, der wohl einst vom Volk der Sechs Finger errichtet worden war, um seinem gottgleichen Herrscher zu huldigen, war auf lange Zeit sein Gefängnis gewesen. Doch der einstige Herr des Dunklen Reichs bereitete sich offenbar darauf vor, auch körperlich in die Welt der Lebenden zurückzukehren und die Herrschaft über das Zwischenland erneut an sich zu reißen.

Was würde Magolas dann bleiben? Der Status eines Vasallen?

Aber dafür würde Laranas Leben ewig währen. So lange, wie Xaror seinem Diener Magolas jenen Zaubertrank lieferte, den er die »Essenz des Lebens« nannte.

Über die Möglichkeit, diesen Trank oder ein magisches Pendant dazu selbst herzustellen, wagte Magolas innerhalb der Mauern des Tempels nicht einmal nachzudenken, denn er wusste, dass Xarors Macht längst groß genug war, um seine Seele zu durchdringen. Es gab keine Geheimnisse vor dem einstigen Herrn des Dunklen Reichs. Zumindest nicht innerhalb der Tempelmauern. Wie weit sein geistiger Einfluss inzwischen tatsächlich reichte, vermochte Magolas nicht abzuschätzen. Jedenfalls wuchs dieser Einfluss ständig. Und Magolas trug dazu bei, indem er den Befehlen seines Herrn willig folgte und weitere magische Artefakte aus allen Teilen des Magolasischen Reichs herbeischaffen ließ, damit deren Kraft Xaror zufließen konnte.

Magolas fühlte Schwindel. Alles drehte sich für einige Momente vor seinen Augen. Aber er hielt sich auf den Beinen. Wie groß seine Macht war, hatte Xaror soeben gezeigt, indem er den Großkönig dazu benutzt hatte, über die geistige Verbindung und das seelische Band zwischen Magolas und seinem Vater den Elbenkönig ausfindig zu machen und diesen einem magischen Angriff auszusetzen.

»Sind die Elbensteine denn so wichtig?«, fragte Magolas. »Du hast die Zauberstäbe deines Bruders, des Augenlosen Sehers von Naranduin, in deinem Besitz. Sie dürften viel mächtiger sein als die Steine – zumal dein Sklave, der Axtherrscher, ziemlich leichtfertig den Elbenstein Athrandil vernichtete.«

»Die Elbensteine sind ein Symbol«, antwortete die Gedankenstimme Xarors. »Um meinen Plan zu verwirklichen, in die Welt der Lebenden und ins Zwischenland zurückzukehren, wären sie mir zwar nützlich, aber nicht zwingend notwendig, da – wie du richtig festgestellt hast – ihre Magie ohnehin durch den unwiederbringlichen Verlust eines der Steine stark geschwächt wurde. Aber ich sehe die Linien des Schicksals. Eines Schicksals, das dein Vater durch die Macht seines Schwerts bis in die Zukunft hinein zu bestimmen versucht. Das

Elbenreich ist das größte Hindernis auf dem Weg, meine alte Macht wiederzuerlangen. Doch ohne seinen König wird das Elbenreich sehr wahrscheinlich zerfallen oder in Agonie versinken; einige sehr starke Schicksalslinien deuten in diese Richtung. Je schneller er beseitigt ist, desto besser für mich – und auch für dich, Magolas.«

»Er ist mein Vater«, gab Magolas zu bedenken.

»Und doch steht er dir im Weg, denn er hätte dich auf Zeitalter hinaus niemals seine Nachfolge antreten lassen.« Ein glucksender Laut drang aus der Tiefe des finsteren Schlunds. Ein Laut, der entfernte Ähnlichkeit mit einem Kichern hatte. »Mit zunehmender Dauer einer Herrschaft tendiert der Herrscher dazu, sich für unentbehrlich zu halten. Ich kenne das aus eigener Erfahrung. Glaub mir, du wärst niemals König der Elben geworden!«

»Darum habe ich mir mein eigenes Reich geschaffen.«

»Ein Reich, das du mir bereitwillig zu Füßen gelegt hast, um das Leben deiner Geliebten zu verlängern«, erwiderte Xaror. »Daran siehst du, wie groß die Macht der Gefühle über deine Seele ist. Aber im Fall deines Vaters solltest du dich nicht von ihnen leiten lassen. Du gefährdest damit das Leben deiner geliebten Menschenprinzessin!«

Magolas versetzte die Drohung einen Stich. Xaror schien sich der Loyalität des Großkönigs – den er als Sklave zu bezeichnen beliebte – noch nicht völlig sicher zu sein und es daher als notwendig zu erachten, Magolas eindrücklich an die Machtverhältnisse zu erinnern: Xaror konnte seine geliebte Larana sterben lassen oder ihr ein Weiterleben über Zeitalter hinweg ermöglichen.

»Die Kraft der Finsternis ist sehr stark in deinem Vater«, stellte er fest.

»Das Gleiche sagt man von mir – und es zeigt sich inzwischen auch in der Schwärze meiner Augen.«

»Ja, denn du hast dieser Kraft immer viel offener gegenübergestanden als König Keandir. Du bist von Anfang an ein Kind der Finsternis gewesen, während er immer noch glaubt, ein König des Lichtes sein zu können.«

Manchmal erschreckte es Magolas, dass der einstige Herrscher des Dunklen Reichs inzwischen offenbar sein gesamtes Wissen in sich aufgesogen hatte. Bei seinen Besuchen im Tempel hatte Magolas gespürt, wie die geistigen Fühler Xarors seine Seele erforscht hatten – bis zu ihrem Grund. Xaror wusste über König Keandir all das, was seinem Sohn bekannt war. Bei dem Gedanken, dass er allein dadurch schon Xaror entscheidende Vorteile im Kampf gegen den Elbenkönig verschaffte, zog sich Magolas der Magen zusammen.

Er musste an die Prophezeiung des Axtherrschers denken, wonach man sein Schwert dereinst »Elbentöter« nennen würde. Im übertragenen Sinn war er selbst bereits zu einem Elbentöter geworden, denn sein Wissen und die geistige Verbindung zu seinem Vater hatten es ermöglicht, dass ein Trupp von Elbenkriegern, der den König auf seinem Weg durch die Berge von Hoch-Elbiana begleitet hatte, bis auf wenige Überlebende ausgelöscht worden war.

Rauch stieg aus dem finsteren Schlund auf. Er verdichtete sich zu einem Schwarm kleiner schwarzer Teilchen, die zuerst sehr unruhig durcheinanderschwirrten und dann miteinander zu verklumpen schienen. Diese Wolke aus Finsternis schwebte zum Altar und setzte sich an der vorderen Kante des Steinquaders fest. Einige der Artefakte gerieten in Bewegung, manche fielen von der Steinplatte. Ein Kelch, verziert mit den Totenköpfen von Eidechsen, deren Augen mit Rubinen und Bernstein besetzt waren, rollte über den Boden und verschwand in dem dunklen Schlund; das Gefäß wurde von Finsternis umfangen und war nicht mehr zu sehen. Ein Geräusch, das einem zufriedenen Aufstoßen ähnelte, drang daraufhin aus der Tiefe.

Dann löste sich die dunkle Wolke auf und gab den Blick auf ein kolbenförmiges Tongefäß frei, das mit einem Korken verschlossen war.

Die Essenz des Lebens!, erkannte Magolas. Jener magische Trank, der seiner Gemahlin das Leben gegeben und die Geburt ihrer Kinder Daron und Sarwen überhaupt erst ermöglicht hatte.

»Nimm dir, weswegen du mich in meiner Einsamkeit aufgesucht hast«, forderte Xaror den Großkönig des Magolasischen Reichs auf. »Nimm dir, was dir zusteht für deine Dienste, Sklave!«

Ein schauderhaftes Gelächter hallte in Magolas' Kopf. Gleichzeitig drangen glucksende Laute aus dem dunklen Schlund, die nahezu unerträglich widerlich für das feine Empfinden eines Elben waren. Ein kühler Luftzug wehte aus dem Schlund. Ein Eishauch, der das schaurige Knochenmobile unter der Tempelkuppel zum Klappern brachte. Gleichzeitig stieg der Gestank von Verwesung und Fäulnis aus der bodenlosen Tiefe. Eine Aura unvorstellbaren Alters schien sich von dort aus auszubreiten und den gesamten Tempel auszufüllen.

Magolas presste die Lippen aufeinander und dämpfte seine Sinne, um nicht der vollen Gewalt dieser schauderhaften Eindrücke ausgesetzt zu sein.

Aber trotz all der Fremdheit, die er diesem Wesen gegenüber empfand, dessen eigene Hybris es in den Limbus verbannt hatte, gab es doch auch etwas wie ein Band zwischen dem ehemaligen Herrscher des Dunklen Reichs und Magolas. Ein Band, das über die Tatsache hinausging, dass Xaror ihn jederzeit mit dem Leben seiner Gemahlin zu erpressen vermochte.

Die Finsternis, erkannte Magolas. Es war die Finsternis der Seele, die sie bei allem, was sie ansonsten trennen mochte, gemein hatten ...

»Du hast lange gebraucht für diese Erkenntnis, Sklave!«, lautete Xarors von einem spöttischen Lachen begleitete Antwort.

Magolas ging zum Altar und umrundete dabei den dunklen Schlund, dessen Gestank trotz der Sinnesdämpfung unerträglich zu werden drohte. Augenblicke später umfasste seine Hand das Gefäß mit der Essenz des Lebens und nahm es von der Steinplatte. Laranas Weiterleben war damit für einige Zeit gesichert. Für wie lange, war schwer vorhersehbar. Manchmal war ihr Bedarf an der Essenz sehr groß, und sie brauchte bereits nach wenigen Wochen mehr davon. Es kam aber auch vor, dass die Menge für Monate oder gar Jahre vorhielt, je nachdem, wie heftig der Tod versuchte, sie in sein finsteres Reich zu ziehen, und wie schnell ihre mitunter erschreckend schwachen Kräfte schwanden. Magolas war sich nicht einmal sicher, ob Xaror die Wirksamkeit der Essenz nicht auf irgendeine Weise abschwächen konnte, wenn er wollte, dass der Großkönig in seinem Tempel erschien.

Magolas wich von dem Altar zurück und stellte sich wieder in einiger Entfernung hin.

»Bevor du gehst, möchte ich dir etwas zeigen, Sklave«, kündigte Xaror an.

»Ich werde mir aufmerksam anschauen, was immer du mir vor Augen führst, Gebieter«, antwortete Magolas gehorsam.

»Es sind die Wege des neuen Schicksals. Eines Schicksals, das nicht mehr maßgeblich von deinem Vater beeinflusst wird. Was ich dir zeigen will, Sklave, ist das, was geschehen wird!«

Die Schwärze des Schlunds spiegelte plötzlich das Licht wider und wirkte auf einmal wie die Oberfläche einer öligen Flüssigkeit. Bilder erschienen auf dieser Fläche. Marschierende Kolonnen von schwer gerüsteten Soldaten waren zu sehen. Es waren Rhagar, und sie führten gewaltige Kampfmaschinen mit sich: Katapulte, wie sie schon in der Armee des Eisenfürsten Comrrm verwendet worden waren.

Doch dann veränderten sich die bewegten Szenen, und Magolas sah ganze Züge von Monstren. Kreaturen, deren Ungeschlachtheit an die Riesen Zylopiens oder die Trorks des Wilderlands erinnerten. Aber ihre Waffen und ihre Rüstungen hatten nichts mit den primitiven Steinwaffen der Trorks gemein: Leicht gebogene Schwerter von monströser Größe, Armbrüste, Bögen, Schleudern und Morgensterne sah Magolas, aber auch Hellebarden und Piken. Die Köpfe der Kreaturen glichen denen von Stieren. Ihre Kavallerie saß auf gewaltigen Pferden, die an die Rösser erinnerten, auf denen der Axtherrscher und seine Gnomenkrieger geritten waren. Dann folgten Krieger mit Katzenköpfen und Kreaturen, die so absonderlich waren, dass sie wie Ausgeburten einer unbekannten Hölle wirkten, groteske Parodien primitiver Gottheiten, wie die Rhagar sie in ihrer Frühzeit verehrt hatten, bevor sie angefangen hatten, dem Sonnengott zu huldigen.

»Das sind die Geschöpfe des Limbus«, erklärte Xaror. »Ich habe sie um mich geschart und die Äonen meines Exils genutzt, um sie meinem Willen zu unterwerfen. Sie gehen, wohin immer ich sie befehle. Sie sind von der gleichen Finsternis erfüllt wie du, Sklave – und ihre Arme erlahmen im Kampf nie. In Kürze wird meine Kraft groß genug sein, um die Ersten von ihnen in die Welt der Lebenden zu entlassen. Sie werden die Boten meiner kommenden Herrschaft sein, und selbst das Elbenreich wird ihnen nichts entgegenzusetzen haben. Du kannst an meiner Herrschaft teilhaben, Sklave. Als mein Wesir, denn die Finsternis in dir ist sehr stark, sodass ich keinen Zweifel habe, dass du dieser Aufgabe gewachsen bist. So wie auch deine Kinder.« Erneut erklangen kichernde Laute. »Vasallen der Finsternis werden sie sein, wie ihr Vater und ihr Großvater. Du hast den Strom der Zukunft gesehen. Die Wogen des Schicksals werden dich emportragen oder verschlingen, das liegt ganz in deiner Hand – so wie auch das Leben deiner Rhagar-Prinzessin. Aber darüber brauchen wir wohl kein Wort mehr zu verlieren, Sklave …«

»Ich bin dein gehorsamer Diener, Xaror«, versicherte Magolas.

»Das weiß ich. Denn glaube mir, wenn ich nur den geringsten Zweifel daran hätte, wärst du nicht mehr am Leben.«

Dann gestattete Xaror dem Großkönig, sich zu entfernen. Dies geschah durch einen einfachen Gedanken, der nicht in Worte gefasst war, sondern eher einem Zeichen glich, das Magolas bedeutete, dass der einstige Herr des Dunklen Reichs ihn entließ.

Schauder hatte Magolas angesichts der Heere erfasst, die Xaror aus den Kreaturen des Limbus gebildet hatte. Doch schauderte ihn auch, weil er ahnte, welche Rolle er selbst in der künftigen Auseinandersetzung um die Herrschaft im Zwischenland innehaben würde.

Er schritt auf das Haupttor des Tempels zu, während über ihm das Knochenmobile durch einen stinkenden Eishauch aus der Tiefe des dunklen Schlunds ungewöhnlich laut klapperte; Magolas kam es vor, als wäre es das widerliche Lachen Xarors.

Auf halbem Weg zum Tor der gewaltigen Haupthalle blieb er jedoch stehen und drehte sich noch einmal um. »Beantworte mir eine Frage, Xaror!«

»Frag, Sklave!«

»Hat dein Bruder die Finsternis in die Seele meines Vaters gepflanzt, oder war sie dort schon immer vorhanden?«

»Du wirst die Antwort auf diese Frage einst selbst finden, Sklave. Ganz sicher.«

Die Tore des Tempels sprangen auf einmal auf, und grelles Sonnenlicht strahlte herein, das Magolas eigenartigerweise als höchst unangenehm empfand.

Aber er verstand, was der ehemalige Herr des Dunklen Reichs ihm damit deutlich machen wollte.

»Im Moment bin ich deiner Anwesenheit überdrüssig, Sklave!«

Magolas trat vor die Tore des sechstürmigen Tempels. Hinter ihm schlossen sich diese wie von Geisterhand bewegt. Eine Gruppe von Kriegern der Norischen Garde bewachte den Tempel, seit Magolas auf ihn durch den weit gereisten elbischen Kundschafter Lirandil gestoßen war, der im Auftrag von Magolas' Vater die Länder der Rhagar erforscht hatte.

»Hauptmann Pantall!«, wandte er sich an den Kommandanten der

Truppe, die auf der Lichtung um das Tempelgebäude herum in Zelten kampierte. Manche dieser Männer hatten Jahre mit der Bewachung des Tempels verbracht. Und in den karanorischen Wäldern, die dieses Relikt aus einer unvorstellbar fernen Epoche umgaben, waren weitere Verbände des magolasischen Heeres stationiert. Zusätzlich lauerten siebenhundert dariianische Bogenschützen in den Wäldern Karanors und machten jeden nieder, der es wagte, sich dem Tempel zu nähern.

Der angesprochene Hauptmann fiel auf die Knie; eine Ehrbezeugung, die angeblich früher unter dem legendären Eisenfürsten Comrrm üblich gewesen war und die man Magolas immer häufiger entgegenbrachte. Er forderte diese Ehrbezeugung nicht, doch die meisten Rhagar sahen in ihm den Sohn des Sonnengottes, so wie es auch bei Comrrm der Fall gewesen war.

Magolas ließ es zu, dass er auf diese Weise verehrt wurde. Dass er in der Öffentlichkeit den Glauben an den Sonnengott angenommen hatte und regelmäßig die Sonnentempel von Aratania und Rajar besuchte, war von den Rhagar sehr positiv aufgenommen worden. Er war dadurch in gewisser Weise einer der ihren geworden, ohne seine Sonderstellung als beinahe unsterblicher Herrscher von göttlicher Herkunft zu verlieren. Seit die Länder Karanor und Aybana zu seinem Machtbereich gehörten, besuchte er genauso regelmäßig die heiligen Stätten von Jarakor und Om-Dagar, wo ebenfalls seit den Tagen des Eisenfürsten der Sonne gehuldigt wurde. Seine Kinder Daron und Sarwen hatte Magolas nach dem rhagaräischen Ritus in einer großen festlichen Zeremonie dem Sonnengott weihen lassen, was ihm ebenfalls große Sympathien unter seinen Untertanen eingebracht hatte.

Dass er ein Elb war, daran störte sich niemand – zumal sich die Blutlinien der Rhagar und Elben ja in den Kindern des Großkönigs vereinigt hatten. Davon abgesehen verfügte Magolas über ein gut funktionierendes Heer sowie eine ebenso effektive Geheimpolizei, die jede Form von Aufruhr – und sei es nur Kritik an der Art und Weise, wie er über sein Reich herrschte – im Keim erstickte. Der traditionell so aufmüpfige aratanische Adel hatte jedenfalls schon seit einer Jahrhunderthälfte keinen Aufstand mehr geprobt, und damit war Magolas der erste aratanische Regent seit Menschengedenken, der von sich behaupten konnte, dieses Problem in den Griff bekommen zu haben.

»Erhebt Euch, Hauptmann Pantall!«, befahl der Großkönig.

Der Norier kam dem sofort nach. Wie alle Angehörigen der Norischen Garde trug er die charakteristische flache Lederkappe, die seit Jahrhunderten das Kennzeichen dieser Eliteeinheit war. Deren ursprüngliche Aufgabe war eigentlich die Verteidigung des Palastes und des Königshauses gegen Putschisten aus den Reihen des aufmüpfigen Adels oder des eigenen Militärs. Manchmal wünschte es sich Magolas geradezu, sich nur mit so vergleichsweise harmlosen Problemen befassen zu müssen, mit denen sich seine Vorgänger im Amt des Königs von Aratan herumgeschlagen hatten. Keiner von ihnen hatte Entscheidungen von solcher Tragweite treffen müssen wie Magolas. Und keiner von ihnen war eine Geisel des ehemaligen Herrschers des Dunklen Reichs gewesen.

»Gab es irgendwelche besonderen Vorkommnisse in der Zeit meiner Abwesenheit?«, fragte Magolas.

»Nein, Herr. Abgesehen von ein paar Gnomen aus Hocherde, die hier auftauchten und herumspionierten. Trotz Folter ließen sich ihnen keinerlei Informationen entlocken. Wir haben die Leichen schließlich im Wald verscharrt.«

»Waren es sechsfingrige Gnomen?«, erkundigte sich Magolas.

»Nein«, versicherte Hauptmann Pantall. »Es waren ganz gewöhnliche Gnomen, wie sie zu Hunderten aus Hocherde zu den Märkten von Aratania oder Cadd strömen, um mit Mineralien zu handeln.«

»Dann wird sie wahrscheinlich nur der Zufall in diese Gegend geführt haben«, glaubte Magolas. Dieser Ort war das geheime Machtzentrum seines Imperiums – ebenso wie des künftigen Dunklen Reichs, das Xaror wieder aufzubauen gedachte, und Magolas wollte nicht, dass es ihm als Xarors Diener so erging wie dem Axtherrscher, der Magolas' Vorgänger gewesen war. Nachdem Magolas dessen sechsfingrige Gnomendiener hatte erschlagen lassen, übte er zumindest die äußere Kontrolle über den Tempel aus. Wie Magolas später erfahren hatte, war der Axtherrscher selbst zu diesem Zeitpunkt von Keandir getötet worden, sodass es Magolas nur noch mit den Lakaien zu tun gehabt hatte.

Wie auch immer, du bist gewarnt …

»Achtet vor allem auf Spione, die von meinem Volk sind!«, forderte Magolas den Hauptmann auf. »Spitze Ohren und elfenbeinfarbene Haut – darauf solltet Ihr besonders achten.«

»Ja, Herr.«

In den letzten Wochen hatte Magolas immer wieder im Traum das Gesicht seines Bruders vor sich gesehen, und inzwischen erschien es ihm auch am Tag. Zweifellos suchte sein älterer Zwillingsbruder eine geistige Verbindung zu ihm, aber Magolas versuchte sich dagegen abzuschirmen. Es war durchaus denkbar, dass der mächtigste Magier der Elben zu einem gefährlichen Gegner wurde, wenn er seine selbst gewählte Isolation erst einmal aufgab.

Er vermochte jederzeit herauszufinden, wo sich Magolas aufhielt, erinnerte sich der Großkönig. Vielleicht hatte er sogar wahrgenommen, was im Tempel vor sich gegangen war. An diese Möglichkeit dachte Magolas mit Schaudern. Wenn sein edler Bruder, der überzeugt davon war, dass es in seiner Seele keinen finsteren Fleck gab, Einzelheiten über Xaror und dessen Pläne erfuhr, konnte es durchaus sein, dass er sich berufen fühlte, dagegen vorzugehen.

Magolas befahl sein Pferd durch einen Gedankenbefehl zu sich. Er bevorzugte nach wie vor Pferde aus Elbenzucht, doch aufgrund der außenpolitischen Spannungen zwischen dem Magolasischen und dem Elbenreich, die den Handel zwischen beiden Machtblöcken so gut wie zum Erliegen gebracht hatten, musste Magolas Zuchttiere über das neutral gebliebene Reich des Seekönigs von Ashkor und Terdos beziehen.

Das Pferd aus Elbenzucht kam herbei. Vorn am Sattel befand sich ein Futteral, das so geformt war, dass es das Gefäß mit der »Essenz des Lebens« aufnehmen konnte. Das Leder schmiegte sich passgenau an dessen Oberfläche.

Der Großkönig schwang sich in den Sattel. Seine Begleiter – ein Trupp, der aus den besten Kämpfern der Norischen Garde bestand – standen schon bereit.

Magolas spürte die Unruhe seines Pferdes, das sensibel genug war, um die Anwesenheit eines fremden, beobachtenden Geistes zu spüren …

Nein, nicht fremd, dachte Magolas. Genau genommen war es – zumindest für ihn – ein sehr vertrauter Geist. Er drehte sich im Sattel, weil auch er sich beobachtet fühlte.

»Ist irgendetwas, Herr?«, fragte Hauptmann Pantall.

»Nein«, murmelte Magolas.

3

LICHTE HÖHEN, FINSTERE SCHATTEN

Von den Mauern, welche die Manufaktur auf dem Gipfelplateau des Elfenturms umgaben, hatten die ständig patrouillierenden Posten den Überfall auf König Keandir und seine Eskorte beobachtet und dies sofort gemeldet.

Thamandor der Waffenmeister hatte zunächst erwogen, mit dem Flammenspeer einzugreifen, denn die Schlucht, in der sich der grausige Angriff des magischen Rabenschwarms ereignete, lag keineswegs außerhalb der Reichweite dieser Waffe. Aber Yirantil der Scharfäugige, ein relativ junger Elbianiter, der aus Tirasor in Mittel-Elbiana stammte und Thamandor als Kommandant der Wachmannschaft zugeteilt worden war, hatte den Waffenmeister schließlich vom Einsatz seiner Erfindung abhalten können. Das Risiko, den König mit dem Feuerstrahl zu treffen, sei einfach viel zu groß.

So war Yirantil der Scharfäugige sofort mit allen verfügbaren Elbenkriegern aufgebrochen, um dem König zu Hilfe zu eilen. Waffenmeister Thamandor begleitete den Trupp. Neben den beiden Einhandarmbrüsten links und rechts an seinem Gürtel sowie dem über den Rücken geschnallten monströsen Schwert mit dem Namen »Der Leichte Tod« führte der größte Erfinder der Elbenheit natürlich auch jenen Flammenspeer mit sich, mit dem er die Schlacht um Turandir entschieden hatte. Die Waffe steckte in einem vorn am Sattel befestigten Futteral, aus dem der obere Teil herausragte. Ein Griff genügte, um den Speer hervorzuziehen.

Den Elbenpferden wurde alles abverlangt, als sie den steil abfallenden und in Serpentinen verlaufenden Weg hinabpreschten.

Als Thamandor und sein Trupp den Ausgang jener Schlucht erreichten, in der das Gemetzel stattgefunden hatte, kamen ihnen bereits König Keandir, Prinz Sandrilas, Siranodir mit den zwei Schwertern und der erblindete Hauptmann Rhiagon entgegen. Siranodir führte den blinden Rhiagon, obwohl er selbst üble Verwundungen davongetragen hatte, vor allem am Hals; sie bluteten zwar nicht mehr, doch jeder wusste, dass von dunkler Magie geschlagene Wunden nur sehr schwer verheilten.

»Mein König!«, stieß Thamandor hervor, und sein Entsetzen stieg noch, als er erfuhr, dass es außer diesen Vieren keine Überlebenden gab.

»In unserem König schlummert ein mächtiger Magier«, sagte Prinz Sandrilas. »Seine Kräfte sind vielleicht sogar jenen seiner Söhne ebenbürtig. Nur dieser Tatsache ist es zu verdanken, dass überhaupt noch jemand am Leben ist.«

König Keandirs Hand umschloss unwillkürlich den Beutel mit den Elbensteinen. Hatten es die Angreifer nur darauf abgesehen gehabt, oder hatten sie den König der Elben vernichten sollen? Die Finsternis fürchtete die Finsternis – so konnte man in den uralten magischen Schriften lesen, die an Bord der Elbenschiffe den Weg aus der alten Heimat Athranor ins Zwischenland gefunden hatten, das die Elben Ethranor nannten.

»Unsere Pferde können gut zwei Reiter tragen«, erklärte Yirantil. »Zumal wir auf dem Rückweg keine besondere Eile haben.« Er gab einigen der Elbenkrieger den Befehl, von ihren Pferden zu steigen und sich hinter ihre Kameraden in die Sättel zu setzen, sodass die Überlebenden des Rabenangriffs Reittiere bekamen.

»Bitte sorgt baldmöglichst für die Bestattung der Toten«, sagte König Keandir, nachdem er aufgesessen war.

»Ich werde das sofort persönlich veranlassen«, erwiderte Yirantil.

»Außerdem möchte ich, dass ein Bote nach Elbenhaven geschickt wird. Er soll Brass Shelian holen. Möglicherweise kann unser Oberster Schamane etwas für die Geister der Toten tun.«

Auf Thamandors ansonsten sehr glatter Stirn bildete sich die für den Waffenmeister charakteristische Falte. Die Anwesenheit eines Schamanen war für ein Totenzeremoniell nicht unbedingt erforderlich; die Seelen der Elben fanden normalerweise auch so ihren Weg nach

Eldrana, dem Reich der Jenseitigen Verklärung. Und die Verdammten, die es nach Maldrana, dem Reich der Verblassenden Schatten, verschlug, hatten den verhängnisvollen Weg dorthin zumeist schon in ihrem Leben eingeschlagen.

Aber in diesem Fall war fraglich, ob die Gefallenen die Gefilde der Jenseitigen überhaupt erreichten, wie Keandirs nächste Worte offenbarten. »Die Geister der Toten wurden durch die magischen Schreie der Rabenwesen zerstört«, erklärte er.

Thamandor schluckte schwer. »Dann ist ihnen weit Schlimmeres als der Tod widerfahren.«

Keandir nickte. »Ich habe wenig Hoffnung für ihre Seelen, dennoch möchte ich, dass sich ein Schamane an den Ort des Geschehens begibt, um vielleicht doch noch etwas auszurichten.«

»Ihr solltet damit Euren Sohn Andir beauftragen«, meinte Prinz Sandrilas. »Er ist der mächtigste Magier der Elbenheit, während sowohl andere Magier als auch Schamanen von dieser spirituellen Schwäche befallen sind, die unter uns Elben grassiert, seit wir uns im Zwischenland niedergelassen haben.«

»Ich weiß«, murmelte Keandir.

»Ihr könntet versuchen, mit Eurem Sohn in geistigen Kontakt zu treten und ihn zu rufen«, schlug Sandrilas vor.

Aber Keandir schüttelte den Kopf. »Mein Sohn hat den Weg der Einsamkeit gewählt, und ich habe nicht das Recht, ihn hierher zu beordern.«

In den letzten Jahren war Andir zwar immer wieder für kurze Zeit auf Burg Elbenhaven erschienen, vornehmlich um nach seinem Vater und seiner Mutter, der Königin Ruwen, zu schauen, aber diese Besuche waren immer seltener geworden. Keandir hatte lange gebraucht, um zu akzeptieren, dass Andir dem Elbenreich den Rücken gekehrt hatte, um in der Einsamkeit seine eigene Seele zu erforschen. So hatte er sich nicht nur seinen Eltern, sondern im Grunde der gesamten Elbenheit entfremdet.

In der Alten Zeit von Athranor hatte es Schamanen gegeben, deren Vergeistigung so weit fortgeschritten gewesen war, dass sie irgendwann auf direktem Weg ins Reich der Jenseitigen Verklärung eingegangen waren. Sie hatten den Tod als ansonsten notwendigen Übergang nach Eldrana nicht gebraucht. Als Eldran hatten sie dann zumeist noch eine Weile die Nähe der diesseitigen Elben gesucht, bevor sie mehr und mehr eins geworden waren mit den jenseitigen Gefilden und sich schließlich allenfalls noch durch mächtige Beschwörungen herbeirufen ließen. Dies aber war schon lange nicht mehr möglich, da die gegenwärtige Elbenheit den spirituellen Kontakt sowohl zu den Namenlosen Göttern als auch zu den jenseitigen Eldran verloren hatte. Doch wenn dies Andirs Weg war, so würde Keandir auch das akzeptieren müssen.

Yirantil ritt mit dem Gros der Elbenkrieger weiter hinein in die Schlucht, um die Gefallenen zu bestatten. An Land übergab man die Leichen üblicherweise dem Feuer, während man sie auf See in den Tiefen des Meeres versenkte.

Unter den Reitern, die bei Thamandor und König Keandir blieben, war auch der Heiler Piandolas. Dieser nahm sich insbesondere Rhiagons an.

»Ihr könnt offen zu mir sein«, sagte Rhiagon mit heiserer Stimme. »Weder Ihr noch irgendein anderes Mitglied der Heilerzunft könnt mir mein Augenlicht zurückgeben.«

»Wir werden sehen«, erwiderte Piandolas, der die Verwundungen Rhiagons mit einer Paste aus dem Extrakt von einem guten Dutzend Heilpflanzen behandelte und ihm anschließend einen Verband anlegte, wozu er einige sehr mächtige Heilformeln sprach.

Rhiagon atmete tief durch. »Es lindert die Schmerzen, und die Wunden werden sich gewiss schließen. Aber mehr werdet Ihr nicht erreichen.«

»Ihr solltet mehr Zuversicht haben, Hauptmann, denn die Zuversicht fördert die Heilung«, entgegnete Piandolas.

Ein raues Lachen entrang sich den Lippen des Kommandanten der königlichen Einhandgarde. »Ihr verwechselt Zuversicht mit grundloser Hoffnung. Es ist keineswegs nötig, mich über die Wahrheit mit schönen Worten hinwegzutrösten.«

Einer der Elbenkrieger führte Rhiagon zu dem Pferd, das man für ihn bereitgestellt hatte, und half ihm, in den Sattel zu steigen. Dann machte sich der Trupp auf den Weg zur Manufaktur.

König Keandirs Gedanken waren bei Ruwen, seiner Gemahlin, die im nahe gelegenen Elbenhaven sicherlich etwas vom Angriff des Rabenschwarms und der Bedrohung, der ihr Gemahl ausgesetzt gewesen war, gespürt hatte. Wie ihre Liebe, so war auch die geistige Verbindung zwischen ihnen im Lauf der Jahrhunderte immer noch stärker geworden, und so war es vollkommen undenkbar, dass sie von den schrecklichen Ereignissen in der Schlucht nicht wenigstens etwas ahnte.

»Ruwen!«

»Geliebter Kean! Du lebst! Es waren so schreckliche Bilder, die mir plötzlich erschienen.«

Es war eine stumm geführte Unterhaltung; manchmal war ihre Verbindung so stark, dass ihnen dies auch über weitere Entfernungen hinweg gelang.

»Es besteht kein Grund zur Sorge, Ruwen. Wir sind auf dem Weg zur Manufaktur.«

»Die Gefahr ist noch nicht vorüber, geliebter Kean. Die Macht, die dich vernichten will, hat jetzt erst erkannt, wie gefährlich du bist. Sie wird erneut versuchen, dich zu töten!«

»Sei unbesorgt. Ich bin stärker als je zuvor, Ruwen …«

Als König Keandir und seine Begleiter die Manufaktur erreichten, hatte sich bereits die Dämmerung wie graue Spinnweben über Hoch-Elbiana gelegt, Dunst hatte sich in den Tälern und Schluchten gebildet, und Nebelschwaden stiegen wie böse Gedanken aus der Tiefe empor. Das sonst so imposante Farbenspiel, das entstand, wenn die untergehende Sonne die schneebedeckten Gipfel beschien, blieb aus. Stattdessen bildeten sich auch um die Gipfelregionen herum Dunstschleier.

Keandir stieg vom Pferd, und ein Bursche kümmerte sich um das edle Tier aus elbischer Zucht. Der König indes trat an die Zinnen der Wehrmauer, welche die Manufaktur begrenzte. Von dort aus waren die Totenfeuer zu sehen, die von Yirantil dem Scharfäugigen und seinen Kriegern entzündet worden waren. Es war gut möglich, dass Ruwen mit ihren Ahnungen recht behielt. Dieser Gedanke beschäftigte Keandir und ließ ihn nicht los.

Thamandor und Sandrilas begaben sich zu ihrem König, während sich Siranodir mit den zwei Schwertern zusammen mit dem Heiler Piandolas um den erblindeten Rhiagon kümmerte.

»Wir werden zweifellos eine größere Anzahl von Flammenlanzen benötigen, wollen wir die Grenzen des Reiches gegen die Übermacht unserer Feinde sichern«, sagte Sandrilas, dann wandte er sich dem

Waffenmeister zu. »Ich will offen zu Euch sein, werter Thamandor: So sehr ich Eure Erfindungsgabe schätze, so sehr beunruhigt es mich, dass die Produktion der Flammenspeere noch immer nicht angelaufen ist.«

»Vielleicht ist es angemessener, diese Dinge später zu besprechen«, antwortete der König anstelle des Waffenmeisters, der angesichts dieser offenen Kritik doch ziemlich erstaunt wirkte; er hatte den Mund zwar geöffnet, aber noch keinen Ton hervorgebracht, als der König das Wort ergriff.

»Nein, dieses Problem können wir nicht länger vor uns herschieben, mein König«, widersprach Prinz Sandrilas. Niemand außer dem Einäugigen konnte es sich erlauben, so mit dem Elbenherrscher zu reden. Sandrilas nahm kein Blatt vor den Mund – auch dann nicht, wenn er den König kritisierte. Und Keandir wusste auch, dass es seinem väterlichen Mentor bei allem, was er tat und sagte, immer nur um eines ging: das Wohl des Elbenreichs.

»Gut, dann besprechen wir die Sache hier und jetzt!«, sagte Thamandor leicht aufgebracht. »Wir müssen noch einmal nach Naranduin, sonst können wir nicht nur die Massenproduktion der Flammenspeere, sondern überhaupt die Produktion dieser Waffe vergessen, mag sie nun langsamer oder schneller, mit viel oder wenig Akribie vonstatten gehen. Ich habe Dutzende von fähigen Fachleuten in die umliegenden Berge geschickt, in der Hoffnung, dass jene magischen Steine, von denen ich einen von Naranduin mitbrachte, vielleicht auch in dieser Gegend zu finden sind. Schließlich sind die Gebirge von Hoch-Elbiana mit jenen auf Naranduin in Form und Beschaffenheit vergleichbar, wie jeder sehen kann, der auch nur ein wenig davon versteht. Aber leider hat sich meine Hoffnung nicht erfüllt.«

»Dann haben Eure sogenannten Fachleute nur nicht an den richtigen Stellen gesucht«, hielt Keandir ihm vor. Allein der Gedanke, noch einmal zu jener Insel zurückzukehren, ließ ihn schaudern. Dort war er einst dem Augenlosen Seher begegnet und hatte sowohl den Furchtbringer als auch den Feuerbringer vernichtet, woraufhin er in die Lage versetzt worden war, sein und der Elbenheit Schicksal selbst zu bestimmen, anstatt länger auf eingefahrenen, vorgezeichneten Wegen zu wandeln. Dennoch erfüllte ihn allein die Erinnerung an die damaligen Ereignisse mit Schrecken.

Unwillkürlich umfasste der Elbenkönig den Griff seines Schwerts Schicksalsbezwinger und krampfte seine Hand so stark darum, dass die Knöchel unter der hellen Haut deutlich hervortraten. Er sah ihn wieder vor sich, den Augenlosen Seher, wie er sich auf seine beiden Zauberstäbe gestützt hatte, und er hörte ihn wieder erzählen von seiner Verbannung durch seinen eigenen Bruder Xaror, der auf dem zwischenländischen Festland das Dunkle Reich hatte allein regieren wollen und dies wohl auch über viele Zeitalter hinweg getan hatte. Der Augenlose Seher war schließlich von Sandrilas erschlagen worden, aber seit damals war die Finsternis in Keandirs Seele, eine dunkle Kraft, die ihn wahrscheinlich sogar erst in die Lage versetzt hatte, das Elbenreich zu gründen und aufzubauen, vor der er sich aber nach wie vor fürchtete.

»Ich kann nicht mein eigenes Gesetz missachten und Naranduin ansteuern, nur um ein paar Steine zu suchen«, sagte er düster.

»Euer Gesetz ist falsch, mein König!«, hielt Sandrilas mit plötzlicher Heftigkeit dagegen. »Den Schatten der Vergangenheit sollte man sich stellen. Ich fürchte, Ihr werdet schon sehr bald keine andere Wahl haben!«

Keandir schwieg einen Moment, bevor er leise sagte: »Ja, da mögt Ihr recht haben.« Dann hob sich seine Stimme wieder. »Dennoch will ich alles gut bedenken und nichts überstürzen.«

»Die Schlachten von morgen werden gewonnen oder verloren durch die Entscheidungen, die wir hier und jetzt treffen, mein König«, sagte der Prinz. »Das solltet Ihr nicht vergessen!«

Königin Ruwen fühlte zur selben Zeit tiefe Erleichterung.

»Mein geliebter Kean! Es geht ihm gut«, sagte sie und seufzte tief auf. »Er hat überlebt, und ich fühle, dass die Gefahr zumindest für den Moment vorüber ist.«

Ruwen erhob sich von ihrem Platz. Das lange, dunkle Haar fiel ihr offen über die Schultern. Sie war von zeitloser Schönheit, ihr elfenbeinfarbenes Gesicht fein geschnitten, und ihre Figur entsprach dem Ideal einer Elbin. Mit ihr zusammen weilte die Heilerin Nathranwen im großen Kaminzimmer im Palas von Burg Elbenhaven. Sie war seit Langem eine Vertraute der Königin, und auch der Umstand, dass sie eine Zeit lang am Hof des Großkönigs Magolas in Aratania gedient hatte, änderte daran nichts. Im Gegenteil: Da Ruwen ihre Enkel Daron und Sarwen noch nie mit eigenen Augen gesehen hatte, lauschte sie gern Nathranwens Berichten, auch wenn sie jeden davon schon dutzendfach gehört hatte und vieles von dem, was die Heilerin aus ihrer Zeit am Hof von Aratania erzählte, Anlass zu großer Sorge bot. Doch Nathranwens Worte erleichterten es Ruwen, eine geistige Verbindung zu ihren Enkeln aufzunehmen und sich ihre Gesichter vorzustellen.

Manchmal war diese innere Verbindung so stark, dass sie mit den Augen der Säuglinge zu sehen vermochte. Aus der Wiege heraus blickte sie dann in die Gesichter ihres Sohnes Magolas und jener Rhagar-Prinzessin, die ihr Sohn zur Frau genommen hatte. Während eines Besuchs des greisen Königs von Aratan in Elbenhaven hatte Magolas sie kennengelernt, und die Leidenschaft hatte ihn gepackt. Ruwen verfluchte innerlich den Tag, an dem dies geschehen war. Schon damals hatten Visionen sie heimgesucht, in denen sie gesehen hatte, wie sich Larana in eine groteske Schattenkreatur verwandelte. Fast eine Jahrhunderthälfte lang hatte sie diese Visionen nicht mehr gehabt, doch seit der Geburt der Zwillinge waren sie wieder häufiger aufgetreten.

Wenn Ruwen mit den Augen ihres Enkels Daron und ihrer Enkelin Sarwen aus der Wiege schaute, wurde sie auch Zeuge der düsteren Rituale, denen die beiden Kinder unterzogen wurden. Der Blick von Magolas' vollkommen schwarzen Augen ruhte dann auf den Kindern, während er Zauberformeln murmelte, die nichts mit der Magie der Elben gemein hatten, und ihnen Hexenzeichen auf die Stirn und die Hände malte.

In jenen Augenblicken spürte Ruwen die dunkle Kraft, die nach den Seelen ihrer beiden Enkel griff, und schauderte dabei bis tief ins Mark. Es war unerträglich für sie, dass es nichts gab, was sie dagegen tun konnte, denn sie spürte deutlich, wie die Dunkle Macht Einfluss über die Zwillinge gewann.

Ruwen fühlte das Unheil nahen, so als wäre es bereits geschehen. Ein Schatten verdunkelte ihrer aller Schicksal.

»Euer Herz ist nicht wirklich erleichtert«, stellte Nathranwen fest, die als Heilerin ein gutes Auge sowohl für die körperliche als auch für die seelische Verfassung ihrer jeweiligen Gesprächspartner hatte. Dabei spiegelte sich das eine im anderen, und oft genügte es Nathranwen schon, wenn sie den Klang einer Stimme hörte oder das kaum sichtbare Zucken gewisser Muskelpartien im Gesicht eines anderen sah.

»Ich fürchte, dieser Angriff auf meinen Gemahl war nur der Anfang des großen Krieges, den wir seit Langem heraufdämmern sehen«, gestand die Königin. »Und natürlich bedrückt es mich über die Maßen, dass mein geliebter Sohn Magolas zum Feind der Elbenheit und zum Diener der Finsternis geworden ist.«

»Es liegt mir fern, Magolas zu verteidigen«, antwortete Nathranwen. »Schließlich hat er mich von seinem Hof verbannt, damit ich keinen Umgang mehr mit den Zwillingen habe. Aber was er tat, tat Magolas aus Liebe zu Larana.«

»Sie ist seine Unglücksbringerin; das weiß ich seit Langem.« Ruwen drehte mit einer für sie ungewohnt heftigen und wenig fließenden Bewegung das Gesicht in Richtung der Heilerin. Auch darin erkannte Nathranwen ein Zeichen der inneren Unausgeglichenheit der Königin – wie auch in der Tatsache, dass Ruwen befohlen hatte, das Feuer im Kamin zu entfachen. Elben waren sehr temperaturunempfindlich, und insbesondere Kälte machte ihnen wenig aus. Auch wenn inzwischen die ersten Herbststürme von Norden her über das Zwischenländische Meer peitschten und die Schneegrenze in den Bergen Hoch-Elbianas deutlich gefallen war, so war es doch noch weit davon entfernt, dass ein Elb normalerweise ein Kaminfeuer hätte entzünden lassen. Doch es war Ruwens Seele, die angesichts ihrer furchtbaren Ahnungen gewärmt werden wollte, nicht ihr Körper.

»Meine Enkel tun mir leid«, sagte Ruwen. »Obgleich sie von ihrer Herkunft her nur Halbelben sind, spüre ich ihr magisches Talent jedes Mal, wenn es mir gelingt, eine flüchtige geistige Verbindung zu ihnen herzustellen. Ich fürchte, sie werden zu Dienern des Bösen – wie ihre Eltern.«

»Magolas und Larana stehen nicht freiwillig auf der Seite Xarors«, erinnerte Nathranwen nachdrücklich. »Sie haben keine Wahl.«

»Es hätte sicher eine andere Möglichkeit gegeben.«

»Um Laranas Leben zu verlängern?« Nathranwen schüttelte den Kopf. »Ich versichere Euch, meine Königin, es ist alles versucht worden. Aber nichts von den Bemühungen, an denen ich ja auch einen gewissen Anteil hatte, war von Erfolg gekrönt. Ihr hättet die Verzweiflung im Gesicht Eures Sohnes sehen sollen, als wir Heiler ihm schließlich jede Hoffnung nehmen mussten, das Leben seiner geliebten Gemahlin zu verlängern. Euer Sohn verfügt ja selbst über erhebliches magisches Talent, und auch er hat wirklich alles in seiner Macht Stehende versucht. Ich weiß nicht, wie ich an Magolas' Stelle gehandelt hätte. Er musste eine schreckliche Wahl treffen …«

Ruwen nickte. Dann fragte sie mit belegter Stimme: »Urteile ich zu hart?«

Nathranwen zögerte mit der Antwort. »Es waren so große Hoffnungen, die wir alle seinerzeit mit der Geburt von Andir und Magolas verbanden«, sagte sie schließlich. »Und ich gebe zu, dass sich manche dieser Hoffnungen in ihr Gegenteil verkehrt haben. Das bewirkt harte Urteile.«

»Ja, da habt Ihr zweifellos recht«, gab Ruwen zu. »Nicht nur im Hinblick auf Magolas …« Ihre Gedanken wanderten in der Zeit zurück. Welch ein ungeahntes Glücksgefühl hatte sie durchströmt, als Nathranwen ihr verkündet hatte, sie – Ruwen – erwarte Zwillinge. Der ganzen Elbenheit war dies als ein gutes Omen erschienen. Ein Zeichen, das König Keandirs Volk förmlich dazu aufgefordert hatte, im Zwischenland zu bleiben und dort ein Elbenreich zu gründen, das größer und schöner hatte sein sollen als alle Elbenreiche, die es in der Alten Heimat Athranor je gegeben hatte.

»Ich verstehe nicht, dass Andir das Schicksal der Elbenheit so gleichgültig sein kann«, äußerte Ruwen nach einer längeren Pause. »Ich habe immer wieder versucht, geistige Verbindung mit ihm aufzunehmen. Aber er scheint schon zu entrückt, um das noch wahrnehmen zu können; anders kann ich mir nicht erklären, dass er mir nicht geantwortet hat und seine Besuche in Elbenhaven immer seltener geworden sind. Dabei sind seine magischen Fähigkeiten einzigartig in der gesamten Elbenheit.«

»Auch Andirs Suche nach sich selbst und der Wahrheit wird irgendwann beendet sein«, entgegnete Nathranwen. »Ihr solltet nicht vergessen, wie viel er dem Königreich Elbiana gegeben hat. Die Brücke über den Nur bei Minasar ist sein Werk, ebenso wie die Aratanische Mauer, die uns seit einem Zeitalter vor den Rhagar schützt. Kein anderer Magier hat so viel geschaffen wie er. Und in der Schlacht gegen den Eisenfürsten war er es, der die Magier und Schamanen der

Elbenheit anführte, um aus dem Nichts heraus Gesteinsbrocken erscheinen und sie auf die Reihen des Feindes stürzen zu lassen.«

»Aber jetzt schlägt erneut eine schwere Stunde für die Elbenheit«, sagte Ruwen. »Und er ist nicht da! Statt dem Reich, dem auch er alles verdankt, zu helfen, zieht er sich zurück, um sich der Wahrheitsfindung, der Selbstfindung, der Reinigung seines Geistes und dergleichen mehr zu widmen.« Ruwen schüttelte den Kopf. »Manchmal will es mir scheinen, als hätte ich in der Erziehung meiner Söhne kläglich versagt.«

»Ihr seid allzu selbstkritisch, meine Königin«, widersprach Nathranwen.

Ruwen erwiderte nichts mehr auf die Worte der Heilerin. Stattdessen erinnerte sie sich daran, wie Andir und Magolas einst, jeder mit einem der Zauberstäbe des Augenlosen Sehers bewaffnet, im Alter von acht Jahren aufeinander losgegangen waren. Vor ihrem inneren Auge verwandelten sich die beiden Kontrahenten dabei in Männer.

Ruwen erschrak, und sie begann sich zu fragen, ob es tatsächlich wünschenswert war, dass Andir aus seinem selbst gewählten Exil zurückkehrte und in die Geschehnisse eingriff, oder ob dadurch das Ausmaß des tragischen Verhängnisses nicht nur noch schlimmer wurde …

Andir, mein Sohn … Vielleicht sind es ja diese Zweifel, die dich davon abhalten, uns in unserer Not zu helfen!

Ein schneidend kalter Wind durchdrang die Kutte aus grauweißem Elbenzwirn, an der jeglicher Schmutz abperlte. Doch Andir störte die Kälte nicht. Er spürte sie nicht mal, so wie er insgesamt den unmittelbaren sinnlichen Kontakt zur Welt des Diesseitigen stark eingeschränkt hatte, um der Erkenntnis näherzukommen.

Er befand sich in der schneebedeckten Gipfelregion eines hochelbianitischen Bergmassivs, das man das »Horn von Eldrana« nannte. Die Luft war bereits so dünn, dass ein Rhagar ebenso wenig hätte atmen können wie all die größeren und kleineren Tiere, die in der hoch-elbianitischen Bergwelt beheimatet waren. In diesen Höhen war man selbst vor den Riesenzahnkatzen sicher, nicht einmal die Berggeier wagten sich so hoch hinauf, und die Kälte hätte unter normalen Umständen selbst einen Elb erfrieren lassen. Aber Andir hatte in der Zeit seiner Einsamkeit gelernt, den eigenen Körper auf eine so vollkommene Weise zu beherrschen, wie er es früher nie für möglich gehalten hätte.

Seit Tagen hatte er nichts gegessen, vielleicht auch schon seit Wochen. Doch er spürte den Hunger ebenso wenig wie die klirrende Kälte. Die Kraft des Geistes hielt ihn aufrecht. Für sein großes, spirituelles Ziel war er bereit, auch einiges zu riskieren.

Hierher könnt ihr mir nicht folgen, ihr Schatten des Bösen, ging es ihm durch den Sinn.

Ihm war, als würde ein heiseres, spöttisches Gelächter in seinem Kopf widerhallen. Es war der spontane Kommentar eines Teils seiner Seele, jenes Teils, der sich nicht länger weigerte, das Existierende als gegeben hinzunehmen, der sich nicht länger an Illusionen festklammern wollte.

Andir hatte sein Elbenpferd weiter unten zurückgelassen, denn auch das geschickteste Tier wäre nicht in der Lage gewesen, ihm in diese Höhen zu folgen; es stand auf einer der Hochalmen, wo es genug Gras und Wasser gab. Falls er es brauchte, konnte er es nach seinem Abstieg jederzeit mit einem Gedankenbefehl zu sich rufen. Seine geistige Kraft reichte aus, um auch über größere Distanzen hinweg ein ihm vertrautes Pferd zu erreichen.

Mit nichts weiter als seinem Gewand und einem kleinen Lederbeutel, den er am Gürtel trug, war er hinauf in diese atemberaubenden Höhen gestiegen. In dem Beutel befanden sich Kristalle, auf die er einst mit Hilfe eines Zaubers das Wissen aus seiner Bibliothek in Elbenhaven gespeichert hatte. Von allem hatte er sich befreit, nur davon nicht. Aber eines Tages würde er vielleicht auch dazu die Kraft finden.

Ein dumpfer, summender Laut, der sich in ein qualvolles Stöhnen wandelte, ließ den Magier den Kopf wenden, und sein Blick schweifte über die Umgebung. Vom zerklüfteten Bergland Hoch-Elbianas war kaum etwas zu sehen; eine grauweiße Decke hüllte das Land ein, und nur hier und dort durchstieß ein einsamer Gipfel den dichten Dunst. Das »Horn von Eldrana« aber ragte weit aus der Nebeldecke hervor.

Dort waren sie – die Schatten, das Dunkle. Er würde sich den Mächten der Finsternis stellen müssen; er hatte es lange geahnt, und der Zeitpunkt war schließlich gekommen.

Aufmerksam suchte Andir mit seinen Blicken die Umgebung ab. Er fühlte Schauder bis ins Mark. Diesen Tag hatte er gefürchtet wie nichts anderes.

Es war beinahe lautlos. Und die das Horn umgebende Nebeldecke vermittelte die Illusion, dass er allein in einer bizarren Fantasielandschaft war, die aussah, als wäre sie den dramatischen Darstellungen von Mindoril dem Wahnsinnigen entsprungen. Mindoril war in der Alten Zeit ein elbischer Maler in Athranor gewesen; seine Gemälde hatten ganze Felswände bedeckt und waren bereits aus einer Entfernung von mehreren Meilen zu bestaunen gewesen. So perfekt waren sie in die Landschaft eingepasst, dass man die auf ihnen dargestellten Fantasmen für real hätte halten können; selbst die scharfen Elbenaugen waren vor dieser Illusion nicht gefeit gewesen. Während Mindorils Gemälde einerseits die positive Eigenschaft gehabt hatten, die ziemlich aggressiven athranorischen Trolle auf Distanz zu halten, hatten sie auf manche besonders empfindsame Elben eine geradezu verheerende Wirkung ausgeübt: Immer wieder hatten sich Betrachter in ihrem Anblick verloren, und es hatte der Kunst eines Heilers oder Schamanen bedurfte, den Betreffenden wieder aus dem Einfluss des jeweiligen Bildes zu befreien.

Den Überlieferungen nach hatte dies zu einer zweitausend Jahre dauernden Spaltung des athranorischen Elbenreichs und zu einem erbitterten Krieg geführt, der zwischen langen Unterbrechungen immer wieder aufgeflammt war: Während im Reich der Ostelben die Malerei ihrer angeblichen Gefährlichkeit wegen vollkommen verboten worden war, blieb sie im Reich der Westelben eine angesehene Kunstform, und man vertrat dort die Ansicht, dass es der geistigen Disziplin und spirituellen Stärke des Einzelnen oblag, sich nicht in der Betrachtung solcher Gemälde zu verlieren, mochten sie noch so eindrucksvoll sein.

Mindoril der Wahnsinnige – dieser Name wurde jenem Künstler von der in dieser Zeit dominierenden Überlieferung des Ostelbenreichs gegeben, während man ihn im Westelbenreich wechselweise Mindoril den Genialen oder Mindoril den Sichtbarmachenden nannte. Er hatte seinem Leben selbst ein Ende gemacht, da er es nicht länger ertragen hatte, der Grund für die Spaltung der athranorischen Elbenheit zu sein.

Bis zu einem Friedensschluss der beiden Reiche hatte es ein weiteres Jahrtausend gedauert, und bis es dann zu einer Aufhebung des Bilderverbots im Osten und einer Wiedervereinigung der Elbenheit in einem einheitlichen Reich kam, folgten noch anderthalb Jahrtausende mehr oder minder intensiver Verhandlungen – eine Zeit der Zersplitterung, denn es spalteten sich zeitweilig weitere Elbenreiche ab, in denen abweichende Auffassungen zum Bilderstreit vertreten wurden. So gab es besonders sektiererisch eingestellte Teilreiche, in denen selbst das absolute Bilderverbot des Ostelbenreichs als zu liberal angesehen wurde und man folgerichtig auch Beschreibungen von Bildern als gefährlich einstufte.

Diese Beschreibungen hatten im Ostelbenreich schon ziemlich bald nach dem Verbot der Malerei kursiert. Abschriften jener Manuskripte waren zu Höchstpreisen gehandelt worden, und der Legende nach war ein Magier namens Asirindis der Trickreiche zu einem gewaltigen Vermögen gekommen, indem er einen Zauber zur Kopie dieser Schriften erfand, der es ihm erlaubte, in kürzester Zeit derart viele Exemplare dieser Beschreibungen zu produzieren, dass sie bald im gesamten Ostelbenreich stärkere Verbreitung fanden als die Propagandaschriften derjenigen, die vor den Gefahren warnten, die angeblich von den Bildern ausgingen.

Einige dieser Beschreibungen von der gigantomanischen und höchst eindrücklichen Kunst von Mindoril dem Wahnsinnigen und einer Schar weniger begabter Künstler hatten in Büchern und auf Schriftrollen Jahrtausende später die große Seereise der Elben durch das zeitlose Nebelmeer mitgemacht und auf diese Weise die Küste des Zwischenlandes erreicht, wo sie Bestandteil der Bibliotheken von Elbenhaven geworden waren.

Andir hatte diese Beschreibungen gelesen, und obgleich sie kein Ersatz für den tatsächlichen Anblick eines der Kunstwerke Mindorils sein konnten, hatte er den Schauder durchaus nachempfinden können, den die Elben in der Alten Zeit beim Betrachten der gewaltigen Felsgemälde gespürt haben mussten. Wahrscheinlich waren diese riesigen Kunstwerke längst dem Zahn der Zeit zum Opfer gefallen, doch er fragte sich, was diese uralten Beschreibungen wohl in ihm selbst angesprochen hatten, dass er sich so intensiv mit ihnen beschäftigt hatte und sich ihm die Erinnerung daran ausgerechnet in diesem Moment höchster Bedrohung aufdrängte. Er hatte die Beschreibungen der Bilder Mindorils des Wahnsinnigen seinerzeit so genau studiert, dass er bisweilen schon geglaubt hatte, jener Gemälde tatsächlich ansichtig geworden zu sein.

Es ist der Schauder, der beides verbindet. Spürst du es nicht? Die Felsgemälde des Mindoril sprechen denselben wunden Punkt in deiner Elbenseele an wie die Ausgeburten der Finsternis, von denen du dich verfolgt glaubst …

Andir versuchte diesen Gedanken zu verscheuchen wie ein lästiges Insekt, dessen Geist zu primitiv war, um ihn sich mit einem geistigen Befehl unterwerfen zu können. Da vernahm er wieder das qualvolle Stöhnen, das sich in das Grollen eines wilden Tieres verwandelte und sehr bedrohlich klang.

»Ihr Namenlosen Götter, sagt mir, was ich tun soll!«, rief er in dem Bewusstsein, dass sie ihn weder hörten, noch Interesse an seinem Schicksal hatten. Wie verzweifelt musste er sein, wenn er sich schon dazu hinreißen ließ, diese ätherischen Idole anzurufen, von denen er keinerlei Mitgefühl erwarten durfte? Brass Elimbor, der legendäre Schamane, war ihm in seiner Einsamkeit wiederholt und in unterschiedlichster Form erschienen. Aber auch der ehemalige Obere des Schamanenordens, dessen sterbliche Hülle auf einem Felsplateau in der Nähe von Elbenhaven hockte, durch einen Zauber vor der Verwesung geschützt und den Blick ins Landesinnere gerichtet, meldete sich nicht bei ihm; er schwieg, obwohl er den Elben von allen Jenseitigen gegenwärtig ganz gewiss am nächsten war.

Wundert dich das wirklich?, meldete sich abermals jener spöttische Kommentator aus den Untiefen von Andirs Seele zu Wort. Immer wieder hatte diese Stimme in letzter Zeit Andir darauf hingewiesen, dass es auch in seiner Seele blinde Flecken gab, die er bisher nicht anzusehen gewagt hatte. Angeblich bist du doch hier, weil du auf der Suche nach der reinen Erkenntnis bist – vor allem natürlich der Erkenntnis deiner selbst. Und da erwartest du Hilfe von Brass Elimbor oder den Namenlosen Göttern? Das ist nicht dein Ernst, größter aller Magier!

Es dauerte seine Zeit, bis Andir diesen Gedanken überwunden hatte, dann setzte er seinen Aufstieg fort. Er stakste durch den Schnee und stellte fest, dass ihm die Leichtfüßigkeit fehlte, die für einen Elben eigentlich selbstverständlich war. Statt über die Schneedecke zu wandeln, versank er bisweilen bis zu den Knien darin. Ein unsichtbares Gewicht schien auf ihm zu lasten und ihn niederzudrücken.

Die Dämmerung hatte bereits eingesetzt, und Andir fürchtete sich vor der Nacht, denn dann vermochten selbst seine scharfen Elbenaugen das schattenhafte Etwas, das ihm folgte, nicht schnell genug zu sehen, falls es sich ihm weiter näherte oder ihn sogar angriff. Auf seine magischen Sinne mochte sich Andir lieber nicht verlassen. In letzter Zeit hatte er zu oft feststellen müssen, dass sie ihn täuschten oder nicht richtig funktionierten, was ihn nicht nur erstaunte, sondern auch zutiefst verunsicherte. Seit frühester Jugend hatte er auf seine magischen Sinne bauen können, sie als weitaus präziser empfunden als die gewöhnlichen Sinne wie Sehen oder Hören, über die ja schließlich auch die leicht zu beeinflussenden Tiere verfügten. Andir wusste, wie einfach diese Sinne zu täuschen waren, und hatte daher immer mehr dazu geneigt, die Realität um sich herum mittels der Magie zu erfassen.

Vielleicht ein Fehler!

»Schweig!«, schrie Andir in die Stille der eindrucksvollen Bergwelt hinein. Ein quälender Laut des dunklen Etwas antwortete ihm und verursachte dem Elb beinahe körperliche Schmerzen, sodass er wie unter einem Peitschenhieb zusammenzuckte.

Du kannst deinem eigenen wachen Geist nicht befehlen wie dem einfachen Geist eines Elbenpferds! Dazu müsstest du schon Teile deiner eigenen Seele in tote Parzellen verwandeln. Ich weiß nicht, ob es das ist, was mit deinem Bruder Magolas geschah, aber ich vermute es fast. Wie könnte er sonst zu einem Diener Xarors geworden sein?

Der Hinweis auf seinen Bruder schmerzte Andir so sehr wie jener auf die blinden Flecke seiner eigenen Seele, die er sich anzuschauen bisher geweigert hatte. In letzter Zeit hatte Andir des Öfteren an seinen der Finsternis verfallenen Bruder gedacht, manchmal so intensiv, dass für wenige Augenblicke eine geistige Verbindung zwischen ihnen bestanden hatte. So hatte er seinen Zwillingsbruder geistig in den Tempel der Sechs Türme begleitet und erlebt, wie die aus dem finsteren Schlund geborene Riesenhand nach Magolas' Kopf gegriffen hatte, um alles aus dessen Seele zu extrahieren, was dem einstigen Herrn des Dunklen Reichs in irgendeiner Form nützlich sein konnte.

Alles, was Magolas über seinen Vater Keandir wusste, zum Beispiel, über dessen Aufenthaltsort und die Schwächen des Elbenkönigs. Über die geistige Verbindung, die Magolas und Keandir noch immer sporadisch verband, hatte der ehemalige Herrscher des Dunklen Reichs herausfinden können, wo sich der König des Elbenreichs zu welchem Zeitpunkt befand, und er hatte ihn sogar angegriffen. Magolas war sein Kundschafter dabei, ob er nun wollte oder nicht.

In den letzten Nächten hatte Andir auch häufig von seinem Bruder geträumt. Er hatte durch die Augen Magolas' die Zauberstäbe auf dem Altar des Xaror gesehen und in den Träumen den Ritualen beigewohnt, die Magolas an seinen Kindern durchführte, damit auch sie dereinst dem Schattenherrscher folgten. Die Stimme von Brass Elimbor hatte in diesen Träumen regelmäßig zu ihm gesprochen und ihn aufgefordert, seinem Bruder Einhalt zu gebieten. Aber als kundiger Magier war sich Andir sicher, dass es nicht wirklich der Geist Brass Elimbors gewesen war, den er hörte, sondern wohl nur sein eigenes schlechtes Gewissen.

Andirs Gedanken gingen zurück in ihrer beider zehntes Lebensjahr, als er Magolas durch einen Schlag mit dem Paddel daran gehindert hatte, nach Naranduin zu segeln und sich der Faszination der dunklen Magie hinzugeben, die diese Insel auch nach dem Tod des Augenlosen Sehers noch umgab. Einmal habe ich dich vor dem Einfluss der Finsternis bewahren können, mein Bruder. Aber jetzt steht es außerhalb meiner Macht!

Der Kommentator in seinem Kopf gab darauf eine gewohnt spöttische Antwort: Welch eine passende Ausrede, o Weiser aller Weisen!

Einer Nadelspitze gleich stach das Horn von Eldrana in den grau gewordenen Himmel, während die Sonne ihre letzten Strahlen durch das tiefer gelegene Wolkenmeer sandte, in dem sie versank und dabei ihr rötliches Licht einer blutenden Wunde gleich vergoss.

Wie fern wirkten von so weit oben die Probleme der Diesseitigen. Kühl und klar war die Luft, die Andir in seine Lungen sog, auch wenn sie kaum noch Sauerstoff mit sich führte. Er konnte seine Atmung der dünnen Luft anpassen. Eine magische Formel, die er gelegentlich vor sich hinmurmelte, unterstützte ihn dabei. Was hatte er geglaubt, so hoch oben zu finden? Da war nichts; er war allein mit all dem, was seine Seele und seinen Geist ausmachte. Allein mit seinen Erinnerungen und Gedanken, auf dass er das Chaos seiner Seele neu zu ordnen vermochte.

Die eigentliche Gipfelregion des Horns von Eldrana bestand aus einer spitz zulaufenden, einem Dorn ähnlichen Felsnadel, die an ihrem Sockel gerade so dick war, dass zehn erwachsene Elbenmänner sie umfassen konnten, während ihre Spitze einem scharfen Splitter glich. Diese Felsennadel war von einem schmalen Plateau umgeben, kaum zwanzig Schritt breit, dessen Ebene deutlich geneigt war. Fast hätte man glauben können, dass dieser Ort gar nicht natürlichen Ursprungs, sondern eine uralte in den Fels geschlagene Kultstätte wäre.

Andir, der auf dem Plateau stand und den Blick hatte schweifen lassen, drehte sich wieder zu der Felsnadel um, schaute nach oben – und erschauderte. Ein Fleck aus undurchdringlicher Finsternis hatte sich im mittleren Bereich der Felsnadel gebildet. Im ersten Moment waren seine Konturen unklar, doch dann veränderten sie sich und glichen den Umrissen eines kahlköpfigen Elbenschädels. Die spitzen Ohren waren deutlich zu erkennen, und als sich Andir zur Seite wandte, auch die Konturen eines feingeschnittenen Elbengesichts.

Überrascht?

Ein Gefühl der Bedrohung lähmte Andir. Dieses dunkle Etwas war es also, das ihn schon eine ganze Weile verfolgte – zuerst nur in seinen Gedanken und schließlich auch völlig real.

»Weiche von mir, Finsternis!«, rief Andir aus.

Der Magier hatte keine Waffe bei sich – aber es war ohnehin unvorstellbar lange her, dass er sich eines so primitiven Tötungswerkzeugs wie eines Schwerts oder einer Armbrust bedient hatte. Solche Dinge brauchte er nicht. Seine Waffe war die Macht des klaren Geistes. Die stärkste Kraft, die einem elbischen Magier überhaupt zur Verfügung stehen konnte.

Der dunkle Fleck aus purer Finsternis breitete sich aus. Die Schwärze floss wie ein zähflüssiger Sirup die unebene Oberfläche der Felsnadel entlang. Einzelne kleine Flüsse teilten sich, mäanderten in mehreren Windungen dahin und vereinigten sich wieder. Ein Teil dieser Flüsse, die wie mit schwarzem Blut gefüllte Adern wirkten, flossen entgegen den Naturgesetzen nach oben in Richtung der Spitze der Felsennadel. Der Fleck dehnte sich auf diese Weise weiter aus und formte schließlich neue Umrisse: Der riesige Schatten eines Elben in einem langen, kuttenartigen Gewand!

Andir schluckte. Wie der überdimensionierte Schattenriss seiner selbst wirkte diese dunkle Gestalt.

Du kannst mir nicht entfliehen. Deine Flucht ist zu Ende. Hier und jetzt fällt die Entscheidung …

Andir war unfähig, auch nur einen einzigen Ton hervorzubringen. Die Gestalt streckte eine Hand aus, blitzschnell. Der Arm und die Hand wuchsen und umfassten Andirs Kopf, so wie es Magolas im Tempel der Sechs Türme widerfahren war.

Der Magier versuchte, alle Kräfte zu mobilisieren, die in ihm waren. Aber er wurde plötzlich von einer erschreckenden Schwäche befallen. Wie gelähmt war er, sowohl geistig als auch körperlich. Er war zu keiner Bewegung, nicht einmal zu einem klaren Gedankenbefehl und einem herkömmlichen Abwehrzauber fähig. Die Finsternis der dunklen Hand umschloss ihn, und von einem Augenblick zum anderen konnte Andir nichts mehr sehen oder hören. Er fühlte nur eine Form von Kälte, die nichts zu tun hatte mit der auf dem Gipfel des Horns von Eldrana herrschenden Temperatur; diese Kälte drang bis in das tiefste Innere seiner Seele.

In den Schriften der Überlieferung aus der Alten Zeit in Athranor berichteten vornehmlich schamanische Chronisten davon, dass die Maladran einem ähnlichen Kältegefühl ausgesetzt waren, wenn sie ins jenseitige Reich der Verblassenden Schatten eingingen. Sollte das sein Schicksal sein? Sollte aus dem größten Magier, den die Elbenheit seit einem Äon hatte, ein verblassender Schatten in Maldrana werden? Ein Nichts, dessen Namen man vergessen würde?

Er fühlte, wie er von grob zufassenden Händen niedergerissen wurde. Eigentlich hatte er erwartet, im nächsten Moment den harten, rutschigen Felsboden zu spüren, aus dem das Gipfelplateau rund um die Felsennadel bestand. Aber da war nichts; Andir hatte das Gefühl, in purer Finsternis zu schweben. Das dunkle Etwas, das ihn angegriffen hatte, machte sich derweil daran, ihn vollkommen zu durchdringen und jeden Winkel seiner Seele auszufüllen.

So hatte er sich sein Ende nicht vorgestellt …

Erneut versuchte er sich mit seinen weißmagischen Kräften gegen das zu wehren, was ihm angetan wurde. Aber zum ersten Mal in seinem Leben verweigerten ihm diese Kräfte den Gehorsam; er hatte keine Gewalt mehr über sie. Die Kälte ließ ihn innerlich erstarren und lähmte jeden Gedanken, bis Gleichgültigkeit von ihm Besitz ergriff. Sein Widerstandswillen verflüchtigte sich. Die Agonie des Todes wurde zum beherrschenden Element.

Ergib dich deinem Schatten und lass es zu, dass die Finsternis in deine Seele zurückkehrt. Sie war immer dort, von Anfang an …

Eine traumartige Szene erschien vor Andirs innerem Auge: König Keandir kehrte von Naranduin zurück. Er legte die Hand auf Ruwens Bauch, und die Finsternis fuhr als ein rauchartiger Schwarm kleinster, wie Insekten durcheinanderschwirrender Teilchen von der Hand des Elbenkönigs in Ruwens Leib.

Es ist kein Traum.

Es ist eine Erinnerung an Dinge, an die sich normalerweise niemand zu erinnern vermag.

Sei also nicht überrascht.

Alles, was geschieht, hast du bereits einmal durchgemacht, auch wenn es geschah, noch bevor sich deine Seele zur Gänze gebildet hatte.

Da waren nur Dunkelheit und der Schlag eines großen Herzens; in seinen übermächtigen Rhythmus ordneten sich die beiden schwachen, nur für die geübten Ohren der Heilerin Nathranwen überhaupt wahrnehmbaren Pulsschläge der Zwillinge ein.

Andir.

Magolas.

Ihre Namen standen bereits fest. Ihr Schicksal vielleicht auch.

Der Schwarm der Finsternis berührte sie beide und erfüllte ihre Seelen. Die Gedankenschreie der Ungeborenen blieben ungehört.

Die Finsternis war immer in dir, auch wenn du versucht hast, sie einzuschließen und dann ganz aus deiner Seele zu verbannen. Aber je mehr du vor ihr zu fliehen versuchst, desto hartnäckiger wird sie dich verfolgen.

»Nein!«

Andir begriff im ersten Moment nicht, dass er selbst es war, der diesen Schrei voller Qual und Schmerz ausstieß. Er sah die zwei Kinder innerhalb von Augenblicken heranwachsen. Er erlebte mit, wie sie ihre eigene Sprache entwickelten, die nur von ihnen beiden verstanden wurde, wie sie einander im Wachstum und in der Entwicklung nacheiferten, was dazu führte, dass sie sich viel schneller entwickelten, als dies bei Elbenkindern für gewöhnlich der Fall war. Schlaglichtartig sah er den Kampf, den sie sich im Alter von acht Jahren mit den Zauberstäben des Augenlosen Sehers geliefert hatten, woraufhin ihr Vater die Artefakte in einem Verlies unterhalb der Burg von Elbenhaven eingeschlossen hatte. Er sah, wie er mit Magolas in einer Barkasse vor die Küste Naranduins gesegelt war und seinen Bruder niederschlug, um zu verhindern, dass dieser der düsteren Magie der Insel erlag, woraufhin sie für viele Jahre kein Wort mehr miteinander sprachen.

»Kinder der Finsternis sind wir jetzt beide!«, hörte Andir dann eine Stimme sagen, von der er nicht wusste, ob es die seines Bruders oder die seines Vaters war.

Ein weiteres Mal schrie Andir auf.

»Nein!«

Ein verlorener, einsamer Laut in einem Meer aus Finsternis und Kälte – und der letzte Gedanke, zu dem Andir fähig war.

Dann war nur noch das Nichts. Pure Dunkelheit, die ihn wie ein kaltes Leichentuch einzuhüllen schien.

Die normalerweise elfenbeinfarbene, langfingrige Elbenhand war blau gefroren. Eine Totenhand, von Raureif überzogen, die zunächst leicht zuckte und sich dann zur Faust schloss.

»Steh auf, größter Magier der Elben!«, sagte eine befehlsgewohnte Stimme.

Andir hob den Kopf. Er hatte keine Ahnung, wie lange er auf dem kalten Felsgrund des Gipfelplateaus gelegen hatte.

»Deine Augen sind schwarz wie die deines Bruders und deines Vaters«, stellte die Stimme fest. »Aber keine Angst, im Gegensatz zu deinem Bruder beherrscht dich die Finsternis nicht …«

Andir erhob sich, und die vollkommene Dunkelheit, die seine Augen bis dahin erfüllt hatte, verschwand; er konnte es nicht sehen, spürte es aber. Allmählich kehrten auch seine Lebensgeister zurück, und die Kälte wich.

Andir schützte die Augen mit der Hand vor dem grellen Leuchten in seiner unmittelbaren Nähe, in dem der Ursprung der Stimme zu liegen schien. Eine Gestalt aus Licht stand am Rand des Plateaus. Sie leuchtete so stark, dass es Andir zunächst unmöglich war, Einzelheiten zu erkennen. Aber er spürte die Aura, die von dieser Gestalt ausging, und so wusste er, noch bevor sich seine Elbenaugen an das grelle Licht gewöhnt hatten, um wen es sich handelte.

»Brass Elimbor!«, stieß er hervor. »Ich hätte Eure Hilfe früher gebraucht. Die Finsternis erfüllt mich jetzt.«

»Es ist so, wie es zu Anfang war.«

»Mag sein, aber ich kann nicht sagen, dass ich diesen Zustand gutheiße. Ich habe stets darum gerungen, nicht von der Finsternis beeinflusst zu werden und ...«

»Sie war von Anfang an ein Teil deiner selbst, und es hat keinen Sinn, dies länger zu leugnen.«

»Dann war ich von meiner Geburt an ein Diener des Bösen«, sagte der Elbenprinz heftig, »und es wäre besser, ich wäre vom Lebensüberdruss befallen worden und hätte mich von der Kaimauer in Elbenhaven gestürzt!«

»Das ist Unsinn, Andir!«

»So?«, fragte Andir herausfordernd.

»Elbiana braucht die Hilfe seines größten Magiers. Eine furchtbare Gefahr droht der Elbenheit und allen anderen Völkern des Zwischenlandes. Xaror versucht sein Dunkles Reich erneut zu errichten. Die Geschöpfe des Limbus sind ihm untertan und werden alles tun, was er verlangt. Selbst diejenigen, die ihm heute noch dienen, sind nicht mehr sicher.«

»Dunkelheit kämpft gegen Dunkelheit«, murmelte Andir.

»Ist das wirklich alles, was es dazu zu sagen gibt, Andir? Wenn es so ist, dann wird deine Seele wahrhaftig von der Finsternis beherrscht. Aber hast du je darüber nachgedacht, dass etwas Finsternis in jedem sein muss, auch in demjenigen, der die Finsternis bekämpft? Wie könnte er sie sonst verstehen?«

Andir war verwirrt. »Was ... was soll ich tun?«

»Es darf nicht gewartet werden, bis die Kinder des Lichts zu Kindern der Finsternis werden!«

Es war Andir sofort klar, dass Brass Elimbor damit seine Bruderkinder Daron und Sarwen meinte. Er schloss die Augen, um sich für einen Moment auf die sich anbahnenden Wege des Schicksals zu konzentrieren. Daron und Sarwen ... Sie waren der Schlüssel. Sie waren die zwei, die das Schicksal der Elbenheit bestimmen würden. Sie erfüllten damit, was Andir und Magolas hätten erfüllen sollen …

Als Andir die Augen wieder öffnete, war die von gleißendem Licht umflorte Gestalt verschwunden, und er war wieder allein auf dem Gipfel des Horns von Eldrana.

4

GESCHÖPFE DER NACHT

»Seid still, Männer!«, rief Pantall, der Hauptmann der Norischen Garde, der die Wächter am Tempel der Sechs Türme befehligte.

Es dämmerte, und die Männer hatten ausgelassen schwatzend an ihren Feuern gesessen, doch sogleich verstummten sie – nicht nur, weil der Hauptmann es ihnen befohlen hatte, sondern weil sie merkten, dass im Inneren des Tempels etwas vor sich ging. Dumpfe, summende Geräusche kamen von dort. Laute, die an wütende Insektenschwärme, manchmal auch an einen Chor von Stimmen erinnerten und die bedrohlich anschwollen.

Niemand sprach mehr ein Wort. Die Männer starrten auf die Tore von Xarors Tempel, so als erwarteten sie, dass in Kürze etwas daraus hervorkäme. Etwas, von dem sich keiner der Anwesenden auch nur eine Vorstellung zu machen vermochte.

Pantall spürte, dass seine Soldaten von Angst ergriffen wurden. So manch einer der Elitekrieger der Norischen Garde legte die Hand an den Griff seines Schwertes.

Im Inneren der Tempelmauern – unsichtbar für Hauptmann Pantall und seine Männer – hatte der schwarze Fleck auf dem Boden der Haupthalle seine Ausdehnung verdreifacht. Die schwarze Pfütze aus einer zähflüssigen, jedes Licht verschlingenden Substanz war zu einem kleinen See geworden, der sich entgegen aller sowohl Rhagar als auch Elben bekannten Naturgesetze die Treppenstufe vor dem Altar emporgedrückt hatte und nun bis auf Schrittlänge an dessen Sockel heranreichte.

Das Knochenmobile begann zu tanzen. Ein eisiger Hauch drang aus der unergründlichen Schwärze hervor, und die magischen Artefakte, die sowohl auf dem Altar lagen, als auch an den Wänden hingen, begannen zu zittern und zu klappern.

Gleichzeitig schwollen die Summgeräusche, die auf geheimnisvolle Weise dem dunklen Fleck entstiegen, zu einer Intensität an, die es kaum einem Diesseitigen möglich gemacht hätte, sich in diesem Moment im Inneren des Tempels aufzuhalten.

Die Artefakte auf dem Altar begannen sich zu bewegen, darunter auch die beiden Zauberstäbe des Augenlosen Sehers – Xarors Bruders –, die der Axtkrieger und seine Truppe von sechsfingrigen Kampfgnomen aus König Keandirs Verlies in Elbenhaven gestohlen hatten. Das durch die hohen Fenster einfallende Licht ließ den geflügelten Affen aus Gold an der Spitze des hellen Stabes aufleuchten, sodass der geschrumpfte Totenschädel an der Spitze des dunklen Stabs angestrahlt wurde.

Ein seltsam geformtes Zepter fiel vom Altar zu Boden. Es war aus purem Gold, hatte die Form eines Baums und gehörte zu den zahlreichen Kultgegenständen, die Magolas und sein Heer aus den Sonnentempeln von Karanor geraubt hatten.

Das Zepter blieb nur für einen Moment auf dem Boden liegen, dann rollte es auf die Finsternis zu und verschwand darin. Andere Kultgegenstände purzelten ebenfalls vom Altar und wurden von der Finsternis verschlungen, die sich daraufhin weiter ausdehnte. Blitze zuckten über die Oberfläche des schwarzen Flecks.

Kraft ... So viel Kraft ...

Seit Äonen hatte sich Xaror nicht mehr so mächtig gefühlt. Der Augenblick, da es ihm endlich möglich sein würde, sein unfreiwilliges Exil im Limbus zwischen den Welten zu verlassen, war nahe. Aber ihm war bewusst, dass er vorsichtig zu Werke gehen musste, wenn er den Erfolg nicht gefährden wollte. Es kam auf den richtigen Zeitpunkt an. Einen Zeitpunkt, an dem sich die Zeitlinien kreuzten und verzweigten und ein neues Schicksal in die Wege geleitet werden konnte, das jenes ablöste, welches König Keandir geschaffen hatte.

Es drängte ihn, in die Welt der Diesseitigen zurückzukehren. Die Menge an magischen Artefakten, die seine Sklaven gesammelt hatten – zuletzt der Axtherrscher der Trorks und Magolas –, reichte dazu längst aus. Und doch musste er noch warten, bis der richtige Augenblick gekommen war.

Eine andere Sache aber duldete keinerlei Aufschub mehr. Der Angriff auf den König der Elben und dessen Ausgang hatte ihm dies klargemacht. Die magische Kraft Keandirs wuchs, er wusste die Finsternis seiner Seele inzwischen besser zu nutzen, und was Xaror dabei am meisten ärgerte, war die Tatsache, dass er selbst ihn durch seinen Angriff erst dazu animiert hatte. Aber entsprach das nicht einem Naturgesetz? Viel Gift tötet. Ein bisschen Gift weckt die Widerstandskraft. Er hatte den Fehler begangen, seinen Gegner zu unterschätzen, und war deshalb mit einer zu geringen Streitmacht gegen ihn vorgegangen. Doch dies ließ sich korrigieren.

Ein halb kichernder, halb glucksender Laut erfüllte die große Haupthalle des Tempels, und einer der Schädel, die an Fäden von der Decke hingen, zersprang, und Knochensplitter fielen in den dunklen Fleck; Blitze zuckten dort, wo sie in der Finsternis verschwanden.

Xaror würde Keandir bekämpfen müssen. Je länger er wartete, desto größer wurde des Königs Macht. Also würde er Keandir und der Welt eine Vorhut schicken, die von seinem baldigen Kommen künden und seinen Widersacher vernichten würde.

In dem dunklen Schlund begann es zu brodeln. Die Oberfläche aus purer Finsternis nahm immer mehr Eigenschaften einer Flüssigkeit an. Blasen bildeten sich und zerplatzten. Aber manche stiegen auch auf, schwebten wie Kugeln aus reiner Dunkelheit empor. Faustgroß waren sie zumeist, und noch während sie kaum die Schulterhöhe eines gewöhnlichen Rhagar-Mannes erreicht hatten, waren sie zur durchschnittlichen Größe eines Schädels gewachsen. Dabei verformten sie sich, fledermausartige Geschöpfe entstanden, die durch die Luft schwirrten und deren schrille Schreie im Tempel widerhallten. Jedes dieser schädelgroßen Flederwesen hatte einen Korb auf dem Rücken, in dem jeweils ein Dutzend winziger Gestalten hockten: Schattenkrieger mit katzenhaften Gesichtern, keiner größer als ein menschlicher Zeigefinger.

Der Schwarm dieser Kampffledertiere wuchs an. Sie flatterten zwischen den von der Decke hängenden Schädeln umher und wirkten sehr unruhig.

»Oh, ich kann eure Sehnsucht verstehen!«, sagte die Gedankenstimme Xarors. »Aber ihr müsst Geduld haben. Und vor allem müsst ihr jetzt einen entscheidenden Schritt tun, um euch diese Welt zu verdienen.«

Die Fledertiere antworteten darauf mit einem Chor noch schrilleren Geschreis.

»Vernichtet den König der Elben. Bringt, wenn möglich, die Elbensteine in euren Besitz, und tötet so viele Elben wie möglich – denn ihr Reich blockiert meine Schicksalslinie!«

Hauptmann Pantall und seine Männer starrten auf das Tempeltor, sahen, wie die beiden gewaltigen Flügel nach außen gestoßen wurden.

Der Schwarm von Fledertieren drängte heraus. Im ersten Moment waren die Reiter in ihren Körben kaum zu sehen. Aber die Flederwesen und die katzengesichtigen Krieger in den Körben auf den Rücken der Flugtiere gewannen an Größe, wuchsen rasend schnell, sobald sie die Tore des Tempels passiert hatten, bis die Fledertiere die Ausmaße der Riesenmammuts aus Wilderland oder der legendären Großechsen angenommen hatten, die in den karanorischen Wäldern hausten und von den Rhagar zum Transport ihrer Kampfmaschinen benutzt wurden; die katzenartigen Krieger hingegen hatten die Größe hoch gewachsener Elben oder Rhagar angenommen. Ihre fauchenden Kampfschreie ließen selbst den hartgesottenen Männern der Norischen Garde das Blut in den Adern gefrieren.

Die Riesenfledertiere hoben sich in den Abendhimmel. Sie beschleunigten ihren Flug auf magische Weise, sodass von ihnen innerhalb von Augenblicken nur noch dunkle Punkte in der Dämmerung zu sehen waren.

»Nur gut, dass nicht wir ihre Gegner sind«, bekannte Hauptmann Pantall schaudernd, während der Strom der Fledertiere, die noch immer aus dem Tempel drangen, schließlich abbrach. Die Tore schlossen sich wie von selbst, und aus dem Inneren des Gemäuers drang ein Laut, den man sowohl als triumphales Gelächter als auch als das drohende Knurren eines Monstrums interpretieren konnte.

Großkönig Magolas befand sich mit seinem Gefolge der Norischen Garde auf dem Weg nach Aratania. Auf einmal gab er seinem Elbenpferd den Befehl zu stoppen. Der ganze Zug von etwa zwei Dutzend

Reitern kam zum Stehen. Vor ein paar Stunden hatten sie mit einer Fähre den Fluss Kar überquert, der im Norden im See der Finsternis entsprang und sich durch die Wälder des Landes Karanor zog. Magolas hatte die Fährverbindung am Oberlauf des Kar einrichten lassen, um jederzeit – auch bei Hochwasser – den Fluss überqueren und zum Tempel des Xaror gelangen zu können. Dass die Fährstationen auf beiden Seiten des Kar zu den am besten bewachten Orten des Magolasischen Reiches gehörten, verstand sich von selbst. Schließlich musste der Großkönig den Tempel schnell und unproblematisch erreichen können, um die Essenz des Leben stets rechtzeitig in Empfang nehmen zu können. Davon abgesehen rief Xaror ihn auch manchmal, damit der Großkönig Befehle für ihn ausführte. Zumeist ging es dabei darum, magische Artefakte aus irgendwelchen Rhagar-Tempeln zu besorgen, die der einstige Herrscher des Dunklen Reichs seiner immensen Sammlung hinzufügen konnte.

Andererseits aber bewachte Magolas den Zugang zum Tempel auch, damit es ihm nicht eines Tages so erging wie dem Axtherrscher der Trorks und er seine Stellung als bevorzugter Diener und Statthalter des Schattenherrschers verlor. Das hätte unweigerlich das Ende Laranas bedeutet, denn Magolas konnte sich nicht vorstellen, dass Xaror sie nur aus reinem Mitgefühl noch mit der Essenz des Lebens versorgen würde, sobald er den Großkönig der Rhagar nicht mehr brauchte.

Aber auch dieser Tag würde kommen. Magolas sah ihn bereits heraufdämmern. Xarors Kräfte wurden immer stärker, und es war fraglich, wie lange er noch auf einen Stellvertreter angewiesen war. Einen Platz an seiner Seite hatte er Magolas versprochen, als Vasall und Gefolgsmann.

Doch es würde Xarors Reich sein, was entstehen würde, nicht mehr das Magolas'. Der Großkönig sah seine Situation realistisch. Und doch blieb ihm keine andere Wahl: Er war ein Verdammter, gefangen in einem Netz schicksalhafter Verstrickungen, das andere gesponnen hatten und aus dem er sich nicht mehr befreien konnte.

Der Großkönig wandte zuerst den Kopf und lenkte dann sein Pferd mit einem Gedankenbefehl herum, sodass er in jene Richtung schauen konnte, aus der er und sein Gefolge gekommen waren. Sie befanden sich auf einer grasbewachsenen Ebene an der Grenze zwischen

Karanor und Norien. Die Wälder Karanors bedeckten einem grünen Band gleich den Horizont im Osten.

»Was ist los, Herr?«, fragte der Offizier, der den Trupp norischer Söldner anführte. Er hieß Orantos und war von Magolas in den Rang eines Oberst befördert worden, nachdem der vorhergehende Kommandant seiner Leibwache offenbar Verbindungen zu einer Widerstandsgruppe aufgenommen hatte, die vornehmlich aus verbannten Mitgliedern der aybanitischen Sonnenpriesterschaft bestand. Magolas hatte sie aus den heiligen Orten Om-Dagar und Yras vertrieben, und sie hatten zunächst nach Pondia ins Exil gehen müssen, der Hauptstadt des Reichs der Halblinge von Osterde. Dann, nachdem Osterde dem Großkönig tributpflichtig geworden war und die angrenzenden Rhagar-Staaten Marana und Haldonia Bündnisverträge mit dem Magolasischen Reich schlossen, hatte die Bruderschaft der aybanitischen Sonnenpriester Asyl im Reich der Blaulinge gefunden. Aber dort waren sie so weit entfernt, dass Magolas keinen Schaden mehr von ihnen erwartete. Hin und wieder schickte er ihnen ein paar gedungene Assassinen, die er vorzugsweise aus den Reihen der Aybaniter rekrutierte. Aber inzwischen waren die Exil-Priester gegenüber den eigenen Landsleuten sehr misstrauisch geworden, vor allem dann, wenn diese angeblich zu ihnen über die maduanitische Grenze flohen.

Orantos' Amtsvorgänger war in Aratania öffentlich geköpft worden. Orantos konnte sicher sein, dass es ihm genauso ergehen würde, käme auch nur der kleinste Zweifel an seiner Loyalität auf.

»Spürt Ihr eine Gefahr, Herr?«, fragte Oberst Orantos, nachdem ihm Magolas noch immer nicht geantwortet hatte. Natürlich wusste Orantos, dass die Sinne des Großkönigs denen eines Rhagar weit überlegen waren und er darüber hinaus Dinge und Ereignisse auch durch seine magische Befähigung wahrnehmen konnte. Aber Orantos übte sein Amt noch nicht lange aus und hatte zuvor in einer Abteilung der norischen Garde Dienst getan, die mit der Bewachung von Palastgebäuden in Aratania betraut war. So hatte er kaum direkten Kontakt zum Herrscher oder seinen Angehörigen gehabt und war mit den Eigenheiten seines Königs kaum vertraut.

»Schweig!«, zischte dieser zornig, und seine Hand legte sich um den Griff des Schwerts an seiner Seite. Er richtete sich im Sattel gerade auf, und seine Augen wurden sehr schmal, während er zum Waldrand schaute. Dunkle Punkte rasten über den Himmel, so schnell, dass ein menschliches Auge unmöglich Einzelheiten erkennen konnte. Flüchtige Schatten, die einem Schwarm aufgescheuchter Abendsegler ähnelten.

Aber Magolas' Elbenaugen konnten trotz der großen Geschwindigkeit und der enormen Höhe dieser Schatten erkennen, um was es sich wirklich handelte. Er sah die Schar der Fledertiere und die Körbe auf ihren Rücken, in denen sich die katzenartigen Kreaturen befanden. Dass sie so winzig wirkten und von den Menschen kaum bemerkt wurden, lag an der großen Entfernung. Magolas' Elbenaugen aber konnten die Größenverhältnisse auch bei dieser hohen Distanz richtig abschätzen, und so erkannte er, dass dort ein Heer von fliegenden Ungeheuern durch den grau gewordenen Himmel flog.

Eine Armada der Lüfte, geschaffen um zu töten und zu vernichten! Geschöpfe des Limbus. Kreaturen, die Xaror in diese Welt geholt und denen er einen Auftrag gegeben hatte. Schauder erfassten Magolas. Er hatte die dunkle Aura dieser Geschöpfe schon erspürt, noch ehe eines von ihnen am Horizont aufgetaucht war.

»Sieht aus wie Vögel!«, meinte Oberst Orantos, der sie nun ebenfalls sah. »Wenn so viele davon sich sammeln und in dieselbe Richtung fliegen, dann droht meist ein Unwetter.«

Du Narr!, dachte Magolas. Du einfältiger, nahezu blinder Narr! Er sah dem Schwarm der Fledertiere nach, bis sie am nordwestlichen Horizont verschwunden waren, und konnte sich denken, was das Ziel dieser Luftarmada war. Xaror hatte seinen Vater angegriffen und gespürt, dass dieser Gegner nicht so einfach zu vernichten war, wie er es sich vielleicht gedacht hatte. Er würde es noch einmal versuchen, und diesmal mit größerer Schlagkraft. Dass der einstige Herr des Dunklen Reichs bereits eine derartige Masse Geschöpfe aus dem Limbus in die diesseitige Welt befohlen hatte, überraschte Magolas. Es sprach aber dafür, wie sehr der Ausgang der letzten Auseinandersetzung Xaror verunsichert hatte.

»Ich hatte gedacht, dass mir noch Zeit bliebe«, murmelte der Großkönig.

»Herr?«, fragte Oberst Orantos.

»Es ist nichts«, brummte Magolas. »Nichts, was Euch in irgendeiner Hinsicht interessieren sollte, Oberst!«

»Wie Ihr meint, Herr.«

Magolas hob die Hand. »Lasst uns den Weg nach Aratania fortsetzen!«

Larana wartete dort sehnsüchtig auf ihn. Auf ihn – und auf die Essenz des Lebens, die sie zumindest auf Zeit den kalten Klauen des Todes entriss.

Du könntest deinen Vater warnen!

Plötzlich war dieser Gedanke in seinem Kopf, und es kam ihm vor, als wäre es die Stimme Brass Elimbors, die zu ihm sprach.

Es wäre so leicht. Die geistige Verbindung zwischen euch ist nie wirklich abgebrochen. Diese Bestien wurden ausgesandt, um Keandir von Elbiana zu töten. Willst du dies wirklich geschehen lassen?

»Ich kann nicht anders«, murmelte Magolas und trieb sein Elbenpferd an, sodass er Obert Orantos und seine norischen Söldner ein ganzes Stück hinter sich ließ. »Ich habe keine Wahl!«

Denn in einem war sich Magolas vollkommen sicher: Xaror würde davon erfahren, wenn er versuchte, seinen Vater zu warnen.

Aber wenn er stirbt, wirst du auch das spüren!, wusste er.

Am Abend kehrten die elbischen Wachmänner, die die Feuerbestattungen der königlichen Eskorte vorgenommen hatten, auf den Elbenturm zurück. Die Stimmung unter den Kriegern war gedrückt, was man keinem von ihnen nach Erfüllung ihrer traurigen Pflicht verübeln konnte, und auch König Keandir wurde bei dem Gedanken an die Geschehnisse, die gerade hinter ihm lagen, von einer ungewohnt heftigen Schwermut heimgesucht.

Aber diese Empfindung mischte sich mit noch etwas anderem: einer Ahnung kommenden Unheils.

Das Unheil kam in Form des Schwarms von Fledertieren, die in rasendem Tempo über das Zwischenländische Meer dahinrasten. Von den Zinnen der Festung Albarée an der Küste Elbaras hätte ein elbisches Auge sie vielleicht sehen können, doch dort hielten inzwischen mehrheitlich Elbareaner Wache, wie man die unter den Elben lebenden Rhagar von Elbara nannte. Die Elben des Landes – Elbaran genannt – vertrauten ihnen nahezu vollkommen, und Herzog Branagorn förderte noch immer ihre Integration in das Heer Elbaras.

Auf einem elbianitischen Handelsschiff, das auf dem Rückweg

von dem nuranischen Hafen Hadlanor zu den Inseln West-Elbianas war, wunderten sich einige Besatzungsmitglieder über eine seltsame Himmelserscheinung. Der Kapitän sah die gewaltigen Fledertiere, als sie am Horizont auftauchten. Sie flogen mit unglaublicher Geschwindigkeit, sodass man sie für unnatürlich schnell dahinziehende dunkle Wolken halten konnte. Wo sie auftauchten, verloschen kurz die Sterne.

»Wir sollten eine Brieftaube nach Hochgond oder Elbenhaven schicken, damit man dort gewarnt ist«, schlug der Steuermann des Handelsschiffs vor, denn keinem an Bord war die schwarzmagische Aura entgangen, die von diesen Wesen ausging.

Der Kapitän nickte. »Ein guter Vorschlag.«

Im nächsten Moment steuerte eines der Fledertiere das Schiff an, und dann waren auch die barbarischen, fauchenden Kampfschreie der Katzenkrieger zu hören. Es war kaum vorstellbar, dass diese tierhaften Laute einer Sprache entstammten.

»Sie haben uns bemerkt!«, stellte der Steuermann fest und erbleichte. Sein feingeschnittenes elbisches Gesicht wurde zu einer Maske des Schreckens. »Ihr Namenlosen Götter, steht uns bei!«

Das monströse Reittier flog tief über das Schiff hinweg. Es war nun deutlich auszumachen, denn die katzenhaften Kreaturen in seinem Korb hatten Fackeln entzündet, und während das Fledertier über dem Schiff seine Kreise zog, warf einer der Katzenkrieger seine Fackel auf das Schiff. Sie blieb auf dem Achterdeck liegen.

Der Kapitän murmelte einen Löschzauber, der ein Ausbreiten der Flammen verhindern sollte. Um der Brandgefahr zu begegnen, wurden die Planken von Elbenschiffen schon vor der Verarbeitung entsprechend magisch behandelt, sodass Elbenschiffe nur sehr schwer in Brand gerieten, zumeist dann, wenn man beim Bau des Schiffes nicht sorgfältig genug vorgegangen war.

Aber bei der Fackel handelte es sich nicht um gewöhnliches Feuer. Die Flammen lösten sich von der Fackel, wurden zu einer mannshohen Feuersäule, und diese wiederum bildete Arme und Beine und tanzte über die Planken des Elbenschiffs.

Das erste Opfer des magischen Flammenwesens wurde der Kapitän. Aus einem der Arme formte sich eine Feuerklinge, wirbelte durch die Luft und trennte den Kopf des Elben vom Rumpf. Er rollte über die Planken, und dort, wo der Hals durchtrennt worden war, tanzten Blitze über die verkohlten Wundränder.

Der Elbenkapitän stand einen Augenblick schwankend da, die Hand am Schwertgriff. Ein weiterer Hieb zerteilte den Rumpf, bevor er zu Boden fiel.

Der Steuermann stieß einen Schrei aus und griff zum Schwert, obwohl er ahnte, dass die Klinge gegen das Flammenwesen nichts ausrichten konnte. Es schnellte auf ihn zu, und er parierte den ersten Streich der Feuerklinge. Ein metallisches Geräusch erklang, als ob Stahl auf Stahl schlug. Glühende Schmelze lief am Schwert des Steuermanns ein Stück die Blutrinne entlang und tropfte dann zu Boden.

Der Steuermann wich zurück. Das Feuerwesen setzte nach. Hieb auf Hieb folgten mit der Flammenklinge.

Als der Steuermann mit seinem Schwert zustieß und der Stahl in den flackernden Körper des Wesens eindrang, glühte die Elbenwaffe rot auf. Aufschreiend ließ der Steuermann sie los.

Aber es gab noch einen weiteren Grund, aus dem er schrie. Die Flammenklinge hatte seinen Leib durchstoßen und trat im Rücken wieder hervor. Das Flammenwesen riss sie empor, wobei sie den Körper des Steuermanns bis zur Schulter durchtrennte.

Die Feuerkreatur wirbelte herum und stürzte sich auf die elbischen Seeleute. Einen nach dem anderen metzelte es nieder. Fast eine Stunde lang gellten schrille Schmerzens- und Todesschreie über das Meer. Niemand überlebte.

Als nur noch ein herrenloses Geisterschiff durch die Fluten des Zwischenländischen Meeres trieb, erlahmte die Kraft des Feuerwesens. Es zerfloss zischend auf den Planken und erlosch. Nur ein schwarzer Rußfleck blieb zurück. Und Tage später wurde ein Totenschiff an die Küste einer der Inseln von West-Elbiana angespült.

König Keandir und seine Begleiter nächtigten in den Gästegemächern der Manufaktur. Der König aber fand in dieser Nacht kaum Schlaf. Wirre Träume ließen ihn immer wieder erwachen. Vielleicht war ja die Verzweiflung des erblindeten Hauptmanns Rhiagon so groß, dass sie sich auch in die Gedanken der anderen gegenwärtig auf dem Elbenturm weilenden Elben übertrug. Jedenfalls dachte Keandir sehr häufig an das, was dem treuen Rhiagon widerfahren war und sah immer wieder dessen leere, blutige Augenhöhlen vor sich.

Siranodir mit den zwei Schwertern hatte sich zwar des Erblindeten angenommen, doch dieser war schlichtweg untröstlich und äußerte immer wieder, man möge ihn an die Außenmauer der Manufaktur führen, damit er sich vom Elbenturm stürzen könne, um nach Eldrana einzugehen.

Keandir nächtigte allein in einem dem König vorbehaltenen Raum, und als er nun zum vierten Mal in dieser Nacht erwachte, spürte er einen deutlichen Unterschied. Aus irgendeinem Grund dachte er an seinen Sohn Magolas, sah dessen Gesicht mit den vollkommen schwarzen Augen vor sich und spürte gleichzeitig ein Unbehagen, das so übermächtig war, dass Keandir es nicht verleugnen konnte. Die Lippen Magolas' bildeten einen geraden Strich, so als würde Keandirs Sohn sie fest zusammenpressen, um zu verhindern, dass ihm ein unbedachtes Wort entfleuchte.

Das Bild verblasste, aber das Unbehagen blieb. Ein Gefühl drohender Gefahr hatte vom König der Elben Besitz ergriffen. Er trat zum Fenster und öffnete es. Es war nach Süden ausgerichtet. Der Mond schien ungewöhnlich hell, und sein Licht ließ die schneebedeckten Gipfel Hoch-Elbianas leuchten.

Etwas würde geschehen. Etwas war auf dem Weg ins Reich der Elben. Etwas Dunkles, Grausames. Etwas, dem die Macht der Finsternis innewohnte so wie Keandir …

Wenig später gab ein Hornbläser Alarm.

Vollständig angekleidet und bewaffnet verließ König Keandir das Haupthaus der Manufaktur. Überall entfaltete sich hektische Aktivität unter den Angehörigen der Wachmannschaft.

Siranodir mit den zwei Schwertern und der einäugige Prinz Sandrilas befanden sich bereits im inneren Hof der Manufaktur, und auch Thamandor der Waffenmeister erschien; er hatte in der Werkstatt genächtigt und trug nicht nur sein Schwert, das er den »Leichten Tod« nannte, und seine beiden Einhandarmbrüste, sondern hatte auch das bisher einzige Exemplar des Flammenspeers bei sich.

»Kann mir mal jemand verraten, weshalb Alarm gegeben wurde?«, fragte Thamandor, dessen magische Sinne und Fähigkeiten nicht besonders ausgeprägt waren. Er war vermutlich von dem bedrängenden Gefühl der sich nähernden Gefahr, das König Keandir verspürt hatte, ebenso verschont worden wie von der herzerweichenden Gedankenklage des erblindeten Rhiagon.

Manchmal war Unwissenheit ein Geschenk, überlegte König Keandir, dessen Linke sich um den Griff seines Schicksalsbezwingers gelegt hatte, während er mit der Rechten unwillkürlich den Beutel mit den fünf verbliebenen Elbensteinen berührte.

»Leider weiß von uns auch niemand mehr«, erklärte Siranodir mit den zwei Schwertern, der seine beiden Klingen Hauen und Stechen auf dem Rücken trug. »Doch wer auch immer es wagen sollte, uns erneut anzugreifen, wird schon sehen, was er davon hat!«

Einer der elbischen Wachmänner kam herbeigelaufen. »Kommt schnell herbei! Eine Schar von Schattenkreaturen nähert sich dem Elbenturm!«

»Der Angriff des Rabenschwarms war offenbar nur so etwas wie die Ouvertüre der Schrecken«, brummte Siranodir düster und wandte sich Keandir zu. »Der Feind fürchtet wohl, dass Ihr Euch mehr und mehr jener Kräfte bewusst werdet, die seit Eurem Aufenthalt auf Naranduin in Euch schlummern. Wenn ich an seiner Stelle wäre, würde ich auch alles daran setzen, Euch baldmöglichst zu vernichten, bevor Ihr noch stärker werdet.«

»Noch ist der Feind weit entfernt, sodass nicht die Gefahr besteht, dass wir unsere eigenen Leute verletzen«, sagte Waffenmeister Thamandor und hob den Flammenspeer mit einer bedeutungsvollen Geste an.

»Folgt mir, mein König«, bat der Wachmann aufgeregt. »Im Rohr des Ferngesichts könnt Ihr die Bestien sehen!«

»Gemach, gemach, werter Shorindorn«, antwortete Thamandor. »Mit dem Flammenspeer bleibt uns Zeit genug, die Gefahr zu beseitigen!«

»Ihr habt diese Bestien noch nicht gesehen«, entgegnete der Wachmann zerknirscht.

Keandir wandte sich an Thamandor. »Das Rohr des Ferngesichts?«, fragte er. »Was soll das sein?«

»Ach, eine kleine Gelegenheitserfindung«, sagte er lapidar. »Es erhöht die Reichweite eines Elbenauges derart, dass man die Oberfläche des Mondes damit bestaunen kann. Und wenn man das Gerät gen Süden ausrichtet, könnte man bis zum Zwischenländischen Meer schauen, würden die Höhen von Hochgond einem nicht den Blick darauf verstellen.«

Auf dem höchsten der Aussichtstürme der Manufaktur war dieses durch Thamandors Erfindungsgabe geschaffene Wunderwerk installiert worden. Das Gerät glich einem Rohr, das allerlei geschliffenes Glas barg. Das Rohr selbst hatte einen Durchmesser von einem Schritt und war auf einem höchst raffinierten Gestell befestigt, mit dessen Hilfe man es in jede Richtung schwenken und ausrichten konnte.

Als Keandir hindurchschaute, schauderte ihn.

Yirantil der Scharfäugige befand sich ebenfalls auf dem Turm. Der Hauptmann der Wachmannschaft verneigte sich, bevor er direkt zum König sprach. »Diese Schar von riesigen Fledertieren dient offensichtlich dem Transport von Schattenkriegern, deren Gesichter an Katzenköpfe erinnern. Und die dunkle magische Aura, die diese Wesen umgibt, ist so stark, dass man sie selbst auf diese Entfernung zu spüren vermag, es sei denn, man verfügt nur über sehr schwache magische Sinne.«

Auf Thamandors Stirn bildete sich jene für ihn charakteristische Falte. »Also, ich muss dazu sagen …« Aber der Waffenmeister brach ab, als die anderen Elben ihn kurz anschauten. Sie alle fühlten das kommende Unheil. Die dunkle, absolut böse Kraft, von der diese Geschöpfe des Limbus erfüllt waren. Den Willen zu töten, die Bereitschaft für ihren Herrn und Meister alles zu tun, was dieser von ihnen verlangte …

Thamandor wollte nicht als derjenige dastehen, der als Einziger nicht sensibel genug war, diese Dinge zu bemerken, daher schwieg er lieber.

»Der Krieg hat begonnen«, sagte Keandir. »Viel früher, als ich gedacht habe. Aber es kann wohl keinen Zweifel geben.«

»Ich dachte, wir hätten noch Zeit, bis Xaror in unsere Welt zurückkehrt«, sagte Sandrilas.

»Vielleicht ist er das schon«, meinte Siranodir mit den zwei Schwertern. »Was wissen wir schon!«

»Das Heer der fliegenden Bestien nähert sich schnell«, stellte Thamandor fest, als auch er einen Blick durch das Rohr des Ferngesichts warf. »Doch wir sollten sie noch näher herankommen lassen, um sie nicht durch Fehlschüsse zu warnen.«

»Hat Euer Flammenspeer denn nicht genug Reichweite, um diese Kreaturen schon jetzt zu vernichten?«, fragte König Keandir.

Der Waffenmeister zuckte mit den Achseln. »Ehrlich gesagt weiß ich das nicht, mein König. Ihr selbst habt mir bei Fernschüssen und Experimenten in diese Richtung strenge Zurückhaltung auferlegt.«

»Das ist wahr.«

»Auch wenn es mir schwerfiel, habe ich mich Euren überlegenen Argumenten gebeugt, mein König. Schließlich war die vorherrschende Meinung des Elbenvolks bezüglich der Manufaktur nicht immer ganz … hm, unproblematisch, um es vorsichtig auszudrücken«, sagte Thamandor. »Nachdem man es schon für unumgänglich hielt, unsere Fabrikation außerhalb der Stadtmauern von Elbenhaven neu zu errichten, wollte ich einen weiteren erzwungenen Umzug möglichst vermeiden, denn das hätte mich in meiner Arbeit um mindestens eine Jahrhunderthälfte zurückgeworfen.«

»Hört auf zu klagen und Entscheidungen des Königs in Zweifel zu ziehen«, mischte sich Prinz Sandrilas ein. »Wie lautet Euer Vorschlag, Thamandor?«

Thamandor spürte leichten Zorn ob der Schärfe in Sandrilas' Tonfall, unterdrückte aber seine Wut und antwortete: »Wir warten, bis sie für das bloße Elbenauge erkennbar sind. Dann werde ich sie mit dem Flammenspeer vom Himmel holen.«

»Das klingt vernünftig«, meinte Prinz Sandrilas.

König Keandir zögerte einen Moment, war aber dann ebenfalls einverstanden. »Gut. Aber wir sollten diese Wesen nicht unterschätzen. Möglicherweise verfügen sie über Eigenschaften, von denen wir gar nichts ahnen. Ich erinnere nur an den Rabenschwarm, dessen Gekreische nur wenige von uns zu überleben vermochten.«

Die Schar der riesigen Fledertiere flatterte inzwischen über den südlichen Bergen Hoch-Elbianas. Das Mondlicht ließ die Schneehänge geradezu erstrahlen, sodass sich die Flugkreaturen davor deutlich als düstere Schatten abhoben. Hunderte waren es, vielleicht sogar Tausende.

Sie flogen sehr schnell, auch wenn sie ihr Tempo mittlerweile etwas verringert hatten, um nicht an ihrem Ziel vorbeizurasen.

»Seien wir dankbar dafür, dass wir Elben sind. Ein Rhagar oder Zentaur hätte diese Bestien erst bemerkt, wenn es zu spät gewesen wäre«, äußerte ein auffallend breitschultriger und kräftig wirkender Elb. Keandir hatte von ihm gehört. Sein Name war Uéndorn der Starke, und schon bei seiner Geburt vor drei Jahrhunderthälften hatte er in Elbenhaven einiges Aufsehen erregt. Seine Mutter hatte nämlich die Hilfe eines nicht der Heilerzunft angehörenden Heilers in Anspruch genommen, und das aus einem sehr fragwürdigen Grund: Sie hatte es der Königin Ruwen gleichtun und Zwillinge gebären wollen. Stattdessen hatte sie nur einem Kind das Leben geschenkt, das schon bei seiner Geburt das Gewicht zweier gewöhnlicher Elbenkinder gehabt hatte und auch später durch seinen ausgesprochen kräftigen Wuchs auffiel, der so gar nicht dem eher grazilen Körperbau der meisten Elben entsprach.

Uéndorns ungewöhnliche Statur führte man auf die Wirkung jener Essenzen zurück, die der nicht zur Zunft gehörende Heiler seiner Mutter verabreicht hatte, und innerhalb der Heilerzunft hatte daraufhin eine erregte Debatte darüber eingesetzt, ob es ethisch vertretbar war, den Segen einer Zwillingsgeburt mit Hilfe magischer Heilessenzen erzwingen zu wollen.

»Seht«, fuhr er fort, »die Geschöpfe in den Reitkörben der Fledertiere entzünden Fackeln, um sich besser orientieren zu können.«

»Dort oben nutzen ihnen die Fackeln nichts, denn ihr Lichtschein erreicht nicht den Boden«, widersprach Prinz Sandrilas. »Ich fürchte eher, dass irgendeine Teufelei dahintersteckt.«

»Was auch immer es sein mag, wir werden Feuer mit Feuer bekämpfen und ihnen mit dem Flammenspeer den Garaus machen«, verkündete Thamandor. Er nahm ein paar Feinjustierungen an den Schaltern und Hebeln vor, die sich an der Verdickung in der Mitte der Waffe befanden, dann richtete er die Spitze in Richtung der Angreifer.

Doch bevor er den ersten Schuss abgab, beobachtete Keandir durch das Rohr des Ferngesichts, wie mehrere der Fackeln von den Katzenkriegern aus den Körben geworfen wurden. Sie landeten an verschiedenen Stellen auf einem der kargen, teilweise schneebedeckten Berghänge. Dort brannten sie weiter, loderten noch heller, schienen die Berghänge hinabzurollen – aber einige rollten merkwürdigerweise auch nach oben. Keandir schaute genauer hin und erschrak: Flammenwesen liefen tänzelnd über den unwegsamen Untergrund.

Er wies Yintaril den Scharfäugigen auf die Feuerkreaturen hin. Daraufhin betrachtete dieser die Flammengeister durch das Rohr des Ferngesichts, und seine Miene verfinsterte sich. »Dort liegt die Elbensiedlung Hochheim. Sie besteht nur aus wenigen Gebäuden.«

»Die Flammenwesen wollen sie niedermachen«, erkannte Keandir.

Die Elben auf dem Turm lauschten, und auch Thamandor der Waffenmeister rührte sich für einige Augenblicke nicht. Die Schreie drangen ganz leise bis zum Gipfel des Elbenturms, und jeder außer Siranodir hörte sie; sie ließen den Elben das Blut in den Adern gefrieren.

Grimm erfasste Keandir angesichts der Gnadenlosigkeit, mit der diese Wesen vorgingen. Die Schreie erstarben nach kurzer Zeit. Die Flammenwesen verloschen, so als wäre ihr magisches Feuer aufgebraucht; jedenfalls war nach kurzer Zeit nichts mehr von ihnen zu sehen.

»Wenn jemand noch Zweifel an den Absichten dieser Kreaturen hatte, so dürften die nun wohl ausgeräumt sein«, sagte Sandrilas zerknirscht.

»Welch eine Ironie«, murmelte hingegen Keandir. »Die Mächte der Finsternis kämpfen mit Feuer. In der Tat scheint die Welt aus den Fugen zu geraten.«

5

DIE SCHLACHT UM DEN ELBENTURM

Thamandor schoss mit dem Flammenspeer. Der Feuerstrahl zog sich gerade wie ein Strich durch die Nacht und traf eines der Riesenfledertiere. Die Flügel gerieten in Brand. Die Kreatur flatterte wild und stieß schrille Schreie aus, die – ähnlich den Rabenschreien – selbst auf die Entfernung in den elbischen Ohren schmerzten. Aber diesen Schreien haftete keine dunkle Magie an, wie es bei den Raben der Fall gewesen war, und so vermochten sie den Geist eines Elben nicht zu zerreißen.

Die Katzenkrieger sprangen brennend in die Tiefe. Das Fledertier stürzte ab und landete auf einer vom Mond beschienenen Schneefläche, wo seine Überreste zu Asche zerfielen und von einem leichten Fallwind verstreut wurden.

Den Sturz aus so großer Höhe überlebten die Katzenkrieger nicht. Einzig die Feuerwesen, die ihren magischen Fackeln entsprangen, existierten noch für eine gewisse Zeit, ehe die magische Kraft, die sie zum Leben erweckt hatte, nachließ und sie eines nach dem anderen einfach verloschen wie flackernde Kerzenlichter im Nordwind.

»Zumindest gibt es keine Magie, die unsere Feinde gegen den Flammenspeer schützt«, stellte der Waffenmeister zufrieden fest und nahm gleich das nächste Riesenfledertier unter Beschuss. Erneut traf der Strahl sein Ziel und vernichtete gleich auch noch ein zweites und drittes Fledertier samt Besatzung.

Wieder gellten Todesschreie zum Gipfel des Elbenturms herüber. Aber diesmal waren es die Schreie der Angreifer, denn Thamandor setzte den Flammenspeer rücksichtslos ein. Der Strahl aus züngelndem Feuer, der die Nacht zeitweilig zum Tag machte, sengte durch die Reihen der Angreiferhorden. Dutzende fielen brennend vom Nachthimmel, und ihr Gekreische bildete einen grausigen Klangteppich.

Unablässig betätigte der Waffenmeister den Abzugshebel des Flammenspeers und sandte den feurigen Tod jenen, die offenbar ganz Ähnliches über die Elbenheit bringen wollten.

Innerhalb weniger Augenblicke hatte der elbische Waffenmeister Dutzende von Fledertiere vernichtet. Aber ihre Zahl war groß. Zu groß vielleicht, um sie mit einem einzigen Flammenspeer auf Dauer abwehren zu können. Und auf ihr eigenes Leben nahmen diese Geschöpfe der Finsternis kaum Rücksicht. Jedenfalls wichen sie nicht zurück, und auch schwerste Verluste hinderten sie nicht daran, ihren Weg unbeirrt fortzusetzen.

Anstatt das Tempo weiter zu drosseln, beschleunigten viele der Fledertiere sogar ihren Flug, da sie offenbar annahmen, dass dies die Wahrscheinlichkeit eines Treffers verringerte. Außerdem fächerten sie ihre Formation auf und bildeten zunächst einen weiten Halbkreis, den sie wahrscheinlich zu einem Ring um den Elbenturm schließen würden, sobald sie die Manufaktur erreicht hatten.

»Feuert schneller, werter Thamandor!«, mahnte Prinz Sandrilas, als er erkannte, dass die Lage nur für kurze Zeit einigermaßen stabil sein würde. Der Waffenmeister tat, was er konnte. Immer wieder sengte er mit dem Strahl in die immer mehr ausdünnenden Reihen der Fledertiere. Doch diese Ausdünnung hatte nur in zweiter Linie etwas mit den Verlusten zu tun, die ihnen mit dem Flammenspeer beigebracht wurden, sondern war vor allem dadurch bedingt, dass die Angreifer in einer weiter ausfächernden Formation flogen. Es wurde immer schwieriger für den Waffenmeister, mehrere Fledertiere und ihre Besatzungen mit einem einzigen Schuss zu vernichten.

Keandir ärgerte es, zur Untätigkeit verdammt zu sein. Aber das ging den anderen anwesenden Elbenkriegern ähnlich. Auf diese Distanz war der Flammenspeer die einzige einsetzbare Waffe, von der es unglücklicherweise noch immer nur ein einziges funktionstüchtiges Exemplar gab. Doch dieses Exemplar würde gegen den Schwarm der Invasoren auf Dauer nicht ausreichen.

»Der Ring schließt sich, mein König!«, stellte Sandrilas düster fest. Er wandte sich herum, deutete mit der ausgestreckten rechten Hand.

Wie ein dunkles Band zog sich die Formation der Fledertiere über das Firmament. Je nachdem, wie stark sie vom Mondlicht angestrahlt wurden, waren die Angreifer mal besser und mal schlechter zu sehen. Manchmal erkannte man sie nur wegen der brennenden Fackeln, die die Katzenartigen in ihren Pfoten hielten.

Früher oder später würde es einzelnen Angreifer gelingen, durchzubrechen und bis zum Elbenturm vorzudringen. Das war bei realistischer Betrachtungsweise nicht zu verhindern. Und dann musste jemand da sein, der verhinderte, dass sie der Manufaktur so nahe kamen, dass die Katzenkrieger ihre Feuerknechte absetzen oder gar selbst auf dem Elbenturm landen konnten. Denn die zahlenmäßige Überlegenheit des Gegners war immens. Wenn man von tausend Fledertieren ausging, so bedeutete dies, dass sich in den Körben auf deren Rücken insgesamt fünf- oder sechstausend Katzenkrieger befanden, von denen jeder wiederum seine Feuerknechte auszusenden vermochte. Umgekehrt befanden sich vielleicht gerade mal hundert Elben in der Manufaktur auf dem Elbenturm. Dabei waren allerdings bereits alle Hilfskräfte in den Werkstätten mit eingerechnet. Bei höchstens der Hälfte handelte es sich um Angehörige der von Hauptmann Yintaril kommandierten Wachmannschaft, die Kampftauglichkeit der anderen Hälfte war sehr unterschiedlich; einige der Werkstattbediensteten und Gehilfen des Waffenmeisters hatten beispielsweise ihre Frauen und Kinder mit auf den Elbenturm gebracht.

Keandir bemerkte, dass sowohl Yintaril als auch der Wachmann Shorindorn eine der Einhandarmbrüste an der Seite trugen, die in der Manufaktur beständig hergestellt wurden. Zur Ausrüstung von Uéndorn dem Starken hingegen gehörten ein Elbenbogen und ein Köcher voller Pfeile.

»Wie viele Einhandschützen gibt es auf dem Elbenturm?«, fragte Keandir an Hauptmann Yintaril gewandt.

»Keine zwanzig!«, antwortete dieser.

Im Angesicht der Gefahr war das nicht viel – wenn man aber bedachte, dass bei der Armee, mit der König Keandir die Elbenstadt Turandir in Nordbergen verteidigt und gegen die Trorks des Wilderlandes gezogen war, gerade einmal hundert Einhandschützen Dienst getan hatten, war eine Anzahl von zwanzig Schützen für die Verteidigung des Elbenturms bereits überproportional hoch.

Der Ring der Fledertiere hatte sich inzwischen vollkommen geschlossen. Einzelne von ihnen wagten es, weiter vorzustoßen.

Thamandor richtete den Flammenspeer in eine andere Richtung und ließ den Strahl erneut aufblitzen. Ein Schuss ging ins Leere. Erst der darauf folgende Feuerstrahl erfasste eines der Fledertiere. Die fauchenden Schreie der Katzenkrieger, die von den Flammen erfasst wurden, drangen leise zu den Elben herüber.

Ein weiteres Fledertier folgte aus derselben Richtung, doch Thamandor musste zuerst einmal einen Angreifer abwehren, der von Süden her schon sehr viel näher herangekommen war.

In immer kürzeren Abständen war der Waffenmeister gezwungen, die Ausrichtung seiner Waffe zu verändern. Als dann der Ring immer enger wurde, war es schließlich unmöglich, sämtliche sich nähernden Fledertiere zu vernichten oder wenigstens auf Distanz zu halten.

»Hornbläser!«, rief Hauptmann Yintaril.

»Zur Stelle, Hauptmann!«, meldete der Wachmann Shorindorn. Jeder, der auf einem der Türme oder den Wehrmauern der Manufaktur Dienst tat, musste ein Elbenhorn bei sich tragen und sich auch darauf verstehen, nötigenfalls die richtigen Signale zu geben.

»Die Einhandschützen sollen sich bereithalten!«

»Sehr wohl, Hauptmann!«

Shorindorn schmetterte das entsprechende Signal, wodurch die überall auf den Mauern verteilten Einhandschützen alarmiert wurden.

Thamandor ließ noch immer beinahe im Takt seines Herzschlags die Feuerstrahlen durch die Nacht zucken, aber inzwischen war es bereits vier oder fünf Fledertieren gelungen, bedenklich nahe an den Elbenturm heranzukommen. Sie waren inzwischen nahe genug für den Einsatz der Einhandarmbrüste, während Thamandor sie sicherlich nicht alle vernichten konnte, ehe zumindest einige von ihnen den Gipfel des Elbenturms erreicht hatten.

Die Einhandschützen schossen ihre Waffen ab. Der magische Säurebrand, der durch das Zaubergift im Inneren der handgefertigten Bolzen ausgelöst wurde, fraß sich in die getroffenen Monstren. Schreie, die so schrill waren, dass sie selbst das sehr breite Hörvermögen eines Elben überschritten und daher nur zum Teil zu vernehmen waren, gellten durch die Nacht und ließen die steinernen Gebäude auf dem Elbenturm vibrieren, lösten rings um die Manufaktur kleine Schneelawinen aus. Flammen schlugen aus den Fledertieren, und die Katzenkrieger kletterten in heller Verzweiflung aus den Körben, um der Auswirkung des Giftes zu entgehen; entweder sie starben durch den Sturz in die Tiefe, oder der Giftbrand erfasste sie, und sie zerschmolzen zu amorphen Klumpen einer undefinierbaren Masse und fielen Mehlsäcken gleich von den verendenden Fledertieren. Sie prallten auf die Felsen, rutschten die schroffen Hänge hinab, manche von ihnen zerplatzten beim Aufprall, andere verschwanden einfach im düsteren Schatten einer dunklen Schlucht.

Gefährlicher waren die offenbar durch Magie beseelten Flammenwesen. Ihre Lebensdauer war begrenzt, aber in dieser kurzen Zeit taten sie alles, um die Aufgabe zu erfüllen, für die man sie beschworen hatte. Fiel eine der Fackeln mitsamt dem jeweiligen Katzenkrieger zu Boden, so kam es durchaus vor, dass die Flamme schon wenige Augenblicke später verlosch. Aber wenn sich ein Flammenwesen ablöste, Arme, Beine und eine Feuerklinge ausbildete, dann bewegte sich dieses Wesen mit mörderischer Geschwindigkeit auf sein Ziel zu, als wollte jeder dieser Dämonen den Elbenturm im Alleingang erstürmen.

Die Flammenwesen bewegten sich auf den Fuß des Elbenturms zu, nahmen teils den künstlich angelegten Serpentinenweg, tanzten aber auch die schroffen Hänge des Bergmassivs hinauf, als hätte die Schwerkraft keinerlei Einfluss auf sie. Glücklicherweise jedoch erwies sich bei keinem der Feuerwesen die Lebensdauer als lang genug, um die Manufaktur tatsächlich erreichen zu können, auch wenn sie sich ziemlich schnell bewegten.

Inzwischen waren die ersten Fledertiere den Wehrmauern der Manufaktur so nahe gekommen, dass auch die elbischen Bogenschützen ihre Pfeile abschießen konnten. Mehrere davon trafen den Körper eines der Fledertiere, das sich aus östlicher Richtung bis auf anderthalb Schiffslängen genähert hatte. Das Tier brüllte so schrill auf, dass so mancher Elbenkrieger für einen Moment glaubte, nie wieder richtig hören zu können, dann sackte es ein paar Meter ab, ehe es seinen Flug wieder stabilisieren konnte. Das Ungeheuer raste auf die Manufaktur zu.

Endlich schaffte es einer der Einhandschützen, die Kreatur mit einem Armbrustbolzen zu treffen. Der Bolzen mit dem magischen Gift nagelte in den Kopf der Bestie, der feine Mechanismus des Bolzens setzte die tödliche Substanz frei, woraufhin sich der Kopf in einen unförmigen Klumpen verwandelte. Das Fledertier segelte dennoch mit gespreizten lederhäutigen Flügeln in Richtung der Wehrmauern weiter. Einige der Katzenkrieger schossen Brandpfeile ab, an deren pechgetränkten Spitzen das gleiche magische Feuer loderte wie bei den Fackeln. Das Fledertier prallte gegen den Felssockel, auf dem die Manufaktur errichtet war. Schreiend fielen zwei der Katzenkrieger in die Tiefe, andere versuchten sich festzukrallen, wurden aber vom massigen Körper des vom magischen Gift bereits bis zur Hälfte zersetzten Fledertiers in den Abgrund gerissen. Ein Chor schauderhafter Schreie gellte hinauf zu den Wehrmauern und Türmen der Manufaktur.

Ein halbes Dutzend Brandpfeile war mitten in deren Hof gelandet. Die Feuerwesen lösten sich von den Pfeilen, bildeten Arme, Beine und eine Flammenklinge aus und schnellten tänzelnd und todbringend umher. Einer der Gehilfen des Thamandor wurde ihr erstes Opfer. Ehe der Elb noch seine eigene Klinge überhaupt hatte ziehen können, fuhr das Feuerschwert eines dieser Flammendämonen durch seinen Leib und zerteilte ihn ungefähr in Höhe des untersten Rippenbogens.

Ein weiterer Werkstattgehilfe wurde gleich von mehreren der Feuerwesen angegriffen. Er zog sein Schwert und konnte die ersten Hiebe der Flammenklingen parieren. Sein Elbenschwert klirrte gegen die Feuerklingen, und schmelzendes Metall tropfte zu Boden. Der Werkstattgehilfe wich zurück, dann schlug er erneut zu und traf sogar. Doch während die Flammenschwerter der dämonischen Wesen seiner Klinge Widerstand boten, war dies bei den Körpern der Feuerkreaturen nicht der Fall: Sein Hieb ging einfach durch das Wesen hindurch, doch danach war sein Schwert nur noch ein verformtes Stück Metall. Der flüssige Elbenstahl tropfte zu Boden, während gleich mehrere Flammenklingen den Körper des Elben mit einer Folge präziser Schnitte in mindestens ein Dutzend verkohlter Stücke Elbenfleisch zerteilten. Nicht einmal einen Todesschrei vermochte er noch auszustoßen.

Einer der Wachmänner, der bisher auf der Wehrmauer gestanden und mit seiner Einhandarmbrust auf die angreifenden Fledertiere geschossen hatte, richtete seine gerade frisch geladene Waffe auf die Flammenwesen im Hof und drückte ab. Mit einem klackernden Laut wurde der Bolzen abgefeuert. Der Wachmann hatte gut gezielt, doch ohne auf Widerstand zu treffen schwirrte das Geschoss durch das Flammenwesen hindurch. Der Wachmann lud seine Armbrust erneut nach und setzte den nächsten Bolzen direkt vor die tanzenden Füße des Flammenwesens; der Aufprall auf dem gepflasterten Hof setzte das magische Gift frei.

»Ahhh!«

Ein eigenartiger Laut ging von dem Feuerwesen aus. Er klang wie das wohlige Stöhnen eines Rhagar oder Elben, hatte aber gleichzeitig auch etwas Tierisches an sich. Für einen kurzen Moment schlug eine Flamme aus dem Bolzen, als der Mechanismus ausgelöst wurde und das Gift austrat. Aber anstatt dass der bekannte Giftbrand einsetzte und das Feuerwesen zerstörte, geschah etwas ganz anders: Das Flammenwesen nahm an Größe zu. Ein schmatzender Laut drang aus ihm hervor.

»Es nährt sich vom magischen Gift der Bolzen!«, rief Keandir verblüfft, der das Geschehen vom Turm aus beobachtet hatte.

Thamandor, der soeben zwei sich nähernde Riesenfledertiere vernichtet hatte, schwenkte den Flammenspeer herum und richtete ihn auf das sichtlich gewachsene Feuerwesen. Noch ehe einer der anderen Elben hätte einschreiten oder widersprechen können, hatte der Waffenmeister seine furchtbare Waffe bereits abgefeuert. Der Strahl erfasste das Flammenwesen, fuhr durch dessen Feuerkörper hindurch und versengte das Pflaster im Hof der Manufaktur, sodass ein riesiger Rußfleck entstand. Das Flammenwesen verlöschte.

»Feuer bekämpft man mit Feuer!«, sagte Thamandor grimmig.

»Vorsicht!«, rief Siranodir mit den zwei Schwertern und deutete auf zwei weitere Fledertiere, die sich samt ihren Besatzungen aus Katzenkriegern bis auf eine Schiffslänge genähert hatten.

Thamandor richtete seine Wunderwaffe auf das Erste der beiden Flugmonstren und betätigte erneut den Auslöser. Doch der Feuerstrahl, der aus dem Flammenspeer schlug, war deutlich schwächer als gewöhnlich. Das getroffene Riesenfledertier wurde aus der Flugbahn geworfen, trudelte gegen einen der Felsen und krallte sich in den Felsspalten fest. Es hatte schreckliche Verbrennungen davongetragen und schrie in schier unerträglicher Tonhöhe. Aber es hatte überlebt. Zwei der Katzenkrieger waren aus dem Korb geschleudert worden und in die Tiefe gestürzt. Aber drei weitere klammerten sich an dem Korb fest und waren ebenfalls noch am Leben.

»Was ist mit Eurem Flammenspeer?«, fragte Keandir.

»Ich weiß es nicht ... Eine Fehlfunktion des inneren Mechanismus oder ...«

»Oder was?«

Thamandor schluckte. Er feuerte auf das zweite sich nähernde Flugungeheuer. Ein noch schwächerer Stahl züngelte aus der Spitze des Flammenspeers. Er brannte ein handgroßes Loch in die Lederschwingen des Riesenfledertiers, das war alles. Dann verlosch der Feuerstrahl. Thamandor betätigte erneut den Abzugshebel, begann hektisch an den verschiedenen Schaltern und Hebeln herumzuhantieren, aber was er auch tat – kein weiterer Flammenstrahl schoss aus der Mündung seiner Waffe.

»Das Pulver!«, stieß er hervor. »Das Pulver, das ich aus dem magischen Stein von Naranduin gewann – es scheint verbraucht zu sein!«

Das Riesenfledertier trudelte unaufhaltsam auf den Turm zu, auf dem sich der König und seine Getreuen befanden, und landete dort ziemlich unsanft auf dem Gestell, welches das Rohr des Ferngesichts trug. Das Tier war halb wahnsinnig vor Schmerz aufgrund der ihm beigebrachten Flügelverletzung. Es flatterte und schlug wild um sich. Die Katzenkrieger sprangen mit großer Behändigkeit aus dem Korb; lautlos und federnd landeten sie auf dem Boden, in der einen Hand zumeist eine Fackel, in der anderen ein Schwert. Ihre fauchenden Kampfrufe waren schauderhaft.

Thamandor ließ seine Flammenlanze zu Boden fallen, griff zu den Einhandarmbrüsten rechts und links an seinem Gürtel und schoss kurz hintereinander zwei Bolzen ab, die jeweils einem der Katzenkrieger in den Leib nagelten. Der Giftbrand vernichtete sie, während ihre Fackeln zu Boden fielen und sich die Feuerwesen von ihnen lösten.

Yintaril und Shorindorn schossen ebenfalls ihre Einhandarmbrüste ab. Einer der Bolzen tötete das immer noch wie wild um sich schlagende Fledertier, dessen Körper sich zu einer breiigen Masse verformte. Der andere Schuss streckte einen weiteren Katzenkrieger nieder, bevor sich dieser auf Prinz Sandrilas stürzen konnte. Doch das Feuerwesen, das von seiner Fackel aufsprang, war ein viel unangenehmerer Gegner.

Uéndorn der Starke jagte einem angreifenden Katzenkrieger einen Pfeil durch den Hals. Dieser röchelte erbärmlich und taumelte zurück. Das Letzte, was er tat, war seine Fackel von sich zu schleudern – und zwar in König Keandirs Richtung.

Der Elbenkönig hatte längst Schicksalsbezwinger gezogen. Die Fackel flog auf ihn zu – und während sie sich um ihren Schwerpunkt drehte, trennte sich das Flammenwesen von dem teergetränkten Holz.

Mit einem wuchtigen Hieb wehrte Keandir die Fackel ab; Schicksalsbezwinger spaltete sie und fuhr dann in den Körper des Flammenwesens.

Es schien fast so, als hätte das Wesen dies beabsichtigt; alle Klingen, die bisher auch nur für die Dauer eines Augenaufschlags in den Flammenkörper eines dieser Feuerdämonen getaucht worden waren, waren geschmolzen.

Die Feuerklinge des Wesens stieß vor. Um Haaresbereite verfehlte sie den Elbenkönig und berührte ihn nur leicht an der Schulter. Ein Schmerz, wie er ihn nicht einmal während seines Kampfes gegen den Furchtbringer auf der Insel Naranduin verspürt hatte, durchfuhr Keandirs gesamten Körper. Er parierte den nächsten Hieb der Feuerklinge. Dabei stieß er einen Schrei aus, der so barbarisch klang, dass er seine elbischen Kampfgefährten zutiefst erschreckte. Seine Augen waren wieder vollkommen schwarz, doch viel mehr schreckte die Elben der Gesichtsausdruck ihres Königs.

Die Klinge Schicksalsbezwingers glühte. Aber im Gegensatz zu den anderen Schwertern, die in die Feuerleiber dieser Geschöpfe getaucht worden waren, schmolz sie nicht; kein einziger Tropfen Elbenstahl troff auf den Boden. Jene Stelle, an der die Waffe seinerzeit während des Kampfes mit dem Furchtbringer geborsten war, leuchtete grellweiß.

Hilf mir, Finsternis! Hilf mir, den Schmerz zu besiegen und das Feuer meiner Feinde zu löschen!

Mit einer Kombination weit ausholender wuchtiger Schläge trieb er das Flammenwesen vor sich her. Es gab gegen diese Bestien, deren Feuerklingen das einzig Stoffliche waren, offenbar nur eine Erfolg versprechende Kampfstrategie: Man musste durchhalten, überleben. So lange, bis das Feuerwesen seine kurze Existenz ausgehaucht hatte und sein Lebensfeuer erlosch. Keandir spürte rasch, dass die Hiebe seines Gegners schwächer wurden. Die Feuerarme wurden dünner, kürzer und die zunächst so tänzelnd leichtfüßigen Bewegungen schwerfälliger.

Ein paar Augenblicke noch, und der Feuerdämon erlosch. Es blieb nichts von ihm, und Keandir stieß einen für Elben selbst im Kampf völlig unziemlichen rohen Schrei aus. Sandrilas beobachtete ihn, nachdem auch sein Feuergegner verloschen war.

Was ging nur mit seinem König vor? Vielleicht unterschätzten alle, die König Keandir folgten, jene Mächte, die in ihm wirkten.

Überall wurde inzwischen gekämpft. Die Fledertiere konnten nahezu ungehindert zur Manufaktur vordringen. Einige wurden noch von den Einhandschützen abgeschossen, aber die konnten ihre Waffen nicht schnell genug nachladen, um alle Riesenfledertiere an der Landung zu hindern. Außerdem mussten die Bewacher des Elbenturms um ihr eigenes Leben kämpfen, denn überall glitten Katzenkrieger von den Rücken der Flugungeheuer, ließen ihre Feuerdämonen von den Fackeln springen und die Elben angreifen, während sich die Katzenartigen selbst möglichst im Hintergrund hielten.

Schreie gellten durch die Nacht, während die ersten Strahlen der Sonne blutrot über den Horizont krochen.

6

ANDIR

Er schaute in die Tiefe, wo auch in einer sternenklaren, mondhellen Nacht nichts als Schwärze zu sehen war. Andir hatte den Gipfelbereich des Horns von Eldrana verlassen und war an der dem Mond abgewandten Seite abgestiegen, wo ein Reich der Schatten und der Dunkelheit war, lichtlos und ein Schrecken für jeden Elben, denn es entsprach ihrer Art, sich in erster Linie auf die Augen und erst in zweiter auf das Gehör zu verlassen. Wenn einer oder beide dieser Sinne nicht auf die gewohnte Weise funktionierte – mochte es nun an einer Erkrankung des jeweiligen Organs liegen oder an der Umgebung –, führte dies stets zu einer tief greifenden Verunsicherung des Betreffenden.

Für Andir traf dies jedoch längst nicht mehr zu. Er hatte die Dunkelheit der Seele gefürchtet, nicht aber jene harmlose Form der Finsternis, die nur durch die Abwesenheit von Licht begründet war. Viel zu mächtig waren in all den Jahren, in denen er sich schon mit der Magie beschäftigte, seine magischen Sinne geworden. Er brauchte kein Augenlicht und auch kein Gehör, um seine Umgebung wahrzunehmen. Die Gabe seines Geistes, seine Umwelt zu erfassen, reichte dazu völlig aus; das hatte er mit den augenlosen Trorks des Wilderlands und dem Augenlosen Seher gemein. Vermutlich auch mit dessen Bruder Xaror, den allerdings bisher noch kein Diesseitiger zu Gesicht bekommen hatte, selbst Magolas nicht, den Andir geistig in den Tempel der Sechs Türme begleitet hatte.

Andir ging mit geschlossenen Augen, und doch fanden seine Füße mit sicherem Gespür stets einen festen Tritt, so steil und rutschig der

Abhang auch sein mochte. Für Andir stellte es eine Art spielerische Herausforderung da, zeitweise bewusst auf sein Augenlicht zu verzichten, da er so seinen Geist besser sammeln konnte. Es war gewissermaßen eine Konzentrationsübung. Davon abgesehen hatte es auch manchmal rein praktische Vorteile, die Augen geschlossen zu lassen. So bekam er nichts von dem feinen Staub in die Augen, den mitunter Fallwinde von den Klippen kratzten und einem Bergwanderer ins Gesicht trieben, und man verhinderte auf diese Weise auch, dass die Augen am Tag durch die Spiegelung des Sonnenlichts auf den hellen Schneeflächen in Mitleidenschaft gezogen wurden.

Schritt um Schritt setzte der Magier seinen Weg in die Tiefe fort. Was würde er tun? Seinen Bruder zur Rede stellen? Ihn auffordern, die Kinder nicht mehr schwarzmagischen Ritualen zu unterziehen, damit sie die Bestimmung erfüllen konnten, die ihnen das Schicksal der Elbenheit zugeordnet hatte? Eine Bestimmung, die wahrscheinlich den Plänen seines Bruders diametral entgegenlief – wie konnte er da erwarten, dass sie sich gütlich einigen würden?

Solche und ähnliche Gedanken gingen ihm unablässig im Kopf herum, und Andir hatte schon eine geraume Weile versucht, sie loszuwerden und an gar nichts zu denken, sodass seine Elbenseele vielleicht etwas Ruhe fand. Nicht deshalb, weil er Erholung gebraucht hätte, denn seit er sich dem Kampf mit den ihn verfolgenden Schatten gestellt hatte – den Schatten seiner Seele, die ein Teil seiner selbst waren –, fühlte er sich stärker denn je zuvor.

Ja, eine unglaubliche Kraft durchströmte ihn seitdem, und er fühlte, dass diese Kraft stetig zunahm. Doch noch misstraute er dieser Empfindung. Und auch dadurch, dass er in Gedanken mit der Stimme Brass Elimbors zu sich selbst sprach, wurden seine inneren Überzeugungen nicht stabiler.

Andir glaubte nachempfinden zu können, was sein Vater Keandir gespürt hatte, als er zum ersten Mal diese finstere Kraft in sich entdeckt hatte.

Der große Elbenmagier hielt inne, als er ein Plateau erreichte. Er ließ sich nieder und lehnte sich mit dem Rücken gegen einen großen Felsbrocken.

»Sag bloß, du ahnst nichts von dem, was gerade geschieht, Andir!«, sagte eine Stimme, die dem Magier inzwischen wohlvertraut war.

Er drehte sich um und schlug sogar die Augen auf. Die durchscheinende Gestalt von Brass Elimbor war wie aus dem Nichts erschienen. Aber diesmal war es keine Spiegelung der eigenen Seele. Diesmal war es tatsächlich der Eldran, zu dem der ehemalige Obere des elbischen Schamanenordens geworden war. Andir spürte die Aura, die ihn umflorte, und musste unwillkürlich schlucken.

»Sieh selbst!«, sagte Brass Elimbor und streckte die durchscheinende Geisterhand in Richtung der schroffen Felswand aus. Dort erschienen Bilder und bewegte Szenen, die zuvor bereits immer wieder Andirs Geist heimgesucht hatten. Er sah den Elbenturm und eine Schar von fast tausend Katzenkriegern, die auf Riesenfledertieren ritten. Schlaglichtartig sah er Szenen aus der Schlacht, die gegenwärtig um den Elbenturm tobte. Und er erkannte, dass die Schlacht in ein Gemetzel umzuschlagen drohte. Die kleine Schar von Verteidigern hatte nicht den Hauch einer Chance. Der Flammenspeer versagte, und Thamandor der Waffenmeister stellte sich, den Leichten Tod in der Hand, neben seinen König, um sich gemeinsam mit ihm gegen die unerbittlichen Angriffe der anderen Seite zu wehren. Keandir ließ Schicksalsbezwinger kreisen und konnte sich noch am besten der Feuerwesen erwehren, die den Fackeln der Katzenkrieger entsprangen.

»Ich hätte meine Sinne öffnen müssen, dann hätte ich die Gefahr kommen sehen und hätte mich rechtzeitig zum Elbenturm begeben können, um meinem Vater beizustehen«, sagte Andir mit belegter Stimme. »So gibt es nichts, was ich noch tun könnte.«

»Du weißt, dass dies eine Ausrede ist«, widersprach Brass Elimbor. »Ich kann nichts tun, da ich in die Welt der Diesseitigen nicht eingreifen kann. Aber du kannst es durchaus.«

»Der Elbenturm liegt fast fünfhundert Meilen vom Horn von Eldrana entfernt«, erwiderte Andir. »Auch meine Magie ist nicht mächtig genug, um über eine so große Distanz den Invasoren Einhalt zu gebieten.«

»Alle Beschränkungen der Zeit und des Raums sind Illusion.«

»Ein Axiom des Schamanenordens«, murmelte Andir.

»… der seit dem Aufbruch aus Athranor ein bisschen in Vergessenheit geraten ist, wie ich fürchte«, fügte Brass Elimbor hinzu.

»Was soll ich tun, Brass Elimbor?«

»Was du tun kannst, Elbenmagier, weißt du selbst. Ich kann dir nur helfen, an den Ort des Geschehens zu gelangen.«

»Es ist lange her, dass ich gekämpft habe.«

»Du fürchtest, es verlernt zu haben?«

»Ist der Gedanke so abwegig?«

»Es stimmt, dass du es für eine gewisse Zeit vorgezogen hast, dich mit dir selbst zu beschäftigen und dich den Schatten deiner Seele zu stellen, die du so lange verleugnet hast. Aber das ist jetzt vorbei, Andir. Du müsstest die neue Kraft doch in dir spüren!«

»Das tue ich, aber ...«

»Erinnere dich an die Schlacht an der Aratanischen Mauer!«

»Damals war ich nicht allein. Ich hatte die spirituelle Unterstützung der gesamten Magiergilde und aller elbischen Schamanen, um Riboldirs Zauber durchzuführen, die Aratanische Mauer zu errichten und Felsbrocken auf das Heer des Eisenfürsten Comrrm niederregnen zu lassen. Wenn du mich noch vor dem Ende des Gemetzels zum Elbenturm bringen würdest, wäre das erstaunlich genug angesichts der Passivität, die wir inzwischen von den Eldran gewohnt sind. Aber ich glaube kaum, dass du es vermagst, hundert Elbenmagier dort rechtzeitig zu versammeln, sodass sie ihren Geist zusammenschließen können. Doch genau das wäre notwendig.«

»Rede nicht schlecht über die Eldran«, wies Brass Elimbor den Königssohn zurecht. »Du wärst selbst fast einer geworden, hättest du dich nicht deinen Seelenschatten gestellt und wärst nicht auf dem Weg der Verklärung fortgeschritten. Und deine Passivität und Teilnahmslosigkeit ist weitaus beklagenswerter als die der Eldran, denn immerhin gehörst du noch der diesseitigen Welt an.« Deutlich war der Ärger aus Brass Elimbors Stimme herauszuhören. Er seufzte. »Vielleicht hätte ich mich doch an all die anderen Magier und Schamanen wenden sollen, auch wenn deren spirituelle Schwäche inzwischen so weit fortgeschritten ist, dass es vermutlich gar keinen Sinn machen würde, sie am Elbenturm zusammenzurufen, da ihre Kräfte für Riboldirs Zauber oder irgendeine andere mächtige Hexerei gar nicht mehr ausreichen.«

Die Gestalt des ehemaligen Oberhaupts des Schamanenordens wurde blass und durchscheinend. Er wandte sich ab und schritt hinein in das Felsgestein des Steilhangs, das von dem Leuchten seiner geisterhaften Erscheinung durchdrungen wurde. »Leb wohl, Andir. Ich habe mich offenbar in dir getäuscht …«

»Warte!«, rief der ältere Zwillingssohn König Keandirs.

Die durchscheinende, schon beinahe völlig im Stein verschwundene Geistergestalt Brass Elimbors drehte sich noch einmal um. »Ich habe die Zeit, die einem Eldran in der Welt der Diesseitigen gestattet ist, lange überschritten, und es hat mich schon einen Großteil meiner Kraft gekostet, mit dir überhaupt in Verbindung zu treten, Prinz Andir.«

»In den Träumen … Warst du das auch?«

»In den Träume der Lebenden zu erscheinen, ist eine kräftesparende Möglichkeit der Eldran, mit den Diesseitigen in Kontakt zu treten«, erklärte die Geistergestalt.

»Ich hielt diese Erscheinungen für Widerspiegelungen meiner eigenen Seele, denen ich im Geist eine Gestalt verlieh.«

»Spielt das eine Rolle, Andir?«, fragte die Geistergestalt, und milder Tadel schwang in ihrer Stimme mit. »Spielt es eine Rolle, wer die Wahrheit sagt? Ist es nicht viel wichtiger, was die Wahrheit ist?«

Brass Elimbor wandte Andir wieder den Rücken zu. Seine Erscheinung war fast nicht mehr zu sehen und bereits auf die Größe einer Armlänge geschrumpft, als würde der Elbenprinz ihn aus großer Entfernung sehen.

»Bring mich zum Elbenturm, falls du dies vermagst!«, rief Andir, kurz bevor die Gestalt des Eldran völlig verschwunden wäre.

Brass Elimbor drehte sich noch einmal herum. »Es gibt eine Abkürzung dorthin – durch die Zwischenwelt.« Er streckte die Hand aus. »Komm!«

»Da ist nur Gestein! Eine Felswand!«

»Da ist eine Wand in deinem Kopf, Andir. Nichts weiter.«

»Aber …«

»Komm einfach!«

Und Andir trat auf Brass Elimbor zu – vorsichtig, tastend. Aber vom Felsgestein war nichts zu spüren.

Die Schlacht um den Elbenturm tobte. Überall wurde inzwischen gekämpft. Ein Drittel der Elben, die sich innerhalb der Mauern der Manufaktur befanden, waren bereits dahingemetzelt, die meisten

Werkstattgehilfen und ihre Familien nicht mehr am Leben; grausam waren viele von den Feuerwesen zerstückelt worden, und diejenigen, die es geschafft hatten, ihnen zu entkommen, waren den Katzenkriegern zum Opfer gefallen.

Die Flammenwesen drangen in die Gebäude ein, brannten sich mit ihren glühenden Feuerklingen durch die schweren hölzernen Türen oder Fensterläden, und das Glas platzte bereits bei der ersten Berührung mit dem magischen Feuer.

Die Angehörigen der elbischen Wachmannschaften konnten die Erbarmungswürdigen nicht schützen; wenn sie Glück hatten, schafften sie es gerade, ihre eigene Haut zu retten, indem sie die angreifenden Feuerwesen so lange auf Distanz hielten, bis diese ihre Kraft verloren und verloschen.

Der blinde Rhiagon war in seinem Gästegemach zurückgeblieben. Nur der Heiler Piandolas war bei ihm, als ein Katzenkrieger mit wuchtigem Tritt die Tür zur Seite schmetterte. Ein fauchender Laut kam aus dem tierhaften Maul, von dessen langen Eckzähnen Speichel troff, der zischend auf den Steinboden traf und sich dort hineinätzte.

Er trug einen dunklen, metallisch schimmernden Harnisch, auf dem ein verschnörkeltes rotgoldenes Zeichen prangte, das Flammen symbolisieren sollte. In der Rechten hielt er ein Rapier, das im Wesentlichen jenen Rapieren glich, wie auch Elben und Halblinge sie benutzten und die neuerdings sogar unter Elbareanern und anderen Elben-Rhagar beliebt geworden waren. Es handelte sich um ein Schwert mit zweischneidiger Klinge, die in der Mitte perforiert war, um ihren Besitzer im Kampf beweglicher zu machen.

In der Linken hielt er eine keulenförmige Fackel, deren Kopf mit einer pechartigen Substanz bestrichen war. Das Feuer flackerte unruhig.

»Es ist jemand im Raum!«, stellte Rhiagon fest. Er erhob sich von seinem Lager. Das Schwert hatte er neben sich gelegt, sodass er genau wusste, wo sich die Klinge befand. Doch er griff nicht zum Schwert, sondern zur Einhandarmbrust, die auf dem Tischchen neben dem Bett lag. Ein Bolzen mit magischem Gift war bereits eingespannt.

Piandolas hingegen murmelte einen magischen Abwehrzauber, der dem Katzenkrieger unangenehm zu sein schien, denn er wich laut fauchend einen Schritt zurück.

Ein weiterer Katzenkrieger trat in den Raum, wie der erste bewaffnet mit einem Rapier und einer Fackel. Nur war dieser Katzenkrieger ungefähr einen Kopf größer als sein Kampfgefährte.

Piandolas murmelte noch einmal den Abwehrzauber, woraufhin beide Katzenartigen wütend fauchten.

Der Größere entließ den Feuerdämon von seiner Fackel. Die Flamme löste sich von der Holzkeule, bildete Arme, Beine und eine Flammenklinge. Lautlos stürzte sich der Feuerdämon auf Piandolas. Heiser schrie der Heiler noch einen Zauberspruch, der im Brandfall ein Feuer zu löschen vermochte. Diesmal aber zeigte die Magie nicht den gewünschten Effekt. Der Flammendämon trieb den Heiler der Manufaktur zurück, bis dieser in seinem Rücken die Wand spürte.

»Was geschieht?«, rief Rhiagon. Er drehte den Kopf mit den furchtbar anzuschauenden leeren Augenhöhlen, deren Ränder vom Heiler mit Kräutertinkturen bestrichen worden waren; sie linderten zumindest die körperlichen Schmerzen. Er vernahm ein Geräusch, hob die Einhandarmbrust in die entsprechende Richtung und schoss.

Der Bolzen fuhr dem größeren Katzenkrieger in die Brust. Die Wucht des Geschosses riss ihn mehrere Schritte nach hinten, sodass er gegen die Wand geschleudert wurde. Während er an ihr zu Boden rutschte, löste sich sein Körper bereits unter dem Einfluss des magischen Gifts auf. Zischend fraß sich der Giftbrand durch sein Fell, seine Gedärme, seine Knochen und verwandelte den Katzenkrieger in einen Klumpen gallertartiger Masse, von der ein furchtbarer Gestank ausging. Nur das Rapier blieb verschont. Als der Katzenkrieger es nicht mehr zu halten vermochte und sich seine Schwerthand in einen Teil des gallertartigen Klumpens verwandelte, zu dem sein Körper zerschmolz, fiel die Waffe klirrend auf den Boden.

Rhiagon hatte einzig und allein nach Gehör zielen können. Er spannte sogleich einen weiteren Bolzen ein.

Der Flammendämon, der Piandolas angegriffen hatte, stieß mit seiner Flammenklinge zu. Der Heiler wich aus, sodass die Feuerklinge in den Stein der Außenmauer stach. Ein stöhnender Laut entrang sich daraufhin dem Feuerwesen, so als würde ihm die Kälte des Steins Schmerzen bereiten. Das Wesen schrumpfte auf ein Drittel seiner Größe, zog seine Flammenklinge wieder aus der Wand, aber seine Bewegungen waren langsam geworden, fast schleppend. Für Piandolas war es keine Schwierigkeit mehr, den nächsten zwei Hieben auszuweichen, bis das Flammenwesen verlosch. Ein paar Funken tanzten noch einen Moment über den Boden, dann war von der unheimlichen Kreatur nichts mehr zu sehen.

Der andere Katzenkrieger hob seine Fackel. Der Flammendämon, den er bisher zurückgehalten hatte, sprang von der pechbestrichenen Keule und landete lautlos auf seinen gerade ausgebildeten Beinen.

Rhiagon schoss seine Einhandarmbrust zum zweiten Mal ab, doch der Bolzen verfehlte den Katzenkrieger um Haaresbreite und schlug in die Wand. Dort blieb er stecken; zischend trat das magische Gift aus und fraß sich in das Gestein.

Der Katzenkrieger fauchte. Sein Flammendämon stürzte sich auf Rhiagon, der den Angriff nicht hören konnte und ihm daher vollkommen schutzlos ausgesetzt war.

Aber Piandolas war blitzschnell zur Stelle, ging rechtzeitig dazwischen und rief eine stärkere Formel zur Feuerbekämpfung, die den Feuerdämon ein paar Schritte zurücktrieb. Seine Kraft und Schnelligkeit schienen darunter zu leiden.

Der Katzenkrieger schien dem Flammendämon Befehle zuzurufen, und das Feuerwesen schlug zu: Über den Knien durchschnitt seine Feuerklinge beide Beine des Heilers, der aufschreiend zu Boden ging.

Aus den Beinstümpfen sickerte kein Blut, denn die Hitze der Klinge hatte Adern und Arterien versiegelt. Trotzdem waren die Schmerzen, die Piandolas litt, schier unbeschreiblich.

Der Flammendämon war unterdessen auf gut die Hälfte seiner ursprünglichen Größe geschrumpft, was ein untrügliches Zeichen dafür war, dass sein kurzes, brutales Leben in wenigen Augenblicken erloschen sein würde. Noch einmal schwang er seine Feuerklinge, als sich Piandolas kreischend auf die Arme aufstützte und den Oberkörper hochstemmte, um auf seine schwelenden Beinstümpfe zu starren. Dann spaltete die Feuerklinge den Schädel des Heilers.

Mit einem wohligen »Ahhh!« hauchte der Feuerdämon im nächsten Moment sein Leben aus, während Piandolas' Elbenhirn bis zur Decke spritzte.

»Piandolas!«, rief Rhiagon, der inzwischen seine Einhandarmbrust nachgeladen hatte.

Der Katzenkrieger schleuderte ihm die Fackelkeule entgegen, denn er wusste, dass er seinen Gegner schnell vernichten musste, sollte es ihm nicht so ergehen wie seinem getöteten Kampfgefährten.

Die Fackelkeule traf Rhiagon hart am Kopf. Er hatte ihre Flugrichtung trotz seines feinen Elbengehörs nicht rechtzeitig ausmachen können, um ihr noch auszuweichen. Der Bolzen löste sich von seiner Armbrust und schlug in die Decke.

Der Katzenkrieger schwang sein Rapier und stürzte sich auf Rhiagon, der zwar am Boden lag, aber blitzschnell wieder hochkam. Nur hatte er die Orientierung verloren, wusste nicht mehr, wo sein Schwert lag. Außerdem war er allein auf sein Gehör angewiesen. Ein spirituell sehr stark geschulter Schamane mochte in der Lage sein, sich in so einem Fall dermaßen stark in seinen Gegner hineinzuversetzen, dass er die Umgebung mit dessen Augen sah. Aber Rhiagon war nur Hauptmann der Einhandgarde. Ein Offizier im Elbenheer, dessen magisch-spirituelle Begabung für elbische Verhältnisse völlig durchschnittlich und auch nie einer besonderen Schulung unterzogen worden war.

Angesichts der noch immer grassierenden spirituellen Schwäche der elbischen Magiergilde und des Schamanenordens war es ohnehin fraglich, ob derzeit überhaupt irgendein Elb es vermocht hätte, mit den Augen seines Gegners zu sehen.

Mit einer Ausnahme vielleicht.

Andir.

Aber von dem wurde inzwischen angenommen, dass der Grad an Verklärung, den er erreicht hatte, aus ihm bereits eine Art Halb-Eldran gemacht hatte, dessen Interesse an der diesseitigen Welt erloschen war.

Doch Rhiagon hatte keine Zeit, darüber nachzudenken. Ihm blieb nur das Gehör, auf das er sich verlassen musste. In seiner Jugend hatte er mehrere Musikinstrumente erlernt und sich darin geübt, jene feinen Klangunterschiede zu erzeugen, welche die Werke genialer elbischer Komponisten erst die besondere künstlerische Qualität verliehen, die zu erkennen das Gehör eines Rhagar nicht ausreichte. Vor allem die räumliche Verteilung des Klangs in den Tonbildern von Gesinderis dem Gehörlosen waren für jeden Interpreten eine besondere Herausforderung, und Rhiagon hatte sich jahrelang darin geschult, ehe er sich schließlich hatte eingestehen müssen, dass er musikalisch doch nicht so begabt war, wie er zunächst gedacht hatte.

Aber diese Übungen kamen ihm in diesem Moment zugute, zumal sich der Katzenkrieger zwar sehr geschmeidig, aber keineswegs geräuschlos bewegte.

Den ersten Hieb seines Gegners hörte der Elb herankommen und wich ihm aus, ebenso dem zweiten, doch dann streifte ihn die rasiermesserscharfe Klinge und riss ihm eine stark blutende Wunde an der Schulter. Eine Welle des Schmerzes durchzog seinen ganzen Körper, er stürzte, fiel aufs Bett – und konnte sich wieder orientieren.

Seine Hand schloss sich um den Griff seines Schwerts, das direkt neben ihm lag. Er drehte sich blitzschnell zur Seite, und die Klinge seines Gegners bohrte sich in das Lager, dort, wo er eben noch gelegen hatte.

Rhiagon sprang auf, riss sein Schwert herum und parierte damit den nächsten Schlag des Katzenkriegers, der ihm so nahe war, dass er dessen aasigen Atem riechen konnte, als dieser grimmig fauchte. Sofort riss der Hauptmann der Einhandgarde sein Schwert zurück und stieß im nächsten Moment zu.

Die mit ungeheurer Wucht geführte Klinge fuhr dem Katzenkrieger schräg in das mit Reißzähnen bewehrte Maul, drang durchs Hirn und trat am Hinterkopf wieder aus.

Die gelben Augen des unheimlichen Wesens wurden starr. Ein im Tod gefrorener böser Blick, der Hauptmann Rhiagon allerdings erspart blieb.

Zur gleichen Zeit mussten sich König Keandir und seine Getreuen auf dem nach Süden ausgerichteten Hauptturm noch immer der Angriffe der Katzenkrieger und ihrer Flammengeister erwehren. Drei andere Türme, die zur Wehranlage der Manufaktur gehörten, waren bereits von dem übernatürlichen Feind erobert worden; die Katzenkrieger dort hatten die Leichenteile der von den Feuerklingen zerstückelten Elbenkrieger in die Tiefe geworfen, um die wenigen Verteidiger, die im Innenhof noch überlebt hatten, weiter zu demoralisieren. Triumphierend standen die Katzengesichtigen an den Zinnen und schwangen ihre Waffen.

Im Hof und in einigen Gebäuden wurde hingegen noch gekämpft. Anders zumindest waren die grausigen Schreie nicht zu interpretieren, die von dort zu Keandir und den Seinen heraufdrangen.

Die Augen des Königs waren vollkommen schwarz, und sein Gesicht war zur grimmigen Maske eines rhagaräischen Berserkers verzerrt, obgleich diese ungehemmte blutige Raserei unter Elben normalerweise vollkommen unbekannt war. Die Klinge Schicksalsbezwingers glühte umso mehr auf, je öfter Keandir sie in die Feuerleiber der Flammengeister tauchte. Offenbar war es ihm möglich, deren Kräfte auf eine Weise, die ihm selbst unbekannt war, auf sich und sein Schwert zu übertragen und sie damit gleichzeitig zu schwächen.

Auch Prinz Sandrilas hielt sich wacker. Er schaffte es, Dutzende von Flammenkriegern so lange auf Distanz zu halten, bis ihre Existenz endete. Gleiches galt für Siranodir mit den zwei Schwertern. Yintaril der Scharfäugige und der Wachmann Shorindorn konzentrierten sich darauf, mit ihren Einhandarmbrüsten die unablässig herannahenden Riesenfledertiere zu vernichten. Für jene Katzenkrieger, die es bereits geschafft hatten, auf den Turm hinabzuspringen, waren die Bolzen einfach zu kostbar; sie ließen sich auch mit einem Schwertstreich erledigen.

Doch irgendwann – das war deutlich absehbar – würden die magischen Bolzen verbraucht sein, und auch Uéndorn der Starke hatte kaum noch Pfeile, um den Flugungeheuern in die Augen zu schießen, sodass sie orientierungslos abdrehten. Und schließlich würden auch die Arme der Elbenkrieger ermüden, und sie würden sich gegen die unheimlichen Flammenkreaturen und ihre mörderischen Feuerklingen nicht mehr wehren können.

Die Sonne erhob sich hinter den schneebedeckten Gipfeln Hoch-Elbianas, und das einzigartige Spiel der Farben setzte ein, das an jedem Morgen anders war. Die Riesenfledertiere, welche die Manufaktur auf dem Elbenturm umkreisten, waren dadurch besser zu sehen. Die triumphierend geschwungenen brennenden Fackeln der Katzenwesen in ihren Körben leuchteten noch in großer Entfernung wie flackernde Morgensterne.

Schließlich versuchten die Katzenkrieger auf den sich nähernden Riesenfledertieren nur noch, ihre Fackeln so abzuwerfen, dass sie auf dem Turm landeten, sodass dort die Flammenwesen entstanden und den Kampf gegen die Elben aufnahmen. Aber zumeist gelang ihnen dies nicht, denn Uéndorns Pfeilbeschuss und die Bolzen aus den Einhandarmbrüsten hielten die Fledertiere entweder auf Distanz, oder

Elbenkrieger wehrten die geschleuderten Fackeln mit Schwertstreichen ab, sodass sie in die Tiefe fielen. Wenn sie dann gegen die Felsen schlugen, lösten sich die Flammenwesen doch noch von den Fackeln und kletterten die Steilwände empor, aber keiner dieser Feuerdämonen existierte lange genug, um es bis auf den Turm zu schaffen.

Schließlich gelang es dem König und seinen Kampfgefährten sogar, den Hauptturm von Katzenkriegern und Flammendämonen gänzlich zu säubern. Keandir hielt den Griff Schicksalsbezwingers mit beiden Händen. Die Klinge glühte noch, und die Stelle, an der das Schwert einst während des Kampfes mit dem Furchtbringer geborsten war, wirkte wie eine grellweiße Markierung aus gleißendem Sonnenlicht.

Keandir atmete tief durch. Die Kraft, die aus den Feuerdämonen in ihn übergegangen war, verflüchtigte sich allmählich wieder. Eine Empfindung, die für Keandir durchaus zwiespältig war. Es war wie ein unstillbarer Hunger gewesen, den er verspürt hatte, ein Hunger nach der Kraft der Flammenwesen, von der er einfach nicht genug hatte kriegen können. Ihm wurde klar, dass er zeitweilig vollkommen die Kontrolle über sich verloren hatte, dass er ein völlig anderer gewesen war.

War es das, wovor er sich immer insgeheim gefürchtet hatte? Dass die Kräfte, die in ihm schlummerten, sich ihren Weg bahnten wie ein mächtiger Fluss, der sein angestammtes Bett verließ, alle Deiche und Dämme durchbrach und den nichts mehr aufzuhalten vermochte? Er hatte sich immer dagegen gewehrt, zum Spielball magischer Mächte zu werden, gleichgültig ob es sich dabei um Mächte der Finsternis handelte oder um solche des Lichts.

Langsam nur beruhigte sich seine Seele, ordnete sich die Flut der Gedanken, die den Elbenkönig beherrschten. Bündele deine Kraft, oder sie ist vergeudet! Ein altes Axiom des Schamanenordens; sein Seelenmeister Maéndir hatte ihm das einst während seiner Ausbildung eingeschärft – damals, während der großen Seereise der Elbenheit. Unvorstellbar lang war dies inzwischen her, jedenfalls nach Keandirs Empfinden. So lange, dass es ihm manchmal schon wie die Erinnerung an einen verblassenden Traum erschien und er zu begreifen begann, was die uralten, in Athranor geborenen Elben damit meinten, wenn sie sagten, wie schwer es sei, die Vergangenheit festzuhalten. Sie begann irgendwann einfach zu zerrinnen und sich aufzulösen, und die

Betreffenden erzählten sich selbst Geschichten über lange zurückliegende Taten, die zwar noch einen Kern Wahrheit hatten, aber ansonsten mehr dem eigenen Wunschdenken und der Fantasie entsprangen, als dass sie ein exaktes Bild damaliger Begebenheiten und Geschehnisse lieferten. Das war wohl das Schicksal aller, die eine so lange Lebenspanne hatten, wie sie den Elben nun einmal eigen war.

Aber in diesen Momenten standen König Keandir diese Erinnerungen wieder so deutlich vor Augen wie seit den Tagen nicht mehr, da die Elben die Küste des Zwischenlandes Ethranor erreicht und unter seiner Führung die Stadt Elbenhaven und das Reich Elbiana gegründet hatten.

Eine kurze Kampfpause war eingetreten, ein paar Momente des Verschnaufens. Sandrilas trat auf Keandir zu und fragte: »Seid Ihr wieder bei Sinnen, mein König?«

Sein Tonfall klang so hart und glasklar, dass er Keandir an klirrendes Eis erinnerte. Er drehte den Kopf. Alle unterbrachen ihre momentane Tätigkeit und blickten in seine Richtung: Thamandor, der durch irgendwelche Schaltungen an seinem Flammenspeer versucht hatte, der Waffe doch noch den ein oder anderen Schuss abzuringen; Uéndorn der Starke, der einigen erschlagenen Katzenkriegern die Pfeile aus dem Körper gezogen hatte, um sie noch einmal verwenden zu können; Shorindorn und Yintaril, die ihre Einhandarmbrüste nachgeladen hatten, nachdem sie vor wenigen Augenblicken noch auf sich nähernde Riesenfledertiere geschossen hatten.

»Wollt Ihr mit Eurer Frage irgendeinen Zweifel kundtun, dass ich weiterhin in der Lage bin, das Reich der Elben zu regieren, Prinz Sandrilas?«, brachte Keandir gereizt hervor.

»Ich fragte Euch lediglich nach Eurem Befinden, mein König«, erwiderte Sandrilas ruhig.

»Wie soll sich ein Krieger fühlen, der eine Schlacht führt, die er nicht gewinnen kann?«, entgegnete Keandir. »Ich fürchte, diese kurze Verschnaufpause dient nur dazu, dass wir erkennen, dass wir dem Untergang geweiht sind!«

»Ich habe gerade die letzten Bolzen in meine Einhandarmbrüste gespannt«, erklärte Thamandor der Waffenmeister und hob dann den Flammenspeer. »Und diese vortreffliche Waffe wird sich leider erst wieder einsetzen lassen, wenn wir auf Naranduin waren und ein paar

Steine des Magischen Feuers gesammelt haben, die ich dann zu Pulver zerkleinern kann und …«

»Euer Optimismus ist geradezu naiv, wenn Ihr denkt, dass wir je noch einmal Gelegenheit haben werden, unseren Fuß auf Naranduin zu setzen«, fiel ihm Sandrilas ins Wort, was eine äußerst unelbische Art war und mehr den Gepflogenheiten der Rhagar entsprach. »Im Augenblick sieht es so aus, als würde dieses Felsmassiv, dem man den Namen Elbenturm gab, zu unserem Grabmal werden.«

Keandir wandte sich an Yintaril und Shorindorn. »Wie viele Bolzen tragt ihr noch in Euren Gürtelschärpen?«

»Einen!«, erklärte Hauptmann Yintaril. Der Kommandant der elbischen Wachmannschaft, die zum Schutz der Manufaktur abgestellt war, strich mit der linken Hand über die leeren Schlaufen seiner Schärpe.

»Zwei!«, antwortete der Wachmann Shorindorn.

»Mein König – seht dort!«, rief auf einmal Uéndorn der Starke und streckte seine für Elbenverhältnisse sehr ungeschlacht wirkende Hand aus.

Die triumphierenden Katzenkrieger auf den anderen Türmen hatten ihre letzten Feuerdämonen freigelassen, und diese tanzten die Wehrgänge entlang auf den Hauptturm zu, während gleichzeitig aus Süden ein paar weitere Riesenfledertiere auf die Manufaktur zuflogen.

König Keandir trat an die Zinnen, stieg auf die Wehrmauer des Turms, die fast zwei Schritt breit war, und blickte in die Tiefe. Im Hof der Manufaktur herrschte eine grausige Stille. Der Kampflärm war verstummt. Die abgetrennten Körperteile von niedergemetzelten Elben lagen verstreut auf dem Pflaster. Die Katzenartigen spießten sie auf ihre Rapiere und trieben grobe Scherze damit.

7

KAMPF DER ELEMENTE

Die Flammendämonen kletterten die Mauer des Hauptturms empor, wo Keandir stand und sie mit wuchtigen Hieben seines Schwerts Schicksalsbezwinger empfing. Immer wieder tauchte er seine Klinge in die Flammenkörper, woraufhin sich sein Schwert mehr und mehr mit der Kraft der Feuerwesen auflud. Keandir befürchtete schon, dass es irgendwann schmelzen würde, wie es bisher bei allen anderen Klingen der Fall gewesen war, die von diesen unheimlichen Flammen der Feuerdämonen umhüllt worden waren. Aber noch war dies nicht der Fall.

Keandir wehrte den Angriff der heraufkriechenden Flammengeister beinahe im Alleingang ab. Viele dieser flackernden Wesen hatten nach dem Aufstieg die Mauer empor zur Turmspitze bereits die Hälfte ihrer Ausdehnung verloren, sodass er relativ leichtes Spiel mit ihnen hatte. Schließlich verebbte der Angriff und ebenso das Triumphgeheul der Katzenkrieger auf den anderen Wachtürmen.

Keandir hielt inne. Hoch aufgerichtet stand er auf der Brüstung des Hauptturms, den Griff des glühenden Schicksalsbezwingers mit beiden Händen umfasst. Er ließ den Blick seiner vollkommen schwarzen Augen schweifen, sah die Armada der herannahenden Riesenfledertiere, sah die blutigen Spuren des grausigen Gemetzels im Hof der Manufaktur und spürte, dass da noch etwas war. Etwas Bekanntes. Eine vertraute und doch gleichzeitig so fremde Seele.

»Andir!«, murmelte er.

Thamandor schoss seine beiden letzten Giftbolzen ab und traf damit jeweils eines der Riesenfledertiere, die daraufhin samt ihrer Besatzung vom Giftbrand zerfressen wurden. Die unförmigen, gallertartigen Klumpen fielen in die Tiefe und zerplatzten, als sie auf die scharfen Felskanten aufschlugen.

Yintaril hinderte mit seinem letzten Schuss ein Riesenfledertier an der Landung im Hof der Manufaktur. Shorindorn verwendete seine beiden verbleibenden Bolzen dafür, einen erneuten Angriff auf den Hauptturm abzuwehren.

Uéndorn der Starke verschoss mittlerweile ausschließlich Pfeile, die zuvor bereits in den Körpern von niedergemachten Katzenkriegern gesteckt hatten. Einem der Fledertiere jagte er einen Pfeil in den Mund; die Spitze drang ins Gehirn des Flugungeheuers und durchschlug den Schädelknochen, sodass der gewaltige Körper mit seinen ausgebreiteten Schwingen zu Boden segelte. Allerdings ging das verendende Fledertier im Hof der Manufaktur nieder und rammte gegen den Südturm. Die Besatzung wurde aus dem Korb geschleudert und prallte auf das Hofpflaster, so hart, dass keine der Kreaturen überlebte.

Nur für die Flammendämonen ihrer Fackeln galt das nicht. Diese lösten sich von den Fackeln und suchten nach etwas, das sie während ihrer kurzen Existenz töten konnten. Denn dazu waren sie gerufen worden.

In diesem Moment bildete sich auf dem gepflasterten Untergrund des Innenhofs ein grellweißer Punkt, der so stark leuchtete, dass er die Katzenkrieger mit ihren gelben Augen, die vor allem für die Nachtsicht geeignet waren, blendete.

Fauchend und zischend versuchten die Katzenkrieger, die soeben noch die Leichenteile mit ihren Rapieren aufgespießt und mit ihnen herumgeworfen hatten, weitere Feuerdämonen zu beschwören. Aus schon erloschenen Fackeln schlugen plötzlich Flammen hervor. Aber nur wenige waren stark genug, um sich als Flammenwesen vom Fackelkopf zu lösen.

Der von grellem Licht ausgefüllte Bereich in der Mitte des Hofs wurde immer größer und hatte schließlich einen Durchmesser von fast zwanzig Elbenschritten. Wie ein Feuerschlund sah dieses Phänomen aus. Ein von gleißendem Licht erfüllter Schlund, der in eine unbekannte Tiefe führte.

Aber das Feuer, das dort sichtbar war, unterschied sich deutlich von der Glut, aus der die Flammenwesen und ihre Feuerklingen bestanden. Dieses Feuer aus den Tiefen des Felsmassivs, auf dem die Manufaktur errichtet war, wirkte so hell und rein, dass sich dagegen selbst das Sonnenlicht wie ein flackerndes Kerzenlicht ausnahm.

Keandir war mit seinen pechschwarzen Augen als Einziger in der Lage, in dieses gleißende Licht hineinzublicken, ohne sofort zu erblinden.

Andir ... Ich habe es gewusst!

Unwillkürlich berührte König Keandir den Lederbeutel mit den fünf noch existierenden Elbensteinen, die auf einmal aufleuchteten und deren Licht durch die Hand des Königs schimmerte. Ob sie damit auf die Berührung des Königs oder die magische Lichterscheinung im Hof reagierten, war nicht zu bestimmen. Aber das spielte für Keandir im Moment auch keine Rolle.

Dass du in die Gefilde der Diesseitigen und ihrer erbärmlichen Probleme zurückgefunden hast, ehrt dich. Aber bist du wirklich in der Lage, den Schatten entgegenzutreten, die uns bedrohen?

Eine Gedankenstimme antwortete dem König der Elben.

»Das bin ich«, sprach diese Stimme.

Eine Gestalt schälte sich aus dem Licht, das allmählich verblasste; im nächsten Moment war der gleißende Schlund verschwunden, und in der Mitte des Hofs stand ein Elb in einem Gewand aus weißem, so gut wie unbefleckbarem Elbenzwirn.

Es war Andir.

Außer dem Beutel an seinem Gürtel, in dem er die Kristalle aufbewahrte, auf die er die Weisheit seiner Bibliothek gebannt hatte, trug er nichts bei sich. Keine Waffe, kein Werkzeug, kein magisches Artefakt.

Die Katzenkrieger verharrten, bis das grelle Leuchten völlig verschwunden war. Auf sie musste die Lichterscheinung sehr bedrohlich gewirkt haben.

Ein besonders großes Fledertier rauschte auf seinen gewaltigen Lederschwingen heran. In dem Korb auf dem Rücken dieser Kreatur hockten nicht nur fünf oder sechs Katzenkrieger, sondern ein ganzes Dutzend. Es gab niemanden, der das Riesenfledertier daran hindern konnte, im Hof der Manufaktur niederzugehen. Die Katzenkrieger sprangen aus dem Korb aufs Pflaster des Hofs, wo sie sich geschmeidig abzufedern wussten. Das Riesenfledertier erhob sich wieder in die Lüfte, schlug mit den Flügeln und nutzte die auf dem Elbenturm herrschenden Höhenwinde, um majestätisch davonzugleiten.

Unter den Katzenkriegern schien im ersten Moment Ratlosigkeit über das plötzliche Erscheinen des Elbenmagiers zu herrschen. Zisch- und Fauchlaute wurde zwischen ihnen ausgetauscht.

Dann ließ einer der Katzenkrieger seinen Flammendämon von der Fackel springen.

Andir hob die Arme gen Himmel. Im alten Dialekt Athranors rief er die Elementargeister, die als alte Verbündete der Elben galten. Allerdings war das gegenseitige Verständnis zwischen Elben und Elementargeistern mit den Zeitaltern immer mehr geschwunden, ähnlich wie die Verbindung zu den Namenlosen Göttern und den Eldran schwächer geworden war. Noch immer erzählte man sich vor allem unter den Athranor-Geborenen geradezu phantastische Geschichten über den hohen, nie wieder erreichten Stand, den die Landwirtschaft im Reich der Elben von Athranor zeitweise erreicht hatte, was in erster Linie einem guten Kontakt zu den Elementargeistern von Erde, Luft und Wasser zugeschrieben wurde, wobei sich durch die Anrufung der letzten beiden durch einen entsprechend geübten Magier oder Schamanen nach Belieben Regen erzeugen ließ.

Im Lauf der Zeit war es den Schamanen wohl zu anstrengend geworden, durch eine derartige Beschwörung Regen zu erzeugen. Im neuen Reich der Elben war diese Methode nur in der Anfangszeit eingesetzt worden, als eine für elbische Verhältnisse relativ hohe Geburtenrate eine erhöhte Produktion von Nahrungsmitteln erforderlich machte, denn jungen Elben fiel es sehr viel schwerer, ihren Bedarf an Nahrung willentlich zu reduzieren und nötigenfalls dem Angebot anzupassen. Inzwischen hatte sich das jedoch grundlegend geändert: Wegen der allgemeinen spirituellen Schwäche der Magiergilde und des Schamanenordens zog man es mittlerweile vielerorts in Elbiana vor, Bewässerungsgräben anzulegen, während man in Elbara und Nuranien angeblich schon dazu übergegangen war, in dieser Hinsicht neue Techniken von den rhagaräischen Zuwanderern zu lernen; ein Gerücht, das am Hof von Elbenhaven niemand wahrhaben wollte.

Andirs Stimme bekam eine ungewöhnliche Intensität. Ein Lichtflor legte sich für Augenblicke um seine Gestalt, während er abermals die Elementargeister anrief. Dabei schloss er die Augen. Der freigelassene Feuerdämon wirbelte auf ihn zu und schwang seine Flammenklinge, aber plötzlich stoppte ihn ein Windstoß, der ihn mehrere Schritte zurückwehte.

Da ließen auch die anderen Katzenkrieger ihre Feuergeister frei. Andere versuchten, diese Wesen erneut zu beschwören, aber mehr als ein schwaches Aufflackern war bei keiner der Fackeln zu verzeichnen.

Ein Luftwirbel bildete sich um Andir und umtoste ihn, zerzauste selbst König Keandir und seinen Kampfgefährten an den Zinnen des Hauptturms die Haare. Der Wirbel, in dessen ruhigem Zentrum Andir mit erhobenen Armen stand, wurde immer heftiger, und die Feuerwesen, die dagegen anzustürmen versuchten, wurden durch den Wind entweder zum Verlöschen gebracht oder zumindest daran gehindert, weiter vorzudringen. Manche wurden zurückgestoßen, eines der Feuerwesen sogar von den Füßen gerissen und durch die Luft geschleudert, direkt auf einen Katzenkrieger zu, der nicht mehr ausweichen konnte. Er schrie durchdringend auf, ehe ihn das Feuer des Flammenwesens vollständig verschlang und zu Asche verbrannte, die hinweggeweht wurde.

Augenblicke vergingen. Andir war durch den Wirbel inzwischen nur noch als eine schemenhafte Erscheinung erkennbar, und die Feuerdämonen hauchten einer nach dem anderen ihr flüchtiges Leben aus. Dann schoss der Wirbel plötzlich in die Höhe und bildete genau über der Manufaktur eine Wolke, die zunehmend dunkler wurde. Sie wuchs, bildete ein Gebirge aus dunklem Grau, und dann fiel dichter Regen in den Hof der Manufaktur.

Die wenigen Feuerdämonen, die inzwischen von den Katzenkriegern neu beschworen worden waren, erloschen im Wolkenbruch, ebenso wie die Fackeln der Katzenkreaturen, die noch in den Körben ihrer Riesenfledertiere hockten, welche die Manufaktur umkreisten.

Das Regengebiet breitete sich rasch aus. Die grauschwarze Wolke wuchs so schnell, dass sie in Kürze eine geschlossene Wolkendecke von Horizont zu Horizont bildete. Die Morgensonne wurde zu einem verwaschenen Fleck im dunklen Grau, aus dem unablässig der Regen fiel.

Keandir klebten bereits nach wenigen Augenblicken die Haare am Kopf, und selbst ein Trockenzauber, mit dessen Hilfe zumindest hochgestellte Elben ein durch Wind und Wetter allzu ramponiertes Erscheinungsbild zu vermeiden pflegten, erwies sich angesichts dieser außergewöhnlichen Regenmengen als wirkungslos.

»Die Fackeln!«, rief Siranodir mit den zwei Schwertern. »Seht doch! Sie erlöschen überall!«

König Keandir ließ den Blick schweifen. Hunderte von Riesenfledertieren schwebten noch mit ihren Besatzungen rund um den Elbenturm und hatten noch vor Augenblicken einem fliegenden Fackelzug geglichen. Doch das hatte sich nun völlig geändert: Kaum eine Fackel brannte noch, und die wenigen, die noch nicht verloschen waren, taten dies innerhalb der nächsten Augenblicke. Schreie des Entsetzens vermischten sich mit dem Prasseln des Regens. Durch die Elementargeister des Wassers und der Luft waren die Katzenkrieger ihrer stärksten Waffe beraubt.

Einer der Katzenkrieger im Manufakturhof löste sich aus seiner Erstarrung, schleuderte seine erloschene Fackel auf Andir und griff zu Pfeil und Bogen, die er bei sich trug.

Andir fing die erloschene Fackelkeule mit der Linken so sicher auf, als wäre dieser Wurf nicht dazu bestimmt gewesen, ihn zu töten, sondern ihm das Fackelholz zukommen zu lassen. Seine Hand glühte auf, als würde sie brennen, und das Fackelholz wurde innerhalb weniger Herzschläge zu einem zerbröselnden Stück Holzkohle, bevor es schließlich zu Asche zerfiel. Das Glühen verschwand, und Andirs Hand war vollkommen unversehrt.

»Schert euch hinweg, ihr Diener des Dunklen Herrschers!« rief er in der gegenwärtig gängigen Sprache der Elbenheit des Zwischenlandes, und gleichzeitig sandte er eine starke Gedankenbotschaft, die seine Worte auch für jeden verständlich machte, die dieser Sprache nicht mächtig waren, und das mit einer derartigen Intensität, dass die Katzenkrieger davon geradezu schmerzhaft getroffen wurden. Sie stöhnten auf, manche hielten sich die Köpfe.

Für einige Augenblicke drohte Panik unter den Katzenkriegern auszubrechen, doch die schlug sehr schnell in Wut um. Ein Pfeil wurde auf den Elbenmagier abgeschossen, doch Andir reagierte überelbisch schnell und lenkte den Pfeil mit der Hand zur Seite ab, sodass er in einer Fuge zwischen zwei Pflastersteinen stecken blieb. Einen weiteren Pfeil wehrte er auf diese Weise ab; der bohrte sich in einen Fensterladen des Haupthauses im Obergeschoss.

Daraufhin stürmten die Katzenkrieger mit ihren Schwertern auf Andir zu. Der streckte die Arme aus, sodass seine offenen Handflächen auf die Angreifer gerichtet waren. Mindestens drei Dutzend Katzenkrieger waren es, denn inzwischen waren die Besatzungen weiterer Fledertiere im Hof gelandet, ohne dass irgendjemand dagegen hätte einschreiten können.

»Euer Geist ist schwach!«

Keandirs Hände krallten sich förmlich um den Griff Schicksalsbezwingers, aber vom Turm aus konnte er nichts ausrichten. Doch das brauchte er auch nicht. Denn sein Sohn war durchaus Herr der Lage.

»Wer ein so willfähriger Knecht des Dunklen Herrschers ist, mag auch durch andere leicht beeinflussbar sein!«

Die Katzenkrieger blieben plötzlich stehen. Einer von ihnen hatte gerade seinen Bogen gespannt, und der Pfeil, der an der Sehne lag, zeigte auf Andir.

Der Magier sah den Katzenkrieger ruhig an.

»Ein schwacher Geist ist leicht zu lenken.«

Der Katzenkrieger wandte sich ruckartig herum und schoss seinen Pfeil auf einen seiner Kampfgefährten ab. Der Pfeil durchbohrte den Hals des Getroffenen, sodass dieser röchelnd zu Boden sank. Daraufhin ließ der Schütze den Bogen fallen, griff nach seinem Rapier und durchschnitt sich mit der scharfen Klinge die Kehle, dass das Blut in Strömen hervorspritzte. Er sank auf die Knie, kippte um und blieb reglos auf dem Pflaster liegen. Das Blut mäanderte durch die Fugen zwischen den Pflastersteinen und vermischte sich mit den Strömen des Regenwassers.

Auch die anderen Katzenkrieger im Hof der Manufaktur richteten ihre Waffen gegen sich selbst. Ihre Todesschreie und ihr gurgelndes Röcheln hallten durch den immer noch prasselnden, aber inzwischen nachlassenden Regen.

Dann stieg Andir in die Höhe, schwebte immer weiter empor, verharrte gut dreißig Schritte über dem Hof und brachte mit einer einzigen Handbewegung ein herannahendes Riesenfledertier dazu, die Flugbahn zu ändern, sodass es mit voller Wucht gegen das Felsmassiv rammte, auf dem die Manufaktur errichtet war. Betäubt taumelte das Ungeheuer in die Tiefe und riss seine Reiterbesatzung, bestehend aus sieben Katzenkriegern, mit sich. Ihre Schreie hallten schauerlich zwischen den Felsen wider.

Unter den Angreifern brach jegliche Ordnung auseinander, doch offenbar unterlagen Andirs Einflussmöglichkeiten auf den Geist der Katzenkrieger räumlichen Begrenzungen. Jedenfalls hielten sie nun einen gewissen Abstand zu dem Elbenmagier, der zurück auf das Pflaster des Hofs sank. Keandir machte sich Sorgen um ihn, denn was er getan hatte, musste ungeheuer anstrengend gewesen sein.

Einige Riesenfledertiere umflatterten noch immer in einiger Entfernung den Elbenturm, trauten sich aber nicht näher, als wären ihre Reiterbesatzungen unschlüssig darüber, was sie tun sollten.

»Sie haben Angst davor, sich zurückzuziehen, weil ihnen ihr Meister ein Scheitern übel nehmen würde«, vermutete Prinz Sandrilas.

»Oder sie warten ab, bis Andirs magische Kräfte erlahmen«, befürchtete Keandir.

»Gut möglich«, murmelte der Einäugige.

Keandir steckte Schicksalsbezwinger zurück in die Scheide. Im Moment war der Hauptturm nicht mehr Angriffsziel der unheimlichen Kreaturen, und die Katzenkrieger auf den anderen Türmen hatten sich ebenso wie jene im Hof der Manufaktur selbst umgebracht. Manche, indem sie sich in die Tiefe stürzten, andere, indem sie sich die eigenen Waffen entweder selbst oder gegenseitig in die Leiber stießen.

Doch weiter reichte auch die immense magische Kraft Andirs nicht. Entfernten sich die Riesenfledertiere mit ihren Besatzungen über eine bestimmte Distanz hinaus, so übte er auf sie keinen geistigen Einfluss mehr aus.

Keandir hielt es nicht mehr länger auf dem Hauptturm. Während er Yintaril, Shorindorn und Uéndorn befahl, dort auszuharren, stieg er zusammen mit Thamandor, Sandrilas und Siranodir die Treppe hinunter, die in den Hof der festungsartigen Anlage führte.

Ein Bild des Schreckens bot sich ihnen dort, und auch der Blutgeruch war kaum zu ertragen und für die feinen Elbensinne eine Qual.

Andir stand mit geschlossenen Augen da und rührte sich nicht. Er war voll und ganz konzentriert und hielt den Zauber aufrecht. Aber wie lange schaffte er dies noch?

»Werter Thamandor, gibt es hier auf der Manufakturburg nicht noch ein paar Lagerstätten für Bolzen für die Einhandarmbrüste?«, fragte Keandir. »Die wenigen Überlebenden könnten dann ihre Waffen nachladen.«

Mit diesen Worten nahm Keandir eine der Einhandarmbrüste vom Boden auf. Der Elbenkrieger, dem sie gehört hatte, war so arg zugerichtet, dass man nicht einmal mehr erkennen konnte, dass es sich um einen Elb gehandelt hatte. Die Schlaufen seiner blutgetränkten Schärpe waren leer; auch er hatte vor seinem Ende sämtliche Bolzenmunition aufgebraucht.

»Nein«, antwortete Waffenmeister Thamandor, wobei sich in der Mitte seiner glatten Stirn jene Falte bildete, die so charakteristisch für ihn war. »Ihr wisst, dass wir mit der Produktion unserer handgefertigten Bolzen arg im Rückstand sind, seit die Zahl der Einhandschützen im elbischen Heer so stark vergrößert wurde. Und obwohl jeder dieser Schützen nur eine Waffe bekommen hat und an ihr ausgebildet wurde, kommen wir mit der Fertigung einfach nicht hinterher. Deswegen war die Wachmannschaft der Manufaktur auch nur mit einem unerlässlichen Vorrat ausgerüstet, der uns allerdings ausreichend erschien, um einen Angriff auf den Elbenturm abzuwehren.«

»Offensichtlich war er das nicht«, warf Prinz Sandrilas ein.

»Ihr wart es doch, der immer wieder neue Lieferungen gefordert hat, mein Prinz!«, warf Thamandor ihm, der auch Befehlshaber des Elbenheeres war, vor.

»Dieser Streit führt zu nichts«, beschwichtigte Keandir den Waffenmeister. »Niemand hat damit rechnen können, dass ein so massiver Angriff ins Herz des Elbenreichs erfolgen würde. Auch ich habe das nicht kommen sehen.«

»Euer Sohn Magolas geht aufs Ganze«, sagte Sandrilas bekümmert.

Aber Keandir schüttelte den Kopf. »Nein, ich fürchte, mein Sohn hat schon längst die Kontrolle über sein eigenes Reich verloren.« Tiefe Traurigkeit schwang in den Worten des Königs mit. Eine Traurigkeit, die durch den Anblick des unvorstellbar grausigen Schlachtfelds im Hof der Manufaktur noch genährt wurde. »Lasst uns diesen furchtbaren Ort nach einzelnen Bolzen absuchen, die nicht abgeschossen wurden«, sagte er düster, obwohl ihm bewusst war, dass sie dadurch kaum gerettet werden konnten. Alles hing von Andir ab, der unbewegt und starr wie eine Statue in der Mitte des Hofs stand, die Arme erhoben, die Augen geschlossen und völlig in Konzentration versunken. Wenn seine Kräfte erlahmten, waren sie alle dem Untergang geweiht.

Thamandor fand die blutige Lederschärpe eines zerstückelten Einhandschützen. Drei Bolzen, die der Elbenkrieger nicht mehr hatte abschießen können, steckten noch in den Schlaufen. Der Waffenmeister nahm sie heraus. Das Blut des Getöteten troff dabei zu Boden. Thamandor lud seine beiden Einhandarmbrüste und gab den dritten blutigen Bolzen an Keandir weiter, sodass dieser damit die Waffe laden konnte, die er gerade vom Boden aufgehoben hatte.

Hier und dort fanden der König und seine Getreuen sowohl weitere Einhandarmbüste als auch Bolzen. Viele waren es nicht; kaum mehr als ein Dutzend Schuss waren auf diese Weise möglich. Keandir schickte Siranodir mit den zwei Schwertern aus, um einen Teil der Bolzen zu Hauptmann Yintaril auf den Hauptturm zu bringen.

Die Katzenkrieger auf ihren Riesenfledertieren hatten den ersten Schrecken über das Eingreifen des Elbenmagiers inzwischen verwunden, und ein Teil von ihnen startete einen blindwütigen Angriff auf die festungsähnliche Manufaktur. Der Regen verhinderte, dass sie ihre Fackeln entzünden oder ihre Flammendämonen mit Brandpfeilen ausschicken konnten. Sie versuchten es zwar, aber mehr als ein kurzes Aufflackern hier und dort war nicht zu sehen.

Stattdessen setzten sie alles daran, mit ihren Fledertieren im Hof der Manufaktur niederzugehen. Pfeile wurden auf sie abgeschossen. Kamen die Riesenfledertiere näher, so beeinflusste Andir mental ihre Reiterbesatzungen und veranlasste sie, ihre Waffen gegen ihre eigenen Reittiere zu richten. Dann schlugen und hackten sie auf die Fledertiere ein, auf denen sie selbst saßen, und schafften sie es, ihnen eine entscheidende Verletzung zuzufügen, stürzten sie mit ihnen in die Tiefe. Fauchen, Zischen und schrilles, kaum erträgliches Geschrei mischten sich mit dem Rauschen des Regens.

Keandir schoss eines der Fledertiere mit seiner Einhandarmbrust ab. Der Giftbrand tötete und verformte es, während das Tier mitsamt seiner Besatzung unter gellenden Todesschreien in die Tiefe trudelte.

»Sollten wir unsere Bolzenmunition nicht besser zurückhalten?«, fragte Prinz Sandrilas. Sein Blick ging dabei zu Andir herüber, der mittlerweile auf die Knie gesunken war. Er zitterte. Noch immer hielt er die Arme zum Himmel erhoben und hatte die Augen geschlossen. Es war unverkennbar, dass er am Ende seiner Kräfte war: Sein Gesicht wirkte eingefallen, die Haut pergamentartig, das tiefschwarze Haar war zu einem dunklen Grau geworden und wurde immer heller. Er setzte inzwischen mehr ein als nur seine magischen Kräfte, begriff Keandir, und diese Erkenntnis versetzte ihm einen Stich. Andirs geistiges Reservoir war verbraucht, und er griff auf seine Lebensenergie zurück!

»Schießt eure Bolzen ab! Wir müssen Andir entlasten!«, rief der König. Er entriss Thamandor dessen Waffen und schoss damit auf ein sich näherndes Riesenfledertier, das er zielsicher traf und tötete. Seinem Sohn ersparte er damit die Notwendigkeit, die Seelen der Katzenkrieger zu beeinflussen, damit die auf ihr Reittier einhackten.

Der König wandte sich zu seinem Sohn um.

»Andir! Lass mich dir helfen!«, bat er ihn in Gedanken. »Nimm meine Kraft!«

Die Antwort ernüchterte den Elbenkönig.

»Nicht deine Finsternis …«

8

SECHSHUNDERT EINHANDSCHÜTZEN

Königin Ruwen war lange vor Morgengrauen erwacht. Die Angst um Keandir hatte sie geweckt und die plötzliche Erkenntnis, dass er in Gefahr war. Kurz danach hatten die Hörner auch das restliche Elbenhaven aus dem Schlaf gerissen: Die Armada der Fledertiere, die in der Ferne durch die Lüfte zog, war von den Wächtern erspäht worden.

Ruwen stand auf dem Ostturm der Burg Elbenhaven. Bei ihr war Lirandil, der uralte, in Athranor geborene Fährtensucher, der wieder einmal von einer seiner langen Reisen durch die Länder des zwischenländischen Kontinents zurückgekehrt war; seit gut einem halben Jahr weilte er auf der Burg, um den König und den Kronrat über alles zu informieren, was es Neues über die Rhagar-Reiche zu berichten gab, die inzwischen allesamt zu mehr oder minder unselbstständigen Provinzen des Magolasischen Reichs herabgesunken waren, selbst jene, die nominell noch eigenständig waren – wie Kossarien – oder sich selbst nur als Verbündete Magolas' bezeichneten – wie Haldonia und Marana.

Abgesehen von der Königin und dem Fährtensucher sowie einigen Wachsoldaten und einem Hornbläser befanden sich noch Admiral Ithrondyr, der Oberbefehlshaber der Elbenflotte, und Gelrond der Sprachkundige auf dem Ostturm. Letzterer hatte den Admiral in jenen Tagen auf seinen Fahrten begleitet, als Ithrondyr noch Kapitän des Kundschafterschiffs »Jirantor« gewesen war.

Vom Turm aus war das Unwetter zu sehen, das nur wenige Meilen entfernt tobte, um den Gipfel des Elbenturm-Massivs herum. Ein dunkles Wolkengebiet mit Regen und Sturm spannte sich bis zu den

Anhöhen im Süden des Elbenturms. In Elbenhaven allerdings war bislang nicht ein einziger Tropfen niedergegangen.

Dass dies kein gewöhnliches Unwetter war, sondern die Elementargeister beschworen worden waren, war auch jedem in magischen Dingen ungebildeten Elben sofort klar. Ruwen aber spürte, dass es mit Andir zu tun hatte, der in die Geschehnisse dort auf dem Elbenturm auf unbekannte Weise verstrickt war.

Als die Armada der Riesenfledermäuse gesichtet worden war, hatten die Hornbläser sofort Alarm gegeben. Inzwischen hatte Königin Ruwen befohlen, dass alle Elbenkrieger in Elbenhaven, die über Fernwaffen verfügten, sich dafür bereit machen sollten, zum Elbenturm zu ziehen. Dies waren in erster Linie natürlich die Mitglieder der Einhandgarde, aber auch Bogenschützen und Schützen mit konventionellen Armbrüsten, die ganz herkömmliche Bolzen verschossen, in denen sich kein magisches Gift befand. Der spezielle Mechanismus der Einhandarmbrüste erlaubte es nicht, sie mit gewöhnlichen Bolzen zu bestücken, und umgekehrt konnten die mit magischem Gift versehenen Bolzen nicht in herkömmliche Armbrüste gespannt werden. Beim Herausschnellen des Giftbolzens aus der Waffe wurde nämlich an dem Bolzen ein Schalter betätigt, der dann beim Aufprall die Entladung des Gifts erlaubte. Viele Elben hielten Thamandor mangelndes Risikobewusstsein vor, und sein Name würde wohl auf ewig mit einigen spektakulären Unglücksfällen in Verbindung gebracht werden. Doch dieses in der elbischen Öffentlichkeit verbreitete Bild des Erfinders wurde ihm nicht gerecht, hatte er sich doch bei der Konstruktion der Bolzen sehr viel Mühe gegeben, um jede Gefahr eines unbeabsichtigten Giftaustritts auszuschließen.

Erneut ertönte ein Hornsignal.

»Die Elbenkrieger sind bereit«, übersetzte es Admiral Ithrondyr für die Königin.

»Verzeiht mir, dass ich Euch bei der Auswahl des Kommandanten übergangen habe, werter Admiral Ithrondyr«, sagte Ruwen. »Aber Ihr seid ein Seekrieger und mit den Kampftechniken an Land wenig vertraut.« Sie wandte sich Lirandil zu. »Ich weiß, dass Ihr alle Ehrenbezeugungen und Ränge abgelehnt habt, obwohl mein Gemahl Euch gern zum Herzog erhoben hätte.«

»Was mir die Möglichkeit genommen hätte, Elbiana auf eine Weise zu dienen, für die ich mich viel besser eigne, nämlich die Erkundung der Länder der Rhagar und anderer Völker, meine Königin. Auch wäre es mir, wäre ich auf das freundliche Angebot Eures Gemahls eingegangen, nicht möglich gewesen, eine Fährtensucherschule zu gründen, damit das uralte Wissen der Fährtensucher von Athranor für die Elbenheit bewahrt bleibt.« Der uralte, grauhaarige Elb deutete eine Verbeugung an.

Ruwen nickte huldvoll, aber ihr Gesicht blieb ernst. »Gewiss, werter Lirandil. Aber heute möchte ich, dass Ihr unsere Krieger in die Schlacht führt. Eure jahrtausendealte Erfahrung ist mehr wert als jeder Rang.« Ruwen ergriff die Hand des Fährtensuchers. »Ich bitte Euch! Ich weiß, dass Ihr es schaffen könnt, so furchtbar die Gefahr auch sein mag.«

»Ihr wisst, dass ich mein Bestes geben und all meine Erfahrung in die Waagschale werfen werde«, versicherte Lirandil. Er wandte sich an einen der Wachsoldaten. »Man sattle mein Elbenross und bringe mir Pfeilköcher und Bogen aus meinem Gemach!«

»Mit Verlaub, meine Königin«, mischte sich da Admiral Ithrondyr ein. »Elbenhaven wird ziemlich schutzlos zurückbleiben!«

»Das mag sein«, sagte Ruwen. »Ich glaube jedoch nicht, dass Elbenhaven im Moment in Gefahr ist. Dennoch, für den Fall, dass ich mich irre, lasst Eure Schiffe bereit machen, Admiral.«

»Damit wir die Stadt evakuieren können?«, fragte er.

Ruwen nickte. »Ich hoffe jedoch und bin sogar nahezu überzeugt davon, dass dieser Fall nicht eintreten wird.«

In diesem Moment verspürte sie einen heftigen Schmerz, der ihr durch den Brustkorb stach, und ein Gefühl der Schwäche und der Verzweiflung durchflutete sie.

Andir, dachte sie. Und der Elbenkönigin wurde in diesem Augenblick bewusst, dass noch sehr viel mehr getan werden musste, als ein Elbenheer mit Fernwaffen auszuschicken, um der Bedrohung zu begegnen, die sich am Himmel zwischen dem Elbenturm-Massiv und dem südlichen Gebirge manifestierte.

Kaum, dass Lirandil und die Elbenkrieger den inneren Burghof von Elbenhaven verlassen hatten, ließ Königin Ruwen alle Schamanen und Magier der Stadt zusammenrufen, darunter auch Brass Shelian, den amtierenden Oberen des Schamanenordens und damit Nachfolger des legendären Brass Elimbor in diesem Amt.

Im inneren Burghof von Elbenhaven empfing Ruwen die versammelten Magier und Schamanen der Hauptstadt. An die hundert Personen waren es, darunter auch einige als begabt geltende Novizen sowohl der Magiergilde als auch des Ordens der Schamanen.

Unter den Magiern und Schamanen herrschte helle Aufregung, denn natürlich war ihnen das Unwetter in den nahen Bergen nicht verborgen geblieben, und sie hatten freilich auch erkannt, dass es sich um das Resultat angewandter Magie handelte. Und nicht zuletzt hatten sie auch die von Xaror ausgesandten Kreaturen des Limbus gesehen, und der Schrecken darüber stand so manchem noch immer ins Gesicht geschrieben.

Die Tatsache, dass eine Invasion wie jene, deren ferne Zeugen sie geworden waren, überhaupt möglich war, hatte auch etwas mit ihrer eigenen spirituellen Schwäche zu tun. Das wurde vielen von ihnen mit einem Mal sehr schmerzlich bewusst.

Admiral Ithrondyr und Gelrond der Sprachkundige begleiteten Königin Ruwen, als sie vor die versammelten Magier und Schamanen trat. »Ihr werdet bemerkt haben, welche magischen Kräfte in den nahen Bergen rund um das Elbenturm-Massiv wirksam sind. Es ist dort einer, der sich der Finsternis entgegenzustellen versucht. Einer von Euch, auch wenn er Eure Gemeinschaft seit langer Zeit nicht mehr gesucht hat und sich stattdessen in die Einsamkeit zurückzog. Ich spreche von meinem Sohn Andir. Ich weiß, dass er Eure Hilfe benötigt. Also schließt Euch zusammen, so wie es in den Anfängen des Reichs der Elben vom Zwischenland geschah, als auf diese Weise die Brücke von Minasar und die Aratanische Mauer geschaffen wurden. Ein Steinhagel wurde von den vereinigten Schamanen und Magiern auf das übermächtige Heer des Eisenfürsten Comrrm vom Himmel herunterfallen gelassen. Damals brauchte Andir den Strom eurer Kräfte, um ihn zu bündeln und auf ein Ziel hin zu lenken. Und jetzt ist es wieder so weit. Ich ersuche Euch, schließt Euch zusammen und übertragt Eure Kraft an ihn. Stützt seinen Geist, sodass er standzuhalten vermag. Ich bin seine Mutter und habe eine besondere Verbindung zu ihm, wie niemand bezweifeln wird. Und ich weiß, wie verzweifelt er ist.«

Schweigen herrschte unter den Elben, als die Königin geendet hatte. Brass Shelian fühlte die Blicke auf sich gerichtet, und so trat er schließlich hervor. Er deutete eine Verbeugung an, doch es schien eher eine Geste der Verlegenheit zu sein als eine Treuebekundung gegenüber der Königin, denn der Obere des Schamanenordens sagte einen Augenblick später: »Meine Königin, Ihr überschätzt, so fürchte ich, unsere Möglichkeiten!«

Ruwen war fassungslos. »Soll das heißen, Ihr werdet es nicht einmal versuchen?«

»Unsere spirituelle Schwäche ist bekannt«, sagte Brass Shelian. »Im Lande Estorien hat Fürst Bolandor die Eldran beschwören lassen und bevölkert mit ihnen sein Reich der Geister, wie Ihr wisst. Das schwächt uns zusätzlich, denn wir stehen nicht mehr auf dieselbe Weise mit den Jenseitigen in Kontakt, wie es früher der Fall war.«

»Das alles weiß ich«, entgegnete Ruwen. »Aber soll das bedeuten, dass die vereinigten Magier und Schamanen Elbenhavens nicht mehr in der Lage sind, einen geistigen Verbund zu bilden, um einem der ihren, der für die ganze Elbenheit kämpft, zu helfen? Jeder dieser Bogen- und Armbrustschützen, die gerade die Stadttore von Elbenhaven hinter sich gelassen haben, wird seinen Teil dazu beitragen, dass unser König überlebt, dass der Elbenturm nicht fällt und dass Elbiana nicht zur Beute dieser furchtbaren Kreaturen der Finsternis wird, die im Schutz der Nacht zu uns gelangten.«

Auf einmal herrschte quälend langes Schweigen. Mutlosigkeit machte sich unter den Versammelten breit. Mutlosigkeit, die wie ein lähmendes Gift wirkte.

»Es ist so lange her«, meinte Brass Mentabondir, ein gerade vom Novizen zum vollwertigen Schamanen aufgestiegener Elb, der zwar bereits in Athranor geboren worden war, aber erst vor gut einer Jahrhunderthälfte seine Bestimmung zum Schamanentum entdeckt hatte; zuvor war er lange Steuermann auf verschiedenen Schiffen in der Elbenflotte gewesen, und dort bedauerte man es bis heute, auf seine Dienste verzichten zu müssen, seit sich Mentabondir der Steuermann zu Brass Mentabondir gewandelt hatte. »Natürlich besteht die Möglichkeit, dass wir kläglich scheitern und die Wesen des Schattenherrschers die Oberhand gewinnen. Und es mag auch sein, dass hier so mancher sich von Andir verraten fühlte, weil dieser den Weg in die Einsamkeit wählte, anstatt das zu sein, was viele zuvor in ihm gesehen haben: nämlich einen spirituellen Anführer für die verunsicherten Seelen der Elbenheit. Aber das wollte er vielleicht nie sein. Und vielleicht war diese Aufgabe auch einfach zu groß für ihn, und er musste sich erst einmal zurückziehen, um sich selbst zu finden.«

»Früher war es Andir, der für die Verschmelzung der Kräfte gesorgt hat«, stellte ein weiterer Schamane fest. Er wurde Brass Jelindil genannt und gehörte zu den ersten Elbenkindern, die nach der Ankunft im Zwischenland geboren worden waren. »Wer soll es jetzt sein? Niemand von uns hat die geistige Größe dafür.«

»So wird es jemand versuchen müssen, dem man diese Größe vielleicht noch nicht zutraut, bei dem sie sich aber hoffentlich zeigen wird«, sagte Brass Mentabondir.

»Ihr sprecht von Euch selbst?«, fragte Brass Shelian.

»Wenn Ihr vor der Verantwortung zurückschreckt, stehe ich bereit«, erwiderte Brass Mentabondir.

Dies war ein Affront sondergleichen gegen Brass Shelian, erkannte Königin Ruwen sofort. Aber dieser Affront wurde von der Versammlung ohne eine erkennbare Reaktion hingenommen. Doch auch keine Reaktion war eine Art Reaktion, wusste Ruwen. Offenbar gab es unter den Magiern und Schamanen viele, welche die Meinung Brass Mentabondirs teilten.

Das begriff auch Brass Shelian. »Also gut«, sagte er. »Wir werden es versuchen …«

»Wovor sollten wir uns fürchten, außer davor, dass unsere spirituelle Schwäche auf eine Weise manifest werden könnte, wie es bisher noch nie der Fall war?«, sagte Brass Mentabondir. »Aber dieses Risiko sollten wir bereit sein einzugehen.«

Zustimmendes Gemurmel erhob sich hier und da in der Versammlung. Eigentlich war es nicht Ruwens Art, derartige Entscheidungsprozesse zu beschleunigen. Zumeist war es besser, abzuwarten und zu sehen, welchen Weg das Schicksal einschlug. Aber in diesem Fall musste schnell gehandelt werden. Also griff sie abermals ein, indem sie beschwörend auf die Versammlung einredete: »Lasst diesen Worten Taten folgen! Eure Schwäche wird die Elbenheit Euch verzeihen – nicht aber Eure Untätigkeit!«

»Also gut«, erklärte sich Brass Shelian schließlich bereit. Die Schamanen und Magier bildeten einen Kreis und führten jene Rituale durch, die in der Frühzeit Elbianas, als so viele Gebäude mit der Kraft purer Magie und dem Zauber Riboldirs hatten geschaffen werden müssen, zu ihrem täglichen Geschäft gehört hatten.

Brass Shelian blieb in diesem Augenblick nichts anderes übrig, als sich an die Spitze dieser Versammlung zu setzen, die auf diese Weise im Handumdrehen zu einer spirituell geprägten Zusammenkunft geworden war.

Lirandil ritt an der Spitze des Zugs der Elbenkrieger in Richtung des tobenden Unwetters. Ein kühler Wind war schon bald zu spüren und Nieselregen benetzte die Gesichter der Elben. Von ihren Gewändern aus Elbenzwirn perlte die Nässe ab, und selbst im Haar der Krieger konnte sie sich zunächst kaum festsetzen, sofern der Betreffende rechtzeitig daran gedacht hatte, einen entsprechenden Zauber zu wirken. Erst als sie sich dem Elbenturm so weit genähert hatten, dass es wie aus Pferdetränken schüttete, nützten auch diese Maßnahmen kaum noch etwas.

Mehrere tausend Mann waren in die Berge um den Elbenturm aufgebrochen. Jeder, der einen Bogen oder eine Einhandarmbrust bedienen konnte und für den es möglich war, eine solche Waffe bereitzustellen, hatte sich dem Zug angeschlossen. Dazu zählten auch die Bogen- und Einhandschützen, die normalerweise zur Besatzung der am Kai von Elbenhaven liegenden Elbenflotte gehörten.

Der Regen wurde heftiger, je weiter sie sich dem Elbenturm-Massiv näherten. Gleichzeitig wurde es allmählich hell im Westen. Die furchtbare Schlacht um den Elbenturm wurde so zur Gänze offenbar – und auch die Aussichtslosigkeit, mit der sich die wenigen Verteidiger noch zu wehren vermochten. Eine magische Kraft hielt die Flugbestien davon ab, in der festungsähnlichen Manufaktur zu landen; Dutzende dieser Monstren sah Lirandil der Fährtensucher in die Tiefe stürzen, und die Schreie der Riesenfledertiere und ihrer Besatzungen hallten gespenstisch zwischen den Berghängen Hoch-Elbianas wider.

»Nur einer vermag genug magische Kraft aufzubringen, um so etwas zu vollbringen«, sprach Lirandil. »Andir! Er scheint sein selbst gewähltes Exil in der Einsamkeit der Berge tatsächlich aufgegeben zu haben!« Königin Ruwen hatte offenbar ein sicheres Gespür für ihren Sohn.

Der Vormarsch wurde zunehmend mühsamer. Die Hänge waren durch den Regen so rutschig geworden, dass die Krieger von ihren Rössern steigen mussten. Und dort, in den Höhen, wurde der aufkommende Regen sogar gleich zu Eis und bildete einen spiegelglatten Film über dem kalten Gestein. Damit wurde es selbst für leichtfüßige Elben schwierig, sicheren Tritt zu finden.

Lirandil teilte die Krieger in mehrere Gruppen auf, die sich nach und nach in der Nähe des Elbenturms verteilten. Bisher hatten die Katzenkrieger auf den Riesenfledertieren dem Elbenheer kaum Beachtung geschenkt. Nur hin und wieder wurde ein vereinzelter Pfeil in Richtung der heranrückenden Elbenkrieger abgeschossen. Ansonsten waren die rund um den Elbenturm kreisenden Reiterbesatzungen der Riesenfledertiere einzig und allein darauf bedacht, die Manufakturburg doch noch einzunehmen.

Teile des Elbenheers mussten bei ihren Vorstößen die Pferde zurücklassen, da es einfach unmöglich war, sie über die vereisten Bergpfade zu führen. Ein energischer geistiger Befehl reichte dabei aus, um sie am Fortlaufen zu hindern; sie festzubinden war völlig überflüssig.

Sobald die einzelnen Gruppen ihre Positionen erreicht hatten und in Stellung gegangen waren, ertönten entsprechende Hornsignale. Auch diese beachteten die Katzenkrieger auf den Riesenfledertieren kaum. Ihr Herr und Meister hatte ihnen befohlen, den Elbenturm zu erobern und den König der Elben zu töten, und nur dieses Ziel kannten sie, sodass sie blind waren für die Gefahr, die ihnen drohte.

Unter den Elbenkriegern gab es insgesamt sechshundert Einhandschützen, darunter sowohl die Mitglieder der erheblich aufgestockten Einhandgarde, als auch jene, die auf den Schiffen der Elbenflotte dienten. Alle anderen an diesem Kriegszug teilnehmenden Elbenkrieger waren mit herkömmlichen Fernwaffen ausgerüstet, die meisten mit den Elbenbögen, wie sie schon in der Vorzeit Athranors benutzt worden waren und die sich seitdem wenig verändert hatten. Es schien, als hätten diese Bögen damals schon einen Grad an Perfektion erreicht, der einfach kaum noch übertroffen werden konnte.

Neben den Bogenschützen gab es ungefähr zweihundert Schützen mit konventionellen Armbrüsten verschiedener und mitunter höchst individueller Bauweisen, die sich im Allgemeinen durch eine enorme Durchschlagskraft auszeichneten. Es gab keinen Harnisch und keinen Schild, die einem Bolzen standhalten konnten, der aus solch einer Waffe abgeschossen wurde.

Lirandil der Fährtensucher wandte sich an seinen Hornbläser Pasadanir, den man aufgrund seiner besonders kraftvollen Blastechnik Pasadanir den Durchdringenden nannte. »Hornbläser! Blast zum Angriff!«

»Jawohl, werter Lirandil!«

Das Angriffssignal ertönte, und im nächsten Moment wurden die Riesenfledertiere und ihre katzenartigen Reiter mit einem wahren Geschosshagel eingedeckt. Dutzendweise trafen die Bolzen der Einhandschützen die Fledertiere und vernichteten sie durch den unaufhaltsamen Giftbrand. Aber auch die konventionellen Pfeile und Bolzen richteten verheerende Schäden unter dem Feind an. Der Pfeilbeschuss, der den Elben daraufhin antwortete, war dagegen nur ein schwaches Gegengewicht. Nur vereinzelt wurden Elben getroffen, denn auf den häufig bereits verletzten und daher schwankenden Fledertieren hockend, vermochten die Katzenwesen kaum mehr richtig zu zielen. Hier und dort gab es ein paar letzte verzweifelte Versuche, erneut Flammendämonen zu beschwören, aber in dem andauernden, phasenweise leicht nachlassenden und dann wieder etwas stärker werdenden Regen konnte dies nicht gelingen; ehe das Pech an den Spitzen der Fackeln richtig brannte, löschte es das Regenwasser schon wieder.

Gleich reihenweise stürzten die Riesenfledertiere getroffen in die Tiefe. Bereits nach wenigen Augenblicken waren die Verluste des Feindes so furchtbar, dass die noch unversehrten Fledertiere in größere Höhen zu entkommen versuchten, um außerhalb der Reichweite der elbischen Waffen zu gelangen. Aber hinsichtlich der Armbrüste – sowohl der einhändig abzuschießenden als auch der konventionellen Waffen – war das gar nicht so leicht.

Hinzu kam der Regen, denn in den Mannschaftskörben der Katzenkrieger sammelte sich das Wasser, dessen Gewicht die Riesenfledertiere zusätzlich nach unten drückte. Hier und dort sah man die Besatzungen in verzweifelter Hast Wasser schöpfen, wozu ihnen jedoch das geeignete Werkzeug fehlte. Schließlich befanden sich die Katzenkrieger ja nicht an Bord von Schiffen, auf denen man stets eine entsprechende Anzahl von Schöpfgefäßen parat hatte.

Die Angriffe auf die Manufakturburg verebbten schließlich. Die

Katzenkrieger suchten nur noch sich selbst und ihre Reittiere, soweit es ging, zu schützen. Sie stiegen höher und höher empor. Diejenigen Riesenfledertiere, die dazu nicht mehr in der Lage waren, weil Dutzende von Pfeilwunden sie schwächten, wurden früher oder später völlig vernichtetet – sei es, dass sie einen tödlichen Treffer durch einen Pfeil oder einen herkömmlichen Bolzen erhielten oder dass das Geschoss eines Einhandschützen ihnen den Garaus machte.

Hier und dort stürzten Fledertiere ab, ohne dass dabei die komplette Korbbesatzung getötet wurde. In diesen Fällen sorgten die Kommandanten der einzelnen Gruppen des von Lirandil angeführten Elbenheers dafür, dass die Überlebenden aufgespürt und niedergemacht wurden, sofern dies mit einem einigermaßen vertretbaren Aufwand möglich war; Lirandil wollte seine Männer dafür nicht in unwegsames Gebiet schicken und der Gefahr aussetzen, abzurutschen und in die Tiefe zu stürzen.

Zwei Drittel der ursprünglichen Armada der Riesenfledertiere war schließlich auf die eine oder andere Weise vernichtet, und vielen anderen Geschöpfen des Limbus stand der Tod noch unmittelbar bevor. Nur einem Bruchteil der Invasoren gelang es, hoch genug zu steigen, dass sie hoffen konnten, den elbischen Waffen zu entkommen. Dort war allerdings die Luft so dünn, dass die Fledertiere kaum für längere Zeit überleben konnten. Abgesehen davon herrschten so hoch oben eisige Temperaturen. Manches Riesenfledertier fiel wie ein Stein vom Himmel, nachdem es bereits in Höhen aufgestiegen war, die Rettung verhießen.

Ein Teil versuchte über die Berge hinweg zu entkommen, doch nur wenige schaffte es, das Gebiet zu verlassen, in dem das durch die Beschwörung der Elementargeister hervorgerufene Unwetter herrschte.

»Tötet so viele von ihnen, wie ihr könnt!«, rief Lirandil der Fährtensucher grimmig, der selbst seinen Pfeilköcher bereits leer geschossen hatte. »Tötet sie, denn sonst werden sie uns töten, wenn wir ihnen wieder begegnen!«

Die Schlacht rund um den Elbenturm löste sich allmählich auf, und der Kampfeslärm wich einer furchtbaren Stille, die nur noch von der Geräuschkulisse des nachlassenden Regens erfüllt wurde.

Andir sank in sich zusammen, und König Keandir war gerade noch rechtzeitig zur Stelle, um ihn aufzufangen, sodass er nicht zu Boden schlug.

»Andir, mein Sohn!«, stieß er hervor. Er kniete nieder und hielt Andir im Arm, dessen Gesicht einer Totenmaske glich; pergamentartig spannte sich die selbst für einen Elben blasse Haut über die Wangenknochen. Seine Hände waren knochig und dürr geworden, das Haar des größten aller Elbenmagier so schneeweiß wie der Elbenzwirn seines Gewandes.

»Einen Heiler!«, rief Keandir. »Ruft einen Heiler!«

Aber Piandolas war nirgends auffindbar, und nachdem Siranodir mit den zwei Schwertern schließlich den blinden Rhiagon aufgespürt hatte, erfuhr man von dem schrecklichen Ende, das der für die Manufakturburg zuständige Heiler genommen hatte.

»Ich glaube kaum, dass ein Heiler ihm helfen kann«, gestand Prinz Sandrilas, der neben Keandir stand und dem König tröstend eine Hand auf die Schulter legte. Er meinte damit Andir, dessen Zustand sehr bedenklich war.

Lirandil und ein Teil seines Heeres zog schließlich zum Gipfelplateau des Elbenturm-Massivs. Den anderen, größeren Teil seiner Krieger hatte Lirandil zurück in die Hauptstadt Elbenhaven geschickt. Schließlich war nicht auszuschließen, dass einige der Fledertiere, denen die Flucht gelungen war, an den Bewohnern umliegender Elbensiedlungen Rache verüben würden.

Als Lirandils Krieger die Manufaktur erreichten, hatte der Regen bereits zur Gänze aufgehört, und das lang gestreckte Wolkengebirge, das sich wie ein dunkles Dach über den Himmel zwischen dem Elbenturm und den südlichen Bergen gespannt hatte, begann sich aufzulösen.

König Keandir hatte seinen Sohn ins Haupthaus der Manufaktur getragen und ihn auf ein Lager gebettet. Andir war völlig regungslos. Der eintreffende Lirandil rief sofort nach einem der Kriegsheiler, die das Elbenheer begleitet hatten. Es war Eónatorn, den König Keandir gut kannte; er war bei der Verteidigung Turandirs gegen die Trorks dabei gewesen und hatte den Elbenkönig auf dem anschließenden Feldzug ins Wilderland begleitet.

Eónatorn untersuchte den reglos daliegenden Elbenmagier. Es

dauerte nicht lange, bis er seinen Befund äußerte. »Er hat außer all seiner magischen Kraft auch seine Lebenskraft eingesetzt«, stellte der Heiler fest. »Dadurch ist der Zustand der Verklärung bereits weit fortgeschritten, und es ist fraglich, ob man seine Seele noch daran hindern kann, nach Eldrana einzugehen. Und …« Er schaute auf und sah Keandir direkt an. »Verzeiht mir das offene Wort, mein König: Es stellt sich auch die Frage, ob wir das Recht haben, dies überhaupt zu tun.«

»Wir haben jedes Recht dazu!«, widersprach Keandir aufgebracht. »Ich bin sein Vater, und ich will, dass mein Sohn lebt!« Der Elbenkönig ballte die Hände zu Fäusten, tiefe Furchen gruben sich in sein Gesicht und bildeten ein Muster von markanten Linien, die es ungewöhnlich hart erscheinen ließen. »Davon abgesehen braucht die Elbenheit ihren größten Magier – jetzt, da wir mit diesem furchtbaren Gegner im Süden konfrontiert sind!«

Nein, Andir durfte sie nicht verlassen, dachte er, und dabei suchte er verzweifelt die innere Verbindung zwischen ihnen. Wo war Andir? Wo war der Geist seines Sohnes?

Er erhielt keine Antwort auf diese drängenden Fragen, kein Zeichen, das ihm gesagt hätte, ob Andirs Geist noch in der Welt der Diesseitigen weilte. Die Vorstellung, dass einer seine Söhne vor ihm sterben würde – oder bereits gestorben war -, war ihm unerträglich. Anfangs hatte es geschienen, als hätte das Schicksal große Dinge mit den Zwillingsbrüdern Andir und Magolas vorgehabt. Doch wie sehr hatte sich diese Verheißung ins Gegenteil verkehrt! Andirs Tod wäre der traurige Gipfel dieser deprimierenden Entwicklung gewesen.

»Er atmet nicht mehr«, stellte Eónatorn fest. Für einen Elben war dies nicht ganz so bedrohlich wie für einen Menschen oder Zentaur, denn gerade stark vergeistigte Elben vermochten die Vorgänge in ihren Körpern zu kontrollieren und mitunter stark zu verlangsamen, sodass sie sehr lange auf Nahrung, Flüssigkeit und im Extremfall sogar auf das Atmen verzichten konnten. Andir hatte dies bei seinem Aufstieg zum Gipfel des Horns von Eldrana ja auch praktiziert wegen der wesentlichen dünneren Luft in diesen Hochgebirgsregionen.

Andererseits aber war auch bei Elben das Aussetzen der Atmung ein Zeichen des beginnenden Todes.

Keandir fasste Eónatorn bei den Schultern. »Ich beschwöre Euch, werter Heiler, rettet meinen Sohn! Ich erhalte keine geistige Verbindung mehr zu ihm, die ich während des Gefechts noch hatte, und …« Er verstummte.

»Ich würde gern die Kollegen der Heilerzunft um Rat fragen«, sagte Eónatorn mit ruhiger Stimme, »und vielleicht auch Brass Shelian und seine Schamanen.«

»Bis dahin ist es zu spät«, widersprach der König. »Die Zeit drängt, das fühle ich!« Seine Augen wurden schmal, während sein durchdringender Blick den Kriegsheiler fixierte. In dessen Gesicht war nicht viel Hoffnung zu lesen.

Eónatorn gab zunächst keine Antwort. Er spreizte die Finger, berührte mit den Spitzen Andirs Stirn und schloss dabei die Augen. Dann murmelte er eine Formel in der Heilsprache, die nur von fortgeschrittenen Heilern beherrscht wurde und nicht ganz unumstritten war. Diese wahrscheinlich bereits in der Vorzeit Athranors geschaffene Heilersprache, die ausschließlich magischen Heilformeln vorbehalten war, stand im Verdacht, starke Nebenwirkungen zu verursachen und war deswegen bei der Mehrheit der Heilerzunft in Verruf geraten. Es war von Fällen berichtet worden, bei denen die Behandelten anschließend unter starker Verwirrung litten, einige sogar unter dauerhafter geistiger Umnachtung. Da die spirituelle Schwäche der Elben allerdings nicht nur Magier und Schamanen, sondern in weniger gravierender Form auch die Heiler betraf und viele Behandlungsmethoden mehr oder minder schleichend an Wirksamkeit eingebüßt hatten, wurde die Heilsprache inzwischen wieder angewendet. Denn es bestand kein Zweifel daran, dass durch ihren Gebrauch die Wirkung von Heilsprüchen stark erhöht wurde.

»Ich bin mir nicht sicher, ob sein Geist nicht bereits in Eldrana weilt«, sagte Eónatorn mit ernstem Gesicht, nachdem er die Fingerspitzen wieder von Andirs Stirn gelöst hatte.

»Die Elbenheit braucht ihn«, sagte Sandrilas hart. »Das hat die Schlacht um den Elbenturm in aller Deutlichkeit gezeigt. Jemandem wie Andir darf es nicht gestattet sein, vorzeitig nach Eldrana einzugehen.«

»Wer sagt Euch, dass es vorzeitig wäre?«, fragte Eónatorn und schaute den Prinzen scharf an. »Kennt Ihr die Wege des Schicksals in all ihren Verzweigungen?« Der Kriegsheiler wandte sich an Keandir. »Ich habe selbst unter Verwendung der alten Heilsprache kein Anzeichen dafür gefunden, dass sein Geist noch in der Welt der Diesseitigen weilt. Die letzte Möglichkeit sehe ich darin, ihm eine hohe Dosis der Essenz der Sinnlosen zu verabreichen.«

»Dann tut das, werter Eónatorn«, forderte Keandir.

»Ein Geist, der sich an der Grenze nach Eldrana befindet, könnte dadurch ins Reich der Verblassenden Schatten geschleudert und ein Maladran werden«, warnte der Kriegsheiler.

»Versucht es dennoch«, verlangte Keandir.

»Anstatt der geistigen Aura Andirs habe ich etwas anderes gespürt, mein König.«

Keandir hob die Augenbrauen. »So?«

»Die Schamanen und Magier Elbenhavens scheinen sich zusammengefunden und ihre Kräfte gebündelt zu haben, um Andir bei seiner Abwehr der Schattengeschöpfe zu unterstützen.«

»Wie in alten Zeiten«, murmelte Keandir, der sich sogleich an die Schlacht an der Aratanischen Mauer erinnerte: Andir hatte mit den versammelten Magiern und Schamanen der Elbenheit Riboldirs Zauber angewandt, um gewaltige Felsblöcke über dem Heereszug des Eisenfürsten Comrrm materialisieren zu lassen, die als tödlicher Steinschlag auf den Feind herabgeregnet waren.

Das war lange her. Damals waren Prinz Andir und seine außergewöhnliche magische Begabung noch ein wichtiger Pfeiler des Reichs von Elbiana gewesen, das Keandir gegründet hatte. Im Laufe der Zeit hatte sich Andir immer mehr aus den Regierungsgeschäften zurückgezogen und die Sitzungen des Kronrates kaum noch besucht, um sich seiner Suche nach Erkenntnis und Wahrheit zu widmen. Irgendwann war selbst dem König klar geworden, was viele andere in seiner Umgebung bereits viel früher geahnt hatten: dass Andir nämlich wohl niemals für die Thronfolge infrage kam. Damals begann man ihn einen »König des Geistes« zu nennen, dessen Reich aus Schriften, Gedanken und Theorien bestand und nicht aus Festungsmauern, einem Heer und einer Kriegsflotte.

Eónatorn holte eine perlmuttbesetzte Dose hervor, in der sich ein weißes Pulver befand. Man nannte es auch den »Eldranitischen Blitz«, und Elben, die unter Lebensüberdruss litten, nahmen es gern in viel zu hoher Dosis, da sich die Unglücklichen mit Hilfe dieser Substanz einen Vorgeschmack auf das Reich der Jenseitigen Verklärung erhofften, was nicht selten in immerwährendem Wahnsinn endete. Beim »Eldranitischen Blitz« handelte es sich um einen besonders hoch konzentrierten Extrakt jener Heilpflanze, die man »Die Sinnlose« nannte und die vorzugsweise in den Zentaurenwäldern des Waldreichs wuchs.

Eónatorn öffnete Andirs Mund, dessen aufgesprungene Lippen eine blaue Färbung angenommen hatten, und ließ reichlich vom »Eldranitischen Blitz« hineinrieseln. Anschließend füllte er die Nasenlöcher des wie leblos daliegenden Prinzen mit dem Pulver.

Augenblicke später stiegen beißende, bläuliche Dämpfe aus Nase und Mund. Dazu erklang ein Laut, der entfernte Ähnlichkeit mit dem Stöhnen eines Elben hatte, aber so verfremdet und dumpf klang, dass Keandir darin keine Seelenäußerung seines Sohnes erkennen konnte.

Ein Zittern schüttelte den Körper des elbischen Königssohns. Etwas Farbe kehrte in sein Gesicht zurück. Erneut waren stöhnende Laute zu vernehmen, die von einer kaum erträglichen Qual zeugten.

Keandir sah vor seinem inneren Auge plötzlich die versammelten Schamanen und Magier der Hauptstadt, die im inneren Burghof Elbenhavens einen Kreis gebildet hatten, um ihre Kräfte zu bündeln und an einen der ihren zu übertragen. Vielleicht hatten sie gespürt, dass er auch nach der Zerschlagung der Armada der Riesenfledertiere noch immer ihrer geistigen Unterstützung bedurfte.

Am Kopfende des Lagers, auf dem Andir ruhte, sah er im nächsten Moment eine durchscheinende, sehr blasse Gestalt.

»Brass Elimbor!«, flüsterte Keandir.

»Was ist mit Euch, mein König?«, erkundigte sich Prinz Sandrilas. Als Keandir auch von Lirandil, Siranodir und einigen anderen anwesenden Elben verständnislose Blicke erntete, erkannte er, dass er der Einzige war, der diese flüchtige Erscheinung wahrnehmen konnte.

Hilf ihm!

König Keandirs Herzschlag beschleunigte sich. Wer hatte diesen Gedanken geäußert? Die Schamanen und Magier aus Elbenhaven? Brass Elimbor? Oder war es eine Stimme, die aus den Untiefen seiner eigenen Seele kam?

Er entschied, dass dies keine Rolle spielte. Während der Kriegsheiler Eónatorn seine Behandlung fortsetzte, indem er nun die stärksten Heilformeln rezitierte, die jemals in der alten Heilersprache formuliert worden waren, und damit versuchte, den größten aller Elbenmagier im Reich der Diesseitigen zu halten, trat Keandir von der anderen Seite an das Lager seines Sohnes.

»Nimm meine Kraft!«

»Nicht deine Finsternis!«

An diesen Gedanken, den Andir seinem Vater während der Schlacht um den Elbenturm übermittelt hatte, erinnerte sich Keandir. Worte, die wie ein Dolchstoß in die Seele des Königs drangen. Nicht deine Finsternis … Dutzendfach hallte dieser Gedanke in Keandirs Kopf wider und wurde dort zu einem schrillen Klangteppich höchster Dissonanz.

Einen Moment lang zögerte Keandir noch, dann nahm er Andirs Hand. »Nimm meine Finsternis, auf dass du das Licht des Lebens bewahrst …«

Die Augen des Königs, die während der Schlacht um den Elbenturm vollkommen schwarz gewesen waren, sich aber längst wieder in ihren Normalzustand gewandelt hatten, wurden erneut von Dunkelheit erfüllt, und pure Finsternis drang in Form winziger Teilchen aus den Poren seiner Hand. Sie wirkten zunächst wie aufsteigender schwarzer Rauch, dann sammelten sie sich zu einem Schwarm, der sich verdichtete und schließlich auf Mund und Nase des Elbenmagiers zustrebte.

Für einige der anwesenden Elben war dieses Phänomen außerordentlich schockierend. Selbst der Kriegsheiler Eónatorn erschrak und unterbrach vor Entsetzen sogar sein Heilungsritual.

In diesem Moment öffnete Andir die Augen und fuhr hoch, hob abwehrend die Hand und murmelte einen Abwehrzauber.

»Nein!« Es klang entsetzlich schwach und wie die brüchige Stimme eines uralten Elben, der an der Grenze seiner natürlichen Lebensspanne stand wie einst Brass Elimbor. »Finsternis, weiche von mir! Es ist schlimm genug, die eigenen Seelenschatten zu ertragen – die deinen wären selbst für mich zu viel, Vater!«

Die Wolke der dunklen Teilchen kehrte zu Keandirs Hand zurück, und die magischen Partikel drangen wieder durch die Poren der Elbenhaut.

»Du lebst«, stellte Keandir fest, die nachtschwarzen Augen auf seinem Sohn gerichtet. »Und auch wenn es der Schrecken vor der Finsternis in mir war, der deine Seele daran hinderte, in Eldrana einzugehen, so soll es mir recht sein.«

Andir begegnete ruhig dem Blick seines Vaters, aus dessen Augen die Schwärze wieder verschwand. »Ich war keineswegs an der Grenze nach Eldrana«, erklärte er nach einer längeren Zeit des Schweigens, in der niemand im Raum wagte, das Wort zu ergreifen. »Auch wenn es den Anschein gehabt haben mag …«

»Es spielt keine Rolle, wo du warst«, erwiderte Keandir. »Hauptsache, du lebst, mein Sohn!« Er ahnte, was wirklich geschehen war, wo sich der Geist Andirs befunden hatte.

Andir hob die Augenbrauen. Eine Unzahl von Falten hatte sich in seiner pergamentartig gewordenen Haut gebildet, und es schien, als würden sich durch jede Bewegung der Gesichtsmuskulatur neue Falten bilden.

»Ich hatte gegen Ende der Schlacht um den Elbenturm so wenig Kraft, dass ich drauf und dran war, als Verblassender Schatten nach Maldrana einzugehen. Und ich war so schwach, dass ich nicht einmal Bedauern darüber empfand. Aber jetzt bin ich wieder zurück.«

»Den Namenlosen Göttern sei Dank!« Keandir stieß einen tiefen Seufzer aus. »Ich werde dich nach Elbenhaven bringen, mein Sohn, wo du dich erholen kannst.«

Andir überlegte kurz. Dann schwang er die Füße aus dem Bett und erhob sich. Er wirkte etwas wackelig auf den Beinen, aber seine Kräfte schienen wieder auszureichen, um das Lager zu verlassen.

Eónatorn bot ihm an, ihn zu stützen, aber Andir schüttelte den Kopf, ohne einen weiteren Kommentar abzugeben. Offenbar vertraute er den eigenen Kräften.

Dann trat er auf Keandir zu. Die Blicke beider Männer trafen sich, und Andir sagte schließlich: »Ich weiß genau, was jetzt zu tun ist. Am Gipfel des Horns von Eldrana begegnete mir der Geist Brass Elimbors, und er hat mir die Augen geöffnet …«

»Ich sah Brass Elimbors Erscheinung, als wir um dein Leben kämpften«, antwortete König Keandir. »Da stand eine durchscheinende Gestalt am Kopfende des Lagers.«

»Er wird mein ständiger Begleiter in meinen Gedanken und in meiner Seele sein, bei allem, was ich mir vorgenommen habe«, erklärte Andir.

»So besteht Hoffnung für unser geliebtes Elbenreich«, meinte Siranodir mit den zwei Schwertern, »denn ich wüsste nicht, wie wir uns in Zukunft ohne die magischen Kräfte des größten Magiers der Elbenheit wirksam gegen die Geschöpfe des einstigen Herrn des Dunklen Reichs verteidigen könnten.«

Andir gab darauf keine Antwort. Aber Keandir kannte seinen Sohn gut genug, um zu wissen, dass da noch ein paar Gedanken im Kopf des weißhaarig gewordenen Magiers schwirrten, die dieser bisher noch nicht geäußert hatte. Gedanken, die sich vielleicht nur bedingt mit den Zielen des elbianitischen Königtums in Übereinstimmung bringen ließen.

»Ich werde nicht einfach nur ein weißmagisches Schwert in deinen Händen sein!«

Als dieser Gedanke Andirs den Elbenkönig erreichte, war dieser nicht einmal überrascht.

»Ich weiß«, sprach Keandir laut und zur Verwirrung aller anderen, die sich mit dem König und seinem uralt erscheinenden Sohn im Raum befanden.

Die Gefallenen der Schlacht um die Manufaktur wurden von Lirandil und seinen Kriegern bestattet. Der Rauch der Totenfeuer stieg zum immer heller werdenden Himmel empor. Es war beinahe vollkommen weißer Rauch, den man auch in Elbenhaven noch sehen konnte.

9

RÜCKKEHR NACH ELBENHAVEN

Keandir kehrte mit seinem Sohn und dem Rest des Elbenheers nach Elbenhaven zurück. Mit ihnen ritten auch alle elbischen Überlebenden der Schlacht um den Elbenturm, darunter der erblindete Rhiagon, dessen Schmerzen Eónatorn mit Heilkräutern linderte. Dass er kaum länger Hauptmann der Einhandgarde bleiben konnte, war ihm klar, auch wenn er im Umgang mit seiner Waffe selbst als Erblindeter noch erstaunliche Treffsicherheit bewiesen hatte.

»Man wird möglichst schnell eine neue Aufgabe für ihn finden müssen«, sagte Siranodir mit den zwei Schwertern leise zu Lirandil, mit dem er Seite an Seite ritt.

Thamandor wäre am liebsten oben in der Manufaktur geblieben, um nach den unbeschreiblichen Verwüstungen der Katzenkrieger und ihrer Flammendämonen mit dem Wiederaufbau zu beginnen. Dem Erfinder hatte es fast das Herz gebrochen, als er die Schäden sah, die auch in den Werkstattbereichen angerichtet worden waren. Eine rasende Zerstörungswut hatte sich dort ausgetobt, aber vielleicht war dabei auch ein gewisses Kalkül zum Tragen gekommen. Mochte den einzelnen Katzenkriegern die Bedeutung der Manufaktur für das Elbenreich auch nicht in voller Tragweite bewusst gewesen sein, für denjenigen, der diese Geschöpfe ausgesandt hatte, galt dies gewiss nicht.

Thamandor hatte schließlich schweren Herzens eingesehen, dass es sinnvoller war, sich zunächst nach Elbenhaven zu begeben und sich dann planvoll an den Wiederaufbau der Manufaktur zu machen, wozu er auch die Hilfe elbischer Handwerksmeister in Anspruch nehmen würde.

Dieser Punkt war der schmerzlichste von allen: Die Spezialisten, die Thamandor im Laufe der Zeit ausgebildet hatte, waren allesamt getötet worden. Für sie Ersatz zu finden war vermutlich die schwerste Aufgabe, die in nächster Zukunft vor ihm lag.

Doch Thamandor war bereits voller Pläne. Die Produktion von Bolzen für die Einhandarmbrüste musste so schnell wie möglich wieder aufgenommen werden. Durch die verheerende Schlacht waren diese Bolzen so knapp wie seit Langem nicht mehr. Darüber hinaus hatte sich die Entscheidung, die Einhandgarde zahlenmäßig aufzustocken, als richtig erwiesen. Thamandor nahm sich vor, den König davon zu überzeugen, dass man diesen Weg weiter beschreiten musste.

Aber am wichtigsten war es, König Keandir zu überreden, nach Naranduin zurückzukehren oder zumindest eine Expedition zur Insel des Augenlosen Sehers zu gestatten, um endlich Nachschub zu erhalten von jenen Steinen, aus denen sich das »Naranduinitische Steingewürz« herstellen ließ. Den einzigen funktionierenden Flammenspeer führte Thamandor in seinem Sattelfutteral mit sich. Er hoffte, dass zumindest diese Waffe bald wieder einsatzfähig sein würde.

Nach den Ereignissen rund um den Elbenturm hatte Thamandor eigentlich keinen Zweifel daran, dass der König in dieser Frage früher oder später über seinen Schatten springen würde.

Als Keandir mit seinem Gefolge in die Hauptstadt seines Reichs zurückkehrte und die Elbenhavener Andir und dessen erbleichtes Haar erblickten, schauderten sie. Erst nach und nach erkannten sie in dem Greis auf dem Elbenross den größten Magier der Elbenheit, und sie ahnten, welche Opfer in diesem Kampf gebracht worden waren, den sie alle nur aus der Ferne beobachtet hatten.

Der Zug der Elbenkrieger und der Überlebenden vom Elbenturm durchquerte die Stadt und ritt in die Burg Elbenhaven ein. Dort, im inneren Burghof, wurden sie von Ruwen, Admiral Ithrondyr und der versammelten Magiergilde sowie allen Schamanen Elbenhavens empfangen.

Keandir stieg vom Pferd, und Ruwen lief ihm entgegen und schloss ihn in die Arme. »Kean! Wie froh ich bin, dass du zurück bist!«, stieß sie hervor, und König Keandir strich seiner Gemahlin zärtlich über das seidige Haar.

Dann erkannte die Königin in dem Greis auf einem der Pferde ihren Sohn Andir, und sie erbleichte. So sehr sie sich auch bemühte, ihr tiefes Entsetzen zu verbergen, es war ihr dennoch ins Gesicht geschrieben; durch die enge geistige Verbindung, die zwischen ihnen bestand, wusste sie von den unbeschreiblichen Qualen, die er durchlitten hatte, aber ihn so zu sehen, schockierte sie sehr.

»Erschreckt nicht, Mutter«, sagte Andir mit schwacher Stimme. »Es gibt keinen Grund dafür. Meine äußere Hülle mag vom Tode gezeichnet sein, aber innerlich bin ich stärker als je zuvor.« Mit müden Bewegungen stieg er vom Pferd. »Ich habe die Schatten meiner eigenen Seele gesehen, und danach gibt es nichts mehr, was mich noch schrecken könnte. Auch die Zeichen der Veränderung in meinem Aussehen nicht.«

Zeichen der Veränderung nannte er es, durchfuhr es Ruwen, aber es waren Zeichen des nahen Todes, wie er die Rhagar ereilte. Vorsichtig umarmte sie ihn, drückte ihn behutsam an sich, denn er wirkte so zerbrechlich, dass sie Angst hatte, ihn verletzen zu können. Sie kämpfte vergebens gegen ihre Tränen an.

Als sie sich wieder voneinander lösten, wandte sich Andir den versammelten Schamanen und Magiern zu, die ihn abwartend ansahen. Sie schienen nicht so recht zu wissen, was sie von seiner veränderten Erscheinung halten sollten.

»Ich danke Euch für Euren Beistand«, sagte Andir. »Ich hätte es ohne Euch nicht geschafft. Ohne Euch nicht – und nicht ohne den Geist von Brass Elimbor, der mich begleitet und mir die Augen über meine Bestimmung geöffnet hat.«

König Keandir, der den Worten seines Sohnes mit einer tiefen inneren Anspannung lauschte, fragte sich, welche Bestimmung dies wohl war. Königin Ruwen wandte sich erneut ihrem Sohn zu, der aussah, als hätte er bereits ein viel höheres Alter erreicht als sie. In dem verzweifelten Bestreben, ihrem Sohn zumindest etwas Erleichterung zu verschaffen, legte sie ihm die Hand auf den Oberarm und sagte: »Ich werde der Dienerschaft Bescheid geben, auf dass deine Gemächer hergerichtet werden, die du so lange nicht mehr betreten hast.«

»Macht Euch keine unnötige Mühe, Mutter«, entgegnete Andir. »Ich werde nicht lange bleiben, denn ich habe große Pläne und wichtige Dinge zu erledigen.«

»Dinge, die mit einer Bestimmung zu tun haben, die dir Brass Elimbor eröffnet hat?«, fragte König Keandir und trat auf ihn zu.

Andir nickte. »Ja, das auch.«

»Kannst du uns nicht Näheres darüber sagen?«

»Zu gegebener Zeit, Vater …«

Ein Ruck ging plötzlich durch den Magier. Für einen kurzen Moment spürte er eine Verbindung zu seinem Zwillingsbruder Magolas. *Es tut mir leid mein Bruder. Aber wir stehen auf verschiedenen Seiten …*

Ein paar Wochen nahm sich Andir, um auch körperlich wieder Kraft zu schöpfen und sich von der Schlacht um den Elbenturm zu erholen. Seine Haut straffte sich in dieser Zeit, wirkte weniger pergamentartig und verlor einen Großteil ihrer Falten, blieb jedoch auch für einen Elben sehr blass. Er sah nicht mehr aus wie ein Greis, dafür wie ein Elb unbestimmbaren Alters, und sein Gesicht wirkte zeitlos.

Ein paar Wochen – das war für elbische Verhältnisse kaum mehr als ein Augenblick. In dieser Zeit unterhielt er sich sehr häufig und sehr ausführlich mit der Heilerin Nathranwen, die ihm Auskunft über die Verhältnisse am Hof von Aratania geben musste.

König Keandir berief bereits wenige Tage nach der Schlacht um den Elbenturm eine Sitzung des Kronrats ein. Außerdem sandte er Boten in alle Teile des Reichs, damit sie von den Geschehnissen in Hoch-Elbiana berichteten. Per Schiff brachen die Boten gen Norden auf, um den Herzögen Isidorn von Nordbergen, Asagorn von Meerland und Mirgamir von Noram Bericht zu erstatten, auf dass sich diese weit entfernten und dem Elbenreich nur nominell unterstellten Herzogtümer einstellen konnten auf das, was auch immer da kommen möge, zumal sie eine Bündnispflicht gegenüber dem König von Elbiana hatten.

Der sich anbahnende Konflikt mit dem Magolasischen Reich löste in den nördlichen Herzogtümern weitaus weniger Sorge aus als im Süden. Herzog Ygolas von Nuranien ließ bereits seit einiger Zeit und in ganz und gar unelbischer Eile die Befestigungsanlagen des Landes ausbauen und förderte nach Kräften die Ansiedlung von Rhagar, die bereit waren, diese Wehranlagen zu bemannen, und auch ansonsten die Reihen seines Heers anwachsen ließen. Nuranier nannte man die im Herzogtum ansässigen Rhagar, während die dortigen Elben als

Nuran bezeichnet wurden und inzwischen vielleicht schon eine Minderheit darstellten.

Ähnliches galt für Elbara, das Herzogtum des Branagorn, den man früher Branagorn den Suchenden genannt hatte. In kameradschaftlicher Eintracht bewachten Elbaran und Elbareaner zusammen mit Zentauren-Söldnern die Aratanische Mauer, die sich die gesamte Grenze entlang von der Küste des Zwischenländischen Meeres bis zu den ersten Gebirgszügen Zylopiens und Hocherdes zog und bisher ein wirksames Bollwerk gegen Magolas und dessen Eroberungsdrang war. Nach den Ereignissen am Elbenturm sah man ihre Wirksamkeit allerdings mit anderen Augen: Die Horden von Rhagar-Barbaren, die in der Vergangenheit die Elbenheit bedroht hatten, waren an diesem Schutzwall gescheitert, aber die Riesenfledertiere des Xaror hatten – einer grotesken Luftkavallerie gleich – den kürzeren Weg über das Meer genommen und die Aratanische Mauer nicht mal überfliegen müssen.

Auf der von König Keandir einberufenen Sitzung des Kronrates ging es denn in erster Linie darum, wie das Reich in Zukunft vor Angriffen solcher Art geschützt werden konnte. Auch Andir war zu dieser Zusammenkunft eingeladen gewesen, und Keandir hegte insgeheim die Hoffnung, dass sich sein Sohn wieder mehr den Belangen des Reichs zuwandte, so wie er es in dessen Anfangsjahren getan hatte, als er nicht in erster Linie als Magier, sondern als großer Baumeister in Elbiana bekannt gewesen war, der die Magie zur Erschaffung gewaltiger und wunderschöner Bauwerke eingesetzt hatte.

Aber des Königs Hoffnung erfüllte sich nicht. Andir verspürte offenbar keine Neigung, sich mit den anderen Würdenträgern Elbianas auszutauschen. Nicht einmal der Tagesordnungspunkt, der sich damit beschäftigte, ob und wann man eine Expedition nach Naranduin ausschicken solle, konnte den Magier dazu bewegen, sich wieder in die Niederungen der elbischen Tagespolitik zu begeben.

Stattdessen fand man ihn auf der Wehrmauer des Südturms sitzend, wo er meditierte, den Blick in die Ferne gerichtet. Als seine Mutter ihn später fragte, was er dort getan habe, lautete seine Antwort nur: »Es ist gut, jeden Schritt, den man geht, geistig vorwegzunehmen. Genau das habe ich getan.«

Andir wusste, dass ihn sein Weg früher oder später nach Süden führen würde, an das andere Ufer des Zwischenländischen Meeres – nach Aratania, der Hauptstadt seines Bruders Magolas. Es ging ihm um Daron und Sarwen, die halbelbischen Zwillinge aus der Blutlinie Keandirs; Andir konnte spüren, wie die Mächte der Finsternis nach den Seelen der beiden Kinder griffen, um sie zu Geschöpfen des Bösen zu machen. Er fühlte die Furcht in ihnen, die instinktive Abwehr gegen das, was mit ihnen geschah. Und er sah die Schicksalslinie der Elbenheit, in der diese Zwillinge eine entscheidende Rolle spielten. Ein Faktor, der entscheiden konnte über den Fortbestand oder Untergang der Elbenheit auf diesem Kontinent.

Das, was er zuvor schon geahnt hatte und was in ihm allmählich zur Gewissheit gereift war, ließ sich einfach nicht mehr ignorieren: Diese Kinder würden das Schicksal der Elbenheit bestimmen. Zumindest einer von ihnen.

Als seine Mutter ihn während seiner Meditation auf dem Turm antraf, waren Andirs Gedanken so weit weg von dem Ort, an dem sich sein Körper befand, dass er sie gar nicht bemerkte. Dreimal sprach sie ihren Sohn an, und erst beim dritten Mal wandte er den Kopf. Aber er schien durch sie hindurchzuschauen, und Ruwen begriff, dass es keinen Sinn hatte, in diesem Moment mit ihm sprechen zu wollen.

Der Kronrat beriet an drei aufeinander folgenden Tagen darüber, wie man sich gegen weitere Angriffe der Schattenkreaturen verteidigen könne. Nach Auffassung aller musste damit wohl schon in nächster Zeit gerechnet werden.

»Ich habe die Länder der Rhagar bereist, die jetzt allesamt zu Magolas' Reich gehören«, sagte Lirandil. »Und ich habe versucht, zu jener Stelle im Wald von Karanor zurückzukehren, an der ich einst den Tempel des Xaror entdeckte, von dessen Existenz ich seinerzeit unvorsichtigerweise dem damaligen Kronprinzen Magolas berichtete …«

»Was Euch niemand zum Vorwurf machen kann«, warf Keandir rasch ein.

»Das sehe ich leider nicht so, mein König«, sagte Lirandil.

Doch Keandir widersprach: »Ebenso könnte man mir den Vorwurf machen, den größten Feind der Elbenheit gezeugt zu haben. Es gibt schicksalhafte Verstrickungen, in denen wir alle gefangen sind – auch wenn ich zeitweilig geglaubt habe, das Schicksal selbst schaffen zu können.«

»Ihr konntet es«, sagte Lirandil. »Und Ihr könnt es wieder!«

»Hin und wieder denke ich, dass ich einer Illusion erlegen war.« Keandirs Linke legte sich um den Griff Schicksalsbezwingers. »Aber ich gebe zu, dass meine Meinung in dieser Frage sehr schwankend ist. Ich wollte Euch jedoch nicht unterbrechen, werter Lirandil.«

Der nickte seinem König dankend zu. »Nun, es gelang mir also nicht, zum Tempel zurückzukehren. Magolas hat das gesamte Gebiet um dieses uralte Bauwerk mit seinen Soldaten besetzt und bewacht es so eifersüchtig, dass niemand zum Tempel vorzudringen vermag. Die Söldner der Norischen Garde, deren Zahl er verdreifacht hat, sind Magolas treu ergeben. Sie lassen niemanden dorthin.«

»Aber wenn ich Euch recht verstehe, befindet sich dort die Wurzel des Übels«, sagte Prinz Sandrilas.

Lirandil nickte. »Xaror versucht das Dunkle Reich neu zu errichten, und Magolas ist dabei nur sein Werkzeug – so wie es vor ihm der Axtherrscher der Trorks war.«

»Aber noch scheint Xaror einen Statthalter wie Magolas zu brauchen«, stellte Prinz Sandrilas fest.

»Dennoch ist er bereits dazu in der Lage, ein Heer fliegender Schattenkreaturen bis ins Herz Elbianas zu schicken«, wandte Keandir ein.

Sandrilas wandte sich an den König. »Wir werden Thamandors Waffen benötigen, wenn wir nicht wollen, dass das Elbenreich untergeht. Flammenspeere in großer Zahl! Ein Dutzend davon müsste doch in hundert Jahren herzustellen sein!«

Keandir nickte. Auch in ihm war allmählich die Erkenntnis gereift, dass es keine andere Möglichkeit gab, als noch einmal nach Naranduin zurückzukehren und die Steine des magischen Feuers zu sammeln.

»Es verlangt ja niemand von Euch, dass Ihr selbst nach Naranduin geht, mein König«, sagte Sandrilas in das Schweigen, das entstanden war.

»O doch«, widersprach Keandir. »Ich bin es, der das von sich verlangt!«

»Welches Schiff soll ausgerüstet werden und wann?«, erkundigte sich Admiral Ithrondyr.

»Es soll das Flaggschiff sein, die Tharnawn«, bestimmte Keandir. »Sagt Kapitän Garanthor, dass er alles für die Expedition bereitmachen soll. Sobald das Schiff fertig zum Auslaufen ist, werden wir in See stechen!«

Die Mitglieder des Kronrats wechselten sehr erstaunte Blicke. Mit einer so schnellen Reaktion hatte niemand von ihnen gerechnet. Normalerweise ließ sich Keandir Zeit mit seinen Entscheidungen.

Keandir bemerkte das Erstaunen in der Runde. Ein verhaltenes Lächeln spielte um seine Züge, die seit den Ereignissen am Elbenturm durch sehr harte Linien geprägt waren; sie hatten sich regelrecht in sein Antlitz gegraben. Doch auf einmal wirkte der Elbenkönig deutlich gelöster, als er sagte: »Wir müssen uns dem Zeitempfinden unserer Feinde anpassen, oder die Zeit selbst wird über uns hinweggehen.«

Am Abend, als sich Keandir und Ruwen in ihre Gemächer zurückgezogen hatten, sprach die Königin den Elbenherrscher auf Andir an und berichtete ihm von ihrem Erlebnis auf dem Turm.

»Er hat sich in jeder Hinsicht weit von uns entfernt, Kean. So weit, dass ich ihn oft nicht verstehe. Wir benutzen die gleichen Worte, und doch ist es so, als würden wir verschiedene Sprachen sprechen.«

»Ich weiß, was du meinst, geliebte Ruwen«, erwiderte Keandir und benutzte dabei ganz bewusst die persönliche Anredeform, obwohl es unter elbischen Eheleuten – vor allem der höheren Stände – durchaus üblich war, die Höflichkeitsform zu verwenden.

»Und doch glaube ich, dass ich weiß, was ihn im Moment am meisten beschäftigt«, sagte Ruwen. »Er macht sich Gedanken über unsere Enkel, Kean. Über Daron und Sarwen, die beiden Kinder unseres Sohnes Magolas. Er hat irgendetwas vor, aber ich weiß nicht, was es ist.«

Am nächsten Morgen war Andir in Elbenhaven nicht mehr auffindbar. Im Hafen war zu erfahren, dass er in der Früh an Bord eines Handelsschiffs aus dem Reich des Seekönigs von Ashkor und Terdos gegangen war; dieses befand sich inzwischen auf dem Weg über das Zwischenländische Meer nach Süden.

Der Mann in der weißen Kutte aus Elbenzwirn hatte sich die Kapuze über den Kopf gezogen, sodass sein bleiches Gesicht im Schatten lag. Für die ashkorianischen Seeleute war er nichts weiter als ein Sonderling, der mit elbischem Silber fürstlich für eine Überfahrt bezahlte und dem Reeder in Ashkor auf diese Weise einen zusätzlichen Profit verschaffte – und dem Kapitän und der Mannschaft auch, denn einen Teil der Summe, die Andir ihnen gegeben hatte, würde in keiner Aufzeichnung auftauchen und einfach aufgeteilt werden. Das war die übliche Praxis.

Der Handel zwischen Elbiana und dem Reich des Seekönigs wurde zwar beeinträchtigt durch die Spannungen, die zwischen dem Magolasischen Reich und dem der Elben herrschten, war aber niemals wirklich zum Erliegen gekommen. Allerdings waren elbische Kaufleute deutlich vorsichtiger geworden bei ihren Investitionen in Ashkor oder Terdos. Bereits existierende Handelskontore wurden zumeist weitergeführt, aber man gründete kaum neue, und nur noch sehr selten beteiligten sich Elben finanziell an Manufakturen und Reedereien im Reich des Seekönigs. Offenbar schätzten die Elben die Gefahr einer Invasion magolasischer Truppen als recht groß ein, und in einem solchen Fall musste damit gerechnet werden, dass sämtliches elbisches Eigentum im Seekönigreich sofort konfisziert wurde.

Die Piraten, die früher von einsamen Buchten zwischen Ashkor und der südwestländischen Stadt Lakora aus das Zwischenländische Meer unsicher gemacht hatten und mitunter sogar bis an die Küste Nord-Elbianas vorgedrungen waren, waren kaum noch anzutreffen. Seitdem es – abgesehen von seiner Küste – zur Gänze vom Magolasischen Reich umschlossen wurde, hatte sich die innere Struktur des Seekönigreichs sehr stark zentralisiert. Eine straffere Regierungsform war eingeführt worden, und war der König früher eher ein gewählter Erster unter Gleichen in einem Rat aus Patriziern, Reedern und Kapitänen gewesen, so hatte er unter dem äußeren Druck, den das Magolasische Reich allein schon aufgrund seiner Größe ausübte, absolute Macht erhalten; diese Macht wiederum hatte er mitunter genutzt, die Piratennester an der Küste westlich von Ashkor auszuräuchern. Eine starke Kriegflotte stand unter dem alleinigen Befehl des Herrschers, sodass nicht mehr jeder Kapitän je nach Gutdünken, Familienzugehörigkeit oder wirtschaftlicher Verflochtenheit selbst entschied, ob er an einem Seefeldzug teilnahm oder nicht.

Schon aufgrund der geografischen Lage war das Seekönigreich, das wie ein Keil zwischen Norien und den Südwestlanden lag, auf strikte Neutralität bedacht. So kam es dem Seekönig durchaus gelegen, dass der Handel mit dem Elbenreich etwas zurückgegangen war, auch wenn die ökonomische Vernunft eigentlich dagegensprach. Aber man war sich in der Hauptstadt Ashkor darüber im Klaren, dass man der magolasischen Streitmacht kaum etwas entgegenzusetzen hatte und letztlich von der Duldung durch den Großkönig in Aratania abhängig war.

Dieser schien im Seekönigreich so etwas wie ein Tor in seine alte Heimat Elbiana zu sehen. Einen neutralen Hafen, über den man Nachrichten und gegebenenfalls sogar Personen ins Reich des anderen verschiffen konnte, ohne den direkten Weg gehen zu müssen, der beiden Seiten im Moment verwehrt war.

Da man sich in Ashkor bewusst war, nur einer freundlichen Laune des Großkönigs die Unabhängigkeit zu verdanken, tat man alles, um dessen Zorn zu vermeiden. Vor allem alles, was nach einem Bündnis mit dem Elbenkönig aussehen mochte.

Andir wurde von den Seeleuten nicht weiter beachtet. Sie sprachen den breiten Dialekt der Rhagar des Seekönigreichs, und Andir hatte zu Anfang Schwierigkeiten, sie zu verstehen. Aber er blickte in ihre Seelen und lernte ihr Idiom sehr rasch; kaum die Hälfte der Fahrt hatte das ashkorianische Schiff, dessen Name »Meerteufel« lautete, hinter sich gebracht, da konnte der Magier das Idiom der rhagäischen Seeleute inklusive ihres Akzents bereits perfekt imitieren.

Mitten in der Nacht tauchten am Horizont die Leuchtfeuer auf beiden Seiten der Bucht von Ashkor auf. So konnte der Hafen der Hauptstadt auch bei Dunkelheit angefahren werden. Dass Ashkor überhaupt zur Hauptstadt aufgestiegen und Terdos, der zweite Hafen des Seekönigreichs, mehr oder minder zur Provinz herabgesunken war, hatte mit den inneren Veränderungen des Seekönigreichs zu tun. Früher war auf ein Gleichgewicht beider Städte geachtet worden, inzwischen regierte der Seekönig von seiner Residenzburg in Ashkor aus, dessen Glanz Terdos mehr und mehr in den Schatten stellte.

Die »Meerteufel« hatte kaum die Einfahrt zur Bucht passiert, da sah man auch die Lichter des Hafens. Von den Ufern der Bucht aus wucherte Ashkor ins Land hinein. Wie ein Sternenmeer wirkten die vielen Lichter. Man nannte Ashkor auch »Die Ruhelose«, weil dort zu allen Tages- und Nachtzeiten aufgeregtes Treiben herrschte und die Tavernen kaum je geschlossen hatten. Da der Wind von der See her wehte, drang jedoch kaum ein Laut zum Schiff herüber. Zumindest keiner, der für die Rhagar-Besatzung der »Meerteufel« hörbar gewesen wäre. Und Andir mit seinem feinen und zusätzlich noch durch seinen Magiesinn verstärkten Gehör achtete nicht darauf. Seine Gedanken waren woanders. Vor seinem inneren Auge sah der Magier die Mauern Aratanias.

Nachdem das Schiff im ashkorianischen Hafen festgemacht hatte und das Fallreep nach unten gelassen worden war, ging Andir wortlos an Land. Der Rhagar-Kapitän der »Meerteufel« wünschte ihm noch viel Glück, aber der Mann in der weißen Kutte drehte sich nicht nach ihm um.

»Ein seltsamer Kauz«, lautete der Kommentar eines Matrosen, der sich in der Nähe befand und die Szene mitbekam.

10

IN ARATANIA

Daron und Sarwen spielten in dem eigens für sie errichteten und von Mauern umgebenen Garten, der zum Palastkomplex von Aratania gehörte. Unter Großkönig Magolas war dieser Komplex inzwischen erheblich erweitert worden; er bildete eine richtige Festung innerhalb der Stadt. Darüber hinaus war vom Hafen der Stadt aus ein Kanal gegraben worden, der bis vor die Tore des Palasts führte, sodass der Großkönig und sein Gefolge die wenigen hundert Meter bis zur Kaimauer nicht mehr durch die engen Straßen der Stadt zurücklegen mussten. Drei aratanische Könige waren in der Vergangenheit auf diesem Weg ermordet worden, und obgleich Magolas' Herrschaft weitaus gefestigter war als die aller seiner Vorgänger, nahm Magolas' Bedürfnis, sich in jeder Hinsicht abzusichern, immer mehr zu. Vielleicht auch deshalb, weil er wusste, dass jene Mächte, die ihn wirklich bedrohten, weder durch Mauern noch durch norische Söldner aufzuhalten waren. Es war sogar fraglich, ob die Magie dies vermochte, in der sich Magolas seit seiner Thronbesteigung immer mehr vervollkommnet hatte.

Die alterslos schöne Larana beobachtete ihre beiden halbelbischen Zwillinge, während sie sich voller Neugier im Garten umschauten und sich vor allem die exotischen Pflanzen besahen, die Larana hatte neu anpflanzen lassen – natürlich erst, nachdem die am Hof angestellten Pflanzenkundigen diese als unbedenklich erklärt hatten. Pflanzen interessierten die beiden Kinder im besonderen Maße, und da Larana alles tun wollte, damit sie sich gut entwickelten, sorgte sie dafür, dass die Neugier der Zwillinge in dieser Hinsicht befriedigt wurde.

Sie strich sich das Haar zurück, bemerkte aus den Augenwinkeln einen Schatten und drehte sich herum.

Magolas stand da, in einem groben Gewandt nach Rhagar-Art. Er trug nur noch selten Gewänder aus Elbenzwirn, und wenn die spitz zulaufenden Ohren durch sein Haar oder einen Helm bedeckt wurden, konnte man ihn durchaus für einen Rhagar halten, denn weder die Schrägstellung seiner Augenbrauen noch die typische elfenbeinfarbene Gesichtsblässe waren bei ihm besonders ausgeprägt. Nur die vollkommen von Schwärze erfüllten Augen störten; sie waren Beleg dafür, dass da noch etwas anderes in ihm war. Etwas, das weder etwas mit seinem Elbenerbe noch mit dem angenommenen Rhagar-Vermächtnis zu tun hatte.

Während der vielen Feldzüge, die er in den Jahren seit seiner Thronbesteigung unternommen hatte, war er häufig im Freien gewesen, was seinen Teint leicht gebräunt hatte. Normalerweise verhinderten Elben die Bräunung aufgrund der Sonneneinstrahlung durch entsprechende Zauberformeln. Zwar waren die Vorstellungen hinsichtlich des Ideals einer vornehmen elbischen Blässe in den vergangenen Jahrtausenden einem gewissen Wandel der Mode unterworfen gewesen, aber diese Veränderungen waren sehr langsam vor sich gegangen und wurden eigentlich auch nur von sehr alten Athranor-Geborenen bemerkt, die mitunter späteren Elben-Generationen vorwarfen, die Pflege ihrer Blässe zu vernachlässigen.

Magolas hingegen hatte sich in dieser Hinsicht ganz bewusst den Gebräuchen seiner Rhagar–Untertanen angepasst. Wie hätte er sonst auch glaubhaft machen können, dass er den Glauben an den Sonnengott angenommen hatte, wenn er sich vor dessen Leben spendendem Licht durch Magie schützte?

»Magolas …«, hauchte sie.

Der Großkönig fasste seine geliebte Gemahlin bei den Schultern und küsste sie zärtlich auf die Stirn. »Du bist schöner denn je, Larana …«

Sie wandte das Gesicht von ihm ab und murmelte: »Aber nur solange die Wirkung der Essenz des Lebens anhält. Und nicht einmal deren Dauer ist vorhersehbar …«

»So wie das Leben selbst«, erwiderte Magolas. »Zumindest das Leben der Rhagar.«

»Ja, das mag sein …« Sie deutete auf die beiden Zwillinge. »Sieh sie dir an. Sie wirken körperlich wie drei- oder vierjährige Kinder meines Volkes.«

»Die Entwicklung von Elbenkindern lässt sich nicht mit dem Wachstum von Rhagar-Sprösslingen vergleichen, Larana.«

»Mag sein. Aber sie sind nun mal zur Hälfte menschlich und tragen also auch ein menschliches Erbe in sich. Und vielleicht auch die Veranlagung zum frühen Tod«, fügte sie betrübt hinzu.

»Das wissen wir nicht, Larana.«

»Aber es wäre möglich.«

»Fest steht, dass sie ebenso das elbische Erbe in sich tragen. Vielleicht überwiegt es sogar, denn ihre magischen Kräfte sind groß; in dieser Hinsicht sind sie so begabt wie kaum ein Elb zuvor. Zumindest keiner, der mir je begegnet ist – und was die Legenden aus der Alten Zeit Athranors anbelangt, so habe ich mitunter das Gefühl, dass ihre Chronisten etwas zur Übertreibung neigten.« Magolas atmete tief durch, und seine Linke legte sich um den bernsteinbesetzten Griff seines Schwerts, das zwar noch namenlos war, in Magolas' Vorstellung jedoch längst jenen Namen erhalten hatte, der ihm einst prophezeit worden war.

Elbentöter …

Der Großkönig beobachtete wieder die beiden Zwillinge. »Sieh sie dir an, die Kinder unserer Liebe«, sagte er in weichem, samtenem Tonfall; nur sehr selten war dieses besondere Timbre in seiner Stimme zu vernehmen, und Larana wusste, dass dies Momente tiefster Empfindungen waren. »Sieh sie dir an …«, wiederholte er leise.

»Glaubst du, sie werden auch eine gemeinsame Sprache entwickeln, die nur sie beide verstehen?«, fragte Larana. »So wie es bei dir und Andir der Fall war?«

»Das brauchen sie nicht«, antwortete Magolas, »denn sie stehen in einer ständigen geistigen Verbindung zueinander. Manchmal kann ich diese Verbindung wahrnehmen, aber sie sind inzwischen stark genug, um mich davon auszuschließen, wenn sie das wollen.« Ein verhaltenes Lächeln erschien in Magolas' Gesicht.

»Hin und wieder bedaure ich, dass mir dieser Magiesinn fehlt, der euch Elben eigen ist«, sagte sie. »Denn so werde ich niemals durch Gedankenübertragung mit ihnen in Verbindung treten können.«

»Sei froh darum. Bei ihrer immensen Begabung würden sie ansonsten womöglich die Notwendigkeit nicht einsehen, auch eine gesprochene Sprache zu erlernen.«

»Das mag natürlich sein.«

Den aratanischen Rhagar-Dialekt hatten die Kinder von ihrer Mutter erlernt. Da Magolas es allerdings auch wichtig fand, dass sie die Elbensprache beherrschten, hatte er dafür einen nuranischen Hauslehrer namens Sodrak eingestellt. Sodrak hatte in den Diensten des Elbenherzogs Ygolas gestanden, war sein Kartenzeichner und Übersetzer gewesen, bevor er durch eine Intrige beim Elbenherzog in Ungnade gefallen und entlassen worden war.

Wie lange die Kindheit der beiden Halbelbenzwillinge letztendlich dauern würde, war schwer vorhersehbar. Elbenkinder bestimmten ihren Wachstums- und Reifungsfortschritt selbst und ließen sich mitunter sehr lange Zeit mit dem Erwachsenwerden. Andir und Magolas waren in dieser Hinsicht nicht repräsentativ gewesen, denn sie hatten als Zwillinge miteinander um jeden Entwicklungsfortschritt gewetteifert und waren daher ihrem Alter selbst im Vergleich zu den schnell heranwachsenden Rhagar-Kindern eher voraus gewesen.

In der Generation der unmittelbar nach der Landung im Zwischenland geborenen Elben war eine schnelle Entwicklung durchaus häufig gewesen, da viele der damals geborenen kleinen Elbianiter den Königssöhnen nachgeeifert hatten. Aber inzwischen hatte sich der durchschnittliche Zeitraum, den sich ein Elbenkind mit dem Heranwachsen nahm, deutlich verlängert.

Wie sich das bei Kindern verhielt, deren Erbe zur Hälfte elbisch und zur anderen rhagaräisch war, wusste niemand – genauso wenig wie man eine fundierte Aussage darüber machen konnte, wie lang ihre Lebensspanne bemessen sein würde. Dass sie so grausam kurz war wie ein Rhagar-Leben, wollte Magolas nicht hoffen, doch er war Realist genug, um zu wissen, dass sie wahrscheinlich nicht derart lang sein würde wie die Lebensspanne der Elben, die kaum einer von ihnen je zur Gänze hatte ausschöpfen können.

Irgendwo dazwischen war die Lebensspanne seiner Kinder vermutlich zu bemessen. Vielleicht zählte sie nach Jahrhunderten, vielleicht auch nach ein oder zwei Jahrtausenden. Dann würde sich für Daron und Sarwen das gleiche Problem stellen, das bereits ihrer Mutter zu schaffen machte. Aber bis dahin blieb vielleicht genügend Zeit, um eine Lösung zu finden, die tragfähiger war, als sich in mehr oder minder regelmäßigen Abständen eine lebensverlängernde Essenz von einer uralten Schattenkreatur besorgen zu müssen und damit zu ihrem Sklaven zu werden …

»Wir waren so glücklich darüber, dass uns doch noch Kinder vergönnt waren, dass wir kaum über die Folgen nachdachten«, stellte Magolas fest. »Weder über die Folgen für uns noch die für Daron und Sarwen.«

»Bereust du es?«, fragte Larana. »Bereust du die Opfer, die du für unsere Liebe hast bringen müssen? Und jene, die du für deine Kinder noch bringen wirst? Ich habe mich das schon sehr oft gefragt.«

Magolas schüttelte den Kopf. »Nein, keinen Tag habe ich es bereut, keinen Herzschlag lang. Auch wenn es mir viele schwere Entscheidungen abverlangt hat.«

»Du könntest der Kronprinz des Elbenreichs und mit deinem Vater in freundschaftlicher Herzlichkeit verbunden sein, Magolas. Stattdessen steht ihr euch als Feinde gegenüber, weil die einzige Möglichkeit, deiner Frau das Leben zu erhalten, ein Bündnis mit Xaror ist.«

»Ich weiß«, erwiderte Magolas tonlos. »Aber die Liebe zu dir war jedes Opfer wert. In Elbenhaven hätte ich niemals glücklich werden können.«

»Und? Bist du es jetzt?«

»Glücklich?«

»Ja.«

Er blieb die Antwort auf diese Frage schuldig, denn seine Tochter Sarwen erlöste ihn von der Notwendigkeit einer sofortigen Erwiderung. Das Mädchen kam auf seine Eltern zugelaufen. Mehrere Bienen umschwirrten seinen Kopf. Die Insekten flogen eigenartige Schleifen, sodass man im ersten Moment den Eindruck gewinnen konnte, dass es sich um altersschwache Geschöpfe handelte. Der Herbst hielt auch in Aratan mit Riesenschritten Einzug, und so hauchten überall Bienen, Wespen und Hornissen ihr Leben aus, um im nächsten Jahr von einer neuen Brut ersetzt zu werden.

Aber die Flugbewegungen dieser Bienen waren so seltsam und abstrus, dass sie unmöglich eine natürliche Ursache haben konnten.

»Schau mal!«, empfing Magolas die Gedanken seiner Tochter.

»Schau mal!«, fügte sie gleich darauf noch zweimal mündlich hinzu – einmal im aratanischen Rhagar-Dialekt und einmal in der Sprache Nuraniens, die Sodrak dem Mädchen beigebracht hatte; selbst das Idiom der menschlichen Nuranier unterschied sich jedoch kaum vom Hochelbischen, wie es in Elbiana gesprochen wurde, und daher wurde es in der ganzen Elbenheit gut verstanden.

»Das machst du gut«, sagte Magolas, und Larana begriff, dass ihre Tochter den Geist der Insekten kontrollierte.

»Sie verstehen mich«, sagte Sarwen.

»Ich weiß.«

»Und ich beherrsche sie. Wenn ich will, kann ich sie dazu bringen, jemanden zu stechen.«

»Lass sie frei«, sagte Magolas.

»Warum?«

»Würdest du wollen, dass man deinen Geist beherrscht?«

»Nein.«

»Siehst du!«

Auf der glatten Stirn Sarwens erschien eine Falte, und die noch ganz hellen und deswegen kaum sichtbaren Augenbrauen, die durch ihre Schrägstellung das Elbenerbe des Mädchens deutlich zeigten, zogen sich zusammen; ihr Gesicht bekam dadurch einen skeptischen, nachdenklichen Ausdruck.

Sie sah Magolas offen an. »Meinst du wirklich?«

»Ja.«

»Aber ich will sie behalten.«

In diesem Moment veränderten sich die Flugbewegungen der Bienen. Ihre Bahnen wurden weitschweifiger, sodass man fast denken konnte, ein plötzlich aufkommender Wind hätte sie erfasst, der sie mal in die eine und dann wieder in die andere Richtung blies. Doch dann erhoben sie sich und schwirrten zornig summend davon. Diesen Garten würden sie in Zukunft sicher meiden.

Ein zorniger Ausdruck entstand in Sarwens Gesicht. Sie drehte sich um und sah ihren Bruder Daron an, der dicht hinter ihr gestanden hatte.

»Du hast sie mir weggenommen!«, fuhr sie ihn an.

»Sie wollten frei sein.«

»Sie gehörten mir!«

»Sie gehörten sich selbst. Wie du oder ich.«

Sie sahen sich an, und auch Darons Gesicht verfinsterte sich. Den Rest ihres Streits trugen sie offenbar in Gedanken aus, und selbst Magolas bekam davon nichts mit, denn sie schlossen jeden anderen von ihrem Disput aus.

Innerhalb von Augenblicken entspannten sich dann ihrer beider Gesichtszüge wieder. Offenbar hatten sie sich vertragen. Als Larana sie nach der Art ihrer Einigung fragte, wollte jedoch keiner von beiden darüber Auskunft geben. Sie schienen das als eine Angelegenheit anzusehen, die nur sie beide etwas anging.

Magolas konnte sich noch sehr gut daran erinnern, dass zwischen ihm und Andir eine ähnlich starke Verbundenheit geherrscht hatte. Der Gedanke daran war im Rückblick von schmerzlicher Wehmut durchwirkt.

Plötzlich entstand für ein paar Momente jene geistige Verbindung, die früher so selbstverständlich zwischen Andir und ihm gewesen war. Schlagartig war sie da – wie schon des Öfteren in letzter Zeit. Er sah kurz das Gesicht Andirs vor seinem inneren Auge erscheinen.

Das Gesicht eines alten Mannes …

Magolas erschrak bis ins tiefste Mark.

Dann war es vorbei.

»Warum sind deine Augen so schwarz, Vater?«, drang eine Stimme in sein Bewusstsein.

Es war Daron, der diese Frage stellte. Sarwen war bereits wieder zwischen den Blumen und Sträuchern des Gartens verschwunden und versteckte sich vor ihrer Mutter.

Es war nicht das erste Mal, dass der Junge diese Frage stellte; Magolas hatte in der Vergangenheit zumeist ausweichend darauf reagiert, aber auch gespürt, dass Daron mit seinen Antworten nicht zufrieden war und deshalb versucht hatte, in den Geist seines Vaters einzudringen und selbst eine Erklärung zu finden. Natürlich war Magolas in der Lage, sich gegen einen solchen Zugriff abzuschirmen. Zumindest weitgehend. Aber die Fähigkeiten Darons wuchsen ebenso wie die seiner Schwester.

Es stand für den Großkönig außer Frage, dass Daron und Sarwen weitaus begabter waren als er und sein Zwillingsbruder; dabei war es noch völlig offen, wie stark sie eines Tages werden würden.

»Die Augen unserer Mutter sehen ganz anders aus«, stellte Daron fest, nachdem er eine Weile gewartet und keine Antwort erhalten hatte. »Hängt das mit den Zeichen zusammen, die du uns manchmal mit dieser schrecklich stinkenden Farbe auf die Stirn malst?«

»Eines Tages wirst du das verstehen.«

»Ich könnte es auch jetzt schon verstehen«, beharrte Daron. »Und ich denke, ich weiß inzwischen, womit es zusammenhängt.«

»So?«

»Mit der dunklen Kraft, die in dir ist und die wohl auch verhindert, dass ich in deinen Geist so leicht hineinsehen kann wie in Mutters.«

»Ja, du könntest recht haben«, gestand Magolas zerknirscht ein.

»Wolltest du, dass ich es irgendwann selbst herausfinde?«

»Jetzt hast du es ja geschafft!«, erwiderte der Großkönig mürrisch.

»Ist das eine böse Kraft?«

Magolas wirkte auf einmal unsicher. Er fühlte sich von der Frage überrumpelt, obwohl er mit ihr hatte rechnen müssen. »Wie … wie kommst du darauf?«

»Weil ich gehört habe, dass auch mein Großvater über sie verfügt. Und er ist der König des Elbenreichs, und mit dem sind wir doch verfeindet.«

»Es ist keine böse Kraft«, behauptete Magolas und versuchte, seiner Stimme einen ruhigen Klang zu geben. »Es ist einfach nur …«, er zögerte, »… eine Kraft, mehr nicht.«

»Aber sie kann zum Bösen benutzt werden.«

Magolas erkannte, dass der Junge im Tonfall einer Feststellung gesprochen hatte und nicht in Form einer Frage.

»Warum fragst du mich all die Dinge, wenn du doch schon Bescheid weißt?«, sandte der Großkönig einen Gedanken.

»Ich frage das, weil mir der Mann mit den weißen Haaren und dem weißen Kapuzengewand diese Fragen jede Nacht im Traum stellt«, erwiderten Darons Gedanken. »Es ist Andir, mein Onkel – über den du mir nie etwas erzählen wolltest.«

Ehe Magolas antworten konnte, griff Larana ein. »Selbst eine Rhagar-Frau ist sensibel genug, um zu spüren, dass ihr eure Unterhaltung auf stumme Weise fortgesetzt habt. Aber es ist sehr unhöflich, mich davon auszuschließen, findet ihr nicht? Zumal ich direkt neben euch stehe!«

»Andir ist auf dem Weg hierher«, sagte Daron unvermittelt.

»Mutter, warum schaust du gar nicht nach mir?«, rief Sarwen, die sich in den Sträuchern versteckt hatte.

Aber dafür hatte Larana im Augenblick kein Ohr. Sie starrte erst Magolas und dann ihren Sohn an. »Was redest du da?«, flüsterte sie stirnrunzelnd.

»Fragt doch Sarwen. Sie hat es auch bemerkt«, sagte Daron, »aber sie denkt, dass es vielleicht der Sonnengott ist, weil er so leuchtend hell erscheint mit seinem strahlend weißen Gewand und den weißen Haaren.«

Vor einiger Zeit hatten Daron und Sarwen einen längeren Disput darüber gehabt, ob der Sonnengott der Rhagar tatsächlich existierte. Daron vertrat nämlich die Ansicht, dass die Sonne lediglich ein weit entfernter Feuerball am Himmel sei, aber kein Gott, während Sarwen meinte, dass sich all die Rhagar, die über Jahrtausende an den Sonnengott geglaubt und ihm viele Tempel errichtet hatten, doch nicht irren könnten. Außerdem müsste sich dann auch ihr Vater irren, der Großkönig des größten Reichs auf dem zwischenländischen Kontinent, denn schließlich zeigte er sich ja regelmäßig mit seiner ganzen Familie bei den Tempelzeremonien. Der Streit war zwischen den beiden Zwillingen überwiegend stumm geführt worden, und Magolas und Larana hatten davon nur deshalb erfahren, weil die beiden ihre Eltern mit Fragen bezüglich des Sonnengotts und der Rhagar-Religion gelöchert hatten.

Sarwen kam aus ihrem Versteck, etwas enttäuscht darüber, dass ihre Mutter sie nicht gesucht hatte. Der Unterhaltung zwischen Daron und Magolas war sie aber dennoch mit halbem Ohr – und vielleicht auch gedämpftem Magiesinn – gefolgt. »Ist doch nicht schlimm, wenn uns der Sonnengott besucht«, fand sie. »Er ist in einer Stadt angekommen, die am Meer liegt, so wie Aratania. Und wo es ganz viele Lichter gibt, sodass es in der Nacht fast so hell wie am Tag ist. Diese Stadt passt zu ihm und zu seinem strahlenden Gewand. Alles an ihm ist hell, und manchmal leuchtet er auch von innen. Es ist doch der Sonnengott, oder?«

»Nein«, sagte Magolas. »Es ist nicht der Sonnengott.«

»Dann hatte ich recht!«, triumphierte Daron und streckte Sarwen die Zunge heraus. Anschließend wandte er sich wieder an seinen Vater. »Und wieso hast du nie etwas von Andir erzählt?«

»Um euch zu schützen. Ihr solltet nicht an ihn denken, denn wenn ihr in eine Gedankenverbindung mit ihm geratet, besteht bereits die Gefahr, dass er euch beeinflusst.«

»Ist er böse?«

»Ich weiß nicht, was er vorhat. Aber ihr solltet jeden Gedanken an ihn unterbinden«, mahnte Magolas noch einmal.

»Ich kann mir nicht vorstellen, dass er böse ist«, sagte Daron. »Sein Gesicht sieht nämlich aus wie deins, nur dass es blasser und viel älter ist.«

»Versprecht mir, dass ihr ihn aus euren Gedanken verbannt«, forderte Magolas, und diesmal war sein Tonfall durchdrungen von väterlicher Strenge.

»Du brauchst dir keine Sorgen zu machen«, versicherte Daron selbstbewusst. »Mich beeinflusst niemand.«

Sarwen hatte offenbar das Gefühl, im Moment nicht genug beachtet zu werden. »Seht mal, was ich kann!«, rief sie. Dabei deutete sie auf ihre Augen. Sie wurden für Augenblicke so pechschwarz wie die ihres Vaters; das Weiße war vollkommen verschwunden. Sie lachte. »Daron hat es mir gezeigt. Er kann es auch!«

Später, in der Nacht, fand Larana ihren Gemahl auf dem Westturm des Königspalasts, von dem man einen Rundumblick über die Hauptstadt Aratania hatte; sie war in der Regierungszeit des Großkönigs stark gewachsen. Nebel wallte in dicken grauweißen Schwaden über der aratanischen Bucht. Die See war erstaunlich ruhig, das Rauschen viel leiser, als man es ansonst von den eher stürmischen Gewässern vor den Küsten von Aratan und Norien gewohnt war. Kein einziger Stern war am Himmel zu sehen, so wolkenverhangen und dunstig war es.

Magolas hatte ihr Kommen bemerkt und drehte sich zu ihr herum. Seine schwarzen Augen wirkten bei diesen Lichtverhältnissen wie die leeren Schädelhöhlen eines Leichnams, dem Krähen die Augäpfel ausgepickt hatten. Der Blick dieser Augen war für Larana immer zu einem gewissen Teil unergründlich geblieben.

»In dem Moment, als ich dich damals am Kai von Elbenhaven zum ersten Mal sah«, sagte er, »als du vom Schiff deines Vaters gestiegen bist, wusste ich, dass du die große Liebe meines Lebens bist – und daran hat sich bis heute nichts geändert, Larana.«

Sie berührte ihn am Oberarm. »Ich liebe dich ebenfalls noch mit derselben Intensität wie vor mehr als einem Menschenalter, als wir uns begegneten. Aber da ist noch etwas anderes. Eine Empfindung, die im Laufe der Zeit immer stärker geworden ist und mir das Herz zu zerdrücken droht. Es ist der Schmerz, den der Gedanke an die Opfer verursacht, auf denen unser Leben aufgebaut ist. Ich weiß nicht, ob der Preis für unser Glück nicht zu hoch ist. Insbesondere, wenn ich an unsere Kinder denke …«

»Was willst du damit sagen?«

»Ich möchte, dass du die dunklen Rituale nicht mehr an ihnen vollziehst, Magolas.«

Er strich ihr über das Haar und sah die Verzweiflung in ihrem Gesicht. Der Schmerz, von dem sie sprach, hatte zweifellos ihre Seele bis zum tiefsten Grund erfasst, und es versetzte dem Großkönig einen Stich, sie so zu sehen.

»Du weißt, was dann geschieht, geliebte Larana.«

»Das ist mir wohl bewusst.«

»Nein, das ist es nicht«, entgegnete er, auf einmal mit Härte im Tonfall, »denn sonst würdest du so nicht sprechen!«

»Doch, ich weiß es«, sagte sie. »Xaror wird dir nichts mehr von der Essenz des Lebens geben, wenn du ihn in seinem sechstürmigen Tempel aufsuchst. Ich werde sehr schnell altern. Der Verfall wird furchtbar sein, aber nicht allzu lange dauern. Man wird mich nach Sitte der Rhagar in der Erde begraben, auf dass ich wieder Erde werde.« Tränen glitzerten in ihren Augen. »Ja, zu Erde werde ich werden, zu mehr nicht, denn in eurem Eldrana dürfte kein Platz sein für eine Menschenfrau, und an die Verheißungen des Sonnenkults hinsichtlich des Jenseits glaube ich schon lange nicht mehr; damit versucht man die Rhagar zu trösten, weil ihr Leben so kurz ist, dass sich ihre Geburt kaum lohnt. Aber dies, mein geliebter Magolas, schreckt mich weniger als das, was aus unseren Kindern wird, wenn sie weiterhin diesen Ritualen unterzogen werden.«

Einige Augenblicke herrschte Schweigen. Irgendwo über den Dächern von Aratania krächzte ein Rabe, aber man vermochte ihn in dieser sternenlosen Nacht nicht zu sehen. Die Nebelschwaden quollen inzwischen bereits über die Kaimauer in die Stadt hinein. Wie die Auswüchse eines vielarmigen Ungeheuers waberten sie durch die engen Gassen, quollen aus ihnen hervor wie der üble Todesatem einer Gruft und verwandelten den vertrauten Anblick Aratanias nach und nach in den eines geisterhaften Labyrinths.

War er je zu Hause gewesen an diesem Ort? Diese Frage ging Magolas durch den Kopf, während er Laranas Blick auswich und den eigenen Blick über die Stadt schweifen ließ. In Wahrheit war es wohl nie sein Reich gewesen, auch wenn er sich lange Zeit dieser Illusion nur allzu bereitwillig hingegeben hatte …

»Ich bin nicht bereit, dich zu opfern, Larana«, sagte er schließlich mit trauriger Stimme.

»Und ich bin nicht bereit, unsere Kinder zu opfern«, entgegnete sie, »denn genau das geschieht. Nicht in einem Schritt, aber schleichend. Sie werden zu Xarors Geschöpfen, das weißt du so gut wie ich. Er will sie zu einer Waffe gegen das Elbenreich machen. Wenn er sie einst zu lenken vermag, werden sie ihn dabei unterstützen, Elbiana zu zerschlagen.«

»Ich muss tun, was Xaror mir befiehlt«, erklärte Magolas, der sich wieder zu ihr umdrehte. Zärtlich strich er ihr über die Wange. Eiskalt war sie. Kalt wie bei einer Elbin, dachte Magolas. Oder wie bei einem Rhagar-Leichnam …

Sie schien seine Gedanken zu erraten. Obgleich sie über keine magischen Sinne verfügte, die ihr das gestattet hätten, herrschte dennoch mitunter eine Art geistiger Verbindung zwischen ihr und Magolas, die ähnlich stark war wie jene, die der Großkönig bei seinen Eltern erlebt hatte. Offenbar hatte es Larana in all den Jahren an seiner Seite gelernt, bereits in kleinsten Regungen seines Gesichts zu lesen und den Klang seiner Stimme so zutreffend zu interpretieren, dass sie auch jene Worte verstand, die nicht gesagt wurden.

»Ich habe mein Glück in einer Weise verlängert, die der Natur der Rhagar absolut widerspricht«, sagte sie. »Inzwischen bin ich weit über das Alter hinaus, das ein Mitglied meines Volkes erreicht, und die Magie der Essenz hat mir darüber hinaus auch die Jugend und Schönheit bewahrt. Zumindest scheinbar, denn meine Gedanken und meine Gefühle sind so uralt, dass es dafür in meinem Volk kaum angemessene Begriffe gibt. Vielleicht wäre es gar nicht schlecht, wenn ich mein Leben beendete.«

Magolas reagierte verärgert. »Ich habe gedacht, dass diese furchtbare Krankheit namens Lebensüberdruss ausschließlich innerhalb des Elbenvolks grassiert, aber das scheint nicht der Fall zu sein.«

»Es ist nicht Lebensüberdruss, was mich zu dieser Überzeugung bringt, sondern die Erkenntnis, dass …«

»… dass dir nicht mehr Glück zusteht, als du hattest?« Magolas lachte heiser auf. »Wer sagt so etwas? Die Namenlosen Götter können es nicht sein, denn sie interessieren sich schon längst nicht mehr für die Welt der Diesseitigen. Und an den barbarischen Sonnengott glaubt ja nicht einmal sein Sohn. Also, welche hohen Mächte machen dir derartige Vorschriften?«

Magolas fasste sie bei den Schultern. Sie starrte in seine von Schwärze erfüllten Augen. Sein Gesicht war eine Maske des Schmerzes, denn in Wahrheit erkannte auch er die tragischen Verstrickungen, in denen sie gefangen waren: Was auch immer sie taten, sie waren offenbar verdammt dazu, denen Leid zuzufügen, die ihnen nahestanden.

»Alles wäre um so vieles leichter, wenn ich nicht mehr da wäre«, sagte sie. »Du wärst nicht mehr gezwungen, dem Herrn des Dunklen Reichs zu dienen, und könntest dich mit deinem Vater verbünden, um Xarors Machenschaften zu stoppen. Und unsere Kinder würden nicht zu Geschöpfen der Finsternis werden. Hast du nicht ihre Augen gesehen?«

»Auch meine Augen sind von dieser Schwärze geprägt – wie auch hin und wieder diejenigen meines Vaters«, entgegnete Magolas. »Die Finsternis ist in jedem von uns. In jeder Seele, gleichgültig ob es die eines Elben oder eines Menschen ist.«

»Da bist du dir sicher?«

»Vollkommen. Nur mein Bruder Andir scheint eine Ausnahme zu sein.« Er wandte den Blick ab, schaute wieder hinaus über die Stadt, die der Nebel allmählich einhüllte. »Er ist auf dem Weg hierher. Ich spüre es. Allerdings weiß ich noch nicht, ob ich etwas dagegen unternehmen oder ihm entgegenreiten soll, um ihn abzufangen.«

»Ich glaube nicht, dass er in böser Absicht kommt«, sagte Larana.

Er sah sie wieder an. »Er beeinflusst gedanklich unsere Kinder! Und er will uns schaden!«

»Nein, diesen Eindruck habe ich nicht, Magolas.«

Die beiden sahen sich an, und Larana biss sich auf die Lippen, dann sagte sie: »Du kennst deinen Bruder natürlich besser als ich.«

»Er ist nicht nur den Kindern erschienen, sondern auch dir!«, stellte Magolas entsetzt fest.

Larana senkte den Blick und schwieg.

»Sag es mir!«, verlangte er hart.

»Es ist wahr«, gab sie mit leiser Stimme zu.

»Du hast von ihm geträumt.«

»Ja, auch das.«

»Und warum hast du mir nichts davon erzählt?«

Sie schaute ihn wieder an. »Weil ich dieser Erscheinung keine Bedeutung beigemessen habe.« Einige Augenblicke des Schweigens folgten. »Was wirst du jetzt tun?«

»Nichts«, murmelte Magolas. »Ich werde hier auf ihn warten.«

»Bedenke, dass er allein ist. Allein und ohne Waffen.«

Magolas aber konnte darüber nur freudlos lachen. »Andir selbst ist eine Waffe«, entgegnete er. »In der Schlacht an der Aratanischen Mauer hat er das bewiesen.«

Noch in derselben Nacht rief Großkönig Magolas die Mitglieder einer besonderen Abteilung innerhalb der Norischen Garde zusammen. Es handelte sich um den Assassinen-Orden, eine Truppe von religiösen Fanatikern, die den Sonnengott anbeteten und bereit waren, für ihren König, der für sie der Sohn des Sonnengottes war, alles zu tun; sie waren hervorragende Meuchelmörder, völlig skrupellos und verblendet. Zunächst hatte sich der Orden vornehmlich aus norischen Söldnern rekrutiert, die sich im Dienst der Garde bewährt hatten, religiös fanatisch waren und über die nötigen Charaktereigenschaften verfügten, um diesem blutigen Gewerbe nachzugehen. Doch dies hatte sich seit den Anfangstagen des Ordens, da Großkönig Magolas ihn im dreißigsten Jahr seiner Herrschaft gegründet hatte, grundlegend geändert: Inzwischen bestand er vor allem aus Arataniern und Südwestländischen, aber auch Karanorier fand man in diesem Orden, die zumeist ein großes Wissen über allerlei Gifte und ihre Wirkungsweisen mitbrachten. Magolas gab ihnen eine Beschreibung seines Bruders und pflanzte mit Hilfe seiner Geisteskraft ein Bild vom weißhaarig gewordenen Haupt Andirs in ihre Gedanken.

»Findet diesen Mann, eskortiert ihn hierher und …«

Magolas verstummte, seine Hände verkrampften sich zu Fäusten.

Welchen Sinn hatte es, diese Männer einzuschränken? Magolas sah Schicksalslinien vor sich, und es wurde für ihn immer deutlicher, dass Andir für ihn und sein Reich vielleicht noch viel gefährlicher war als das Elbenreich seines Vaters. Zumindest kurzfristig betrachtet. Aber das hing davon ab, welchen Weg er – Magolas – einschlug, welche Entscheidungen er traf. Warum scheute er vor dem zurück, was er als notwendig erkannte? Er wusste seit Langem, dass es keinen anderen Weg gab.

Magolas' Gedanken schweiften in jene ferne Vergangenheit zurück, in der ihm sein Bruder so nahegestanden hatte wie sonst keine andere Seele, auch wenn sie andererseits ständig konkurriert und sogar in der Geschwindigkeit des Wachstums miteinander gewetteifert hatten. Das Königreich des Geistes war Magolas' Feind. Also musste er dementsprechend handeln, und das konsequent!

»Herr?«, fragte der Kommandant der Assassinen-Truppe. Seine Männer hatten Haltung angenommen. Sie trugen die traditionellen Lederkappen der Norischen Garde, aber ihre Gesichter waren durch ein Tuch verdeckt. Außerdem trug jeder von ihnen ein magisches Amulett vor der Brust, das es Großkönig Magolas erlaubte, mit dem Betreffenden in geistige Verbindung zu treten, und dies auch über große Entfernungen hinweg. Zudem schirmte es die Träger bis zu einem gewissen Grad gegen magische Einflüsse ab, doch gegen Andir würde dieser Schutz vielleicht nur sehr kurze Zeit reichen, wenn überhaupt. Die einzige Waffe, die den Assassinen letztlich zur Verfügung stand, war ihre Schnelligkeit.

Der Kommandant der Assassinen war ein Krieger der Norischen Garde im Rang eines Oberst. Sein Name war Sobos, und er führte seine Herkunft auf einen norischen Söldner zurück, der schon vor Jahrhunderten in den Diensten der Garde gestanden hatte, als diese mit dem Heer des Eisenfürsten gegen die Aratanische Mauer gezogen war. Sein Vorfahr hatte sich gebrüstet, dem König der Elben ein paar funkelnde Juwelen abgenommen zu haben, die man auch als Elbensteine bezeichnete, die ihm später jedoch wieder abhanden kamen und inzwischen wohl ihren Weg zurück zum Elbenkönig gefunden hatten.

Oberst Sobos fühlte sich sichtlich unwohl in seiner Haut. Er wirkte nervös. Vielleicht deshalb, weil er die Unsicherheit seines Großkönigs spürte, des unsterblichen Sohnes des Sonnengottes, der für Sobos und seine Mannen selbst gottgleich war. Der Auftrag, mit dem der Großkönig die Assassinen betraute, musste also von ganz besonderer Wichtigkeit sein.

Ein Ruck durchlief Magolas, und er löste sich aus der erstarrten Haltung, die er eingenommen hatte. Er erhob sich, ging die Reihe der Krieger entlang und berührte eines jeden Stirn mit den Fingerspitzen seiner rechten Hand, um ihre Abwehrkräfte gegen magische Beeinflussung durch ein kurzes Ritual noch einmal zu stärken.

Sobos kam als Letzter an die Reihe. Die Finger des Magiers fühlten sich kalt an, aber sie waren nicht ungewöhnlich kalt für einen Elben.

»Der Mann, den ich euch gezeigt habe, ist mein Bruder«, erklärte Großkönig Magolas. »Seid also nicht verwirrt, dass er mir äußerlich ähnelt. Doch er ist nicht wie ich ein Sohn des Sonnengotts, sondern ein Verräter, der den wahren Glauben ablehnt und noch nie zum Sonnengott gebetet hat. Wenn ihr ihn trefft, tötet ihn sofort. Denn kaum, dass euch der erste Gedanke an ihn durch euren Kopf geht, erkennt er euer Vorhaben und wird euch angreifen.«

»Jawohl, Herr«, sagte Oberst Sobos.

Zur gleichen Zeit wurde viele Meilen südöstlich von Aratania, in den Wäldern Karanors, der Kommandant jener Einheit geweckt, die den Tempel der Sechs Türme bewachten.

Oberst Orantos verließ sein Zelt. Dumpfe, stöhnende Laute drangen an sein Ohr. Noch während er ins Freie trat, gürtete er sich sein Schwert um.

Die norischen Söldner standen in voller Bewaffnung da und starrten zu den Toren des Tempels hinüber, hinter denen sich unfassbare Dinge abzuspielen schienen. Das Stöhnen veränderte sich, ein Chor von Stimmen erhob sich. Aber diese Stimmen wirkten nicht menschlich. Und außerdem hörte man sie zweifach, einmal mit den Ohren und ein zweites Mal als eine Art Echo im Kopf.

»Was sollen wir tun?«, fragte der herbeigeeilte Adjutant, der Haltung angenommen und seine Linke um den Schwertgriff gelegt hatte.

»Was auch immer hinter diesen Toren geschieht, es geht uns nichts an«, erklärte Orantos.

Der Großkönig hatte ihnen strikt verboten, den Tempel zu betreten, und Orantos war entschlossen, sich auch daran zu halten.

»Gleich kommen erneut seltsame Geschöpfe durch die Tore des Tempels«, vermutete einer der Krieger.

Wie gebannt standen die Norier da, und anstatt ihre Aufmerksamkeit darauf zu richten, dass sich kein Fremder dem Tempel näherte, nahm das Bauwerk selbst ihre ganze Aufmerksamkeit gefangen.

Dann wurden die Tore plötzlich aufgestoßen.

Das Erste, was Oberst Orantos sah, war ein Krieger, halb Stier, halb Mensch. Er hatte eine kräftige Statur, war ungefähr um die Hälfte größer als ein durchschnittlicher Rhagar, stampfte auf zwei Beinen voran, und auch wenn seine Gestalt Ähnlichkeit mit der eines Menschen aufwies, so war der gehörnte Kopf doch der eines Tiers. Der Stiermensch war bis zu den Zähnen bewaffnet und trug unter anderem ein sehr breites gebogenes Schwert auf dem Rücken geschnallt.

»Geht!«, rief der Stierkrieger, dem eine Kompanie von mindestens hundert ähnlich ausgerüsteten Kriegern folgte, alle breitschultrige Gestalten mit Stierköpfen, doch seine Worte galten den norischen Söldnern. »Eure Aufgabe ist beendet!«

Seine Stimme hallte gleichzeitig in den Gedanken der Menschen wider, was Orantos als extrem unangenehm empfand. Er starrte die Kreatur an und entgegnete: »Wir haben den Auftrag, diesen Tempel zu bewachen, und niemand anderes als Großkönig Magolas kann uns von diesem Auftrag entbinden!«

»Diese Aufgabe werden von nun an wir übernehmen«, erklärte der Stierkrieger unmissverständlich.

»Wie gesagt, wir schulden nur dem König Gehorsam«, widersprach Orantos. »Einzig und allein seinem Befehl folgen wir. Wenn er entscheidet, dass in Zukunft ihr dieses Gemäuer bewacht, so will ich mich beugen.«

Der Anführer der Stierkrieger blieb stehen. Ungefähr zehn Schritte standen er und Oberst Orantos voneinander entfernt. Der Stierkrieger öffnete sein tierhaftes Maul. Sein Gebiss war nicht das eines pflanzenfressenden Wiederkäuers; Reißzähne waren darin in mehreren Reihen gestaffelt. Dumpf dröhnende Laute entrangen sich seiner Kehle.

Orantos dachte im ersten Augenblick, dass es sich einfach nur um eine unartikulierte Äußerung des Unmuts handelte. Aber er irrte sich: Es war ein Befehl!

Einer der anderen Stierkrieger trat vor. Auch er trug ein riesiges Breitschwert auf dem Rücken, dazu noch mehrere Dolche, Wurfringe und ein Kurzschwert an seinem Gürtel. Aus der Tasche zog er ein gebogenes Stück Holz hervor: einen Bumerang.

Diese Waffe war den Rhagar nur noch aus Legenden bekannt. Einst, als die Rhagar noch in den heißen Sandlanden südlich des Pereanischen Meers gesiedelt hatten, benutzen sie diese Waffe zur Jagd auf schnelle Wüstentiere. Damals hatte das Rhagar-Volk auch noch überwiegend dem Mondgott gehuldigt, der ihnen in der Nacht Helligkeit bot, während die Sonne als Feind galt, der alles Leben verbrannte. Als sich aber unter der Herrschaft des Bronzefürsten von Shonda der Sonnenkult durchzusetzen begann, wurde der Bumerang geächtet, denn er glich in seiner Form der Sichel des Mondes. Ihn nicht mehr zu benutzen war der Preis, den der Legende nach der Sonnengott dafür verlangte, dass er den Rhagar ein Land jenseits des Meeres zeigte, das fruchtbar war und von den Strahlen der Gottheit erwärmt, aber nicht verdörrt wurde.

Noch immer erzählten die Legenden von der einstigen Waffe der Rhagar. Sie handelten zumeist von Menschen, die dem Mondgott nicht hatten abschwören wollen und weiterhin mit dem Bumerang auf die Jagd gegangen waren. Damit hatten sie den Sonnengott verärgert. Verdammnis und Tod waren die Strafe dafür. Lästerliche Zungen behaupteten jedoch, der Bronzefürst von Shonda – und später der Eisenfürst von Cosanien – hätte den Bumerang nur deswegen verboten, damit alle Rhagar in den Sandlanden Waffen aus Metall benutzen mussten, was dem Fürsten unermesslichen Reichtum eingebracht hätte.

Der Bumerang des Stierkriegers jedoch unterschied sich deutlich von jenen einfachen Holzwaffen, wie die Vorfahren der Rhagar sie in den Sandlanden benutzt hatten. An beiden Enden hatte er eine messingfarbene Metallklinge.

Mit einer wuchtigen Bewegung schleuderte der Stierkrieger seine Waffe. Orantos versuchte noch auszuweichen. Er taumelte einen Schritt nach hinten, da riss ihm eine der Klingen die Kehle auf.

Die Waffe kehrte zu ihrem Besitzer zurück, der seine mächtige

Pranke in die Höhe hielt und den Klingenbumerang sicher auffing. Dann verneigte er sich und trat zurück.

Der Anführer der Stierköpfigen gönnte dem röchelnd zu Boden gehenden Oberst Orantos keinen weiteren Blick mehr. »Geht!«, wiederholte er seinen Befehl. »Und nähert euch dem Tempel nicht mehr bis auf eine Meile!«

11

DER GEIST DES BÖSEN

Xaror war verwirrt über die Niederlage, die seine Kreaturen am Elbenturm hatten hinnehmen müssen. All seine Kraft hatte er darauf konzentriert, die Katzenkrieger und ihre Flugtiere aus dem Limbus in die Welt der Diesseitigen zu transferieren. Und weil er die immense Gefahr, die von König Keandir ausging, erkannt hatte, erschien ihm dieser Aufwand auch keineswegs unverhältnismäßig, selbst wenn sich dadurch der Zeitpunkt, da er selbst dauerhaft aus dem Limbus zurückkehren konnte, vielleicht etwas verzögerte.

Überrascht, ja, schockiert war Xaror, dass die ihm ergebenen Limbus-Geschöpfe so deutlich geschlagen worden waren: Die ersten Riesenfledertiere hatten kaum das offene Meer erreicht, als ihre geistigen Schwingungen ihm bereits verrieten, dass etwas nicht stimmte. Also konzentrierte er seine magischen Kräfte auf die Rückkehrer und erforschte ihren Geist. Alles, was sie gesehen und erlebt hatten, wurde Xaror in seiner vollen Dramatik offenbar. Es lohnte nicht, die notwendigen schwarzmagischen Kräfte dafür zu verschwenden, dass dieser jämmerliche Rest eines einstmals furchterregenden Luftheers zum Tempel zurückkehren konnte – denn dauerhaft etabliert hatten sich diese Geschöpfe noch längst nicht und brauchten seine Magie, um im Diesseits existieren zu können. Der einstige und zukünftige Herrscher des Dunklen Reichs wollte die Kraft sparen, um sie für den nächsten Angriff zur Verfügung zu haben, denn er begriff, dass er sehr viel mehr tun musste, um zu verhindern, dass das Reich der Elben seine Schicksalslinie dauerhaft blockierte und vielleicht sogar ein Wiedererstehen des Dunklen Reichs für lange Zeit verhinderte.

Also entzog der Dunkle Herrscher den von ihm ausgesandten Geschöpfen mit einem Schlag die magischen Kräfte. Daraufhin flogen einige von ihnen in einem Bogen zurück und auf die mittel-elbianitische Küste zu. Sie griffen Schiffe an, die auf dem Zwischenländischen Meer unterwegs waren, andere wurden in der Nähe der elbischen Küstenstädte Baranee, Baranor und Mittelhaven gesichtet.

Offenbar verfolgten sie die Absicht, sich für die erlittene Niederlage an dem Elbenvolk zu rächen. Vielleicht fürchteten sie auch den Zorn ihres Herrn und versuchten ihn dadurch zu besänftigen, dass sie so viele Elben wie möglich töteten.

Aber der Dunkle Herrscher hatte das Urteil längst über sie gesprochen. Es gab so viele Kreaturen in den Gefilden des Limbus, die bereit waren, ihm bedingungslos zu folgen, dass er auf die Rückkehrer vom Elbenturm in keiner Weise angewiesen war.

Wo die Schattenkreaturen auch waren, sie hatten nicht mehr die nötige Kraft für eine Existenz in dieser Welt. So stürzten sie in die Fluten des Zwischenländischen Meers oder prallten gegen die Türme von Mittelhaven oder Tiragond. Wie betäubt wirkten sie und fielen wie Steine vom Himmel. Dabei drangen winzige schwarze Partikel wie Rauch aus sämtlichen Körperöffnungen und auch aus den Poren der Haut. Diese Wolken aus purer Finsternis sammelten sich und zogen gen Südosten – dorthin, wo irgendwo hinter dem Horizont, verborgen in den karanorischen Wäldern, der Tempel Xarors lag.

Ein paar Marktleute in Mittelhaven wurden von den massigen Körpern zweier Riesenfledertiere erschlagen. Die Kadaver zerfielen kurz nach Austritt der schwarzen Wolken zu einer stinkenden aschgrauen Masse, die sich unter Freisetzung beißender Dämpfe zersetzte. Innerhalb von Augenblicken war sowohl von den Fledertieren als auch von den Katzenkriegern in ihren Reitkörben nur noch bleiches Gebein übrig, das innerhalb der nächsten drei Tage zu Staub zerfiel.

Die dunklen Wolken aber strebten auf den Tempel Xarors zu und drangen durch die Ritzen von Türen und Fensterläden ins Innere des düsteren Gemäuers ein, wo Xaror die winzigen Teilchen begierig in sich aufnahm.

Ein wohliger, Zufriedenheit ausdrückender Laut hallte zwischen den uralten, aus der Frühzeit des Zwischenlands und der legendären Zeit des Dunklen Reichs stammenden Mauern wider. Ein Laut, der sich nach und nach zu etwas wandelte, das für ein menschliches oder elbisches Ohr Ähnlichkeiten mit einem höhnischen Gelächter gehabt hätte.

Die stierköpfigen Bewacher des Tempels, die stumm und so regungslos wie Statuen ihre Posten im Umfeld des Tempels bezogen hatten, schienen die Laute nicht einmal zu registrieren. Wohl aber wurden die zielstrebig dahinhuschenden und sich gegen die Richtung des Windes bewegenden schwarzen Wolken von den Angehörigen der Norischen Garde bemerkt, die sich notgedrungen zurückgezogen hatten.

Schaudern erfasste sie. Schaudern angesichts jener Mächte, mit denen ihr über die Maßen verehrter Herrscher und König der Könige offenbar im Bunde stand. Und einigen der hartgesottenen Söldner, die in Dutzenden von Feldzügen mitgeholfen hatten, das Magolasische Reich weiter auszudehnen, erschien auf einmal die Frage weder frevelhaft noch absurd, ob der angebliche Sohn des Sonnengottes nicht vielleicht in Wahrheit ein Sohn der Finsternis war.

Blasen bildeten sich an der Oberfläche der pechschwarzen Finsternis, die wie eine Lache aus einem zähflüssigen, teerähnlichen Material aussah. Sie zerplatzten und gaben schwarzen Rauch frei, der in der Haupthalle des Tempels emporstieg. Obgleich kein Luftzug zu spüren war und auch niemand die Tore des Tempels geöffnet hatte, begannen die Schädel unter der Decke und das Knochenmobile zu tanzen.

Dann sammelte sich die Wolke aus Finsternis über dem Altar. Die darauf liegenden Artefakte erzitterten, einige rutschten vom Altar und fielen zu Boden. Ein goldener, dreiäugiger und mit Brillanten besetzter Stierschädel schwebte empor und warf dabei die beiden Zauberstäbe des Xaror zur Seite. Um ein Haar wäre der dunkle Stab in den Schlund aus purer Finsternis gefallen, der vor dem Altar gähnte.

Der Stierschädel war ein Artefakt, das Magolas bei der Eroberung des von den Tagoräern besiedelten Landes Soria aus dem Zentralheiligtum der Hauptstadt geraubt hatte. Die Soruaner verehrten einen Stiergott, der früher auch im Süden der Südwestlande großen Zulauf gehabt hatte, bis man diesen Kult verboten und einzig und allein den Glauben an den Sonnengott zugelassen hatte.

Aber das Artefakt hatte sich im Laufe von Jahrhunderten mit einer Menge magischer Kraft aufgeladen, die groß genug war, um zumindest das Gefühl der Ohnmacht zu vertreiben, das Xaror seit den Ereignissen am Elbenturm plagte.

Das mit Edelsteinen kunstvoll besetzte Stück fiel in den finsteren Schlund. Es platschte, als handelte es sich um Schlamm, das Artefakt versank, und Xaror fühlte sich daraufhin besser und stärker, seine Gedanken wurden klarer.

Er musste mehr über seine Feinde erfahren. Das, was er Magolas' Geist hatte entnehmen können, hatte nicht ausgereicht, um die schmerzliche Niederlage am Elbenturm zu verhindern.

Da war eine feindliche Seele gewesen, die die Dreistigkeit gehabt hatte, sich gedanklich und klammheimlich in den Tempel zu schleichen, als Magolas ihn das letzte Mal aufgesucht hatte. Die Seele eines Elben, der für Xarors Schicksalslinie genauso gefährlich werden konnte wie König Keandir – Andir, der mächtigste Magier der Elbenheit!

Xaror hatte die Präsenz des Magiers gespürt – und vor allem die Bedrohung, die dieser in der Zukunft für ihn darstellen konnte. Er würde etwas dagegen unternehmen müssen.

Die Finsternis, die in Form kleinster Partikel im Raum umherschwirrte und das Knochenmobile zum Klappern brachte, schwebte wieder durch die Türritzen hinaus in die Welt. In seinem Geist wanderte Xaror über den Kontinent, die Küste entlang – ähnlich wie er es früher getan hatte, in jenen Zeiten, da er zunächst gemeinsam mit seinem Bruder und später allein das Zwischenland beherrscht hatte. Nur war die Reise des Geistes mühsamer für ihn, als sie es damals gewesen war, denn nur ein Teil seiner Seele befand sich bereits im Diesseits, während der größere Rest seines Selbst zusammen mit den Kreaturen des Limbus darauf wartete, endlich den Übergang zu schaffen.

Aber Xaror war schon froh darüber, dass diese Geistreise überhaupt möglich war, auch wenn er dabei keinen Einfluss auf Geschehnisse und Schicksalslinien nehmen konnte. Er wurde nicht einmal bemerkt. Auch nicht, als er sich im Palast von Aratania umsah, den er zuvor schon durch die Augen seiner Knechte ausgekundschaftet hatte: Durch die Augen Magolas', aber vor allem durch die von Magolas' Kindern, denn Kinder hatten den unschätzbaren Vorteil, dass sie neugierig waren und sich viel bewegten, sodass sie ihm ständig etwas Neues gezeigt hatten. Und da Magolas die Rituale regelmäßig in der vorgeschriebenen Form durchführte, würde die geistige Verbindung zu Daron und Sarwen auch stabil bleiben.

Sie waren die magischen Waffen, mit denen sich selbst der größte Elbenhexer besiegen ließ, da war sich der einstige Herrscher des Dunklen Reichs sicher.

Xaror wandte sich nach Norden, bewegte sich die Küste entlang bis zur Aratanischen Mauer nördlich von Cadd, wo bislang die Nordgrenze des Magolasischen Reichs verlief. Aber das würde sich bald ändern, war Xaror überzeugt. Er zog durch Nuranien dahin, überquerte im Geist den breiten Fluss Nur und drang nach Elbiana vor, das Reich König Keandirs.

Dort wandte er sich nach Nordwesten, folgte erneut der Küste, erst der von Nieder-, dann der von Mittel-Elbiana, und überquerte dann die Berge Hoch-Elbianas. Er gewahrte den Elbenturm, und es bereitete Xaror fast körperlichen Schmerz, als er die verlassene Manufaktur geistig erfasste, symbolisierte sie doch die Niederlage, die den von ihm ausgesandten Schattenkreaturen beigebracht worden war.

Der Geist Xarors streifte durch die Berge und erreichte schließlich Elbenhaven. Viele gedankliche Stimmen von Elben nahm er wahr, manche deutlich, manche weniger klar, andere wiederum vermochten sich gänzlich abzuschirmen. Vielleicht aber war er auch zu schwach, um in sie zu dringen.

Offenbar hatte Magolas diesen Ort in seinen Erinnerungen verklärt. Dies zumindest war der Eindruck des Schattenherrschers, als er Elbenhaven zum ersten Mal selbst »sah«, als er sich mit seinen magischen Sinnen in Stadt und Burg umschaute.

Der Schrei einer verzweifelten Seele erregte seine Aufmerksamkeit. Ein Seelenruf, der so durchdringend war, dass er Xarors Interesse weckte. Da war auch ein Name: Rhiagon, ehemaliger Hauptmann der Einhandgarde, nun ein Erblindeter ohne Lebenswillen …

Für Xaror, der auf so etwas Primitives wie den Gesichtssinn nicht angewiesen war, war es schwer verständlich, wie das Wohlbefinden einer Kreatur so stark an der Funktionsfähigkeit seiner Augen hängen konnte. Aber er registrierte die Empfindungen des Elben genau und interpretierte sie richtig.

Der ehemalige Herrscher des dunklen Reichs erinnerte sich daran, dass schon sein Bruder stets geäußert hatte, Xaror hätte ein einzigartiges Talent, andere zu versklaven. Nur hatte ihm dieses Talent im Hinblick auf seinen Bruder, den Augenlosen Seher, nichts genützt, denn der hatte seinen eigenen Herrschaftsanspruch niemals aufgegeben, sodass Xaror seinerzeit gezwungen gewesen war, ihn nach Naranduin zu verbannen.

Rhiagon … Diese arme Elbenseele zu seinem Diener zu machen, sollte keine Schwierigkeit sein, überlegte der einstige Herrscher des Dunklen Reichs. Schließlich konnte er ihm geben, wonach er sich so sehr sehnte. Auf diese Weise erhielt man die treuesten Bundesgenossen. Der Großkönig in Aratania war ein Beleg dafür …

Xaror stieß ein gehässiges Lachen aus. Es war ein stummes Lachen, das nur er selbst hören konnte. Ein Gelächter des Triumphs, denn er sah bereits, wie sich die Wege des Schicksals in Kürze verweben würden. Rhiagon war sein – auch wenn der blinde Elb es noch nicht einmal in seinen Albträumen erahnen konnte …

Die Betrachtung der sich verändernden Schicksalswege brachte Xaror eine wertvolle Erkenntnis: Die Insel, die von den Elben Naranduin genannt wurde und an deren wahren, uralten Namen sich nicht einmal mehr Xaror zu erinnern vermochte, spielte in der zukünftigen Auseinandersetzung zwischen Xarors Dienern und dem Reich der Elben offenbar eine entscheidende Rolle.

Ein Schiff wurde am Kai von Elbenhaven bereitgemacht. Und Xaror erkannte plötzlich, dass dessen Ziel im Norden lag und jene Insel war, auf die Xaror einst seinen Bruder verbannt hatte.

Der Krieg hatte längst begonnen, begriff Xaror. Aber während die Elben und Rhagar ihn im Hier und Jetzt führten und sich Keandir und seine Getreuen noch immer des Sieges am Elbenturm erfreuten, führte der ehemalige Herrscher des Dunklen Reichs diesen Krieg bereits in der Zukunft und knüpfte dort das Schicksal der Bewohner des Zwischenlands …

Rhiagon stand am Fenster seines Gemachs auf Burg Elbenhaven. Es lag zur Meerseite hin, in einem mehrstöckigen Gebäude innerhalb des äußeren Burghofs. Der blinde Elb sog die frische salzige Brise ein.

Außer dem Erblindeten befand sich noch eine zweite Person im Raum: Siranodir mit den zwei Schwertern, der sich immer größere Sorgen um den Kampfgefährten machte.

»Es ist geradezu rührend, wie Ihr versucht, mir neuen Lebensmut zuzusprechen, werter Siranodir«, sagte Rhiagon, »und ich erkenne an, dass gewiss auch Euer eigenes Schicksal schwer zu ertragen war. Aber Ihr hört wenigstens noch etwas, auch wenn dieser Sinn auf das Niveau eines Rhagar-Barbaren reduziert sein mag; Ihr könnt Euch mit mir unterhalten, ich aber bin vollkommen blind.«

»Und doch werdet Ihr vielleicht mit der Zeit erkennen, dass das Leben neue Aufgaben und Herausforderungen an Euch stellt. Und abgesehen davon verfeinern sich die anderen Sinne deutlich, wie ich Euch aus eigener Erfahrung sagen kann, wenn ein Sinn geschwächt ist oder gar nicht mehr zur Verfügung steht. Vielleicht entwickelt sich gerade aus der Schwäche ein neues Talent.«

»Das mag für außergewöhnliche Künstler wie Gesinderis den Gehörlosen gelten – und vielleicht für eine so unelbisch optimistische Frohnatur wie Euch. Aber nicht für mich, werter Siranodir.« Rhiagon deutete mit ausgestrecktem Arm aus dem Fenster, das einen hervorragenden Blick auf die Hafenanlage gestattete; nur ihm nicht, der keine Augen mehr hatte, um eine derartige Aussicht zu erfassen. »Dort müsste die ›Tharnawn‹ im Hafen liegen – das Flaggschiff unseres Königs, bereit zu einem neuerlichen Vorstoß nach Naranduin.«

»So ist es«, bestätigte Siranodir.

»Ich höre das Schlagen der Segel, die man bereits hochgezogen hat. Ich höre die Gespräche der Matrosen, die Fachsimpelei des Steuermanns. Und ich weiß, dass dieses Schiff jeden Moment ablegen kann. Ich nehme an, Ihr werdet mit an Bord sein?«

»Das stimmt«, sagte Siranodir.

»Seht Ihr? Das ist der Unterschied. Ich werde in diesem Gemach ausharren, statt auf die Reise zu gehen und mich den Feinden des Reichs zu stellen. Und da dies Quartier den Angehörigen der Einhandgarde vorbehalten ist, werde ich ständig die vertrauten Stimmen meiner Kampfgefährten vernehmen, die mich mit jedem Herzschlag daran erinnern, dass ich nicht mehr Teil von ihnen bin. Selbst wenn mir ehrenhalber der Rang belassen werden soll – das ist ein schwacher Trost.«

Siranodir atmete tief durch. Ihm war bewusst, dass Rhiagon einen schweren Weg vor sich hatte. »Ich bin überzeugt davon, dass Ihr es eines Tages schaffen werdet, die Beschränkungen Eures fehlenden

Augenlichts zu akzeptieren und auszugleichen«, erklärte er und gab damit einer ehrlich empfundenen und von Mitgefühl geprägten Hoffnung Ausdruck.

Rhiagon lag eine Antwort auf der Zunge, um Siranodir vehement zu widersprechen. Er hatte den Mund bereits halb geöffnet, und es schien so, als sollte im nächsten Moment ein Schwall von Worten über seine Lippen kommen, mit denen der Elb noch einmal sein Schicksal beklagen würde. Aber das geschah nicht. Er blieb stumm.

Stattdessen vernahm Rhiagon plötzlich eine Stimme unbekannter Herkunft, die in der Tiefe seiner Seele zu erklingen schien:

»Ich werde dir geben, was du begehrst, Rhiagon«, versprach diese Gedankenstimme in seinem Kopf, und der Hauptmann der Einhandgarde empfand einen eisigen Schauder. Aber die Gewissheit, mit der sich diese Stimme zu ihm äußerte, war unerschütterlich. »Noch kennst du mich nicht. Aber wenn es so weit ist, wirst du wissen, wem du Dank schuldest und wer dein Leben wieder zu dem gemacht hat, was du dir darunter vorstellst …«

Rhiagon wandte ruckartig den Kopf.

»Was ist mit Euch, Rhiagon?«, fragte Siranodir verwirrt. »Sagt, habt Ihr etwas gehört, das mir aufgrund meiner eigenen Sinneseinschränkung entgangen ist?«

Aber Rhiagon schüttelte den Kopf. »Es ist nichts«, behauptete er. »Gar nichts.«

Ein Hornsignal ertönte. Es kam vom Hafen und verkündete, dass die »Tharnawn« fertig war zum Auslaufen.

»Ihr solltet besser gehen, werter Siranodir«, sagte Rhiagon. »Ich kann mir nicht vorstellen, dass Ihr außer für den virtuosen und für Eure Feinde stets schmerzvollen Umgang mit Euren beiden Klingen Hauen und Stechen auch noch dafür berühmt werden wollt, dass Ihr den König warten lasst.«

»Wenigstens vermag ich noch ein so durchdringendes Hornsignal aus nächster Nähe zu hören …«, murmelte Siranodir. Er trat etwas näher an Rhiagon heran und sagte zögerlich: »Ich lasse Euch nicht gern hier zurück, Rhiagon, denn ich habe das Gefühl, dass Eure Seele durch Euren körperlichen Verlust ihre Festigkeit verloren hat. Es tut mir leid, Euch das sagen zu müssen. Kriegsheiler Eónatorn berichtete mir, Ihr hättet ihn weggeschickt.«

»Das ist richtig.«

»Und ebenso berichtete mir dies die Heilerin Nathranwen, die immerhin im Dienst des Königshauses steht und eine der fähigsten Heilerinnen ihrer Zunft ist.«

»Niemand hegt an den Verdiensten und dem Können der Genannten auch nur den geringsten Zweifel«, versicherte Rhiagon. »Weder was die Leistungen von Nathranwen noch die Fähigkeiten Eónatorns betrifft, wobei ich dessen Kunst sogar noch höher einschätze als die der berühmteren Nathranwen – schließlich sind Kriegsheiler sehr häufig dazu gezwungen, ihr Können unter schwierigsten Bedingungen unter Beweis zu stellen.«

»Und weshalb wollt Ihr dann deren Hilfe nicht in Anspruch nehmen?«

»Weil dies sinnlos wäre, werter Siranodir. Und Vergeudung. Schaut meine Augen doch an – oder besser gesagt: Schaut in die leeren Höhlen, wo einst meine Augen waren. Die magischen Raben haben sie vollkommen zerstochen. Ich leide noch immer unter furchtbaren Schmerzen, aber schlimmer noch ist der Schmerz in meiner Seele. Der Schmerz, der mich daran erinnert, dass ich nie wieder ein vollwertiger Einhandschütze sein werde. Meine Einhandarmbrust ist plötzlich unauffindbar, und ich vermute, dass man sie mir weggenommen hat, um zu verhindern, dass ich damit irgendwelche Versuche anstelle.«

»Es handelt sich immerhin um eine sehr gefährliche Waffe.«

»Und während der Schlacht um den Elbenturm streckte ich damit trotz meiner Blindheit einen Katzenkrieger nieder«, erwiderte Rhiagon, und in seinem Tonfall schwang eine Mischung aus Trotz und Verzweiflung. Er atmete tief durch. Draußen, am Liegeplatz der »Tharnawn«, wurde zum zweiten Mal das Hornsignal geblasen, das alle Teilnehmer der Fahrt nach Naranduin zum Hafen rief. »Geht jetzt, werter Siranodir. Und sorgt Euch nicht um mich. Ich hoffe, dass sich auf der Insel genügend Steine des Magischen Feuers finden, um damit die Fertigung von Flammenspeeren endlich voranzutreiben.«

Siranodir nickte. Er ahnte, dass seine Worte des Trostes in den Wind gesprochen waren, und verabschiedete sich von Rhiagon.

Dann verließ er dessen Quartier.

Die Tür war gerade hinter dem Mann mit den zwei Schwertern zugefallen, da vernahm Rhiagon erneut die Stimme, die Gedankenstimme, die zu ihm sprach. Sie war ein leises Wispern, gleichermaßen verheißungsvoll und so abgrundtief böse, dass es den Hauptmann bis ins Mark erschauern ließ.

»Es wird geschehen, Rhiagon. Bald, mein Sklave, bald …«

Ein triumphierendes Gelächter folgte, so bösartig, dass Rhiagon das Gefühl hatte, ihm müsse jeden Moment das Blut in den Adern gefrieren.

Königin Ruwen stand am Kai, als die »Tharnawn« ablegte. Keandir schaute vom Heck des Flaggschiffs der Elbenflotte zum Hafen zurück. Das Herz war der Königin schwer. Und das lag nicht nur daran, dass sie wusste, dass eine sehr schwierige und gefährliche Aufgabe vor ihrem Gemahl lag.

Sie sah der »Tharnawn« nach, bis diese hinter dem Horizont verschwunden war, doch die geistige Verbindung zwischen ihr und Keandir blieb bestehen, und Ruwen hoffte, dass sie nicht abreißen würde.

Die Heilerin Nathranwen, die zusammen mit der Königin am Kai stand, schien die Schwere ihres Herzens spüren zu können. »Ihr macht Euch Sorgen um den König. Aber er ist stärker denn je, und die Magie, die seine Augen bisweilen dunkel werden lässt, verleiht ihm ungeahnte Kräfte. Ich kann dies mit meinem Magiesinn erspüren – und ich nehme an, Ihr, die Ihr ihm noch sehr viel nähersteht, spürt dies auch.«

»Ja«, flüsterte Ruwen.

»Davon abgesehen ist der Augenlose Seher tot, und selbst ein Wesen wie er kann nicht über die Spanne der eigenen Existenz hinaus wirken.«

»Was wissen wir schon über den Augenlosen Seher, seinen Bruder und das Volk der Sechs Finger, dem beide angeblich entstammten?«, fragte Ruwen. »Ich glaube, wir haben bis heute nicht einmal eine vage Ahnung von dem, wozu diese uralten, abgrundtief bösen Wesen fähig waren. Und was Xaror betrifft, wird man diesen Satz wohl für die Gegenwart formulieren müssen.«

Ruwen wandte der Heilerin ihr Antlitz zu, und Nathranwen erwiderte ihren Blick, der voller Sorge war. »Da ist aber noch etwas anderes, nicht wahr, meine Königin?«

Ruwen schluckte und nickte schließlich. »Ja«, murmelte sie, und ihre Stimme klang dabei wie erstickt. »Ich habe noch mit niemandem darüber gesprochen. Nicht einmal mit Keandir …«

»Was ist geschehen?«, fragte Nathranwen.

»Die Frage sollte lauten: Was wird geschehen?«

»Mit Verlaub, was wollt Ihr damit sagen, meine Königin?«

»Ich habe geträumt, dass ich die Schicksalslinien erforschte und ihnen in ihren vielen Verästelungen in die Zukunft folgte. Da waren so viele verschiedene Möglichkeiten, die vielleicht unsere Zukunft werden, vielleicht aber auch nichts weiter als bloße Gedanken bleiben.«

»Das richtig zu gewichten ist immer mit großen Unsicherheiten verbunden«, stellte Nathranwen fest. »Denn schon eine geringfügige Veränderung im Gesamtgefüge kann alles in andere Bahnen lenken oder das schon fertig geknüpfte Netz vielleicht zerreißen.«

»Ihr sagt es, werte Nathranwen.«

»Und was hat Euch nun so beunruhigt?«

»Ich folgte in diesem Traum meiner eigenen Schicksalslinie und fand nur Dunkelheit. Vollkommene Schwärze wie in finsterster Nacht. Es war nichts zu erkennen.«

»Der Traum spiegelt offenbar das wider, was wir alle angesichts der neu aufgetretenen Gefahren empfinden: Unsicherheit.«

Aber Ruwen schüttelte energisch den Kopf, dann hob sie die Augenbrauen, die ganz nach Elbenart sehr schräg gestellt waren. »Nein, Ihr missversteht mich, Nathranwen. Es war nicht so, dass ich meine Schicksalslinie nicht mehr zu erkennen vermochte. Sie war vielmehr gar nicht mehr vorhanden.«

»Es war nur ein Traum, meine Königin.«

»Ja, nur ein Traum. Und doch gehört es zum Grundbestand des uralten Elbenwissens, dass sich in Träumen häufig die Wahrheit und die Zukunft kundtun.«

Xarors Geist erreichte Naranduin. Überall flatterten die geflügelten Affen vom Volk der Ouroungour aus ihren Höhlen. Eine unbeschreibliche Unruhe hatte sie erfasst. Sie schwirrten über den Gebirgen, streiften im niedrigen Gleitflug bis zu den felsigen Küsten auf der Westseite Naranduins und schienen etwas zu suchen. Etwas zu spüren. Sich an etwas zu erinnern, das ihre längst verstorbenen Vorfahren erlebt hatten. Etwas, das ins Gedächtnis ihrer Art übergegangen war.

»Erkennt ihr noch euren Herrn? Die Aura der dunklen Magie ist fast erloschen, und nicht einmal vom Gestank meines Bruders ist noch viel geblieben, obgleich dieses Eiland für Äonen sein Gefängnis war. Vielleicht sollte ich demjenigen, der ihn tötete, sogar dankbar sein, tat er mir doch einen Gefallen.«

Die Ouroungour sammelten sich an einem uralten Kultplatz an der Nordwestseite der Insel. Es handelte sich um einen Felsen, dessen Form ebenso erstaunlich war wie der affenkopfförmige Gipfel in der Inselmitte, dessen Inneres vollkommen ausgehöhlt war.

Der Felsen an der Nordwestküste Naranduins bestand aus einem riesigen Brocken schwarzen Gesteins, das so glatt wie Marmor war, und sechs dornenförmige Steinspitzen ragten aus diesem dunklen Brocken in den Himmel. Dichter Wald umwucherte den Felsen. Er lag an einer Bucht, die man bei der Vorüberfahrt leicht übersehen konnte. Die Pflanzen in diesem Teil der Insel hatten einen stark vergrößerten Wuchs, was auf die Magie des Felsens zurückzuführen war.

Ein schallendes, schauderhaftes Gelächter ließ die geflügelten Affen in Furcht erstarren. Sie spürten, dass ihr alter Gebieter zurückgekehrt war, auch wenn sie ihn nicht sehen konnten. Aber seine Gedanken waren allgegenwärtig. Und es gab keinerlei Zweifel daran, dass sie ihrem Herrn folgen würden – so wie ihre Vorfahren. Denn eine Wahl hatten sie nicht; den freien Willen hatte Xaror ihrer Art schon vor vielen Generationen genommen.

»Erwartet König Keandir, meinen Feind! Und sammelt das Gestein, das er begehrt, und bringt es hierher, an diesen Ort!«

Daraufhin erhoben sich mit einem Mal Tausende von geflügelten Äfflingen, die zwischen den steinernen Dornen gekauert hatten, in den Himmel und verdunkelten ihn, bevor sich der Schwarm schließlich über das Land verteilte.

Die Schwäche des Feindes zu finden, verleiht die größtmögliche Stärke, dachte Xaror, dessen dunkler Geist als eine kleine schwarze Wolke über das Zwischenländische Meer zum Tempel der Sechs Türme zurückreiste; man hätte sie für einen Schwarm verirrter Mücken halten können, wäre es nicht völlig unmöglich gewesen, diese mitten auf dem Meer anzutreffen. Er hatte die Schwäche des Elbenkönigs erkannt – so wie er bereits die Schwäche dessen Sohnes Magolas erkannt hatte, was diesen zu seinem ergebenen Sklaven machte.

Aber was König Keandir betraf, hatte sich Xaror noch nicht so recht entschieden. Sollte er ihn tatsächlich auch zu seinem Sklaven machen – oder ihn nicht doch besser vernichten? Der Verlauf der Schicksalslinien, die Xaror deutlicher wahrzunehmen vermochte als jedes Geschöpf des Zwischenlandes, sprach eindeutig für Letzteres.

Lange war es her, dass er die Herrschaft über das Zwischenland ausgeübt hatte. Aber nun war endlich der Augenblick in greifbarer Nähe, da sich die Verhältnisse wieder zu Xarors Gunsten wandelten. Ein leichtsinniges magisches Experiment hatte ihn einst in den Limbus verbannt, sodass er selbst es gewesen war, der seiner Herrschaft ein vorläufiges Ende gesetzt hatte. Noch einmal würde ihm das nicht passieren.

Wenn er an die Macht zurückkehrte, dann für einen Zeitraum, den die Geschöpfe des Zwischenlands nur mit einem einzigen Wort zu beschreiben vermochten – Ewigkeit.

Naranduinitisches Steingewürz – das war die Bezeichnung, die Thamandor der Waffenmeister für jenes Pulver geprägt hatte, das er aus den Steinen des Magischen Feuers herstellte.

»Wenn wir davon genug haben«, so meinte er, »werden wir die Flammenspeere in Mengen produzieren können.«

»Ihr sprecht sicher von einem neuen Speer pro Jahrhunderthälfte«, interpretierte Prinz Sandrilas die Worte des Waffenmeisters. »Zudem ist Eure Manufaktur eine Ruine, und Ihr werdet wohl auch neue Handwerksmeister und Fachleute heranbilden müssen, Meister Thamandor. So einfach wird das nicht, und ich befürchte, dass unsere Feinde mit weiteren Aktivitäten nicht so lange warten werden, bis das Elbenreich hoch gerüstet dasteht und die Aratanische Mauer wieder ein unüberwindbares Hindernis bildet.«

»Ich werde mich in den nächsten Jahren mit voller Kraft der Aufgabe widmen, die Manufaktur wieder aufzubauen, sodass die Produktion bald wieder aufgenommen werden kann«, versprach Thamandor. »Aber hexen kann ich nun einmal nicht!«

Die letzte Bemerkung war durchaus auch eine sarkastische Anspielung darauf, dass Thamandor ein magisch ausgesprochen schwach begabter Elb war; seine Fähigkeiten auf diesem Gebiet waren sogar stark unterdurchschnittlich. Aber vielleicht war genau dieser Umstand die innere Triebfeder, die Thamandor zu seinen Erfindungen anspornte. Schon während der großen Seereise hatte er mit seiner Erfindungsgabe von sich reden gemacht, sich damit aber nicht nur Anerkennung verschafft. Ein Unfall mit einer Einhandarmbrust hätte beinahe zu einem Schiffsuntergang geführt, was in der damaligen Situation der Elbenheit besonders verhängnisvoll gewesen wäre.

Doch seitdem es das Magolasische Reich gab, das nach allgemeiner Einschätzung eine viel größere Gefahr darstellte als seinerzeit das Heer des Eisenfürsten Comrrm, hielten viele Elben Thamandors Waffenschmiede für überaus wichtig für den Bestand Elbianas.

»Die Waffenherstellung wird ein entscheidender Faktor für unsere Zukunft sein«, davon war Lirandil der Fährtensucher überzeugt. »Aber darauf werden wir uns nicht allein verlassen können.«

»Fahrt ruhig fort, werter Lirandil«, forderte König Keandir ihn auf. Kräftig wehte der Wind aus Westen, und die »Tharnawn« hatte entsprechend Fahrt. »Ihr scheint Euch ja bereits ein paar tiefer gehende Gedanken gemacht zu haben, die Ihr uns ruhig wissen lassen könnt.«

»Gewiss«, sagte der hagere, grauhaarige Fährtensucher, der wie kein Zweiter in den Zeichen des Himmel und der Erde zu lesen vermochte und Spuren erkannte, die selbst ein scharfes Elbenauge normalerweise nicht bemerkte.

Das Flaggschiff der Elbenflotte, das bereits die große Seereise mitgemacht hatte, glitt mit geblähten Segeln über das Meer. Spezielle Tinkturen machten das Holz so haltbar, dass der Zahn der Zeit ihm kaum zuzusetzen vermochte.

»Denkt Ihr etwa, man sollte auch in Elbiana Rhagar zur Ansiedlung ermuntern?«, fragte Prinz Sandrilas, der – so sagten die Legenden – vor undenkbar langer Zeit sein rechtes Auge im Kampf gegen das sagenumwobene Menschengeschlecht von Athranor eingebüßt hatte, das allerdings selbst nur noch Legende gewesen war, als die Elben ihre alte Heimat verlassen hatten, um die Gestade der Erfüllten Hoffnung zu suchen.

»Vor allem in Elbara und Nuranien geschieht dies mit großem Erfolg«, erinnerte Lirandil. »Das kann niemand bestreiten. Und ein Herzogtum wie das ferne Noram, das als Bollwerk gegen die Trorks des Wilderlands dient, wäre ohne die Rhagar-Siedler gar nicht zu errichten gewesen.«

»Das stimmt«, musste Siranodir zugeben, der sich zu der Gruppe gesellt hatte.

Prinz Sandrilas zog die Augenbrauen zusammen, sodass eine tiefe Furche der Skepsis auf seiner Stirn entstand. »Über die Ansiedlung von Rhagar haben wir ja schon des Öfteren im Kronrat gesprochen. Aber ich finde, dass es ebenso wichtig wäre, endlich Verbündete zu finden.«

»Die Zentauren des Waldreichs sind auf unserer Seite«, erinnerte Siranodir.

»Stimmt«, sagte Sandrilas, »aber ehrlicherweise müssen wir doch zugeben, dass die Zentauren unsere einzigen Verbündeten sind. Die Herzogtümer können wir nicht zählen, denn sie sind ja nominell Teile des Reichs.«

»Ihr vergesst die Riesen Zylopiens«, gab Siranodir zu bedenken, aber Prinz Sandrilas machte eine wegwerfende Handbewegung.

»Sie taugen nichts als Verbündete. Ihnen ist gleichgültig, was um sie herum geschieht. Sie sind nicht gegen uns, aber für uns sind sie auch nicht. Und was das Seekönigreich und die Staaten der Tagoräer betrifft, so verharren sie in einer Art Neutralität, die sie faktisch zu Verbündeten Magolas' macht.«

»Man kann es ihnen nicht verübeln«, meinte König Keandir. »Sowohl in Ashkor als auch in Perea und Tagora geht die Angst um, dass es diesen Ländern genauso ergehen könnte wie Soria, von dem niemand geglaubt hat, dass Magolas es seinem Reich einverleiben wird. Aber Ihr habt Recht, wir brauchen Verbündete.«

»Schickt Botschafter zu den Blaulingen von Maduan«, schlug Prinz Sandrilas vor. »Wir hatten zwar nie viel Kontakt zu ihnen, aber vielleicht ist dies ja die Stunde, das endlich zu ändern. Und vielleicht bekommen wir über die Blaulinge auch eine Verbindung zu ihren Nachbarn, den Whanur.«

Das Reich der Whanur, diesen grünhäutigen, schuppigen Echsenmenschen, deren Gebiet nördlich von Maduan und südlich von Wilderland und Estorien lag, war wenig erforscht, sodass man nicht viel über seine Bewohner wusste.

»Was ist mit den Halblingen von Osterde, werter Lirandil?«, richtete sich Keandir wieder an den Fährtensucher. »Ihr habt lange unter Ihnen gelebt ...«

»Ja, aber inzwischen mussten sie sich dem Herrschaftsanspruch Magolas' unterwerfen. Sie zahlen bereitwillig ihren Tribut, weil sie erkannt haben, dass ihr Reich andernfalls untergehen würde. Das gilt auch für das einst so stolze Rhagar-Reich Kossarien, dessen Bewohner sich in der Vergangenheit immer viel auf ihre Freiheit und Unabhängigkeit einbildeten.«

»Diese Einstellung ist offenbar einem höheren Maß an Realismus gewichen«, stellte Prinz Sandrilas sarkastisch fest. Er wandte sich an Keandir. »Was ist mit Estorien, mein König? Können wir von Fürst Bolandor Hilfe erwarten? Wie schätzt Ihr dies ein?«

»Estorien ist wahrhaft zu einem Reich der Geister geworden, und es schien mir, dass die dortigen Elben nicht mehr sonderlich interessiert an den Geschicken der diesseitigen Welt sind.«

»Damit würden sie sich den Eldran angleichen, mit denen sie ihr Land in Ermangelung genügender Einwohner bevölkern«, warf Siranodir mit den zwei Schwertern ein. »Ein natürlicher Prozess, wie ich finde. Nur wäre das Leben dort nichts für mich.«

»Außerdem macht die Zeit, die im Reich von Estorien weit langsamer verläuft als im Rest des Zwischenlands, aus ihnen schlechte Bündnispartner«, meinte der König. »Wenn wir einen Botschafter zu ihnen schicken mit einem Ersuchen um Unterstützung, würde es für unser Zeitempfinden eine Ewigkeit dauern, bis sich diese Unterstützung überhaupt in Bewegung setzt; ihr Heer würde aus Estorien ausrücken, wenn die Schlacht längst geschlagen ist.«

Die Diskussion wurde noch eine Weile fortgeführt, man kam aber vorerst zu keinem Ergebnis, und schließlich sprach man über andere, weniger wichtige Themen.

Am Abend erreichte die »Tharnawn« den Hafen Westgard, eine der frühesten Gründungen an der elbianitischen Küste. Die Burg, die man inzwischen über der Hafenstadt errichtet hatte, konnte sich durchaus mit der von Elbenhaven messen. Im Hafen selbst lagen Dutzende von Schiffen, die meisten davon elbische, aber es gab auch Segler aus dem Seekönigreich Ashkor und Dreimaster aus Tagora und Perea darunter. Sehr selten – und aufgrund der Vereisung im Norden auch nur während der Sommermonate – schafften es inzwischen auch Schiffe der Blaulinge aus Maduan oder der Halblinge aus Osterde bis zu den elbianitischen Häfen; sie benutzten dafür die Nordroute, an der estorischen und meerländischen Küste entlang und am Eisland vorbei. Aber während die Schiffe aus Maduan noch recht regelmäßig anlegten, war der Kontakt zu den Halblingen aus Osterde sehr sporadisch geworden, seit deren Herrscher dem Großkönig des Magolasischen Reichs tributpflichtig geworden war.

Keandir entdeckte unter den Schiffen im Hafen auch zwei, deren Flaggen die Wappen der Herzogtümer Nordbergen beziehungsweise Meerlands trugen. Als er schließlich über das Fallreep an Land ging, erblickte er Herzog Isidorn von Nordbergen im Gefolge des Stadtverwalters und auch Isidorns Sohn Asagorn, den Herzog von Meerland; beide befanden sich offenbar mit ihren Schiffen auf dem Weg gen Süden und machte in Westgard Zwischenstation.

Der Stadtverwalter von Westgard war mit großem Gefolge gekommen, um den König zu empfangen, was Keandir wohlwollend zur Kenntnis nahm. Agomir der Gewissenhafte führte seit drei Jahrhunderthälften im Namen des Königs die Amtsgeschäfte über Westgard – ein noch recht junger Elbianiter, der die große Seereise nur aus Erzählungen seiner Eltern und Großeltern kannte. Aber seine Einsetzung als Stadtverwalter hatte sich als klug und richtig erwiesen, wie Keandir fand. Jedenfalls waren ihm im fernen Elbenhaven keinerlei Klagen über Ungerechtigkeit oder Willkür zu Ohren gekommen; eher schon sagte man Agomir einen gewissen Hang zur Pedanterie nach.

»Seid gegrüßt, mein König«, sagte Agomir der Gewissenhafte etwas zu überschwänglich, um wirklich stilvoll zu sein.

»Seid ebenfalls gegrüßt, werter Agomir. Man hört nur Gutes über Euch und Eure Amtsführung«, erwiderte König Keandir.

Dann begrüßten Isidorn von Nordbergen und Asagorn von Meerland ihren König.

»Was führt Euch in den Süden?«, fragte Keandir. »Die Feier zur Landung der Elben kann es ja nicht sein, denn bis dahin ist es noch etwas hin.«

Die Ankunft der Elben im Zwischenland wurde alle zehn Jahre in Elbenhaven groß gefeiert, doch das letzte Mal war erst zwei Jahre her, daher war es kaum denkbar, dass die Herzöge aus diesem Grund Richtung Süden segelten. Sie mussten einen wichtigen Anlass für die lange Reise haben, denn die Botschafter, die König Keandir nach dem Angriff auf den Elbenturm in alle Reichsteile entsandt hatte, um die Herzöge zu einer großen Beratung zusammenzurufen, konnten Nordbergen und Meerland noch gar nicht erreicht haben.

Doch Herzog Isidorn wusste dennoch schon von den jüngsten Ereignissen in Elbenhaven. »Die Kunde davon, was am Elbenturm geschah, eilt Euch voraus, mein König«, sagte er. »Und ich bedauere es sehr, Euch auch noch ernste Nachrichten aus den nördlichen Herzogtümern überbringen zu müssen.«

»Von welchen Nachrichten sprecht Ihr?«, erkundigte sich Keandir besorgt. Eigentlich war er davon ausgegangen, dass die Lage dort nach dem Wilderlandfeldzug und dem Ende des Axtherrschers der Trorks für lange Zeit befriedet wäre.

»Sowohl die Geschöpfe des Eislandes als auch die Trorks sind in große Unruhe geraten, und wir vermögen nicht zu sagen, was die Ursache dafür ist.«

»Ist ›in Unruhe geraten‹ eine Umschreibung für kriegerische Raubzüge?«, fragte Keandir.

»In Bezug auf die Trorks trifft dies jedenfalls zu. Kleinere Gruppen greifen inzwischen regelmäßig die Siedlungen von Elben und Elben-Rhagar im Herzogtum Noram an, das Ihr seinerzeit eigens als Bollwerk gegen das Wilderland gegründet habt. Deshalb war es auch nicht möglich, dass uns Herzog Mirgamir bei unserer Fahrt begleitete.«

»So muss die Lage bedrohlich sein, denn sonst würdet Ihr deswegen nicht den weiten Weg auf Euch nehmen.«

Doch da hatte Keandir den Herzog Nordbergens missverstanden. Isidorn schüttelte entschieden den Kopf. »Die Trorks haben seit dem Ende des Axtherrschers wieder jeglichen Zusammenhalt verloren; sie bilden nur noch Gruppen von wenigen hundert Kriegern, und von zentaurischen Kundschaftern wurde berichtet, dass sie sich auch gegenseitig bekämpfen. Als wir zusammen mit den Kriegern Herzog Mirgamirs ins Wilderland vorstießen, um die Trorks von unseren Grenzen zu verscheuchen, fanden wir einen Trupp erschlagener Agenten des Magolasischen Reichs.«

»Seid Ihr sicher?«, fragte Keandir überrascht.

»Sie trugen das Zeichen der Sonnenscheibe auf ihrem Oberarm«, bestätigte Asagorn von Meerland.

»Das Zeichen des Ordens der Assassinen«, murmelte Keandir.

Der König hatte von diesem kriegerischen Orden innerhalb der Norischen Garde gehört, der Magolas als angeblichem Sohn des Sonnengottes auf besondere Weise verbunden war. Manche behaupteten sogar, Magolas habe durch magische Rituale die Loyalität dieser Krieger noch gestärkt.

»Die Assassinen sind Mörder, die Magolas seinen Gegnern in fremde Länder hinterherschickt«, sagte Prinz Sandrilas. »Sollten Feinde des Magolasischen Reiches etwa bis ins Wilderland geflohen sein?«

»Ehrlich gesagt, ich nehme eher an, dass die Magolasier aus einem anderen Grund den Weg ins Wilderland fanden«, sagte Isidorn.

König Keandir hob die Augenbrauen. »Und? Wie lautet Eure Theorie?«

»Ich fürchte, dass sie ausgeschickt wurden, um ein Bündnis mit den Trorks zu schmieden. Allerdings gerieten sie wohl an den falschen Clanführer oder wurden einfach Opfer von Auseinandersetzungen zwischen den einzelnen Stämmen. Ihr könnt auch mit dem Zentauren Nabastos sprechen, der auf einer Reise ins Reich der Kleinlinge Geschichten über Menschen aus den südlichen Ländern zu hören bekam, die angeblich die Sprache der Trorks beherrschen.«

»Das wäre in der Tat ein Indiz«, murmelte Keandir.

»Und eine Entwicklung, die uns Sorge bereiten sollte«, ergänzte Prinz Sandrilas.

»Ich schlage vor, dass wir unsere Unterhaltung in angenehmerer Umgebung in der Burg fortsetzen«, sagte Agomir der Gewissenhafte, wogegen niemand etwas einzuwenden hatte.

Im Festsaal der Residenzburg von Westgard wurde ein Festmahl abgehalten. Die Speisen waren – ganz nach Elbenart – edel und erlesen statt üppig.

König Keandir erfuhr von Herzog Asagorn von Meerland, dass man mehrere Schiffe aratanischer Bauweise die Küste habe entlangfahren sehen, Richtung Eisland. »Immer wieder drangen daraufhin Kreaturen des Eislands über die Grenze nach Meerland«, berichtete Asagorn. »Ob dies mit den Schiffen aus Aratan in Zusammenhang steht, ist uns nicht bekannt. Eine Gesandtschaft, die wir zur Festung der Eiskreaturen schickten, kehrte nicht zurück.«

»Und Ihr meint, dass Magolas auch dort Verbündete gegen das Elbenreich sucht?«, fragte Keandir.

»Es wäre zumindest denkbar. Dass es uns nicht gelungen ist, uns mit den Eiswesen zu verständigen, bedeutet ja nicht, dass dies auch für Rhagar unmöglich wäre.«

»Vor allem, wenn sie durch die dunkle Magie Xarors unterstützt werden«, meinte Prinz Sandrilas. »Und wer weiß schon, welche Schattengeschöpfe in Wahrheit an Bord der aratanischen Schiffe reisten.«

»Unter rein seemännischen Gesichtspunkten gesehen«, sagte Isidorn, »ist es jedenfalls eine große Leistung, vom Zwischenländischen Meer aus den gesamten Süden Ethranors zu umfahren und bis zur Küste des Eislands zu gelangen.«

»Eine andere Route konnten sie auch nicht nehmen«, fügte Agomir hinzu. »Sonst wären sie zweifellos an den Küsten Elbianas und Nordbergens gesichtet worden.«

»Ja, und das wollten sie mit Sicherheit vermeiden«, vermutete Keandir. Der Gedanke, dass seine Feinde zusätzliche Verbündete suchten, beunruhigte ihn. »Diese Schiffe müssen bereits vor längerer Zeit von ihrem Heimathafen abgelegt haben.«

»So wie auch die erschlagenen Assassinen die Burg von Aratania wohl nicht erst vor Kurzem verlassen hatten, um den Trorks einen Besuch abzustatten«, ergänzte Isidorn.

Keandir nickte. »Das bedeutet, es handelt sich nicht um eine Reaktion auf die Niederlage, die unser Feind am Elbenturm hat hinnehmen müssen, sondern es war von langer Hand geplant.«

»Eingekreist von Feinden – das ist genau die Situation, die ich seit Längerem für unser Reich befürchte«, erklärte Prinz Sandrilas. »Wir sollten zur Gegenoffensive übergehen.«

»Und vielleicht den Trorks ein Angebot machen, die Seite zu wechseln?«, fragte Keandir. »Das dürfte wenig Sinn haben.«

»Sowohl die Trorks als auch die Eiskreaturen sind zweifellos sehr alte Völker«, ergriff Lirandil der Fährtensucher, der bisher geschwiegen hatte, das Wort. »Die Trorks haben sechs Finger an jeder ihrer Pranken und stammen vermutlich von Xarors legendärem Volk der Sechs Finger ab. Bezüglich der Eiskreaturen wissen wir leider so gut wie nichts, aber ich könnte mir vorstellen, dass beide Völker schon zur Zeit von Xarors Dunklem Reich existierten und er vielleicht glaubt, sie erneut in seine Heerscharen einreihen zu können.«

»Was ihm mit den Trorks sogar schon gelungen war«, meinte Keandir. »Schließlich war deren Axtherrscher-Gottheit ja nichts anderes als ein Sklave Xarors.« Oder anders ausgedrückt: Magolas' Vorgänger, ging es dem Elbenkönig bitter durch den Kopf, der es noch immer nicht verwunden hatte, dass sein Sohn zum Diener des Bösen und einem Feind des Elbenreichs geworden war. Wahrscheinlich würde das auch immer so bleiben – noch über den Zeitpunkt hinaus, da es unweigerlich zur offenen Konfrontation zwischen ihnen kommen musste.

Nach dem Essen genoss man einige Krüge Elbenwein; der wurde an den Hängen des Hochlands von Mittel-Elbiana zwischen Baranor und Nithrandor angebaut und mundete vorzüglich. Beim Wein eröffnete der König Herzog Isidorn und dessen Sohn, dass er vorhatte, zur Insel Naranduin zu segeln, was Isidorn mit großer Verwunderung aufnahm: In den vergangenen Jahrhunderten war es den elbischen Seefahrern per königlichem Dekret verboten gewesen, die Insel anzulaufen, doch ob sich wirklich alle Kapitäne daran gehalten hatten, war fraglich; jedenfalls gab es Berichte von Schiffen, die gen Norden gesegelt waren, vorgeblich nach Hochgard oder Miragond, dort aber nie angekommen waren. Gerüchte besagten, dass die Kapitäne dieser Unglücksschiffe der Versuchung erlegen waren, an der Küste Naranduins zu landen, um dort sagenhafte Schätze zu bergen: die Steine des Magischen Feuers zum Beispiel, deren Wirkung seit Erfindung des Flammenspeers unter den Elben allgemein bekannt war.

Aber das waren alles nur Geschichten, deren Wahrheitsgehalt Keandir stark anzweifelte. Für viel wahrscheinlicher hielt er es, dass die verschwundenen Schiffe einfach gefährlichen Winden und reißenden Strömungen zum Opfer gefallen waren.

»Mein Sohn Asagorn und ich würden Euch gern nach Naranduin begleiten, mein König«, erklärte Herzog Isidorn. »Ich bin der Meinung, es wäre Eurer Sicherheit dienlich, beträtet Ihr die Insel mit etwas größerem Gefolge.«

»Ich habe nichts dagegen einzuwenden«, antwortete Keandir, der Isidorn vor allem während des Wilderlandfeldzugs gegen die Trorks als loyalen Kampfgefährten kennengelernt hatte. »Aber bedenkt das Risiko, auf das Ihr Euch einlasst.«

»Ihr kennt mich, mein König. Ich bin nicht besonders ängstlich veranlagt, und für meinen Sohn gilt dasselbe.«

»Das hätte ich auch niemals behaupten wollen, werter Isidorn.«

Der Tonfall des Herzogs veränderte sich, er sprach auf einmal mit gedämpfter Stimme. »Es ist mir einfach ein besonderes Bedürfnis, noch einmal dorthin zurückzukehren, wo alles begann, mein König.«

Keandir nickte. Herzog Isidorn war damals, als man die Insel des Augenlosen Sehers entdeckt hatte, Kapitän des Kundschafterschiffs »Morantor« gewesen; er war damals vom Anblick dieses Eilandes, als es aus den grauen Schwaden des zeitlosen Nebelmeers aufgetaucht war, ebenso beeindruckt gewesen wie der König und jeder andere Elb, der dies miterlebt hatte. Schließlich war Naranduin das erste Stück fester Boden gewesen, das die Elben nach einer Ewigkeit auf See erreicht hatten.

Und dann war da auch noch die Verheißung der bevorstehenden Zwillingsgeburt von Andir und Magolas gewesen, die dem Elbenvolk und seinem König Hoffnung gegeben hatte. Wie hatte sich diese Verheißung nur so grausam in ihr Gegenteil verkehren können? Keandir verstand es nach all der Zeit noch immer nicht. Aber ein Teil von ihm argwöhnte, dass vielleicht er selbst der Grund dafür gewesen war. Denn er hatte keinen Zweifel daran, dass sich die Finsternis seiner Seele auf Magolas übertragen hatte.

Doch dieses Schicksal hatte er einst selbst mit seinem Schwert und der Finsternis in seiner Seele geschaffen, ging es ihm durch den Kopf. Welchen Sinn machte es also, dass er sich fortwährend darüber beklagte?

Früh am nächsten Morgen brachen die »Tharnawn« und die beiden Schiffen der Herzöge von Meerland und Nordbergen auf. Ein rauer Wind fegte eiskalt von Norden her, und die Elbenschiffe waren gezwungen, dagegen zu kreuzen. Selbst angewandte Elementarzauber zeigten nur wenig Wirkung.

»Offenbar gibt es Mächte, die der Rückkehr der Elben auf die Insel des Augenlosen Sehers skeptisch gegenüberstehen«, ließ sich Garanthor vernehmen. König Keandir hatte bei ihm, dem Kapitän seines Flaggschiffs, einen Hang zu bissigen, teils zynischen Kommentaren festgestellt, der noch zunahm, je weiter sie sich der Insel näherten; sie tauchte bereits als dunkler, verwaschener Schatten aus dem Dunst am Horizont auf. Der Kapitän der »Tharnawn« hatte einst seinen Sohn auf jenem verwunschenen Eiland bei den Kämpfen gegen die Ouroungour verloren, sodass die Rückkehr an diese düstere Küste keine guten Erinnerungen in ihm weckte.

Herzog Isidorn hatte am Abend zuvor den Vorschlag gemacht, diesmal nicht an der Westküste, sondern an der Nordostseite der Insel zu landen. Auf dem Weg nach Süden waren die Schiffe Isidorns und Asagorns dort vor zwei Tagen vorübergesegelt. Dabei war eine große Ansammlung von Ouroungour gesichtet worden, Tausende der geflügelten Äfflinge, die immer wieder an derselben vom Wald verborgenen Stelle niedergegangen waren, um dann wieder aufzusteigen und über diesem geheimnisvollen Ort zu kreisen.

»Wenn so viele Äfflinge an einem Punkt zusammenkommen, dann lassen sich dort auch zur Genüge Steine des Magischen Feuers finden«, war der Herzog von Nordbergen überzeugt. »Das erspart uns den beschwerlichen Weg ins Inselinnere.«

Keandir leuchtete das Argument durchaus ein, und auch Prinz Sandrilas sprach sich für den Vorschlag des Herzogs aus. Die Äfflinge erneuerten in den Flammen, die aus den magischen Steinen züngelten, ihre Waffen, und daher war anzunehmen, dass an einem Ort, wo sich viele Ouroungour herumtrieben, auch die Steine des Magischen Feuers zu finden waren.

Abgesehen davon erinnerte sich insbesondere Sandrilas noch gut an den gefahrvollen Weg zum Affenkopfgipfel, der in der Mitte der Insel gelegen war. Die Überfälle der Äfflinge hatten viele Elben das Leben gekostet, und der Gedanke an die von Ouroungour abgenagten Gebeine der Gefallenen jagte jenen, die dieses Abenteuer überlebt hatten, auch nach all den Jahrhunderten noch kalte Schauder über den Rücken.

Die Schiffe passierten die Meerenge zwischen Naranduin und dem zwischenländischen Kontinent. Als man sich dem Eiland bis auf einige Dutzend Schiffslängen genähert hatte, suchte man nach einem geeigneten Ankerplatz. Keandir stand an der Reling und blickte auf das bewaldete Land, aus dem sich immer wieder die Spitzen von Felsmassiven erhoben. In der Ferne erhob sich der gewaltige Gipfel in Form eines Affenkopfs, der ebenso wie die benachbarten Felsmassive von künstlichen Höhlen durchsetzt war. Wohnhöhlen, die aus einer Zeit stammten, da die affenartigen Ouroungour nicht lediglich willfährige, tumbe Handlanger dunkler Mächte gewesen waren, sondern eine hoch entwickelte Zivilisation.

Eine schwarmartige Ansammlung von Äfflingen kreiste immer wieder um ein Felsmassiv, von dem lediglich ein säulenartiger, nach oben gerichteter Fortsatz zu sehen war, da der Rest vom Wald bedeckt wurde. Die schrillen, charakteristischen Schreie der Äfflinge hallten Keandir im Kopf wider, und finstere Erinnerungen stiegen in ihm auf. Aber trotz allen Unbehagens war er überzeugt davon, das Richtige zu tun.

Der Elbenkönig lauschte und versuchte auch mit seinen magischen Sinnen alles aufzunehmen, was ihn erreichte, mochte es auch noch so unscheinbar sein. Und da war etwas: eine finstere Kraft, die der aus den Tiefen seiner Seele sehr verwandt war. Es war die Kraft eines anderen, skrupellosen Geistes. Das Kichern des Augenlosen Sehers, sein Gestank nach Alter und Fäulnis – all das war dem König plötzlich wieder so gegenwärtig, als wäre er ihm erst vor wenigen Augenblicken begegnet.

Jemand war auf der Insel gewesen, erkannte Keandir plötzlich. Jemand, der sich um kein Verbot der Welt scherte. Der ehemalige Herrscher des Dunklen Reichs selbst musste zumindest geistig präsent gewesen sein. Vielleicht war er es noch immer und lauerte als dunkle Wolke zwischen den Klippen Naranduins, weil er die Schicksalswege sah und gewusst hatte, dass Keandir zur Insel zurückkehren würden.

Ein Schauder überkam Keandir, und er war sich auf einmal sicher, dass er und die Seinen erwartet wurden.

ZWEITES BUCH

DIENER DES LICHTS

Und so sammelten sich die Heere zum Krieg gegeneinander. Am Elbenturm hatte die Armada der Flugungeheuer noch das Nachsehen gehabt, doch Keandir wusste um die wahre Schwäche seines Reichs: Der nächste Schlag, den der Herrscher des Bösen vorbereitete, würde der letzte sein.
Todbringend waren die Horden der Nacht, und ihre Waffenarme erlahmten nicht. Kalter Hass und abgrundtiefe Bosheit zeichneten sie aus – und die völlige Unterwerfung unter ihren Herrn, den Herrscher des Dunklen Reichs.

Das Ältere Buch Keandir

Dem Tod geweiht war Ruwen, die Blume Elbianas.
Sie sah das Ende nahen.
Kein Weg wurde ihr durch die Linien des Schicksals gewiesen.
Die Wege endeten im Dunkeln.
Obwohl sie neues Leben in sich trug, war es doch, als wäre ihr Totenfeuer schon entzündet.
Und sie legte die Hände auf ihren Bauch, der noch keine Wölbung zeigte.
Das Leben, das sie in der Nacht empfangen hatte, bevor König Keandirs Schiff Elbenhaven verließ, um nach Naranduin zu segeln, brauchte keinen Namen.
Seine Schicksalslinie endete schon, bevor es geboren wart.
So sah es den Schatten des Todes, doch niemals das Licht der Welt.

Aus den »Gesängen der Verdammten«
(in den Apokryphen des Jüngeren Buchs Keandir)

Eine aufrichtige, treue Seele wurde zum Werkzeug der Dunkelheit.
Eine Seele, die niemand in Verdacht gehabt hätte, denn ihre Abscheu gegen die dunklen Mächte war groß.
Das Versprechen, die größte Sehnsucht zu erfüllen, öffnete jedoch das Herz für die Finsternis.
Ein willfähriger Diener des Bösen wird die Elbenseele durch die Erfüllung ihrer größten Hoffnung.

Die Verbotenen Schriften
(früher bekannt als: Das Buch Branagorn – Codex IV, abweichende und vermutlich durch Redaktor B ergänzte Fassung, die etwa 150 Jahre nach der Niederschrift an 22 Stellen durch Redaktor C verstümmelt und ihrer immanenten Widersprüche beraubt wurde.)

Unter den Elben aber wurden die verklärten Toten die Eldran genannt, während man die vergessenen Toten als Maladran bezeichnete. Selten aber sprach man von jenen, die noch nicht geboren waren, und noch seltener wagte man es, den Namen auszusprechen, den die Elbenheit ihnen gegeben hatte: die Uldran. Ihr Reich hieß Uldrana, die Sphäre der ungeformten Seelen. Manchmal aber erschien eine unter ihnen, die schon geformt war, noch ehe ihre Existenz begonnen hatte. Erwachte Uldran nannte man sie, und sie blieben Rätsel, deren Ursache auch die Weisesten der Heilerzunft niemals lösen konnten.

Das Buch der Heiler von Athranor

Es war am zweiten Tag nach dem Aufbruch König Keandirs nach Naranduin, als mich die Königin Ruwen zu sich rief und mir eröffnete, dass sie glaubte, in der Nacht vor dem Auslaufen der »Tharnawn« ein Kind empfangen zu haben.
Auch für eine Heilerin ist es zu diesem frühen Zeitpunkt ausgesprochen schwierig, eine Schwangerschaft zu bestätigen, denn normalerweise gelingt dies nur, wenn der Geist des Ungeborenen bereits einen gewissen Grad der Ausformung erreicht hat.

»Ich spürte es deutlich«, erklärte Ruwen. »Und ich hatte bereits eine Gedankenverbindung zu seiner Seele!«
»Seiner Seele?«, fragte ich. »So seid Ihr sicher, dass es ein Junge ist?«
»Sein Name ist Eobal.«
»Wollt Ihr nicht warten, bis Euer Gemahl zurück ist, um gemeinsam mit ihm über einen Namen zu beraten?«
»Er trug diesen Namen bereits, und seine Gedanken haben ihn mir zugeflüstert. Ich glaube nicht, dass es gut wäre, ihm einen anderen zu geben. Auch Andirs und Magolas' Namen wusste ich im Voraus. Aber das geschah aufgrund von Ahnungen und dem Erspüren von Schicksalslinien. Doch diesmal ist es anders.«
Ich scheute mich erst, meine Vermutung auszusprechen, und führte zunächst die notwendigen Untersuchungen und Rituale durch. Anschließend bestand kein Zweifel mehr.
»So ist Euer ungeborener Sohn Eobal ein Erwachter Uldran«, sagte ich. »Eine schon zum Zeitpunkt der Zeugung vollständig geformte Seele. Das erklärt es, dass Ihr Verbindung zu seinem Geist aufnehmen konntet und er Euch seinen Namen mitteilte. Seit dem Aufbruch aus Athranor hat es so etwas unter Elben nicht mehr gegeben.«
Ruwens Lächeln wirkte matt und abgeschlagen. Das Glück einer werdenden Mutter habe ich unzählige Male gesehen. Das, was in Ruwens Zügen aufschien, hatte damit nicht das Geringste zu tun.
»Eine Gunst der Namenlosen Götter, so sagt man. Und vielleicht ein Zeichen dafür, dass ihr Interesse am Geschick der Elbenheit wieder erwacht ist. Die Schamanen wird das sehr freuen und ihnen Anlass zu mannigfacher Spekulation geben.« Ich studierte ihr Gesicht und spürte die gedrückte Aura sehr deutlich, von der die Königin umflort wurde. Anstatt sich zu freuen, dass der Königin der Elben zum Zeitpunkt der größten Bedrängnis ihres Volkes abermals ein Zeichen der Hoffnung geschenkt wurde, wirkte sie tieftraurig, und ich war auf erschütternde Weise an den Trübsinn jener Unglücklichen erinnert, die sich während der langen Seereise aus Lebensüberdruss in die Fluten des zeitlosen Nebelmeeres stürzten, um ihrer eigenen Melancholie zu entgehen.
Die Königin sprach mit belegter Stimme: »Die Blutlinie Keandirs scheint verdammt, denn jeder Segen hat sich bisher in einen Fluch verwandelt – und so wird es auch diesmal sein!«
»Wie könnt Ihr so etwas sagen, meine Königin?«

Ich gestehe es ungern, denn eigentlich war ich der Königin stets treu ergeben, und oft genug hatte ich die Rolle einer Vertrauten für sie inne. Doch in diesem Moment packte mich blanker Zorn. Wie konnte eine Elbin, die von der Natur oder den Namenlosen Göttern oder dem Schicksal oder wem oder was auch immer so über die Maßen gesegnet worden war, solches äußern? Ich selbst habe vielen Elbenkindern auf die Welt geholfen und immer bedauert, nicht selbst Mutter geworden zu sein, denn es gibt nichts, was ich mehr ersehnt hätte. Mein geliebter Sabastonir erlag während der großen Seereise der Krankheit des Lebensüberdrusses, wie so viele andere auch. Der Schrecken darüber ließ mich ein ungeborenes Kind verlieren, dessen Geist gerade im Begriff stand, sich zu formen. Von da an war mein Schoß unfruchtbar, und auch das Wissen einer Heilerin konnte nichts daran ändern.

Was wäre ich alles bereit gewesen zu tun und zu opfern, um dasselbe Glück wie Ruwen zu empfangen. Und ihr schien es nichts wert zu sein, nicht mehr als eine Last für ihre zarte Seele, der man als Seegeborene eigentlich mehr Robustheit hätte zutrauen können.

»Welcher Schmerz bedrückt Euch angesichts dieser Überfülle von Glück?«, fragte ich, und die Königin muss den scharfen Tonfall meiner Stimme wohl bemerkt haben, denn sie sah mich auf eine Weise an, die Verwirrung ausdrückte.

»Meine Schicksalslinie endet, bevor Eobal geboren wird«, behauptete Ruwen. »Das ist es, was mir Schmerz bereitet. Und wenn er tatsächlich ein Erwachter Uldran ist, dann liegt eine zusätzliche Grausamkeit darin. Er wird sich sehr bald der Tatsache bewusst werden, dass seine Geburt nicht stattfinden kann, dass seine Schicksalslinie gar nicht existiert.«

»Lasst Euch doch nicht von Euren wirren Befürchtungen zum Narren halten, Ruwen! Ihr müsst Euch irren, oder Euer Sinn für die Möglichkeiten der Zukunft hat Euch verlassen!«

»Nein, da sind keine Möglichkeiten mehr. Keine Schicksalswege, die sich verzweigen und einen vor die Wahl stellen. Da ist nur noch Dunkelheit.«

Und als Ruwen geendet hatte, schluchzte sie bitterlich, und ich konnte nicht umhin, den Zorn, den ich gegen sie empfunden hatte, zu bereuen und Mitleid mit ihr zu haben. »Abermals wird sich Segen in Fluch verwandeln«, klagte sie, »daher ist es auch nicht undankbar, wenn ich mir manchmal wünsche, ich wäre nie gesegnet worden!«

Aus den Schriften der Heilerin Nathranwen

Krieger von tierhafter Gestalt und ohne Skrupel waren sie, die Kreaturen des Limbus. Gestrandete in einer von vielen Zwischenwelten, von denen manche der unseren ähneln, während sich eine so fundamental von allen anderen unterscheidet, dass sie einen eigenen Namen erhielt.
Limbus.
Exilheimat der Schattenkreaturen.
Der dunkelste Ort des Polyversums, erfüllt von Chaos und Kälte. Dieses Reich außerhalb der vorstellbaren Existenz hatte die Horden der Nacht lange beheimatet.
Einer dieser Schatten setzte sich an die Spitze ihres Zugs. Das war Xaror, der Bruder des Augenlosen Sehers. Xaror, den nicht ein tragisches Schicksal, sondern die eigene Hybris in jenes abseitige Reich verbannt hatte, wo er auf lange Zeit zum Gefangenen jener Kräfte geworden war, die er versucht hatte zu beherrschen.
Doch war er diesem Ziel so nahe wie nie zuvor.
Kolonnen von stierköpfigen Kriegern reckten die Waffen mit ihren nie erlahmenden Armen. Katzenkrieger ritten auf einer Armada von Flugungeheuern, deren lederhäutige Flügel den Himmel verdunkelten. Kreaturen, so kalt wie der Tod und grausamer als alles, was das Zwischenland selbst zur Hochzeit des Dunklen Reichs gesehen hatte, bildeten einen Kriegszug des Grauens, in den sich auch die Menschenkrieger der Rhagar-Länder und ihr Großkönig Magolas einreihten.
Wer hätte sich dieser Flut entgegenstellen können?

Das Jüngere Buch Keandir

Mörder erwarteten Andir den Reinen, die sein Bruder Magolas ausgesandt hatte. Larana jedoch träumte jede Nacht von dem weißhaarigen Magier, der zu ihr sprach und ihr ins Gewissen redete.
Großkönig Magolas aber sagte seiner Frau, dies wären nur Spiegelungen ihrer eigenen Seele, die bald verstummen würden. So versuchte Larana diese Eindrücke in ihrem Herzen zu verschließen. Aber längst ging ein Riss durch ihre Seele.
»Was habe ich getan?«, sprach sie in ihrer Verzweiflung in den Wind, der des Nachts über die Türme von Aratania fegte und die Wellen des Zwischenländischen Meeres hoch aufpeitschte. »Um mein Leben zu verlängern

ist mein Gemahl vom mächtigsten Herrscher in der Geschichte der Rhagar zum Sklaven der Dunkelheit herabgesunken, und meine Kinder wurden dem Bösen überantwortet. Viel zu lange habe ich meine eigene Sucht nach Leben über das Wohl derer gestellt, die ich liebe!«

»So lasst einfach zu, dass das Richtige geschieht!«, antwortete ihr die Stimme des Weißhaarigen. Immer wieder hallten diese Worte in ihrem Kopf wider.

»Dann kommt und tut, was Ihr wahrscheinlich ohnehin tun würdet!«, sprach Larana. »Nehmt die Kinder und lasst sie an einem Ort aufwachsen, den der Schatten Xarors nicht verdunkelt. Einem Ort, den ich nicht kenne, denn ich würde ihn verraten. Ihr seid Magolas' Bruder und übernehmt damit eine Pflicht, die zu erfüllen mein Gemahl nicht in der Lage ist, weil ihn die Liebe zu mir so blind gemacht hat wie mich die Sucht nach dem Leben.«

»Ihr erkennt die Notwendigkeit der Lage«, antwortete Andirs Gedankenstimme. »Aber ahnt Ihr die Konsequenzen? Es wird unweigerlich zum letzten Kampf zwischen meinem Bruder und mir kommen. Und vielleicht – wahrscheinlich – wird einer von uns dabei sterben.«

»Ich könnte nichts tun, was Magolas schadet, denn ich liebe ihn. Aber im Moment lasse ich zu, dass meinen Kindern Schaden zugefügt wird, und sie liebe ich ebenfalls. Es scheint, als würde es kein Entrinnen aus dieser Falle des Schicksals geben, in die ich geraten bin.«

»Ich werde Magolas schonen, sofern er mir die Möglichkeit dazu lässt«, sagte Andir.

»Ist dies ein Schwur?«

»Ein Versprechen.«

»Im Grunde seines Herzens ist er gut. Ein guter Gemahl, ein guter König und ein guter Vater seiner Kinder. Aber die Mächte, die er zu Hilfe rief, um mein Leben zu verlängern, halten ihn in einem eisernern Griff.«

»Das weiß ich.«

»Nur dieses grausame Schicksal lässt ihn so handeln!«

»Auch das ist mir bewusst.«

Larana schluchzte. Schließlich sprach sie: »So wartet, um die Kinder zu holen, bis Magolas das nächste Mal unterwegs ist zum Tempel der Sechs Türme.«

Das Buch Magolas

I

ASSASSINEN

Andir erreichte die Grenze zwischen Norien und dem Reich des Seekönigs. Die Wächter ließen ihn anstandslos passieren, obwohl er allein durch seine Kleidung und seine sonstige äußere Erscheinung schon recht auffiel. Das weiße, leicht schimmernde Gewand aus Elbenzwirn wies ebenso wie die spitzen Ohren und die schräg gestellten Augenbrauen auf seine elbische Herkunft hin, und es war in diesen Zeiten äußerst ungewöhnlich, dass ein Elb die Grenze zum Magolasischen Reich überquerte. Abgesehen vom Herrscher selbst gab es keine Elben im Reich des Großkönigs. Vor langer Zeit allerdings – lang nach Maßstäben der Rhagar, und kaum noch einer der Menschen erinnerte sich daran – hatte Magolas einen kleinen Kreis von elbischen Beratern im Palast von Aratan geduldet, doch dieser Kreis war im Verlauf der Jahrzehnte immer mehr zusammengeschmolzen; einzelne waren entweder in Ungnade gefallen oder hatten selbst um die Entlassung aus dem Dienst des Großkönigs gebeten, da sie ihm nicht mehr folgen mochten. Die Heilerin Nathranwen, einst jahrzehntelang um die Lebensverlängerung Laranas bemüht und später die Geburtshelferin der Zwillinge Daron und Sarwen, war eine der letzten Elben gewesen, die den Hof in Aratania verlassen hatten.

Immerhin war sie reichlich entlohnt worden; anderen war es schlechter ergangen. Zumindest dann, wenn Vorwürfe des Verrats im Raum gestanden hatten. Man munkelte, dass Magolas die Betroffenen durch Angehörige des Assassinen-Ordens hatte umbringen lassen, doch Beweise dafür gab es nicht. Doch so mancher Elb, der in Aratania dem Großkönig gedient hatte, war spurlos verschwunden, und selbst die wundergläubigen Rhagar nahmen kaum an, dass dieses Verschwinden etwas mit Magie zu tun hatte.

»Ihr erinnert euch nicht, und ihr seht nur, was ihr sehen wollt …«

Diesen Gedankenbefehl pflanzte Andir in die schwachen Geister der magolasischen Soldaten an der norischen Grenze, bei denen es sich vornehmlich um dariianische Söldner handelte. Denen hatte man zwar schon im Kaiserreich der Südwestlande Unzuverlässigkeit nachgesagt, aber die Grenze zum Reich des Seekönigs von Ashkor und Terdos gehörte nicht zu jenen Grenzen des Reichs, an denen Schwierigkeiten erwartet wurden: Die Ashkorianer stellten keinerlei Bedrohung dar, und es war unwahrscheinlich, dass von dort aus irgendein bewaffneter Vorstoß auf das Gebiet des Großkönigs unternommen werden würde. Daher reichte es, wenn man an dieser Grenze Einheiten stationierte, die nur zweite Wahl waren.

»Heilig ist der Sonnengott!«, grüßten die Dariianer den einsamen Reisenden, denn sie sahen in ihm einen Priester des Sonnengotts: Die weiße Kutte Andirs erschien ihnen purpurrot, so wie sie von den Sonnenpriestern allerorten getragen wurde, und das Elbengesicht erschien ihnen menschlich und sehr viel jünger. Der Illusionszauber des Elbenmagiers ließ sie das alles sehen.

Andir brauchte ihnen noch nicht einmal zu antworten, denn der Zauber bewirkte auch, dass sie sich die passenden Erwiderungen einfach vorstellten.

Andir ritt auf einem Pferd aus Menschenzucht, das er in Ashkor erworben hatte. Zunächst hatte er sich daran gewöhnen müssen, ein Tier aus dieser relativ unverständigen Zucht mental zu lenken. Aber er gewöhnte sich schnell daran. Dabei waren Elbenpferde keineswegs deshalb leichter geistig zu führen, weil sie gefügiger gewesen wären oder einen schwächeren Geist gehabt hätten als die Pferde der Menschen. Genau das Gegenteil war der Fall: Der Geist der Menschenpferde war so schwach, dass er nur sehr wenige und sehr konkrete Gedankenbefehle zu verstehen vermochte, was vom Reiter ein wesentlich höheres Maß an Aufmerksamkeit und Konzentration erforderte.

Gegen Abend erreichte Andir die Stadt Nor an der Küste des Zwischenländischen Meeres. Diese Stadt hatte dem ganzen Landstrich ihren Namen gegeben. Als Hafen hatte sie nicht die gleiche Bedeutung wie Ashkor oder Aratania, kam in der Rangfolge aber ziemlich dicht dahinter, und seit sie unter Magolas' Herrschaft stand, blühte sie auf wie niemals zuvor in ihrer Geschichte.

Andir stieg von seinem Pferd. Mit einem gedanklichen Befehl band er es so an sich, dass es ihm bedingungslos folgte. Der Elbenmagier hatte es nicht eilig, ans Ziel zu gelangen. Dieses Ziel lag natürlich in Aratania. Die Kinder des Großkönigs durften einfach nicht länger dem Einfluss der Finsternis ausgesetzt sein.

Er schritt durch die engen Gassen der Stadt, um eine Herberge zu finden, als er plötzlich unmerklich stutzte. Er hatte einen Gedanken aufgeschnappt, der verräterisch war.

Dann wiederholte sich der Gedanke, war diesmal schärfer und auf ihn konzentriert. Eine Botschaft, die für ihn bestimmt war:

»Willst du mich allen Ernstes töten, Bruder?«

Andir spürte, dass er beobachtet wurde. Der Illusionszauber, mit dem er sich vor den Augen der Rhagar schützte, wirkte auch unter den Menschen von Nor. Jeder sah in ihm etwas anderes, aber allen gemeinsam war, dass Andir ihnen nicht weiter auffiel.

Aber das galt nicht für jene, die ihn beobachteten, ihn belauerten und offenbar mithilfe eines Gegenzaubers von seiner Illusion unberührt blieben.

Er richtete seine Gedankenstimme an Magolas:

»Sollte es wirklich wahr sein, dass du Meuchelmörder auf mich angesetzt hast, Bruder? Wenn du meinen Tod willst, solltest du wenigstens den Mut haben, dich mir selbst zu stellen. Aber wahrscheinlich bist du in all der Zeit, da du schon als Großkönig über die schwachen Rhagar herrschst und andere für dich handeln lässt, selbst schwach und verweichlicht geworden. Du hast Angst, dich noch einmal mit mir zu messen, so wie wir es als Kinder oft taten. Du hast Angst, mir zu unterliegen, egal ob im Kampf mit dem Schwert oder im Kampf des Geistes. Ja, du fürchtest mich, Bruder!«

Andir erhielt keine Antwort. Wieder und wieder versuchte er, mit seinem Bruder in Verbindung zu treten, aber der Herrscher des Magolasischen Reichs wich ihm geistig aus.

Nichtsdestotrotz war Andir davon überzeugt, dass Magolas immer genau wusste, wo er sich befand – und dass er dieses Wissen in die Gedanken jener Mörder übertrug, die mit der Aufgabe betraut worden waren, Andir zu töten.

Vor einer Taverne im Hafenviertel machte Andir sein Pferd an der Querstange vor dem Gebäude fest, dann ließ er den Blick über den Hafen schweifen. Schiffe wurden entladen, Fischer flickten ihre Netze, überladene Wagen brachten Waren von den Liegeplätzen ins Innere der Stadt, wo sich die Marktplätze von Nor befanden. Andir sah unzählige Rhagar, aber auch hin und wieder Halbling-Händler aus Osterde und Gnomen aus Hocherde, die mit glitzernden Mineralien handelten; es waren Gnomen mit fünf Fingern an jeder Hand und nicht mit sechs, wie es bei den Knechten des Axtherrschers der Fall gewesen war.

Andir spürte, dass er noch immer beobachtet wurde. Der Großteil der Menge nahm so gut wie keine Notiz von ihm, denn sie sahen in ihm jemand Unauffälligen. Aber irgendwo, zwischen all den Augenpaaren, waren Gestalten, die weitgehend abgeschirmt waren von seiner Magie. Menschen, die man ausgesandt hatte, ihn zu töten.

Für einen kurzen Moment glaubte Andir einen Gedanken eines der Mörder aufgeschnappt zu haben. Ein Jäger, der sich in der Masse verbarg und auf den richtigen Moment wartete, um seine Beute zu erlegen.

Ihr stierer Blick würde sie verraten, war Andir überzeugt, denn für alle war er so gut wie unsichtbar, abgesehen von seinen Mördern. Der Elbenmagier betrat die Taverne.

Stimmengewirr schlug ihm entgegen, zänkisch, grölend, lallend. Das schrille Lachen leicht geschürzter glutäugiger Rhagar-Frauen mischte sich in das schauderhafte Spiel einer Gruppe Musikanten, denen nach den Maßstäben elbischer Ästhetik jegliche Begabung fehlte. An einem Tisch stritt ein Rhagar mit einem Gnom, dessen schrille Stimme in Andirs Ohren noch mehr schmerzte als das Kreischen der Musik. Der Mensch, der auf den Gnom einredete, trug die Lederkappe der Norischen Garde.

Während der Gnom lauthals kreischte, schaute der Norier zu Andir hinüber und musterte den Elbenmagier eine Spur zu lang. Der Elb streckte seine geistigen Fühler aus und versuchte, Näheres herauszufinden. Aber da war nichts. Nichts außer einem Gefühl des Unbehagens und der Gewissheit, dass ihm die Mörder auf den Fersen waren.

»Was wollt Ihr, Herr?«, fragte der Wirt.

»Ein Zimmer für die Nacht.«

Der Wirt musterte ihn von oben bis unten. »Wie ich annehme, denkt Ihr nicht an einen Platz in der Schlafhalle.«

»Nein, ich möchte ein Zimmer für mich allein.«

Der Wirt sah offenbar einen Reisenden mit Vermögen. Andir tat nichts, um diese Illusion zu verhindern. Im Gegenteil, durch eine Formel, die der Magier in Gedanken rezitierte, verstärkte er sie noch. Ihr träumt von einem reichen Gast – das sollt Ihr haben!

Der Magier legte eine Silbermünze auf den Schanktisch.

»Dafür könnt Ihr Euch das Zimmer aussuchen«, versprach der Wirt.

Ein Gedankensplitter schnitt durch Andirs Seele, kaum einen Augenaufschlag lang zu spüren.

»Stirb!«, wisperte dieser Gedanke.

Die Tür der Taverne wurde knarrend geöffnet. Andir brauchte sich nicht herumzudrehen, um den breitschultrigen Mann wahrzunehmen, der im Türrahmen stehen blieb, in einen weiten Umhang gehüllt; der Elbenmagier sah ihn durch die Augen des Wirts und der Gäste. Den Verzierungen an seinem Helm nach handelte es sich um einen sadranischen Söldner aus den Südwestlanden. Die Schwertspitze ragte unter dem Umhang hervor. Er hielt eine Armbrust schussbereit in beiden Händen und drückte sofort ab.

Der Bolzen jagte auf den Magier zu. Aber Andir hatte die Absicht seines Gegners vorausgesehen und wich blitzschnell einen Schritt zur Seite. Haarscharf raste das Geschoss an ihm vorbei und fuhr in den Schanktisch, in den es ein faustgroßes Loch schlug. Da es sich um eine konventionelle Armbrust handelte und nicht um eines der elbischen Einhand-Modelle, gab es keine weiteren Schäden.

Andir drehte sich herum. Mit einem Schlag war es vollkommen ruhig im Schankraum. Der Sadranier griff unter seinen Umhang und schleuderte fast wie in Panik zwei Wurfdolche in Andirs Richtung. Das sichere Elbenauge und der starke Magiesinn versetzten Andir jedoch in die Lage, die Dolche sicher aufzufangen; er pflückte sie scheinbar mühelos aus der Luft. Dann trat er mit den Dolchen in den Händen auf den Sadranier zu.

»Richtet Eurem Herrn aus, dass man mich so leicht nicht zu töten vermag«, erklärte er und schleuderte die beiden Dolche in die Höhe, dass sie zitternd im Deckenholz stecken bleiben.

Das Gesicht des Sadraniers wurde zur Fratze des Hasses. Er riss sein Schwert hervor, eine edle, nach allen Regeln der Kunst geschmiedete Waffe; die Schmiede der Südwestlande waren offenbar bei elbischen Kollegen in die Lehre gegangen. Mit einem barbarisch anmutenden Kampfschrei hob der Sadranier die Klinge, um sich auf Andir zu stürzen.

Dieser streckte die offene Hand aus, und die Waffe wurde dem Angreifer aus der Hand gerissen. Im nächsten Moment befand sie sich in Andirs sicherem Griff.

Er betrachtete die Klinge und sagte dann: »Es ist wahrhaftig sehr lange her, dass ich das letzte Mal ein Schwert in Händen hielt.«

Der Sadranier stand nahezu fassungslos da.

Andir schritt auf ihn zu, blieb drei Schritte vor dem sadranischen Soldaten stehen und stellte fest: »Ihr gehört zum Orden der Assassinen, mit dem Großkönig Magolas seine Gegner zu verfolgen beliebt.«

Andir erwartete nicht wirklich eine Antwort, denn dieser Orden war für seine Verschwiegenheit bekannt. Rede nicht, sondern diene dem Gott des Tageslichts, so lautete eine immer wieder zitierte Maxime dieser fanatischen Elite innerhalb der Norischen Garde, die den Großkönig als Sohn des Sonnengotts verehrte.

Der Magier rammte das Schwert vor den Füßen des Assassinen in den Holzboden. Grellweiße Blitze umflorten die Klinge für einen Moment. »Sag deinem Herrn, dass er sich mir selbst stellen muss, wenn er mich töten will. Aber richte ihm auch aus, dass ich nicht sein Feind bin.«

Andir war sich sicher, dass jedes Wort, das er sprach, von Magolas durch die Ohren des Rhagar gehört wurde.

Im nächsten Moment nahm er einen nur halb unterdrückten Gedanken wahr und glaubte zunächst, dass dies die Reaktion seines Gegenübers auf seine Worte war. Aber das war ein folgenschwerer Irrtum. Der Gedanke stammte von dem Soldaten der Norischen Garde, der mit dem Gnom gestritten hatte, als Andir den Schankraum betrat; anscheinend war ein Würfelspiel der Anlass des Streits gewesen. Er war ein großer, kräftiger Mann mit hohen Wangenknochen und war offenbar ebenso wie der Sadranier mit einem Auftrag hergeschickt worden. Wahrscheinlich agierten die beiden Assassinen sogar unabhängig voneinander, damit nicht die Gedankensplitter des einen den anderen verraten konnten.

Der Norier riss eine Einhandarmbrust unter seinem Umhang hervor. Diese Waffe war den elbischen Einhandarmbrüsten nachempfunden, allerdings verschoss die Rhagar-Waffe, die sich gerade in Aratan und Norien wachsender Beliebtheit erfreute, ganz gewöhnliche Bolzen mit einer Metallspitze und einem Holzschaft, denn die Rhagar kannten weder das Geheimnis des magischen Armbrustgifts der Elben, noch verstanden sie sich auf die handwerkliche Kunst, hohle Metallbolzen mit einer so fein ausgeklügelten Mechanik zu fertigen, wie es in der Manufaktur des Thamandor geschah.

Andir vermochte dem Bolzen nicht mehr auszuweichen. Das Geschoss drang von hinten durch den Oberkörper des Elben und trat vorn zwischen den Rippen wieder aus. Der Bolzen des Assassinen bestand im Gegensatz zu den normalerweise gebräuchlichen Geschossen ausschließlich aus Metall, und seine enorme Durchschlagskraft war so groß, dass er nicht nur Andirs Körper durchdrang, sondern auch noch den Sadranier tötete, der gerade mit beiden Händen den Griff seines im Boden steckenden Schwerts umfasste.

Den Metallbolzen tief in der Brust, taumelte der Sadranier zwei Schritte nach hinten, fiel gegen die Tür der Taverne, die er dabei zuschlug, und rutschte daran hinunter zu Boden. Andir hingegen sank auf die Knie. Blut tränkte den Elbenzwirn. Er presste beide Hände auf die Stelle in seiner Brust, an welcher der Armbrustbolzen ausgetreten war. Rot rann es ihm zwischen den Fingern hindurch; eine Lache bildete sich um ihn herum. Die Lippen des Elbenmagiers bewegten sich. Er murmelte magische Formeln, ehe ihn die Bewusstlosigkeit dem Tod preisgeben würde.

Der Norier erhob sich indessen von seinem Platz und schritt auf Andir zu, der sich noch zitternd auf den Knien hielt. Der Assassine ging halb um den Magier herum und stellte sich dann vor ihn. Pure Grausamkeit leuchtete in seinen Augen, und ein triumphierendes Lächeln lag auf seinem breiten Mund.

Er holte einen weiteren Bolzen aus einem Lederköcher, den er am Gürtel trug, und spannte ein neues Geschoss in die Waffe. Dann richtete er die Armbrust auf Andirs Stirn.

»So hast du also dein Ziel erreicht, Bruder Magolas!«

Der Norier stutzte einen Augenblick. Er entblößte die Zähne wie ein Raubtier. »Stirb, alter Mann!«

Dann drückte er ab.

Das Sonnenlicht fiel durch die hohen Fenster in den Audienzsaal des Großkönigs. Magolas hatte Glas aus elbischer Fertigung in die Fenster einsetzen lassen. Das Farbenspiel des sich brechenden Lichts erinnerte ihn an die Wandelhallen in Elbenhaven.

Der Mann, der sich vor ihm auf den Boden warf, trug Kleidung und Waffen eines norischen Gardisten. Die Tätowierung am Oberarm, die ihn darüber hinaus als Mitglied des Assassinen-Ordens kennzeichnete, war verdeckt.

»Erhebe dich«, forderte Magolas den Norier auf.

Der Gardist stand auf und nahm Haltung an. »Ich melde mich zum Bericht, o Sohn der Sonne!«

Magolas befahl den Palastwachen, den Raum zu verlassen, sodass er mit dem Norier allein sprechen konnte. Der Blick seiner nachtschwarzen Augen erforschte das Gesicht des Gardisten.

»Öffne deinen Geist, Assassine!«, befahl Magolas. »Lass mich sehen, was du gesehen hast!« Den einen oder anderen Gedanken hatte er von dem ausgesandten Assassinen zwar empfangen, und so wusste Magolas bereits, was in der Taverne in Nor geschehen war. Geistige Verbindungen zu seinen Rhagar-Getreuen waren jedoch nie wirklich zuverlässig, weil sie häufig Sinnestäuschungen unterlagen und auch nicht so gut sahen oder hörten wie ein Elb, und so wollte der Großkönig alles noch einmal überprüfen. Er trat auf den Menschen zu, streckte die Hand aus und berührte mit den Fingerspitzen die rechte Schläfe des Noriers. Ein Schwarm pechschwarzer, insektenähnlicher und unruhig durcheinander schwirrender Teilchen drang aus Augen, Mund und Nase des Noriers. Für einige Momente waren dessen Augen so schwarz wie die des Großkönigs.

Gedankenbilder erschienen in Magolas' Kopf; er nahm die Erinnerungen seines ergebenen Assassinen in sich auf, sah, wie der Norier die Armbrust auf die Stirn seines Bruders richtete, der blutend vor seinem Mörder am Boden kniete, sah, wie der Bolzen durch Andirs Schädel fuhr und ihn zerplatzen ließ wie einen der Kürbisse, die die Soldaten der Norischen Garde für ihre Zielübungen benutzten.

Magolas' Züge erstarrten zu einer Maske. Er hatte nicht gedacht, dass der Tod seines Bruders ihn dermaßen berühren würde. Wie nahe hatten sie sich doch einst gestanden – und wie weit hatten sie sich schließlich voneinander entfernt, bis es keine andere Möglichkeit mehr zu geben schien, als den eigenen Bruder zu töten.

Finde deinen Frieden in Eldrana, dachte Magolas. Ob wir uns dort allerdings wiedersehen werden, ist fraglich, denn für das, was ich getan habe, werden die Eldran mich auf ewig hassen und mich nicht einlassen in ihr Reich; ich werde zu einem Maladran werden …

Als Kind hatte ihn die Möglichkeit, nach dem Tod ins Reich der Verblassenden Schatten verbannt zu werden, so sehr geängstigt, dass er daraufhin den obersten Schamanen Brass Shelian gefragt hatte, ob es nicht eine Möglichkeit gäbe, sich dagegen durch magische Praktiken abzusichern. »Durch keine, die in Einklang mit den Prinzipien der Elbenmagie stehen«, hatte Brass Shelian ihm darauf geantwortet. »Nur dunkle Hexerei vermag so etwas zu vollbringen. Vielleicht. Und viel einfacher ist es, dein Leben so zu leben, dass man sich nach deinem Tod gern an dich erinnert. Dann ist dir der Einlass nach Eldrana sicher. Wobei ich mich wundere, dass sich ein so junger Elb über derlei Dinge Gedanken macht, da dir doch ein sehr, sehr langes Leben bevorsteht, so lang, dass die Rhagar es als Ewigkeit ansehen.«

Neun Jahre alt war er damals gewesen – wobei die Zahl an Jahren nichts über den Entwicklungsstand eines Elbenkindes aussagte, da es weitgehend selbst sein Wachstum und die Geschwindigkeit seiner Reifung bestimmte.

Auch die Situation vor der Küste Naranduins, als Andir seinen Bruder mit dem Paddel bewusstlos geschlagen hatte, stand Magolas noch einmal vor Augen. Die magische Aura der Insel hatte ihn auf eine unheimliche Art und Weise angezogen. Er war fasziniert von den dunklen Mächten gewesen, deren Kräfte dort seinerzeit immer noch spürbar gewesen waren.

Ihre gegensätzliche Einstellung bezüglich der Finsternis in ihren Seelen war immer der Punkt gewesen, der sie am meisten unterschied, dachte Magolas.

Die Rauchwolke aus den Partikeln eben jener Finsternis schwebte langsam, doch immer hektischer durcheinanderwimmelnd auf Magolas zu und wurde von ihm durch Augen, Nase und Mund aufgenommen, bis sie vollkommen in ihm verschwunden war. Magolas schloss die Augen. Noch einmal durchforschte er den Geist des Noriers nach jeder verdächtig wirkenden Kleinigkeit. So schmerzhaft es auch war, er sah sich die Erinnerungen wieder und wieder an. Gleichzeitig konzentrierte er sich auf Andirs Geist. Aber da war nichts mehr. Nichts, was er noch zu finden vermochte. Er war sicherlich bereits in Eldrana. Und vielleicht hatte eine so reine Seele ja sogar die Möglichkeit, in die Sphäre der Namenlosen Götter aufzusteigen …

Magolas löste seine Fingerspitzen von der Schläfe des Noriers und zog seine Hand zurück. Der Assassine stand schwankend da. Seine Gesichtsfarbe war fast völlig verschwunden; bleich wie die hellen Wände des Sonnentempels von Aratania wirkte er. Er berührte kurz mit der Hand die Stirn und blinzelte. Die Finsternis war aus seinen Augen verschwunden. Ein Ruck durchlief ihn. »Was war mit mir, o Sohn der Sonne?«

»Nichts, was sich lohnte, dir zu erklären«, erwiderte Magolas, und seine Stimme hatte den Klang von klirrendem Eis.

Der Norier riss plötzlich die Augen auf, dass man den Eindruck haben konnte, es mit einem Wahnsinnigen zu tun zu haben. Mit einer ruckartigen Bewegung griff er zum Gürtel und zog einen der beiden Wurfdolche hervor, die zur üblichen Bewaffnung von Mitgliedern des Assassinen-Ordens gehörten. Er riss die Waffe aus ihrem Futteral, das mit dem Symbol des Sonnengottes kunstvoll bestickt war, und rammte sich die Klinge in den Leib.

Röchelnd sank er zu Boden, von wo er einen verständnislosen, fragenden Blick zu seinem Herrn und König emporsandte. »Warum nur …?«, seufzte er. Der Blick seiner Augen brach, noch ehe sein Körper vollends in sich zusammensackte. Reglos lag er auf dem kalten Marmorboden des Audienzsaals, und sein Blut bildete eine Lache, die sich immer noch mehr ausbreitete.

Magolas sah auf ihn hinab. »Weil niemand erfahren soll, dass Magolas, der Großkönig der Rhagar, seinen eigenen Bruder umbringen ließ. Es darf keine Überlieferung und keine Erinnerung daran geben.«

Dann rief er die Wächter wieder herein und deutete auf den Norier. »Ein Attentäter, der es auf mein Leben abgesehen hatte.«

»So sind sie bereits in den Reihen der Garde zu finden?«, fragte der Kommandant der Wächtertruppe, die im und um den Audienzsaal herum den Dienst versah. Die Hauptaufgabe dieser Männer war natürlich, den König und seine Familie zu schützen. Dass es ein Attentäter angeblich geschafft hatte, bis ins innerste Zentrum der Macht vorzudringen, beschämte jeden Einzelnen dieser Soldaten.

Sie fassten den toten Norier bei Armen und Beinen und schleiften ihn hinaus. Anschließend kam jemand aus der umfangreichen Dienerschaft, um das Blut vom Boden aufzuwischen.

Magolas fand Larana in einem Atrium inmitten des Palastes. Dort gab es einen Teich mit bunten Fischen, und vor der Gemahlin des Großkönigs spannte sich ein etwa vier Schritt langer und einen Schritt breiter Wandteppich, an dem Larana gerade knüpfte. Diese Kunst hatten sich die Aratanier vor langer Zeit bei den Elben abgeschaut, auch wenn die Rhagar auch auf diesem Gebiet niemals deren Niveau erreicht hatten. Aber natürlich konnten die Werke der Menschen auch nicht von der filigranen Feinheit sein, wie wenn ein Elb über Jahrhunderte hinweg an einem einzigen Wandteppich arbeitete; dabei entstanden häufig wahre Kunstwerke, die groß angelegten Gemälden glichen und zum Anlass genommen wurden, bei Hofe in Elbenhaven in Erinnerung an die glorreiche Vergangenheit zu schwelgen.

»Magolas!«, entfuhr es Larana, als sie ihres Gatten gewahr wurde, und eine sanfte Röte überzog ihr feingeschnittenes Gesicht.

Die Züge des Großkönigs waren sehr ernst. »Ich verzeihe Euch, dass Ihr ihn gerufen habt«, sagte er.

Es war das erste Mal in ihrer schon weit über ein Menschenalter andauernden Ehe, dass Magolas seine Gemahlin in der Höflichkeitsform ansprach, wie es unter elbischen Paaren durchaus üblich war. Magolas hatte sich in dieser Hinsucht nie an der Ehe seiner Eltern orientiert, sondern war den Sitten der Rhagar gefolgt; zumindest sprachlich herrschte unter menschlichen Paaren ein hohes Maß an Vertraulichkeit.

Larana wusste sofort, dass Magolas damit ein Zeichen setzen wollte. Es waren sehr ernste Worte, die er sprach. Und er sprach sie in erster Linie als Großkönig – nicht als Gemahl.

»Mein Bruder Andir, dessen Gedankeneinflüsterungen möglicherweise großen Einfluss auf Euch ausübten, lebt nicht mehr«, erklärte er.

»So wird er Euch auch nicht antworten können, solltet Ihr ihn erneut rufen wollen.«

Larana erbleichte. »Ich habe Euren Bruder nicht gerufen!«

»Streitet es nicht ab. Ich weiß es. Und Ihr könnt von Glück sagen, dass nur ich es weiß. Was glaubt Ihr wohl, würde Xaror tun, erführe er davon, dass er einer Verräterin durch die Gabe seines Tranks das Leben verlängert? Ihr mögt zu allen Göttern von Elben und Menschen beten, dass er Eure Treulosigkeit niemals entdeckt – ja, es nicht mal in Erwägung zieht, denn wenn er in Eurem Geist danach forscht, hättet Ihr keine Möglichkeit, es vor ihm zu verbergen.«

Magolas trat näher. Larana erhob sich von ihrem Platz. Sie zitterte am ganzen Leib. Magolas fasste sie bei den Schultern und schüttelte langsam den Kopf. »Wie konntest du das nur tun, geliebte Larana? Wie konntest du nur so eine Närrin sein? Nicht einmal ich könnte das Wissen über deinen Verrat vor Xaror verbergen, sollte er gezielt meinen Geist danach durchforschen.«

»Aber ich habe ihn wirklich nicht gerufen ... Seine Stimme war da ... Und sein Gesicht. Ein Gesicht, das deinem gleicht, auch wenn es um Jahrhunderte älter wirkt ...«

Magolas atmete tief durch. Er sah die Leidenschaft in ihren Augen. Dieselbe Leidenschaft, die dort vor mehr als einem Menschenalter gelodert hatte, als er ihr zum ersten Mal begegnet war. Aber diese Leidenschaft paarte sich mit Schmerz. Einem Schmerz, der bis in den tiefsten Grund ihrer Seele reichte und sie innerlich zerriss. Wie sehr hätte sich Magolas gewünscht, daran etwas ändern zu können. Aber es gab kein Entkommen aus dem Netz, in das sie sich beide verstrickt hatten.

»Du hast ihn gerufen«, sagte Magolas ruhig. Der Zorn war aus seinem Tonfall völlig verschwunden, in seiner Stimme klangen jene Gefühle auf, die sich in Laranas Augen widerspiegelten: Liebe und Schmerz. »Du hast ihn gerufen, denn ich hatte deinen Geist, ohne dass du es wusstest, gegen seine Einflüsterungen magisch geschützt – so wie ich es auch bei unseren Kindern versuchte. Wäre da nicht deine Bereitschaft gewesen, seine Gedanken zu empfangen, wäre nichts geschehen. Es war dein Wunsch, dein Ruf, der ihm das Tor öffnete und mich zwang, ihn zu töten. Denn die Seelen unserer Kinder wären niemals vor seinen Einflüsterungen sicher gewesen.«

»Warum nicht? Sind sie zu begabt, um sie abschirmen zu können? Zu stark?«, fragte Larana.

»Ja, vielleicht. Und ein geschickter Magier wie Andir hätte ihre kindliche Neugier immer wieder ausgenutzt, um den magischen Schutz zu umgehen.«

Magolas strich Larana zärtlich durchs das Haar und über die Wangen. Dann nahm er ihre Hand. Sie war eiskalt, kälter noch als die Hand einer Elbin.

Auf einmal wich sie einen Schritt vor ihm zurück. Fassungslos sah sie ihn an. »Aber nicht nur an den Kindern führst du schwarzmagische Rituale durch, ohne dass sie über deren Bedeutung etwas wissen oder auch nur ahnen.«

»Das wird bald nicht mehr vor ihnen zu verbergen sein«, erwiderte Magolas ruhig. »Außerdem war es zu ihrem Besten. So wie bei dir auch.«

Larana löste ihre Hand aus seinem Griff. Sie schluchzte. Tränen glitzerten in ihren Augen. Tränen, in denen sich sowohl tiefe Melancholie als auch wilder Zorn manifestierten.

Und plötzlich starrte sie auf ihre Arme. Dunkle Zeichen waren dort zu sehen. Ineinander verschnörkelte Linien, die jenen Symbolen glichen, die Magolas auf die Haut seiner Kinder zeichnete.

Larana vollführte eine ruckartige Bewegung. Sie ging zu dem Teich in der Mitte des Atriums und blickte hinein. Auch überall in ihrem Gesicht waren diese Hexenzeichen einer dunklen Magie, die Larana weder verstand noch guthieß.

»Woher kommen diese Zeichen?«, rief sie schier außer sich.

Magolas aber blieb vollkommen ruhig. »Sie waren immer schon da. Seit vielen Jahren, Larana. Du hast sie nur nie gesehen, und sie sind auch jetzt noch für jeden unsichtbar, der dich betrachtet und nichts von ihrer Existenz weiß.«

Larana stand der blanke Schrecken ins Gesicht geschrieben. Was war nur aus ihnen beiden geworden? Wie hatte sich die unbeschwerte Liebe einer jungen Rhagar-Prinzessin, die nicht an das Morgen und schon gar nicht an das nächste Jahrtausend dachte, in etwas Derartiges verwandeln können? In etwas, das sich eindeutig böse anfühlte? In etwas, das nicht nur ihren Gemahl und sie selbst, sondern auch ihre Kinder zu Sklaven der Finsternis machte?

»Wir können so nicht weitermachen, Magolas«, sagte sie. Sie tauchte die Oberarme ins Wasser, versuchte die magischen Zeichen abzuwaschen, die angeblich für alle anderen unsichtbar waren. Larana schleuderte sich Wasser ins Gesicht, rieb über die Haut, bis sie rot wurde, aber ansonsten war keinerlei Veränderung zu sehen. Die Zeichen ließen sich nicht so einfach abwaschen wie irgendein Schmutz – normaler Schmutz –, mit dem man in Berührung gekommen war. Sie spürte ihren Herzschlag bis zum Hals. »Was hast du getan, Magolas?«, fragte sie.

»Ich wollte nicht, dass du stirbst«, murmelte Magolas fast tonlos; er benutzte auch längst wieder die persönliche Anredeform des aratanischen Rhagar-Dialekts, wie ihr auffiel. Sie spürte, dass auch er innerlich aufgewühlt war, dass er verzweifelt war, dass er dicht vor der Grenze des Unerträglichen wandelte. Hinter der Fassade des mächtigen Herrschers eines Rhagar-Großreichs, das seinen Namen trug und dessen Macht die des legendären Eisenfürsten bei Weitem überstieg, verbarg sich jemand, der nicht wusste, wie er das Glück, das er gefunden hatte, festzuhalten vermochte. Und dafür war er bereit, jeden Preis zu bezahlen.

Larana hatte – das gestand sie sich ein – nie wirklich genau wissen wollen, welchen schaurigen Tribut Magolas zu entrichten hatte, um ihr das Leben zu erhalten. Da sie es wusste, war sie überzeugt davon, dass es auf diesem Weg einfach nicht mehr weitergehen konnte. Schon um ihrer gemeinsamen Kinder willen.

»Alles, was du getan hast, hast du aus Liebe getan, das weiß ich«, sprach sie. »Aber das, was daraus erwachsen ist, ist schrecklich, und ich kann damit einfach nicht weitermachen, Magolas.«

»Du hast keine andere Wahl, Larana«, stellte Magolas fest. »Es sei denn, du ziehst es vor, als totes, verwesendes Stück Fleisch in die Erde gelegt und von Maden und Würmern zerfressen zu werden, wie es den Traditionen deines Volkes entspricht. Denn das wäre die Alternative. Du weißt es. Und du weißt auch, dass es keinen Sinn hat, über die Umstände zu klagen, wenn es keine Möglichkeit einer anderen Entscheidung gibt.«

»So werden unsere Kinder zu Geschöpfen der Finsternis?« Sie sah ihm in die nachtschwarzen Augen. »Raubt dir dieser Gedanke nicht auch den Schlaf, Magolas?«

Der Großkönig blieb seiner Gemahlin die Antwort auf diese Frage schuldig.

»Was ist mit dem alten, weißhaarigen Mann?«, fragte Sarwen ein paar Tage später, als sie mit Daron im Garten spielte. Ihre Finger fuhren dabei über die Rinde am Stamm eines kleinen Baums entlang; der war in den letzten Wochen ausgesprochen stark gewachsen, nachdem Sarwen täglich in Gedanken mit ihm gesprochen hatte. Erstaunlicherweise bildeten sich Kirschen, Nüsse und Äpfel zugleich an seinen Zweigen, worüber unter den Bediensteten des Palastes großes Erstaunen aufkam. Für Sarwen war das sehr leicht erklärlich. Schließlich hatte sie dem Baum gut zugeredet und ihre ganze Gedankenkraft darauf verwendet, ihn dazu zu bringen, sowohl Äpfel als auch Kirschen und Nüsse hervorzubringen. Dass der Baum eigentlich noch gar nicht groß genug war, um überhaupt schon Früchte zu tragen, wie der Palastgärtner gesagt hatte, mochte ja auf alle anderen seiner Art zutreffen. Aber Sarwen sah nicht ein, weshalb das ausgerechnet bei »ihrem« Baum so bleiben sollte.

Sie sah ihren um wenige Augenblicke älteren Bruder stirnrunzelnd an, als dieser nicht gleich antwortete. »Hat der alte Mann mit dir noch einmal gesprochen, Daron?«

»Nein.«

»Mit mir auch nicht. Was meinst du, woran das liegt?«

»Ich weiß es nicht.«

»Hast du ihn gesucht?«

»Ja.«

»Und?«

»Ich kann ihn nicht aufspüren.« Daron zuckte mit den Schultern. »Kann es sein, dass die Zeichen, die unser Vater auf unsere Haut malt, uns daran hindern, mit den Gedanken noch weiter zu fliegen?«

»Das habe ich auch schon manchmal gedacht«, gab Sarwen nach einer Pause zurück.

2

RÜCKKEHR AUF DIE INSEL DES AUGENLOSEN SEHERS

Sein Name war Oou.

Ein einfacher Name – aber es war lange her, seit es unter den geflügelten Äfflingen auf Naranduin üblich gewesen war, Namen zu tragen. Es war auch lange her, dass sein Volk Könige gehabt und dass man Kleider getragen hatte. Einst hatte es auch eine Sprache gegeben, die über eine geringe Zahl einfacher Äußerungen hinausging, aber sie war ebenso dem Fluch des Vergessens anheimgefallen wie alles andere.

Der affenähnliche Ouroungour jedenfalls trug diesen Namen – Oou. Woher dieser Name stammte, wer ihm diesen Namen gegeben hatte, das hatte Oou längst vergessen; es war ihm auch egal, er dachte nicht einmal darüber nach.

Oou richtete sich zur vollen Größe auf. Seine rechte, prankenähnliche Hand umfasste sowohl den Schaft eines Dreizacks als auch einen Speer, und in der linken hielt er einen grünlich schimmernden Stein des Magischen Feuers. Die lederhäutigen Flügel des Äfflings spreizten sich raschelnd und falteten sich dann sorgfältig wieder auf dem Rücken des Wesens zusammen.

Den Stein in der Hand, stieß Oou einen markerschütternden Schrei aus, der sein ganzes Unverständnis darüber ausdrückte, dass er diesen Stein nicht behalten und zur Pflege der Waffen nutzen konnte, wie es unter seinesgleichen bis vor einiger Zeit üblich war. Aber der Befehl seines Herrn war unumstößlich. Der Ouroungour ließ einen weiteren schrillen Laut folgen, der von einem halben Dutzend anderer Äfflinge ärgerlich erwidert wurde.

Die ganze Gruppe war auf dem von Urwald eingeschlossenen Felsen der sechs Steindornen gelandet und führte den Befehl aus, den ihnen die Stimme ihres Herrn schon vor langer Zeit erteilt hatte, und seither befolgten sie diesen Befehl, auch wenn sie dessen Sinn nicht begriffen.

Oou trat an den dunklen Schlund, der sich in der Mitte zwischen den in die Höhe ragenden Steindornen gebildet hatte. Der Schlund hatte die Länge von vier Speeren und war ebenso breit, und seine Form war in etwa kreisförmig, variierte aber. Es machte ganz den Eindruck, als hätte sich die schwarze Oberfläche des Gesteins an dieser Stelle verflüssigt, aber das war nicht der Fall.

Der Äffling trat bis an den Rand dieses Schlunds, aus dem ein fauliger und stechender Geruch empordrang, und ließ den Stein fallen; im nächsten Moment platschte er in die zähflüssige Brühe, die den Schlund füllte, und der Stein versank. Der Äffling schaute zu, dabei finster knurrend und grummelnd, während der Rest der Gruppe einen dumpfen Singsang anstimmte. Dabei stießen sie die Schäfte ihrer Speere und Dreizacke geräuschvoll und in einem primitiven Rhythmus gegeneinander.

Der Nächste von ihnen war an der Reihe, und auch er tat, was getan werden musste – wenn auch nicht klaglos, denn er zeterte ebenso wie sein Vorgänger lautstark herum.

Mit diesem Zetern begann es immer. Jedes Mal, wenn der Herrscher sie rief und die magischen Steine verlangte, beklagten sich die Äfflinge. Aber dieses Klagen verstummte schließlich und wich lethargischer Gleichgültigkeit. So war es immer.

Oou stützte sich auf seine Waffen und sah der Zeremonie mit schwindendem Widerwillen zu. Jedes Mal, wenn ein oder zwei magische Steine im trüben Morast des Schlundes versanken, spürte er zunächst noch einen Stich. Er verspürte sogar Mitleid mit denen – obwohl er keine Bezeichnung für »Mitleid« kannte –, die diese Steine gerade erst gefunden oder sie bisher versteckt gehalten hatten. Aber schließlich war es ihm egal …

Plötzlich ertönte ein Alarmschrei, so durchdringend, dass er viele Meilen weit zu hören war.

Eine Gefahr näherte sich übers Wasser – so interpretierten die Ouroungour auf dem Felsen der sechs Steindornen den Schrei: Dass es sich um eine Gefahr handelte, war aus der Aufregung herauszuhören, die der Rufer zweifellos empfand, und Gefahren kamen für gewöhnlich immer übers Wasser, denn seit dem Tod des Vogelungeheuers Ráabor hatten die Ouroungour keine Feinde mehr auf der Insel, die ihnen gefährlich werden konnten.

Erneut ertönte der Schrei im Tonfall heller Panik. Mit einem Schlag erhoben sich all jene Ouroungour in die Lüfte, die ihre Steine bereits dem Schlund im Fels übergeben hatten. Binnen Sekunden waren mehrere hundert geflügelte Äfflinge in der Luft und umkreisten zunächst die Spitzen der sechs Felsdornen, dann stiegen sie weiter auf und konnten auf das Meer hinausblicken. Und tatsächlich waren dort Schiffe zu sehen.

Die Ouroungour wussten, worum es sich bei einem Schiff handelte. Zumindest wussten sie, dass von einem solchen Schiff eine Bedrohung für sie ausging. So gab es in ihrer unvollständigen, rudimentären Sprache sogar einen Begriff dafür.

Oou flog zusammen mit einer Gruppe anderer junger Ouroungour im Tiefflug über die Baumwipfel hinweg. Die Bäume in dieser Gegend hatten einen riesenhaften Wuchs, und ihre Blätter waren so groß, dass sich ein Ouroungour bequem darin einwickeln konnte, wenn es regnete. Es gab sogar Ouroungour, die diese Blätter mit sich herumschleppten und sie so lange als eine Art Umhang benutzten, bis sie anfingen zu faulen.

Die Ouroungour unter Oous Führung flatterten auf die Schiffe zu, die sich der Insel näherten. Da vernahmen sie auf einmal wieder die Stimme des Dunklen Herrschers. Er benutzte kaum Worte. Die brauchte er auch nicht, um sich den Geist eines Ouroungours zu unterwerfen; dafür nutzte ein Gedankenbefehl ähnlich denen, mit denen ein Elb sein Pferd lenkte. Nur hin und wieder wurden diese Befehle mit dem einen oder anderen Wort verstärkt oder konkretisiert. Doch der Wortschatz der Ouroungour war nach Ewigkeiten der Degeneration ziemlich eingeschränkt.

Ein Wort aber verstand jeder Ouroungour. Es lautete:

»Tötet!«, rief die Stimme in den Köpfen der Äfflinge. »Tötet!«

Die Nordostküste Naranduins war wesentlich felsiger und unwegsamer als die dem zeitlosen Nebelmeer zugewandte Inselseite. Zwar gab es auch dort in der Nähe der Küste schroffe Klippen, aber flache

Sandstrände erleichterten die Landung. Das war an dieser Seite der Insel nicht der Fall. Häufig schlug die Brandung direkt gegen kantige Felsformationen. Doch der Ausguck von Herzog Asagorns Schiff, das am weitesten vorausgefahren war, entdeckte den Eingang zu einer Bucht, die vom Meer her beinahe vollkommen verborgen lag.

Ein Hornsignal erklang, um auch die anderen Schiffe zu informieren, und wenig später ließ König Keandir darauf antworten, dass er die Einfahrt in die Bucht befürwortete.

Währenddessen erhob sich erneut eine große Menge an geflügelten Äfflingen in die Luft, und das Rauschen des Meeres wurde von ihren schrillen Schreien durchdrungen, die sogar das Tosen der Brandung übertönten.

Thamandor starrte auf die Kreaturen am Himmel, dann richtete er den Blick auf König Keandir: »Wir dürfen nicht vergessen, dass die Zahl unserer Einhandbolzen begrenzt ist.«

Keandir nickte leicht. Ein Großteil der Besatzung auf der »Tharnawn« bestand aus Einhandschützen, etwa hundert an der Zahl. Und auch die Zahl der begleitenden Einhandschützen der Schiffe Asagorns und Isidorns war aufgestockt worden, sodass insgesamt mehr als hundertsechzig Einhandschützen die Reise zur Insel mitmachten. Insbesondere Prinz Sandrilas hatte darauf gedrängt, waren ihm doch die verlustreichen Kämpfe auf der Insel des Augenlosen Sehers noch sehr gut in Erinnerung. Aber genauso gegenwärtig war ihm, wie effektiv sich seinerzeit Thamandor mit Hilfe der Einhandarmbrüste gegen die Ouroungour hatte verteidigen können.

Man hatte also an Bolzenmunition alles herangeschafft, was greifbar gewesen war, aber jeder Schuss war kostbar; Thamandors Manufaktur konnte die Produktion erst wieder aufnehmen, wenn die Schäden, die die Feuerwesen und Katzenkrieger angerichtet hatten, beseitigt und die erschlagenen Handwerker durch neu herangebildete Kräfte ersetzt worden waren. Darüber hinaus war auch die Herstellung des in den Bolzen enthaltenen magischen Gifts eine aufwändige Prozedur, die ihre Zeit brauchte. Die zur Verteidigung Elbenhavens zurückgelassenen Einheiten des Elbenheers litten nun unter einer akuten Bolzenknappheit, die durch Lieferungen aus anderen Burgen ausgeglichen werden musste; aber auch das bedeutete letztlich nur die Verteilung eines Mangels.

»Wir können von Glück sagen, dass unser Gegner offenbar nichts davon ahnt, wie knapp die Munition unserer wichtigsten Waffe ist«, äußerte Siranodir mit den zwei Schwertern. »Oder aber er ist einfach nicht in der Lage, so schnell ein weiteres Heer von Schattenkreaturen in die diesseitige Welt zu schicken.«

Prinz Sandrilas beobachtete mit großem Unbehagen die Ansammlungen der geflügelten Äfflinge am Himmel Naranduins. Er hatte eine wesentlich pessimistischere Einschätzung als Siranodir: »Wer mag schon wissen, welche Teufelei Xaror gerade plant, welche Kontingente von grauenerregenden, dämonischen Kreaturen sich gerade darauf vorbereiten, den Limbus zu verlassen, um über uns herzufallen, so wie es die Katzenkrieger auf ihren Fledertieren schon vorgemacht haben.«

Ein stilles Lächeln umspielte in diesen Momenten die sonst eher harten und zerfurchten Züge Lirandils des Fährtensuchers, und Sandrilas, der das unbestimmte Gefühl hatte, den Anlass für dieses Lächeln gegeben zu haben, fragte leicht ungehalten: »Was erheitert Euch so, werter Lirandil?«

»Es ist schon eigenartig, dass es sich ausgerechnet in Eurem Sprachgebrauch manifestiert, werter Prinz …«

»Wovon sprecht Ihr?«

»Davon, dass die Rhagar nicht nur in einigen Herzogtümern unseres Reiches siedeln, sondern längst auch in der Sprache Elbianas, und dies wohlgemerkt auch bei einem Athranor-Geborenen wie Euch. Denn in metaphorischer Weise von einer Teufelei zu sprechen ist nun wirklich sehr menschlich. Oder habt ihr den Teufel etwa nicht nur auf sprachlicher Ebene verinnerlicht?«

Eine düstere, übersinnliche Gestalt namens Teufel, eine Art bösartiger Götze, spielte sowohl im Sonnenkult als auch in der inzwischen weitgehend verdrängten Religion des Mondgottes eine nicht unbedeutende Rolle. Und nicht nur bei den Rhagar-Menschen war die Furcht vor diesem Schlimmsten aller bösen Götter verbreitet, sondern auch bei den Tagoräern. Für die Elben hingegen war die Vorstellung, es könne einen oder gar mehrere Teufel geben, bisher fremd gewesen; auch wenn man den Maladran verschiedene üble Eigenschaften nachsagte, so sahen die elbischen Schamanen in ihnen doch eher bedauernswerte Seelen und weniger die Diener von Boshaftigkeit, Grausamkeit und Niedertracht.

Prinz Sandrilas verzog mürrisch das Gesicht. »Es ist lange her, dass mir ein Mensch aus Athranor im Kampf das rechte Auge nahm, und meine grundsätzliche Abneigung gegen die Menschen hat daher im Laufe der Zeitalter etwas nachgelassen«, erwiderte er. »Vielleicht fließen deshalb Bruchstücke ihrer Sprache auch in meinen Wortschatz ein. In vielen Jahrhunderten der mehr oder zumeist weniger friedlichen Koexistenz lässt sich dies nicht vermeiden, und auch wenn ich alt sein mag, so bedeutet dies nicht, ich wäre konservativ.«

»Die Menschen von Athranor waren schon nur noch eine Legende, als ich geboren wurde«, sagte Lirandil, »und viele glauben, es hätte sie nicht gegeben und die Erinnerungen der Alten würden sie trügen.«

Prinz Sandrilas wies auf die Augenklappe über seiner rechten Gesichtshälfte. »Ich erinnere mich noch gut an sie, denn einer von ihnen hinterließ mir dies Andenken. Doch mein Groll gegen dieses Volk verstummte im Lauf der Jahrhunderte. Es ist Dummheit, ein Volk für das zu hassen, was ein Einzelner tut.«

Lirandil nickte. »Es gibt ein Sprichwort der Rhagar, das lautet: Die Zeit heilt alle Wunden.«

»Wobei es mich immer gewundert hat, dass dieses Sprichwort ausgerechnet unter Menschen Verbreitung finden konnte, deren Selbstheilungsvermögen doch nun bekanntermaßen ausgesprochen schlecht ist«, warf Siranodir mit den zwei Schwertern ein.

»Und was die Zeit angeht, so steht den Menschen ja auch nicht sonderlich viel zur Verfügung«, ergänzte Thamandor.

»Wie auch immer«, grummelte Sandrilas. »Trotz allem darf man nicht vergessen, wie wankelmütig und sprunghaft die Menschen sind, gerade aufgrund ihrer Kurzlebigkeit. Man trifft mit einem ihrer Führer eine Vereinbarung, und hundert Jahre später sitzt sein Nachnachnachfolger auf dem Thron und kann sich an keine Abmachung mehr erinnern. Außerdem wird ihr Verhalten immer wieder von Gefühlen bestimmt, sodass es sich sehr schwer voraussagen lässt.« Er zuckte mit den Schultern. »Aber das heißt nicht, dass sich ihre barbarischen Sprachbilder nicht bisweilen gut dazu eignen, um ebenso barbarische Sachverhalte eindrucksvoll darzustellen.« Und mit dem Anflug eines Lächelns fügte er hinzu: »Teufel auch!«

Dass ausgerechnet er es gewesen war, der seinerzeit das Bündnis zwischen dem Rhagar-Reich Aratan und den Elben gegen die übermächtig gewordenen Südwestlande geschmiedet hatte, erwähnte der Prinz nicht. Im Zweifel obsiegte bei ihm stets die praktische Notwendigkeit, und er ließ es nicht zu, dass Emotionen seinen Verstand trübten. Damals war er überzeugt davon gewesen, mit diesem Bündnis das Elbenreich zu schützen. Allerdings hatte sich diese Entscheidung im Nachhinein als das größte Fiasko der elbianitischen Außenpolitik erwiesen, denn nur so war es Magolas möglich gewesen, den aratanischen Thron zu gewinnen und die Macht über die Rhagar zu erringen. Dass er selbst in Abwesenheit des Königs die Bedingungen zur Gründung des Magolasischen Reichs geschaffen hatte, war für Prinz Sandrilas viel schwerer zu verwinden als der Verlust seines Auges vor vielen Zeitaltern in Athranor.

König Keandir hatte zuletzt dem Gespräch seiner Getreuen nicht mehr zugehört. Ihre Wortgefechte, mit denen sie sich bisweilen die Zeit zu vertreiben beliebten und die auch eher den Charakter eines sportlichen Wettkampfs hatten, interessierten den König in diesen Momenten nicht. Denn er spürte etwas – die Aura finsterer Magie, die wie eine Glocke über der Insel lag. Die Vermutung, dass sich Xaror – oder sein Geist – bereits auf Naranduin befand und die Ankömmlinge erwartete, wurde zur Gewissheit.

»Er überblickt die Schicksalslinien und ihre Verstrickung sehr viel weiter, als ich es für möglich hielt«, sagte Keandir auf einmal laut, und sogleich verstummte der Disput seiner Vertrauten.

»Von wem sprecht Ihr?«, fragte Prinz Sandrilas.

»Von Xaror. Er wird uns in eine Falle laufen lassen, denn er sieht die möglichen Wege der Zukunft besser als selbst unsere Schamanen oder die in dieser Hinsicht besonders sensibel gearteten Elben. Er bestimmt das Schicksal nicht, aber er sieht es.«

In diesem Moment näherten sich einige der Äfflinge der »Tharnawn«, hielten dann aber einen Abstand von ungefähr drei Schiffslängen. Es waren etwa fünf Ouroungour, allesamt bewaffnet, aber Keandir zweifelte daran, dass sie tatsächlich vorhatten, das Schiff anzugreifen.

»Lasst uns gleich in aller Deutlichkeit zeigen, wer hier die überlegene Macht ist«, meinte Thamandor und zog eine seiner beiden Einhandarmbrüste.

Doch Keandir schüttelte den Kopf. »Steckt Eure Waffe wieder ein und spart den Bolzen, werter Waffenmeister. Sie wollen uns nur beobachten.«

»Hm ... Wie Ihr meint, mein König«, grummelte Thamandor, deutlich unzufrieden darüber, seine Waffe nicht einsetzen zu können. Seinen Flammenspeer hatte er zu Hause in Elbenhaven zurückgelassen. Er war in einem der Verliese unter der Burg eingeschlossen.

Schließlich konnte man die Waffe während der Fahrt nach Naranduin nicht benutzen, und wenn man auf der Insel die Steine des Magischen Feuers fand, hatte man damit ja noch nicht eine einzige Unze des Naranduinitischen Steingewürzes, das man erst aus den Steinen herstellen musste.

Die Ouroungour drehten in einer weit ausholenden Flugbahn ab und kehrten zu ihrem Schwarm zurück, der über dem wild wuchernden Urwald kreiste. Dann stürzten sie sich alle in die Tiefe und waren mit einem Mal hinter den dichten Baumkronen verschwunden.

Lirandil holte sich seinen Bogen und einen Köcher voller Pfeile. Er schnallte sich den Köcher auf den Rücken und überprüfte die Spannung des Bogens. Abgesehen davon war der grauhaarige, hagere Kundschafter noch mit einem Langschwert mit schmaler Klinge und einem Breitschwert bewaffnet, dessen Klingenlänge gerade mal eine Elbenelle betrug; diese Waffe benutzte Lirandil in erster Linie dazu, sich im dichten Unterholz bewaldeter Gebiete den Weg zu bahnen.

Er trat wieder neben den König an die Reling und deutete hinüber zum Festland. »Wir hätten uns früher um diese Insel kümmern müssen. Es war ein Fehler, so zu tun, als würde Naranduin gar nicht mehr existieren.«

Keandir nickte kaum merklich, dann sagte er: »Ich spüre Xarors Dunkelheit immer deutlicher. Sie ist überall auf der Insel, zwischen den Felsen und den wuchernden Pflanzen.«

»Und das eigenartige Verhalten der Äfflinge sollte uns eine Warnung sein«, ergänzte Lirandil.

Prinz Sandrilas umfasste den Griff seines Schwertes Düsterklinge. »Wir haben keine andere Wahl, als uns dieser Gefahr entgegenzustellen, denn ohne Nachschub an Naranduinitischem Steingewürz werden wir den Krieg gegen unsere Feinde verlieren. Und gewiss will niemand unter uns, dass König Keandir nicht nur der erste, sondern auch der letzte König Elbianas ist!«

Ein schmaler Sandstrand umsäumte die Bucht, in die die drei Elbenschiffe eingefahren waren. Sie ankerten und ließen Barkassen zu Wasser, um an Land zu gelangen; der Hornbläser Pasadanir, den man auch Pasadanir den Durchdringenden nannte, ließ vom Bug der »Tharnawn« aus die entsprechenden Signale erklingen. Zu den Ersten, die mit ihrer Barkasse an Land gelangten, gehörten neben dem König und seinem engeren Gefolge, das in diesem Fall aus Lirandil, Siranodir mit den zwei Schwertern, Thamandor dem Waffenmeister und Prinz Sandrilas bestand, auch Kriegsheiler Eónatorn und Uéndorn der Starke, der schon in der Schlacht um den Elbenturm seinen Mut und seine Kampfkraft unter Beweis gestellt hatte. Hauptmann Yintaril der Scharfäugige, der die Wachmannschaft auf dem Elbenturm kommandiert hatte, gelangte an Bord einer anderen Barkasse an den Strand, zusammen mit einem Trupp Elbenkrieger, darunter der Wachmann Shorindorn; seitdem dieser als Erster die Armada der Riesenfledertiere entdeckt hatte, bevor diese den Elbenturm angriffen, nannte man ihn auch Shorindorn den Schattenspäher.

Auch von den Schiffen der Herzöge Isidorn und Asagorn wurde Barkassen zu Wasser gelassen. Insgesamt zweihundert Elbenkrieger gingen an Land – viele von ihnen mit Einhandarmbrüsten bewaffnet. Davon abgesehen gab es zahlreiche Bogenschützen, denn natürlich wollte man gegen eventuelle Angriffe der Ouroungour gewappnet sein.

Lirandil der Fährtensucher näherte sich dem Waldrand. Das Unterholz war sehr dicht. Der Fährtensucher betastete verschiedene Pflanzen und sah sich die Blätter der Bäume an, die durchaus bekannte Arten waren, allerdings eine geradezu monströse Größe aufwiesen.

Der Fährtensucher lauschte und zog die Stirn in Falten. Er schloss die Augen und murmelte eine magische Formel, die auch Keandir kannte. Offenbar erforschte er mit seinem Geist die Umgebung. Ein Ruck durchlief ihn, bevor er sich an den König wandte. »Hier stimmt einiges nicht«, erklärte er. »Kein Tier hält sich in der Umgebung auf. Da ist kein entsprechendes Geräusch zu vernehmen, kein Kratzen irgendwelcher Pfoten, kein Summen von Insekten, nicht mal ein Regenwurm, der sich durch den Boden gräbt.« Er kniete nieder und grub mit der Spitze seines Breitschwertes im Waldboden. Eine Handvoll Erde hob er mit der Linken auf, zerdrückte sie und ließ sie durch die Finger rieseln. Er schüttelte den Kopf. Dann trat er an einen der Bäume und ritzte mit dem Breitschwert die Rinde ein Stück auf. Kein Harz floss den Stamm entlang. Stattdessen kam morsches, verfaultes Holz zum Vorschein. Das Material war porös und zerbröselte, als Lirandil weiter in den Stamm bohrte.

»Hier ist nichts lebendig«, stellte er fest. »Abgesehen von den monströsen Blättern und Stauden sowie einigen Rankpflanzen, die alles überwuchern und ersticken.«

»Dunkle Magie ist hier am Werk«, stellte Keandir fest.

Lirandil nickte. »Zu diesem Schluss bin ich auch gekommen.«

»Ein Zentrum finsterer Kräfte muss hier ganz in der Nähe liegen«, war Keandir überzeugt.

»Ich fürchte, wir werden hier noch so manch unangenehme Überraschung erleben«, murmelte Prinz Sandrilas, der hinzugekommen war.

Die Elben bahnten sich auf breiter Front den Weg durch das morsche Unterholz dieses vollkommen leblosen Waldes. Die größte Gefahr ging dabei von Bäumen aus, die bereits so verfault und morsch waren, dass sie plötzlich umknickten. Dann senste der Stamm durch den Wald, krachte gegen andere Stämme, die er zersplittern ließ, und riss sie mit sich. Schneisen der Verwüstung entstanden; die Elben mussten sehr aufpassen, nicht unter einem der umstürzenden Bäume zerquetscht oder von umherwirbelnden Trümmern getroffen zu werden.

»Ich frage mich, weshalb die Äfflinge uns nicht angegriffen haben«, sagte Sandrilas irgendwann, wie immer misstrauisch.

»Vielleicht erinnern sie sich noch daran, wie es ihnen im Kampf gegen uns ergangen ist«, glaubte Thamandor, der sein Schwert Leichter Tod, das aus einem besonders leichten Stahl geschmiedet war, dazu benutzte, einen Weg zu bahnen. Immer wieder sauste der Leichte Tod durch die Luft und schnitt durch die Barrieren aus ineinander verhakten Schlingpflanzen und Unterholz.

»Nein, die Lebensspanne der Ouroungour dürfte die der Rhagar kaum übersteigen, vielleicht ist sie sogar geringer«, widersprach Lirandil. »Von jenen, die uns damals begegneten, lebt heute niemand mehr. Und ich glaube auch nicht, dass ihr Sprachvermögen dazu ausreicht, die Geschichte über uns an den Lagerfeuern zu erzählen und so von Generation zu Generation weiterzugeben.«

»Damals schienen sie mir aber dennoch sehr raffiniert und nach Plan vorzugehen«, sagte Keandir. »Und das gibt mir Anlass zu größter Sorge.«

»Und in welche Richtung gehen Eure Sorgen, mein König?«, fragte Lirandil.

»Ich denke, dass sie unter dem Befehl Xarors stehen. Vielleicht sogar auf eine viel direktere Weise, als wir uns bisher vorgestellt haben.«

»Und was, wenn es nicht Xaror ist, der ihnen gebietet?«, fragte Sandrilas. Keandir wusste sofort, worauf der uralte, noch in Athranor geborene Elbenprinz abzielte.

Die beiden Männer wechselten einen kurzen Blick. »Dass es mein Sohn sein könnte, dessen dunkle Macht ich auf dieser Insel spüre, darüber möchte ich nicht einmal nachdenken«, sagte Keandir. Aber dass diese Möglichkeit bestand, ließ sich nicht von der Hand weisen. Die Kräfte der Finsternis waren ausgesprochen stark in Magolas, und stark waren auch seine magischen Fähigkeiten. Natürlich waren sie mit denen Xarors nicht zu vergleichen, aber vielleicht reichten sie, um ein paar Äfflinge zu Mördern zu machen.

Plötzlich tauchten mehrere Dutzend der Geflügelten in den Baumkronen auf. Sie trugen Bündel bei sich; die hatten sie aus den Riesenblättern geformt, die wie ein letztes Aufbäumen der Lebendigkeit aus den innerlich abgestorbenen Bäumen heraustrieben. Die schrillen Schreie der Ouroungour betäubten jedes Elbengehör. Dann öffneten die Äfflinge die Bündel. Eine breiige, zähflüssige schwarze Masse, die von ihrer Konsistenz Ähnlichkeit mit Pech hatte, tropfte in dicken Fladen aus den Bündeln, und wo immer diese Substanz aufkam, zischte es, und der Gestank nach Fäulnis und Verwesung breitete sich aus, ein Gestank, der so widerlich war, dass es den Elben schier den Atem raubte. Beißende Dämpfe stiegen auf.

Eine dieser Ladungen traf Hauptmann Yintaril. Die Wirkung war ähnlich wie bei dem magischen Gift, das Thamandor für die Bolzen der Einhandarmbrüste zu verwenden pflegte. So schwarz, als bestünde sie aus purer, verflüssigter Finsternis brannte sich die zähflüssige Substanz zischend in den Körper und zersetzte ihn. Yintaril schrie. Kriegsheiler Eónatorn, der in seiner Nähe stand, versuchte die Wirkung dieser fremden Magie sofort mit einer Heilformel abzuschwächen, doch es gelang ihm nicht. Von Hauptmann Yintaril blieb nichts weiter als ein amorpher schwarzer Klumpen. Die pechähnliche Substanz, die seinen Körper zersetzt hatte, löste selbst Kleidung und Waffen auf.

Ein wohlig knurrender Laut ging von diesem amorphen Klumpen aus, der daraufhin Auswüchse ausbildete, die Armen und Beinen ähnelten. Eine Gestalt entstand, deren Umrisse jenen des Hauptmanns Yintaril ähnelten. Wie ein dunkler Schatten des Elbenkriegers stand das schaurige Wesen da, bildete auch die Umrisse eines Schwertes nach und stürzte sich sodann auf den nächststehenden Elben.

Das war Uéndorn der Starke, der kaum fassen konnte, was geschah.

Der Schattenkrieger ließ jenen Teil seiner unnatürlichen Gestalt, der wie ein Schwert aussah, durch die Luft wirbeln. Ein pfeifender Laut entstand dabei, und bläuliche Lichtspuren umflorten das »Schwert«. Uéndorn wich einen Schritt zurück, ließ seinen Elbenbogen fallen und riss sein Schwert heraus, mit dem er den nächsten Schlag des Schattenkriegers parierte. Der bläuliche Lichtflor ging bei der Berührung beider Waffen auf die Klinge Uéndorns über. Der Elb schrie auf, denn ein höllischer Schmerz jagte von seinem Schwert ausgehend den Arm entlang und erreichte seinen Körper. Erneut holte der Schattenkrieger zum Schlag aus.

Lirandil schoss einen Pfeil ab, der den Schattenkrieger traf, in seinem Körper stecken blieb und in dessen dunkle Substanz aufgenommen wurde. Lediglich die Trefferwucht ließ den Schattenkrieger kurz in der Schlagbewegung innehalten, sodass der nächste Schlag in Uéndorns Richtung nur mit halber Kraft geführt wurde und ins Leere ging.

Aber schon einen Augenblick später schoss Thamandor eine seiner Einhandarmbrüste ab. Das Geschoss blieb in dem dunklen Körper des Schattenkriegers stecken. Zischend breitete sich der Giftbrand aus. Die Gestalt verformte sich, zerfloss zunächst wieder zu einem amorphen Flecken aus purer Finsternis, der sich einer zähflüssigen Lache gleich am Boden ausbreitete und sich dann in eine graue, pulverartige Substanz verwandelte, die an feine Asche erinnerte. Entsetzlicher Gestank ging davon aus, wobei eine für die feinen Elbennasen stechende Geruchskomponente den Geruch von Fäulnis und Verwesung in den Hintergrund drängte. Baumwurzeln, die von dem zerfließenden Körper berührt worden waren, nahmen dieselbe graue Färbung an, ohne jedoch zu Asche zu werden. Nur die Riesenblätter an den betroffenen Bäumen starben innerhalb weniger Lidschläge ab, wurden graubraun und zerfielen zu einer staubigen Masse, die als Staubwolke zu Boden rieselte.

Waffenmeister Thamandor lud mit grimmigem Gesichtsausdruck seine Armbrust nach und knurrte: »Wenigstens auf die Wirkung des magischen Gifts ist Verlass!«

Hunderte von Ouroungour schwirrten inzwischen durch die Baumkronen und öffneten ihre Blätterbündel mit der pechähnlichen Substanz. Pure Finsternis klatschte wie dickflüssiger Schlamm zu Boden, traf Dutzende von Elben und verwandelte sie in Schattenkrieger. Wenn dieses magische Pech aber nur auf dem Boden aufkam, ohne einen der Elbenkrieger zu treffen, dann formten sich aus der dunklen Masse amorphe Körper; diese wiederum bildeten tentakelartige Auswüchse, die an die Gliedmaßen von Tintenfischen erinnerten. Dann krochen diese Schattenwesen auf die Elbenkrieger zu, griffen mit ihren sich plötzlich in die Länge ziehenden Tentakeln an und umschlangen damit Beine, Arme oder Waffen. Bläuliche Blitze und ein stechender, grausamer Schmerz waren die Folgen dieser Berührung, und wenn das Wesen nicht rechtzeitig mit einem Schuss aus einer Einhandarmbrust getötet wurde, verwandelte sich der Betroffene ebenfalls in einen Schattenkrieger.

Die Schmerzens- und Todesschreie von Elben mischten sich mit dem schrillen Triumphgeheul der Ouroungour in den Bäumen, die immer wieder aufs Neue losflogen, um ihre Riesenblätter mit dem magischen Pech zu füllen. Für sie selbst schien diese Substanz völlig ungefährlich zu sein. Keandir sah sie Reste von den Blättern kratzen und diese wie eine Handvoll Schlamm auf Elbenkrieger werfen. Wenn ein Elb davon getroffen wurde, entfaltete diese Substanz ihre verheerende Wirkung und wandelte ihn um. Selbst wenn nur der Schutzschild eines Elbenkriegers getroffen wurde, übertrug sich darüber die grauenvolle Magie auf den Betreffenden und lähmte ihn, sodass das magische Pech vom Schild auf ihn zukriechen konnte, um seinen Körper aufzulösen und eine Schattenkreatur aus ihm zu machen.

»Schießt auf die Äfflinge!«, rief Thamandor und schoss gerade wieder seine beiden Armbrüste ab. Mit seiner jahrhundertelangen Übung war es für den Waffenmeister keine Schwierigkeit, auch zwei Ziele gleichzeitig anzuvisieren; beide Bolzen trafen jeweils einen der Ouroungour, die daraufhin aus den Baumkronen fielen. Noch bevor sie den Waldboden erreichten, wurden sie zu amorphen Klumpen. Bei einem von ihnen wurde das Bündel mit magischem Pech, das er noch immer in den Pranken hielt, gleich mit vernichtet. Der andere hatte sein Bündel losgelassen, es flog durch das Geäst nach unten, wurde dabei auseinandergerissen, doch die nachtschwarze Substanz traf glücklicherweise keinen Elben, sondern floss zäh den Stamm eines der Bäume hinab. Auf das morsche, tote Holz, das selbst von Käfern und ähnlichem Getier verschmäht wurde, hatte die schwarze Substanz keinen Einfluss, aber die Riesenblätter der Baums veränderten sich: Sie verloren die grüne Farbe, wurden vollkommen schwarz und verwandelten sich in blattförmige Schattenkreaturen, die abfielen und wie fliegende Rochen zu Boden segelten, auf der Suche nach Elben, die sie in Schattenkrieger verwandeln konnten.

Keandir bekam dies nur aus den Augenwinkeln mit, trotzdem registrierte er es genau: Wenn die schwarze Substanz selbst die Blätter der toten Bäume in Schattenkreaturen verwandelte, warum dann nicht auch jene Blätter, in welchen die Ouroungour sie transportierten? Ein Trick musste dahinterstecken, irgendeine Magie. Oder die Blätter, in welche die Ouroungour die schreckliche Substanz einwickelten, waren von einer anderen Art Baum, die immun war gegen dieses magische Pech.

Innerhalb kurzer Zeit waren mindestens zwanzig Elbenkrieger zu grauenvollen Schattenkriegern geworden, die unerbittlich gegen ihre ehemaligen Kameraden vorgingen. Keandir kämpfte wie ein Berserker. Wenn sein Schicksalsbezwinger mit einer der Schattenklingen der schaurigen Wesen zusammentraf, kam es zwar ebenfalls zu den bläulichen Lichterscheinungen, aber im Gegensatz zu den anderen Elben verspürte der König der Elben nur beim ersten Mal einen höllischen Schmerz. Ein Schmerz, der ihn an die Schmerzen erinnerte, die er vor langer Zeit während seines Kampfes gegen den Furchtbringer hatte erleiden müssen. Alles wiederholte sich, das Schicksal schien eine Folge von Variationen zu sein ... Dieser Gedanke drängte sich ihm auf.

Allerdings hielt der Schmerz nur kurze Zeit an und ließ sehr schnell nach, sodass er im Gegensatz zu seinen Kampfgefährten kaum beeinträchtigt wurde. Als sein Schwert zum zweiten Mal den Hieb seines Schattengegners parierte, übertrug sich trotz der nach wie vor aufleuchtenden Blitze nur noch ein leichtes Kribbeln auf seinen Arm, das beim dritten Aufeinandertreffen der Klingen schon kaum noch zu spüren war.

Die Augen des Königs hatten sich wieder mit Schwärze gefüllt – und genau das war auch bei jenen Äfflingen der Fall, die aus den Baumkronen heraus die magische Substanz auf die Elben herabregnen ließen!

Keandir trieb eines der Schattenwesen vor sich her und überlegte, ob die Finsternis in seiner Seele ihn ebenso immun gegen die schwarzmagische Substanz machte, wie es offenbar bei diesen Äfflingen der Fall war; er und diese Ouroungour hatten nachtschwarze Augen, und das magische Pech konnte ja auch ihnen nichts anhaben.

Der Schattengegner, gegen den er kämpfte, hatte die Umrisse von Yintaril dem Scharfäugigen. Keandir hatte gesehen, wie den ehemaligen Kommandanten der Manufaktur-Wachmannschaft eine volle Blätterladung erwischt hatte. Yintarils Gegner, mit dem er gerade in einen tödlichen Zweikampf verstrickt gewesen war, hatte die kurze Ablenkung des Hauptmanns genutzt, um ihm die Schattenklinge in den Leib zu rammen. Anschließend hatte sich Yintaril innerhalb von Augenblicken in eine Schattenkreatur verwandelt, die sich sogleich auf den König konzentriert hatte. Er hatte noch einen Einhandschützen getötet, der seine Waffe nicht schnell genug hatte nachladen können, und sich dann Keandir zum Kampf gestellt.

Jene Schattenkreaturen, die zuvor Armbrustschützen gewesen waren, hielten zwar die Umrisse von Einhandarmbrüsten in den schwarzen Klauen, aber diese waren zum Glück offenbar nicht funktionsfähig.

Keandir kreuzte mit seinem Gegner die Klingen. Er hoffte zunächst, dass einer der Einhandschützen die Kreatur vernichten würde, aber das war nicht der Fall. Bisher hatte er es vermieden, sein Schwert Schicksalsbezwinger in den Leib der Schattenkreatur zu rammen, denn er wusste nicht, welche Folgen dies eventuell haben würde. Davon abgesehen hielt ihn eine gewisse Scheu davon ab, da der König in seinem Gegner noch immer den treuen Kampfgefährten Yintaril erkannte, mit dem er bei der Schlacht am Elbenturm Seite an Seite gekämpft hatte.

Doch schließlich blieb dem Elbenkönig keine andere Wahl. Er parierte die Schläge seines Gegners und stieß dann urplötzlich mit Schicksalsbezwinger zu. Bläuliche Lichtblitze umflorten die Klinge, als sie sich in die Brust des Schattenwesens senkte. Keandir hatte dabei ganz das Gefühl, als bestünde der Körper seines Widersachers aus Fleisch und Blut, obgleich der Anblick einen anderen Eindruck vermittelte. Ein stöhnender, schmerzerfüllter Laut ging von dem Schattenkrieger aus. Ein Laut, bei dem sich König Keandir gar nicht sicher war, ob er ihn wirklich hörte oder ob es sich dabei um den Aufschrei einer Gedankenstimme handelte.

Die Kreatur verlor ihre Form, zerfloss, wurde zu einem grauen Klumpen, und die pechartige Substanz, aus der sie bestanden hatte, trocknete aus und wurde zu ascheähnlichem Pulver, so fein wie Staub. Schon der Tritt eines Stiefels wirbelte ihn empor.

Schwarzer Rauch quoll aus dieser Asche hervor. Pure Finsternis, die sich aus den Überresten des besiegten Schattenkriegers herauslöste, und dann drang sie durch Mund, Nase und Augen in Keandir ein.

Ein Gefühl der Kraft durchströmte den Elbenkönig, und er stieß einen wilden, völlig unelbischen Schrei aus.

Prinz Sandrilas, der ganz in der Nähe gegen einen der Schattenkrieger kämpfte, war darüber kaum noch befremdet. Ähnliches hatte man schließlich während der Schlacht auf dem Elbenturm von Keandir erlebt. Der König ließ Schicksalsbezwinger kreisen und stürzte sich mit tollkühner Todesverachtung auf seine Gegner.

Prinz Sandrilas konnte seinem König nicht beistehen, dazu setzte ihm sein Gegner zu sehr zu. Doch ein Schuss aus Thamandors linker Einhandarmbrust machte dem Schattenkrieger ein Ende.

»Ich danke!«, knurrte Sandrilas.

»Nichts zu danken«, erwiderte der Waffenmeister – und da ihn gerade kein weiterer Feind bedrängte, was ihm zumindest erlaubte, seine Waffe nachzuladen, nahm er auch gleich einen Bolzen aus der Schlaufe seiner Lederschärpe und legte ihn ein, um mit einer weiteren Bewegung die Waffe zu spannen. Die Einhandarmbrust war so konzipiert, dass man dafür nicht einmal beide Hände benötigte.

Sandrilas aber schaute auf den König, der die Schattenkrieger mit seinem Schwert Schicksalsbezwinger fällte wie der Schnitter das Korn. Fast wie von Sinnen erschien er dem in Athranor geborenen Prinzen und väterlichen Mentor des Elbenkönigs. Es gab kaum jemanden, der Keandir so nahe stand und so gut zu deuten vermochte, was in ihm vorging – abgesehen von seiner Gemahlin Ruwen. Aber in diesem Augenblick war er Prinz Sandrilas völlig fremd.

Mit wuchtigen Bewegungen schlug er auf seine schattenhaften Gegner ein. Drei davon hatten sich gerade um den König geschart, aber es bereitete ihm kaum Mühe, sie auf Abstand zu halten. Mit der Klinge Schicksalsbezwingers fuhr er durch den Leib eines Schattenkriegers, woraufhin ein wimmernder Laut erklang. Der Schattenkrieger sank in sich zusammen. Keandir wirbelte herum, parierte den Schlag eines weiteren Gegners und stieß zu. Mit beiden Händen führte er das Schwert, trieb die Klinge tief in den Leib der unheimlichen Kreatur, riss sie wieder zurück. Der dritte Gegner zielte mit seiner schwarzen Klinge auf den Hals des Königs.

Ein klackender Laut war zu hören. Uéndorn der Starke hatte seine Einhandarmbrust abgeschossen. Die Wucht des Bolzens ließ den Schattenkrieger zwei Schritte zurückweichen, während das magische Gift bereits begann, ihn zu verbrennen.

3

AUF DEM FELSEN DER SECHS STEINDORNEN

Oou landete auf dem Felsen der sechs Steindornen. Mit der einen Pranke hielt er Speer und Dreizack, in der anderen ein Riesenblatt, an dem noch Reste des magischen Pechs klebten, das er über den Elben ausgeschüttet hatte.

Dutzende von Ouroungour waren nahezu gleichzeitig mit Oou zwischen den sechs Steindornen gelandet, um weiteres magisches Pech aus dem Schlund der Finsternis zu sammeln, auf dass diese schreckliche Substanz die Feinde ihres Herrschers zu Schattenkreaturen machte, die dann über ihre Kameraden herfallen würden. Elb kämpfte gegen Elb, Licht wurde zu Finsternis und zum Feind des Lichts ... Wäre Oou in der Lage gewesen, so etwas wie Ironie zu verstehen, hätte sich sein mit hauerartigen Reißzähnen bewehrtes Maul vielleicht zur Ouroungour-Entsprechung eines triumphierenden Grinsens verzogen. Aber von diesem Stadium war Oous einfacher Geist noch weit entfernt. Vielleicht waren die Ouroungour-Könige einst fähig gewesen, einen solch grausamen Humor zu begreifen; vor unvorstellbar langer Zeit hatten sie über die Insel geherrscht, bis Xaror sie zu Sklaven gemacht hatte und sie und ihr Volk degenerieren ließ, damit sie Xarors verbannten Bruder daran hinderten, die Insel zu verlassen und Xaror die Regentschaft über das Dunkle Reich streitig zu machen.

Oou reihte sich in die Schlange der Ouroungour ein, um sein Riesenblatt wieder mit magischem Pech zu füllen und es zu einem Bündel zusammenzurollen, mit dem er dann zurück zum Ort des Geschehens fliegen konnte, um so viele Eindringlinge wie möglich in ein grausames Schicksal zu stoßen. Die Äfflinge schöpften die schwarzem

Schlamm ähnliche Substanz mit den großen Pranken aus dem dunklen Schlund, dessen Ausmaße sich inzwischen etwa um die Hälfte vergrößert hatten. Wie ein pechschwarzer Tümpel wirkte er. Das Sonnenlicht spiegelte sich in der öligen Oberfläche.

Bei der ersten Berührung hatte Oou noch ein leichter Schmerz durchfahren, inzwischen spürte er nichts mehr, wenn er mit seiner Pranke das magische Pech schöpfte. Die Augen aller Äfflinge, die schon mit der Substanz in Berührung gekommen waren, waren inzwischen erfüllt von einer Schwärze, die der Dunkelheit des Schlundes entsprach, den sie zuvor tage- und wochenlang mit Steinen des Magischen Feuers gefüllt hatten. Einer nach dem anderen waren die Steine in der dunklen Masse verschwunden, als wären sie ins Innere des Felsens der sechs Steindornen gesunken.

Ein heiliger Ort war dies, das Machtzentrum jener Kraft, die Schmerzen verursachen und die Ouroungour nach Belieben bestrafen konnte, wenn sie es wollte. Die Affenartigen bezeichneten diese Kraft mit einer Lautfolge, die man in kultivierten Sprachen mit »Schreckensverbreiter« oder »Der grausam ist« hätte übersetzen können. Dieselbe Lautfolge wurde allerdings auch für die Farbe Schwarz, für die Dunkelheit der Nacht und für den Tod sowie für die lebensfeindliche Kälte eisiger Winterstürme verwendet, die aus dem Norden alljährlich über die Insel fegten.

Endlich war Oou an der Reihe. Er legte Speer und Dreizack auf den Boden, breitete sein inzwischen durch die Schmierwirkung des magischen Pechs recht geschmeidiges Riesenblatt aus und griff mit der rechten Pranke in die schlammige schwarze Masse.

Da sprach die Stimme des Schreckensverbreiters in seinen Gedanken.

»Du nicht!«

Oou stieß einen erschrockenen Schrei aus und machte einen Satz, der ihn fast eine Schrittlänge vom Rand des Schlunds entfernte. Das magische Pech tropfte von seiner rechten Pranke; die Lachen, die sich auf dem Boden bildeten, formten kleine Auswüchse und bewegten sich mit deren Hilfe wie wandernde Schlammpfützen zurück zum Schlund.

»Warte hier!«, befahl die Stimme.

Dann erschienen Bilder und ganze Szenen vor Oous innerem

Auge. Der Schreckensverbreiter suchte eine schnelle Möglichkeit, seinem Sklaven deutlich zu machen, was er von ihm erwartete. Dafür formulierte er den Gedanken nicht, sondern zeigte, was Oou tun sollte. Oou sah einen der Eindringlinge. Er war ihm gleich aufgefallen, schon als Oou ihn während eines Erkundungsflugs auf einem der Schiffe gesehen hatte. Seinem Gebaren und vor allem dem Verhalten seiner Begleiter nach hatte dieser Eindringling in seiner Gruppe eine beherrschende Stellung. Die anderen schienen auf seine Befehle zu reagieren und vor wichtigen Entscheidungen den Kontakt zu ihm zu suchen.

Die Augen dieses Anführers waren schwarz, so wie es die Augen der Ouroungour geworden waren, und er selbst erschien ebenfalls immun gegen das magische Pech.

»Warte hier!«, lautete die Anweisung der Stimme. »Und töte ihn. Du bist der beste Kämpfer …«

Oou hatte das Gefühl, dass etwas seine Gedanken lähmte, die ohnehin nicht sehr ausgeprägt waren. Schwarzer Rauch stieg aus dem Schlund empor. Er sammelte sich in einem Schwarm kleinster Teilchen, die immer heftiger durcheinanderschwirrten. Dann drangen sie in Mund und Nase des Ouroungour, und Oou spürte, wie eine Kraft seinen Körper durchflutete, die ihn im ersten Moment zittern ließ.

»Warte hier. Er wird kommen. Ganz bestimmt.«

Der Schrei eines Ouroungour drang durch den Wald. Lirandils Pfeil war ihm soeben ins Auge gefahren, und der Äffling fiel mitsamt dem Blätterbündel in seinen Pranken aus einer Baumkrone. Seine lederhäutigen Flügel breiteten sich aus, er blieb damit an einem der morschen Äste hängen. Seine Waffen landeten bereits auf dem Boden, während sein eigener Aufprall durch den brechenden Ast noch verzögert wurde. Magisches Pech quoll aus dem Bündel, aber noch ehe es Gliedmaßen ausbilden und über den Boden kriechen konnte, fuhr ein Bolzen durch den Klumpen und bohrte sich in den Boden. Der Brand des magischen Gifts verzehrte daraufhin sowohl das gerade erst im Entstehen begriffene Schattenwesen als auch den toten Äffling, der das Blatt mit der pechartigen Substanz noch immer in den Pranken hielt.

Es war Shorindorn der Schattenspäher gewesen, der diesen Schuss abgegeben hatte.

Allmählich war wieder einigermaßen Ordnung in die Reihen der elbischen Verteidiger gekommen. Die Bogenschützen sorgten dafür, dass die Ouroungour gar nicht erst in die Baumkronen hoch über dem Elbentrupp gelangten, um ihre tödliche Fracht abzuwerfen. Pfeil um Pfeil wurde verschossen, und reihenweise starben Ouroungour in diesem tödlichen Hagel. Die Einhandschützen konzentrierten sich hingegen ausschließlich auf die Schattenkrieger. Das Kriegsglück wandte sich zu Gunsten der Elben. Die Ouroungour schafften es kaum noch, sich ihnen weit genug zu nähern, um sie mit dem magischen Pech treffen zu können.

Keandir kämpfte noch immer wie ein Berserker. Er achtete überhaupt nicht mehr auf seine Mitstreiter. Wo immer er einen Schattenkrieger erspähte, griff er ihn sofort an und brachte ihn mit wenigen Hieben zur Strecke. Jedes Mal stieg dann die Finsternis in Form von schwarzem Rauch aus der grauen Asche, die zurückblieb, und wurde von Keandir aufgenommen; er hatte das Gefühl, dass sich seine Kräfte bis ins Unermessliche steigerten. Und jedes Mal, wenn er sein Schwert in einen der Schattenkrieger stieß, hatte er die Empfindung, dass auch über die Klinge ein Kraftstrom in seinen Körper floss.

Doch er musste vorsichtig sein. Es war die Finsternis Xarors, die er in sich aufnahm – und das, obwohl in seiner eigenen Seele schon genug Dunkelheit war. Doch die warnende Stimme in seinem Hinterkopf, die ihm dies sagte, ignorierte der König, der wie ein Besessener kämpfte.

Die letzten Schattenkrieger vernichtete er mit wuchtigen Schlägen seiner Elbenklinge, und die überlebenden Ouroungour zogen sich zurück. Die Bogenschützen töteten noch so viele wie möglich von ihnen. Hier und dort waren ihre schrillen Schreie zu hören, und der eine oder andere Speer wurde noch in Richtung der Elben geschleudert, dann verklang der Schlag ihrer Lederschwingen, und es war wieder still im Wald.

Zerfließende Lachen aus magischem Pech krochen an einigen Stellen über den Boden. Sie waren zum Glück nicht sehr schnell; man konnte ihnen leicht ausweichen, musste nur aufpassen, dass sich nicht plötzlich Tentakel ausbildeten und einen erwischten. Die Einhandschützen machten den entstehenden Schattenwesen ein Ende.

Der Wald war zu einem grausigen Schlachtfeld geworden. Keandir hatte dafür jedoch keinen Blick. Er drängte vorwärts. Seine Augen waren noch immer schwarz – etwas, das seine Gefolgsleute zwar einerseits akzeptiert hatten, da ihnen klargeworden war, dass diese besondere Form der dunklen Kraft, die in ihrem König schlummerte, der Quell seiner Stärke war. Aber andererseits wurde so manchem der König dadurch auch fremd.

Er bahnte sich den Weg auf jenen Ort zu, über dem man die Ouroungour vom Schiff aus hatte kreisen sehen.

»Mein König, so wartet doch!«, rief Prinz Sandrilas, nachdem er mit Thamandor und Siranodir mit den zwei Schwertern einen kurzen Blick gewechselt hatte, der seiner Befremdung Ausdruck verlieh.

Keandir drehte sich nach ihm um. Er wirkte abwesend, wie in seine eigene Welt versunken. Sein Kopf bewegte sich ruckartig; er schien Dinge wahrzunehmen, die allen anderen verborgen blieben. Dann sagte er: »Es ist hier ganz in der Nähe.«

»Wovon sprecht Ihr?«, fragte Prinz Sandrilas.

»Ich weiß es nicht«, murmelte Keandir. »Noch nicht. Aber es ist das, was wir suchen und brauchen.«

»Dennoch solltet Ihr nichts überstürzen und es uns ermöglichen, Euch zu begleiten und zu schützen. Ihr seid schließlich unser König – es wäre verhängnisvoll für das gesamte Elbenreich, wenn Euch etwas zustieße.«

Keandir sah ihn an. Die Schwärze in seinen Augen verlor sich für einen kurzen Moment, und Prinz Sandrilas wollte schon aufatmen, doch dann kehrte die Dunkelheit zurück, und die Augen des Königs waren wieder erfüllt von purer Finsternis. »Was starrt Ihr mich so an?«, fragte Keandir leise. »Ist da eine gewisse Ähnlichkeit zwischen meinem Sohn Magolas und mir, die Ihr festzustellen glaubt? Da habt Ihr zweifellos recht, und es sollte niemanden verwundern, schließlich ist er Fleisch von meinem Fleisch, und in ihm pulsiert dasselbe Blut und …« Keandir zögerte, ehe er weitersprach. »… dieselbe dunkle Kraft.« Seine Stimme gewann an Schärfe, war auch lauter geworden. »Aber es steht niemandem zu, sich darüber zu beklagen. Niemandem, dem die Zukunft des Elbenreichs auch nur ein wenig am Herzen liegt. Denn ohne diese Kraft wäre Elbiana nie gegründet und später nicht erhalten worden!«

Augenblicke lang herrschte Schweigen. Es war Thamandor, der

diese unbehagliche Stille beendete. Er hatte etwas vom Boden aufgehoben, was er aus irgendeinem Grund für interessant hielt: Es handelte sich um einen der Ooroungour-Speere. »Seht her!« Er hielt die Speerspitze in das durch das Blätterdach fallende Licht. Shorindorn der Schattenspäher und Uéndorn der Starke, die in Thamandors Nähe standen, legten beide die Stirn in Falten. Sie schienen nichts Ungewöhnliches an dem Speer zu erkennen.

Aber Lirandil war sofort klar, worauf Thamandor hinauswollte. Im Gegensatz zu ihm waren Shorindorn und Uéndorn beide Elbianiter und hatten die erste Landung auf Naranduin nicht miterlebt. Lirandil jedoch war seinerzeit dabei gewesen und hatte die Lebensumstände der Ouroungour noch gut in Erinnerung.

»Der Speer ist rostig«, stellte er fest, nahm Thamandor die Waffe ab und strich mit dem Finger über die Spitze. »Ein dicker Belag.«

»Ist doch seltsam, oder?«, meinte Thamandor. »Als wir das letzte Mal hier waren – ich gebe ja zu, dass es schon eine ganze Weile her ist –, da glänzten die Waffen der Äfflinge wie neu.«

»Sie hielten sie ins Magische Feuer, um sie zu erneuern«, erinnerte sich Prinz Sandrilas.

Thamandor und Lirandil näherten sich Sandrilas und dem König, und auch der Prinz betrachtete eingehend den Speer. Siranodir stellte das gleiche Phänomen auch noch an einem Dreizack fest, den noch die Pranke eines mit einem Pfeil niedergestreckten Ouroungour umklammerte.

»Vielleicht sind den Äfflingen die Steine des Magischen Feuers ausgegangen«, überlegte Lirandil. Er zuckte mit den breiten Schultern. »Und das schon seit Längerem.«

»Anders ist das hier tatsächlich nicht zu erklären« stimmte Thamandor zu und deutete auf den Speer, den inzwischen der König in der Händen hielt und in Augenschein nahm.

»Vielleicht haben die Ouroungour einfach auch nur ihre Sitten und Gebräuche geändert«, warf Uéndorn der Starke ein.

Aber daran mochte Keandir nicht so recht glauben.

Keandir führte die Elben weiter durch den Wald. Zwei Boten wurden zurück zu den Barkassen geschickt, um die an Bord der Schiffe verbliebenen Elben vor den Ouroungour und dem magischen Pech zu warnen. Außerdem sollten sie dafür sorgen, dass weitere Bolzen-Munition an Land gebracht wurde, damit die Einhandschützen die Schlaufen an ihren Gürtelschärpen auffüllen konnten.

Prinz Sandrilas schlug vor, so lange zu warten, bis dieser Nachschub eingetroffen war, aber König Keandir drängte zum Weitermarsch. Er umschloss dabei mit der Rechten die Elbensteine, die er in dem Lederbeutel vor seiner Brust trug. Sie leuchteten auf, und daraufhin nahm Keandir den Beutel ab und reichte ihn Sandrilas. »Ich möchte, dass Ihr die Steine nehmt, mein Prinz.«

»Sie sind das Symbol des Elbentums.«

»Ich weiß.«

»Es steht dem König zu, sie zu tragen, niemandem sonst.«

»Aber sollte mir etwas zustoßen, so wäre es verhängnisvoll, wenn auch die fünf noch vorhandenen Elbensteine verloren gingen, wie es schon einmal geschah.«

»Warum rechnet Ihr damit, dass es so kommen könnte?«, wunderte sich Sandrilas.

»Ich rechne nicht damit. Ich ziehe lediglich alle Möglichkeiten in Betracht und möchte, dass die Steine in guten Händen sind. Ihr könnt sie mir später wiedergeben, Sandrilas.«

Keandir reichte dem einäugigen Prinzen den Beutel mit den Steinen, und als Sandrilas ihn entgegennahm, sah er auf die Handfläche des Königs: Sie war gerötet, Blasen hatten sich gebildet.

Wie verbrannt!

Sandrilas hob die Augenbrauen und umschloss die Elbensteine mit seiner rechten Hand, während sich die linke um den bernsteinbesetzten Knauf seines Schwerts Düsterklinge schloss – jenes Schwerts, das er einst im Magischen Feuer gehärtet und mit dem er Xarors Bruder, den Augenlosen Seher, erschlagen hatte. »Was ist mit Eurer Hand, mein König?«

»Es ist nichts.«

Sandrilas starrte zuerst noch einmal auf die Hand, dann in Keandirs schwarze Augen und schließlich in sein Gesicht. Der Mund des Elbenkönigs bewegte sich, wisperte offenbar eine Heilformel. Die Rötungen an der Hand verschwanden fast völlig.

»Es ist die Finsternis in Euch! Ihr habt so viel davon in Euch aufgenommen, dass die Elbensteine Eure Haut verbrennen. Deswegen wollt Ihr sie loswerden!« Sandrilas' Gesicht wurde zu einer grimmigen Maske.

»Und wenn es so wäre, mein Freund – was würde es ändern?«

»Es würde bedeuten, dass Ihr auf dem Weg seid, ein Schattengeschöpf zu werden wie Euer Sohn Magolas!«

»Nein, das wird niemals geschehen.«

»Wer garantiert dafür?«

»Ich. Mit meinem Wort. Und mit meinem Willen, der mich einst das Reich der Elben und ein neues Schicksal erschaffen ließ. Ich bin Herr meiner Selbst und meines Geschicks.« Keandir atmete tief durch. »Zumindest überwiegend.« Er trat näher an Sandrilas heran und sprach in gedämpftem Tonfall. »Und falls doch eintreten sollte, was Ihr befürchtet, so weiß ich, dass jemand bereitsteht, der die Elben in die Zukunft führen kann.«

Sandrilas verzog das Gesicht. »Eure Söhne hätten die Zukunft sein sollen. Ich hingegen bin die Vergangenheit.«

»Ihr seid das, woran Ihr glaubt, dass Ihr es seid, Sandrilas.«

Der einäugige Prinz trat einen Schritt zurück und zog Düsterklinge halb aus der Scheide. »Einst habe ich diese Klinge in das Magische Feuer gehalten und nur deswegen war es mir seinerzeit möglich, den Augenlosen Seher zu erschlagen.«

»Wofür Euch die ganze Elbenheit und ich im Besonderen Dank schulden«, ergänzte der König.

»Eigentlich hatte ich gehofft, dass die Wirkung dieses Feuerbades länger anhalten würde – aber im Kampf gegen die Schattenkreaturen habe ich keinerlei Wirkung bemerkt.«

»Es ist viele Zeitalter her, werter Freund«, gab der König zu bedenken. »Was erwartet Ihr?«

»Darüber bin ich mir selbst nicht im Klaren, mein König«, antwortete der Prinz und stieß Düsterklinge wieder zurück in die Scheide.

»Ihr könnt das Feuerbad für Eure Düsterklinge ja wiederholen, wenn wir ein paar dieser Steine gesammelt haben, aus denen Waffenmeister Thamandor sein Pulver mahlen wird.«

»Damit dann die Finsternis ebenso leicht in mich eindringt, wie sie es bei Euch getan hat?«

Des Königs Stimme klang klirrend kalt, als er erwiderte: »Was wollt Ihr damit sagen?«

»Ihr wisst, dass ich den dunklen Kräften in Euch immer unvoreingenommen gegenüberstand und darin durchaus den Nutzen für Elbiana erkannte …«

»Und jetzt hat sich dies geändert?«

»An meiner Einstellung hat sich nichts geändert, aber mir scheint, Ihr habt Euch verändert, mein König. Ich sehe in Eure Augen: Die Finsternis verschwindet nicht mehr!« Er drückte Keandir die Elbensteine zurück in die Hand. »Behaltet sie, mein König! Und lasst nicht zu, dass die Kräfte der Finsternis Euch beherrschen.«

Die Elbensteine leuchteten nicht wieder auf, als Keandir sie nahm, und er verspürte auch keine Schmerzen. Er hängte sich den Beutel wieder vor die Brust und meinte: »Wenn das eintreten sollte, was Ihr befürchtet, habt Ihr die ausdrückliche Erlaubnis, ja, den ausdrücklichen Befehl, mich zu erschlagen, Prinz Sandrilas.«

Hundert Elbenkrieger drangen weiter in den Wald vor. Gut ein Drittel des gelandeten Kontingents war dem Angriff der Ouroungour zum Opfer gefallen. Tote gab es nicht zu bestatten, denn jene Elben, die sich zu Schatten ihrer selbst verwandelt hatten und dann entweder von Einhandarmbrüsten oder Keandirs Schicksalsbezwinger vernichtet worden waren, waren zu Staub zerfallen beziehungsweise durch das Magische Gift der Bolzen zu einer amorphen Masse geworden.

Die Stimmung unter den Elbenkriegern war gedrückt: Gleich im ersten Gefecht hatte man hohe Verluste hinnehmen müssen. Dass die Rückkehr nach Naranduin nicht einfach werden würde, hatten zumindest diejenigen gewusst, die schon bei der ersten Landung auf diesem Eiland dabei gewesen waren. Der Kampfeswille der Ouroungour war geradezu legendär – und ihr Hang zur Grausamkeit auch.

Zur gedrückten Stimmung trug aber zudem noch bei, dass man gezwungen gewesen war, gegen Feinde zu kämpfen, welche die Gestalt der eigenen Krieger, die Gestalt von Kameraden und Freunden nachgebildet hatten.

Die Bogenschützen hatten, soweit es ging, ihre Pfeile wieder eingesammelt, sofern sie die abgeschossenen Ouroungour auf dem weiteren Weg, den der Trupp nahm, entdeckten.

Nach einiger Zeit erreichten sie den Fuß eines aus schwarzem, ungewöhnlich glattem Gestein bestehenden Felsmassivs, aus dem oben sechs Steindornen herausragten. Ganz gleich, ob dieser Ort nun einer besonderen Laune der Natur entsprungen oder künstlichen Ursprungs war, wie vor allem Thamandor zu erkennen glaubte, diese Stätte war für die Ouroungour offenbar zu einem Zentrum ihres primitiven Kults geworden. Jedenfalls hatten die Elben die Äfflinge genau über diesem Ort in Scharen kreisen und schließlich niedergehen sehen, und die sechs Dornen an der Spitze des Felsens kamen ihnen vor wie sechs Krallenfinger, sodass der Fels wirkte wie eine sechsfingrige Klaue, die in den Himmel griff.

Allerdings war von den Affenartigen seit dem Gefecht im Wald nichts mehr zu sehen. Immer wieder hatte vor allem Keandir hinauf zum Blätterdach geschaut, in der Erwartung, dort oberhalb der Baumkronen vielleicht hin und wieder die Schatten fliegender Ouroungour zu erblicken. Das charakteristische Rauschen und Rascheln, das diese Kreaturen beim Flug erzeugten, hatte sich in Keandirs Erinnerung unauslöschlich eingebrannt. Aber nichts war zu hören und erst recht nichts zu sehen.

»Wir scheinen den geflügelten Bestien mal wieder einen gehörigen Schrecken eingejagt zu haben«, sagte Waffenmeister Thamandor, der als Einziger einen etwas optimistischen Eindruck machte und zwischendurch versuchte, die trübe Stimmung aufzuhellen, allerdings nur mit mäßigem Erfolg.

Oou lauschte einer unhörbaren Stimme, während die anderen Ouroungour auf dem Felsplateau zwischen den sechs Steindornen kauerten. Es war sehr ruhig, wenn man bedachte, dass sich dort fast tausend Äfflinge um den Schlund der Finsternis drängten. Hin und wieder kamen noch ein paar hinzu. Sie trugen Blätterbündel mit Steinen des Magischen Feuers darin, die sie in den Schlund entleerten, in dem die Steine binnen weniger Augenblicke zischend versanken.

Die Stimme sprach in Oous Gedanken. Er verstand nicht alles, was sie sagte. Manches war einfach wie Musik, war angenehm, verursachte unerklärliche Schauder, hatte aber keine Bedeutung, die man konkret zuweisen konnte. Oou hatte jedoch keinen Zweifel daran, dass er dieser Stimme in allem zu folgen hatte, was sie anordnete, denn sie gehörte dem Schreckensverbreiter oder Xaror, wie er sich auch nannte. Der uralte Xaror, dem dieser Ort geweiht war und der das Schicksal von Oous Volk schon seit unvorstellbar langer Zeit bestimmt hatte.

»Kein Stein des Magischen Feuers darf den Eindringlingen in die Hände fallen. Nicht ein einziger. Das ist entscheidend für den Ausgang künftiger Kämpfe …«

Welche Kämpfe das waren, konnte sich Oou nicht vorstellen. Es spielte auch keine Rolle. Der Schreckensverbreiter wusste, was gut und richtig war, warum sollte sich Oou da selbst irgendwelche Gedanken machen?

Oou spürte, wie sich sein Körper veränderte, während er beobachtete, wie erneut ein Äffling ein paar magische Steine in den Schlund warf. Es gab nur noch wenige dieser Steine auf der Insel, und Oou wusste nicht, wie sein Volk in Zukunft seine Waffen erneuern sollte, wenn es das Magische Feuer dieser Steine nicht mehr benutzen konnte. Es hatte in den letzten Jahren ohnehin nur noch so wenige Steine auf der Insel gegeben, dass das entsprechende Ritual kaum noch stattfand. Der Schreckensverbreiter schadete mit der Vernichtung der Steine seinen Feinden, den Eindringlingen. Aber schadete er damit nicht auch zugleich den Ouroungour?

Nur ganz kurz blitzte dieser Gedanke in Oou auf, und für einen Zeitraum, der nicht länger als einen Lidschlag währte, erschrak er über die Konsequenzen, die daraus erwuchsen. Aber dann dachte er, dass der Schreckensverbreiter dies sicherlich alles bedacht hatte, als er den Ouroungour die Weisung gab, sämtliche Steine des Magischen Feuers einzusammeln und in diesen Schlund zu werfen, um zu verhindern, dass die Eindringlinge in ihren Besitz kamen. Nein, es konnte dem Schreckensverbreiter nicht gleichgültig sein, dass die Waffen der Ouroungour ohne das Feuer nach und nach unbrauchbar wurden. Sonst wären sie in Zukunft entweder darauf angewiesen, allein mit den krallenbewehrten Pranken und den Zähnen zu jagen oder sich von Wurzeln und Blättern zu ernähren. Denn dass allein der Verzehr jener Artgenossen, die von allein starben, genug Nahrung in die Bäuche der Ouroungour bringen würde, konnte sich Oou nicht vorstellen, selbst wenn man noch die Knochen der Toten abnagte.

Inzwischen spürte Oou die Blicke der anderen auf sich gerichtet. Furchtsame Blicke waren es. Die Augen der anderen Ouroungour waren weit aufgerissen, und Unruhe kam unter ihnen auf. Oou bemerkte, dass sein Speer und sein Dreizack plötzlich unverhältnismäßig klein geworden waren, aber dann stellte er fest, dass es ganz anders war: Er war gewachsen! Und auf einmal bildeten sich zusätzliche Gliedmaßen aus: schlangenartige Arme, die an die Auswüchse der Schattenkreaturen erinnerten.

Oou machte einen Schritt nach vorn, und das löste unter den anderen Äfflingen eine panische Reaktion aus: Sie stoben davon, kreischend stiegen sie in die Lüfte, und einer der letzten Ouroungour, die noch ein paar Steine des Magischen Feuers irgendwo zusammengeklaubt und in ein Blätterbündel eingerollt hatten, ließ dieses fallen; es kam neben dem Schlund auf, rollte ein Stück dahin und öffnete sich.

Die Ouroungour flatterten über den Steindornen wild durcheinander. Sie waren von Panik erfüllt, denn Oou war inzwischen auf die dreifache Größe eines gewöhnlichen Äfflings angewachsen, hatte zahlreiche Schlangenarme ausgebildet und ein Maul bekommen, das auch im Verhältnis zum Restkörper sehr viel größer war als zuvor: Mit einem einzigen Schnappen hätte er einen Ouroungour verschlingen können.

»Ihr habt viele Eindringlinge getötet, aber nicht den einen, der sie anführt«, sagte die Stimme in seinem Kopf. »Und das könnt ihr auch nicht. Aber Oou kann es!«

Sein Dreizack und sein Speer erschienen Oou inzwischen viel zu klein, um damit kämpfen zu können.

»Du brauchst keine Bewaffnung!«, versprach die Stimme. »Du bist selbst eine Waffe – in meinen Händen!«

Oou machte einen Schritt nach vorn, auf das geöffnete Bündel mit den Steinen des Magischen Feuers zu.

»Nimm sie!«, forderte ihn die Stimme auf. »Nimm sie und schling sie hinunter!«

Alles in Oou hätte sich normalerweise dagegen gesträubt, das zu tun. Aber dieser gedankliche Widerstand hielt lediglich einen Wimpernschlag lang, dann waren alle Bedenken wie weggeblasen. Das Vertrauen zum Schreckensverbreiter war absolut. Also nahm er die Steine – zumindest die größeren, denn die ganz kleinen konnte er mit seinen riesigen Pranken schon gar nicht mehr greifen – und schlang sie hinunter. Es fühlte sich kalt an. Wie Eisklumpen rutschten sie ihm die Speiseröhre hinunter, doch dieser Vergleich kam ihm nicht in den

Sinn. Und dann durchfuhr ihn ein kurzer, aber heftiger Schmerz, der allerdings sofort wieder vorbei war.

Oou stieß einen Schrei aus – und dabei schoss eine grellweiße Flamme aus seinem ins Riesenhafte gewachsenen und grotesk nach vorn gewölbten Maul.

Der Feuerstrahl erfasste zwei oder drei Ouroungour, die in der Luft schwebten, und ließ sie als schwarze Asche vom Himmel regnen. Daraufhin stob der ganze Schwarm endgültig davon.

»Komm, Oou!«, befahl die Stimme. »Bevor du deinem Gegner entgegentreten kannst, wirst du ein Bad in der Finsternis nehmen.«

Oou widersprach nicht. Er trat auf den finsteren Schlund zu und ließ sich in die schlammartige Substanz gleiten, mit der dieser gefüllt war. Er versank sofort, und Augenblicke später war er vollkommen verschwunden. Nur ein paar aufsteigende und an der Oberfläche zerplatzende Blasen wiesen darauf hin, dass er in den Schlund gestiegen war.

Keandir und seine Getreuen hörten den ohrenbetäubenden Lärm vom Gipfel der Felsformation. Wenig später verdunkelte sich kurzzeitig der Himmel, so viele Ouroungour schwirrten mit ausgebreiteten Flügeln durch die Lüfte. Augenblicke später waren sie verschwunden.

Keandir betastete das schwarze Gestein und schloss für einen Moment die Augen, aus denen die Dunkelheit noch immer nicht gewichen war; die Frage war, ob sie es je wieder tun würde – aber das beschäftigte Keandirs Getreue im Moment offenbar stärker als den König selbst, der vollkommen konzentriert wirkte. Er spürte Kräfte, jenen verwandt, die in ihm selbst wirkten.

Xaror …

»Ich steige dort hinauf«, entschied er.

»Ihr glaubt doch nicht, dass wir Euch allein dort hochsteigen lassen!«, wehrte Prinz Sandrilas ab.

»Das solltet Ihr«, entgegnete der König. »Denn ich glaube kaum, dass einer von Euch auch nur im Entferntesten in der Lage wäre, dem zu begegnen, was dort oben lauert.«

»Was sollte das sein?«, fragte Sandrilas.

»Ich weiß es noch nicht genau. Die Mächte der Finsternis … Ich kann sie spüren, Prinz Sandrilas. So wie Ihr diesen Felsen mit Euren Augen zu sehen vermögt …«

»Ich habe nur ein Auge«, korrigierte ihn Sandrilas und fiel ihm damit ganz unelbisch ins Wort.

Doch Keandir ging nicht darauf ein und sprach einfach weiter: »… genauso deutlich nehme ich diese Kräfte wahr.« Er blickte empor. Der Himmel über ihnen war frei von Ouroungour. Sie hatten sich offenbar aus dem Staub gemacht. »Dort oben ist etwas, wovor sich selbst die Äfflinge fürchten.«

»Aber wir sind Elben und keine fliegenden Affen!«, erklärte Thamandor und legte entschlossen die Hände an die Griffe seiner Einhandarmbrüste. »Ich fürchte mich nicht – vor gar nichts!«

So machten sich die Elben schließlich an den Aufstieg. Oben ragten die sechs Steindornen aus dem Felsmassiv in die Höhe. Der Pfad, der emporführte, musste vor sehr langer Zeit künstlich angelegt worden sein. Bei den deutlich auszumachenden Bodenwellen im Gestein, die mit unnatürlicher Regelmäßigkeit auftraten, handelte es sich offenbar um Treppenstufen, die im Laufe der Zeit vom Wetter abgeschliffen worden waren.

Von den Äfflingen war nichts mehr zu sehen. Was immer sich oben zugetragen hatte, es hatte die Ouroungour dermaßen verschreckt, dass sie alle geflohen waren und es keiner von ihnen mehr zurückzukehren wagte.

Schließlich erreichten die ersten Elben den Bereich zwischen den Steindornen: Die Ausmaße des Plateaus entsprachen etwa der Fläche des innern und äußeren Burghofs von Elbenhaven. Die hundert Elbenkrieger aus Keandirs Gefolge hatten mehr als genug Platz, um sich zu verteilen. Eine Burg von gleicher Größe wäre mit einer Mannschaft dieser Stärke schwach besetzt gewesen. Dieses gigantische Gebilde war vielleicht eine der letzten Hinterlassenschaften des legendären Volks der Sechs Finger.

Während die meisten Elbenkrieger Ausschau nach den Ouroungour hielten, weil sie einen erneuten Angriff der Äfflinge befürchteten, wurde König Keandirs Aufmerksamkeit von etwas anderem gebannt: In der Mitte dieser gigantischen Pranke befand sich ein finsterer Schlund. Blasen zerplatzten an seiner Oberfläche, und Keandir spürte die Nähe der dunklen Kräfte, fühlte sich gleichermaßen angezogen und abgestoßen davon, und gleichzeitig wuchsen das Unbehagen und der Sinn für Gefahr in ihm.

»Jedenfalls wissen wir jetzt, woher diese schwarzmagische Substanz stammte, mit der man uns angriff und die unsere Krieger zu Schattenwesen machte«, stellte Sandrilas grimmig fest.

»Vielleicht gibt es die Möglichkeit, sie für unsere eigenen Zwecke nutzbar zu machen«, überlegte Thamandor laut. Dann aber legte er eine Hand an den Griff seiner rechten Einhandarmbrust und sagte: »Andererseits ist es vielleicht das Beste, einfach einen Bolzen mit magischem Gift in diese schlammartige Masse zu jagen.«

»Eine gute Idee«, lobte Prinz Sandrilas. »Lasst Euch damit besser nicht zu viel Zeit, denn da geht irgendetwas vor sich in diesem Schlammtümpel.« Er wies auf die Oberfläche des »Schlunds«, auf der immer mehr Blasen zerplatzten. »Da brodelt es ganz schön.«

»Probiert es gern aus«, mischte sich der König ein. »Aber es wird nichts nützen.«

»Mit allem Respekt, mein König«, entgegnete der Prinz, »aber wie wollt Ihr dies wissen?«

»Ich weiß es einfach. Verlangt keine Erklärungen. Vielleicht ...« Er sprach nicht weiter, denn es erschreckte ihn selbst, den Gedanken, der ihm im Kopf umherschwirrte, mit allen Konsequenzen zu Ende zu denken: Die Finsternis war so stark in ihm geworden, dass er begann, sie zu verstehen. Er fing an, auf dieselbe Art zu denken wie Xaror.

»Ihr wolltet noch etwas sagen?«, hakte Prinz Sandrilas nach.

»Die Finsternis, mit der wir es hier zu tun haben, ist einfach zu stark«, sagte Keandir. »Und vor allem wird sie von Xaror selbst gespeist. Anscheinend steht ihm unendlich viel Kraft aus dem Limbus zur Verfügung. Aber ... nun gut, ich will einem Versuch nicht im Wege stehen«, gab Keandir dann doch seine Zustimmung. »Also wagt Euer Experiment, Thamandor! Schließlich hatten Eure Geschosse gegen die Schattenkrieger eine verheerende Wirkung.«

Thamandor trat an den Rand des Schlundes. Er zog beide Einhandwaffen und schoss. Die Bolzen verschwanden in der sämigen, zähflüssigen Masse, und das typische Zischen war zu hören, das den magischen Giftbrand begleitete. Dämpfe stiegen auf, und ein furchtbarer Geruch breitete sich aus, in dem Fäulnis und Verwesung ebenso mitschwangen wie stechende Geruchskomponenten.

Die pechartige Substanz begann sich zu einer grauen Masse zu verwandeln, wie es die Elben schon während des Kampfes im Wald dutzendfach gesehen hatten. Fast die Hälfte der Oberfläche des Schlunds wurde davon erfasst, und der Wind wehte den ersten Aschestaub bereits davon, da begann sich der Prozess umzukehren: Das bereits verwandelte Material wurde wieder zu der pechähnlichen, schlammigen Flüssigkeit.

Dann stieg die Substanz plötzlich empor und bildete einen vulkanähnlichen Trichter, aus dem eine Fontäne hervorschoss. Uéndorn der Starke, der auf der anderen Seite des Schlundes stand, wurde davon getroffen. Er versuchte noch auszuweichen, doch er konnte nicht verhindern, dass ihn ein Teil der Flüssigkeit erwischte. Es zischte, als sein Körper zerfressen wurde. Uéndorn schrie auf, stürzte nieder und wälzte sich über den Boden. Dann wurde sein Schreien zu einem Laut, so fremdartig, dass er nichts Elbisches mehr an sich hatte. Nicht einmal ein Rhagar oder ein Trork des Wilderlands hätte so geschrien.

Uéndorns Körper zersetzte sich und wurde zu einer formlosen grauen Masse.

»Das magische Gift aus den Armbrustbolzen …«, flüsterte Thamandor erschrocken und vollkommen erbleicht. »Das … das habe ich nicht gewollt …«

Kriegsheiler Eónatorn eilte hinzu, um zu helfen. Doch da war nichts mehr zu machen. Solange das magische Gift noch seine Wirkung entfaltete, war jede Berührung tödlich. Er murmelte zwar noch eine der stärksten Formeln der Heilmagie, aber selbst die konnte den Zersetzungsprozess allenfalls verlangsamen. Uéndorn der Starke war tot, und seine Seele hatte zweifellos Eingang nach Eldrana gefunden.

»Es … tut mir leid«, flüsterte Thamandor.

»Das konntet Ihr nicht wissen«, sagte Prinz Sandrilas.

»Ich habe keine Ahnung, was dort in diesem Schlund geschehen ist«, sagte Thamandor und schüttelte wieder und wieder den Kopf. »Der Bolzen … er wurde offenbar in der Flüssigkeit aufgelöst und sein Gift einfach wieder ausgestoßen.«

»Ja«, murmelte Keandir grimmig. »Die Kräfte unseres Gegners sind so groß, dass ihm dies möglich ist.«

Der Trichter war längst wieder in sich zusammengesackt. Aber im nächsten Moment erhob sich die Oberfläche des Schlundes erneut – und der Kopf eines riesigen Ouroungour kam daraus hervor.

Magisches Pech bedeckte ihn und troff sogar von den Hauern, die aus seinem Maul ragten.

Der riesenhafte Ouroungour stieg, wie von einer magischen Kraft emporgehoben, aus dem Sumpf der Finsternis. Zahllose Schlangenarme wuchsen aus seinem Körper, der bald gar nicht mehr zu sehen war vor lauter Tentakel.

Schließlich hatte sich der Ouroungour gänzlich aus dem Schlund befreit, stand auf dessen Oberfläche, so als würde es sich um festen Grund handeln, und stieß einen schrillen Schrei aus, ganz nach Art der Affenartigen. Aber dieser Schrei unterschied sich dennoch sehr von den Lauten, die Keandir bisher von den Ouroungour gewöhnt war, denn er war mit sehr tiefen Tönen unterlegt, die selbst für Elbenohren kaum noch hörbar waren und an die Riesenmammuts aus Wilderland erinnerten. Selbst der schwarze Steinboden des Plateaus vibrierte.

Eine Gedankenstimme sprach direkt zu Keandir:

»Oou wird dich töten, Anführer der bleichen Spitzohren!«

4

LINIEN DES SCHICKSALS UND DES TODES

Das Tor des Tempels der Sechs Türme öffnete sich, und die Stierkrieger, die dort Posten bezogen hatten, nahmen Haltung an und präsentierten ihre Waffen. Ein einzelner Rabe flatterte aus dem Inneren des Tempels. In den Klauen einen kleinen Lederbeutel haltend, flog er über die Köpfe der Stierkrieger hinweg.

»Erfülle den Willen deines Herrn!«

Dieser Gedanke begleitete und lenkte ihn, und er beschleunigte auf eine Weise, wie es einem gewöhnlichen Vogel nicht möglich gewesen wäre: Innerhalb eines Augenaufschlags war er nicht mehr zu sehen, und niemand, der zum Himmel blickte, war in der Lage, ihn noch auszumachen, kein Stierkrieger, kein Rhagar und auch kein Elb. Das Tor des Tempels schloss sich wieder.

Der Rabe aber hatte bereits wenig später die Wälder Karanors verlassen. Er reiste in einer Zwischenwelt, aus der er nur gelegentlich hervortauchte, um sich zu orientieren. Es ging über Aratan hinweg und über die Meeresbucht vor der Küste dieses Landes, dann entlang den Küsten Elbaras und Nuraniens, bis er schließlich Elbiana erreichte, jenes Reich, das sein Herr vernichten musste, wollte er auf Dauer die Herrschaft erringen.

Die Flugbahn des Vogels beschrieb einen Bogen nach Nordwesten, folgte wieder der Küste, dann wurde er langsamer, denn die Intervalle, in denen der Rabe in die Zwischenwelt ein- und aus ihr wieder auftauchte, wurden kürzer.

Schließlich fand er die Straße, die von Elbenhaven nach Süden führte; dort ging er nieder. Ein Meilenstein gab an, dass die Hauptstadt Elbianas noch fünf Meilen entfernt sei. Die Gestalt des Raben veränderte sich. Sie streckte sich hoch empor und nahm an Substanz zu. Dabei atmete er schwarzen Rauch aus und ließ einen durchdringenden, krächzenden Laut hören. Der Gestaltenwandel schien ihm nicht zu behagen. Aber es war der Befehl seines Herrn, der ihm dies gebot. Ein Werkzeug war er in dessen Händen, denn ER hatte ihn aus dem Limbus geholt. ER war der Einzige, der dazu in der Lage war.

Die Flügel bildeten sich zurück, ein Kopf mit dunklen Haaren und spitzen Ohren entstand, während statt eines Mundes noch ein Schnabel vorhanden war. Ein groteskes, sich dauernd veränderndes Mischwesen entstand, bis schließlich ein ganz gewöhnlicher Elb mitten auf der Straße zur Hauptstadt stand.

Er trug ein dunkelbraunes Gewand, das zu dem blassen, elfenbeinfarbenen Teint kontrastierte. Die Haare waren bernsteinfarben, was bei den Elben Nordbergens und Meerlands immer häufiger vorkam; manche Elben wurden so geboren, aber viele benutzten einen einfachen Zauber, um die Haarfarbe entsprechend zu ändern. In Zeiten, da die Elbenmagier spirituell zu schwach für hexerische Großtaten waren, machte inzwischen so manches Gildenmitglied ein Vermögen damit, dass er jungen Elben – magisch ungebildet, aber mit einem gewissen diesbezüglichen Talent gesegnet – Unterricht darin gab, kleine Kunststückchen durchzuführen wie zum Beispiel sich die Haare zu färben, was auf große Nachfrage stieß. Eine Nachfrage, die im Übrigen bei männlichen Elben inzwischen fast genauso groß war wie bei Elbenfrauen. Der Schamanenorden hatte diese Auswüchse natürlich immer auf das Schärfste als Missbrauch der Magie kritisiert.

Der zum Elb verwandelte Rabe betrachtete seine Hände, betastete die Arme und den Oberkörper, so als könne er kaum glauben, dass dies nun seine Gestalt sein sollte. Zumindest vorerst, bis sein Auftrag erfüllt war.

Dann sah er auf den Lederbeutel herab, den er während der Verwandlung abgelegt hatte. Er lag vor ihm auf dem Boden. Der Elb bückte sich, hob ihn auf und blickte kurz hinein: Zwei Kristallkugeln in Augengröße befanden sich darin. Im Gesicht des Elben zuckte es. Er musste noch lernen, mit der Mimik dieser Gestalt zurechtzukommen. Und zwar sehr schnell, denn sein Herr hatte größte Eile geboten.

Sein Name sollte Zerolas lauten, und angeblich war er ein elbischer Händler aus Norgua im Herzogtum Noram, erinnerte er sich. Dabei verzog er das Gesicht auf eine Weise, die entfernt an ein elbisches Lächeln erinnerte.

»Macht Euch keine Sorgen um mich«, sagte Rhiagon. Er stand an den Zinnen des Südturms und sog die klare, kühle Luft in seine Lungen. »Ich weiß Eure Fürsorge sehr zu schätzen, werte Nathranwen, doch da auch Eure Kunst mir mein Augenlicht nicht zurückgeben kann, wendet Eure Aufmerksamkeit besser jenen zu, denen Ihr helfen könnt.«

Die Heilerin war überrascht darüber, dass Rhiagon sie sofort erkannt hatte. »Seid gegrüßt, werter Rhiagon«, sagte sie. »In der Tat hat mich mein Heilerkollege Eónatorn vor seinem Aufbruch mit des Königs Truppen darum gebeten, nach Euch zu sehen, denn er äußerte im Gespräch mit mir die Befürchtung, dass Ihr Euch dem Lebensüberdruss hingeben könntet.«

»War das nicht eine Krankheit, die während der großen Seereise grassierte?«

»Ja, und noch einige Zeit danach. Es war schwer, ihrer Herr zu werden und den Elben genug Lebensmut zu geben, dass sie sich den Herausforderungen stellen konnten, die nach der Ankunft im Zwischenland auf sie zukamen. Allerdings sind in letzter Zeit wieder häufiger Fälle dieser Seuche aufgetreten, und zwar in einem Maße, dass es die Heilerzunft durchaus zur Sorge veranlasst.«

»Ein kurzer Weg nach Eldrana – das hat durchaus etwas Verlockendes.«

»Es tut mir leid, dass Euch meine Zunft im Moment noch nicht zu helfen vermag, aber es ist nicht so, dass das Heilerwissen für alle Zeiten festgeschrieben wäre. Wir suchen ständig nach neuen Methoden, neuen Heilzaubern und bisher unbekannten Substanzen mit heilender oder zumindest lindernder Wirkung.«

»Und Ihr meint, dass es eines Tages auch für mich Hoffnung geben könnte?«

»Das ist nicht ausgeschlossen.«

»Wie lange wird es bis dahin dauern? Ein Jahrtausend?«

»In der Alten Zeit in Athranor konnte ein Elb durchaus solange auf die Erfüllung eines Herzenswunsches warten«, erwiderte die Heilerin.

»Dann müssen sich die Zeiten in dieser Hinsicht wohl geändert haben. Oder die See- und Elbiana-Geborenen unter uns sind nicht aus demselben Elfenbein geschnitzt wie die Elben der Alten Zeit.« Rhiagons Züge verdüsterten sich. »Im Übrigen habt Ihr leichtes Reden. Ihr könnt jeden Morgen das Licht des Tages begrüßen.«

»Das ist mir bewusst. Und doch müsst Ihr Euch wohl oder übel mit der Situation arrangieren, wie sie nun einmal ist, solange es noch keine Möglichkeit gibt, dass Ihr voll und ganz gesundet. Man sagt, dass ein fehlender Sinn durch die zunehmende Sensibilität anderer Wahrnehmungen zumindest teilweise ausgeglichen werden kann. Und gerade eben habt Ihr mich sofort erkannt, und so nehme ich an, dass genau dies bei Euch schon eingesetzt hat.«

»Ich will mich in dieser Hinsicht nicht beklagen«, erwiderte Rhiagon. »Ich höre Euren Atem, Euren Herzschlag und das Rascheln Eures Gewandes. Und an Eurer typischen Art zu gehen habe ich Euch bereits erkannt, als Ihr die Treppe emporkamt. Aber heißt das, dass es überflüssig wäre, Euch zu sehen? In der Burg kenne ich mittlerweile jeden Winkel, und selbst in der Stadt Elbenhaven vermag ich mich zurechtzufinden. Doch ihre Mauern zu verlassen, würde ich zurzeit nicht wagen.«

»Ihr werdet diesen Pfad weiterbeschreiten, werter Rhiagon.«

»Möglich. Doch sollte ich mich anders entscheiden, dann ist das mein freier Wille«, entgegnete Rhiagon hart, »und es steht niemandem zu, dies als Krankheit zu bewerten, werte Heilerin.«

»Wenn ich Euch zu nahe trat«, sagte Nathranwen eingeschüchtert, »geschah dies nur aus Fürsorge.«

»Das ist mir bewusst. Aber lasst Eure Fürsorge besser der Königin zukommen. Sie hat sie gewiss nötiger als ich.«

Nathranwen hob verwundert die Augenbrauen. »Wie kommt Ihr darauf, werter Hauptmann?«

»Nennt mich nicht mehr Hauptmann. Das bin ich nur noch dem Rang nach. Ich bin jetzt Rhiagon der Blinde, auch wenn mir gegenüber niemand diese Bezeichnung zu benutzen wagt. Aber in ihren Gedanken bin ich es, deswegen habe ich auch nichts dagegen, würde man mich so nennen.« Er streckte die Hand Richtung Norden aus.

»Rhiagon der Hauptmann der Einhandgarde wäre jetzt mit des Königs Mannen auf dem Schiff, um die Steine des Magischen Feuers von Naranduin zu holen. Aber Rhiagon der Blinde kann Elbenhaven nicht verlassen und ist ein Gefangener der Dunkelheit.« Abwehrend hob er die Hände, so als befürchtete er, die Heilerin wollte ihm erneut widersprechen. Dann sagte er: »Was die Königin betrifft, so nehme ich an, dass sie große Sorgen hat.«

Nathranwen runzelte verwirrt die Stirn. War das Gehör des Erblindeten etwa schon in der kurzen Zeit so empfindlich geworden, dass er Gespräche mit angehört hatte, die in einem anderen Raum, ja, in einem ganz anderen Teil der Burg geführt worden waren? Gespräche, die eigentlich nicht für seine Ohren bestimmt waren? Als Heilerin wusste Nathranwen, dass die Zeit, die eine solche Anpassung und Neugewichtung der Sinne in Anspruch nahm, bei jedem Elben verschieden war. In den Überlieferungen der Heilerzunft wurde von Fällen berichtet, in denen dies sogar innerhalb weniger Tage geschehen war, auf eine so radikale Weise, dass man es kaum für möglich halten mochte, obwohl die Betreffenden nur die Unterstützung ganz gewöhnlicher Elbenmagie in Anspruch genommen hatten. Mit anderen Worten: Sie hatten keine besonderen Hilfsmittel verwendet, auch keine schwarze Magie benutzt oder die Namenlosen Götter angerufen, die sich in der Alten Zeit noch um die Schicksale der Sterblichen gekümmert hatten.

»Wie kommt Ihr zu Eurer Auffassung hinsichtlich der Königin?«, fragte Nathranwen mit spürbarer Zurückhaltung. Dennoch – es interessierte sie schon, wie viel von den bedrückenden Gedanken, die Königin Ruwen beherrschten, vielleicht bereits nach außen gedrungen war. In Zeiten, da das Elbenreich um seine Existenz fürchten musste, brauchte das Volk Hoffnung, nicht eine Königin, die in Schwermut versank. Dass die Fälle von Lebensüberdruss wieder zugenommen hatten, war kein Zufall.

»Ich habe sie kürzlich auf einem der Türme getroffen«, erzählte der blinde Rhiagon. »Wenngleich ich nicht glaube, dass sie unter Lebensüberdruss leidet und tatsächlich mit dem Gedanken spielte, sich in die Tiefe zu stürzen, so hatte ich doch den Eindruck, dass sie schwer bedrückt war. Nun, ich konnte es nicht sehen, aber ihr Herzschlag war deutlich erhöht, und sie atmete tief und hektisch; jedes Luftholen glich einem kleinen Seufzer. Ich weiß nicht, welche unsichtbaren Geister ihr so zusetzen; sie ist immerhin die Königin, und so gebot es mir der Respekt, sie nicht darauf anzusprechen.«

»Ich verstehe«, murmelte Nathranwen. »Ich bitte Euch um eins: Schweigt darüber.«

Rhiagon verstand natürlich sofort, was der Hintergrund dieser Bitte war. »Ich verspreche es Euch, werte Nathranwen.«

Sie senkte den Kopf zum Zeichen der Dankbarkeit, dann empfahl sie ihm: »Vielleicht solltet Ihr mehr unter Leute gehen, werter Rhiagon. Es würde Eurer Seele guttun, und Ihr würdet die Euch verbliebenen Sinne durch Übung schärfen.«

»Ihr scheint Euren Text von Eurem Kollegen Eónatorn erhalten zu haben«, meinte Rhiagon, und er zwang ein Lächeln auf seine verkniffenen Lippen – ein Lächeln, das völlig freudlos war.

Nathranwen ließ den Blick über die Zinnen hinweg in die Ferne schweifen. »Nein, Ihr irrt. Es war eine plötzliche Eingebung, als ich das Treiben auf dem Marktplatz sah. Ihr sagtet doch, dass Ihr Euch innerhalb der Stadtmauern Elbenhavens sicher zu bewegen vermögt.«

»Gewiss, aber ...« Er verstummte.

»Es war nur ein Vorschlag. In Eurer Leben wollte ich mich gewiss nicht mischen, werter Rhiagon.«

Nathranwen verabschiedete sich von ihm und ging. Rhiagon blieb noch eine ganze Weile allein oben auf dem Turm. Viele Gedanken gingen ihm durch den Kopf. Gedanken, die viel zu diffus waren, um sie in Worte zu fassen. Schließlich gab sich der erblindete Hauptmann doch einen Ruck und beschloss, sich auf dem Markt umzusehen. Immerhin regte das Treiben dort sein Gehör in einer besonderen Weise an, und wenn er den deprimierenden Gedanken in den Hintergrund drängte, all diese Pracht und diesen Überfluss nicht sehen zu können, wäre es vielleicht ganz interessant, was es dort zu hören gab.

Tausende von Stimmen bildeten einen chaotischen Chor. Es waren zumeist die Stimmen von elbischen Händlern und Kunden, aber auch die von tagoräischen Geschäftsleuten waren zu hören, die mit ihren Schiffen noch immer – wenn auch in geringer gewordener Frequenz – Elbenhaven ansteuerten, um dort ihre Waren feilzubieten.

Elben ließen sich beim Handeln Zeit, und sie brauchten manchmal sehr lange, um sich für etwas zu entscheiden. Für die menschlichen

Tagoräer war das ebenso eine Geduldsprobe wie für die wenigen Rhagar, die aus dem Seekönigreich von Ashkor und Terdos den weiten Weg an die elbianitische Küste auf sich genommen hatten, obwohl ihnen klar war, dass ein offener Ausbruch des Krieges zwischen dem Magolasischen und dem Elbenreich, der ja ohnehin schon im Hintergrund schwelte, ihren Geschäften ein jähes Ende bereiten würde. In den Häfen von Aratania, Cadd und Darii an der Küste der Südwestlande lagen bereits Hunderte von Kaperschiffen bereit, um jedes Schiff aufzubringen, das sich aufs Zwischenländische Meer wagte, sobald es zum Krieg kam, und damit würden die Schifffahrtswege zur Hauptstadt des Elbenreichs zum Schlachtfeld werden.

Rhiagon hörte nicht nur, auch seine anderen Sinne waren sensibler geworden. Er roch die verschiedensten Gewürze, deren Duft sich mit dem salzigen Geruch des nahen Meeres mischte. Rhiagon musste sich selbst gegenüber eingestehen, dass er all diese Düfte und Gerüche früher nie in dieser Weise beachtet hatte; doch wahrscheinlich wäre ihm das auch nicht möglich gewesen, da sein Geruchsempfinden seit seinem Erblinden von Tag zu Tag feiner wurde.

Zumindest für einige Momente gelang es ihm, den Schmerz über den Verlust seines Augenlichts zu vergessen. Eine kleine Linderung des Grauens, das allein der Gedanke bei ihm verursachte, eine Ewigkeit lang in Dunkelheit leben zu müssen. Bisweilen hatte Rhiagon Albträume davon, in denen er in finstere Gewölbe eingeschlossen war, umgeben von riesigen Ratten, die sich auf magische Weise vollkommen lautlos zu bewegen vermochten und ihn nach Belieben anfielen, um Teile seines Fleisches aus seinem Körper zu reißen …

»Kommt her, werter Hauptmann!«, sprach ihn einer der Händler plötzlich an. Er hatte einen etwas zu einschmeichelnden, fast schmierigen Tonfall, sodass Rhiagon der Mann vom ersten Moment an unsympathisch war.

»Was wollt Ihr von einem Blinden? Und woher wisst Ihr, dass ich ein Hauptmann bin? Offenbar hat sich mein erbarmungswürdiges Schicksal schon überall herumgesprochen, und Ihr wollt mich jetzt entweder zu einem Opfer Eurer barmherzigen Fürsorge oder Eurer üblen Scherze machen, was mir gleichermaßen unangenehm ist.«

»Wenn Ihr einen Moment stehen bleibt, werde ich Euch Eure Fragen gern beantworten, denn Ihr irrt in jeder Eurer Annahmen.«

»So?«

»Mein Name ist Zerolas, und ich bin ein Händler aus dem fernen Norgua im Herzogtum Noram, falls Ihr wisst, wo sich das befindet. Falls nicht, wäre dies nicht verwunderlich, so weit ist es von Elbenhaven entfernt.«

»Ich war dabei, als Noram gegründet und Herzog Mirgamir in sein Amt erhoben wurde«, erklärte Rhiagon.

»Wie auch immer«, sagte Zerolas, »ich bin über die hiesigen Verhältnisse nicht besonders informiert, doch dass Ihr ein Hauptmann seid, habe ich an dem Ehrenzeichen erkannt, das an Eurem Wams angebracht ist. Das ist alles.«

Rhiagon betastete die Stelle an der Brust, an der dieses Zeichen normalerweise seinen Platz hatte – und tatsächlich, da war es, obwohl Rhiagon sicher war, es abgelegt zu haben. Offenbar irrte er in dieser Hinsicht.

»Nun gut«, sagte Rhiagon. »Ich wünsche Euch noch einen schönen Tag, werter Zerolas.« Er wollte schon weitergehen.

Aber Zerolas fasste ihn am Arm. »Vorsicht! Da liegt die Hinterlassenschaft eines Straßenköters vor Euch!« Rhiagon blieb stehen, und Zerolas lachte auf. »Ich weiß, die Alten behaupten, dass es so etwas früher in einer Elbenstadt in Athranor nie gegeben habe, doch ich bezweifle, dass ihre Erinnerung sie da wirklich nicht trügt.«

»Was wollt Ihr noch?«, fragte Rhiagon und klang leicht ungehalten. »Mir etwas verkaufen?« Er mochte Zerolas nicht, und dass dieser ihn davor bewahrt hatte, in ein Hundeexkrement zu treten, setzte ihm noch viel mehr zu, hatte es ihn doch erneut an seine Behinderung erinnert. »Ich brauche nichts von dem Tand, den einer wie Ihr mir bieten könnte. Ich habe keinen Bedarf an nordbergischen Seehundfellen, die auf so dilettantische Weise gegerbt wurden, wie das in Berghaven nun leider mal der Tradition entspricht.«

»Abermals muss ich Euer Vorurteil korrigieren, Hauptmann. Im Allgemeinen pflege ich Dinge anzubieten, die meine Kundschaft sich insgeheim am meisten wünscht. Ich erfülle sehnlichste Wünsche …«, erklärte Zerolas und fügte leiser und in vertraulichem Tonfall hinzu: »… und könnte auch den Euren erfüllen!«

»Das steht kaum in Eurer Macht«, sagte Rhiagon kategorisch.

»Woher wollt Ihr das wissen?«

»Nicht einmal die größten Heiler Elbianas können mir das Augenlicht zurückgeben – doch genau dies ist mein sehnlichster Wunsch. Wie solltet Ihr mir den erfüllen können, hm?«

»Es gibt einen genialen Erfinder in Berghaven, dessen Talent und Geistesgaben wohl nur mit denen des Thamandor vergleichbar sind«, entgegnete Zerolas. »Übrigens arbeitete dieser Erfinder einst fast eine Jahrhunderthälfte lang in der Manufaktur des berühmten Waffenmeisters, bevor er sich schließlich selbstständig machte. Sein Name ist Residor, doch anstatt sich wie der hoch geschätzte Thamandor auf die Herstellung von Waffen zu kaprizieren, entwickelt er Mechanismen, die Notleidenden zu helfen vermögen. Eine ganze Reihe von Werkzeugen und Hilfsmittel, die die Heilerzunft verwendet, gehen auf seine Erfindungen zurück.«

»Vielleicht ist dies der Grund, weshalb ich noch nichts von diesem Residor gehört habe«, sagte Rhiagon, und es war sarkastisch gemeint, denn er glaubte Zerolas kein einziges Wort. Dennoch war sein Interesse geweckt, auch wenn er es sich selbst gegenüber noch nicht eingestand.

Und dann sagte Zerolas zu seinem größten Erstaunen: »Jedenfalls habe ich hier ein Paar künstliche Augen aus Residors Fertigung. Und ich bin bereit, es Euch zu verkaufen.«

Rhiagon verschlug es die Sprache; erst allmählich sickerte in seinen Verstand, was Zerolas gerade gesagt hatte, und als dies geschehen war, fehlten ihm schlichtweg die Worte.

»Was ist?«, fragte der Händler. »Ihr seid so still.«

Noch immer schaffte es Rhiagon nicht, einen Ton hervorzubringen, dann straffte er die Haltung und versuchte seiner Stimme einen festen Klang zu geben, als er sagte: »Ich fürchte, meine Ersparnisse reichen nicht aus. Der Preis, den Ihr dafür verlangen werdet, muss unvorstellbar hoch sein, sollte es diesem Residor tatsächlich gelungen sein, dies Wunder zu vollbringen und künstliche Augen herzustellen.«

»Es ist kein Wunder, und es hat auch nur wenig mit Magie zu tun«, erklärte Zerolas. »Vielmehr hat Residor die Funktionsweise des Elbenauges erforscht und versucht, es nachzubauen. Das Ergebnis ist sicherlich nicht so perfekt wie ein echtes Elbenauge, aber immerhin wärt Ihr nicht mehr blind. Und allein schon der Anblick des Tageslichts erwärmt doch die Seele, wenn Ihr versteht, was ich meine.«

Rhiagon verstand sehr gut, was dieser Händler aus Berghaven im Herzogtum Nordbergen meinte. Und obgleich da etwas im Tonfall seiner Stimme war, das dem Elben nicht gefiel, konnte er sich der Faszination nicht entziehen, die der Gedanke auf ihn ausübte, wieder sehen zu können, und wenn es nur für einen einzigen Moment wäre.

»Ich mache Euch einen Vorschlag, werter Hauptmann.«

»Ich höre interessiert zu«, erwiderte Rhiagon.

»Ihr probiert das Augenpaar des Residor einfach für eine Weile aus. Dann werde ich Euch aufsuchen und fragen, ob Ihr damit zufrieden seid. Falls Ihr es nicht seid, so gebt Ihr mir die Augen zurück, und ich werde gewiss früher oder später einen anderen Kunden dafür finden. Unter den Elben sind Augenverletzungen zwar selten, aber sie kommen doch immer wieder mal vor. Es ist nur eine Frage der Zeit, und mit der ist unser Volk ja reichlich gesegnet.«

Rhiagon überlegte. »Mit weiteren Verpflichtungen wäre dies nicht verbunden?«

»Nein. Erst dann, wenn wir uns wirklich handelseinig werden und Ihr die Augen behalten wollt.«

»Gut, dann ist nichts dagegen einzuwenden. Und worin wird der Preis bestehen?«

»Darüber reden wir dann.« Zerolas übergab Rhiagon einen Lederbeutel, und der Hauptmann öffnete ihn und ertastete zwei augengroße, kristallharte Kugeln.

Er nahm eine davon heraus. »Ich nehme an, es ist die kundige Hand eines Heilers vonnöten, sie mir einzusetzen.«

»O nein, da irrt Ihr. Das könnt Ihr selber – und falls Ihr Euch da unsicher fühlt, bin ich Euch gern dabei behilflich. Gestattet Ihr?«

»Meinetwegen.«

Der Händler setzte mit sicheren Griffen die Augen in die leeren Höhlen in Rhiagons Gesicht ein. Sie passten erstaunlicherweise so exakt, als wären sie eigens für den Hauptmann angefertigt worden.

Im ersten Moment sah dieser nichts als grelle Farben, die dann allmählich zunächst noch undefinierbare Formen annahmen. Aber das Bild wurde bald klarer, und auf einmal konnte er seine Umgebung wieder erkennen. Nicht mit jener Schärfe, wie es ihm mit seinen richtigen Augen möglich gewesen war, aber der Eindruck war für Rhiagon überwältigend.

»Ihr Namenlosen Götter, ich kann sehen!«, stieß er laut hervor, sodass sich Dutzende von Elben in unmittelbarer Nähe nach ihm umdrehten. Sie starrten ihn an und wunderten sich über die hellgrauen und sehr trüb wirkenden Kristallkugeln, die der Hauptmann anstelle von Augen hatte. Sie ließen ihn wie ein fremdartiges Wesen erscheinen.

Rhiagon atmete tief durch, ließ den Blick schweifen, richtete ihn hierhin und dorthin und schien gar nicht zu wissen, wo er seinen neu gewonnenen Gesichtssinn als Nächstes hinwenden sollte.

»Ich werde Euch zu gegebener Zeit aufsuchen, werter Rhiagon«, sagte Zerolas.

»Sagt mir jetzt den Preis«, verlangte Rhiagon. »Die Ungewissheit, ob ich in der Lage bin, ihn zu bezahlen, oder ob ich die Augen vielleicht wieder abgeben muss, wäre mir schier unerträglich. Denn ich habe mich bereits entschieden: Ich bin sehr zufrieden mit diesen Augen.«

»Übereilt nichts.« Zerolas' Stimme klang auf einmal kein bisschen einschmeichelnd mehr, sondern mahnend, fast drohend. »Wie ich schon sagte, zu gegebener Zeit werde ich den Preis von Euch einfordern. Und seid gewiss: Ihr könnt ihn bezahlen. Andernfalls hätte ich Euch niemals angesprochen, Hauptmann.«

5

EIN BETTELMÖNCH IM PALAST VON ARATANIA

»Wir haben noch genug von der Essenz des Lebens«, sagte Larana. »Warum willst du also so plötzlich zum Tempel der Sechs Türme aufbrechen?«

Sie saßen an der festlichen Tafel in einem der Säle des Königspalasts von Aratania. Daron und Sarwen nahmen an diesem Essen nicht teil. Ihr Appetit war sehr wechselhaft, und Magolas hatte seiner Frau erklärt, dass dies ihrem elbischen Erbe entsprang.

Doch auch Larana hatte kaum Appetit, obwohl sich der Hofkoch alle Mühe gegeben hatte, ihren Geschmack zu treffen. Seitdem ihr Gemahl ihr mitgeteilt hatte, dass Andir tot war, war sie sehr schweigsam und in sich gekehrt.

»Xaror hat mich gerufen«, sagte Magolas. »Ich habe keine Ahnung, was er von mir will. Aber wenn ich schon einmal da bin, werde ich auch nach der Essenz fragen. Es kann ja nicht schaden, wenn wir einen etwas größeren Vorrat davon haben.«

»Ja …« Laranas Stimme klang tonlos. Das Fleisch des gebratenen Rebhuhns erschien ihr fade, obwohl sie wusste, dass sich ihr Hofkoch, ein wahrer Künstler der Küche, alle Mühe gegeben hatte und es hervorragend gewürzt war. Aber schon seit einiger Zeit bemerkte Larana, dass sie nicht mehr so schmeckte wie früher, als würden ihre Geschmacksnerven mit der Zeit absterben. Sie ahnte, dass dies die Folge ihrer verlängerten Lebensspanne war oder vielleicht auch eine direkte Nebenwirkung der andauernden Einnahme der Essenz des Lebens. Sie musste also damit rechnen, dass in Zukunft selbst die allerstärksten Gewürze so gut wie keine Geschmackswirkung mehr hatten.

Larana schob den Teller mit dem Rebhuhn von sich und nahm einen Schluck Wein, dessen Geschmack sich in ihrer Wahrnehmung inzwischen nicht mehr von dem reinen Wassers unterschied. »Manchmal glaube ich, ich wäre innerlich schon tot«, sagte die Gemahlin des Großkönigs, als sie den Kelch wieder abstellte. »Meine äußere Hülle wird am Leben gehalten, aber ich habe den Eindruck, dass meine Seele stirbt!«

Magolas nickte. »Es war vielleicht ein Fehler, Nathranwen fortzuschicken«, murmelte er. »Sie kennt sicherlich einige Essenzen, die deine Stimmung hätten aufhellen können.«

»So einfach ist das Problem nicht zu lösen, Magolas.«

Ihre Blicke trafen sich. »Ich weiß«, sagte der Großkönig beinahe tonlos.

Mit einer Begleiteskorte von hundert norischen Gardisten ritt Magolas zum Tempel der Sechs Türme in den Wäldern Karanors. Davon, dass nun Stierkrieger – Schattengeschöpfe aus dem Limbus – die Tore des Tempels bewachten und es normalerweise niemandem gestatteten, sich dem Bauwerk auf mehr als eine Meile zu nähern, war der Großkönig natürlich gleich unterrichtet worden. Magolas machte sich durchaus Sorgen darüber. Was hatte Xaror vor? Gab es für den Großkönig tatsächlich noch einen Platz an seiner Seite, wenn das Dunkle Reich erst einmal wieder errichtet war? Magolas konnte sich das entgegen allen Versprechungen, die man ihm gegeben hatte, kaum vorstellen. Zumindest dann nicht, wenn man Xarors bisheriges Gebaren in Betracht zog. Eigentlich gab es bei ihm nur die völlige Unterwerfung. Etwas anderes akzeptierte der Dunkle Herrscher nicht, auch wenn er einige seiner Knechte zunächst in dem Glauben ließ, dass sie ihre eigenen Entscheidungen treffen könnten. In Wahrheit war auch das nichts weiter als Täuschung. Magolas wusste, dass seine Unterwerfung unter Xarors Willen nicht nur das Ende seines eigenen Reichs, sondern das aller anderen Reiche des Zwischenlandes nach sich ziehen würde. Doch er sah keine Möglichkeit, dem Dunklen Herrscher die Stirn zu bieten. Zumindest nicht, wenn ihm etwas an Laranas Leben lag. Sie zu opfern war für Magolas vollkommen unvorstellbar.

Ungefähr eine Meile vom Tempel entfernt traten plötzlich mehrere Dutzend Stierkrieger aus den Büschen hervor. Sie richteten ihre

Armbrüste und Speere auf die norischen Söldner, die auf ein Zeichen ihres Großkönigs warteten. Dass man ihnen als bewaffnete Eskorte ihres Regenten auf diese Weise entgegentrat, war ein unvorstellbarer Affront gegen ihre Ehre als Krieger. Schließlich hatten die Norier ihre herausragende Stellung unter den Truppen Aratans schon innegehabt, als man die Herrscher im Palast von Aratania noch Herzöge genannt hatte.

»Du allein!«, sagte einer der Stierkrieger und deutete mit der Spitze seines Schwerts auf Magolas.

»Soll ich diesem Tier zeigen, wie es sich den Großkönig des Magolasischen Reiches anzureden geziemt?«, fragte der Anführer des norischen Söldnertrupps, der neben Magolas ritt. Die Hand hatte er bereits auf die Einhandarmbrust an seinem Gürtel gelegt; sie schoss konventionelle Bolzen ab.

»Ich bezweifle nicht Euren Mut«, sagte Magolas zu dem Offizier. »Aber ich will kein Blutvergießen.«

Der Stierkrieger trat drei Schritte vor. Hoch aufgerichtet war er groß wie ein Reiter der Norischen Garde auf seinem Pferd. Er richtete erneut die Spitze seines Schwerts auf den Großkönig und wiederholte: »Nur du! Alle anderen weg! Hier warten meinetwegen!«

»Ich fühle mich wohler in Anwesenheit meiner Männer«, erwiderte Magolas.

Auf der Stirn des Stierkriegers bildete sich eine tiefe Furche, die von Unmut und Ärger zeugte. Ein kehliger Laut, der an das Grollen von fernem Donner erinnerte, drang aus seinem Maul. »Xaror befiehlt!«

Magolas wandte sich an den Anführer der Garde. »Wartet hier, bis ich zurück bin.«

Dem Offizier gefiel das nicht, das war seinem Gesicht deutlich anzusehen. Aber er hütete sich davor, auch nur noch ein einziges Wort darüber verlauten zu lassen. Er nahm die Hand von der Einhandarmbrust und entspannte seine Körperhaltung etwas. »Wie Ihr meint, o Sohn der Sonne!«

Magolas ließ sein Elbenpferd nach vorne preschen. Ein Teil der Stierkrieger nahm ihn in die Mitte und lief links und rechts neben dem Ross her. Mit einem Pferd im schnellen Trab konnten sie mühelos mithalten. Eigene Reittiere hatten diese Kreaturen nicht nötig.

Es dauerte nicht lange, und sie hatten die letzte Meile bis zum

Tempel zurückgelegt. Dort angekommen, stieg Magolas von seinem Ross. Überall hatten Stierkrieger ihre Posten bezogen und die Männer der Norischen Garde abgelöst. Das Signal, das Xaror damit zu geben beabsichtigte, war eindeutig: ER war der Herr des Tempels der Sechs Türme, nicht Magolas.

Die gewaltigen Tore öffneten sich wie von selbst, und Magolas betrat den Tempel und ging bis zu dem finsteren Schlund vor dem Altar. Zwei weitere Stierkrieger, die sich von jenen, die draußen Posten bezogen hatten, vor allem dadurch unterschieden, dass sie vier Hörner hatten, waren gerade mit den Artefakten auf dem Altar beschäftigt. Sie nahmen einige davon und warfen sie in den Schlund vor dem Altar, der einer nachtschwarzen Schlammpfütze ähnelte. Mit Lauten, die Magolas an menschliches Schmatzen erinnerten, verschwanden die Gegenstände in der zähflüssigen Masse. Ein mit Gold überzogener Knochen war darunter, ebenso ein mumifiziertes Krokodil, von dem man im Süden Karanors behauptete, dass seine Seele ein Repräsentant des Sonnengottes wäre.

Xaror schien aus irgendeinem Grund frische Kraft zu benötigen, ging es Magolas durch den Sinn.

»Du hast es erkannt!«, bestätigte Xarors Gedankenstimme. Die Knochen des schaurigen Mobiles über dem Altar führten einen makabren Tanz auf. Magolas erschrak. Xaror schien seine Gedanken noch bis in sehr viel tiefere Schichten zu erkennen, als es dem Großkönig bisher bewusst gewesen war.

Die beiden vierhörnigen Stierkrieger wandten sich zu Magolas herum. Sie verschränkten die Arme vor der Brust. Jeder der beiden Krieger trug einen Harnisch sowie ein monströses, auf den Rücken gegürtetes Schwert. Am Gürtel hatten sie eine Ledertasche und mehrere Wurfdolche und Ringe, über deren Sinn und Zweck Magolas nur spekulieren konnte.

»Das sind Hakin und Makin«, erklärte Xaror. »Sie werden von nun an für die Sicherheit des Großkönigs sorgen.«

»Ich fühle mich unter meinen Männern durchaus sicher aufgehoben«, erwiderte Magolas, aber er ahnte, dass es kaum Sinn hatte, sich gegen Xarors Willen zu sträuben.

»Man kann Sicherheit sehr unterschiedlich definieren«, sagte Xaror. »Ich halte es jedenfalls so für besser. Ich mache mir Sorgen um dich. Aber Hakin und Makin werden dafür sorgen, dass du vor allen Anfechtungen bewahrt bleibst, mein Sklave. Darüber hinaus sind die beiden meine direkten Botschafter. Sie empfangen meine Gedanken ohne irgendeine Verzögerung. Was sie tun, ist von mir getan, was sie sagen, ist von mir gesagt.«

Es lag für Magolas auf der Hand, was Xaror mit seinen Maßnahmen eigentlich bezweckte. Er wollte sicherstellen, dass Magolas nicht seiner Kontrolle entglitt.

Der Großkönig unterdrückte jeden Gedanken an Andir und die Tatsache, dass seine Gemahlin ihn in gewisser Weise herbeigerufen hatte. Dieses Problem war gelöst. und Magolas wollte den Eindruck vermeiden, dass Larana ein Risiko für den Dunklen Herrscher darstellte.

»So geh denn dahin, mein Sklave, und höre, was meine Boten Hakin und Makin zu sagen haben.«

»Da ich jetzt schon einmal hier bin«, sagte Magolas hastig, und er kam sich dabei vor wie ein unwürdiger Bittsteller, »könnte ich doch auch etwas von der Essenz des Lebens mitnehmen, das meine Gemahlin benötigt.«

»Hat unser Herr Xaror dir nicht genug davon gegeben?«, ergriff auf einmal einer der beiden Stierkrieger das Wort.

»Bist du Hakin oder Makin?«, fragte Magolas.

»Hakin. Aber das spielt keine Rolle.«

»Wir teilen dieselben Gedanken«, ergänzte Makin.

»Und wir sind Stimme und Hand des Herrn des Dunklen Reiches, der die Unseren aus dem Limbus führte.«

»Du sprichst in der Vergangenheit, als wäre dies bereits geschehen«, stellte Magolas fest. »Dabei sind doch erst wenige der Euren aus dem Limbus in unsere Welt gelangt«,

»Es ist …«, begann Hakin.

»… Vergangenheit«, vollendete Makin.

Und Makin fuhr fort: »Es ist immer eine Frage der Sichtweise. Wir erwarten nicht, dass du das begreifst.«

Einige Augenblicke lang herrschte Schweigen, das eisiger nicht hätte sein können. Im Grunde hatte Makin dem Großkönig gerade vorgeworfen, ein Dummkopf zu sein, der die Verstrickungen im Hintergrund nicht durchschaute. Es war eine Beleidigung, und da

Magolas nicht entsprechend darauf reagieren konnte, kam sie einer Erniedrigung gleich. Er fühlte einen Kloß im Hals. Die vollkommene Abhängigkeit, in die er sich begeben hatte, wurde ihm schmerzlich bewusst. Er hatte sich zum Werkzeug einer Kreatur gemacht, der Laranas Leben so gleichgültig war wie das Leben irgendeines lästigen Insekts, das man beiläufig zerquetschte. Wie sehr hätte sich Magolas gewünscht, es hätte eine andere Möglichkeit gegeben, Laranas Leben zu verlängern. Ihr Glück hätte perfekt sein können. Stattdessen war nacktes Grauen daraus erwachsen.

Ihm bleib nichts anderes übrig, als eine erneute Erniedrigung auf sich zu nehmen und den Herrscher des Dunklen Reichs anzubetteln: »Erhabener Xaror, was spricht dagegen, wenn die Mutter jener Kinder, denen du eine so große Bedeutung für deine Pläne beimisst, einen etwas größeren Vorrat an jener Essenz bekommt, die ihr Leben erhält? Nur wenn sie lebt, kann sie für die Kinder sorgen …«

»… die du Xaror geweiht hast«, sagte Hakin.

»Durch Hunderte von Ritualen«, ergänzte Makin.

»Wenn du mehr von der Essenz willst, musst du dafür etwas für mich tun«, meldete sich Xaror wieder zu Wort, und seine Gedankenstimme dröhnte in Magolas' Kopf.

»Was verlangst du?«, fragte der Großkönig.

Ein paar Blasen stiegen aus dem dunklen Schlund vor dem Altar auf und zerplatzten an der Oberfläche. Dabei entstand ein Geräusch, das entfernt an ein höhnisches Gelächter erinnerte. Allerdings war sich Magolas nicht wirklich sicher, ob er diese Laute tatsächlich hörte oder sie nur in seinen Gedanken und seiner Vorstellung existierten. Aber das spielte eigentlich auch keine Rolle. Xaror demonstrierte einfach, dass er die absolute Macht über den Großkönig und sein Magolasisches Reich hatte, das seinen Namen wohl zu Unrecht trug.

»Unser Herr Xaror will, dass du ihm das erste Schwert bringst, das einst der Eisenfürst Comrrm mit eigener Hand schmiedete«, erklärte Hakin, und dabei wurde er erstaunlicherweise von Makin weder unterbrochen, noch vollendete dieser seinen Satz. Hakin fuhr fort: »Die Rhagar verehrten es als Reliquie, obwohl es nur ein brüchiges Stück Metall von zweifelhafter handwerklicher Qualität ist.«

»Ein weiteres Artefakt?«, wunderte sich Magolas angesichts der schier unglaublichen Fülle von magischen Gegenständen, die bereits im Tempel der Sechs Türme angehäuft waren.

»Ein sehr wichtiges Artefakt. Mächtig genug, um den Ansprüchen des Herrschers zu genügen.«

»Wo befindet es sich?«, fragte Magolas.

»Die Gnomenkrieger des Axtherrschers raubten die Klinge einst aus dem Palast von Cosan. Aber anstatt sie in den Tempel unseres Herrn zu bringen, schafften sie das Schwert in die Dunkle Festung am See der Finsternis.«

Dieser See war Magolas bekannt. Es handelte sich um den Quellsee des ganz Karanor durchziehenden Flusses Kar.

»Der Axtherrscher ist tot«, stellte Magolas fest. »Mein Vater Keandir vernichtete ihn.«

»Aber du musst damit rechnen, dass noch eine Horde seiner Gnomenkrieger dort haust«, sagte Makin. »Eigentlich wäre es die Aufgabe des Axtherrschers gewesen – deines Vorgängers als Statthalter unseres Dunklen Herrn –, diese uralte, noch aus der Zeit des Dunklen Reichs stammende Festung für seine Rückkehr herzurichten, auf dass er sie wieder als Residenz hätte beziehen können, sobald das Dunkle Reich neu ersteht. Nun fällt diese Aufgabe dir zu.«

»Warum lässt er dies nicht von Kreaturen wie euch beiden erledigen?«, fragte Magolas. »Der See der Finsternis liegt schließlich mit dem Flussschiff nur ein paar Tagesreisen den Kar hinauf.«

»Leider hat der Axtherrscher unseren Herrn betrogen und ein doppeltes Spiel versucht«, gab Hakin Auskunft. »Die Dunkle Festung wurde mit einem Zauber belegt, der es meinesgleichen verwehrt, sie zu betreten. Ein Zauber, der alle betrifft, die jemals im Limbus weilten.«

Und Makin fuhr fort: »Der Herr glaubt, dass du ihn nicht betrügen wirst. Im Gegensatz zum Axtherrscher hast du einen äußerst zwingenden Grund, ihm gegenüber loyal zu sein.«

Magolas nickte leicht. Hatte er eine andere Wahl, als zu tun, was der Dunkle Herrscher von ihm erwartete? Die Frage erübrigte sich.

»Ich werde gehorchen«, versprach er.

Nachdem der Großkönig mit Hakin und Makin den Tempel verlassen und sich die Tore hinter ihnen geschlossen hatten, tanzten die Schädel unter der Tempeldecke, und das Knochenmobile klapperte. Xarors Geist war in Aufruhr.

Auf der Oberfläche des dunklen Schlunds bildete sich das Relief eines augenlosen Gesichts. Eines Gesichts, das die Karikatur eines triumphierenden Lächelns zeigte.

Xaror hatte die Gabe der beiden Kinder Magolas' im Kampf gegen seine Feinde einsetzen wollen. Aber konnte er sie mit einer magisch derart aufgeladenen Waffe wie dem ersten Schwert des Eisenfürsten Comrrm auf dem Altar seines Tempels opfern, würde ihre gesamte Kraft auf einmal freiwerden, und vielleicht würde er diese Kräfte einmal benötigen. Man konnte ja nie wissen …

»Eure Erhabenheit«, meldete der Hofmeister des Palasts von Aratania, »ein Mönch der Gemeinschaft der Barmherzigen Brüder des Sonnengottes bittet darum, zu Euch vorgelassen zu werden.« Comrrm hieß der Hofmeister, und zweifellos war er von seinen Eltern nach dem legendären Eisenfürsten von Cosanien benannt worden, der vor langer Zeit die Rhagar geeint und in den Kampf gegen die Elben geführt hatte. Dieser Name war unter den Bürgern Aratanias wieder sehr populär geworden, wie Larana bereits festgestellt hatte. Zwar hatte der Eisenfürst seinerzeit die Schlacht an der Aratanischen Mauer nicht für die Rhagar entscheiden können, dennoch galt er den Menschen im Nachhinein als Held, was er mit vielen gescheiterten Kriegsherrn und Anführern gemein hatte.

Larana hatte die letzten Stunden im Garten verbracht und ihren Kindern beim Spielen zugesehen. Ihre Spiele waren bisweilen sehr eigenartig und für Außenstehende so gut wie gar nicht zu durchschauen. Die geistige Verbindung zwischen ihnen war sehr stark, wie man anhand jeder ihrer Handlungen erkennen konnte.

Als der Hofmeister sie ansprach, schreckte Larana auf. Sie hatte allzu sehr ihren trüben Gedanken nachgehangen. Gedanken über ein ausweglose Schicksal und eine verfahrene Zukunft, die kaum noch etwas Gutes bereitzuhalten schien. Sie hatte das Gefühl, dass – was immer sie auch tat – es sie nur tiefer in den Sumpf zog.

Hofmeister Comrrm sah sie erwartungsvoll an und wartete auf eine Antwort. Als diese nicht erfolgte, setzte er mit ruhiger Stimme hinzu: »Der Mönch sammelt für Bedürftige, und natürlich möchte er auch etwas vom Königshaus erbitten.«

»Hat er gesagt, für wen genau er sammelt?«

»Für die Not leidenden Straßenkinder von Aratania.«

»Das ist eine löbliche Tat. So mag er herkommen, Hofmeister Comrrm.«

»Wie Ihr wünscht, Eure Erhabenheit.« Der Hofmeister senkte den Kopf zu einer untertänigen Verbeugung.

Larana kannte dies von Jugend an, schließlich war sie eine Rhagar-Prinzessin und damit aufgewachsen. Schon als Kind hatten ihr alle am Hof Ehrerbietung und Respekt entgegengebracht.

Ihr Gemahl Magolas hingegen hatte sich an diese zur Schau gestellte Unterwürfigkeit erst gewöhnen müssen. Die Elben respektierten ihren König und auch seine Familie und hegten keinen Zweifel an der Autorität Keandirs. Aber sie zeigten ihm dies nicht, in dem sie sich ständig vor ihm verbeugten oder auf den Knien vor ihm herumrutschten. Im Gegenteil, der Elbenkönig begegnete seinen Untertanen mit ausgesuchter Höflichkeit und war ihnen gegenüber stets freundlich. Die Rhagar hätten ein solches Verhalten ihres Regenten als Schwäche interpretiert.

Andererseits aber gehörte es auch zu den Gepflogenheiten am Hof, dass man die Mönche von der Gemeinschaft der Barmherzigen Brüder des Sonnengottes gut behandelte und ihnen Almosen spendete, denn sie waren bei der einfachen Bevölkerung sehr beliebt. Mit der regulären Priesterschaft des Sonnengottes hatten sie nichts zu tun und wurden von dieser sogar ziemlich misstrauisch beäugt. Schließlich beanspruchte die Priesterschaft die Deutungshoheit über den Kult des Sonnengottes, und so empfanden sie die Mönche eher als Konkurrenz denn als Brüder im Glauben. Denen wiederum ging es in erster Linie darum, Notleidenden zu helfen, denn sie vertraten die These, dass nicht die Menschen dem Sonnengott, sondern der Sonnengott in Wahrheit den Menschen diene, indem er in Gestalt barmherziger Menschen wirke. Um diese Lehre einfach als Ketzerei zu verbannen, war das Ansehen der Bruderschaft in der Bevölkerung einfach zu hoch. Inzwischen tolerierten beide Seiten einander.

Der Mönch, den der Hofmeister in den Saal führte, trug eine dunkelbraune Kutte und hatte die Kapuze weit über den Kopf gezogen, sodass sie ihm tief ins Gesicht hing, das größtenteils im Schatten lag. Nur das spitze, blass wirkende Kinn war sichtbar.

Dem Mönch folgten mehrere Straßenkinder in erbarmungswürdigem Aufzug. Sie trugen Lumpen und hatten Tücher um ihre Köpfe gewickelt, die ihre Gesichter bis auf die Augen bedeckte, weil sie vermutlich unter entstellenden Hautkrankheiten litten. Diese wiederum wurden ausgelöst durch Krankheiten, die man sich in den Gassen der Stadt, die immer weiter wucherte und deren Ausdehnung die eigenen Stadtmauern längst gesprengt hatte, leicht holen konnte. Magolas hatte zu Beginn seiner Regentschaft versucht, diesem Elend durch den Einsatz elbischer Heiler Herr zu werden, aber die elbische Heilkunst erwies sich in diesem Fall als fast genauso wirkungslos wie bei dem Versuch, Laranas Leben über das lächerlich kurze Maß hinaus zu verlängern, das die Natur ihr zugestanden hatte.

Larana hatte gleich ein eigenartiges Gefühl der Beklemmung, als sie den Mönch sah. Ein Schauder rieselte ihr über den Rücken, doch erklären konnte sie sich dies nicht.

»Mein Gemahl ist leider nicht anwesend«, sagte sie. »So werde ich den Großkönig vertreten, was gewiss in seinem Sinne ist.«

Erinnert Euch an Eure Träume!

Dieser Gedanke drängte sich Larana plötzlich auf, und sie war wie erstarrt.

»So tut Eure Pflicht gegenüber dem Sonnengott«, sagte der Mönch, »und lindert das Leid durch die Wärme Eures Mitgefühls, so wie die Sonne die Gläubigen und ihre Felder wärmt.«

Larana wandte sich an Hofmeister Comrrm. »Gebt mir die Schatulle«, forderte sie.

»Wie Ihr wünscht.« Der Hofmeister machte eine tiefe Verbeugung, dann brachte er ihr die mit magolasischen Golddukaten gefüllte Schatulle, für deren Inhalt ein gewöhnlicher aratanischer Seemann, Handwerker oder Hauslehrer mehrere Jahre hätte arbeiten müssen.

»Lasst mich bitte mit dem Barmherzigen Bruder allein«, forderte Larana.

Dem Hofmeister schien dies zu widerstreben, aber er folgte selbstverständlich dem Wunsch seiner Gebieterin. »Wir Ihr meint, Eure Erhabenheit.«

Nachdem sich Hofmeister Comrrm zurückgezogen hatte, wandte sich Larana an den Mönch.

»Andir«, murmelte sie.

Der Mönch schlug die Kapuze seiner Kutte zurück, deren Farbe sich auf einmal merklich aufhellte, und Larana erkannte, dass sie in Wirklichkeit nicht aus grober Jute, sondern aus feinem Elbenzwirn gewebt war. Unter der Kapuze kam das von weißem Haar umrahmte, elfenbeinfarbene Gesicht des Elbenmagiers zum Vorschein.

»Warum seid Ihr so erstaunt, mich zu sehen?«, fragte Andir. »Schließlich wart Ihr es doch, die mich rief.«

»Ich?«

»Eure Gedanken. Eure Wünsche. Und die Sorge um Eure Kinder. Das ist es, was mich herbeirief, denn ich wäre niemals hier, müsste ich einer Mutter gegen ihren Willen die Kinder entreißen.«

»J-ja«, stammelte sie. »Ihr – Ihr habt recht, Andir.« Es verwirrte sie aus mehreren Gründen, ihn leibhaftig vor sich zu sehen. Zum einen glichen sein Gesicht und dessen Linien exakt dem Antlitz Magolas', auch wenn Andir um Jahrhunderte älter wirkte. Dennoch, der Elbenmagier erschien Larana wie ein helles Spiegelbild seines von Finsternis durchdrungenen Bruders: Die Augen wirkten sehr hell, und sie hatte das Gefühl, dass sie von innen heraus strahlten. Sie fühlte sich an Magolas' Augen erinnert, als die Dunkelheit sie nur hin und wieder vollkommen ausgefüllt hatte. Inzwischen hatte Larana manchmal das Gefühl, in leere Höhlen zu blicken, wenn sie ihren Gemahl ansah.

Aber da war noch ein anderer Grund, weswegen Larana es kaum fassen konnte, dass Andir ihr plötzlich gegenüberstand. Sie schluckte und setzte an: »Ich dachte …«

»Mein Tod war eine Illusion in den Köpfen derjenigen, die meinen Tot wollten«, erklärte er ihr, als sie nicht weitersprach. »Nicht mehr und nicht weniger.«

»Aber Magolas sagte mir …« Erneut verstummte sie mitten im Satz.

»Hätte ich eine andere Möglichkeit gehabt, mich dem Palast überhaupt zu nähern? Magolas hätte meine Anwesenheit erspürt, doch ich konnte seinen Geist täuschen, indem ich den Verstand meiner Mörder beeinflusste: Magolas sah meinen Tod durch ihre Augen und ist nun überzeugt davon, dass es genau so geschehen ist, wie er es sah. Er lauscht nicht mehr mit seinen magischen Sinnen nach mir; weil er mich für tot hält, bin ich für ihn unsichtbar geworden, denn was nicht ist, kann man nicht sehen.«

Larana begriff es nicht wirklich, aber sie hatte auch nur mit einem Ohr zugehört, denn eine ganz andere Frage beschäftigte sie viel dringender: »Und jetzt seid Ihr hier, um Daron und Sarwen fortzuholen?«

»Ja.«

Larana senkte den Kopf und stützte die Stirn auf die Fingerspitzen einer Hand. »Ich bin mir nicht mehr sicher, ob dies das Richtige ist …«

»Zweifelt jetzt nicht an Eurem Entschluss, Larana. Ich weiß, dass er Euch schwergefallen ist, aber im Grunde Eures Herzens wisst Ihr, wie wichtig es ist, Eure Kinder von hier fortzubringen. Denkt an die Zeichen auf Eurer Haut.«

»Ihr könnt sie auch sehen?«, fragte sie. »Ich dachte, niemand kann dies außer Magolas – und inzwischen auch mir.«

»Jeder vermag sie zu sehen, der die Täuschung durchschaut«, erklärte Andir.

»Wo werdet Ihr die Kinder hinbringen?«, fragte Larana.

Andir schüttelte den Kopf. »Das werde ich Euch um Eurer Kinder willen nicht verraten.«

»Ich habe nichts dagegen, wenn Ihr sie zu ihren Großeltern bringt. Auch wenn ich von Anfang an das Gefühl hatte, dass Königin Ruwen mir ablehnend gegenüberstand, so zweifle ich doch nicht daran, dass sie sich fürsorglich um ihre Enkel kümmern wird.«

»Nein, der Hof meines Vaters in Elbenhaven ist ganz gewiss der letzte Ort, an den ich sie bringen werde, denn dort wird Magolas sie zuerst vermuten.«

»Nun, Ihr werdet schon wissen, was Ihr tut. Ich kann nicht wirklich sagen, warum, aber ich habe Vertrauen in Euch. Aber wie habt Ihr es Euch vorgestellt, den Palast mit den Kindern des Großkönigs so einfach zu verlassen?«

»Ich habe ihn mit ein paar bettelnden Straßenkindern betreten und werde ihn mit diesen auch wieder verlassen«, sagte Andir. »Das ist alles.«

Larana blickte sich um und stellte fest, dass die ihrer Entstellungen wegen vermummten Kinder verschwunden waren. Offensichtlich waren auch sie nur Illusion gewesen. Daron und Sarwen dem Palastpersonal gegenüber wie zwei der vermummten Bettlerkinder erscheinen zu lassen, würde für Andir wohl kaum ein Problem bedeuten.

»Werdet Ihr den Geist von Daron und Sarwen beeinflussen, damit sie Euch ohne Zögern und Fragen zu stellen folgen?«, verlangte Larana zu erfahren. Denn die Vorstellung, dass ihre Kinder möglicherweise gegen ihren Willen dazu gezwungen wurden, mit ihrem weißhaarigen Onkel zu gehen, den sie nur aus Visionen und sporadischen Kontakten auf geistiger Ebene kannten, belastete sie.

Aber in dieser Hinsicht konnte Andir sie beruhigen. »Die beiden sind zu stark, als dass man sie gegen ihren Willen zu irgendetwas zwingen könnte. Ihre magischen Kräfte erlauben es allenfalls, sie kurzzeitig zu täuschen.« Der Magier schüttelte energisch den Kopf. »Aber auch das liegt nicht in meiner Absicht.«

In diesem Augenblick kamen Daron und Sarwen herbeigelaufen. Sie näherten sich Andir wie jemandem, den sie gut kannten.

»Wann werden wir aufbrechen?«, fragte Daron.

»Sofort«, sagte Andir. »Ihr müsst Euch von Eurer Mutter verabschieden.«

»Und von unserem Vater?«, fragte Sarwen.

»Wenn wir geistige Verbindung zu ihm aufnehmen, wird auch Xaror wissen, wo wir sind«, wies Daron sie zurecht. »Andirs Gedanken waren doch klar und einfach. Wieso fragst du also?«

»Ich wollte es nur noch mal genau wissen«, murmelte Sarwen schuldbewusst.

Andir hob den Blick, um Larana anzuschauen. »Wie Ihr seht, habe ich Eure Kinder bereits überzeugt.«

»Was für eine Botschaft habt Ihr ihnen gesandt?«, fragte Larana fassungslos.

»Ich habe ihnen klargemacht, dass sie sterben werden, wenn sie die unsichtbaren Zeichen weiter tragen«, erklärte der Elbenmagier. »Aber ich habe ihnen auch erklärt, dass ihr Vater dies aus Liebe zu Euch tat, Larana, und nicht, um ihnen zu schaden.«

»Und Ihr glaubt, sie verstehen dies?«

»Es sind Elbenkinder«, erinnerte Andir. »Hochbegabt noch dazu und sehr aufgeweckt. Ihr könnt ihre bisherige Entwicklung nicht mit dem vergleichen, was Ihr vielleicht über Rhagar-Kinder wisst. Sie verstehen noch nicht alles, was mit ihnen und um sie herum geschieht, aber die groben Zusammenhänge erkennen sie. Und sie wissen, dass ihre Eltern – ihre beiden Eltern – sie sehr lieben, dass sie aber dennoch gehen müssen.«

Daraufhin nahm Larana ihre Kinder ein letztes Mal in die Arme. Tränen glitzerten in ihren Augen.

»Wir wissen, dass du nicht mit uns kommen kannst«, sagte Daron.

Und Sarwen ergänzte: »Eines Tages werden Daron und ich große Magier sein, und dann wird es uns zweifellos gelingen, dein Leben zu verlängern, ohne dass du auf Xaror angewiesen bist.«

»Dann sind wir alle frei«, ergänzte Daron.

Und Sarwen fügte noch hinzu: »Auch unser Vater.«

6

OOU

Oou machte einen Schritt nach vorn und erreichte den Rand des mit der magischen schwarzen Substanz gefüllten Schlunds. Die krakenarmähnlichen Auswüchse des Riesen-Ouroungours bewegten sich nervös hin und her, manche peitschten hernieder und ließen die zähe pechartige Flüssigkeit aufspritzen, das sie auf den Boden regnete. Die Elben wichen sofort zurück.

»Ich jedenfalls wage keinen zweiten Schuss!«, erklärte Thamandor. »Sonst stößt dieses Ungeheuer das magische Gift genauso aus wie der Schlund selbst!«

»Das ist nicht gesagt«, meinte Prinz Sandrilas.

»Finsternis muss mit Finsternis bekämpft werden!«, war Keandir überzeugt. Er hatte bemerkt, dass einer der Auswüchse in den Schlund eingetaucht war, und mit jedem Schritt, den der Koloss auf seine Gegner zuging, schien dieses Tentakel länger zu werden. Bläuliche Blitze zuckten bisweilen an ihm entlang.

Eine Verbindung, erkannte Keandir sofort. Das musste eine Verbindung zu den Mächten im Schlund sein. Zu der Finsternis, die Xaror an diesem Ort hinterlassen hatte. Durch die Verbindung versorgte sie den Riesen-Ouroungour mit dunkler Kraft.

Einer der Elben rechts von Oou bewegte sich wohl etwas zu hektisch – das Monstrum wandte den Kopf, und ein Feuerstoß züngelte aus seinem Maul. Der Flammenstrahl erfasste den Elbenkrieger und verbrannte ihn innerhalb eines Augenblicks zu Asche. Der Riesen-Ouroungour ließ ein markerschütterndes Brüllen folgen, das das schwarze Felsplateau zwischen den sechs Steindornen erzittern ließ.

Erneut schoss ein Feuerstrahl aus dem Maul des Monsters, fegte über den Felsen, sodass die Elben auseinanderstoben, um sich in Sicherheit zu bringen. Haarscharf fauchte der Strahl an Keandir vorbei. Doch statt vor dem Riesen-Ouroungour zu flüchten, stürmte er auf die Kreatur zu. Oou wandte seinen monströsen Kopf in Richtung des Königs, öffnete das mit Hauern bewehrte Maul, um den Elbenkönig mit einem weiteren Feuerstrahl zu Asche zu zerblasen. Shorindorn der Schattenspäher jedoch hob seine Einhandarmbrust und schoss einen giftgefüllten Bolzen in Oous rechtes Auge.

Oou brüllte erneut auf, diesmal auf eine Weise, dass Keandir einen Moment lang glaubte, von nun an taub zu sein. Der Riesen-Ouroungour taumelte einen Schritt zurück, auf den Rand des Schlunds zu. Der Feuerstoß, der für Keandir bestimmt gewesen war, ging ins Leere. Der Giftbrand begann eine ganze Hälfte des Ouroungour-Schädels umzuwandeln, sie verformte sich auf groteske Weise, und offenbar litt Oou große Schmerzen. Doch da zuckten bläuliche Blitze in erhöhter Frequenz über den Tentakelarm, der die Kreatur mit dem Schlund verband, und innerhalb weniger Augenblicke kam der Giftbrand zum Stillstand.

Keandir durchschlug mehrere der Tentakel mit seinem Schwert Schicksalsbezwinger. Die Elbenklinge durchtrennte sie einfach. Zuckend blieben sie auf dem Boden liegen, waren auch danach noch von einer unheimlichen, grausigen Unterart des Lebens erfüllt.

Ein Auge hatte das Ungeheuer durch Shorindorns Schuss eingebüßt, das zweite folgte, nachdem Lirandil seinen Bogen gespannt und einen Pfeil von der Sehne hatte schnellen lassen. Die Spitze drang durch das zweite Auge auch ein Stück ins Hirn des Monstrums ein. Aber inwiefern diese Kreatur der Finsternis sowohl auf sein Augenlicht angewiesen war als auch sein funktionierendes Hirn benötigte, war schwer abzuschätzen. Vermutlich standen diesem Geschöpf noch ganz andere Sinne zur Verfügung, von denen die Elben nicht einmal etwas ahnten.

Der Auswuchs, der den Riesen-Ouroungour mit dem Schlund verband, versorgte Keandirs Ansicht nach das Monstrum mit Kraft und Energie. Mit wuchtigen Hieben arbeitete sich der Elbenkönig voran, während der erblindete Riesen-Ouroungour noch verwirrt war. Keandir wich den blindwütigen, peitschenartigen Schlägen der anderen

Auswüchse so gut wie möglich aus. Dann hatte er den Verbindungsarm erreicht. Mit einem einzigen Hieb schlug er ihn durch.

Eine schwarze Substanz quoll daraus hervor, wie eine dünnflüssige Variante des magischen Pechs. Gleichzeitig spürte Keandir einen Schmerz durch seinen Schwertarm fahren. Die bläulichen Blitze tanzten die Klinge Schicksalsbezwingers entlang und ließen die ehemalige Bruchstelle der Klinge bläulich aufleuchten. Aber der Schmerz lähmte Keandir nur einen kurzen Moment, er verwand ihn erstaunlich schnell.

»Oou wird sich rächen! Oou wird dich quälen! Oou wird an deinen Knochen nagen und sie über dem Magischen Feuer blank werden lassen!«

Keandir schirmte sich gegen diese Gedanken ab, so gut es ging, und versuchte stattdessen mit seinen eigenen inneren Kräften Einfluss auf den Geist des Riesen-Ouroungour zu nehmen. Der Zeitpunkt dazu war günstig, denn die direkte Verbindung zur Finsternis im Schlund war gekappt.

Der Riese taumelte, ruderte mit den Pranken in der Luft herum und peitschte mit jenen tentakelartigen Fangarmen um sich, die Keandir ihm noch nicht mit Schicksalsbezwinger abgetrennt hatte. Einer davon schlang sich um Keandirs Füße, während der Elbenkönig einen anderen gerade mit dem Schwert abwehrte. Ein Ruck – und der König verlor das Gleichgewicht. Er wurde über den Boden gezogen, das Monstrum holte ihn zu sich heran, hob den Fuß und setzte ihn auf Keandirs Brust, um den Elb zu zerquetschen.

Da trafen den Riesen-Ouroungour fast ein Dutzend Einhandbolzen. Thamandor hatte den Feuerbefehl gegeben, indem er seine beiden Waffen gleichzeitig abdrückte. Wenn die Verbindung zum Schlund nicht mehr existierte, dann konnte der Ouroungour sehr wahrscheinlich dem Giftbrand nicht mehr durch die Macht der dunklen Magie entgegenwirken.

Und tatsächlich – überall setzte der Giftbrand am Körper des Riesen-Ouroungours ein, und die Kreatur taumelte zurück, auf den Schlund zu. Oou kam nicht mehr dazu, den Elbenkönig unter dem Druck seines Fußes zu zerquetschen, und sank in die pechartige Substanz des Schlunds, die ihn aus irgendeinem Grund nicht mehr trug. Brüllend versank der Riesen-Ouroungour bis zur Brust, während sich ein Teil seines Körpers bereits durch den Giftbrand zersetzt hatte. Die lederhäutigen Flügel waren zu amorphen Klumpen geworden, bläuliche Blitze zuckten, und es war fraglich, ob sich das Geschöpf im Inneren des Schlundes vielleicht noch einmal erholen würde.

Der Fangarm aber, der sich um Keandirs Knöchel geschlungen hatte, ließ sich nicht lösen, zumal sich auch noch ein zweites Tentakel um seinen Oberkörper gewickelt hatte und ihn bei der Bewegung behinderte. Unaufhaltsam wurde Keandir von dem versinkenden Riesen-Ouroungour mitgezogen. Ein Schlag mit Schicksalsbezwinger, der einen dieser Arme durchtrennen sollte, ging ins Leere, sodass die Klinge Funken schlagend gegen das schwarze Felsgestein klirrte.

Prinz Sandrilas stürmte hinterdrein. Er schwang Düsterklinge mit beiden Händen, um die Fangarme zu durchtrennen, die Keandir gefangen hielten.

Der König rutschte immer weiter auf den Schlund zu. Einen der Arme durchtrennte er mit einem Hieb seines Schwerts, doch dann tauchte auch der Elbenkönig ein in den Schlund. Wie ein Stein versank er in der schlammähnlichen, schwarzen Masse, die sich über ihm schloss.

Prinz Sandrilas stoppte seinen Lauf am Rand des Schlunds. Weder von Keandir noch von dem Riesen-Ouroungour war noch irgendetwas zu sehen. Ein paar Blasen zerplatzten an der Oberfläche und verbreiteten einen widerlichen Gestank, der dem Prinzen schier den Atem verschlug. Die Hände um den bernsteinbesetzten Griff Düsterklinges geschlossen, stand er fassungslos da. Es gab nichts, was er noch tun konnte, um dem König zu helfen.

»Nein!«, stieß er verzweifelt hervor.

Niemand konnte noch daran zweifeln, dass König Keandir nun endgültig eine Beute der Finsternis geworden war.

Die Oberfläche des Schlundes beruhigte sich. Sie wurde spiegelglatt und schrumpfte sogar etwas, fast so, als wären die Mächte der Finsternis nun zufrieden und hätten erreicht, was sie wollten. Dieser Gedanke ging Prinz Sandrilas durch den Sinn. Sein Gesicht war zu einer Maske des Entsetzens geworden.

Trotz seines Alters, seiner immensen Erfahrung und seiner bis zur Kaltblütigkeit gehenden Sachlichkeit, für die er gleichermaßen berühmt wie berüchtigt war, konnte man unmöglich übersehen, wie sehr Sandrilas das Geschehen auf dem Felsplateau erschüttert hatte. Wenn er es doch nur geschafft hätte, die Fangarme, die Keandir umschlungen hatten, zu durchtrennen und den König zu retten. Aber er hatte kläglich versagt!

Das Schweigen, das nach dem Kampf unter den Elben herrschte, wirkte gespenstisch; keinem der Krieger, die ihren König bis auf das Plateau begleitet hatten, erging es besser als Sandrilas, alle wurden sie von düsteren Gedanken beherrscht und machten sich die schlimmsten Vorwürfe. Das Elbenreich war nun ohne König, ein Nachfolger nicht in Sicht. Durch ihr Versagen hatten sie die Zukunft des ganzen Reichs verspielt.

Schließlich war es Siranodir mit den zwei Schwertern, der das Schweigen brach. »Diese Kreatur schien es ganz gezielt auf den König abgesehen zu haben«, glaubte er. Und auch Herzog Isidorn von Nordbergen und sein Sohn Asagorn von Meerland äußerten sich in dieser Weise.

»Wir sind in eine Falle getappt«, stellte Thamandor fest. »Offenbar hat man uns hier erwartet.«

»Wenn Xaror die Möglichkeiten des Schicksals überblickt, war er tatsächlich in der Lage, hier auf uns zu warten«, stimmte Kriegsheiler Eónatorn zu.

Sandrilas schwieg noch immer und gab sich seinem Schmerz über den Verlust des Königs hin; daran, dass Keandir ein Opfer der Finsternis geworden war, zweifelte er nicht. Welche Rettung konnte es noch für jemanden geben, der in diesen mit magischer Finsternis gefüllten Schlund hineingezogen worden war?

Herzog Isidorn trat neben den Prinzen. »Es ist jetzt an Euch, das Volk der Elben zu führen, Prinz Sandrilas«, stellte er fest. »Ich bin überzeugt davon, dass der König Euch dafür zu Lebzeiten vorgesehen hatte, und Ihr habt ihn ja auch früher schon bei verschiedenen Gelegenheiten würdig vertreten.«

Sandrilas nickte. »Ja, Ihr habt recht, Isidorn – für Trauer ist jetzt keine Zeit. Wir werden tun, weswegen wir hierher gekommen sind!« Er drehte sich zu den anderen Kriegern um. Alle Blicke waren nun auf ihn gerichtet. »Wir brauchen die Steine des Magischen Feuers – und zwar so viele, wie wir finden können. Es scheint selbst unter den

Ouroungour große Knappheit daran zu bestehen, wie der Zustand ihrer Waffen beweist. Aber das soll uns nicht hindern, die ganze Insel abzusuchen. Notfalls wäre schon ein Einziger dieser Steine eine große Hilfe, denn dann könnte man zumindest die bisher fertiggestellte und funktionsfähige Flammenlanze wieder einsetzen gegen die Horden des Schreckens.«

»Ich schlage vor, dass wir uns aufteilen, um die Suche abzukürzen«, sagte Herzog Asagorn.

Prinz Sandrilas deutete in die Ferne, wo der Affenkopfgipfel deutlich zu sehen war. »Der Hauptteil von uns wird sich dorthin wenden, zur Zitadelle der Ouroungour, wo sie damals die Gebeine ihres letzten Königs verehrten. Ein paar Krieger möchte ich allerdings hier am Schlund zurücklassen, obgleich mir bewusst ist, dass es vielleicht keine ungefährliche Aufgabe ist, ihn zu bewachen.«

»Ihr wollt doch nicht etwa sagen, dass Ihr noch Hoffnung im Hinblick auf das Schicksal unseres Königs hegt?«, fragte Herzog Asagorn skeptisch.

Sandrilas schüttelte den Kopf. »Ich spüre keine geistige Verbindung mehr zu ihm, was allerdings an einem Ort wie diesem nicht unbedingt etwas zu bedeuten haben muss. Aber das ist nicht der Grund, werter Herzog.«

»Sondern?«

»Was hier, an diesem Ort geschieht, kann für uns alle von großer Bedeutung sein. Ich weiß nicht, was dieser Schlund der Finsternis letztlich ist, aber er könnte Xaror als ein vorgeschobener Ausgangspunkt dienen, um Elbiana erneut von seinen Schattengeschöpfen heimsuchen zu lassen, wie es bereits am Elbenturm geschah.« Der Prinz wandte sich an Pasadanir den Durchdringenden. »Euch würde ich bitten, dass Ihr Euch an dieser Aufgabe beteiligt. Falls sich hier etwas ereignet, das Ihr für mitteilenswert haltet, dann blast die entsprechenden Signale auf Eurem Horn, sodass der Rest von uns darüber unterrichtet ist.«

Pasadanir deutete eine leichte Verbeugung an. »Ich werde tun, was Ihr verlangt, Prinz Sandrilas.«

»Ihr dient damit Elbiana. Und seid gewiss, dass diese Aufgabe ebenso wichtig ist wie die eines Spähers direkt an der Aratanischen Mauer.«

»Daran habe ich keinen Zweifel.«

Einige Augenblicke des Schweigens folgten. Eine tiefe Furche bildete sich auf der Stirn von Prinz Sandrilas; er schien angestrengt nachzudenken. Dann richtete er den Blick seines einzigen Auges auf Asagorn. »Ich kenne Euch als mutigen Krieger, Herzog Asagorn. Wenn Ihr mit Euren Männern ebenfalls hier auf dem Felsen der sechs Steindornen bleiben würdet, wären meine Sorgen geringer.«

»Ihr könnt Euch auf mich verlassen. Aber sollte nicht wenigstens ein Teil meiner Krieger in den umliegenden Wäldern nach Steinen des Magischen Feuers suchen?«

Doch da war Sandrilas anderer Meinung. »Die Möglichkeit, dass wir dort noch Steine finden, ist meiner Ansicht nach so gut wie ausgeschlossen. Außerdem sollten wir uns nicht in noch weitere Gruppen zersplittern, was uns nur angreifbarer macht.« Er machte eine weit ausholende Handbewegung. »Die Ouroungour überfliegen diese Wälder zum größten Teil einfach nur – warum sollten sie dort diese wertvollen Steine hinterlassen? Aber in den Wohnhöhlen ihrer ehemaligen unterirdischen Stadt werden wir vielleicht noch welche finden.«

»Nur werden die Ouroungour sie nicht freiwillig hergeben«, ergänzte Thamandor mit einem grimmigen Unterton, wobei er den Sitz seiner frisch geladenen und gespannten Einhandarmbrüste überprüfte.

7

IN DEN AUGEN DES BÖSEN

Wochen waren vergangen, seit König Keandir nach Naranduin aufgebrochen war, und Ruwen, die lange in den düsteren Ahnungen gefangen war, die ihre eigene Zukunft und die ihres ungeborenen Sohnes Eobal betrafen, begann sich ernsthaft Sorgen zu machen. Dass die geistige Verbindung zu ihrem über alles geliebten Gemahl zwischenzeitlich abgerissen war, wunderte sie kaum, denn niemand wusste genau zu sagen, wie stark der dunkle Zauber noch war, der das einstige Eiland des Augenlosen Sehers umgab.

Aber andererseits konnte sich Ruwen auch nicht vorstellen, dass es länger als einige Tage – vielleicht ein oder zwei Wochen – dauern konnte, um ein paar der Steine des Magischen Feuers dort in Besitz zu nehmen und sie zum Festland zu schaffen. Die einzige Erklärung für das Ausbleiben jeglicher Nachricht konnte ihrer Ansicht nach nur sein, das etwas nicht nach Plan gelaufen war.

Nachdem sie sich lange mit ihrem eigenen Schmerz und ihrer Zukunftsangst auseinandergesetzt hatte, wandte sie ihre Aufmerksamkeit wieder der Gegenwart zu, was ihrem Gemüt sichtlich guttat. Nathranwen äußerte zudem, dass die Ursache dafür, dass die geistige Verbindung zu Keandir nicht mehr bestand, auch bei ihr selbst liegen konnte und möglicherweise in ihrer starken Beschäftigung mit ihren finsteren Träumen und Zukunftsahnungen lag.

»Vielleicht reicht Eure geistige Kraft dadurch einfach nicht mehr aus, um die Verbindung aufrechtzuerhalten«, meinte die Heilerin. »Was kein Wunder wäre, denn es gibt nichts Lähmenderes und Kraftraubenderes als düstere Ahnungen.«

»Ihr sagt das fast so, als hätte ich mir diese Ahnungen herbeigewünscht oder wäre irgendwie an ihrer Entstehung beteiligt«, erwiderte Ruwen etwas trotzig.

Doch die Heilerin schüttelte daraufhin entschieden den Kopf. »So habe ich das durchaus nicht gemeint, meine Königin. Es war lediglich meine Absicht, Euch die möglichen Zusammenhänge aufzuzeigen. Und die sind durchaus wechselseitig.«

»Was meint Ihr damit?«

»Wenn ich beispielsweise die Vorahnung habe, an Schwäche zu sterben, so macht diese Ahnung mich ihrerseits schwach und lähmt Gedanken und Muskeln. Vielleicht sogar in einem Ausmaß, dass dadurch erst die Erfüllung der Vorahnung ermöglicht wird.«

»Eine Ahnung, die ihrer eigenen Erfüllung Vorschub leistet?«

»So ist es.«

»Ehrlich gesagt, mir ist das zu hoch«, entgegnete die Königin. »Ich halte in dieser Hinsicht ohnehin wenig von irgendwelchen metaphysischen Argumenten einer spirituellen Theorie, sondern achte vielmehr auf mein schlichtes Gefühl und das, was mir meine Sinne sagen – denn jede Logik scheint mir bei diesen Dingen letztlich nur eine Pseudo-Logik zu sein.«

»Mit Verlaub, aber ich hoffe inständig, dass Ihr Euch da irrt, meine Königin. Denn der Großteil unserer theoretischen Überlieferung wäre dann die Überlieferung von Pseudo-Logikern.«

Ein Lächeln, das Ruwens innere Mattheit mehr widerspiegelte als jedes ihrer Worte, spielte um ihre Lippen. »Auch wenn wir da unterschiedlicher Ansicht sind, ist es wohltuend, mit Euch über diese Dinge zu sprechen, werte Nathranwen.«

Ruwen nahm daraufhin die Hilfe von Brass Shelian in Anspruch. Der Obere des Schamanenordens sollte ihr durch besondere Methoden der Geisteslenkung helfen, vielleicht doch die Verbindung zu König Keandir wiederherzustellen, sodass sie zumindest wusste, ob es ihm gut ging und er unversehrt war. Aber auch Brass Shelian konnte der Königin nicht weiterhelfen.

»Gebt ihm noch etwas Zeit«, schlug Admiral Ithrondyr vor. Der Kommandant der Elbenflotte versprach, spätestens nach Ablauf einer weiteren Woche selbst nach Naranduin aufzubrechen, um nach dem Verbleib des Königs zu sehen.

In der Zwischenzeit traf Herzog Branagorn von Elbara in Elbenhaven ein. Er war eigentlich nach Elbenhaven gekommen, um mit dem König und dem Kronrat über Verbesserungen an den südlichen Verteidigungsanlagen zu beraten. Branagorn hatte die bisher schon bestehenden Bündnisse mit verschiedenen Stämmen der Zentauren des Waldreichs intensivieren und ausweiten können. Aber sein Bestreben, auch die pazifistisch gesonnenen Riesen Zylopiens als Bündnispartner für das Elbenreich zu gewinnen, war leider vollends gescheitert. In der Stadt der Riesen interessierte man sich nicht für die Gefahr, die durch das Magolasische Reich drohte. Und inzwischen waren auch die ersten Agenten und Unterhändler des Großkönigs dort gesichtet worden. Sie waren über die Pässe von Hocherde in das zylopische Hochland eingesickert, um dort nach Möglichkeiten Ausschau zu halten, wie man das Bollwerk der Aratanischen Mauer vielleicht umgehen konnte. Zumindest war das Branagorns Vermutung. Außerdem gab es Gerüchte darüber, dass in den Waffenschmieden von Aratan Tag und Nacht gearbeitet wurde und der Großkönig bereits seit Längerem einen neuen Feldzug vorbereitete.

»Gibt es Hinweise darauf, gegen wen sich dieser Feldzug richten wird?«, fragte Admiral Ithrondyr während des Banketts, das Königin Ruwen eher halbherzig für den herzoglichen Gast aus Elbara gab; halbherzig nicht deshalb, weil sie den Berichten Branagorns gegenüber uninteressiert gewesen wäre, sondern weil ihre eigenen Sorgen, vor allem die um Keandir, sie niederdrückten.

So sehr sie dies auch zu überspielen versuchte, so fiel Branagorn doch auf, dass die Königin nicht unbeschwert war. Allerdings war es während des Banketts unmöglich, sie darauf anzusprechen oder von jemand anderem Näheres zu erfahren.

»Es gibt Gerüchte darüber, dass der Großkönig beabsichtigt, das Tagoräer-Land Perea seinem Reich einzuverleiben«, antwortete er dem Admiral. »Allerdings sandte ich auch Boten nach Maduan zum Hof des Königs der Blaulinge in Sabana, um die Möglichkeiten eines Bündnisses zu erörtern.«

»Und? Ist es Euren Emissären gelungen, in dieser Frage voranzukommen?«, erkundigte sich Ithrondyr.

»Leider nein. Die Maduaniter befürchten, dass sich der Eroberungswille des Großkönigs auf ihr Reich richten könnte, wenn sie einem Bündnis mit uns beitreten.«

»Aber schützen nicht die Gebirgszüge von Hocherde die Blaulinge vor einer Eroberung?«

»Die Armeen des Großkönigs könnten stattdessen durch Osterde ziehen, denn dort ist man dem Magolasischen Reich tributpflichtig. Und obwohl die Halblinge von Osterde immer freundschaftliche Beziehungen zu den Blauhäutigen unterhielten, könnten sie ein solches Ansinnen von Magolas' Seite her nicht ablehnen.«

»Die Suche nach Verbündeten gestaltet sich auch meiner Beobachtung nach äußerst zäh«, stellte Admiral Ithrondyr fest. »Es scheint, als wäre die pure Furcht der größte Verbündete unserer Gegner. Alle erstarren vor Angst, ohne dass ihnen überhaupt gedroht worden wäre.«

Als Branagorn dann erfuhr, dass König Keandir nach Naranduin aufgebrochen war, verdüsterte sich das Gesicht des Herzogs von Elbara, und er glaubte zu verstehen, was die Königin so sehr bedrückte.

»Die Reise nach Naranduin war leider unumgänglich«, erklärte Admiral Ithrondyr. »Die Kunde von der Schlacht am Elbenturm ist ja wohl auch bis Elbara gedrungen.«

»Davon könnt Ihr ausgehen«, bestätigte Branagorn, den man einst Branagorn den Suchenden genannt hatte, bevor er Herzog von Elbara geworden war, denn er hatte das Zwischenland durchstreift nach einem Mittel, das seine geliebte Cherenwen von der Krankheit des Lebensüberdrusses zu heilen vermochte. Allerdings vergeblich, was Branagorn nie wirklich verwunden hatte, obwohl seitdem ganze Zeitalter vergangen waren. Seine große Liebe hatte er nie vergessen, und Elben, die ihn gut kannten, wussten, dass er sich für gewöhnlich zwar nichts anmerken ließ, aber innerlich um Cherenwen trauerte wie am ersten Tag.

»Ich verstehe einerseits, dass es notwendig war, nach Naranduin zurückzukehren«, sagte Branagorn, nachdem er Admiral Ithrondyrs Ausführungen bis zum Schluss gelauscht hatte. »Aber ich kann nicht sagen, dass mir der Gedanke sonderlich gefällt.«

»Und weshalb nicht, wenn Ihr diese Frage gestattet, werter Branagorn?«, fragte Ruwen den Herzog.

Erinnerungen an die erste Landung auf Naranduin stiegen in Branagorn auf. Erinnerungen an verzweifelte Kämpfe gegen die Ouroungour und den Augenlosen Seher, dem er zusammen mit dem König begegnet war. Doch eigentlich hatte Branagorn nicht vor, diese Erinnerungen wieder wachzurufen, und er hatte Glück: Der Auftritt eines Mannes mit dem Ehrenzeichen eines Hauptmanns der Einhandgarde an seinem Wams sorgte dafür, dass zunächst die Aufmerksamkeit aller von dem Gast aus Elbara abgelenkt wurde.

»Rhiagon!«, stieß er unwillkürlich und etwas lauter als beabsichtigt hervor.

Das tragische Schicksal Rhiagons hatte sich in Windeseile herumgesprochen. Mit den ersten Schiffen war die Geschichte nach Süden und Norden die Küsten von Elbiana entlanggezogen und hatte dann auch in Nuranien und Elbara Verbreitung gefunden. Der Verlust des Augenlichts wurde als besonders tragisch empfunden und wäre für viele Elben ein Grund gewesen, sich dem Lebensüberdruss hinzugeben und der eigenen Ankunft in Eldrana tatkräftig nachzuhelfen.

Doch voller Verwunderung sah Branagorn, dass die Augenhöhlen des Hauptmanns mit zwei trüben Kristallen gefüllt waren. Sie schienen ein wenig von innen heraus zu leuchten und wirkten ansonsten wie glasige Augäpfel ohne Pupillen.

Königin Ruwen hatte Hauptmann Rhiagon zum Bankett geladen. Normalerweise hätte Rhiagon nicht zu dem erlauchten Kreis gehört, aber die Heilerin Nathranwen hatte sich nachdrücklich dafür eingesetzt und Ruwen darauf hingewiesen, dass Rhiagon sein Augenlicht schließlich bei der Verteidigung Elbianas verloren habe, während er heldenhaft den König schützte – und außerdem sei es unbedingt notwendig, dass dieser Held des Elbenreichs wieder häufiger in Gesellschaft käme, damit nicht der Lebensüberdruss von ihm Besitz ergriff. Da hatte Ruwen ein Einsehen gehabt.

Hinsichtlich der neuen Augen des Rhiagon gab es bislang nur Gerüchte, denn der Hauptmann war damit kaum in der Öffentlichkeit gesehen worden; auch seit er sie von dem Händler Zerolas erworben hatte, verließ er selten sein Quartier, und einzig Nathranwen hatte er hereingelassen, nachdem sie an seine Tür geklopft hatte, um nach ihm zu sehen. Nathranwen glaubte, dass es die Scham war, die Rhiagon daran hinderte, sich in der Öffentlichkeit zu zeigen. Schließlich entsprachen diese unpersönlich und seelenlos wirkenden Kristallaugen nun wirklich nicht dem elbischen Schönheitsideal; sie waren von einer kalten Perfektion und erinnerten eher an die starren Augen eines Toten als an die eines lebenden Elben. Selbst der stumpfsinnige Blick eines Rhagar-Barbaren war ausdrucksstärker als das glatte, farblose Grau, das Rhiagons neue Augen kennzeichnete.

Aber in Wahrheit war es nicht die Scham eines Kriegsversehrten gewesen, die Rhiagon dazu bewogen hatte, sein Quartier nicht zu verlassen. Es war vielmehr die Furcht, den Händler noch einmal zu treffen, von dem er die Augen erhalten hatte. Er fürchtete sich davor, dass Zerolas einen Preis verlangte – worin auch immer der bestehen mochte –, den er nicht zahlen konnte. Denn schon nach der relativ kurzen Zeit, da ihm die Augen eingesetzt worden waren, konnte sich Rhiagon nicht mehr vorstellen, auf sie zu verzichten. So sehr sich seine anderen Sinne auch geschärft hatten, er war sich wie nie zuvor darüber im Klaren, dass sie niemals den Ersatz für den wichtigsten aller Sinne bieten konnten – den Gesichtssinn. Er würde die Augen behalten, und es erschreckte ihn selbst, wenn er darüber nachdachte, dass er dafür bereit war, jeden Preis zu zahlen, wenn er die Summe nur irgendwie würde aufbringen können.

Rhiagon wandte den Kopf. Er spürte die Blicke der Anwesenden. Aber mit den neuen Augen konnte er sie erwidern und war nicht nur ein Objekt des Mitleids.

»Setzt Euch zu uns, werter Rhiagon«, bat die Königin. »Dank der Fürsprache Eurer Heilerin ist hier ein Platz für Euch reserviert.«

Rhiagon trat vor. Er verneigte sich tief – fast so tief, wie es am Hof des Großkönigs des Magolasischen Reichs üblich war, und ganz gewiss tiefer, als es sich normalerweise für einen Hauptmann der Königin gegenüber geziemte, denn es entsprach zwar der elbischen Art, Respekt zu bezeugen, nicht aber Unterwürfigkeit in irgendeiner Art. Und weder der Elbenkönig noch seine Gemahlin hätten dies auch je von einem ihrer Gefolgsleute erwartet. »Ich danke Euch sehr für die Gunst, meine Königin.«

»So setzt Euch. Ihr habt Euch verspätet.«

»Nur weil mir anfangs der Mut fehlte, mich hierher zu begeben. Und vielleicht auch, weil ich nach den richtigen Worten suchte, um Euch noch um eine weitere Gunst zu ersuchen. Es wäre vielleicht angebrachter, die Frage mit Eurem Gemahl zu erörtern, aber er ist schon so lange außer Landes.«

»Tragt Eure Bitte vor, werter Hauptmann«, forderte Ruwen ihn auf. »Und habt keine Scheu, zu äußern, was immer Ihr auf dem Herzen habt. Schließlich habt Ihr Elbiana mehr gegeben, als unser Reich Euch jemals zurückgeben könnte.«

Rhiagon hatte noch immer nicht Platz genommen. Er stand da und atmete einmal tief durch, bevor er seine Bitte äußerte: »Ich möchte wieder dem aktiven Dienst der Schützengarde überstellt werden. Teilt mich meinetwegen den Burgwachen zu oder am liebsten der persönlichen Bewachung des Königs und der Königin. Ich bin mit meinen neuen Augen wieder voll einsatzfähig.«

»So setzt Euch erst und nehmt zunächst von den Speisen unseres Banketts. Wir können dann gern darüber sprechen.«

Rhiagon deutete noch einmal eine Verbeugung an und nahm der Königin gegenüber Platz.

»Es machen wahre Wundergerüchte über Eure Augen die Runde«, meldete sich Admiral Ithrondyr zu Wort. »Glaubt Ihr wirklich, dass Ihr mit diesen Kristallen wieder über die nötige Sehschärfe eines Einhandschützen verfügt?«

»Ich habe in der Schlacht um den Elbenturm Angreifer getötet, ohne überhaupt etwas sehen zu können«, erwiderte Rhiagon, der sich in einer Art Hochstimmung zu befinden schien, was nicht ganz unverständlich war.

»Ich denke, dann spricht nichts dagegen, den Hauptmann entsprechend einzusetzen.« Ruwen wandte sich an Admiral Ithrondyr. »Oder seht Ihr das anders?«

Der Befehlshaber der Elben-Kriegsflotte zeigte einen leicht skeptischen Gesichtsausdruck, stimmte aber nach kurzem Zögern zu. »Der Hauptmann wird die Leistungsfähigkeit seiner neuen Augen gewiss am besten einzuschätzen wissen – schließlich hat er als Einziger den Vergleich und kann beurteilen, ob sie dem Vermögen natürlicher Elbenaugen entsprechen.«

»Selbst wenn es nicht so wäre, so könnte man dem Hauptmann deswegen kein aktives Kommando verweigern«, war Nathranwens Meinung. »Ich möchte nur daran erinnern, dass der werte Siranodir mit den zwei Schwertern nur noch wie ein tauber Rhagar zu hören vermag, und auch der werte Prinz Sandrilas verfügt nicht mehr über die Sehschärfe, die ein Elb mit zwei Augen hat. Trotzdem begleiten beide den König auf seiner gefährlichen Mission zur …« Die Heilerin brach mitten im Satz ab und biss sich auf die Lippen. Das Mitgefühl, das sie Hauptmann Rhiagon entgegenbrachte, hatte sie in unbedachter Weise sprechen lassen, und dies ganz gegen ihre sonstige Gewohnheit, denn normalerweise wusste sie ihre Worte sehr wohl zu wägen. Sie hatte ein Thema angesprochen, von dem sie doch wusste, wie sehr es die Königin bedrückte, schließlich hatte Ruwen noch immer nichts von ihrem Gemahl und seiner Expedition nach Naranduin gehört.

Ruwen bemerkte diese Peinlichkeit. Ihr Blick bekam jenen Ausdruck von Traurigkeit und Melancholie, den Nathranwen in letzter Zeit viel zu häufig bei ihr bemerkt hatte, allerdings bemühte sich Ruwen, diesem Eindruck mit einem Lächeln entgegenzuwirken. Einem Lächeln, das jedoch wie gefroren wirkte.

»Es ist schon gut, Nathranwen«, beschwichtigte sie. »Dass es noch immer keine Nachricht vom König gibt, soll kein Tabuthema an dieser Tafel sein, denn in Gedanken bin ich ohnehin fast die ganze Zeit bei ihm, auch wenn er im Moment nicht in der Lage zu sein scheint, dies zu bemerken.« Der Blick Ruwens schien für einige Augenblicke ins Nichts gerichtet, und selbst Branagorn, der hinsichtlich König Keandirs Naranduin-Fahrt eigentlich ein ganzes Bündel von Fragen gehabt hätte, beschloss, diese erst einmal zu verschieben, bis er vielleicht im Verlauf des Abends mit Admiral Ithrondyr unter vier Augen sprechen konnte.

Ein Ruck ging durch die Königin, und sie wandte sich erneut an Rhiagon, um dieses Thema wieder zu verlassen: »Berichtet uns darüber, wie Ihr Eure neuen Augen erworben habt, werter Hauptmann. Möglicherweise wäre ein solches Auge auch Prinz Sandrilas zu empfehlen, dem – wie die weise Nathranwen anmerkte – seit undenklichen Zeiten ein Auge fehlt.«

»Ich nehme an, dass sich Prinz Sandrilas an den Verlust seines Auges längst gewöhnt hat«, äußerte Admiral Ithrondyr. »Schließlich wurde ihm diese schreckliche Wunde noch in der Alten Heimat Athranor beigebracht.«

»Nein, da möchte ich Euch ganz entschieden widersprechen, werter Admiral«, erklärte Rhiagon in einem Tonfall, der an der Grenze der Gereiztheit lag. Man spürte, wie sehr den Hauptmann die Worte Ithrondyrs innerlich aufwühlten. »An so etwas kann man sich nie gewöhnen, und ich weiß auch von Siranodir mit den zwei Schwertern, dass er sich bis heute nicht wirklich damit abfinden konnte, taub wie ein Rhagar zu sein. Daher kann ich mir auch nicht vorstellen, dass Prinz Sandrilas es inzwischen als normal empfindet, mit einem Auge auskommen zu müssen, mag auch noch so viel Zeit seit seinem Verlust vergangen sein.«

Admiral Ithrondyr erkannte, dass er bei Rhiagon einen sensiblen Punkt berührt hatte. Um die Situation nicht weiter zu komplizieren, schwieg er.

Branagorn jedoch wiederholte den Wunsch der Königin, von Rhiagon mehr über die Herkunft seiner neuen Augen zu erfahren.

»Ich bekam sie von einem Händler namens Zerolas, der aus Nordbergen stammt«, berichtete Rhiagon.

»Hier auf dem Markt von Elbenhaven?«, fragte Branagorn.

»So ist es. Er sprach mich an und erklärte, dass es sich bei den Augen um das Werk eines begabten Erfinders aus Berghaven handle, dessen Talent an jenes von Thamandor heranreichen würde.«

»Hat er den Namen dieses Erfinders genannt?«, hakte Branagorn nach. »Denn wenn dieser Erfinder solch ein Genius ist, dann müsste sein Name doch bekannt sein.«

»Vielleicht hat der Händler ihn genannt, vielleicht auch nicht. Ich erinnere mich nicht mehr so genau, und Ihr mögt es mir zugutehalten, dass ich einfach zu sehr davon überwältigt war, mein Augenlicht wiederzuhaben, als dass ich mich noch besonders für den Namen des Erfinders interessiert hätte.«

»Nordbergen ist fern und sehr unwegsam«, sagte Nathranwen. »Es könnte schon sein, dass man hier noch nie etwas von diesem Erfinder aus dem Land von Herzog Isidorn gehört hat. Erzählt uns mehr – wie kommt Ihr mit den Augen zurecht, werter Rhiagon?«

»Ich gebe zu, dass ich mich erst an sie gewöhnen musste. Aber inzwischen scheinen sie mir ebenso Teil meines Körpers zu sein wie meine Arme und Beine. Die Augen haben sich perfekt eingepasst, und ich denke manchmal, dass sie schon immer Bestandteil meines Kopfes waren, obwohl mir natürlich bewusst ist, dass das nicht stimmt.«

In der folgenden Zeit wuchs die Sorge Ruwens ins Unermessliche, und sie überredete schließlich Admiral Ithrondyr, mit einem Schiff nach Naranduin zu segeln, um nach dem Schicksal des Königs zu forschen und eventuell eine Botschaft von ihm zurück nach Elbenhaven zu bringen.

Branagorn bot an, den Admiral zu begleiten, doch Ruwen antwortete auf sein Angebot: »Eine lange Seereise von Elbara hierher liegt hinter Euch, und da wäre es unzumutbar, Euch gleich noch einmal in See stechen zu lassen.«

Zumindest ein Teil von Branagorn war erleichtert über die Antwort der Königin, denn tatsächlich verspürte der Herzog von Elbara keinerlei Neigung, jemals wieder den Fuß auf jene Insel zu setzen, auf deren Boden er seinerzeit innerhalb weniger Tage mehr Schrecken erlebt hatte als in vielen langen Jahren danach, vom Tod Cherenwens einmal abgesehen.

»Ihr müsst mir von allem berichten, was es Neues aus Elbara gibt«, fuhr die Königin fort. »Zum Beispiel darüber, ob sich bei Euch die Elbaran und die Elbaraner noch immer so gut vertragen, oder ob es inzwischen Konflikte zwischen beiden Bevölkerungsgruppen gibt.«

»Nein, es ist erstaunlich friedlich«, erwiderte Branagorn. »Allerdings muss ich zugeben, dass es auch der ständige militärische Druck ist, den das Magolasische Reich von Süden her ausübt, der die Bewohner Elbaras, ob Elben oder Menschen, so sehr zusammenschweißt. Wollen sie weiter wie bisher in ihrem Land leben, sind sie gezwungen, jedwede Streitigkeiten zu unterbinden und zusammenzuhalten.«

Herzog Branagorn berichtete davon, wie immer wieder Truppen des Magolasischen Reichs in der Nähe von Cadd an Land gingen, dort hingeschafft von Schiffen aus den Südwestlanden und dem eroberten Soria. Außerdem wurden in den Werkstätten rings um Cadd Kampfmaschinen für eine Belagerung gebaut.

»Ihr wisst, dass ich das Königshaus Elbianas niemals im Stich lassen würde«, sagte Branagorn bei einem gemeinsamen Spaziergang, der ihn und Ruwen an den Zinnen des äußeren Burghofs entlangführte, von wo man das bunte Treiben in der Stadt beobachten konnte.

»Diesen Vorwurf kann Euch auch niemand ernsthaft machen, werter Herzog«, beteuerte Ruwen. »Wie kommt Ihr auf diesen absurden Gedanken?«

»Nun, eigentlich wollte ich die Angelegenheit mit Keandir besprechen, denn ich weiß, dass er Verständnis dafür hätte«, antwortete Branagorn ausweichend.

»Vielleicht unterschätzt Ihr mein Verständnis, Herzog«, sagte Ruwen. »Oder mache ich tatsächlich auf Euch einen über die Maßen gestrengen Eindruck?«

Branagorn schüttelte den Kopf. »Nein, gewiss nicht.« Er seufzte, und Ruwen spürte, dass auch die Seele des Herzogs gegenwärtig durch irgendeine schwere Last bedrückt wurde. Bisher hatte die Königin davon kaum etwas bemerkt, und sie führte dies darauf zurück, dass sie sich einfach zu sehr mit sich selbst und den bohrenden Fragen beschäftigt hatte, die ihr im Augenblick durch den Kopf gingen. »So sagt frei heraus, was Ihr sagen möchtet, Herzog Branagorn.«

»Nun, ich will es nach einer so freundlichen Aufforderung gern tun«, sagte Branagorn. »Ich fürchte, dass ich amtsmüde geworden bin, und wollte den König bitten, mich in absehbarer Zeit von meinen Pflichten zu entbinden und einen Nachfolger für mich einzusetzen.«

»Oh«, sagte Ruwen zunächst nur. Mit vielem hatte sie gerechnet, aber nicht damit. Eine Weile lang schwieg sie, dann ergriff sie wieder das Wort: »Es gibt gewiss immer einmal Phasen der Schwäche oder extremer Nachdenklichkeit, in denen man geneigt ist, alles und jeden in Frage zu stellen. Ich selbst habe Vergleichbares auch schon durchlitten.«

»Es ist die Sehnsucht nach Cherenwen, die mich diesen Schritt ins Auge fassen lässt«, erklärte Branagorn. »Ich habe sie in all den Jahrhunderthälften, seit ihrem viel zu frühen Tod, nicht vergessen können. Und nie habe ich eine Gefährtin gefunden, die ich auf dieselbe Art und Weise und mit einer zumindest vergleichbaren Intensität hätte lieben können wie sie.«

»Das tut mir leid für Euch, Herzog Branagorn.«

»Das braucht es keineswegs«, sagte Branagorn. »Dass ich eine Liebe wie die zu Cherenwen erlebt habe, erfüllt mich mit tiefer Dankbarkeit.«

»Aber was hat das mit Eurem Herzogsamt zu tun?«, fragte Ruwen. »Ich verstehe es ehrlich gesagt nicht. Cherenwen ist ein Eldran geworden. Hat Euch etwa der Lebensüberdruss erfasst, und denkt Ihr daran, Euren Weg nach Eldrana ebenfalls viel zu früh anzutreten?«

Ein mattes Lächeln spielte kurz um Branagorns Lippen. Ein Lächeln, das mit Melancholie durchsetzt war und daher auch eine eher bittere Note hatte. »Nein«, sagte er, »an Lebensüberdruss bin ich ganz sicher nicht erkrankt, und ich denke auch nicht einmal im Traum daran, meinem Leben selbst ein Ende zu setzen. Aber ich habe vor, in das Elbenreich Estorien des Fürsten Bolandor überzusiedeln.«

»In das Reich der Geister, wie man es auch nennt«, murmelte Ruwen. »Ich verstehe: Ihr hofft, dass unter den Eldran, die man in Fürst Bolandors Reich rief, um das Land dichter zu besiedeln, auch Cherenwen ist.«

»Sie wird dort sein, da bin ich mir sicher. Sie wird zumindest die Möglichkeit haben, dort zu materialisieren – wenn das für die geisterhafte Erscheinung der dort ansässigen Eldran überhaupt das richtige Wort ist, denn Materie werden sie nicht wirklich.«

Königin Ruwen seufzte. »Offenbar habt Ihr Euch alles gut überlegt«, murmelte sie. Dabei fuhren ihre Hände instinktiv über ihren Bauch, der in diesem frühen Stadium der Schwangerschaft noch keine Wölbung aufwies. Geliebter Kean, ich hoffe nicht, dass du deinen Sohn Eobal und seine Mutter bald im Geisterland Estorien besuchen musst, um wenigstens einen flüchtigen Blick auf einen ebenso flüchtigen Totengeist erhaschen zu können …

Hauptmann Rhiagon stand an den Zinnen des inneren Burghofs und blickte von dort aus auf den äußeren Hof hinab, wo er die Königin und Herzog Branagorn ins Gespräch vertieft daherschreiten sah. Seine Linke umfasste den Griff des Schwerts, die Rechte berührte die Einhandarmbrust an seinem Gürtel. Rhiagon hatte seinen Dienst wieder aufgenommen. Zwar im alten Rang, aber nicht als Kommandant der Einhandgarde, denn dieser Posten war inzwischen anderweitig besetzt. Doch Rhiagon war froh, sich überhaupt wieder als vollwertiger Elbenkrieger fühlen zu können – und nicht als jemand, der bedauernswert und von der Hilfe anderer abhängig war.

Mit Stolz trug er das Rangzeichen an seinem Wams. Aber in all die optimistischen Zukunftsaussichten mischte sich auch ein deutliches Unbehagen. Er fühlte fast ständig einen unangenehmen Druck in der Magengegend und hatte deswegen sogar schon die Heilerin Nathranwen konsultiert, die jedoch keine Ursache dafür zu finden vermochte.

Beiläufig bemerkte Rhiagon den Schlag von Flügeln. Er wusste, dass es ein Rabe war, und fragte sich gleichzeitig, ob sein Gehör diese besondere Feinheit der Unterscheidung wohl behalten würde, wenn er weiterhin die künstlichen Augen nutzte und damit auf die Ohren nicht mehr so angewiesen war wie zu der Zeit, da er blind gewesen war.

Aus den Augenwinkeln heraus sah Rhiagon den Raben auf dem Pflaster des Burghofs landen, vermutlich um zwischen den Fugen Regenwürmer herauszupicken. Er kümmerte sich nicht weiter um das Tier und drehte ihm den Rücken zu.

»Ihr scheint zufrieden mit Eurem neuen Gesichtssinn zu sein«, sagte plötzlich eine Stimme hinter ihm.

Rhiagon erkannte sie sofort und erschrak bis ins Mark. Er drehte sich herum. Der Rabe war verschwunden, und Rhiagon fragte sich, woher die Elbengestalt mit den bernsteinfarbenen Haaren so plötzlich aufgetaucht war.

»Zerolas!«, stieß der Hauptmann hervor.

»Schön, dass Ihr Euch noch an meinen Namen erinnert.«

»Ich habe Euch eine ganze Weile nicht in Elbenhaven gesehen.«

»Aber ich war immer da und habe Euch umgekehrt sehr wohl gesehen, mein Freund!«

»Und jetzt? Was wollt Ihr?«

»Ich bin gekommen, um Euch meinen Preis zu nennen. Oder gedenkt Ihr, Euch von den Augen wieder zu trennen? Ich bin im Übrigen gewiss, dass es keine Schwierigkeit für Euch bedeuten dürfte, diesen Preis zu bezahlen – so Ihr den Willen dazu habt!«

Ein tiefes Unbehagen erfasste Rhiagon. Er fühlte eine gewisse Scheu, den Händler überhaupt näher spezifizieren zu lassen, worin der Preis nun eigentlich bestand. Andererseits ließ sich die Neugier in ihm kaum noch bändigen. »Da ich keine Reichtümer angehäuft habe, nehme ich an, dass Ihr eine Gegenleistung in anderer Form von mir erwartet, Zerolas«, äußerte er schließlich.

»Gewiss. Und es ist nichts, das nicht mit Eurem Handwerk zu tun hätte.«

»Welchem Handwerk?«

»Dem Handwerk des Tötens, werter Hauptmann. Denn Ihr seid doch ein Krieger.«

Und während Zerolas dann mit leiser, fast flüsternder Stimme weitersprach, wurde Rhiagon schreckensbleich, so als hätte ihn ein leibhaftiger Maladran und nicht ein einfacher Nordbergener Händler angesprochen.

Admiral Ithrondyr kehrte von seiner Fahrt nach Naranduin mit bedrückenden Nachrichten zurück. Die Königin empfing ihn im großen Audienzsaal. Herzog Branagorn war ebenso anwesend wie Hauptmann Rhiagon, dem man inzwischen das Kommando der Burgwache übertragen hatte, nachdem der vorherige Inhaber dieses Amtes einen Anfall unerklärlicher Schwermut erlitten hatte, die als Vorstufe des Lebensüberdrusses galt. Nach Angabe seines Heilers bräuchte eine erfolgreiche Behandlung zwischen einem und zehn Jahren, und es sei außerdem wichtig, bereits in diesem frühen Stadium damit zu beginnen und das Leiden auszukurieren, da man ansonsten Gefahr laufe, einen weiteren Fall von Lebensüberdruss beklagen zu müssen.

Der Heiler hatte eine spezielle Heilmethode entwickelt, für die er innerhalb der Heilerzunft viel Anerkennung gefunden hatte.

So kam es, dass Rhiagon Zeuge dessen wurde, was Admiral Ithrondyr seiner Königin an furchtbaren Neuigkeiten zu überbringen hatte: Der Admiral berichtete davon, dass der König ein Opfer der Finsternis geworden war und man nicht mehr mit seiner Rückkehr rechnen durfte. »Selbst Prinz Sandrilas ist überzeugt davon, dass keine Hoffnung mehr besteht«, sagte der Admiral, und Ruwen forderte ihn dann auf, Einzelheiten zu nennen.

Sie erhob sich von ihrem Platz und schritt auf den Kommandanten der Elbenkriegsflotte zu. Ihr Blick war klar und fixierte ihn. Das Herz schlug ihr bis in den Hals, und zwar so heftig, dass sie fürchten musste, die anwesenden Elben würden es als hämmernde Geräuschkulisse wahrnehmen, und ihre Verzweiflung würde dadurch allgemein offenbar.

»Ihr braucht mich nicht zu schonen«, sagte sie. »Ich möchte, dass Ihr mir jede Einzelheit nennt. Was ist mit meinem geliebten Keandir geschehen?«

Admiral Ithrondyr berichtete ihr, was er über den Kampf auf dem Felsplateau zwischen den sechs Steindornen erfahren hatte, und Tränen traten in Ruwens Augen. Sie hatte geglaubt, dass ihre eigene Schicksalslinie – und die ihres ungeborenen Sohnes Eobal – in absehbarer Zeit ihr Ende finden würde, aber nicht, dass dieses Schicksal auch Keandir treffen sollte. Seine Schicksalslinien schienen ihr sehr viel weiter in die Zukunft zu reichen, auch wenn so manche Gabelung vor ihm stand. Hatte sie sich vielleicht zu sehr nur ihrem eigenen

Schicksal gewidmet, sodass sie keinen Blick mehr für das große Ganze gehabt hatte? Hätte sie Keandir warnen und alles ändern können, wenn sie die Zukunft erkannt und ihn daran gehindert hätte, nach Naranduin zurückzukehren?

Admiral Ithrondyr sprach inzwischen weiter, berichtete, dass Prinz Sandrilas und der Trupp Elben, der den König nach Naranduin begleitet hatte, noch auf der Insel geblieben waren auf der Suche nach den Steinen des Magischen Feuers. Seltsamerweise schien es kaum noch welche auf der Insel zu geben, sie waren spurlos verschwunden. Prinz Sandrilas und seine Elbenkrieger durchkämmten auch die Affenkopfzitadelle und die unterirdischen Städte der Ouroungour auf der Suche nach diesen Steinen und mussten sich dabei immer wieder der Angriffe der geflügelten Affen erwehren, was ihre Mission zusätzlich in die Länge zog. Die Elben hatten arge Verluste zu verzeichnen.

Ruwen aber hörte den Ausführungen Admiral Ithrondyrs kaum mehr zu. Sie kämpfte mit aller Mühe gegen ihre Tränen an, ihr war übel, und sie glaubte, im nächsten Moment ins Bodenlose zu sinken. Es war ihr, als ob sie den festen Boden unter den Füßen verloren hatte und nun auf den schwankenden, rutschigen Planken eines Schiffes stand. Wenn es der Wahrheit entsprach, was Ithrondyr berichtet hatte, dann war vielleicht das Schicksal der gesamten Elbenheit schon besiegelt. Ein eisiger Schauder durchfuhr sie bei diesem Gedanken.

»Ihr werdet jetzt Stärke zeigen müssen«, sagte Admiral Ithrondyr. »Denn die Nachricht vom Tod des Königs wird das Volk in tiefe Depression stürzen.«

»Auch deshalb, weil er keinen Sohn hinterlässt, der willens oder in der Lage wäre, seine Nachfolge anzutreten und die Elben in den bevorstehenden Krieg zu führen«, sagte Branagorn.

»Prinz Sandrilas ist von Keandir für diesen Fall dazu ausersehen worden«, sagte Ruwen mit tonloser Stimme. Sie sah Branagorn an. »Ihr selbst wart bei der Versammlung des Kronrats anwesend, auf der diese Entscheidung zuletzt bestätigt wurde.«

Branagorn erinnerte sich. Das war anlässlich des letzten Festes der Ankunft gewesen, das alle zehn Jahre stattfand und dem Andenken an die Landung der Elbenflotte an den Küsten des Zwischenlands gewidmet war. Aber der Herzog hatte das eher als einen formellen Akt gesehen, denn Sandrilas war schon Dutzende von Malen als möglicher Nachfolger bestimmt worden für den Fall, dass dem König etwas zustieß.

»Prinz Sandrilas repräsentiert die Vergangenheit und nicht die Zukunft der Elbenheit«, sagte Branagorn.

»Er wird sich seiner Aufgabe gewiss als gewachsen erweisen«, entgegnete Ruwen, »und ich habe nicht den geringsten Zweifel daran, dass er in der Lage ist, das Elbenreich zu führen.«

»Und wenn man doch noch einmal mit Prinz Andir sprechen würde?«, fragte Branagorn. »Er war der Held der Schlacht am Elbenturm, das hat sich längst herumgesprochen. Sein Ansehen in der Elbenheit dürfte größer sein als die irgendeines anderen lebenden Elben, abgesehen vielleicht vom König selbst.«

»Andir hat vor langer Zeit einen anderen Weg gewählt«, sagte Ruwen fast wie abwesend. Ihr Blick war tränenumflort. Sie konnte es nicht verhindern, dass das Gefühl der Trauer übermächtig wurde. »Er ist den Weg des Geistes gegangen, und dieser Weg schließt es gewiss für ihn aus, dass er jemals so etwas wie König werden könnte. Er sucht die Vervollkommnung, und ich hatte bei den spärlichen Treffen mit ihm manchmal den Eindruck, dass er nur noch bedingt in dieser Welt zu Hause ist, die uns als das Diesseitige erscheint.«

»Ihr müsst es jetzt offenbaren«, mischte sich nun die Heilerin Nathranwen ein, die ebenfalls anwesend war, weil sich die Königin schon vor Beginn der Zusammenkunft nicht gut gefühlt und daher ihre Anwesenheit gewünscht hatte. Sie hatte nicht vor den versammelten Kommandanten, Wächtern, Kapitänen, Chronisten und anderen Zeugen jene Schwäche offenbar werden lassen wollen, die sie seit dem ersten Auftreten ihrer dunklen Ahnungen befallen hatte. Ihre Befürchtung war es gewesen, dass sie von diesen Eindrücken einfach übermannt werden würde.

Nathranwen trat neben die Königin und berührte sie leicht an der Schulter. »Es wäre nicht recht, der Elbenheit dieses Zeichen der Hoffnung vorzuenthalten, meine Königin. Ihr mögt mir verzeihen, dass ich dies von Euch vehement fordere, aber es ist alles verloren, wenn die Elben ihren Glauben an die Zukunft verlieren. Um die Trauer über den Tod ihres Königs zu verwinden, brauchen sie ein Zeichen der Hoffnung – und ihr tragt dieses Zeichen in Euch, also lasst die gesamte Elbenheit daran teilhaben und behaltet dieses Wissen nicht länger für Euch!«

Schweigen herrschte für mehrere Momente im Audienzsaal. Es war so leise, dass ein Elb selbst das Fallen eines Haares hätte hören können. Was Nathranwen gesagt hatte, war unerhört. Ruwen vermochte jedoch nicht, Nathranwen gegenüber Zorn zu empfinden, weil die Heilerin sie nun zwang, das Geheimnis ihrer Schwangerschaft kundzutun. Schließlich handelte Nathranwen nur aus den besten Motiven heraus. Ruwen hingegen erschien diese Offenbahrung, die sie nun nicht mehr umgehen konnte, wie ein Betrug an der Elbenheit. Sie entzündete damit ein Strohfeuer der Hoffnung, von dem sie doch im Innersten ihrer Seele wusste, dass es keinen Bestand haben und verlöschen würde.

Wie sehr wünschte sie, es wäre anders. Es wäre angesichts des furchtbaren Verlusts, den sie durch Keandirs Tod erlitten hatte, zumindest ein Trost gewesen, seinen letzten Sohn zu gebären, der dann vielleicht jene Hoffnungen erfüllte, die die Elben zunächst mit Magolas' und Andirs Geburt verbunden hatten. Auch wenn es König Keandir nicht ins Leben zurückholen konnte, so war sich Ruwen doch gewiss, dass es dem Eldran, zu dem er in der Zwischenzeit wohl geworden war, ein angenehmer Gedanke gewesen wäre, dass noch einmal ein Nachkomme das Licht der Welt erblickte, und diesmal einer, der weder Gefangener der Finsternis noch der Gefilde des rein Geistlichen war, sondern ein ganz normaler Elb, der dereinst König werden konnte.

»Warum willst du mich verschweigen?«, fragte eine Gedankenstimme in ihr.

»Eobal!«, murmelte sie. »Niemand will dich verschweigen!« Und es war der Königin erst Augenblicke später bewusst, dass sie laut gesprochen hatte, sodass alle im Audienzsaal ihre für die Zuhörer kryptischen Worte vernommen hatten.

Eobal hatte bereits ein ausgeprägtes Bewusstsein, schon in diesem Stadium, ganz zu Beginn seiner Existenz. Aus diesem Grund hatte Ruwen ganz bewusst ihre Ahnungen vor ihm abgeschirmt, so gut ihr das möglich war.

»Es gibt einen dritten Sohn des Keandir«, sagte sie schließlich. »Ich trage ihn unter dem Herzen, und sein Name wird Eobal sein.«

»Wenn er sich Mühe gibt und schnell heranwächst, wird er die Elben vielleicht in die Zukunft führen können«, glaubte Ithrondyr.

Doch Ruwen sah keine Schicksalslinie, die dies möglich erschienen ließ, so sehr sie es sich auch wünschte.

Kean, o Kean, dachte sie, was ist nur mit dem Schicksal geschehen, dass du einst geschaffen hast? Wer hat dessen fest geknüpftes Netz so grausam zerstört?

Es war noch jemand im Raum, der nicht daran glaubte, dass Eobal tatsächlich einst König der Elben werden würde. Der Blick von Rhiagons kalten Kristallaugen war auf die Königin und ihr vor innerem Schmerz verzerrtes Gesicht gerichtet. Seine Hand ruhte auf dem Griff der Einhandarmbrust, und im Geiste hörte er die Worte, die der Händler Zerolas zu ihm gesprochen hatte. »Es wird der Augenblick kommen, da sich Eure Hoffnung erfüllt, Hauptmann – und dafür eine andere zerschlägt.« In seinem Kopf hallte ein höhnisches, triumphierendes Gelächter wider.

»Entbindet mich aus diesem Handel!«, antwortete Rhiagon in Gedanken, während ihm das Gesicht des Händlers erneut vor dem inneren Auge erschien und er sah, wie es sich in den Kopf eines Raben verwandelte; aus dem Gelächter wurde ein Krächzen.

»Der Handel gilt! Und Ihr wisst selbst, dass es kein Zurück für Euch gibt. Also tut, was getan werden muss. Auch wenn Euch freisteht, Zeit und Stunde zu bestimmen, tut es bald.«

Dann hörte er das Krächzen des Raben nicht nur in seinem Kopf, sondern auch mit seinen feinen Ohren. Es drang von draußen durch das dünne, bemalte Fensterglas in den Thronsaal; der Vogel war auf einem der Fenstersimse gelandet, und sein Schattenriss war trotz der Farbigkeit des Glases sehr deutlich zu erkennen. Doch niemand außer Rhiagon zollte ihm Aufmerksamkeit.

Der Tonfall und die Färbung der Gedankenstimme in Rhiagons Kopf veränderten sich. Noch nie zuvor in seinem Elbenleben hatte er etwas Vergleichbares auf geistiger Ebene wahrgenommen.

»Ich bin bei dir, Sklave. Immer!«

Eisige Schauder überkamen ihn.

8

AM SEE DER FINSTERNIS

»Vorwärts!«, rief Hakin. »Rudert schneller!«

Magolas befand sich an Bord eines von mehreren Flussschiffen. Sie stammten aus den Häfen an den Ufern des Kar und waren vom Großkönig einfach beschlagnahmt worden. Mehr als fünfhundert Mann der Norischen Garde befanden sich auf den Schiffen, in aller Eile aus den Wäldern von Nord-Karanor zusammengezogen, wo sie eigentlich die Aufgabe gehabt hatten, den Tempel der Sechs Türme weiträumig abzuschirmen.

Auf den Ruderbänken saßen Stierkrieger, die Xaror aus dem Limbus in die diesseitige Welt gelassen hatte. Ihre Arme erlahmten nicht, darum ruderten sie, während sie an der eigentlichen Eroberung der Dunklen Festung nicht teilnehmen konnten.

Magolas hatte das Gefäß mit der Essenz des Lebens, das Xaror ihm gegeben hatte, durch einen eskortierten Boten nach Aratania bringen lassen. Dieser Bote sollte Larana auch ausrichten, dass ihr Gemahl etwas später von seiner Reise nach Karanor zurückkehren würde, da er zuvor noch eine Aufgabe zu erledigen hätte.

Larana war dergleichen gewöhnt. Es kam immer wieder mal vor, dass Xaror besondere Aufträge an ihren Gemahl herantrug. Sein Bedarf an magischen Artefakten aller Art war immens; er benötigte die in ihnen schlummernde Magie, um die ihm ergebenen Schattenkreaturen aus dem Limbus in die Welt des Diesseits zu schaffen. Magolas blieb nichts anderes übrig, als dem ehemaligen und zukünftigen Herrscher des Dunklen Reichs seine diesbezüglichen Wünsche zu erfüllen. Ganze Feldzüge hatte er schon allein aus diesem Grund geführt. Selbst tributpflichtige Verbündete und Vasallen hatte Magolas mit seinem Heer überfallen müssen, da die Bewohner der betroffenen Gebiete selten damit einverstanden waren, wenn jemand mit einer Horde bewaffneter Reiter sämtliche Reliquien und andere heilige Gegenstände aus den Tempeln des Landes raubte. Selbst Tempel des Sonnengottes, dem Magolas ja offiziell huldigte, ohne dass er wirklich ein Gläubiger gewesen wäre, hatte der Großkönig schon notgedrungen plündern lassen, obgleich ihn das bei der lokalen Bevölkerung natürlich in argen Misskredit gebracht hatte.

Magolas wandte sich an Makin. Der Vierhörnige stand mit verschränkten Armen da und wirkte wie eine Statue. Die Anweisungen an die Zweihörnigen auf den Ruderbänken kamen ausschließlich von Hakin.

Magolas hatte inzwischen gelernt, die beiden auseinanderzuhalten, obwohl sie sich mindestens so ähnlich wie Zwillinge waren. Wiederholt hatte er Nachfragen zu seinem Auftrag und dem ersten Schwert des Eisenfürsten gestellt, aber bisher hatte weder Hakin noch Makin sie ihm beantwortetet, obgleich sie sich ihm ja als Sprachrohr Xarors präsentiert hatten. Mit ihrem Herrn direkten geistigen Kontakt aufzunehmen, wagte Magolas nicht. Zumindest wollte er dies nicht von sich aus tun, denn er wusste nicht, welche Folgen das eventuell haben konnte; er befürchtete, dass Xaror seinen Geist dann möglicherweise sehr viel tiefer durchforschte, als ihm lieb sein konnte.

Solange die Vorbereitungen für den Eroberungszug gegen die Dunkle Festung zu verrichten gewesen waren, hatten Hakin und Makin auf Magolas' Fragen nicht reagiert. Nun machte der Großkönig einen erneuten Versuch.

»Ich möchte mehr über dieses Schwert erfahren«, forderte er.

»Da gibt es nicht viel zu erfahren«, erwiderte Makin. »Es ist einfach ein Schwert, das darüber hinaus so schlecht geschmiedet ist, dass es bei stärkerer Beanspruchung zerbrechen würde. Aber es soll angeblich das erste sein, das Eisenfürst Comrrm von eigener Hand schmiedete, und daher ist es Symbol seiner Macht geworden und hat sich mit starken Kräften aufgeladen.«

»Es hieß, dass nur jene die Festung betreten können, die nicht im Limbus waren.«

»Das ist richtig.«

»Und der Limbus ist eine Zwischenwelt.«

»Auch das ist richtig.«

»Dann werde ich meine Männer vielleicht nicht in die Festung begleiten können, denn ich wurde einst zusammen mit meinem Vater in eine Zwischenwelt versetzt, als der Axtherrscher die Zauberstäbe des Augenlosen Sehers stahl, die jetzt im Tempel der Sechs Türme liegen. Und der Limbus ist doch auch eine Zwischenwelt.«

»Nicht eine, sondern eine ganz besondere. Der Zauberbann, mit dem der Axtherrscher die Dunkle Festung belegte, bezieht sich nur auf Wesen, die im Limbus waren und dessen Spuren in sich tragen. Da der Axtherrscher häufig durch die Zwischenwelt reiste, um größere Distanzen zu überbrücken, hätte er ansonsten die Dunkle Festung selbst nicht mehr betreten können, und das wäre nicht in seinem Sinn gewesen.«

Der Zauberbann erfüllte demnach den Zweck, Xaror und seine Diener – die ja allesamt Spuren des Limbus in sich trugen – daran zu hindern, sich das erste Schwert des Eisenfürsten selbst zu holen. Offenbar hatte der Axtherrscher versucht, gegenüber Xaror eine Art Faustpfand zu behalten …

»Du solltest nicht einmal daran zu denken wagen, Xaror ebenfalls betrügen zu wollen«, sagte Makin. »Er würde dich vernichten, Magolas. Und deiner Frau die Essenz des Lebens verweigern…«

»Das ist mir sehr wohl bewusst«, erwiderte Magolas.

Tag und Nacht ruderten die Stierkrieger ohne Pause. Magolas konnte sich gut vorstellen, wie sich diese Kreaturen ebenso unermüdlich im Kampf verhielten. Wenn überhaupt, dann waren sie nur sehr schwer besiegbar und selbst eine kleinere Anzahl von ihnen hätte einem zahlenmäßig überlegenen Heer von Menschen oder Elben lange Widerstand leisten können.

Den hartgesottenen norischen Söldnern verschlug es ziemlich die Sprache. Während sie selbst des Nachts ein paar Stunden schliefen und außerdem Nahrung und Wasser aufnehmen mussten, schienen die Stierkrieger solche Bedürfnisse nicht zu haben oder sie auf lange Zeit hinaus verschieben zu können. Unermüdlich senkten sich die Ruderblätter im immer gleichen Rhythmus ins Wasser – einem Rhythmus, der ihnen durch keine Trommel vorgegeben werden musste. Auf geheimnisvolle Weise standen sie untereinander in Verbindung und vielleicht war es sogar Xaror selbst, der für den Gleichklang ihrer Bewegungen sorgte.

Mehrere Tage war die Flotte von insgesamt sechs Flussschiffen unterwegs, bis der See der Finsternis erreicht wurde, dessen Westufer mit der Kar-Mündung zu Karanor gehörte. Das Ostufer gehörte zu Aybana, während sich im Norden die schroffen Hänge der Gebirgszüge von Hocherde in den Himmel reckten. Am nördlichen, hochirdischen Ufer war die Dunkle Festung zu finden.

Während der Flussfahrt hatte Magolas den beiden Vierhörnigen ein paar weitere Einzelheiten über die Dunkle Festung entlocken können. Danach hatte es sich um die gemeinsame Residenz von Xaror und seinem Bruder zur Zeit des Dunklen Reichs gehandelt. Eine Festung, größer und mächtiger als alles, was vorher und nachher auf dem zwischenländischen Kontinent gebaut worden war. Heute existierte aber nur noch eine Ruine, die lediglich einen Bruchteil des ursprünglichen Bauwerks ausmachte.

»Hatte Xaror nicht vor, dort selbst wieder zu residieren, wenn er das Dunkle Reich neu errichtet hat?«, fragte Magolas die Vierhörnigen.

»Gewiss«, bestätigte Hakin. »Aber wie sich herausstellte, hatte der Axtherrscher eigene Vorstellungen davon, wer in dieser Festung residieren sollte – und wohl auch darüber, wer in dem zukünftigen Dunklen Reich der Herr ist.«

»Und Xaror hat das doppelte Spiel des Axtherrschers nicht durchschaut?«, wunderte sich Magolas.

Hakin und Makin wechselten einen kurzen Blick. Die maskenhafte Mimik ihrer Stiergesichter vermochte Magolas noch immer nicht wirklich zu deuten und die vollkommen schwarzen Augen erleichterten dies nicht unbedingt. In ihren Geist zu dringen war unmöglich wie Magolas bereits vorsichtig mit seinen magischen Sinnen tastend versucht hatte. So blieben sie weitgehend undurchschaubar für ihn, was ihn zunehmend beunruhigte. Makin verzog den Mund und entblößte die hauerähnlichen Raubtierzähne, die in einem krassen Gegensatz zur stierähnlichen Erscheinung seines Kopfes stand, die eher an ein Wiederkäuer-Gebiss hätte denken lassen können. Auf Magolas machte das den Eindruck, als handelte es sich um die unter den Stierkriegern übliche Entsprechung eines Lächelns oder Grinsens.

»Natürlich hat Xaror das doppelte Spiel des Axtherrschers durchschaut. Aber er war für eine gewisse Zeit auf diesen untreuen Gesellen angewiesen.«

»So hat mein Vater am Ende Xaror sogar noch einen Gefallen getan, als er den Axtherrscher erschlug?«

»Nein, so weit würde ich nicht gehen. Für eine Weile hätte Xaror den Axtherrscher noch gebraucht. Aber glücklicherweise fand sich ja ein anderer, williger Sklave …«

»Ich verstehe …«

»Das hoffe ich. Denn für den Axtherrscher war es ein Glück, dass dein Vater ihn erschlug, Magolas.«

»Ach, ja?«

»Xaror hatte ein weitaus ungnädigeres Schicksal für diesen treulosen Sklaven vorgesehen. Ein Schicksal, das ihn den schnellen Tod hätte herbeisehnen lassen, den dein Vater ihm schenkte.«

»Lässt Xaror dich diese Worte zu meiner Warnung sagen?«

»Es ist an dir, die richtigen Rückschlüsse zu ziehen, Magolas«, meinte der Vierhörnige. Ein dumpfer Laut drang aus seinem Schlund. Seine blutrote Zunge schleckte schmatzend die Hauer entlang, die selbst bei geschlossenem Maul nie zur Gänze verdeckt waren.

»Dazu bin ich durchaus in der Lage«, versicherte Magolas. »Trotzdem wüsste ich gerne noch Näheres über den Axtherrscher. Schon, damit ich aus seinem Schicksal lernen kann.«

»Verlieren wir keine weiteren unnützen Worte über diesen missgestalteten Gnom«, meinte Makin.

»Ein missgestalteter Gnom?«, echote Magolas.

»Es ist immer eine Frage der Perspektive, was als missgestaltet gilt. Manche Missgeburten werden verachtet oder ausgestoßen – aber in anderen Fällen gelten sie unter ihresgleichen als heilig, sodass sie zu geborenen Anführern werden. Das ist höchst unterschiedlich.«

Magolas stellte noch die eine oder andere Frage, aber die beiden Vierhörnigen schienen keine Neigung mehr zu haben, ihm darauf zu antworten.

Also ließ Magolas es bleiben und beschloss, sich auf die vor ihm liegende Aufgabe zu konzentrieren.

Und wie wird es danach weitergehen?, fragte er sich. Larana hatte recht, eigentlich musste etwas geschehen, um die Verhältnisse grundlegend zu ändern. Magolas hatte viel eingesetzt, um sein Reich zu errichten und es widerstrebte ihm, es nach nun nach und nach an diese dunkle Macht aus dem Tempel der Sechs Türme zu verlieren.

Der Axtherrscher hatte offenbar ähnlich gedacht und war der grausamen Bestrafung nur durch seinen unvorhergesehenen Tod entronnen.

Der See der Finsternis trug seinen Namen nicht von ungefähr. Sein Wasser war vollkommen schwarz. Nicht einmal eine Handbreit konnte man in die Tiefe sehen, und Magolas stellte sich vor, dass aus dem Blickwinkel eines Vogels, der diesen See überflog, dieses Gewässer einem von Magolas' Augen ähneln mochte.

Die Ursache dieser Färbung war unbekannt.

Unter den karanorischen Fischern gingen dabei allerlei Gerüchte um. Eigenartig war auch, dass die dunkle Färbung des Wassers sich nach dessen Abfluss in den südlich bis zum Delta bei Jarakor fließenden Strom Kar sehr schnell verlor. Schon wenige Meilen flussabwärts hatte sie sich vollkommen aufgelöst. Manche erklärten daher die Wasserfärbung des Sees damit, dass sich darin die Färbung des Gesteins widerspiegelte, aus dem der Seegrund bestand. Schwarzes Vulkangestein, das auch bei den bis an das Seeufer heranreichenden Bergen vorherrschend war. Andere sprachen von Flüchen aus der Vergangenheit und der schwarzmagischen Aura, die die Dunkle Festung noch immer umgab als Gründe für die Wasserfarbe.

Jedenfalls spiegelte sich auf diesem See nicht das Licht der Sonne. Es wurde einfach verschluckt. Und eigenartigerweise blies zwar ein Wind, der von Osten her über die aybanitische Ebene fegte, aber das dunkle Wasser blieb dennoch spiegelglatt.

Nirgends waren Fischerboote zu sehen.

Einer der Norier, der mit seiner Einheit schon länger in Karanor Dienst tat, wusste etwas mehr darüber. Sein Name war Brados und er hatte innerhalb der Norischen Garde den Rang eines Majors inne.

»In den Fischerdörfern an den Ufern des Kar sagt man, dass der See der Finsternis vollkommen ohne Leben sei, o Sohn der Sonne!«, berichtete er Magolas. »Der dunkle Fluch lastet auf dem See und selbst die Händler, die ihre Waren den Kar hinauf nach Aybana oder Hocherde bringen, vermeiden es, ihn zu befahren.«

»Und wie transportieren sie dann ihre Waren?«, fragte Magolas.

»Sie laden sie auf Gespanne und nehmen den Umweg am Ufer in Kauf. Aber niemand in Karanor würde über jenen Punkt hinaus das Boot benutzen, an dem die Farbe des Wassers sich ändert.«

»Und Ihr, Major? Ihr fürchtet Euch nicht?«

»Ich glaube, dass der Sonnengott auf unserer Seite ist – und was immer dort für uralte Magie noch wirksam sein mag – Eure Kräfte werden uns schützen, o Sohn der Sonne.«

»Ihr habt viel Vertrauen.«

»Wer, wenn nicht der Sohn der Sonne, würde dies verdienen?«

Hakin und Makin verzogen gleichzeitig ihre Stierschnauzen und zeigten ihre Hauer. Es wirkte fast wie ein kommentierendes Grinsen, doch enthielten sie sich jeglicher verbalen Äußerungen.

Die unermüdlichen Zweihörnigen sorgten dafür, dass der See der Finsternis rasch überwunden und das hochirdische Nordufer erreicht war. Aus der Ferne war die dunkle Festung nicht zu sehen, da sie sich überhaupt nicht von den ebenfalls dunklen Felsen abhob. Erst in größerer Höhe gab es schneebedeckte Gipfel.

Aber wenn man sich näherte, hoben sich die dunklen Ruinen deutlich ab. Sie waren teilweise so mit den Felsen verschmolzen, dass man bei manchen Mauern und Gebäudeteilen darüber rätseln konnte, ob es sich um künstlich angelegte Bauwerke oder um natürlich entstandene Höhlen handelte, die lediglich etwas ausgebaut worden waren. Manche Wehrgänge schienen noch gut erhalten zu sein, andere Mauern waren von Wind und Wetter so abgeschliffen, dass kaum noch mehr als eine Ahnung ihrer früheren Größe von ihnen übrig war.

Die Flussschiffe landeten an einem Strand, der aus schwarzem Sand bestand, den wohl Wind und Wetter von den Felsen abgetragen hatten.

Grausige Schreie waren aus dem Inneren der Festung zu hören. Sie hallten in den Höhlen wider und es war unklar, ob es Schmerzensschreie oder solche des Triumphs oder der Aggression waren. Ebenso wenig hätte man sagen können, ob sie von Tieren, Menschen oder Elben ausgestoßen wurden.

»Mit wem werden wir es dort drinnen zu tun haben?«, fragte Magolas an Hakin gerichtet.

»Mit einer Horde von Kriegsgnomen.«

»Den Dienern des Axtkriegers?«

»So ist es.«

»Hat Xaror nach dem des Ende Axtkriegers nicht versucht, mit diesen Gnomen zu einer Übereinkunft zu kommen?«

»Das hat er. Aber es scheint, als wollten die Gnomen das Spiel ihres Herrn fortsetzen und den Schattenherrscher erpressen. Sie haben nicht die Absicht das Schwert herauszurücken.«

»Dann wollen sie den Preis in die Höhe treiben?«

»Man könnte es so ausdrücken«, bestätigte der Vierhörnige.

»Was soll mit den Gnomen geschehen?«

»Erschlagt so viele wie möglich. Sie sind eine Plage. Fehlgeleitete Tiere – mehr sehen wir nicht in ihnen.«

»Und wo ist das Schwert?«

»Das weiß niemand. Selbst mit seinem Geist vermag Xaror nicht in das Innere der Festung vorzudringen, weil der Bann es verhindert. Aber sollte es dir gelingen, so wirst du vielleicht in der Lage sein, es zu erspüren. Schließlich bist du einigermaßen magisch begabt.«

Der herablassende Ton war für Magolas unüberhörbar. Er begann sich zu fragen, welche Auswirkungen es möglicherweise haben konnte, wenn er das Schwert tatsächlich Xaror auf den Altar legte.

Es wird der Tag kommen, da wird Xaror mich nicht mehr brauchen! Darüber machte sich Magolas keine Illusionen. Er würde sich für diesen Tag einen Plan ausdenken müssen. Aber so weit war er noch lange nicht.

Eine Mauer grenzte den Uferbereich gegen die eigentliche Festung ab. Sie bestand aus schwarzen Steinen und hatte mehrere Tore, deren Bögen verfallen waren. Auch gab es überall Lücken und Löcher im Mauerwerk. Dennoch war diese Mauer für die beiden Vierhörnigen Hakin und Makin sowie ihre zweihörnigen Begleiter ein unüberwindliches Hindernis. Einer der Zweihörnigen streckte die Hand zu weit aus, sodass sie über die Mauer ragte. Schreiend zog er sie wieder zurück, während ein zischender Laut ertönte und weißer Rauch aufstieg. Dort, wo sich die Pranke des Zweihörnigen befunden hatte, war jetzt nur noch ein Stumpf. Der Zweihörnige brüllte auf.

»Ihre Arme mögen nie erlahmen, aber für ihr Hirn scheint das nicht zu gelten«, knurrte Major Brados an einen seiner Männer gewandt und schob sich dabei die Lederkappe der Norischen Garde zurecht.

Magolas und seine Gardisten durchschritten eines der Tore. Dreihundert Mann – viele davon mit Einhandarmbrüsten bewaffnet, die mit konventionellen Bolzen geladen wurden. Aber auch zahlreiche Bogenschützen waren darunter.

Aus dem Inneren des in die Festung integrierten Berges kamen Gnomen hervor. Sie schauten teils irritiert, teil neugierig auf die Ankömmlinge. Aufgeregtes Stimmengewirr brach unter ihnen aus. Sie schienen erst nicht glauben zu können, dass tatsächlich jemand den abgegrenzten Bereich der Dunklen Festung betrat. Währenddessen blieben die zweihörnigen Ruderer am Strand und sahen zu, was geschah.

»Ich schlage vor, wir machen gleich kurzen Prozess mit diesem Geschmeiß!«, sagte Major Brados. »Je weniger dieser Gnomen-Krieger am Leben bleiben, desto besser für uns.«

»Gut, ich habe nichts dagegen einzuwenden!«, sagte Magolas.

Bogen- und Einhandschützen legten auf Major Brados' Befehl ihre Waffen an und schossen. Ein Hagel von Pfeilen und Bolzen sorgte dafür, dass innerhalb weniger Augenblicke die Zahl der Gnomen erheblich dezimiert wurde. Dutzendweise schrien sie getroffen auf. Konventionelle Armbrustbolzen zerfetzten ihre Körper, durchschlugen sie ohne Widerstand zu finden und zertrümmerten innere Organe und Knochen gleichermaßen. Manchmal traten sie auf der anderen Seite des Körpers aus und verletzten noch einen weiteren Gnom.

Pfeile trafen Leiber, Augen, Köpfe. Todesschreie hallten schaurig wider. Gnom-Körper stürzten getroffen in die Tiefe.

Die Antwort der Gnomen bestand in einem Beschuss der Gardisten mit Metallhaken, die sie mit ihren Schleudern abschossen. Diese Haken mochten, wenn man sie in eine Schleuder einlegte, auf geringe Distanz eine furchtbare Waffe darstellen, aber auf diese Distanz stellte sie sich als ziemlich harmlos heraus. Die meisten der Metallhaken prallten an den Harnischen der Gardisten ab. Und genauer zu zielen war bei größerer Entfernung sehr schwierig.

Insgesamt zehn Gardisten wurden verletzt, zwei starben. Die Verletzten waren allesamt noch kampffähig, trotz der barbarischen Methoden, die unter den Noriern zur Wundbehandlung und zur Linderung von Schmerzen üblich waren. Magolas hatte vergeblich versucht, hier die Heilmittel elbischer Heiler einzuführen, aber die Norische Garde bestand als eine Art Leibgarde der aratanischen Könige ja schon wesentlich länger als das Magolasische Reich und es war schwierig, irgendwelche Neuerungen einzuführen, wenn sie dem Aberglauben der Krieger zuwiderliefen.

Die Gnomen zogen sich zurück. Ihre Schreie hallten im Inneren der Festung wider.

»Folgt mir!«, rief Magolas.

Der Zugang zu den Höhlen innerhalb des Berges war offen. Magolas ließ zunächst von seinen Männern Fackeln entzünden, da er glaubte, dass es im Inneren dunkel sein müsse. Aber das war nicht der Fall: Die Wände waren über und über mit Bildern bedeckt, deren Farben so stark leuchteten, dass genug Licht vorhanden war, um sich zu orientieren. Selbst in vielen elbischen Häusern war keineswegs mehr Helligkeit zu finden, wie dem Großkönig bewusst wurde.

Die Bilder selbst zeigten eine Fülle von Szenen mit augenlosen Geschöpfen unterschiedlicher Größe und von verschiedener Körperform; manche waren grazil und schlank, und ihre Gestalt war beinahe elbenhaft, andere waren gedrungen und gnomenhaft, eine weitere Gruppe sah aus wie eine Mischung aus den Trollen und Orks, wie es sie in der alten Heimat Athranor gegeben hatte, nur dass auch sie augenlos waren – Trorks, wie es sie im Wilderland gab. Aber die Trorks auf den Darstellungen waren keine Barbaren, die Steinwaffen und Keulen schwangen und ihren Gegnern die Schädel einschlugen, sondern trugen Rüstungen und Gewänder, die ein hohes Maß an Verarbeitung und Schneiderkunst erkennen ließen.

All den unterschiedlichen Geschöpfen, die auf den Wandfriesen in einer Detailgenauigkeit und Realitätsnähe abgebildet waren, wie es nur große Künstler vermochten, war gemeinsam, dass sie sechs Finger an jeder Hand hatten.

Hatte sich das legendäre Volk der Sechs Finger etwa schon zu Xarors Zeiten aufgespalten in verschiedene Unterarten? War es das, was dieses Bild ausdrücken sollte?

Magolas fragte sich, mit welchen Sinnen die Schöpfer dieser Gemälde die dargestellten Wesen wohl wahrgenommen hatten. Denn wenn es sich bei ihnen ebenfalls um Angehörige des Volkes der Sechs

Finger gehandelt hatte, so war anzunehmen, dass auch sie augenlos gewesen waren und sich durch andere Sinne orientiert hatten. Offenbar hatten sie aber sehr wohl über ein Sensorium für Farben und Formen verfügt, denn sonst wären sie nicht in der Lage gewesen, diese Bilder zu erschaffen. Bilder für wen? Für die dargestellten augenlosen Geschöpfe?

Für die Rhagar in Magolas' Gefolge war die Qualität dieser Bilder so beeindruckend, dass sie sprachlos dastanden. Kein Rhagar-Künstler hatte je etwas auch nur entfernt Vergleichbares geschaffen. Die Fresken in den Sonnentempeln von Aratania, Rajar oder Om-Dagar waren dagegen kaum mehr als primitives Gekritzel mit unklaren Formen. Diese Bilder jedoch prägten sich tief in die Seele ein, und aus jedem Blinkwinkel sahen sie leicht verändert aus; es waren nur winzige Details, die sich wandelten, Verschiebungen von nicht mehr als einem Fingerbreit oder weniger, aber einem Elbenauge fiel so etwas auf.

Offenbar waren Szenen aus dem Alltagsleben dieser Wesen dargestellt, aber auch besondere Anlässe und religiöse Ereignisse. Auf den Bildern sah man sie Gebäude errichten, Handel treiben, man sah aber auch einen Herrscher, dem man offenbar Geschenke brachte oder Tribut zollte in Form von Früchten in goldenen Schalen und kleinen Statuen, und eine Art Priester, der inmitten kniender Gestalten stand und die Hände erhoben hatte, als würde er irgendwelche Götter anrufen.

Major Brados betastete die glatte Oberfläche der Wand. Sie musste in einer Weise geschliffen sein, wie es selbst Meister elbischen Handwerks nicht hinbekommen hätten. Brados war sehr wohl in der Lage, diesen Vergleich zu ziehen, denn elbische Erzeugnisse waren in großer Zahl in die Länder der Rhagar gelangt, bevor sich die Fronten zwischen dem Magolasischen Reich und dem Elbenreich verhärtet hatten und der Handel mehr oder minder zum Erliegen gekommen war. »Es ist, als ob man durch Glas in eine andere Welt schaut«, stellte er bewegt fest. »Und diese Farben – sie leuchten heller, als es das Licht von Fackeln vermag.«

»Vermeidet es hineinzuschauen!«, sagte Magolas, der als Einziger einen Sinn für die Gefährlichkeit dieser Bilder hatte. Offenbar hatte die Kunst des Volkes der Sechs Finger vor unvorstellbar langer Zeit ein Niveau erreicht, das mit den Werken Mindoril des Wahnsinnigen vergleichbar war, die er einst in Athranor geschaffen hatte. Daher war

Magolas zunächst sehr besorgt darüber, ob die schwachen Geister seiner Rhagar-Begleiter vielleicht allzu anfällig für eine wie auch immer geartete Wirkung der Bilder waren. Allerdings bestand genauso die Möglichkeit, dass die Grobschlächtigkeit ihrer Rhagar-Seelen sie vor einem vielleicht tiefen Einfluss der Bilder bewahrte. So kam Magolas schließlich zu dem Schluss, dass in Wahrheit er selbst mit seinen verfeinerten elbischen Sinnen der größeren Gefahr ausgesetzt war.

Sie alle lösten sich vom Anblick der Wandgemälde und marschierten den sich vor ihnen erstreckenden Stollen entlang. Gnomenkrieger, die sie dort antrafen, ergriffen sofort die Flucht. Major Brados schoss mit seiner Einhandarmbrust auf einen von ihnen. Er konnte nicht genau zielen, denn er musste schnell handeln, wenn er den Gnom noch erwischen wollte.

Der Bolzen verfehlte sein Ziel und kratzte stattdessen an der glatten und so reich bebilderten Steinwand entlang. Ein Aufstöhnen war zu hören und Dutzende von Köpfen der unterschiedlichsten Größe und Ausformung drehten ihre augenlosen Gesichter in Richtung des Schützen. Dann erklangen Worte, die einer Sprache aus uralter Zeit entstammen mochten oder einfach nur Laute des Missfallens und des Protests waren.

Für einen kurzen Moment schienen die Abbildungen in unmittelbarer Nähe lebendig zu sein, ehe sie wieder erstarrten und zu gefrorenen Augenblicken aus einer anderen Zeit wurden.

Selbst die hartgesottenen norischen Söldner standen wie erstarrt da. Der Armbrustbolzen hatte eine Kratzspur über die Oberfläche der Wand gezogen. Und Magolas spürte die magische Aura uralter Seelen, die in diesem Gemäuer wohnten.

Die erschreckend realitätsgetreuen Bilder waren weit mehr als nur Darstellungen von Künstlern, erkannte Magolas. Dass ein augenloses Volk sie aus rein künstlerischen Ambitionen erschaffen hatte, war ohnehin eher unwahrscheinlich, wenn auch nicht grundsätzlich unmöglich. Schließlich bewiesen die Kompositionen Gesinderis des Gehörlosen, dass man selbst als Künstler nicht unbedingt über jenen Sinn verfügen musste, an den sich ein Kunstwerk richtete.

Aber der Zweck dieser Darstellungen schien Magolas eindeutig auf einer anderen Ebene zu liegen. Da waren Seelen konserviert und über die Zeit gerettet worden. Dies war das Eldrana des Volkes der Sechs

Finger. Oder vielleicht auch ihr Maldrana, ging es Magolas durch den Kopf. Wer mochte das schon mit Sicherheit sagen.

»Seid vorsichtig mit Euren Waffen!«, wies er seine Männer an. »Wir wollen die Geister der Vergangenheit nicht wecken, die offenbar hier in diesen Bildern gebannt sind.«

»Gnomen lassen sich schließlich auch mit dem Schwert erschlagen«, ergänzte Brados grimmig.

Sie drangen weiter vor, und Magolas vermied es, den Blick allzu lange auf eines der Wandbilder zu richten – einerseits, um sich nicht darin zu verlieren, aber andererseits hatte er auch das Gefühl, das allein seine Blicke schon ausreichten, um die Geister in den Gemälden zu wecken. Denn wenn er sich doch für einen Moment vergaß und einen etwas längeren Blick riskierte, glaubte er, kleinere, ruckartige Bewegungen zu erkennen.

Sie erreichten einen Kuppelsaal, in dem ebensolche Bilder die gesamte Wandfläche bedeckten. Es war unmöglich, ihnen mit dem Blick auszuweichen. So schloss Magolas die Augen und tastete gleichzeitig mit seinen magischen Sinnen nach dem ersten Schwert des Eisenfürsten Comrrm. Da war tatsächlich eine Aura, der vielleicht etwas Rhagarhaftes anhaftete. Magolas hatte Ähnliches erspürt, wenn menschliche Magier, wie es sie in Karanor recht häufig gab, auf den Jahrmärkten oder in den Tempeln ihre erbärmlichen Künste vorgeführt hatten, die mit der Elbenmagie nichts gemein hatten und im Übrigen so gut wie wirkungslos waren.

Dieses Artefakt aber hatte sich tatsächlich im Lauf der Zeitalter mit gewaltigen Kräften aufgeladen. Kräften, die sich Xaror zunutze machen wollte.

Magolas öffnete wieder die Augen, ließ den Blick schweifen, fand das gesuchte Objekt allerdings zunächst nicht, obwohl er das Gefühl hatte, dass es sich ganz in seiner Nähe befand.

In der Mitte des Saales standen Säulen, die so dick waren, dass zehn Männer nötig gewesen wären, um sie zu umspannen. Auch diese Säulen waren von Bildern bedeckt, sodass man das Gefühl hatte, sich inmitten eines Kaleidoskops aus Farben, Formen und teils recht absonderlichen Gestalten zu befinden.

Hinter den Säulen waren einige Dutzend Gnomenkrieger in Deckung gegangen. Sie hatten sich vollkommen ruhig verhalten und vielleicht darauf gehofft, dass man sie nicht entdecken würde. Zwischen all den so plastisch dargestellten Gestalten war es sogar möglich, sie zu übersehen, da sich ihre Gestalt nicht so sehr von einigen der auf den Bildern verewigten Geschöpfe unterschied.

Doch nun blieb ihnen nichts anderes übrig, als um ihr Leben zu kämpfen.

Sie schossen mit ihren Schleudern in kurzer Folge einen Hagel von Metallhaken ab. Fast zwanzig Norier gingen innerhalb von wenigen Augenblicken tödlich getroffen zu Boden, denn die Gnomen vermochten auf diese Kurzdistanz sehr genau zu zielen. Sie trafen Gesichter, Augen, Kehlen, anstatt wie zuvor den Harnischen der Norier lediglich ein paar Beulen zuzufügen.

Hin und wieder verfehlte jedoch auch ein Metallhaken sein Ziel und traf dann die Wände. Stöhnende, erstaunte, aber auch ärgerliche Laute drangen aus den Bildern, und die darauf dargestellten Wesen zuckten und bewegten sich.

Magolas und seine Männer antworteten auf den Angriff der Gnomen mit Pfeilen und Armbrustbolzen, doch trotz aller Zielgenauigkeit ließen sich Fehlschüsse nicht vermeiden. Immer dann, wenn die Gemälde getroffen wurden, gerieten diese in noch stärkere Bewegung und schienen von Leben erfüllt zu werden. Ein immer lauter werdender Chor unheimlicher Stimmen erhob sich. Schließlich kamen die Gestalten auf den Bildern gar nicht mehr zur Ruhe. Sie wirkten wie ein aufgeregtes, augenloses Publikum hinter einer durchsichtigen Glaswand, durch die der Blick so klar war, wie es kein elbischer Glasbrennmeister zu Wege gebracht hätte.

»Aufhören!«, schrie Magolas. »Keine Pfeile und keine Bolzen mehr! Kämpft sie mit dem Schwert nieder!«

Viele der Norier hatten inzwischen schon von sich aus die Einhandarmbrust oder den Bogen sinken lassen, da es ihnen vor den Folgen eines weiteren Beschusses graute. So stürmten sie mit dem Schwert auf die Gnomen zu, die sich jedoch nicht weiter darum scherten, dass irgendwelche Geister der Vergangenheit in Unruhe und Zorn versetzt wurden; sie benutzten weiterhin ihre Schleudern. Unter den Noriern gab es zunächst hohe Verluste, aber das änderte sich, sobald es zum Nahkampf kam. Die Gnomen wehrten sich verzweifelt, und trotz ihrer geringeren Körpergröße waren sie den Noriern keineswegs an

Kraft unterlegen, auch nicht, was die Reichweite ihrer Waffen betraf, denn sie benutzten Streitäxte von monströser Größe, die sie mit einer Leichtigkeit schwangen, als würde es sich um Elbenrapiere mit perforierter Klinge handeln.

Aber die zahlenmäßige Überlegenheit der Norier war erdrückend. Innerhalb kurzer Zeit wurden die Gnomen niedergekämpft. Die norischen Schwerter spalteten ihre Schädel, ließen Blut und Hirnmasse spritzen und sorgten dafür, dass keiner von ihnen entkam. Selbst den Flüchtenden wurde noch nachgesetzt. Ihre Köpfe rollten, und Lachen aus Blut bildeten sich auf dem glatten Steinboden.

Der Kampf war kurz, heftig und grausam. Aber als er zu Ende war, konnten sich die Geister der Vergangenheit keineswegs beruhigen. Sie schienen zu toben. Sie erhoben ihre sechsfingrigen Hände, Pranken oder über was sie ansonsten Vergleichbares verfügten, in grimmiger Geste, und die Lautkulisse ließ ebenfalls keinerlei Zweifel daran, dass sie äußerst erzürnt waren.

»Suchen wir das Schwert des Eisenfürsten und machen uns so schnell wie möglich davon«, schlug Major Brados vor. »Beim Sonnengott, dies ist ein unheimlicher Ort, und ich kann mich nicht erinnern, je solche Schauder empfunden zu haben.«

Magolas hingegen war der Ansicht, dass sich den Rhagar mit ihren kurzen Leben keine angemessenen Vergleichsmöglichkeiten boten, aber er behielt diese Antwort für sich, denn es lag keineswegs in seiner Absicht, den Major und seine Truppe noch stärker zu verunsichern, als sie es ohnehin schon waren. Er wandte den Kopf und ließ ihn über die in Aufruhr geratenen Bilder schweifen.

Das Schwert …

Es musste sich ganz in der Nähe befinden. Aber das Innere der Dunklen Festung war abgesehen von den Bildern vollkommen kahl. Es gab keinerlei Einrichtungsgegenstände und auch keinen Altar oder einen ähnlich herausgehobenen Gegenstand, der ein angemessener Aufbewahrungsort für das Schwert des Eisenfürsten gewesen wäre.

»Dort ist es!«, rief plötzlich Major Brados aus. Er deutete mit seiner eigenen Klinge auf eines der Bilder. »Beim Sonnengott, es ist dort drinnen!«, stieß er hervor. »Aber es ist das Schwert, das wir suchen. Der Totenkopf am Knauf und das eingravierte Zeichen der Sonne. Es gibt so viele Geschichten über dieses Schwert …«

Die Klinge lag auf einem Steinquader inmitten des Bildes, bewacht von zwei mit Streitäxten bewaffneten Trorks, die darüber hinaus Harnische trugen, wie man sie im Wilderland ganz gewiss nie bei einem von ihnen gesehen hatte – denn den dort lebenden Trorks war die Metallverarbeitung völlig fremd.

Auch diese beiden Trorks waren – wie alles um sie herum – zu einer unheimlichen Form des Lebens oder Halblebens erwacht. Sie bewegten sich, schienen zu atmen, grunzten dumpfe Laute vor sich hin und stimmten in den schauderhaften Chor von ganz unterschiedlichen Stimmen ein, der sich immer lautstarker und für ein Elbenohr immer unerträglicher erhoben hatte.

»Der Axtherrscher hat dafür gesorgt, dass das Schwert des Eisenfürsten Comrrm wahrhaftig an einem sicheren Ort aufbewahrt wird«, entfuhr es Magolas.

Major Brados schlug mit seinem Schwert gegen den Stein, dass die Funken sprühten. Einige der dargestellten gnomenartigen Wesen wichen erschrocken in den Bildhintergrund zurück.

»Das ist eine Grenze, die niemand zu durchschreiten vermag«, glaubte Major Brados. Er wandte sich an Magolas. »Ich wüsste jedenfalls nicht wie, o Sohn der Sonne.«

Magolas ging auf die Wand zu, den Blick auf das Schwert gerichtet. Brados hatte recht, es war die Waffe, deretwegen sie gekommen waren. Die Aura war schwach, doch wahrscheinlich hatte dies etwas damit zu tun, dass sich das Schwert in jener seltsamen Welt der Bilder befand. Einer Geisterwelt, zu der offenbar die augenlosen Künstler des Volkes der Sechs Finger vor unvorstellbar langer Zeit durch die Malerei einen Zugang gehabt hatten, den wohl niemand mehr zu begreifen vermochte.

Aber der Axtherrscher musste gewusst haben, wie man in diese Sphäre gelangte. Denn Magolas hegte nicht den geringsten Zweifel, dass er es gewesen war, der das Schwert dorthin verbracht hatte.

Der Axtherrscher war zweifellos ein Geschöpf der Finsternis gewesen. Aber der Axtherrscher war offenbar nicht aus dem Limbus gekommen wie jene Geschöpfe, die Xaror nun dienten. Wahrscheinlich hatte er Äonen im Zwischenland überdauert. Zeitalter, in denen er dem einstigen Herrscher des Dunklen Reichs gedient und dennoch einen Plan ersonnen hatte, ihn zu betrügen.

Magolas blieb dicht vor der glatten Wand stehen. Einem plötzlichen Impuls folgend streckte er die Hand aus. Ein schwarzer Blitz umflorte sie für einen Moment, als sie den Fels durchdrang, als ob es sich um Luft handelte.

»Offenbar ist es dem Sohn des Sonnengottes erlaubt, das Schwert zu nehmen«, sagte Major Brados.

»Gewiss«, murmelte Magolas. Er trat voran und durchschritt die unsichtbare Grenze zwischen seiner eigenen Welt und jener Sphäre innerhalb des Bildes, in dem die Geister der Vergangenheit zwar lebendig geworden, aber nach wie vor gefangen waren.

Die beiden Trorks, die das Schwert bewachten, stießen ein ohrenbetäubendes Brüllen aus. Magolas packte sein namenloses Schwert mit beiden Händen.

»Nicht Elbentöter, sondern Trorkvernichter soll man dich einst nennen!«, rief er grimmig.

Der erste, im Vergleich zu Magolas' Gestalt riesenhafte Trork ließ seine Axt niedersausen. Sie verfehlte Magolas nur knapp. Mochte dieser augenlose Krieger auch ein Gespenst der Vergangenheit sein oder aus irgendeiner anderen Sphäre des Polyversums stammen – dass seine Axthiebe auch für einen Elben tödlich waren, daran hatte Magolas nicht einen Moment lang Zweifel.

Magolas wich blitzschnell aus.

Seine Männer konnten ihm nicht helfen. Sie standen auf der anderen Seite jener unsichtbaren Grenze, die die Welt der Wandbilder von jener trennte, in der die Rhagar lebten.

Gebannt sahen sie zu, wie ihr Großkönig sich schlug.

Mit einem schnellen Vorstoß trennte Magolas dem Trork mit einem einzigen Hieb den Waffenarm ab. Dieser brüllte erneut auf, diesmal vor Schmerz, und ging in die Knie, während der zweite Trork Magolas angriff. Der wich dem Axthieb aus, drängte den Trork mit einer Reihe schneller Schwerthiebe zurück, brachte ihm eine stark blutende Wunde am Oberschenkel bei, wirbelte dann herum und rammte dem ersten Trork die Klinge durchs rechte Auge in den Kopf.

Bevor der zweite Trork ihn erneut angreifen konnte, streckte Magolas die linke Hand nach dem Schwert auf dem Altar aus, konzentrierte seine Kräfte, spürte die Verbindung zur Aura des Schwertes, und die Klinge erhob sich, flog durch die Luft und landete in Magolas' Hand.

Als der Trork ihn humpelnd attackierte, begegnete ihm Magolas mit beiden Klingen, so wie er es früher bei Siranodir mit den zwei Schwertern oft genug gesehen hatte. Er parierte die furchtbaren Axthiebe seines Gegners mit Leichtigkeit. Schwarze Funken sprühten dabei aus dem Schwert Comrrms, wann immer die Klinge gegen die Waffe des Trorks prallte. Magolas versuchte, den Geist seines Gegners zu beeinflussen, allerdings ohne Erfolg; er war einfach zu fremdartig, um auf die Schnelle Zugang zu ihm zu gewinnen.

Dann wich Magolas einem Hieb seines Gegners aus, blockte den nächsten Schlag mit seinen gekreuzten Klingen ab und stieß dann mit dem Schwert Comrrms zu. Zwischen Harnisch und Hüftschutz drang die Klinge tief in den Leib des Trorks. Schwarze Blitze gingen dabei von ihr aus und pflanzten sich über den gesamten Körper des Kolosses fort. Er öffnete sein Maul und brüllte, während die schwarzen Blitze über seinen Körper tanzten, zu verwaschenen Schlieren wurden und sich schließlich auflösten. Wie ein gefällter Baum ging der Trork zu Boden.

Magolas wirbelte herum. Einige der kleineren Augenlosen, von denen manche Magolas kaum bis zum Knie reichten, hatten sich ihm genähert, standen aber wie erstarrt da.

Magolas trat zurück, durchdrang wieder die Barriere zwischen der Bildwelt und jener, aus der er gekommen war und die er als eine seinige betrachtete. Mit der Linken reckte er triumphierend das erste Schwert des Eisenfürsten empor, und er fühlte, wie ein Strom der Kraft von diesem Artefakt ausging und seinen gesamten Körper durchströmte. Eine Kraft, die mit der Finsternis verwandt war, die ohnehin in seiner Seele wohnte.

Der Großkönig des Magolasischen Reichs atmete tief durch.

Das Gefühl des Triumphs verflog sehr schnell. Dieses Schwert würde er Xaror übergeben müssen, auch wenn er ihn dadurch stärker machte. Magolas blickte sich noch einmal um, sah das Bild mit dem Altar, das er gerade verlassen hatte: Vor dem Altar lagen jetzt zwei blutüberströmte Trorks, und daneben standen einige Gnomen und starrten offensichtlich entsetzt auf die verstümmelten Leichen. Er fragte sich, welchen Plan der Axtherrscher gehabt hatte, um sich der Sklaverei zu entwinden und seinen Herrn loszuwerden. Er würde es wohl nie erfahren, glaubte Magolas. Und es sah ganz so aus, als gäbe es für ihn selbst nur den Weg der bedingungslosen Treue zu Xaror, der ihn in der Hand hatte, solange Larana lebte.

»Verflucht sei dieser Schattenherr!«, rief er grimmig aus, benutzte dabei jedoch die Elbensprache, sodass die norischen Söldner ihn nicht verstanden.

Dann starrte er auf einmal das Schwert in seiner Hand an. Denn Magolas hatte plötzlich eine Vision. Er sah seine beiden Kinder auf dem Altar im Tempel der Sechs Türme liegen. Und das Schwert des Comrrm, von unsichtbarer Hand geführt, schlug ihnen nacheinander die Köpfe ab; sie rollten von dem massiven Steinquader und fielen in den dunklen Schlund, wo sie in der schlammigen, schwarzen Masse versanken, worauf ein schmatzendes Geräusch und wohliges Stöhnen erklang.

Die Erkenntnis traf Magolas wie ein Blitz aus heiterem Himmel.

Dafür also benötigst du diese Waffe!, durchfuhr es den Großkönig, und er stieß einen Schrei aus, der so voller Verzweiflung, Grimm und Schmerz war, dass selbst den hartgesottenen Söldnern eisige Schauder über den Rücken liefen.

Während des Rückwegs über den Fluss Kar behielt Magolas das Schwert des Einsenfürsten ständig bei sich. Nur selten war seine Hand nicht um den Griff mit dem Totenkopf am Knauf geschlossen.

Hakin und Makin, die beiden Vierhörnigen, schienen eine instinktive Scheu vor den Kräften dieser Waffe zu haben und hielten sich von ihr und dem Großkönig fern.

Magolas versuchte kurz einen geistigen Kontakt zu Larana und seinen Kindern herzustellen. Er tat das selten, wenn er auf dem Weg zum Tempel der Sechs Türme war, weil er befürchtete, damit Xarors Aufmerksamkeit noch mehr auf seine Familie zu lenken, als unbedingt nötig war. Aber die Vision, die er in der Dunklen Festung gehabt hatte, war einfach zu eindringlich gewesen.

Zu seinen Kindern bekam er nur einen sehr kurzen Kontakt, der zudem so schwach war, dass er anschließend kaum mehr wusste, als dass sie lebten. Aber da war noch etwas – ein Gefühl, eine Emotion, eine Regung der Magie …

Andir!, durchfuhr es ihn.

Konnte es sein, dass sein Bruder noch lebte? Nein, nein – das erschien ihm unmöglich. Vielleicht waren nur Reste seiner Aura in den Gedanken seiner Kinder vorhanden, und die hatte er bei dem kurzen Kontakt verspürt.

Laranas Geist war vollkommen verwirrt – und dafür musste es einen Grund geben.

Ich bin bald wieder bei euch!, sagten seine Gedanken, aber er war sich nicht sicher, ob sie verstanden wurden. Vielleicht war es auch einfach die ungewöhnlich starke Magie des Schwertes, die es unmöglich machte, mehr zu erfahren.

Als Magolas zusammen mit seinem Gefolge und den beiden Vierhörnigen den Tempel der Sechs Türme erreichte, waren laute Schreie aus dem Inneren des Gemäuers zu hören. Schreie der Wut und des Hasses, deren begleitende Gedanken Magolas' Geist mit ungeahnter Wucht trafen.

»Was ist da los?«, fragte Magolas an Hakin und Makin gerichtet.

»Unser Herr …«, begann Hakin.

»… ist verstimmt«, vollendete Makin.

»Aber weshalb? Er hat keinen Grund dazu. Ich nehme an, dass er längst weiß, dass wir mit dem Schwert des Eisenfürsten zurückkehren, das er so sehr begehrte.«

»Das weiß er«, sagte Makin.

»Er sieht alles, was wir sehen«, fügte Hakin hinzu. »Und noch sehr viel mehr. Mehr vielleicht, als du für möglich hältst, Magolas, der du dich den Sohn der Sonne und den Großkönig des Reiches nennen lässt.«

Der Unterton, mit dem Hakin gesprochen hatte, gefiel Magolas nicht. Ein deutliches Unbehagen machte sich in ihm breit.

Die Tore des Tempels sprangen auf, und eine Wolke aus dunklem Rauch quoll daraus hervor. Wutgeheul hallte gleichzeitig zwischen den dicken Mauern wider, wie der schauerliche Gruß aus einer Totengruft. Der schwarze Rauch verflog, nach ein paar Augenblicken erstarb auch das Wutgeheul, und eine beklemmende Stille setzte ein.

»Geh hinein und tritt deinem Herrn gegenüber«, sagte Hakin. Weder er noch sein Zwilling Makin schienen die Absicht zu haben, ihn zu begleiten.

Magolas hielt das Schwert des Comrrm in der Linken und trat

in den Tempel. Das Tor schloss sich hinter ihm, und er ging zu dem finsteren Schlund vor dem Altar.

Magolas erkannte eine Veränderung. Sämtliche Artefakte, die auf dem Steinquader gelegen hatten, waren verschwunden – bis auf die beiden Zauberstäbe des Augenlosen Sehers. Den Rest musste Xaror verschlungen haben, so wie schon so viele zuvor. Es zeigte Magolas, dass Xarors Bedarf an magischer Kraft im Moment besonders groß war. Man konnte das durchaus als Indiz dafür werten, dass sein vollständiges Erscheinen nahe bevorstand.

»Hier ist das Schwert, das du begehrst«, sagte Magolas.

»Behalte es in der Hand. Denn wir brauchen noch ein Opfer, das gebracht werden muss«, dröhnte Xarors Gedankenstimme.

»Meine Kinder …«, murmelte Magolas.

»Was du gesehen hast, ist nur eine Möglichkeit. Eine Option, falls eine kritische Lage eintreten sollte und ich Kraftreserven brauche. Lieber würde ich deine Kinder zu meinen Dienern machen …«

»Sind sie das nicht längst?«

»Damit sprichst du ein interessantes Thema an. Doch darauf komme ich gleich zurück. Zuerst brauche ich ein Opfer, um mich von dem Schlag zu erholen, den man mir zugefügt hat.«

»Was für ein Schlag?«

»Der Betrug getreuer Diener, denen man Gutes getan hat, ist immer ein Schlag.«

»Wovon sprecht Ihr?«

»Du sollst es erfahren. Doch erst das Opfer.«

Die schlammige Masse im Schlund formte einen Mund, der einen durchdringenden Schrei ausstieß. Das Knochenmobile geriet in Bewegung, und diesmal war es nicht der hereinströmende Wind, sondern eine geistige Kraft, die dieses schaurige Knochenballett zum Tanzen brachte. Die Tore öffneten sich. Mit eigenartig gestelzten Schritten ging ein Mann auf das Tor zu. Es war Major Brados. Er wirkte wie jemand, der von unsichtbaren Händen gepackt worden war und von ihnen geschoben und gezogen wurde; seine Bewegungen waren eckig und unharmonisch. Es war erkennbar, dass sie nicht freiwillig geschahen.

Die Augen des Majors waren vor Schrecken weit aufgerissen. Einer Marionette gleich stolperte er in den Tempel und blieb neben Magolas stehen.

Er zitterte am ganzen Körper. Magolas spürte, wie ein Ruck Comrrms Schwert bewegte. Seine Hand krampfte sich um den Griff, ohne dass Magolas dies wollte, und sie ließ sich nicht lösen. Die Kraft des Schwerts riss Magolas herum, die Klinge beschrieb eine wuchtige Seitwärtsbewegung, gegen die Magolas nichts tun konnte. Er war auf einmal ebenso die Marionette einer unsichtbaren Kraft wie Major Brados – auch wenn die Rolle, die ihm in diesem grausamen Spiel zugedacht war, eine andere war.

Der Schwertstreich trennte Major Brados' Kopf vom Rumpf. Er polterte auf den steinernen Boden, rollte auf den Schlund zu und verschwand darin. Aus dem Hals des Majors spritzte das Blut in einer Fontäne empor, die selbst die Schädel im Gewölbe ereichte. Marionettenhaft machte der Kopflose seine letzten Schritte und versank dann ebenfalls im Schlund.

Augenblicke später bildete sich aus der dunklen Masse im Schlund ein vulkanähnlicher Trichter, etwa so groß wie ein durchschnittlicher Rhagar-Mann. Ein vollkommen blanker Schädel quoll daraus hervor und wurde in die Höhe geschleudert.

Unter dem Kuppeldach des Tempels fing ihn ein hauchdünner Faden auf, an dem er auf wundersame Weise haften blieb. Er baumelte hin und her und pendelte sich schließlich aus.

Das Schwert des Eisenfürsten wurde Magolas aus der Hand gerissen. Es schwebte durch die Luft, drehte sich um seinen Schwerpunkt, der etwa eine Handbreit unterhalb des Griffs lag, und senkte sich dann in den Stein in der Mitte des Altars. Ein zischender Laut erklang dabei, und schwarzer Rauch quoll an jener Stelle empor, an der die Klinge in den Stein eindrang – genau in die Mitte zwischen den beiden Zauberstäben des Augenlosen Sehers, die dort noch ihren Platz hatten. Das Schwert blieb zitternd stecken, wobei ein surrender Laut entstand, der langsam verklang.

»Das war gut!«, meldete sich die Gedankenstimme Xarors. »Und nun sprechen wir über deine Kinder …«

»Was ist mit ihnen?«

»Weißt du es wirklich nicht?«

»Ich …« Magolas schluckte. »Ich habe keine Verbindung zu ihnen.«

»Da haben wir etwas gemein, Sklave.«

»Was hat das alles zu bedeuten?«

»Ich gebe zu, dass die Täuschung deines Bruders ausgesprochen raffiniert war, sodass ich sie nicht gleich erkannte, und selbst du scheinst ihr erlegen zu sein, obwohl ich schon argwöhnte, dass sie vielleicht Teil eines weitergehenden Plans von dir ist. Aber ich habe deinen Geist durchforscht: Er hat dich offenbar tatsächlich zum Narren gehalten.«

»Andir lebt?«, fragte Magolas. »Das – das erklärte manches …«

»Allerdings. Deine Gemahlin hat ihn mit ihren Gedanken in den Palast gerufen und ihm die Kinder überlassen. Jetzt hat er sie magisch abgeschirmt, und ich weiß ebenso wenig, wohin er sie gebracht hat, wie du. Vielleicht an den Hof von Elbenhaven, möglicherweise aber auch an einen ganz anderen Ort. Die Seelen dieser Kinder sollten mir gehören! Ihre Magie sollte mir dienen, und jetzt wird sie im Dienst meiner Feinde stehen, denn ich habe keinen Zweifel, dass es Andir gelingen wird, die magischen Fesseln zu durchtrennen, mit denen ich sie an mich gebunden haben.«

Die Erkenntnis traf Magolas wie ein Schlag vor den Kopf. Plötzlich war ihm alles klar. Er hatte Andirs Tod durch die Augen des Attentäters gesehen, doch der war einer Illusion erlegen gewesen. Andir hatte also die Kinder in seine Gewalt gebracht. Ironischerweise empfand Magolas darüber sogar ein wenig Erleichterung, denn so blieb Daron und Sarwen das dunkle Schicksal erspart, zu Werkzeugen des Bösen zu werden. Werkzeuge, die Xaror notfalls sogar bereit war zu opfern, falls ihm dies vorteilhaft erschien.

Aber auf der anderen Seite ergaben sich daraus furchtbare Konsequenzen. Xaror hatte nicht ohne Grund hervorgehoben, dass Larana den Elbenmagier herbeigerufen hätte. Der Herr des Dunklen Reichs hatte offenbar ihren Geist gründlich erforscht. Wie hatte sie Magolas das nur antun können? Und vor allem sich selbst? Er fühlte einen Kloß in seinem Hals sitzen. In diesem Moment wäre er unfähig gewesen, auch nur einen einzigen Ton hervorzubringen. Xaror würde Larana die Essenz des Lebens verweigern.

»Mein Bruder war allein dafür verantwortlich, was geschehen ist!«, sagte Magolas, als er wieder in der Lage war zu sprechen. »Willst du wirklich einen schwachen und leicht zu beeinflussenden Rhagar-Geist dafür mitverantwortlich machen, Herr?«

»Sie muss bestraft werden.«

Magolas sank auf die Knie. »Xaror, ich flehe dich an, verweigere ihr nicht die Essenz des Lebens!«

Schweigen folgte – Schweigen, das Magolas eine Ewigkeit zu dauern schien.

»Um deinetwillen werde ich Gnade walten lassen und ihr die Essenz nicht verweigern«, sagte Xaror schließlich. »Wenn Larana stürbe, würde ich zwar meine Wut damit lindern, aber ich würde mir damit letztlich einen schlechten Dienst erweisen, weil es für meinen Sklaven Magolas dann keinen Grund mehr gäbe, mir zu gehorchen. Zumindest könnte er das glauben, auch wenn das Opfer seines Majors ihm eigentlich zeigen sollte, dass meine Macht sehr viel weitergeht, als er ahnen mag.«

»Ich werde alles für Euch tun, was Ihr verlangt!«, rief Magolas.

»Das wirst du. Gewiss.« Blasen stiegen an die Oberfläche des Schlundes. Glucksende Geräusche ließen Magolas an ein höhnisches Kichern denken. »Aber bei aller Gnade muss Larana bestraft werden. – Sieh, was geschieht! Ich werde mein Wort halten und ihr die Essenz nicht verweigern. Im Gegenteil. Ich werde ihr die Kraft für ein langes Leben schenken.«

9

LARANAS BESTRAFUNG

Die Oberfläche des Schlunds wurde vollkommen glatt. Zuerst sah Magolas, als er sich von den Knien erhob, nur sein eigenes Spiegelbild, dann erschienen Bilder: Wie ein Fenster zu einem anderen Ort wirkte die dunkle Oberfläche, und Magolas erkannte die Umgebung des Königspalasts von Aratania.

Und er sah seine Gemahlin in einem der zahllosen Gemächer, die dieser Palast beherbergte.

»Larana!«, rief er.

»Sie kann dich nicht hören«, erklärte Xarors Gedankenstimme. »Aber sieh, was geschieht, Sklave, und lass es dir eine Warnung sein!«

Larana nahm das Gefäß mit der Essenz des Lebens und zog den Korken heraus. Sie goss etwas von dem Inhalt in einen Pokal, der normalerweise zum Trinken von Wein diente. Magolas konnte in den Pokal schauen, so als würde er sich über die Schulter seiner Gemahlin beugen. Die Flüssigkeit war zunächst farblos, sah aus wie reines Wasser, aber dann veränderte sie sich: Es bildeten sich Blasen, so als würde die Substanz auf einmal kochen, schwarzer Rauch stieg empor, und die klare Flüssigkeit verwandelte sich in eine Brühe aus purer Finsternis, die der schlammähnlichen Substanz des Schlundes ähnelte. Dann konnte Magolas wieder Larana sehen. Sie bemerkte die Veränderung nicht, die mit der Essenz vor sich gegangen war. Sie trank den Pokal leer – und ihre Augen wurden schwarz. So schwarz wie die ihres Gemahls.

Mechanisch, fast marionettenhaft, füllte sie sich nach, und wieder veränderte sich die Essenz in eine schwarze Brühe. Larana leerte auch den zweiten Pokal. Beim dritten Mal schaffte sie es nicht mehr, den gesamten Inhalt zu trinken. Der Pokal entfiel ihr, schepperte auf den Boden und rollte davon. Ein Zittern durchlief Laranas schlanken Leib. In ihren Augen war nichts Weißes mehr. Ihr Körper veränderte sich. Er wurde größer, dunkler, tierhafter. Die Kinnpartie schob sich nach vorn, ein echsenhaftes Maul bildete sich, und die Haare wurden zu einer Mähne aus verfilzten Strähnen. Ihre Kleidung zerriss, platzte von ihr ab, lederhäutige Flügel wuchsen ihr aus dem Rücken, und ihre Hände wurden zu krallenbewehrten Pranken.

Innerhalb von wenigen Augenblicken wurde sie zu einem tierhaften Ungeheuer – einer grotesken Mischung aus einem der Fledertiere, auf denen die katzengesichtigen Krieger ritten, und einer Echse.

»Xaror, ich flehe dich an!«, schrie Magolas. »Mach das rückgängig!«

»Deine Frau hat meine Großzügigkeit und meine Hilfsbereitschaft mit Verrat belohnt. Sie hat dazu beigetragen, dass mir vorenthalten wird, was mein ist – Daron und Sarwen!«

»Es waren nur ihre Gedanken!«

»Glaubst du denn, Gedanken wären ungefährlich, Sklave?«, höhnte Xaror. »Und jetzt höre: Die Liebe Laranas wird sich in Hass verwandeln. Sie wird ein Schatten sein, eine Ausgestoßene. Eine Kreatur, die so grässlich ist, dass niemand sie bei sich dulden wird, und die man fürchten muss, denn sie wird etwas benötigen, das ihr in Zukunft die Essenz des Lebens ersetzt.«

»Was wird das sein?«, fragte Magolas tonlos.

»Eine andere Art von Essenz. Eine andere Art von Lebenssaft: Blut. Sie wird töten, um zu leben, und du solltest ihr aus dem Wege gehen, denn sie würde nicht zögern, auch dein Leben zu nehmen, um an dein Blut zu gelangen! Aber sie wird leben, so wie du es gewünscht hast. Sie wird ewig leben, solange sie tötet und genug Blut trinkt!«

»Nein!«, schrie Magolas. Er ballte die Hände zu Fäusten, und blanker Hass stieg in ihm hoch. Hass auf Xaror, der seiner Gemahlin aus einem einzigen Grund das Lebern verlängert zu haben schien: um sie quälen zu können. Magolas wünschte sich nichts mehr, als den Herrscher des Dunklen Reichs in seine Gewalt zu bekommen und ihn auf eine ähnliche Weise zu quälen, wie es Xaror offenbar ohne Bedenken bei jenen zu tun pflegte, die ihm bisher treu gedient hatten. »So dankst du mir meine Loyalität?«

»Ich bin dir nicht zu Dank verpflichtet, Sklave. Das war ich nie. Umgekehrt ist es etwas anderes. Schließlich habe ich das Leben Laranas über die Maßen verlängert, wie du es wolltest. Für das, was nun geschieht, trage ich keine Verantwortung, sondern einzig und allein sie. Es war ihre Entscheidung, sich in Gedanken an Andir zu wenden.«

»Mein Bruder hat ihr die Gedanken verwirrt! Dazu hat er die Macht. Seine Magie ist stärker als meine!«

»In diesem Punkt muss ich dich korrigieren. Sie ist nicht stärker, Magolas. Sie ist nur anders. Das ist alles.«

Magolas starrte wie gebannt auf die Oberfläche des Schlundes und sah, was weiter geschah. Larana fiel eine der Kammerzofen an wie ein wildes Tier. Sie riss ihr den Hals auf mit den gewaltigen Reißzähnen, die aus ihrem großen, lippenlosen Echsenmaul ragten. Das Blut sprudelte der Bestie, zu der Larana geworden war, in den Schlund. Sie schlürfte so viel davon in sich hinein, wie sie konnte, saugte es förmlich aus dem erschlafften Körper, ehe sie die leblose Hülle wie ein entleertes Gefäß zu Boden fallen ließ. Dann öffnete sie eines der Fenster des Palasts, kletterte hindurch und ließ sich auf ihren weit gespannten Schwingen in die Lüfte gleiten.

Die Oberfläche des Schlunds geriet in Bewegung. Die Szenerie verschwamm, und nach einigen Augenblicken war nichts mehr als Schwärze zu erkennen.

Magolas richtete den Blick auf den Altar. »Es ist mir gleichgültig, was du jetzt mit mir tun wirst, Xaror!«, sagte er mit bebender Stimme. »Ich kündige dir die Gefolgschaft. Töte mich, wenn du willst!«

Und damit schwang er herum und schritt auf die Tore des Tempels zu.

»Das Schicksal deiner Gemahlin müsste dir doch vor Augen geführt haben, dass es Schlimmeres gibt als den Tod«, rief Xaror. Ein spöttisches Gelächter folgte, diesmal nicht nur in Magolas' Gedanken, sondern deutlich hörbar. Der Schlund hatte offenbar wieder einen Mund gebildet, der dieses Gelächter ausstieß, doch Magolas drehte sich nicht danach um. »Gibst du wirklich so schnell auf, Sklave?«

Magolas blieb abrupt stehen. Was für ein grausames Spiel wollte Xaror eröffnen? Noch immer wandte sich der Großkönig nicht zum Altar um, denn er hatte das Gefühl, dass er dann verloren gewesen wäre. Während der paar Schritte, die er auf den Ausgang zumarschiert war, hatte er zwar die größte Verzweiflung verspürt, die ihm je in seinem Elbenleben, das ein ganzes Zeitalter umspannte, zugemutet worden war. Aber in diesen kurzen Augenblicken, während der wenigen Schritte in Richtung der Tore, hatte er auch seit langer Zeit wieder etwas gefühlt, das sich – wenn auch mit Abstrichen – als Freiheit bezeichnen ließ. Eine Freiheit freilich, die der Gleichgültigkeit entsprang, denn was konnte noch wichtig sein, da er Larana verloren hatte?

»So gering ist deine Liebe?«, höhnte Xaror. »Ich bin enttäuscht. Und dabei habe ich gedacht, du hättest begriffen, dass ich der Schlüssel zu deinem Glück bin. Denn nur ich vermag Laranas verhängnisvolle Verwandlung wieder umzukehren und sie von diesem Dasein zu erlösen.«

»Erlösen?«, fragte Magolas. »Das ist ein Wort, das einen seltsamen Beiklang hat, wenn du es äußerst.« Endlich drehte sich Magolas wieder um. Er hatte verstanden. »Was muss ich tun?«, fragte er.

»Also bist du endlich wieder zur Vernunft gekommen, Sklave«, meinte Xaror. »Es gibt da in der Tat ein paar Dinge, die du tun könntest. Ich hingegen habe nie gesagt, dass ich Larana vernichten will. Und wie lange ich sie leiden lasse, hängt ganz von dir ab.«

»Ich verstehe«, murmelte Magolas. Der Großkönig musste sich sehr zusammenreißen, um nicht einfach loszupoltern. Aber da war nichts Greifbares, auf das er sich hätte stürzen können. Kein Monstrum, dem er nur den Kopf hätte abschlagen müssen, um es zu töten.

»Die Stunde, da die Schattenheere aus dem Limbus die Welt betreten, ist nahe. Du wirst sie nach Norden führen und jenes dilettantische Bauwerk überwinden, das von Rhagar und Elben gleichermaßen als Aratanische Mauer bezeichnet wird. Lass diese Mauer schleifen!«

Das bedeutete Krieg gegen seinen Vater, durchfuhr es Magolas. Aber hatte er nicht immer gewusst, dass es eines Tages so weit kommen würde? Der Krieg hatte in Wahrheit längst begonnen, schon als Xaror die Armada der Fledertiere mit ihren katzenartigen Reitern den Elbenturm hatte angreifen lassen.

»Wenn du es nicht tust, wird ein anderer diese Aufgabe übernehmen«, sagte Xaror. »Ich gebe zu, es wird schwierig sein, jemanden mit deiner Begabung zu finden, aber du bist nicht unersetzlich, Sklave.«

Magolas ballte die Hände zu Fäusten, sein Gesicht verzog sich vor

Grimm, und nur mit größter Überwindung brachte er hervor: »Ich werde tun, was du verlangst, Xaror. Für Larana.«

»Gut«, sagte der Herrscher des Dunklen Reichs. »Aber es gibt etwas, was du zuvor noch erledigen musst, Sklave.«

»Und das wäre?«

»Töte deinen Bruder.«

Die Worte trafen Magolas wie Schläge, und er taumelte vor Entsetzen einen Schritt zurück. »Wie bitte? Ich …«

»Du hast ihn doch schon einmal töten lassen.«

»Das ist zwar richtig, aber …«

»Er ist auf dem Weg hierher, Sklave. Du wirst nichts weiter tun müssen, als ihn zu erwarten. Lange kann es nicht dauern. Ich spüre, dass dein Bruder mittlerweile die Zwischenwelten für seine Reisen nutzt, so wie es auch der Axtherrscher tat. Leider macht es dieser Umstand etwas schwieriger zu erkennen, wohin er Daron und Sarwen gebracht hat. Aber warten wir ab, vielleicht werde ich sie schon bald finden.«

Magolas zögerte. Andir und er waren nun wirklich nicht mehr die besten Freunde, und einmal hatte Magolas seinen Tod bereits befohlen. Was machte es für einen Unterschied, ob man einen Assassinen anheuerte oder selbst das Schwert führte, wenn man Blut vergießen wollte? Die fanatischen Mörder seines Assassinen-Ordens waren schließlich auch nichts weiter als eine Waffe, so wie sein Schwert.

Er legte die Hand um den Griff seiner namenlosen Klinge und sagte: »Also wird dieses Schwert doch den Namen Elbentöter erhalten!«

Tagelang wartete Magolas im Tempel. Manchmal ging er hinaus ins Freie und sprach mit einigen der inzwischen mehr als zweihundert Zweihörnigen, die das Gebäude mit den sechs Türmen bewachten. Seine eigenen Männer mussten in einem Abstand von einer Meile kampieren, und Magolas ging nicht zu ihnen. Er musste in der Nähe des Tempels bleiben, denn dort würde früher oder später Andir auftauchen. Xaror hatte dies prophezeit, und Magolas wusste, dass der Herrscher des Dunklen Reichs einen weiter reichenden Blick auf die Schicksalslinien hatte als er selbst. So war auch Magolas davon überzeugt, dass Andir kommen würde. Er hatte die Kinder zu sich genommen und sie vermutlich an einem Ort versteckt, den er auf irgendeine

Weise magisch abgeschirmt hatte, sodass es sehr schwer sein würde, sie aufzuspüren. Aber andererseits musste Andir damit rechnen, dass Xaror genau dies versuchen und irgendwann auch schaffen würde. Also musste er seinen nächsten Schlag gegen Xaror recht bald führen. Manchmal glaubte Magolas, die Nähe seines Bruders zu spüren, aber dieser schien sich sehr gut in der Gewalt zu haben; da war kein unbedachter, zu intensiver Gedanke, der ihn vielleicht ungewollt mit Magolas verbunden hätte.

Schließlich verließ Magolas den Tempel nicht mehr. Als Elb war es für ihn keine Schwierigkeit, längere Zeit ohne Nahrung auszukommen, und seine Magie erlaubte es ihm ohnehin, neue Kraft auch auf andere Art und Weise in sich aufzunehmen als über den Genuss von Speisen und Getränken.

»Welche Garantie kannst du mir geben, dass du Larana wieder zurückverwandeln wirst?«, fragte er Xaror irgendwann.

»Ich gebe überhaupt keine Garantien«, erwiderte Xaror mit seiner Gedankenstimme. »Aber wenn das Dunkle Reich wieder errichtet ist und meine Feinde zerschmettert wurden, werde ich mich vielleicht gnädig erweisen. Auch gegenüber denen, die mich verrieten.«

»Das ist nicht mehr als eine sehr vage Aussage …«

»Mag sein.«

»Vielleicht etwas zu wenig für einen Brudermord – und was du sonst noch verlangst.«

»Willst du ernsthaft noch einmal mit mir feilschen? Du hast keine andere Wahl, Sklave. Das ist die schlichte Wahrheit. Und je eher du sie akzeptierst, desto besser.«

Einige Tage nach diesem Gespräch spürte Magolas, wie sich Andir näherte. Aber es gab keine Augen, durch die Magolas ihn sehen konnte, denn für die Rhagar-Soldaten der Norischen Garde, die in der Umgebung lagerten, blieb er unsichtbar. Dasselbe galt für die Stierkrieger, die den engeren Bezirk um den Tempel herum schützten. Xaror gestattete es Magolas zwar, durch die Augen dieser Krieger zu sehen, aber da war nichts.

Nur zu den Wahrnehmungen von Hakin und Makin hatte Magolas keinen Zugang, den verweigerte ihm Xaror. Er kommentierte das nicht und antwortete auch nicht auf diesbezügliche Fragen seines Sklaven Magolas.

Plötzlich öffneten sich die Tempeltore, und Andirs weiße Gestalt schritt in das Gemäuer. Offenbar hatte keiner der Wächter ihn bemerkt, aber Magolas fragte sich, ob Andirs Geistesmacht tatsächlich so stark war, dass er selbst die beiden Vierhörnigen hatte täuschen können; schließlich standen diese ja in besonders enger Verbindung zu Xaror, und Magolas war sich sicher, dass zumindest der Herrscher des Dunklen Reichs den Ankömmling erkennen konnte, selbst wenn dieser über eine außergewöhnliche Fähigkeit zur Tarnung verfügte.

Offenbar fürchtete Xaror diesen Kampf nicht. Er wollte ihn vielleicht sogar und sah darin die Möglichkeit, eine Entscheidung herbeizuführen. Wenn der ehemalige und zukünftige Herrscher des Dunklen Reichs tatsächlich einen weiter reichenden Blick auf die Schicksalslinien hatte, so konnte dies durchaus sein.

Durch das geöffnete Tor sah Magolas, wie in diesem Moment die Stierkrieger draußen aus ihrer lethargischen Erstarrung, in die sie offenbar verfallen waren, erwachten. Sie schienen zu begreifen, dass jemand mitten durch ihre Reihen in den Tempel gegangen war, ohne dass sie dies überhaupt wahrgenommen hatten. Doch es war zu spät.

Andir hob beide Hände, ohne sich nach hinten umzudrehen. Alles, was dort geschah, schien er auf andere Weise wahrzunehmen, als es die Augen erlaubten.

Beide Torflügel schlugen zu. Ein dumpfer Knall ertönte, ein Riegel schob sich wie von Geisterhand davor. Es war zu hören, wie von außen versucht wurde, das Tor wieder zu öffnen.

»Wir sind jetzt allein, mein Bruder«, stellte Andir fest. »Beinahe allein«, schränkte er dann ein und streckte die Hand in Richtung des finsteren Schlunds aus. »Aber auch wenn Xaror uns gewiss hören kann und seine Kräfte hier auch eine gewisse Wirkung zu entfalten vermögen, so ist er doch in Wahrheit nicht anwesend, sondern befindet sich noch immer mit dem Großteil seiner Seele im Limbus.«

»Das sind metamagische Spitzfindigkeiten«, sagte Magolas. »Im Gegensatz zu dir habe ich mich nie wirklich dafür interessiert.«

»Mag sein.«

»Warum bist du hier?«

»Wichtig ist doch, weshalb du hier bist und mich hier erwartet hast, Magolas. Tu, was du glaubst, tun zu müssen. Du hast einmal versucht, mich zu töten, und es wäre dir um ein Haar gelungen, hättest du dich nicht auf unvollkommene Werkzeuge verlassen.«

»Ich hatte vielleicht eine gewisse Scheu, es selbst zu erledigen«, erwiderte Magolas. »Schließlich standen wir uns einst sehr nahe, und dich zu töten heißt auch, einen Teil meiner selbst zu vernichten. Aber man lernt aus seinen Fehlern.«

»Gewiss«, stimmte Andir zu. »Aber für dich ist es noch nicht zu spät. Du kannst noch umkehren.«

»Weißt du, was deinetwegen mit Larana geschehen ist?«

Andir trat näher. Magolas stand ihm ungefähr drei Schritte vom Schlund entfernt gegenüber, die Hand am Schwert. Sollte sich dessen prophezeiter Name nun bewahrheiten?

Elbentöter …

»Vielleicht wäre auch Brudermörder ein passender Name«, sagte Andir, der Magolas' Gedanken offenbar erfasst hatte. »Gleichgültig, welche Versprechungen Xaror dir gegenüber gemacht hat, er wird sie nicht halten, Magolas.«

»Das werden wir sehen!«

»Deinen Kindern geht es gut. Ich habe sie an einen sicheren, weit entfernten Ort gebracht, an dem sie sich entwickeln können.«

»Ich nehme an, du hast ihnen den Hass gegen ihren Vater eingepflanzt.«

»Nein, das könnte ich nie, Magolas. Dazu sind sie schon zu stark und unabhängig – so klein und kindlich ihre Körper auch noch sein mögen. Die Zeichen Xarors, mit denen du sie versehen hattest, habe ich jedenfalls entfernt.«

Magolas atmete tief durch. Er wandte den Blick in Richtung des Altars und stellte plötzlich fest, dass der dunkle Schlund verschwunden war und der glatten, harten Marmoroberfläche des Tempelbodens Platz gemacht hatte.

Auch Andir hatte es bemerkt. Ein verhaltenes Lächeln glitt über sein Gesicht.

»Es scheint, als wollte sich Xaror aus unseren persönlichen Angelegenheiten heraushalten, Bruder«, sagte Magolas.

Doch Andir war anderer Ansicht. »Er will kein Risiko eingehen, denn er fürchtet, ich könnte ihm durch den Schlund in den Limbus folgen, um ihn zu vernichten.«

»Das würde voraussetzen, dass du mich besiegst.«

»Daran siehst du, wie dein Herr und Meister deine Möglichkeiten, mich umzubringen, in Wahrheit einschätzt. Um es vorsichtig auszudrücken: Er scheint etwas weniger zuversichtlich zu sein als du, Bruder.«

Einen Augenblick lang herrschte Schweigen. Dann glitten die Blicke beider Elbenbrüder in Richtung des Altars, wo sich das Schwert Comrrms befand, eingerahmt von den beiden Zauberstäben des Augenlosen Sehers.

»Du wirst dich sicher erinnern ...«, sagte Andir.

»Als wäre es gestern gewesen«, antwortete Magolas.

»Manche Dinge scheinen sich zu wiederholen.«

»So wird der Albtraum unserer Mutter doch noch wahr, denn sie sah uns einst als erwachsene Männer mit den Zauberstäben des Augenlosen Sehers gegeneinander kämpfen.«

Andir nickte. »Ihr Blick auf die Schicksalslinien scheint noch weiter zu reichen als selbst der von Xaror.«

Beide streckten eine Hand in Richtung des Altars aus. Die Zauberstäbe bewegten sich, und im nächsten Moment flogen sie durch die Luft, und jeder der beiden Brüder fing einen davon mit sicherer Hand auf.

Andirs Hand umfasste den Stab aus hellem Holz, an dessen Spitze ein geflügelter Affe aus Gold saß.

Magolas hingegen fing den dunklen Stab auf, an dessen Spitze ein Totenschädel von der Größe zweier Fäuste steckte. Dieser Schädel hätte von der Form her – nicht jedoch der Größe nach – zu einem Elben oder Menschen gepasst, doch von welcher Rasse dieser Totenkopf tatsächlich stammte, war bisher nicht bekannt; am ehesten kam das Volk der Kleinlinge in Frage, das zwischen Wilderland und dem Waldreich am Quellsee des Flusses Nor siedelte.

Magolas spürte, wie ein Kraftstrom von dem dunklen Zauberstab ausging und seinen Arm entlang in seinem Körper floss. In all den Jahren hatten diese Stäbe eine düstere Faszination auf ihn ausgeübt. Wie oft war er hinabgestiegen in die Verliese von Burg Elbenhaven und hatte vor der Tür gestanden, hinter der König Keandir die Stäbe hatte sperren lassen. Er hatte stundenlang dort verharrt, nur um ihre Aura zu spüren. Eine Aura der Macht.

Auch in der Zeit, da er regelmäßig den sechstürmigen Tempel besucht hatte, um für Larana die Essenz des Lebens zu holen und die Befehle Xarors entgegenzunehmen, hatte er diese Aura gespürt. Natürlich hatte er nicht nach den Stäben greifen dürfen, doch Magolas hatte der Versuchung nur deshalb widerstanden, weil er Laranas Leben nicht hatte gefährden wollen.

Doch Xaror selbst hatte ihm zumindest eines dieser Artefakte für den Kampf gegen seinen Bruder überlassen, während Andir den hellen Stab an sich genommen hatte.

Beide Kontrahenten belauerten sich und nahmen die Kräfte auf, die in den Stäben bisher nur geschlummert hatten. Vergeblich hatte einst Waffenmeister Thamandor versucht, diese Kräfte nutzbar zu machen. Doch sowohl bei Magolas als auch bei Andir war das anders: Ihre magische Begabung hatte sich weiterentwickelt und ausgebildet, nur in unterschiedliche Richtungen.

Magolas griff als Erster an: Er richtete das Totenkopfende seines Stabes gegen Andir, und eine Welle unsichtbarer Kraft schleuderte den anderen Elb zurück. Er prallte gegen die kalte Steinwand, an der noch Dutzende von unbedeutenden Artefakten angebracht waren, die Xarors Diener im Laufe der Jahrtausende aus den verschiedensten Tempeln des Zwischenlandes geraubt hatten.

Andir äußerte keinen Ton, ging nicht zu Boden, ließ den hellen Stab auch nicht fallen, sondern umklammerte ihn mit beiden Händen, bis die Knöchel unter seiner bleichen Haut hervortraten.

Magolas murmelte eine Formel, die die Kräfte des dunklen Stabes sammelte, und hob den Stab weit über seinen Kopf. Aus Augen und Mund des Totenschädels schoss pure Finsternis, Myriaden pechschwarzer Teilchen. Allerdings quollen sie nicht als eine Art schwarzer Rauch oder wimmelnder Schwarm hervor, sondern zischten als gebündelter Strahl blitzartig in Andirs Richtung. Der Strahl traf Andir voll. Diesmal stöhnte der Elbenmagier auf und wand sich vor Schmerz, während gleichzeitig seine Augen grellweiß aufglühten und der geflügelte Affe am Ende des hellen Stabs zum Leben erwachte. In einer der Pranken des goldenen Götzen entstand eine Kugel aus Licht, die er Magolas entgegenschleuderte.

Magolas wich zurück, doch der Lichtball erwischte ihn, dehnte sich blitzschnell aus und hüllte ihn ein. Der Schrei des Großkönigs hallte schauerlich von den Tempelmauern wider, während er schon gar nicht mehr in seinem hell leuchtenden Gefängnis zu sehen war. Dann verdunkelte sich der Lichtball, wurde zu schwarzem Rauch, der zu den an der Decke aufgehängten Schädeln emporstieg.

Magolas lag am Boden und rang nach Atem. Für einen kurzen Moment gewannen seine Augen jene Färbung zurück, die ihnen eigentlich von Natur aus eigen war, und das Weiße darin war zu sehen. Doch das währte nur wenige Herzschläge lang, dann hatte die Finsternis wieder Besitz von ihm ergriffen und füllte seine Augen vollkommen aus. Er rappelte sich auf.

Andir trat auf ihn zu. Auf der weißen Kutte aus Elbenzwirn zeigte sich ein schwarzer Rußfleck, verursacht durch den dunklen Strahl, der Andir getroffen hatte. Der Elbenmagier wischte mit der Hand darüber, und der Ruß fiel als schwarzer Staub von ihm ab; auf dem Elbenzwirn blieb nichts zurück.

Erneut ließ Magolas schwarze Strahlen aus dem Totenkopf schießen. Andir hob den weißen Stab, hielt ihn mit beiden Händen vor sich, als wollte er damit einen Schwertstreich abwehren, und ein unsichtbares Schutzfeld umgab ihn plötzlich, von dem der Strahl aus schwarzen Teilchen abprallte; zunächst wurde er nach oben abgelenkt und zertrümmerte reihenweise die von der Decke hängenden Schädel. Die Totenköpfe waren so unterschiedlich und vielfältig wie das Leben in den Gefilden des Zwischenlandes selbst. Augenlose Schädel zerplatzten ebenso wie jene, die von Wesen stammen mussten, die Elben oder Menschen ähnlich waren. Schon ein paar wenige Partikel des dunklen Strahls genügten, um sie der Reihe nach zu zerstören. Die Splitter glühten auf und bildeten ein groteskes Feuerwerk unter der Dachkuppel des Tempels.

Andir veränderte die Haltung des Stabes ein wenig, sodass der dunkle Strahl in Richtung des Altars abgelenkt wurde. Er traf das im Stein steckende Schwert des Eisenfürsten Comrrm, das plötzlich zu vibrieren und zu summen begann.

»Nein!« Magolas ließ den Strahl aus Finsternis abbrechen.

Das Schwert zuckte empor, brach aus dem Stein, flog in die Höhe, drehte sich dabei auf chaotische Weise um den eigenen Schwerpunkt, sodass man fast den Eindruck gewinnen konnte, zwei unterschiedliche Kräfte würden darum ringen.

Dann flog es in Magolas' Hand. Er umfasste es zitternd, so als hätte er Mühe, die Kräfte dieses Schwerts zu bändigen, während er mit der anderen Hand den Zauberstab hielt.

Im nächsten Moment schleuderte er das Schwert seinem Bruder entgegen. Mit der Geschwindigkeit eines Geschosses, wie sie von den Schlachtkatapulten an der Aratanischen Mauer auf die Gegner abgefeuert wurden, sauste die Klinge mit ihrer Spitze voran auf Andir zu. Dieser wehrte den Angriff mit dem Zauberstab ab. Die Klinge landete klirrend auf dem Marmorboden.

Magolas streckte erneut seine freie Hand aus, und das Schwert kehrte zu ihm zurück. Magolas schien zumindest den Kampf um die Klinge für sich entschieden zu haben. Erneut schleuderte er das Schwert. Doch diesmal fing Andir es auf.

»So wirst du mich nicht umbringen können, Bruder!«

Andir warf das Schwert zurück – und die Klinge des Eisenfürsten durchschlug den dunklen Zauberstab in Magolas' Hand!

Die Spitze mit dem Totenschädel fiel zu Boden, der Schädel zersprang, und vor Magolas' Augen verwandelte sich der Marmorboden in den Schlund der Finsternis, über den Xaror in die Welt der Diesseitigen zurückzukehren gedachte. Offenbar versuchte er, die Kräfte des Artefakts noch kurz nach dessen Zerstörung in sich aufzunehmen. Das Schwert fiel klirrend auf den Boden, dann wurde es erneut in die Höhe gerissen. Aber diesmal war es weder Magolas noch Andir, der es bewegte, sondern Xaror selbst, der es zurück in Magolas' Hand schnellen ließ.

In diesem Augenblick erschienen wie aus dem Nichts tausende von grünlich schimmernden Steinen innerhalb des Tempels der Sechs Türme. Manche waren kaum größer als eine Fingerkuppe, andere hatten die Größe einer Faust, und die dicksten Brocken dieser aus sich selbst heraus leuchtenden Steine hatten den Durchmesser eines Gnomenschädels. Flammen schlugen aus diesen Steinen. Magisches Feuer, wie beiden Kontrahenten sofort bewusst war.

»Du halbherziger Kämpfer!«, grollte Xaror in Magolas' Gedanken, während sich einige der Steine in Bewegung setzten und auf den Schlund zurollten, um Augenblicke später darin zu versinken. »Wenn du noch Hoffnung für Larana haben willst, dann vollende, was du begonnen hast! Nimm all die Kraft zusammen, die in dir ist – denn du bist stärker als diese flackernde Kerze im Wind, die du deinen Bruder nennst!«

Mit einem markerschütternden Schrei, der gleichzeitig auch als bedrängender Gedanke ausgesandt wurde, schleuderten unsichtbare Kräfte Andir erneut mit einer Gewalt gegen die Wand, die jeden gewöhnlichen Elben getötet hätte. Andir war offensichtlich überrascht von der Heftigkeit des Angriffs, doch er überstand ihn unversehrt.

Magolas schleuderte den Stumpf des dunklen Zauberstabs auf ihn, der sich dabei in eine Schlange verwandelte, die sich Andir um den Hals legte. Er ließ den goldenen Affen an seinem Stab ein paar Lichtbälle werfen, die jedoch nicht gut gezielt waren. Einer davon versank im Schlund, die anderen zerplatzen an den Wänden des Tempels, wo sie ein paar der übrig gebliebenen Artefakte zerstörten.

Magolas umrundete den Schlund.

»Er ist erledigt!«, murmelte die Stimme Xarors in ihm. »Du brauchst es nur zu vollenden. Die Kraft des Lichts unterliegt der Finsternis. Ein Gesetz des Polyversums. Am Ende siegt das Chaos, nicht die Ordnung, der Tod und nicht das Leben!«

Andir war unfähig, sich zu bewegen. Die Schlange hielt ihn im Würgegriff, und es war ihm unmöglich, diesen zu lösen, obwohl er mit der Rechten mit aller Kraft an ihr zerrte, während seine linke Hand noch immer den Stab umklammert hielt. Das grellweiße Licht war aus seinen Augen verschwunden. Sie wirkten matt und glanzlos.

»Ich habe immer geglaubt, dass du der Mächtigere von uns beiden bist«, sagte Magolas. »Einen König des Geistes nennt man dich, aber der Geist ist nichts Greifbares. Was du für Geist gehalten hast, ist vielleicht nichts anderes als eine Ansammlung von Illusionen …«

Dein Triumph, Bruder!

Es war nur ein Gedanke, den Andir zu senden vermochte. Sprechen konnte er nicht.

»Ein Triumph voll Bitterkeit, das gebe ich zu«, sagte Magolas. Und dabei sprach er nicht Elbisch, sondern jenes Idiom, das sie als Kinder miteinander geteilt hatten. Eine Sprache, dir nur sie beide verstanden und die in ihrer Jugend Ausdruck ihrer außerordentlichen Verbundenheit gewesen war. Sie war so kurz gewesen, diese Zeit. Die ersten zehn Jahre ihres Lebens. Und doch erschien sie Magolas in diesem Moment bedeutungsvoller als die Jahrhunderte danach, in denen sie kein Wort mehr miteinander gesprochen hatten und jeder von ihnen insgeheim einen schmerzlichen Mangel empfunden hatte.

Magolas schritt auf seinen Bruder zu. »Niemand stand mir so nahe wie du, Andir. Aber das wird weder dir noch mir ein Trost sein.«

Ein röchelnder Laut entrang sich Andirs zugeschnürter Kehle. In dem fruchtlosen Versuch, sich zu befreien, hatte er inzwischen sogar den hellen Zauberstab losgelassen. Er rutschte über den Boden, dem Schlund entgegen, in dem er schließlich mit ein paar weiteren der leuchtenden Steine unterging.

»Verzeih mir, Bruder«, murmelte Magolas. »Aber ich habe keine Wahl.« Mit diesen Worten hob er die Klinge Comrrms, um Andir damit den Kopf abzuschlagen.

Doch plötzlich zersprang das Schwert des Eisenfürsten. Es zerbrach unter dem Schlag einer unsichtbaren Waffe, und die Wucht prellte Magolas das Griffstück mit der geborstenen Klinge aus der Hand, sodass die Einzelteile im hohen Bogen in den Schlund geschleudert wurden.

Magolas war einen Moment lang verwirrt.

»Das ... hat nichts ... zu bedeuten!«, wisperte die Gedankenstimme des offenbar ebenso verwunderten Herrschers des Dunklen Reichs. »Nimm dein eigenes Schwert!«

Magolas griff zur Waffe an seinem Gürtel, riss das Schwert hervor ...

... und stieß es Andir in den Leib!

Er spürte noch den Widerstand des Körpers. Blut troff von der Klinge.

Aber von Andir war von einem Augenblick zum anderen nichts mehr zu sehen. Es war, als hätten die Marmorplatten des Tempelbodens ihn verschluckt.

Nur ein paar Blutstropfen waren zurückgeblieben.

Die leuchtenden Steine rollten nun von überall her auf den Schlund zu. Grünlich schimmerndes Feuer schoss aus ihnen hervor. Magolas wich zurück, denn der Schlund vergrößerte sich, und ein Bogen aus grünlich schimmerndem Licht bildete sich.

Ein Tor, durchfuhr es ihn. Und dahinter war reine Schwärze. Eisige Kälte wehte Magolas von diesem jenseitigen Ort entgegen. Das musste der Limbus sein. Kalt, chaotisch, unfassbar.

»Der Augenblick der Wiederkunft ist gekommen!«, verkündete Xaror. »Unverhofft zwar, aber auch diese Schicksalsgabelung wird mich ans Ziel bringen!«

Ein dröhnendes Gelächter folgte. Und Schritte. Schritte von tausenden und abertausenden von Kriegern, die marschierten. Barbarische Schreie, dumpfe Laute, die nur entfernt an eine Sprache erinnerten. Die Tempeltüren sprangen auf, und die Stierkrieger standen bereit, um ihre Kampfgefährten willkommen zu heißen.

10

DER SCHICKSALSBEZWINGER

Keandir …

Ein Name …

Ein König …

Ein Elb …

… und ein Schwert.

Der Gründer von Elbiana und Erschaffer des Schicksals …

Es war, als ob sich die Bestandteile seiner Seele im Nichts verloren und sich anschließend wieder auf wundersame Weise zusammenfügten. Dunkelheit umgab ihn. Er hatte lange Zeit das Gefühl zu fallen. Der Sumpf aus der magischen, pechähnlichen Substanz, in den ihn der Riesen-Ouroungour hineingezogen hatte, war offenbar bodenlos. Aber Keandir hatte andererseits längst nicht mehr das Gefühl, durch dieses zähflüssige Schwarz zu gleiten, sondern durch ein Kontinuum, das am besten mit dem Begriff Nichts umschrieben werden konnte.

Es gab keinen Raum und keine Zeit. Keine Geräusche und keine sonstigen Sinneseindrücke. Es war nichts zu sehen, und auch das magische Sensorium des Elbenkönigs war wie tot. So stellte man sich als Elb eigentlich Maldrana vor, das Reich der Verblassenden Schatten. Konnte es sein, dass man ihn als unwürdig erachtete, Aufnahme in Eldrana zu finden, dass man ihm als Einzigen in einer langen Reihe von Königen die Verklärung verweigerte? Was hatte er getan, dass man ihn derart strafte?

War es, weil er es gewagt hatte, das Schicksal selbst herauszufordern? Weil er sein Schwert genommen und die bestehenden Schicksalslinien durchschlagen hatte? Weil er die Geschicke der Elbenheit nach eigenem Willen geformt hatte, anstatt dem Kommenden mit Demut und Ergebenheit gegenüberzutreten? Vielleicht mochten das die Bewohner der jenseitigen Sphären nicht. Gegen diese Möglichkeit sprach jedoch ihr Desinteresse, das sowohl die Namenlosen Götter als auch die Eldran an der diesseitigen Welt zeigten.

Oder war es die Finsternis in seiner Seele, die ihm den Eingang nach Eldrana versperrte? Es gab niemanden, der ihm seine Fragen hätte beantworten können. Niemanden, den er anrufen, den er anschreien oder den er hätte verfluchen können.

Nichts.

Es gab kein passenderes Wort für das, was ihn umgab.

Kein Raum. Keine Zeit. Kein Licht. Kein Klang. Keine Magie.

Nur Dunkelheit.

Da plötzlich fiel Keandir auf etwas Hartes. Es war Gestein, nackter Fels, und Keandir schrie auf, so hart war der Aufprall. Er brach sich zwar nichts, dennoch musste er seine Elbenmagie einsetzen, um die Nachwirkungen des Aufschlags zu vertreiben und die Schmerzen in seinem Leib abzumildern.

Er brauchte einige Augenblicke, um zu begreifen, dass er noch existierte, dass er atmete und dass sein Elbenherz noch immer schlug. Er befand sich nicht in einer jenseitigen Sphäre, sonst hätte er den Aufprall und den daraus resultierenden Schmerz nicht gespürt, da war er sich sicher.

Außerdem sah er neben sich die Überreste des Riesen-Ouroungour, gegen den er gekämpft hatte. Der Giftbrand aus einem guten Dutzend Armbrustbolzen zersetzte den massigen Körper, verwandelte ihn in eine amorphe Masse, und der Gestank, der dabei erzeugt wurde, raubte Keandir den Atem.

Der Elbenkönig erhob sich und bemerkte, dass er sein Schwert noch immer mit der Rechten umklammert hielt. Er befand sich in einem höhlenartigen Raum, der von einem schwachen, grünlichen Licht erhellt wurde. Es herrschte ein schummriges Halbdunkel.

Das grünliche Licht hatte seinen Ursprung in Tausenden von Steinen des Magischen Feuers, die auf einem Haufen lagen oder auf dem Boden verstreut waren. Einige hatten den Umfang eines Ouroungour-Schädels, andere waren nur fingerkuppengroß. An diesen Ort also waren sie geschafft worden, die Steine des Magischen Feuers. Offenbar hatten die Ouroungour sie zusammengetragen. Sie waren durch den Schlund in diesen höhlenartigen Raum gelangt – so wie der Elbenkönig auch.

Keandir machte einen Schritt auf dem harten Steinboden. Aber es gab keinen Laut. Er klopfte mit der Schwertspitze auf den Boden, und auch das verursachte keinen Ton. Eine Zwischenwelt, erkannte der Elbenkönig. Die Beeinträchtigung seiner Sinne war ganz ähnlich wie in jener Dimension, in die er geraten war, als der Axtherrscher die Zauberstäbe des Augenlosen Sehers geraubt hatte.

Keandir umfasste den Lederbeutel mit den Elbensteinen, der ihm vor der Brust hing, und die Steine leuchteten auf. Er murmelte im Geist eine magische Formel, und diese reichte, um die Steine weiterhin durch den Lederbeutel hindurchstrahlen zu lassen, sodass er seine eigene Lichtquelle hatte und auch jene Bereiche der Höhle ausleuchten konnte, in denen sich die grün schimmernden Steine des Magischen Feuers nicht befanden.

Zunächst aber trat er auf eine erste Ansammlung dieser Steine zu. Eine Wolke aus schwarzem Rauch waberte über ihnen. Sie war nur zu sehen, wenn man genauer hinsah und sich einen Augenblick dafür Zeit nahm. Myriaden winziger Staubteilchen flogen wirr durcheinander wie unzählige Mücken.

»Bist du hier, Xaror? Oder hast du nur deine Finsternis hinterlassen?«, rief Keandir.

Im nächsten Augenblick begriff er, dass kein einziges Wort seine Lippen verlassen hatte. Er war stumm geblieben, und sein Ruf war nichts weiter als ein ausformulierter Gedanke gewesen.

Die Höhle war lang gestreckt und bog sich etwas. Als Keandir um die Biegung blickte, sah er weitere Haufen mit Steinen des Magischen Feuers. Einige davon verblassten und waren wenig später verschwunden. Nach und nach entmaterialisierten Dutzende von ihnen. Aus Dutzenden wurden Hunderte und dann Tausende. Sie verschwanden einfach, und nach und nach wurde es immer dunkler.

Keandir dachte an die Rhagar-Sitte, die Toten zu begraben, und wie schrecklich allein der Gedanke daran war, möglicherweise versehentlich lebendig diesem Ritual unterzogen zu werden. So ähnlich wie er selbst in diesem Momenten musste man sich dann wohl fühlen …

Wie aus dem Nichts und vor allem vollkommen lautlos kam etwas auf Keandir zugeflogen. Es war ein Schwert. Keandir wich blitzschnell zur Seite. Die Klinge prallte gegen den Boden, ohne dass es dabei ein Geräusch gab. Aber sogleich erhob es sich wieder und schnellte zurück. Wieder konnte Keandir nur im letzten Moment ausweichen; er warf sich zur Seite und landete auf dem Boden.

Irgendwer schien da einen üblen magischen Scherz mit ihm zu treiben. Er blickte auf den Boden, wo nach und nach nicht nur ein immer größerer Teil der Steine des Magischen Feuers verschwand, auch die Beschaffenheit des Bodens veränderte sich: Mal war dort das dunkle Felsgestein aus erstarrter Lava zu sehen, aus dem auch Wände und Decke der Höhle bestanden, dann plötzlich glatt geschliffener Marmor wie innerhalb eines Gebäudes. Offenbar überlappten sich dort verschiedene Dimensionen.

Xaror – oder wer auch immer – schaffte die Steine des Magischen Feuers an einen anderen Ort.

Erneut schnellte das Schwert wie von Geisterhand geführt durch die Höhle. Es musste sich um eine besondere Klinge handeln: Den Griff zierte ein Totenkopf, und das Zeichen der Sonne war in die handwerklich alles andere als meisterlich gearbeitete Klinge graviert.

Keandir nahm Schicksalsbezwinger in beide Hände und wartete den nächsten Angriff ab.

Doch stattdessen flog ein Stab durch das Halbdunkel, der sich in eine schwarze Schlange verwandelte. Sie blieb mitten in der Luft hängen und rollte sich zusammen – fast so, als würde sie sich um eine unsichtbare Beute legen, um sie zu erwürgen. Allerdings schwebte sie ungefähr einen halben Meter in der Luft.

Sie öffnete ihr Maul. Eine Doppelzunge glitt hervor, aber alles blieb vollkommen lautlos.

Das Schwert mit dem Totenkopfgriff schwebte langsam auf die Schlange zu und verharrte dann.

Keandir näherte sich vorsichtig und machte sich bereit zum Angriff. Er wollte nicht warten, bis die leuchtenden Elbensteine vor seiner Brust die einzige Lichtquelle in dieser Höhle waren. Dass die unsichtbare Kraft, die das Totenkopfschwert lenkte, andere Möglichkeiten hatte, sich zu orientieren, daran zweifelte der Elbenkönig nicht.

Keandir spürte auf einmal eine bekannte Aura. Er vermochte sie nicht auf Anhieb zu erkennen, starrte einen Moment auf die schwebende Schlange.

Andir …

Das Totenkopfschwert hob sich wie zum Schlag.

Einer plötzlichen Eingebung folgend schwang Keandir seine eigene Klinge empor. Mit einem wuchtigen Hieb traf der Elbenstahl Schicksalsbezwingers auf die Klinge des Totenkopfschwerts, woraufhin es zerbarst.

Im nächsten Moment erschien Andir – am Boden kauernd und die schwarze Würgeschlange um den Hals. Eine Wunde zeigte sich auf seiner Brust, so als hätte ihn eine andere, unsichtbare Klinge durchbohrt.

Keandir ließ Schicksalsbezwinger erneut durch die Luft sausen. Mit einem Hieb, der so zielsicher war, dass er nur von jemandem mit Elbenaugen ausgeführt werden konnte, schlug er der Schlange den Kopf ab. Sie löste sich von Andirs Hals, und dieser schleuderte sie von sich. Dann griff er sich an die Wunde am Oberkörper. Das Blut rann ihm zwischen den Fingern hindurch. Er murmelte eine Zauberformel, aber die war nicht zu hören.

»Andir!«, rief Keandir. Doch auch dieser Ruf blieb nur ein Gedanke. Die Lippen des Königs bewegten sich zwar, aber kein Laut war zu hören.

Keandir sah zu Boden, wo die Bruchstücke des Totenkopfschwerts lagen; sie begannen zu glühen und zerschmolzen, bis nichts als Schlacke davon übrig war.

Plötzlich leuchtete ein Licht von weit oben. Strahlen trafen den Boden der Höhle. Das Licht war warm. Sonnenlicht, erkannte Keandir, und wie aus weiter Ferne hörte er ein Aufstöhnen.

Andir versuchte noch immer seine Wunde mit einem Heilzauber zu schließen. Keandir beugte sich über ihn, nahm den Beutel mit den Elbensteinen vom Hals und drückte ihn seinem Sohn in die blutverschmierte Hand. »Nimm das«, sagte er, und diesmal konnte man seine Worte sogar mit den Ohren vernehmen, auch wenn sie ungewohnt leise klangen.

»Es war das erste Schwert des Eisenfürsten Comrrm, das Ihr zerschlagen habt, Vater«, sagte Andir, und während er diesen Satz sprach, nahm seine Stimme an Lautstärke zu. »Das hat alles verändert.« Seine

Stimme hallte auf eigenartige Weise nach, so als spräche er in einem riesigen Gewölbe und nicht in einer relativ engen Höhle. Aber mit jedem Wort normalisierte sich ihr Klang.

»Nimm die Kraft der Elbensteine, um dein Leben zu retten, mein Sohn!«, forderte Keandir.

»Ich hänge nicht so sehr an der diesseitigen Welt«, entgegnete Andir. »Wichtig ist meine Seele und dass ich erkannt habe, wer ich bin. Auch wenn mein Körper vergeht, wird meine Seele leben.«

Der König konnte die Gelassenheit seines Sohnes nicht nachvollziehen. Und mit den metaphysischen Spekulationen dieses Geisteskönigs konnte er nichts anfangen, so wie ihn auch momentan die Frage wenig interessierte, woher Andir eigentlich auf einmal gekommen und was geschehen war.

Für Keandir zählte nur eines: dass sein Sohn am Leben blieb!

Prinz Sandrilas stand am Bug der »Tharnawn«.

»Sollen wir aufbrechen?«, fragte Kapitän Garanthor, aber der Prinz antwortete nicht sogleich. Er blickte nachdenklich zurück zur Küste Naranduins.

Schwere Kämpfe lagen hinter ihm und den anderen Elben, die an der Fahrt zur Insel des Augenlosen Sehers teilgenommen hatten. Verlustreiche Kämpfe. Bevor man sich schließlich dazu entschlossen hatte, die Insel wieder zu verlassen, hatte der Rauch der elbischen Totenfeuer lange den Himmel verdunkelt.

Und dabei war die Ausbeute mehr als mager: Kaum eine Handvoll kleiner, grünlich schimmernder Gesteinsbrocken hatte man finden können. Nach Thamandors Meinung reichte die Menge der von den Elben erbeuteten Steine gerade mal aus, um genug Naranduinitisches Steingewürz für die beiden bisher existierenden Flammenspeere herzustellen – also für jenen, den Thamandor bisher benutzt hatte, und für das zweite Exemplar, das zwar bereits seit geraumer Zeit fertig war, aber noch nicht hatte eingesetzt werden können, da man nicht genügend Vorrat an dem aus dem ersten Stein gewonnenen Pulver gehabt hatte.

Zwei einsatzfähige Flammenspeere – das war immerhin etwas, auch wenn sich Sandrilas fragte, ob es das Opfer so vieler Elbenkrieger und vor allem des Königs wert gewesen war. Eine Massenproduktion von

Flammenspeeren in den nächsten Jahrhunderten erschien angesichts dieser mageren Ausbeute kaum sinnvoll, und seiner Meinung nach war das ganze Unternehmen ein Fiasko gewesen: Die Verteidigungskraft des Elbenreichs war nicht entscheidend gestärkt worden, und gleichzeitig hatte Elbiana viele gute Krieger verloren – und seinen König, der immer auch das Symbol aller elbischen Hoffnungen gewesen war.

Sandrilas wagte es gar nicht, sich die Konsequenzen auszumalen: Vielen Elbenkriegern auf den zukünftigen Schlachtfeldern würde der Kampfesmut fehlen, weil König Keandir sie nicht mehr anführen konnte. Auch wenn Sandrilas keinen Zweifel daran hegte, die Staatsgeschäfte des Elbenreichs führen zu können und er ja im Übrigen auch eine lange Erfahrung als Befehlshaber des Heeres hatte, so war ihm durchaus bewusst, dass ihm das Charisma des Gründerkönigs fehlte. Niemand traute Sandrilas zu, dass er wie König Keandir dem Schicksal seinen Willen aufzwang.

Die Herzöge Isidorn und Asagorn waren mit ihren Schiffen bereits nach Elbenhaven aufgebrochen. Nur die »Tharnawn« lag noch in der Inselbucht, und Sandrilas zögerte aus irgendeinem Grund, Kapitän Garanthor den Befehl zu erteilen, den Anker zu lichten und hinaus auf das offene Meer zu segeln. Er selbst konnte den Grund dafür nicht benennen. Es war einfach ein Gefühl. Eine Ahnung. Er spürte etwas, von dem er wusste, dass es bedeutsam war, aber von dem er noch nicht zu erkennen vermochte, was es war.

Plötzlich drehte er sich herum. »Eine Barkasse!«, rief er. »Lasst eine Barkasse zu Wasser!«

Siranodir mit den zwei Schwertern und Waffenmeister Thamandor schauten ihn ebenso verständnislos an wie Kapitän Garanthor und die anderen Elben, die sich gerade in der Nähe aufhielten.

»Ich will noch einmal zum Felsen der sechs Steindornen zurück!«, verkündete Sandrilas.

Der Einzige, der des Prinzen Beweggründe erkannte, war der in Athranor geborene Fährtensucher Lirandil. »Ihr glaubt, die Aura des Königs zu spüren, und könnt Euch nicht vorstellen, dass er nicht mehr unter den Diesseitigen weilt.«

Sandrilas sah Lirandil überrascht an. »Ist es so?«, fragte er. »Ich selbst kann das Gefühl nicht einordnen.«

»Ja, es ist so«, bestätigte Lirandil. »Aber ich fürchte, dass dies nicht wirklich Empfindungen unserer magischen Elbensinne sind, sondern nur Widerspiegelungen unserer Wünsche.«

»Das mag sein. Aber …« Der Einäugige zögerte, bevor er weitersprach. »Ich würde mir nie verzeihen, davongesegelt zu sein, ohne mich noch einmal davon überzeugt zu haben, dass keine Hoffnung mehr besteht, den König zurückzuholen.«

»Wie Ihr meint.«

Erneut überraschten die Worte des Fährtensuchers den Prinzen. »Ihr begleitet mich? Ich brauche vielleicht jemanden, der die Widerspiegelungen eigener Wünsche von echten magischen Wahrnehmungen zu unterscheiden vermag, wie dies offenbar nur wenige andere vermögen.«

»Ich begleite Euch gern, Prinz Sandrilas.«

Als Sandrilas und Lirandil mit einigem Gefolge noch einmal auf den Felsen der sechs Steindornen gestiegen waren, sahen sie, dass der Schlund verschwunden war. Stattdessen klaffte ein Loch im Felsen, das in eine sehr tief gelegene Höhle führte.

Dort entdeckten sie den König und seinen Sohn Andir!

Die Überraschung war groß bei Sandrilas und seinem Trupp, denn selbst während des Aufstiegs hatte der Elbenprinz Keandirs Aura nur so schwach wahrgenommen, dass er letztendlich nicht wirklich damit gerechnet hatte, seinen König lebend vorzufinden. Doch offenbar hatte dies an der dunklen Magie gelegen, die auf dieser Insel wirksam war.

Sandrilas, der sonst eher sachlich, kühl und zurückhaltend auftrat und ganz gewiss kein Mann von Gefühlsdausbrüchen war, rief hoch erfreut in die Höhle hinab: »Mein König! Ihr lebt!« Sein Ruf hallte zwischen den Felswänden wider.

Er ließ von seinen Gefolgsleuten Seile holen, mit denen sie Keandir und dessen Sohn aus der Höhle bargen. Andir hatte eine üble Verletzung davongetragen, offenbar bei einem Kampf, doch als er Sandrilas' besorgten Blick gewahrte, winkte er ab und sagte: »Macht Euch keine Sorgen, Prinz. Mein Zustand wird sich rasch bessern.«

»Kriegsheiler Eónatorn wird sich an Bord der Tharnawn um Euch kümmern, Prinz Andir«, versprach Sandrilas.

Der Elbenmagier lächelte matt. »Das wird kaum nötig sein. Ich bin mein eigener Heiler. Und außerdem habe ich das hier, das mich stärkt.« Und er zeigte Sandrilas den Beutel, durch dessen Leder hindurch die Elbensteine noch immer leuchteten.

»Wie Ihr meint.« Sandrilas wandte sich an Keandir. »Mein König, so wunderbar es ist, Euch wohlauf zu sehen, aber Ihr werdet uns vieles berichten müssen – alles, was Euch in den letzten Wochen widerfahren ist.«

Keandir starrte seinen treuen Gefolgsmann ungläubig an. »Wochen, sagt Ihr?«

»Ihr war sehr lange weg.«

Der König schüttelte betroffen den Kopf. »Mir kam es vor wie wenige Stunden. Aber …« Er stutzte. »Bevor ich in diese Höhle gelangte, fiel ich durch eine Schwärze, die mehr war als nur Finsternis – es war ein großes, allumfassendes Nichts, eine Sphäre, in der weder Raum noch Zeit existierten und ich mir vorkam, als würde sich selbst meine Seele auflösen.« Er bemerkte Sandrilas' fragenden Blick und fügte hinzu: »Ich kann es euch nicht erklären.« Dann deutete er auf seinen Sohn. »Andir ist der König des Geistes. Er versteht mehr von den Geheimnissen des Polyversums, von Zwischenwelten und ihren Überlappungen und dem Zauber eines Schwerts, dessen Klinge schon zerbricht, wenn man es nur berührt.«

»Was für ein Schwert?«, fragte Prinz Sandrilas.

»Die Rhagar müssen es einst geschmiedet haben«, meinte der König, »denn ein Totenkopf schmückte seinen Griff, ein Zeichen der Gewalt, das ein Elb niemals verwenden würde, und das Symbol ihres Sonnengottes zierte die Klinge.«

»Ihr sprecht vom legendären ersten Schwert des Eisenfürsten Comrrm!«, stieß Lirandil hervor, der von dieser Waffe auf seinen weiten Reisen durch die Länder der Rhagar gehört hatte. »Er soll es nie getragen und im Kampf verwendet haben, und dennoch galt es den Rhagar als heilig, bis es auf rätselhafte Weise verloren ging.«

Keandir zuckte mit den Schultern. »Ich weiß nicht viel darüber.« Dann trat er an das Loch, durch das er und Andir die Höhle verlassen hatten. »Die Ouroungour haben offenbar zahlreiche Steine des Magischen Feuers gesammelt und durch den schwarzen Schlund dort hinab nach unten geworfen. Doch als ich mich in der Höhle wiederfand, verschwanden die Steine nach und nach, als hätte sie jemand mit seiner magischen Kraft an einen anderen Ort geholt. Aber einige wenige sind noch verblieben. Ich schlage vor, wir holen sie uns.«

Sandrilas nickte. »Das ist eine gute Nachricht, denn unsere Ausbeute an diesen Steinen war mehr als mager.«

So stieg ein Dutzend Elbenkrieger in die Tiefe, um die Steine des Magischen Feuers zu bergen. Die Ouroungour beobachteten das Treiben der Fremdlinge auf ihrer Insel aus der Distanz, denn auch sie hatten in den vergangenen Wochen viele Verluste hinnehmen müssen und wagten daher keinen weiteren Angriff mehr.

Gegen Abend befanden sich Keandir und seine Getreuen an Bord der »Tharnawn«, und endlich konnte der Anker gelichtet werden.

»Verbringen wir die Nacht in Westgard?«, fragte Kapitän Garanthor, der – wie alle anderen an Bord – seit der Rückkehr des Königs von einer regelrechten Euphorie erfasst war.

Aber König Keandir schüttelte den Kopf. »Nein, wir segeln direkt nach Elbenhaven und werden uns von den Sternen führen lassen!«

Königin Ruwen stand auf dem Nordturm der Burg von Elbenhaven. Es war eine sternklare Nacht, und ein leichter Wind wehte vom Meer her, das jedoch für die Jahreszeit erstaunlich ruhig war. Der Mond stand als großes, leuchtendes Oval am Himmel und erschien der Königin wie das große Auge eines tröstenden Gottes. In diesen Augenblicken konnte sie gut verstehen, dass die Rhagar lange Zeit zum Mond gebetet hatten, bevor sich der Sonnenkult unter ihnen durchgesetzt hatte. Vielleicht hatten sie sich ebenfalls einen Begleiter in ihrem Leid gewünscht, und daher dieser Himmelserscheinung Kräfte zugemessen, die sie in Wahrheit nicht hatte. Ruwen aber fand keinen Trost, denn als Elbin wusste sie um die Gleichgültigkeit ihrer Götter. Ihre Verzweiflung und ihr Seelenschmerz kümmerten die Namenlosen nicht.

»Kean!«, flüsterte sie in der stetig sinkenden Hoffnung, er möge ihr endlich in ihren Gedanken antworten. Theoretisch war eine solche geistige Verbindung sogar mit einem Eldran möglich, auch wenn dies sehr selten vorkam und es selbst die Schamanen nicht mehr schafften, deren Sphäre mental zu erreichen.

Aber erstaunlicherweise erhielt Ruwen die Antwort, auf die sie kaum mehr zu hoffen gewagt hatte.

»Ich kehre zurück, Ruwen. Bald. Sieh auf das Meer hinaus und warte ab, dann wirst du meine Seele im Mondlicht erblicken.«

Ruwens Herz raste wie wild. »Du lebst?«, flüsterte sie. »Oder bilde ich mir nur etwas ein vor lauter Sehnsucht nach dir?«

Ein Geräusch drang in ihr Bewusstsein, und Ruwen zuckte zusammen. Ein Schatten tauchte hinter ihr auf. Sie hatte die Gestalt nicht bemerkt, hatte weder Schritte auf den Treppen des Turms vernommen noch das Atmen einer Elbenlunge. Zu sehr war sie in ihre Gedanken vertieft gewesen.

»Es war nicht meine Absicht, Euch zu erschrecken, meine Königin«, sagte eine Stimme, in deren Klang eine Note mitschwang, die Ruwen beunruhigte. Die Gestalt trat vor, und das Mondlicht ließ die Kristallaugen von Hauptmann Rhiagon schimmern.

»Ach, Ihr seid es, Hauptmann. Ich hoffe, Ihr habt nicht mit angehört, wie ich in törichter Weise mit mir selbst sprach.«

»Die Trauer würde jede elbische Seele an Eurer Stelle umbringen«, sagte Rhiagon.

Ruwen atmete tief durch. »Ich dachte im ersten Moment schon, dass Xaror irgendeine böse Schattenkreatur nach Elbenhaven gesandt hat, die ihm als Meuchelmörder dient. Was könnte ihn daran hindern? Und wer kann sagen, ob nicht doch der eine oder andere Katzenkrieger den Absturz seines Fledertiers während der Schlacht um den Elbenturm überlebte und sie sich nun im Schutze der Nacht in unsere Stadt schleichen?«

»Ihr scheint mir eine Meisterin darin, Euch selbst Schrecknisse auszumalen.«

»Vielleicht tue ich dies, um mich von jenen Schrecknissen, die mich in Wahrheit bedrängen, abzulenken«, räumte die Königin ein.

»So wird es sein«, murmelte Rhiagon.

»Doch manchmal glaube ich, dass sich auch in eingebildeten Schrecken Ahnungen verbergen …«

»Auch das halte ich nicht für ausgeschlossen, meine Königin.« Die Stimme des Hauptmanns hatte auf einmal einen eisigen Klang.

Er trat auf die Königin zu, und ehe sich Ruwen versah, packte er sie und hob sie mit seinen gestählten Armen empor.

Seine Kraft war enorm. Er schleuderte sie über die Zinnen des Turms.

Ihr Schrei verhallte in der Nacht, und wenig später hörte man etwas schwer auf das Pflaster des Burghofs schlagen.

Rhiagon blickte über die Zinnen in die Tiefe.

Regungslos und seltsam verrenkt lag der Leib der Königin da, und eine große Blutlache bildete sich um ihren Kopf herum.

Wer immer sie fand, würde glauben, Ruwen wäre dem Lebensüberdruss erlegen, der sie nach dem Tode Keandirs so plötzlich befallen hatte. Niemand würde daran zweifeln, denn schließlich waren viele im Audienzsaal Zeuge ihrer Verzweiflung geworden.

Was hatte er nur getan? Rhiagon hatte plötzlich ein Gefühl, als lägen ihm Mühlsteine im Magen. Auch ihn erfasste Verzweiflung. Eine Art von Verzweiflung, die so heftig in ihm wütete, dass sie ihm die Seele zu zerreißen drohte.

Im Morgengrauen erreichte die »Tharnawn« ihre Anlegestelle am Kai von Elbenhaven. Als der König über das Fallreep an Land schritt, spürte er das Unheil, das über der ganzen Stadt zu liegen schien. Während der Fahrt hatte er Ruwens Gedanken vernommen, die dann allerdings plötzlich abgerissen waren. Ein Bild stand Keandir vor Augen, das er nicht vergessen konnte: ein Gesicht mit Kristallaugen, die das Mondlicht schimmern ließ, sodass sie von innen heraus zu leuchten schienen. Keandir erkannte dieses Gesicht im ersten Moment wegen der äußerst fremdartigen Augen nicht wieder, dann begriff er, dass es jener Hauptmann war, dem die magischen Raben in der Nähe des Elbenturms die Augen ausgehackt hatten.

Aber was mochte dieses durch die Kristallaugen so sehr veränderte Gesicht mit dem Abbruch der geistigen Verbindung zu Ruwen zu tun haben?

Düstere Ahnungen hatten den König schon gequält, als die »Tharnawn« noch weit draußen auf See gewesen war. Darum hatte er zusätzliche Segel setzen und die Fahrt durch die Beschwörung einfacher Windgeister beschleunigen lassen.

Admiral Ithrondyr schritt ihm am Kai entgegen. Des Königs Blick schweifte umher und suchte nach Ruwen, doch er konnte sie nirgends entdecken.

»Was ist geschehen?«, verlangte er zu wissen. »Wo ist meine Gemahlin?«

Andir trat neben seinen Vater. Das Gesicht des Elbenmagiers verfinsterte sich.

»Es hieß, dass Ihr nach Eldrana gegangen wärt«, sagte Admiral Ithrondyr zu seinem König. »Was für ein Glück, dass dies nicht der Wahrheit entsprach und Ihr anscheinend wohlauf seid.«

»Ruwen!« rief Keandir.

»Sie starb heute Nacht«, berichtete der Admiral. »Der Kummer über Euren Tod hat sie vom Nordturm springen lassen.«

Keandir stand wie erstarrt da. »Das ist nicht wahr ...«, flüsterte er, und seine Hände ballten sich zu Fäusten.

»Leider doch«, sagte Ithrondyr, »Hätte die Nachricht, dass Ihr noch lebt, sie doch rechtzeitig erreicht ...«

Doch Keandir wiederholte nur wieder: »Es ist nicht wahr ...«

Er warf seinem Sohn einen Blick zu. Der nickte ihm leicht zu.

Man hatte die Königin in der Halle der vier Sphären aufgebahrt. Andir, Sandrilas, Lirandil und Admiral Ithrondyr begleiteten Keandir dorthin. Die Heilerin Nathranwen kniete vor der Leiche ihrer Königin und weinte. Als der König mit seinem Gefolge in die Halle trat, warf sie sich ihm zu Füßen und bedauerte unter Tränen, dass sie nichts mehr für Ruwen hatte tun können, da ihre Seele bereits nach Eldrana entschwunden gewesen war, als man die Tote entdeckt hatte, herbeigelockt von ihrem Todesschrei.

»Warum ein Schrei, wenn sie dem Lebensüberdruss zum Opfer fiel?«, fragte Keandir. »Ich bin ein Seegeborener und habe während der großen Seereise sehr häufig erleben müssen, wie sich Elben im Lebensüberdruss in die Fluten stürzten, aber keiner von ihnen hat geschrien, denn der Tod bedeutete für sie die Erlösung aus dem Elend, als das sie ihr Leben empfanden; sie versanken, ohne einen Laut von sich zu geben, im dunklen Wasser des zeitlosen Nebelmeers. Nein, es ist mir nicht ein Einziger von ihnen in Erinnerung geblieben, der die Elbenheit mit einem Schrei geweckt hätte.«

»Es war vielleicht ein Schrei der Verzweiflung über Euren Tod«, sagte Nathranwen.

Keandir schüttelte den Kopf. »Ich hatte noch vor Stunden – und das muss kurz vor ihrem Tod gewesen sein – geistigen Kontakt zu ihr. Sie hatte ganz gewiss keinen Anfall von Lebensüberdruss ...«

Er sank vor Ruwens Leichnam auf die Knie, nahm ihre kalte Hand, und Tränen traten dem König in die Augen. Es waren keine Tränen der Trauer, sondern des Zorns. Beide waren sie während der großen Seereise geboren worden. Auf den Planken der Elbenschiffe, die an dem großen Exodus aus der Alten Heimat Athranor teilgenommen hatten, war ihre Liebe erblüht, und gemeinsam waren sie durch die Jahrhunderte gegangen. Keandir konnte sich nicht vorstellen, wie die Zukunft ohne diese vertraute Liebende aussehen sollte.

Doch seine Trauer hatte sich längst in Wut verwandelt, und zu ihrem Entsetzen sahen die anwesenden Elben, wie sich die Augen ihres Königs schwarz wie die Nacht färbten und das Weiße darin vollkommen verdrängten. Er stieß einen barbarischen Schrei aus, wie man es bisher nur auf dem Schlachtfeld von ihm gehört hatte. Dann ließ er Ruwens Hand los und ging mit schnellen Schritten auf den Ausgang der Halle zu.

Sandrilas schritt ihm entgegen und fasste ihn bei den Schultern. »Mein König, was habt Ihr vor?«

»Den Mörder Ruwens zur Rechenschaft ziehen!«, lautete Keandirs grimmige Antwort, und seine Linke schloss sich dabei um den Griff Schicksalsbezwingers. »Hauptmann Rhiagon – ihn hat sie zuletzt gesehen! Mit magisch leuchtenden Augen!«

»Mit Magie hat das nichts zu tun!«, mischte sich Nathranwen ein. »Das sind künstliche Kristallaugen eines Erfinders aus Berghaven, die er auf dem Markt erwarb.« Ebenso wie Lirandil war die Heilerin zu Keandir und Sandrilas gelaufen, um den König von einer unbedachten Handlung abzuhalten. Beide befürchteten sie, Keandir könnte seine unermessliche Trauer und Wut an einem Unschuldigen austoben. »Es kann nicht wahr sein, was Ihr glaubt, mein König.«

»Ich habe gesehen, was Ruwen in ihren letzten Momenten sah«, sagte Keandir.

»Aber wenn sie Hauptmann Rhiagon sah und sich dann vom Turm stürzte«, fragte Nathranwen, »warum kümmerte er sich dann nicht sofort um sie? Warum war er nicht im Burghof anzutreffen?«

»Ihr versteht offenbar nicht, was ich sage!«, brauste Keandir auf und wollte wieder gehen, doch Sandrilas stellte sich ihm erneut in den Weg und sagte mahnend, ja, beschwörend: »Mein König!«

Andir war vollkommen versunken bei seiner toten Mutter stehen geblieben. Sein Blick ging ins Nichts, wirkte matt und unendlich traurig.

Keandir wollte Prinz Sandrilas zur Seite schieben. »Lasst mich gehen!«, forderte er.

Aber Sandrilas gab nicht nach, stellte sich dem König noch einmal in den Weg und fasste ihn erneut – und diesmal kräftiger – bei den Schultern. »Mein König, führt Euch doch nicht auf wie ein Bluträcher der Rhagar! Was beabsichtigt Ihr? Wollt Ihr Hauptmann Rhiagon, der im Kampf sein Leben für Euch riskierte und für Euch sein Augenlicht gab, den Kopf abschlagen, ohne ihn zuvor anzuhören? Das ist nicht der König, den ich kenne und dem ich dienen möchte!«

Keandir atmete tief durch. Seine blicklosen schwarzen Augen wirkten wie leere Höhlen, sein blasses Gesicht wie eine Maske aus Wachs. Noch immer tobte der Zorn durch ihn, doch wenn Sandrilas auf diese Weise zu ihm sprach, wenn er den König derart ermahnte, dann musste er dies ernst nehmen, denn im ganzen Elbenreich gab es niemanden, der ihm gegenüber loyaler eingestellt gewesen wäre als dieser Prinz, der Keandir seit Ewigkeiten als väterlicher Freund, Berater und Mentor begleitet hatte.

Als Keandir seine Sprache wiedergefunden hatte, war seine Stimme sehr leise. »Ihr habt sicher nichts dagegen einzuwenden, wenn ich Hauptmann Rhiagon zur Rede stelle.«

»Wenn Ihr mit zur Rede stellen auch wirklich ein Gespräch meint und keinen im Zorn begangenen Mord, dann ja«, erwiderte Sandrilas.

»Ihr könnt mich begleiten, Prinz Sandrilas. Begleitet mich und tut das, was Ihr von frühester Jugend an getan habt. Ein Auge auf mich werfen und darauf achten, dass ich nichts tue, was ich später bereuen könnte!«

»Ein Auge auf Euch werfen«, wiederholte Prinz Sandrilas. »Ich habe nur noch eins, mein König, und es soll für immer Euch gehören.«

Die Tür zu Hauptmann Rhiagons Quartier flog zur Seite, und Keandir stürmte in den Raum, gefolgt von Prinz Sandrilas.

Hauptmann Rhiagon lag in seinem Bett – ausgestreckt und regungslos. Er atmete nicht mehr, was bei einem Elben nicht unbedingt gleichbedeutend mit dem Tod war. Aber auch der Herzschlag hatte ausgesetzt, und wenig später gab es keinerlei Zweifel daran, dass seine Seele nicht mehr im Reich der Diesseitigen weilte.

Die Kristallaugen hatte er herausgenommen. Sie lagen in einer Schale auf dem Tisch am Fenster. Auf dem Boden fand sich eine kleine verzierte Dose, die Reste eines Pulvers enthielt, das einen sehr charakteristischen Geruch verströmte.

»Ein besonders starkes Extrakt der Sinnlosen«, stellte Sandrilas fest. »Die Heiler gaben es dem Hauptmann gewiss zur Linderung seiner Schmerzen, aber wenn man zu viel davon nimmt, bringt es einen auf direktem Weg nach Eldrana.«

»So hat er seine eigene Schande nicht ertragen können«, sagte Keandir mit leiser Stimme. »Aber das ist mir kein Trost …«

Die Finsternis wich aus Keandirs Augen, als er das Quartier des Hauptmanns verließ, und sie füllten sich mit Tränen des Zorns über ein Schicksal, das er nicht hatte bezwingen können.

11

HEERZUG DES GRAUENS

Nie hatte man ein solches Heer gesehen wie das, welches vom Norden Karanors aus durch Aratan zog. Kolonnen von Stierkriegern mit zwei oder vier Hörnern bewegten sich auf die Hauptstadt zu. Riesenhafte, skorpionähnliche Wesen, die sogar die karanorischen Riesenechsen überragten, zogen Katapulte hinter sich her, dienten aber auch als Reittiere für käferartige Kreaturen, deren Größe etwa der eines ausgewachsenen Rhagar entsprach. Die Käferkrieger verfügten neben ihren furchteinflößenden Beißwerkzeugen noch über ein Arsenal an umgeschnallten Hieb-, Stich- und Wurfwaffen. Im Kampf richteten sie sich auf, staksten auf ihren Hinterbeinen dahin, während sie mit den Greifzangen an den Enden ihrer vorderen beiden Extremitätenpaare Waffen aller Art führen konnten.

Ein nicht abreißender Strom von Kriegern, die halb Tier und halb Mensch waren, verließ auf unzähligen monströsen Reittieren den Tempel der Sechs Türme. Im Tempel selbst war das Tor zum Limbus geöffnet, und all jene Geschöpfe, die der Herrscher des Dunklen Reichs dort um sich geschart hatte, strömten ungehindert ins Zwischenland.

Nur Xaror selbst hielt sich noch im Verborgenen. Möglicherweise wollte er mit seinem eigenen Erscheinen warten, bis tatsächlich die ganze unter seinem Kommando stehende Streitmacht des Schreckens die Grenze zwischen dem Limbus und der diesseitigen Welt überschritten hatte.

Magolas aber ritt mit dem Zug nach Aratania. In der Ebene vor der Stadt errichteten die Schattenkrieger des Limbus ihr schauriges

Heerlager. Die mit Kriegsgerät bestückten Riesenskorpione wurden von den Käferartigen von ihren Lasten befreit, die Katzenkrieger entzündeten Feuer oder ließen ihre Flammendämonen aus Langeweile gegeneinander kämpfen, und Riesenfledertiere machten lautstark darauf aufmerksam, dass sie gefüttert werden wollten.

Die Stierkrieger ließen sich einfach am Boden nieder, um zu kampieren. Kommandofunktionen wurden ausschließlich von Vierhörnigen ausgeübt, wie Magolas feststellte. Ihr Herr und Meister schien ihnen dafür ein paar besondere Fähigkeiten mitgegeben zu haben; unter anderem standen sie offenbar ständig mit Xaror in direktem geistigen Kontakt.

Magolas kehrte in den Palast von Aratania zurück. Die beiden Vierhörnigen Hakin und Makin wichen ihm nicht von der Seite, begleiteten ihn wie Paladine überall hin. Die Palastbediensteten beäugten sie mit Misstrauen. Im Besonderen galt dies für Oberst Sobos, den Kommandant des Assassinen-Ordens, dessen Kämpfer sich auf besondere Weise dem Großkönig verpflichtet sahen.

Sobos verneigte sich und kreuzte dabei die Arme mit zu Fäusten geballten Händen über der Brust, wie es der Tradition des Assassinen-Ordens entsprach. »Ich würde Euch gern unter vier Augen sprechen, o Sohn der Sonne«, sagte er, worin ein mehr als deutlicher Hinweis auf die Vierhörnigen in des Herrschers Begleitung lag.

»Der Großkönig hat keine …«, begann Hakin.

»… Geheimnisse vor uns«, beendete sein Zwilling Makin den Satz.

Sobos verzog grimmig den Mund. »Der Großkönig vielleicht nicht, aber ich nehme dieses Recht durchaus für mich in Anspruch!«, wandte er sich direkt an die beiden Vierhörnigen.

Beiden entrang sich gleichzeitig ein knurrender, tief grollender Laut. Und während sie diesen annähernd synchron ausstießen, schoben sich die wulstigen Lippen der beiden Stierkrieger nach oben, sodass ihre furchtbaren Hauer in aller Deutlichkeit zu sehen waren.

Der Großkönig wandte sich mit ernstem Blick an Sobos. »Dies sind die Gesandten Xarors«, sagte er. »Ich möchte, dass sie mit dem Respekt und der Ehrerbietung behandelt werden, die ihnen zustehen.«

Oberst Sobos neigte daraufhin das Haupt. »Verzeiht mir meine Unziemlichkeit gegenüber Euren Begleitern, o Sohn der Sonne.«

»Euch sei verziehen, Oberst«, erklärte Magolas. Und zu den beiden Vierhörnigen sagte er: »Und jetzt lasst mich allein. Haltet vor meinem Audienzsaal Wache, aber lasst mich mit diesem Menschen unter vier Augen sprechen.«

Die Vierhörnigen wechselten einen Blick miteinander. Ihre Gestik und Mimik vermochte Magolas immer noch nur sehr eingeschränkt zu deuten, aber es machte den Anschein, als wären sie verwundert. Sofern sie so etwas wie Gefühle kannten, war das, was die beiden im Moment empfanden, vermutlich irgendwo auf halbem Weg zwischen Verärgerung und Irritation angesiedelt.

»Du bist der Statthalter Xarors«, sagte Makin.

Mit diesen Worten drehten sich die beiden Vierhörnigen um und gingen zur Tür hinaus, sodass Oberst Sobos mit dem Großkönig allein war.

»So sagt, was Ihr zu sagen habt, Oberst«, forderte Magolas.

»O Sohn der Sonne, es ist nicht leicht, die richtigen Worte für das Grauen zu finden, was sich hier, in Eurem Palast, ereignete!« Dann berichtete Sobos von der Verwandlung der Königin und dass sie sich in ihrer veränderten Gestalt wie eine reißende Bestie verhalten hatte; dass Magolas zumindest einen Teil dieses Geschehens durch Xarors Magie im Tempel der Sechs Türme mit angesehen hatte, konnte der Oberst des Assassinen-Ordens nicht wissen.

Magolas' Züge versteinerten. Es war für ihn schmerzlich, all dies noch einmal zu hören und dadurch vergegenwärtigt zu bekommen. Aber er wusste, dass er sich diesem Schmerz stellen musste. Er wollte alles, was geschehen war, erfahren, und es gab tatsächlich ein paar Einzelheiten, die er noch nicht gewusst hatte. So hatte Larana nicht nur eine Kammerzofe angefallen und getötet, sondern darüber hinaus noch drei Palastwachen, als sie noch einmal zurückgekehrt war, allesamt kampferfahrene Krieger der Norischen Garde, die sich jedoch nicht gegen das Monstrum, zu dem Larana geworden war, hatten verteidigen können. Dass es sich bei dem Ungetüm um die Königin handelte, ahnten die Rhagar, weil es eine Halskette getragen und beim Kampf gegen die Palastwachen verloren hatte, welche Larana gehörte, und zudem war das erste Opfer, die Kammerzofe, in den Gemächern der Königin aufgefunden worden, die Königin selbst aber spurlos verschwunden.

»Wo ist sie jetzt?«, fragte Magolas mit leiser, leicht zitternder Stimme.

»Niemand weiß es genau«, antwortete Oberst Sobos. »Manche sagen, dass sie sich bei Tage in irgendwelchen Erdhöhlen verbirgt. Des Nachts jedoch kehrt sie nach Aratania zurück. In mondhellen, klaren Nächten kann man ihren Schatten über der Stadt sehen, und in den engen Gassen holt sie sich ihre Opfer. Angeblich soll sie Euren Namen fortwährend auf den Lippen tragen und ihn verfluchen, o Sohn der Sonne, so wie sie auch Euren himmlischen Vater, den Sonnengott, verflucht. Manche, die ihrer Gier nach Blut entkamen, wollen sogar gehört haben, wie sie die Namen der Königskinder im Fluch hinausschrie.«

»Ihre Liebe hat sich in Hass verwandelt«, murmelte Magolas. Es war genauso, wie es der Herrscher des Dunklen Reichs angekündigt hatte.

»O Sohn der Sonne«, sagte Oberst Sobos, »die Lieblichkeit der Königin Larana war einst sprichwörtlich, aber nun …«

»Schweigt!«, gebot Magolas. »Es ist zu schmerzlich, dies zu hören.«

»Was ist das für eine Magie, die eine Liebe, die unter den Rhagar schon Legende ward, als ich ein Kind gewesen bin, in ihr genaues Gegenteil verkehren kann?«, stieß dessen ungeachtet Oberst Sobos hervor. »Ihr wisst, dass ich Euch loyal ergeben bin, und ich bin auch bereit, jene Schattenkreaturen, deren Heer vor der Hauptstadt auf den Feldern kampiert, als meine Verbündeten anzuerkennen …«

»Das werdet Ihr auch müssen, Oberst!«

»Aber ich frage mich, was Euch dazu veranlasst, Euch dieser Magie zu fügen, die es so übel mit Euch meint und Euer Glück zerstört!«

»Woher glaubt Ihr denn zu wissen, dass ein Zusammenhang zu meinen Verbündeten besteht?«, fragte der Großkönig mit gestrenger Stimme.

»Das spüre ich, o Sohn der Sonne. Und das munkeln inzwischen schon die Bettler in den Straßen. Sie sagen, es habe etwas mit jener finsteren Macht zu tun, der Eure Gemahlin ihr langes Leben verdankt.«

Magolas nickte leicht. »Ich danke Euch für Eure offenen Worte, Oberst Sobos. Und jetzt lasst mich allein.«

»Wie Ihr wünscht, Herr.« Der Oberst verneigte sich abermals und verließ den Raum.

Magolas aber trat an eines der hohen Fenster und öffnete es. Der Lärm der Stadt drang zu ihm herauf und vermischte sich mit dem Rauschen des Meeres.

Wo bist du, Larana?, durchfuhr es den Großkönig. Und wo sind meine Kinder?

Lange dachte Magolas darüber nach, ob er vielleicht einen falschen Weg eingeschlagen hatte und es andere Möglichkeiten gegeben hätte, als sich mit den Mächten der Dunkelheit und des Chaos einzulassen. Aber die Gabelung des Schicksalsweges, an dem er sich anders hätte entscheiden können, lag lange zurück, wie er glaubte. In diesem Augenblick beneidete er seinen Vater, König Keandir von Elbiana. Immerhin hatte der während langer Phasen seines Zeitalter umspannenden Lebens die Illusion genießen dürfen, sein Schicksal selbst geschaffen zu haben.

In den nächsten Tagen und Wochen wuchs das Heer der Schattenkreaturen auf den Ebenen östlich von Aratania immer noch an.

Magolas versuchte, mehr über den Verbleib seiner Kinder in Erfahrung zu bringen, und beauftragte Angehörige des Assassinen-Ordens, entsprechende Nachforschungen anzustellen. Große Hoffnungen hegte er jedoch in dieser Hinsicht nicht. Andir würde schon dafür gesorgt haben, dass man sie nicht so einfach fand.

Tatsächlich erinnerte sich in ganz Aratania niemand daran, den Elbenmagier in Begleitung der beiden Kinder gesehen zu haben. Magolas unternahm mehrere Versuche, eine geistige Verbindung zu ihnen aufzunehmen, wie sie früher ganz selbstverständlich zwischen ihnen geherrscht hatte. Aber sie kam einfach nicht zustande. Manchmal hatte er das Gefühl, es zu schaffen, dann spürte er zumindest ihre Auren, sodass er wenigstens wusste, dass sie noch lebten und dass es ihnen gut ging. Aber es erwies sich als unmöglich, in ihre Gedanken zu dringen, geschweige denn herauszufinden, wo sie sich aufhielten.

Was Larana betraf, so spürte Magolas ständig ihre Anwesenheit. Des Nachts pflegte er auf einem der zahlreichen Balkone des Königspalasts zum Himmel zu blicken. Manchmal sah er dort für kurze Zeit einen Schatten die Sterne verdunkeln und hörte mit seinen feinen

Elbenohren das Flappen der schwarzen Schwingen, mit denen sie sich durch die Nacht bewegte. Bald erkannte er dieses charakteristische Geräusch schon aus großer Entfernung, zumal er auch den Schlag ihres Herzens vernehmen konnte, wenn er sich sehr darauf konzentrierte; dessen Rhythmus hatte sich in keiner Weise geändert, seit seine geliebte Larana in ein bluttrinkendes Monstrum verwandelt worden war.

Es kam sogar vor, dass er die hasserfüllten Gedanken auffing, die Larana beherrschten: Es waren Fantasien der Gewalt und des Schreckens. Sie sehnte sich danach, auch Magolas' Kehle zerfetzen zu können und sein Blut zu trinken.

Ich hasse dich, Magolas!

Als ihn dieser Gedanke zum ersten Mal erreichte, war er dem Großkönig sogar ein Trost, denn schließlich war er auf diese Weise immerhin mit seiner großen Liebe geistig verbunden, auch wenn es ihn hinterher in Phasen tiefster Verzweiflung stürzte.

Manchmal hörte der Großkönig von seinem Balkon aus auch die Schreie jener Unglücklichen, die Larana zum Opfer fielen und deren Blut sie trank, wenn sie in die dunklen Gassen und Hinterhöfe Aratanias niederging.

Sie sterben statt deiner!

Das war einer der Gedanken, die Magolas wahrnahm, als er in ihren hasserfüllten Geist drang.

Nacht für Nacht stand Magolas auf einem der Palastbalkone und versuchte auf diese Weise seiner großen Liebe nahe zu sein.

Eines Nachts, bei zunehmendem Mond, war der Schatten jenes Monstrums, zu dem Larana geworden war, deutlicher zu sehen. Für die Schreie jener bemitleidenswerten Rhagar, von deren Blut sich Larana ernährte, verschloss der Großkönig seine Ohren und sein Herz.

In jener Nacht kam Larana auch näher an die Burg heran, und Magolas hatte den Eindruck, dass sie in gewisser Weise von ihm angezogen wurde, sie sich ihrem ehemaligen Geliebten aber auch nicht zu sehr nähern wollte. Vielleicht, weil ein kleiner Teil ihrer Seele noch existierte, ein Teil, der Magolas noch immer liebte, statt ihn zu hassen, und der verhindern wollte, dass sie auch sein Blut trank.

Zwei Nächte später ließ sich das Ungetüm sogar auf dem Dach eines benachbarten Palastgebäudes nieder und kauerte dort stundenlang bis in die frühen Morgenstunden, dann erhob sich das Schattenwesen und verschwand. Wenig später vernahm Magolas den erstickten Schrei eines obdachlosen Bettlers, an dessen Blut sich das Monstrum gütlich tat, ehe es sich für die Dauer des Tages vor den Augen der Rhagar verbarg.

Vielleicht war es besser, wenn er bei mondhellen Nächten nicht mehr hinaus auf einen der Balkone trat. Aber er konnte dem Drang, Larana nahe zu sein, nicht widerstehen, trotz allem, was sie beide im Augenblick trennte.

In einer der folgenden Nächte geschah es dann, dass sie kaum drei Schritt von Magolas entfernt landete, auf der Brüstung des Balkons. Dort hockte sie wie eine Fledermaus, die Flügel zusammengefaltet, und Magolas sah, dass ihr Fell unterhalb des Mauls mit getrocknetem Blut besudelt war.

Ein zischender Laut und aasiger Atem drangen zu Magolas herüber. Ihre Augen funkelten so hasserfüllt, wie der Großkönig es nie zuvor bei einer anderen Kreatur gesehen hatte, nicht mal bei den Schattenkriegern des Xaror.

Magolas starrte sie an und konnte nicht fassen, was aus jener Frau geworden war, die seine Gefährtin gewesen war, seine Geliebte und die Mutter seiner Kinder.

Dann geschah es – mit einem durchdringenden, hasserfüllten Schrei stürzte sich Larana plötzlich auf ihn. Er wich zurück, zog sein Schwert. Das Monstrum verharrte im letzten Moment, schwebte mit schlagenden Flügeln dicht über dem Balkon, auf dem er stand. Geifer rann an den riesenhaften Reißzähnen hinab und troff zu Boden.

»Zwing mich nicht, dich zu töten!«, rief Magolas – und er selbst empfand den Klang seiner Stimme bei diesen Worten als entsetzlich schwach.

Knurrend flatterte Larana ein Stück näher. Ihre krallenbewehrten Pranken hoben sich, dann stockte sie, so als wäre da etwas in ihr, das sie doch noch daran zu hindern suchte, den geliebten Gemahl zu zerfleischen. Vielleicht eine Ahnung jener Liebe, die sich in Laranas Seele auf so grausame Weise ins Gegenteil verkehrt hatte.

Magolas sprach ihren Namen aus. »Larana!« Innerlich krampfte sich alles in ihm zusammen. Seine Dankbarkeit gegenüber Xaror verwandelte sich in puren Hass. War es das, was der Herrscher des Dunklen Reichs wollte? Dieser Gedanke durchfuhr ihn mit einer Intensität, dass er fürchten musste, Xaror würde ihn vielleicht registrieren. Aber das war Magolas in diesem Moment gleichgültig.

Zwei Wachen aus den Reihen der Norischen Garde stürzten auf den Balkon. Sie hatten den Schrei Laranas gehört und waren dadurch alarmiert worden. Mit Schwert und Einhandarmbrust bewaffnet, traten sie dem Monstrum entgegen, gerade als es sich doch noch auf Magolas stürzen wollte.

Die erste Wache packte Larana mit ihren Pranken und schleuderte sie über die Brüstung des Balkons. Schreiend stürzte der Mann in die Tiefe, während sich noch ein Schuss von seiner Einhandarmbrust löste; der Bolzen fuhr dicht an Larana vorbei und kratzte am Mauerwerk des Palasts.

Der zweite Wachmann schoss fast im selben Moment. Der Bolzen drang Larana in den Oberkörper, die Wucht des Treffers ließ sie taumeln. Sie presste sich eine Pranke auf die Wunde, doch das Blut quoll dennoch hervor. Es war dünnflüssiges rotes Rhagar-Blut, vielleicht das Einzige, was an ihr menschlich geblieben war. Ein Schrei entrang sich ihrer Kehle, der so durchdringend war, dass Magolas glaubte, er würde sein Gehör verlieren, dann stürzte sie auf den terrassengroßen Balkon und krümmte sich dort zusammen.

»Was hast du getan, verfluchter Rhagar!«, schrie Magolas. Ohne dass er es selbst bemerkte, hatte er jene Sprache benutzt, die er mit seinem Bruder Andir während ihrer Kindheit erfunden hatte, und so starrte der Wächter seinen König nur erstaunt an. Voller Wut stürmte Magolas auf ihn zu, riss das Schwert hervor und stieß dem völlig verdutzten Wachmann die Klinge in den Leib. Mit einem ungläubigen Blick, der langsam gefror, sank dieser zu Boden.

Magolas atmete tief durch. Ein furchtbarer seelischer Schmerz tobte in ihm, und er war für Augenblicke außerstande, einen klaren Gedanken zu fassen. Er trat auf Laranas monströsen, offenbar tödlich verwundeten Körper zu, der sich kaum noch bewegte. Ihre tierischen Schreie waren zu einem leisen Wimmern geworden. Ein Wimmern, das beinahe schon wieder menschlich klang. Magolas kniete neben ihr nieder.

»Stirb nicht!«, rief er, diesmal im Idiom der Rhagar von Aratan. »Verlass mich nicht endgültig, Larana!«

Ein Strahl aus schwarzem Licht fuhr dicht an Magolas' Schulter vorbei und traf die Stelle, an der Larana durch den Bolzen verwundet worden war. Auch wenn es sich nur um einen konventionellen Bolzen aus der Produktion der Rhagar-Schmiede handelte und nicht um einen mit magischem Gift gefüllten, mit dem die elbischen Waffen geladen wurden, so hatte er Larana doch eine tödliche Verletzung beigebracht.

Magolas fuhr herum und sah die Gestalt eines Stierkriegers. Es war Hakin. Sein Zwilling Makin stand ein paar Schritte im Hintergrund in der Tür, die auf den Balkon führte.

Hakin hielt die Hand seines linken Arms ausgestreckt, sodass sie auf Larana gerichtet war. Aus seinen sechs Fingern drangen schwarze Strahlen, die sich gut eine Elle später zu einem einzigen Strahl bündelten.

Dann brach der Strahl plötzlich ab. Larana betastete mit ihren mörderischen Pranken ungläubig die Stelle, an der zuvor noch der Bolzen in ihrem Leib gesteckt hatte. Er lag auf einmal direkt vor ihr auf dem Balkon, und die Wunde hatte sich geschlossen; es war nichts mehr davon zu sehen bis auf ein dunkles Mal, das wirkte, als wäre etwas in sie hineingebrannt worden. Außerdem fehlte an dieser Stelle das Fell, das ihren gesamten tierhaften Körper bedeckte; stattdessen war dort eine Handbreit Haut zu sehen.

Rhagar-Haut.

Larana fuhr auf, stieß einen Schrei aus, der eine Mischung aus Drohung und Verwunderung war. Dann wich sie vor Magolas zurück, als hätte sie eine der grausamsten Schreckensgestalten aus der Sagenwelt der Rhagar vor sich. Sie kroch über den Balkon, erhob sich dabei und schwang sich dann mit einem Schlag ihrer Flügel auf die Brüstung.

»Larana!«, rief Magolas.

Sie drehte sich ein letztes Mal zu ihm um. Zähnefletschend und mit weit aufgerissenen Augen, die wie die Versinnbildlichung des Begriffs Wahnsinn wirkten.

Dann stieß sie sich ab. Sie machte einen so kräftigen Sprung, wie sie es in ihrer menschlichen Rhagar-Gestalt niemals hätte tun können, und fiel in die Tiefe.

Magolas eilte an die Brüstung und sah ihr nach.

Unten im Schlosshof des Palasts lag der zerschmetterte Körper jenes norischen Wachmanns, den Larana in die Tiefe geschleudert hatte. Sie selbst breitete während des Falls die Schwingen aus. Dicht über dem Boden glitt sie dahin, bog ein paar Sträucher des Palastgartens nieder und gab ihrem Flug eine in die Höhe gerichtete Bahn. Sie schraubte sich mit kräftigen Bewegungen ihrer Flügel empor und verschwand wenig später hinter den nächsten Dächern.

Magolas starrte ihr fassungslos nach.

»Sie lebt«, stellte Hakin fest.

»Ich danke dir für deine Tat«, sagte Magolas.

»Danke nicht mir. Es war Xaror, der dies für dich tat«, stellte Hakin klar, »denn es war seine Kraft, die der Herrscher durch meine Finger strömen ließ. Dein Weib lebt, und sie wird, wenn die Zeit ihrer Bestrafung zu Ende ist, vielleicht auch zu dir zurückkehren.«

Magolas verzog den Mund zu einem Lächeln, in dem Spott, Zorn und seelischer Schmerz eine eigenartige Mischung eingingen. »Bestell deinem Herrn, dass ich seine grausamen Scherze leid bin.«

»Es ist kein Scherz, und ich weiß nicht, warum du es als Grausamkeit bezeichnest, dass Xaror deinem verräterischen Weib abermals das Leben schenkte.«

»Er mag mich undankbar nennen. Aber auch das ist mir gleichgültig geworden – so wie alles andere auch!«

Der Vierhörnige trat auf Magolas zu. »Xaror weiß, dass dies nicht wahr ist.«

»Dann weiß Xaror mehr über mich als ich selbst.«

»Das war von Anfang an so, Magolas, und es verwundert deinen Herrn, dass dir dies erst jetzt bewusst wird.«

»Was du nicht sagst …«

»Aber Xaror sieht auch, dass du vor seelischem Schmerz den Verstand zu verlieren drohst, und da er dich als seinen Diener braucht, ist er gewillt, dir zu helfen und Gnade walten zu lassen.«

Magolas' Gesicht gefror zur eisigen Maske. »Er mag mir verzeihen, dass ich im Moment nicht so recht in der Lage bin, meiner Freude den angemessenen Ausdruck zu verleihen.« Seine Stimme war leise, kaum mehr als ein Wispern. Er fühlte sich nur noch wie ein Schatten seiner selbst.

Er war zum Spielball seines eigenen Schicksals geworden. Wann war das geschehen? In dem Moment, da er den Tempel der Sechs Türme betrat und Xarors Sklave wurde? Oder schon in jenem Augenblick, als Larana mit ihrem Vater über das Fallreep ihres Schiffes an Land gekommen war, nachdem es am Kai von Elbenhaven angelegt hatte, und er ihrer anmutigen Gestalt zum ersten Mal ansichtig geworden war?

»Sammle das Heer der Rhagar!«, forderte Hakin. »Und schließe es dem Heer der Limbus-Geschöpfe an. Dein Genius als Feldherr ist unbestritten, und du weißt am ehesten, wie die Aratanische Mauer zu überwinden ist. Wenn du das Elbenheer besiegst, wird Xaror dein geliebtes Weib in das zurückverwandeln, was sie einst war, und ihr Hass, der dir entgegenschlug, wird sich wieder in Liebe verwandeln.«

»Eine leere Versprechung!«, entgegnete Magolas, diesmal laut und zornig. »Xaror mag seinen Krieg allein führen!«

»Dies meinst du nicht wirklich«, erwiderte Hakin. »Und auch Xaror weiß das. Wie du eben erst erkannt hast: Mein Herr kennt dich besser als du dich selbst. Er weiß, dass du die Hoffnung nicht aufgegeben hast, und das, was hier geschehen ist, hat es ihm noch einmal deutlich gezeigt.«

»Vielleicht überschätzt dein Herr aber auch seine Fähigkeiten im Hinblick auf die Interpretation meiner Seelenzustände!«

»Er ist auch dein Herr«, erinnerte Hakin. »Und er weiß, dass du letztlich tun wirst, was er sagt, weil dir Larana alles bedeutet.«

Magolas atmete tief durch. »Er kennt mich wahrlich gut, dein Herr …«, murmelte er.

Dann drehte er sich um und ging zurück in das Palastgebäude, wobei er über den Norier, den er erschlagen hatte, hinwegstieg, ohne ihn eines Blickes zu würdigen oder gar seines Schicksals zu gedenken.

Larana aber ward von jener Nacht an nicht mehr über den Dächern Aratanias gesehen. Sie irrte als böse, dämonenhafte Kreatur durch den Norden des aratanischen Landes, ernährte sich des Nachts von rhagaräischem Blut und grub sich am Tag in den Boden ein wie ein Nagetier der Steppe. Sie folgte einer Spur, obgleich sie nur schwach zu erspüren war – mit Sinnen, die ihr in ihrem Rhagar-Leben gar nicht zur Verfügung gestanden hatten. Der pure tierhafte Instinkt beherrschte sie, und dieser Instinkt ließ sie nach ihren Kindern suchen.

Nach Kindern, die als Zeichen einer großen Liebe geboren worden waren. Einer Liebe, die in Hass verwandelt worden war.

Wenn Larana sich tagsüber in ihre Erdhöhle bettete, träumte sie davon, das Blut ihrer Kinder zu trinken.

12

ELBENDÄMMERUNG

Das Totenfeuer der Königin in Elbenhaven war gerade erloschen, der Rauch kaum verweht, da drangen beunruhigende Nachrichten aus Elbara an den Hof, die Herzog Branagorn umgehend veranlassten, in sein Herzogtum zurückzukehren. Er ging sofort mit seinem Gefolge an Bord seines Schiffes und sagte zum Abschied zu König Keandir: »Ich bin mir gewiss, dass wir uns bald wiedersehen werden – wenn Ihr uns in die Schlacht führt, mein König.«

»Ja, das fürchte ich auch«, erwiderte Keandir.

»Hoffen wir nur, dass es nicht die letzte Schlacht der Elben sein wird – denn das, was man aus Aratan zu hören bekommt, ist so grauenerregend, dass es einem die Sprache verschlägt.«

Boten und Spione meldeten gewaltige Heere von Kreaturen, die aus einem verborgenen Reich des Chaos und der Gewalt stammen mussten: Stierkrieger, käferartige Geschöpfe und Riesenskorpione, dazu eine weitere Luftarmada aus Fledertieren und ihren katzengesichtigen Besatzungen. Gegenwärtig vertrieben sich Letztere noch die Langeweile damit, in ihrem Heerlager ihre Flammengeister gegeneinander kämpfen zu lassen. Doch einige Verbände dieser Armee des Schreckens waren bereits nördlich von Cadd gesehen worden.

Noch hatte es keinen Befehl zum Angriff gegeben. Der Herrscher des Dunklen Reichs wollte das Risiko, erneut eine Niederlage einstecken zu müssen, nicht eingehen, indem er nur einen Teil seines Heers ausschickte, so wie es in der Schlacht am Elbenturm geschehen war. Doch wenn die gewaltige Armee, die sich in Aratan sammelte, erst komplett war, würde es für die Elben kaum noch Hoffnung geben.

Zu den endlosen Kolonnen der Schattenkrieger kam noch das gewaltige Heer des Magolasischen Reichs. Riesenechsen aus Karanor wurden herbeigetrieben, und in den Werkstätten und Waffenschmieden rund um die Hauptstadt herrschte Hochkonjunktur. Bald gab es keinen Nagel mehr auf dem freien Markt zu erwerben, denn sie wurden alle für den Bau weiterer Katapulte gebraucht, deren Geschosse die Aratanische Mauer zum Einsturz bringen sollten. Das, was der Eisenfürst Comrrm nicht geschafft hatte, sollte von einem Elben in verzweifelter Schicksalslage vollbracht werden.

Es war eine bittere Ironie, dass es ausgerechnet Keandirs Sohn war, der diese Armee des Grauens gegen das Elbenreich anführen sollte. Keandir versuchte immer wieder, eine geistige Verbindung zu Magolas herzustellen, aber es wollte ihm nicht gelingen. Sein Sohn hatte sich innerlich verschlossen, so schien es dem Elbenkönig.

Allerdings war sich Keandir sicher, dass Magolas vom Tod Ruwens erfahren hatte. Schließlich standen dem Großkönig ja auch die Mittel der Magie zur Verfügung, um dergleichen gewahr zu werden. Und Keandir glaubte zudem, dass die geistige Verbindung zwischen Magolas und seiner Mutter trotz aller Zerwürfnisse stark genug gewesen war, dass er ihren Tod unmittelbar gespürt hatte.

Keandir sprach mit der Heilerin Nathranwen darüber. Diese vertrat allerdings eine andere Ansicht. »Es ist durchaus möglich, dass Magolas inzwischen alle inneren Bande zur Elbenheit gelöst hat.«

»Ihr glaubt, das könnte tatsächlich sein? Aber Ruwen war seine Mutter!«

»Und Ihr seid sein Vater und könnt dennoch nicht mit ihm in Kontakt treten.« Nathranwen zuckte mit den Schultern. »Ich kann es nicht mit Sicherheit sagen, es ist nur eine Vermutung. Aber ich habe ihn während der Zeit erlebt, als seine Kinder geboren wurden. Und schon damals schien es mir, als hätte er sich gänzlich von seinem Volk abgewandt und auch von seiner Familie …«

Die Tage gingen ins Land, und über Brieftauben und Handelsschiffe drangen immer beängstigendere Nachrichten aus dem Süden. Angeblich erzitterte der Boden Aratans unter dem Marschtritt von ungezählten Stierkriegern, und die Fledertiere der Katzenkrieger patrouillierten mit ihren blutgierigen Mannschaften auf dem Rücken über dem Gebiet zwischen Cadd und den Höhenzügen von Hocherde.

Die Lage des Elbenreichs wurde im Kronrat erörtert, und Keandir, der nach dem Tode Ruwens von tiefer Trauer erfasst worden war, sah sich gezwungen, Stärke zu zeigen und Zuversicht zu verbreiten angesichts einer Lage, die schier hoffnungslos war.

Thamandor war damit beschäftigt, aus den von Naranduin mitgebrachten Steinen des Magischen Feuers Steingewürz herzustellen, mit dem die beiden existierenden Flammenspeere bestückt werden konnten; eine dieser Waffen war noch nie benutzt worden, und es musste sich erst zeigen, ob sie tatsächlich voll funktionsfähig war. Gleichzeitig wurde mit Hochdruck am Wiederaufbau der Manufaktur gearbeitet. Aber es würde Jahre dauern, ehe die Produktion dort wieder richtig anlaufen konnte. Und die Herstellung eines Flammenspeers war ohnehin eine hohe Kunst, sodass mit der Aufstellung einer kompletten Kompanie von Flammenspeerschützen nicht vor Ablauf eines Jahrhunderts zu rechnen war, und dies auch nur unter Aufbietung aller Kräfte sowie des Einsatzes von Thamandors gesamter Erfindungsgabe für die Entwicklung eines effizienteren Herstellungsprozesses.

Natürlich blieb der Wiederaufbau der Manufaktur eine Notwendigkeit ersten Ranges, aber wenn sich die Dinge im Magolasischen Reich so weiterentwickelten wie bisher, war von dort keine Rettung zu erwarten.

Ähnliches galt für die Bemühungen um Verbündete. Lirandil brach zu einer Reise ins Waldreich auf, denn in Erwartung des kommenden Krieges waren viele Zentaurenstämme bereits aus dem südlichen Bereich Zylopiens geflohen, sodass erhebliche Zweifel an ihrer Bündnistreue aufkamen. Der Botschafter des Königs von Tagora und Perea, der sich am Hof von Elbenhaven befand, kündigte unter einem Vorwand seine Abreise an, nachdem er eine Nachricht aus seiner Heimat erhalten hatte. Die Vermutung lag nahe, dass sich die Tagoräer einfach nicht in diesen Krieg hineinziehen lassen wollten. Sie waren vielmehr froh, dass Teile von Xarors Dunkler Armee nicht auch in ihre Richtung zogen. Das verschaffte dem Reich von Tagora und Perea zumindest einen Aufschub.

Keandir ließ Botschafter ins Land schicken, um alle Reserven des Elbenheers zusammenzurufen. Aber ob sie ausreichen würden, um die Armee des Feindes aufzuhalten, war höchst fraglich.

Während sich in Elbenhaven die Krieger Elbianas sammelten und darauf warteten, verschifft zu werden, rief Magolas immer weitere Heere aus den Provinzen seines Reiches und den Reichen seiner Verbündeten zusammen. Dariianische Reiter trafen in der Ebene von Aratan ein, gefolgt von zweispännigen, mit Bogenschützen bemannten Kriegswagen und Infanterie aus Karanor. Schiffe aus den verbündeten oder tributpflichtigen Ländern Kossarien, Haldonia und Marana legten im Hafen von Aratania an, sodass bald kein Platz mehr frei war an den Kais und neu eintreffende Einheiten durch Feuersignale angewiesen werden mussten, den weiter nördlich gelegenen Hafen von Cadd anzusteuern; dort befanden sich die eintreffenden Truppen dann auch gleich näher am voraussichtlichen Schlachtfeld.

Alle am Hof von Elbenhaven waren erstaunt, wie gefasst der König trotz des Todes seiner über alles geliebten Frau schien, denn er widmete sich mit ganzer Kraft der unmöglich erscheinenden Aufgabe, das Elbenreich gegen seinen übermächtigen Feind zu verteidigen. Hatte es schon erhebliche Opfer gefordert, den Angriff auf den Elbenturm zurückzuschlagen, so war den Elben durchaus bewusst, dass weder die Waffen ihrer Krieger noch die Magie der spirituell geschwächten Magier und Schamanen ausreichten, um der geballten Macht Xarors standzuhalten.

Und doch war Keandir nicht bereit aufzugeben. Er hatte mit Ruwen das Liebste verloren, nun stemmte er sich mit aller Macht dagegen, dass man ihm auch noch sein Reich nahm.

Am Tag, bevor sich der König mit dem Hauptteil seines Heers an Bord seiner Flotte begeben wollte, um nach Elbara zu segeln und zur Aratanischen Mauer weiterzumarschieren, erhielt er zwei Hiobsbotschaften. Die eine betraf seinen Sohn Andir, die er dem König persönlich übermittelte, indem er Keandir kundtat, nicht mit in den Süden zu ziehen.

»Ich hatte mich darauf verlassen, dass deine Magie auf unserer Seite ist«, sagte Keandir zerknirscht. »Die Schamanen und Magier Elbianas haben Mut gefasst! Sie sind bereits auf dem Weg nach Elbara.«

»Meine Aufgabe ist eine andere«, erwiderte Andir nur.

»Wie kannst du das sagen?«, ereiferte sich Keandir, der sich von seinem Sohn im Stich gelassen fühlte. »Was könnte das schon für eine Aufgabe sein? Die Magier glauben sogar, dass ihre innere Stärke wieder so weit gewachsen ist, dass sie unter deiner Führung und Anleitung

Riboldirs Zauber anwenden können, um Steine auf die Heerscharen des Feindes niederregnen zu lassen, wie damals, bei der legendären Schlacht gegen den Eisenfürsten …«

»Das sind die Waffen vergangener Kriege«, entgegnete Andir. »Und so sehr ich jedem die Zuversicht gönne, so glaube ich nicht, dass die spirituelle Stärke unserer Magier und Schamanen wirklich größer geworden ist. Und um Riboldirs Zauber allein durchzuführen, bin ich zu schwach.« Er sprach mit leiser Stimme weiter. »Ich habe viel Kraft verloren. Der Kampf am Elbenturm und jener, den ich gegen Magolas im Tempel der Sechs Türme führte, brachten mich an den Rand des Todes. Eure Vorwürfe sind also nicht gerecht, Vater. Ich gab, was ich konnte. Aber es war nicht genug.«

»So willst du nicht helfen, das Elbenreich zu verteidigen? Berührt es dich nicht, dass diese Horden von Monstren über die Städte Elbianas ziehen und sie in Schutt und Asche legen? Du hast doch am Elbenturm gegen sie gekämpft! Das kann dir doch nicht gleichgültig sein!«

Selten hatte Andir seinen Vater in solcher Gefühlsaufwallung erlebt. Sie sahen sich an, und für einen Moment verdunkelten sich Keandirs Augen.

»Die Intensität Eurer Empfindung betreffs Eures Reichs, Vater, erscheint mir ähnlich stark wie Eure Gefühle, als Ihr vom Tod Eurer Gemahlin erfuhrt. Vielleicht sind sie sogar noch stärker. Jedenfalls sehe ich jetzt deutlicher als je zuvor, was Euch wirklich wichtig ist – mein König.« Andirs Stimme hatte ihren sonst so samtenen, weichen Klang verloren und war mit den letzten Worten schneidend geworden.

Keandir starrte seinen Sohn finster an und sagte dann düster: »So geh ruhig, mein Sohn, und tu, was immer du glaubst, tun zu müssen. Ich weiß, dass ich dich nicht umstimmen kann, denn mein Königreich erstreckt sich auf vieles, aber nicht auf deinen Geist. Das hast du mir in all der Zeit, in der du dich in die Berge zurückgezogen hattest, sehr deutlich zu verstehen gegeben.«

»Nein«, widersprach Andir, »Ihr irrt Euch. Diese Dinge hatten weder mit Euch noch mit irgendeiner anderen Kreatur zu tun, sondern einzig und allein mit mir selbst. Aber damit Ihr nicht denkt, dass es außer Elbiana und dem kommenden Krieg nicht noch andere wichtige Dinge gäbe, will ich Euch sagen, was ich beabsichtige: Ich werde mich um Eure Enkel kümmern, die ich Magolas' und Xarors Einfluss entrissen habe.«

»Du musst sie hier in der Nähe untergebracht haben …«

»Da irrt Ihr erneut. Der Geist Brass Elimbors lehrte mich die Kunst, durch die Zwischenwelten zu reisen und sie als Abkürzung bei langen Wegen zu nutzen. Das tat ich auch, als ich Daron und Sarwen verbarg.«

»Und wo sie nun sind, willst du mir nicht verraten«, stellte Keandir fest.

»Es ist zum Besten der Kinder, Vater. Denn wenn Ihr in die Hand des Feindes fallt, würde Magolas nicht zögern, dieses Wissen aus Eurem Geist zu extrahieren, mit welchen Mitteln auch immer.«

»Wenn ich in die Hand des Feindes falle …«, echote Keandir. »So glaubst also selbst du nicht daran, dass wir siegen werden.«

Eine tiefe Melancholie schwang in diesen Worten mit, während sich gleichzeitig Keandirs Rechte um den Knauf Schicksalsbezwingers legte und sich so fest darum schloss, dass die Knöchel seiner Hand weiß hervortraten.

Die zweite Hiobsbotschaft, die ihn erreichte, traf über einen Eilkurier ein, der eine Nachricht aus dem Süden Elbaras brachte: Das Heer der Nachtkreaturen hatte seinen Angriff begonnen – und die Aratanische Mauer war gebrochen!

Es hatte nicht einmal eine richtige Schlacht gegeben. Die zentaurischen Wachmannschaften hatten schon Tage vor dem Angriff von Xarors Heer ihre Posten verlassen und waren in die Tiefen des Waldreichs geflohen. Ähnliches galt für viele Elben-Rhagar – gleichgültig, ob es nun Elbeaner oder Nuranier waren. Tagelang hatten sich die in den Diensten der Elben stehenden Rhagar einen Chor von Rufern anhören müssen, die ihnen die schlimmsten Strafen androhten, für den Fall, dass einer von ihnen in Gefangenschaft geriete. Und angesichts der erdrückenden Übermacht, die sich vor der Aratanischen Mauer versammelt hatte, ergriffen viele von ihnen lieber klammheimlich die Flucht und setzten sich nach Zylopien ab oder ins unwegsame Hocherde. Als der Angriff dann erfolgte, war gut ein Drittel der Katapulte unbesetzt.

Verzweifelt versuchten Branagorns Einhandschützen den Feind zurückzudrängen, aber sie konnten die Horden von tierhaften Schattenkreaturen schon aufgrund ihrer Masse nicht aufhalten, zumal die Waffenarme dieser Bestien niemals erlahmten. Ganz im Gegensatz zu jenen der immer stärker zusammenschmelzenden Elbenschar. Branagorn focht selbst an vorderster Front, und Herzog Ygolas, der mit seinen nuranischen Truppen zu Hilfe geeilt war, schoss Pfeil um Pfeil auf die Feinde ab. Ein gezielter Schuss konnte wenigstens eines der Riesenfledertiere mit seiner katzengesichtigen Besatzung vom Himmel holen, auch wenn es danach galt, gegen die freigesetzten Feuergeister zu kämpfen. Aber die käferartigen Reiter der Riesenskorpione konnten mit Pfeil und Bogen nicht getötet werden. Ihre natürliche Rumpfpanzerung ließ die Pfeile einfach abprallen, und ihre Augen waren so klein, dass selbst ein Elb sie kaum zu treffen vermochte. Genauso schwierig war es, ihnen einen Pfeil in den Schlund zu jagen, was eine tödliche Wirkung hatte. Aber die hornigen Beißwerkzeuge fingen solche Schüsse zumeist ab.

Die Käferartigen scheuchten ihre Riesenskorpione voran, ließen sie die Aratanische Mauer niederreißen und verbreiteten Furcht und Schrecken. Wurden die Käfermonster ausnahmsweise in einen Nahkampf verwickelt, so brachten sie mit ihren vier vorderen Greifern ihr Arsenal an Hieb-, Stich- und Wurfwaffen zum Einsatz. Einer zog blitzschnell einen dolchartigen Dorn und schleuderte ihn einem Verteidiger mit solcher Wucht in den Kopf, als hätte ein Katapult ihn abgefeuert. Es bestand eine entfernte Ähnlichkeit zwischen ihrer Kampfweise und jener, die man bei Siranodir mit den zwei Schwertern beobachten konnte. Allerdings waren die Bewegungsabläufe der Käferartigen sehr viel schneller, als es bei jedem auch noch so geübten elbischen Schwertkämpfer der Fall war. Sie säbelten mit drei oder vier Klingen in so schnellen Hiebfolgen, dass so mancher Elbenkrieger kaum noch ein surrendes Geräusch hörte, bevor sein Kopf über den Boden rollte.

Die Aratanische Mauer, die für so lange Zeit die südliche Grenze des Elbenreichs geschützt hatte, brach an mehreren Stellen gleichzeitig. Die Katapulte der Rhagar leisteten dazu genauso ihren Beitrag wie die pure Kraft der Riesenskorpione, mit denen die Käferartigen über den Schutzwall hinwegwalzten und dabei alles unter sich zermalmten, gleichgültig ob Mauerwerk, elbische Kriegsmaschinen oder feindliche Kämpfer.

Abgesehen davon, dass viel zu wenige Verteidiger an der Mauer standen und die Angreifer zurückzudrängen versuchten, rächte es sich nun auch, dass bei der Errichtung dieses sich von der Aratanischen Küste bis zu den Höhenzügen Hocherdes spannenden Bauwerks nicht immer nur auf solides Mauerwerk und die Künste der elbischen Baumeister, sondern viel häufiger auf Magie gesetzt worden war. Nur die Fundamente waren durchgängig aus wirklichem Stein. Gewaltige Brocken waren es, die vor langer Zeit die Riesen Zylopiens angeschleppt hatten. Und diese Fundamente waren auch durchaus stabil. Anders jene Abschnitte der Mauer, die durch Magie erschaffen worden waren. Sie zerbröckelten schon unter den ersten Schüssen der Katapulte, als ob sie nur aus getrocknetem Lehm bestünden. Die Scheren der Riesenskorpione schaufelten ganze Mauerteile hinweg, die daraufhin zu Staub zerfielen.

Auf nahe gelegenen Hügeln hatte sich eine große Zahl elbischer Magier und Schamanen unter der Führung von Brass Shelian versammelt. Schon vor Wochen waren sie gemeinsam mit dem Heereszug von Prinz Sandrilas nach Elbara gekommen. Man erwartete noch den König mit seiner Streitmacht, aber für den Kampf um Elbara würden sie zu spät kommen.

Brass Shelian hatte die Arme zum Himmel erhoben und versuchte mit den anderen anwesenden Schamanen und Magiern Riboldirs Zauber durchzuführen, so wie es einst in der entscheidenden Schlacht gegen den Eisenfürsten unter Andirs Führung geschehen war, als man Gesteinsbrocken hatte entstehen lassen, die auf die Horden von heranrückenden Rhagar-Kriegern niedergeregnet waren. Daraufhin waren die Riesenechsen, welche die Katapulte gezogen hatten, durchgegangen und über ihre eigenen Herren getrampelt.

Diesmal allerdings konnten die an der Mauer versammelten Schamanen und Magier kaum etwas ausrichten. Es zeigte sich, dass sie zu schwach waren, um Riboldirs Zauber durchzuführen. Zwar erschienen manchmal Gebilde am Himmel, die wie aufgeblähte Wolken mit unregelmäßiger, eigenartiger Form und Farbgebung aussahen, und einige hatten auch eine entfernte Ähnlichkeit mit einem Feldsbrocken. Aber keines dieser Gebilde gewann Substanz. Sie lösten sich nach einer gewissen Zeit wieder auf; es bedurfte nicht einmal des Einsatzes dunkler Magie, um sie verschwinden zu lassen.

Schmerzlich erkannten die Magier und Schamanen, wie sehr ihre spirituelle Schwäche bereits fortgeschritten war. Ein Grund des Misserfolgs lag wohl auch darin, dass Andir nicht zugegen war und sie unterstützte. Seine magische Begabung, die außergewöhnliche Stärke seiner magischen Kräfte, hatte damals, bei der Schlacht gegen den Eisenfürsten, die Schwäche der Magier und Schamanen ausgleichen können. In diesem Fall wurde sie offenbar.

Und noch etwas wurde überdeutlich, und das auf sehr schmerzliche Weise: Die Elbenmagier waren nicht einmal in der Lage gewesen, für die angemessene Pflege der mit Hilfe von Riboldirs Zauber erschaffenen Bauwerke zu sorgen, von denen die Aratanische Mauer zweifellos das größte und bedeutendste war. Die aus reiner Magie bestehenden Abschnitte des Verteidigungswalls hätten eigentlich durch regelmäßig durchzuführende magische Rituale fortwährend erneuert werden müssen. In den ersten Jahren nach Errichtung der Aratanischen Mauer hatte Andir selbst diese Rituale durchgeführt. In den Jahren nach dem Krieg gegen den Eisenfürsten Comrrm war diese Aufgabe bereits weitgehend an die anderen Magier delegiert worden. Schon damals waren sie offenbar geistig zu schwach gewesen, um die entsprechenden Rituale tatsächlich auf eine Weise durchzuführen, wie es der magischen Kunst entsprochen hätte. Im Bewusstsein der eigenen Wirkungslosigkeit hatte man dann zunehmend auf die Durchführung der Rituale verzichtet und sich darauf verlassen, dass der Zauber stark genug war, um die Jahrhunderte zu überdauern. Doch das war er nicht, wie sich herausstellte.

Die Riesenskorpione mit den käferartigen Reitern bildeten nur die Vorhut und wurden dabei von der Armada der Katzenkrieger auf ihren Riesenfledertieren unterstützt. Unüberschaubare Massen von Rhagar und Stierkriegern bildeten jedoch den Hauptteil der Angriffswelle.

Während des Kampfes sah Herzog Branagorn auch Magolas, der mit seinem Gefolge auf einen Hügel auf der aratanischen Seite der Mauer geritten war, um das Schlachtgeschehen zu beobachten. Ein Rhagar hätte den ehemaligen Elbenprinzen sicherlich nicht auf diese Entfernung erkannt, aber für Branagorns Elbenaugen war es kein Problem, ihn zu identifizieren.

Einsam wirkte der Großkönig jenes Reichs, dem er seinen Namen gegeben hatte, obwohl sich zwei vierhörnige Paladine an seiner Seite befanden, bei denen sich Branagorn nicht sicher war, ob sie Magolas beschützen oder ihn überwachen sollten.

Die Überlegenheit der Angreifer war so überwältigend, dass den Elben bald jeder Mut abhanden kam. Dann wurde auch noch Herzog Ygolas von Nuranien von drei der mit messerscharfen Klingen ausgestatteten Bumerangs der Stierkrieger getötet. Herzog Branagorn sah keine andere Möglichkeit, als zum Rückzug zu blasen, denn die Reihen der Verteidiger waren längst nicht mehr fest geschlossen.

Magolas sah mit dem kalten Blick seiner pechschwarzen Augen auf das Schlachtgeschehen. Sein Gesicht war zur Maske erstarrt. Alle möglichen Gedanken und Gefühle tobten in seinem Inneren und stritten dort gegeneinander. Freude über den Sieg seines Heeres konnte er nicht empfinden.

Nachdem man König Keandir über die Ereignisse an der Aratanischen Mauer in Kenntnis gesetzt hatte, war ihm klar, dass die Herzogtümer Nuranien und Elbara nicht zu halten waren, abgesehen vielleicht von den befestigten Städten an der Küste. Aber Keandir ging davon aus, dass Magolas die Burgen von Candor, Albaree oder Hadlanor einfach links liegen lassen und in Richtung der Brücke von Minasar ziehen würde – das andere große Bauwerk, das Andir einst im Verbund mit den Magiern und Schamanen Elbianas durch den Zauber Riboldirs geschaffen hatte. Sie überspannte den bei Hochwasser einem Meeresarm gleichenden Strom Nur und war die wichtigste Verbindung zwischen Nuranien und Elbiana.

Also segelte der König mit seiner von Admiral Ithrondyr kommandierten Flotte den Nur hinauf bis in den Flusshafen von Minasar, der es mit jedem Seehafen an Größe und Anzahl der Liegeplätze aufnehmen konnte.

Isidorn von Nordbergen und Asagorn von Meerland trafen mit ihren Schiffen dort ebenfalls ein. Über den Hafen Turandir am Quellsee des Nur schiffte sich außerdem ein Kontingent von Kriegern des Herzogs Mirgamir von Noram ein. Der Herzog führte seine Krieger selbst an, und so sah Keandir seinen ehemaligen Leibwächter endlich einmal wieder, auch wenn die Umstände alles andere als erfreulich waren.

»Es sind nicht viele Krieger, mit denen ich gekommen bin«, sagte Herzog Mirgamir von Noram, »denn Noram ist nicht sehr bevölkert.

Aber sie sind zu allem entschlossen und kämpfen für Euch – gleichgültig, ob sie Elben oder Rhagar sind!«

»Ich weiß Euren Beistand wohl zu schätzen«, versicherte Keandir.

Sandrilas hatte schon seit Wochen die Befestigungen am elbianitischen Ufer des Nur instandsetzen lassen und Truppen nahe Minasar zusammengezogen, nämlich alle Krieger Elbianas, die er hatte mobilisieren können.

»Wenn es das Schicksal gut mit uns meint, wird der Nur die neue Grenze Elbianas«, äußerte sich der einäugige Prinz dem König gegenüber. »Aber ich fürchte, dass wir auch diese Grenze nicht lange halten können. Auch wenn der Fluss viele Meilen breit ist, so kann er von Magolas' Schattenkriegern doch leicht überwunden werden. Es sollen viele Riesenfledertiere den Heerzug begleiten, und die werden zumindest einen Teil der feindlichen Kämpfer über den Nur bringen, wenn die Brücke bei Minasar zerstört ist.«

Keandir sah den Prinzen überrascht an. »Ihr sprecht von der Zerstörung der Brücke?«

»Genau das ist es, was wir wahrscheinlich tun müssen, wenn wir die Flut der Angreifer aufhalten wollen«, sagte Sandrilas.

Und dann gab er dem König einen Überblick über die neuesten Nachrichten, die aus dem Süden eingegangen waren. Täglich trafen Flüchtlinge ein, die über die Brücke von Minasar nach Elbiana strömten. Die Elbenheere von Nuranien und Elbara waren zerschlagen; die Krieger waren entweder tot oder hatten sich in die Festungen an den Küsten gerettet, wo sie nun festsaßen, oder sie flohen ebenfalls über die Brücke nach Elbiana.

»Die Hälfte der Magier und Schamanen, die Brass Shelian um sich geschart hat, um dem Feind mit Riboldirs Zauber zu begegnen, ist verschollen. Nur ein kleiner Teil traf inzwischen hier in Minasar ein. Wo die anderen sind, wissen wir nicht, aber es müssen etliche von ihnen durch den Feind erschlagen worden sein. Der klägliche Rest wird uns kaum noch eine Hilfe sein.«

»Was ist mit Brass Shelian? Hat er es nach Minasar geschafft?«, erkundigte sich Keandir.

»Er befindet sich in einem der Zelte unseres Feldlagers und ist halb wahnsinnig durch das, was er hat mit ansehen müssen. Einer unserer Kriegsheiler kümmert sich um ihn.«

»Und habt Ihr etwas von Lirandil gehört?«

Prinz Sandrilas schüttelte den Kopf. »Offenbar ist es nicht einmal in den Tiefen des Waldreichs für uns leicht, Verbündete zu finden!«

Waffenmeister Thamandor und Siranodir mit den zwei Schwertern ritten rechts und links des Königs, als Keandir mit seinem Gefolge die Brücke von Minasar überquerte. Die Herzöge Asagorn, Isidorn und Mirgamir ritten gleich hinter ihnen.

Nie hatte man ein Bauwerk gesehen, das imposanter die Vision des Elbenreichs hätte darstellen können. Die Rundbögen der Brücke wirkten wie ein Sinnbild der Harmonie. Ein Sinnbild, das durch Magie erhalten wurde und nicht durch die Kunst elbischer Baumeister.

Prinz Sandrilas blieb schweren Herzens auf der elbianitischen Seite der Brücke. Falls dem König etwas zustieß, hatte er die Pflicht, dessen Nachfolge anzutreten.

Minasar hatte zwar eine Burg und eine Stadtmauer, so wie die anderen Elbenstädte auch, aber diese Stadtmauer platzte aus allen Nähten, seit die Flüchtlinge so zahlreich nach Elbiana strömten. Es waren Elben und Rhagar aus Nuranien und Elbara und natürlich auch Reste jener Heere, die von Elbiana aus zur Unterstützung in den Süden geschickt worden waren. Es fanden sich sogar vereinzelte Zentauren darunter, die aus irgendeinem Grund über den Nur wollten, anstatt sich nach Nordwesten ins Waldreich zu wenden.

Als der König die ungeheuer breite Brücke überquerte, auf der sicherlich fünfzehn Gespanne nebeneinander Platz gehabt hätten, kamen ihm noch immer Flüchtlinge entgegen.

»Ihr solltet sie nicht alle ins Land lassen«, meinte Herzog Mirgamir. »Unter den Rhagar befinden sich gewiss auch Spione. Vielleicht sogar unter flüchtenden Elben, denn wer weiß schon, was man mit ihnen angestellt hat, wenn sie zwischenzeitlich in Gefangenschaft gerieten. Vielleicht ist ihr freier Wille mit schwarzer Magie unterdrückt worden und sie handeln nun im Auftrag des Xaror.«

»Ich glaube nicht, dass unsere Feinde eine Notwendigkeit sehen, uns auf diese Weise zu bekämpfen«, widersprach Keandir. »Ihre Überlegenheit ist auch so schon groß genug.«

»Aber das Risiko besteht dennoch.«

»Ich werde niemandem in Not das Asyl verweigern, nur um solch einem Risiko zu entgehen«, stellte der König klar.

Schließlich erreichten sie das nuranische Ufer. Der Großteil des Elbenheers erwartete dort den Feind. Bogenschützen, Einhandschützen und Schützen mit konventionellen Armbrüsten waren in Stellung gegangen. Einige kleinere, transportable Katapulte standen ebenfalls bereit. Außerdem waren notdürftig Schanzen ausgehoben und Wälle aufgeworfen worden.

Der Strom der Flüchtlinge würde irgendwann versiegen, und dann war der Zeitpunkt gekommen, die Brücke zu vernichten. Zu diesem Zweck hatten sich die noch verfügbaren Schamanen und Magier auf dem Südturm der Burg von Minasar postiert. Die Brücke basierte auf Magie, und so war es naheliegend, diese Magie durch Zauber aufzulösen, um die Brücke zum Einsturz zu bringen. Keandir hoffte, dass den Schamanen und Magiern wenigstens dies gelang, wenn ihre Bemühungen, den Feind geistig zu bekämpfen, ansonsten schon so kläglich gescheitert waren. Aber zerstören war einfacher als etwas entstehen zu lassen, also konnte diese Aufgabe nicht allzu schwierig sein. Ansonsten gab es ja immer noch die beiden Flammenlanzen in den Händen von Thamandor und Siranodir.

Thamandor hatte seinen alten Kampfgefährten Siranodir ausführlich in der Handhabung der Waffe unterwiesen und sich dabei lange nicht entscheiden können, ob er ihm nun die bereits benutzte Waffe geben oder ihm den neuen Prototyp überlassen sollte. Die Eigenschaften waren gleich, vor allem Schussstärke und Reichweite. Etwas unterschiedlich war die Bedienung der Hebel und Schalter, mit denen sich alles regulieren ließ.

Thamandor hatte sich schließlich dafür entschieden, den Flammenspeer, der als Erster gefertigt worden war, zu behalten und Siranodir jenes Exemplar zu geben, das aus Mangel an Naranduanitischem Steingewürz schon so lange unbenutzt dagelegen hatte.

Der König erreichte sein Heer und setzte sich an dessen Spitze. Er wollte seinen Kriegern auf diese Weise etwas von dem Mut zurückbringen, der ihnen im kurzen Verlauf dieses Krieges bereits abhanden gekommen war. Zumindest eine Ahnung von Zuversicht war notwendig, um nicht gleich von der ersten Angriffswelle des Feindes hinweggespült zu werden.

Admiral Ithrondyr war inzwischen mit der königlichen Flotte von Minasar aus aufgebrochen und segelte zurück zur Mündung des Nur. Entlang der nuranischen und elbareanischen Küste sollte sein Weg führen, um zumindest einen Teil jener Elben und Verbündeten an Bord zu nehmen, die in den befestigten Küstenstädten festsaßen. Candor, Albarée und Hadlanor waren auf die Dauer nicht zu halten, und man musste sie schleunigst evakuieren. Wahrscheinlich galt dies sogar für Nurandor auf der nuranischen Seite der Nur-Mündung.

Davon abgesehen mussten die Elben ihre Kräfte konzentrieren. Und der Punkt, an dem das am besten gelingen konnte, war an der Brücke von Minasar.

Hornbläser Pasadanir blies das Signal, das die Anwesenheit des Königs verkündete, woraufhin die Elbenkrieger ihre Waffen in die Höhe schwenkten und in Jubel ausbrachen. Auf einmal schöpften sie neue Hoffnung, zumal sie in Keandirs Gefolge die beiden Flammenspeer-Träger Thamandor und Siranodir ausmachten. Selbst die Flüchtlinge, deren Zug sich noch über die Brücke schob, empfanden neuen Mut. Diese Brücke war das Nadelöhr, an dem man die Horden der Finsternis aufhalten wollte.

Aus dem Osten näherte sich eine Staubwolke. »Ich rieche den strengen Geruch von Zentaurenmist«, sagte Siranodir mit den zwei Schwertern und verzog das Gesicht.

»Wenn auch Euer Gehör stark gelitten haben mag, so sind Eure anderen Sinne dafür wohl um so feiner geworden«, lautete Thamandors Kommentar. »Denn der Wind kommt vom Meer, und ehrlich gesagt, rieche ich kaum etwas.«

»Es ist Lirandil!«, rief Herzog Mirgamir von Noram. »Er bringt mindestens zweitausend Zentauren mit!«

»Ein Tropfen auf den heißen Stein«, meinte Herzog Isidorn angesichts dessen, was an erschreckender Kunde über die Stärke des Feindes bis nach Minasar gedrungen war.

Lirandil ritt auf den König zu. »Ich habe einige Stämme der Zentauren davon überzeugen können, dass auch sie in Bälde ein Opfer des übermächtigen Feindes werden, wenn es uns nicht gelingt, ihn hier und jetzt zurückzuschlagen. Sie werden an unserer Seite kämpfen.«

»Ich danke Euch, Lirandil.«

»Ansonsten war meine Mission leider nicht von Erfolg gekrönt.«

»Das macht Euch niemand zum Vorwurf, werter Fährtensucher!«

Dann verdunkelte sich der Himmel im Osten durch die Flügel unzähliger Riesenfledertiere, und am Boden erstreckte sich ein schwarzes Band quer über den Horizont. Die Erde erzitterte unter den Schritten der Riesenskorpione, der Echsen, welche die Kampfmaschinen zogen, und den Hufen und Stiefeln der Kolonnen von Stierkriegern und Rhagar-Kämpfern. Das Dröhnen ihrer Stimmen ließ der Elbenschar das Blut in den Adern gefrieren.

Neben norischen Söldnern und südwestländischen Kriegern, die früher das Feldzeichen des Kaisers von Rajar vor sich hergetragen hatten und nun jenes ihres Großkönigs Magolas führten, befanden sich bis an die Zähne bewaffnete Stierkrieger im Heer des Grauens und Gestalten mit Wolfsköpfen und solche, welche den Gnomenkriegern ähnelten, die dem Axtherrscher gedient hatten. Die käferartigen Reiter der Riesenskorpione wetzten ihre Waffen, aber auch Katzenkrieger marschierten in diesem furchtbaren Heereszug, wie sie ansonsten auf den Fledertieren ritten.

Thamandor nahm ein paar Handgriffe an den Hebeln seines Flammenspeers vor. »Eben noch habe ich mich gut bewaffnet gefühlt«, bekannte er. »Aber jetzt frage ich mich, wie wir trotz unserer Waffen dieser Übermacht standhalten sollen.«

An der Spitze des feindlichen Heers entdeckte Keandir seinen Sohn Magolas, eskortiert von seinen vierhörnigen Paladinen.

So begegnen wir uns also wieder, dachte Keandir. Wer hätte einst gedacht, dass es auf diese Weise geschehen sollte. Die Frage, ob noch jenes Schicksal gültig war, das er selbst einst erschaffen hatte, schien ihm damit beantwortet. Es waren längst andere, die die Schicksalslinien vorzeichneten.

Eines der Fledertiere löste sich aus seinem Verband. Es flog auf das Elbenheer zu, und Thamandor wollte es schon mit dem Flammenspeer vom Himmel holen, aber der König hielt ihn davon ab. »Senkt Eure Waffe, Thamandor!«

»Jedes erlegte Fledertier ist nicht mehr in der Lage, uns anzugreifen!«, knurrte der Waffenmeister, doch dann sagte er schnell, indem er den Flammenspeer senkte: »Ich gehorche natürlich, mein König.«

»Wenn sie nur ein einziges Fledertier vorschicken, so soll uns gewiss eine Botschaft überbracht werden«, vermutete Keandir.

Das Ungeheuer landete. Einer der Katzenkrieger sprang aus dem Korb und kletterte von seinem Flugtier. In der Rechten hielt er ein zusammengerolltes Pergament und hielt es empor.

»Ich werde es Euch bringen!«, rief Herzog Mirgamir von Noram seinem König zu und ritt zu dem Katzenkrieger, ließ sich das Papier aushändigen und brachte es Keandir. Dieser rollte es auseinander.

Es war in elbischer Schrift und Sprache verfasst, und auch die Handschrift war Keandir bekannt: es war die seines Sohnes Magolas. »Er schlägt ein Treffen der Könige vor«, erklärte Keandir. »Vielleicht ist er ja doch noch nicht zur Gänze ein Sklave der Dunkelheit.«

In der Mitte zwischen den Reihen der Elben und jenen der Schreckensarmee trafen sie sich. Während dieser Zeit drang das Heer der Angreifer nicht weiter vor. Die Riesenfledertiere kreisten über den Kolonnen der Menschen und Schattengeschöpfe, und ihre Ungeduld äußerte sich in so manch schauderhaftem Laut, den sie ausstießen. Die Riesenskorpione scharrten mit den Scheren ungeduldig im Boden, als könnten sie es kaum erwarten, über die Brücke zu gelangen und die Mauern von Minasar einzureißen, die mit einem ebenso hohen Magieanteil errichtet worden waren wie die bereits überwundene Aratanische Mauer.

Magolas ließ seine Paladine weit hinter sich zurück, aber es war augenscheinlich, dass ihnen dies nicht gefiel. Auch Keandir kam ohne Geleitschutz, und so trafen sie sich allein.

»Gebt auf, Vater«, begann Magolas ohne Begrüßung. »Beugt Euch der Macht des Xaror, denn Ihr habt ihr nichts entgegenzusetzen.«

»Die Flammenspeere werden deine Schattenkreaturen das Fürchten lehren«, entgegnete Keandir.

»Aber wie lange denn, Vater?« Magolas deutete auf die gewaltige Übermacht seines Heers. »Die Kampfkraft dieser Krieger erlahmt nicht, soweit es sich nicht um schwache Rhagar handelt. Es kümmert sie auch nicht, wenn Abertausende von ihnen dahingemetzelt werden, denn sie fürchten den Zorn Xarors mehr als alles andere. Sie sind zu viele, Xarors Macht zu groß, um sie besiegen zu können. Und wenn Euch etwas an Elbiana und Eurem Reich liegt, wenn Ihr vielleicht etwas davon in eine neue Zeit retten wollt, dann solltet Ihr Euch uns unterwerfen. Denn eine andere Möglichkeit des Überlebens kann ich Euch leider nicht anbieten.«

»Aber das, was du mir anbietest, würde mich zu einem leibhaftigen Maladran machen, mein Sohn. Zu einem Verblassenden Schatten aus Fleisch und Blut.« Keandir schüttelte den Kopf. »Es wird wohl geschehen, was geschehen muss!«

Magolas nickte, und irgendwie wirkte diese Geste traurig. »So soll es sein, Vater!«

Beide Könige kehrten zu ihren Armeen zurück. Der Schmerz drohte Keandir auf dieser kurzen Strecke innerlich zu zerreißen. Er umfasste die Elbensteine, die er vor der Brust trug, in der Hoffnung, dass sie ihm innere Kraft gaben. Aber das taten sie nicht. Es war fast so, als wären sie von derselben spirituellen Schwäche befallen, die auch die Schamanen und Magier der Elbenheit seit Langem heimsuchte.

Besinn dich auf die Finsternis, ging es ihm durch den Sinn. Denn Finsternis wird mit Finsternis bekämpft.

Er versuchte sich auf jene Kraft zu konzentrieren, die ihn zu dem gemacht hatte, der er war. Sie hatte es ihm ermöglicht, das Elbenreich zu gründen. Vielleicht ermöglichte sie es ja auch, dass er es erhalten konnte.

Als Keandir sein Heer erreichte, waren seine Augen so schwarz geworden wie die seines Sohnes.

Die Riesenfledertiere griffen an, und die Katzenkrieger, die in ihren Körben hockten, versuchten mit ihren Flugtieren nahe genug an die Reihen der Elben heranzukommen, um ihre Flammengeister freizusetzen. Gleichzeitig walzten die Riesenskorpione auf breiter Front auf die Elben zu, während die Katapulte der Rhagar dem Heer König Keandirs einen Hagel von Steingeschossen sandten.

Thamandor und Siranodir schossen ihre Flammenspeere immer wieder ab. Dutzende von Fledertieren wurden von den Feuerstrahlen getroffen und samt ihren katzengesichtigen Besatzungen zu Asche verbrannt. Jene, die dennoch zu nahe herankamen, wurden von einem Bolzenhagel der Einhandschützen empfangen; scharenweise raffte der Giftbrand sowohl Fledertiere als auch Katzenkrieger dahin.

Doch die Katapultgeschosse der Rhagar rissen tiefe Löcher in die Reihen der Elben. Die Kriegsheiler hatten alle Hände voll zu tun. Aber in Gefahr geriet die Verteidigungskraft des Elbenheers dadurch nicht.

Als die Riesenskorpione schließlich so weit vorgerückt waren, dass die Katapultgeschosse der Rhagar ihnen gefährlich werden konnten, wurde der Beschuss eingestellt. Die Pfeile der Elben aber prallten sowohl an den Panzern der Skorpione als auch an denen ihrer käferartigen Reiter ab. Gleiches galt für konventionelle Armbrustbolzen, deren Wucht allerdings manchmal so groß war, dass ein Käferkrieger vom Rücken seines Reitskorpions gerissen wurde.

Nur die mit magischem Gift gefüllten Bolzen aus den Einhandarmbüsten konnten diese Kolosse stoppen; gegen den Giftbrand waren auch sie machtlos. Aber mitunter dauerte es lange, bis sich das Gift genügend vorangefressen hatte, um den getroffenen Skorpion zu töten; ihnen schien eine besondere Magie eigen zu sein, welche die Wirkung dieses Gifts verzögerte. So schafften es die auf ihren Rücken reitenden Käferkrieger in der Regel noch, rechtzeitig abzuspringen, bevor der Giftbrand auch sie erreichte. Viele der getroffenen Riesenskorpione liefen noch in die Reihen der Verteidiger hinein, wahnsinnig vor Schmerz, während der Giftbrand sie bereits verzehrte, und wüteten in den letzten Augenblicken ihres Daseins schrecklich unter den Elbenkriegern, und manchmal übertrugen sie den Giftbrand sogar auf einzelne Elben, ehe sie schließlich verendeten.

Eines dieser von Giftbrand betroffenen Ungeheuer schaffte es sogar, gänzlich durch die Reihen der Elben zu brechen und bis zum Fluss zu gelangen. Es stürzte sich in die Fluten, wahrscheinlich in der Hoffnung, den Brand dadurch löschen zu können. Das Magische Gift verdünnte sich zwar, aber der Giftbrand wurde dadurch nur unwesentlich gelindert und das Monstrum schließlich zu einem formlosen Klumpen einer undefinierbaren Masse, welche die Strömung auseinanderriss und in Klumpen hinwegspülte.

Mit den Käferartigen, die zuvor vom Rücken des Riesenskorpions gesprungen waren, entbrannte ein Nahkampf, und dazwischen tanzten die Feuergeister, von einzelnen Riesenfledertieren aus abgesetzt, denen es gelungen war, nahe genug heranzukommen.

So erfolgreich die elbische Abwehr zunächst auch war, so furchtbar die Schneisen des Todes, die Siranodir und Thamandor mit den Flammenspeeren in die Reihen des Feindes brannten, so viele Geschöpfe der Finsternis auch dem magischen Gift der Einhandbolzen zum Opfer fielen, so drohte doch schließlich die pure Masse der Angreifer die Elbenkrieger zu überrennen, wie eine Flutwelle, die über ein ungesichertes Küstenstück spülte.

Keandir kämpfte verbissen mit seinem Schwert Schicksalsbezwinger gegen die einzelnen Käferkrieger, die ihn mit Wurfdolchen und ihren anderen, blitzschnell durch die Luft wirbelnden Klingen attackierten. Während die meisten anderen Elben vor der Kampfkraft dieser furchtbaren Ungeheuer zurückwichen, verfiel Keandir in eine wahre Raserei, so wie man es schon während anderer Schlachten bei ihm beobachtet hatte. Nachdem sein Streitross trotz Panzerung unter den Hieben der Feinde zu Boden gegangen war, stürzte er sich, die Augen vollkommen schwarz und barbarische Schreie ausstoßend, auf seine Gegner und trieb sie mit wuchtigen Schlägen zurück. Ein Wurfdolch sauste dicht an seinem Kopf vorbei, ein anderer blieb in seiner Schulter stecken; Keandir riss ihn einfach heraus. Die Kraft der Finsternis, die ihn erfüllte, ließ die Wunde schneller heilen, als es selbst der Zauber eines Kriegsheilers hätte bewirken können. Er schleuderte den Dolch zurück und traf damit einen jener norischen Söldner ins Auge, die zusammen mit Kolonnen von Stierkriegern und Wolfsköpfigen in Scharen hinter den Skorpionen herliefen, denn die riesenhaften gepanzerten Reittiere der Käferartigen boten ihnen beim Vormarsch Deckung.

Die Norier fügten den Elben besonders starke Verluste zu, denn auch sie schossen häufig sehr zielgenau mit Einhandarmbrüsten, auch wenn sie nur konventionelle Bolzen verwendeten; aber um einen Elben tödlich zu verwunden, reichten die vollkommen aus.

Die Stelle, an der Keandirs Schwert Schicksalsbezwinger einst geborsten war, leuchtete grell auf, als würde sie glühen. Er führte seine Hiebe mit einer solchen Wucht, dass er die Panzer der Käferkrieger spaltete, was anderen Elbenschwertern kaum gelang.

»Mein König!«, rief Herzog Isidorn erschrocken, als er sah, dass Keandir, obwohl er wie ein Berserker kämpfte, schließlich von Feinden umringt war. Isidorn und Asagorn kamen ihm zu Hilfe, ebenso wie Pasadanir der Hornbläser und Shorindorn der Schattenspäher; Letzterer streckte einen Käferartigen mit einem Bolzen aus seiner Einhandarmbrust nieder, während Lirandils Pfeil den Hals eines Stierkriegers durchbohrte.

Auch Thamandor musste sein Schwert mit dem Namen »Der

leichte Tod« einsetzen, da feindliche Krieger bis zu ihm vorgedrungen waren und der Flammenspeer ungeeignet für den Nahkampf war; er hatte die Waffe in ein Futteral auf seinem Rücken gesteckt, damit sie im Kampfgetümmel nicht verloren ging oder gar dem Feind in die Hände fiel.

Mit wuchtigen Hieben befreiten des Königs Mannen Keandir aus der Zwangslage, in die er sich selbst gebracht hatte.

»Mein König!«, rief Isidorn noch einmal, aber Keandir schien ihn nicht zu hören. Einzig und allein der Wunsch zu töten schien ihn zu erfüllen.

»Wir müssen uns zurückziehen, oder alles ist verloren, mein König!«, rief Lirandil, und er unterlegte seine Worte mit einem Strom so intensiver Gedanken, wie es nur sehr alte Elben konnten.

Keandir wirbelte herum und verharrte einen Moment; die Finsternis verschwand aus seinen Augen.

»Lasst das Signal geben, mein König!«, forderte Isidorn.

Als Keandir sich hastig umschaute, erkannte er, wie recht der Herzog von Nordbergen hatte. Der König wandte sich an Pasadanir den Hornbläser. »Blast das Signal!«

Und das Signal zum Rückzug ertönte.

In sicherer Entfernung beobachtete Magolas die Schlacht, und auch er vernahm das Signal, das er durchaus kannte. Allerdings gab es da eine gewisse Abweichung am Ende der Tonfolge, und auch der Rhythmus war anders, wenn auch vielleicht für Rhagar-Ohren gar nicht zu hören. Magolas aber war klar, dass dies eine Bedeutung haben musste.

Allerdings wusste er nicht, welche.

Die Elbenkrieger wichen über die Brücke nach Minasar zurück.

Aber Pasadanirs Hornsignal hatte nicht nur den Befehl zum Rückzug gegeben; auch auf der anderen Seite des Flusses hatten es feine Elbenohren gehört. Sandrilas organisierte dort die Verteidigung der Stadt. Nachdem er Pasadanirs Signal vernommen hatte, gab er sofort den entsprechenden Befehl. Dieser galt den überlebenden Magiern und Schamanen, die sich auf dem Südturm der Burg Minasar versammelt hatten und bereits in einen tranceähnlichen Zustand versunken waren. Brass Shelian hatte sich einigermaßen erholt; erst hatte er geglaubt, zu schwach zu sein, um die spirituelle Führung der Gruppe zu übernehmen, aber als er erkannte, dass die anderen Überlebenden der Magiergilde und des Schamanenordens geistig noch viel schwächer waren als er, hatte er sich doch dazu bereit erklärt.

Für Riboldirs Zauber konnte dieses geringe Potenzial nicht reichen. Nicht einmal für einen geballten Schadenszauber oder für eine Beschwörung der Elemente. Aber es reichte für den Auflösungszauber, der die Brücke bei Minasar zum Einstürzen bringen sollte.

Das leicht veränderte Hornsignal war das verabredete Zeichen gewesen. Keandir hatte den ausdrücklichen Befehl gegeben, sofort mit dem Zauber zu beginnen, sobald es erklang.

Die Elbenkrieger und überlebenden Zentauren, die an der Seite des Elbenvolks gekämpft hatten, zogen sich also zurück. Mit den Flammenspeeren gelang es Siranodir und Thamandor, die Angreifer einigermaßen auf Abstand zu halten.

Der König gehörte zu den Letzten, die die Brücke überquerten; er hatte das Ross eines getöteten Elben mit einem Gedankenbefehl zu sich gerufen und war aufgestiegen. Noch einmal wandte er sich im Sattel um und sah, wie Thamandors Flammenstrahl gleich zwei mit Katzenkriegern besetzte Riesenfledertiere vom Himmel fegte. Einer der Feuergeister huschte über den Boden, aber die Flamme erstarb, ehe sie die Brücke erreichte. Keandir blickte dem gewaltigen Heer aus Menschen und Schattenkreaturen entgegen, und es schauderte ihn.

Als er sich dann zur Flucht wandte, brach direkt neben ihm ein schwer verwundeter Zentaur zusammen. In seinem Leib steckten mehrere Armbrustbolzen, sein Pferdeleib war seitlich aufgeschlitzt und das Fell voller Blut, und außerdem fehlte ihm der linke Arm, sodass dort nur noch ein blutiger Stumpf war. Keandir wollte bereits vom Ross steigen und versuchen, dem Wesen zu helfen, doch sein Magiesinn verriet ihm, dass kein Funken Leben mehr in dem Pferdemenschen war.

Keandir trieb das Pferd voran. Die Brücke unter ihm erzitterte. Je weiter sich die zurückziehenden Elben den Mauern und Türmen von Minasar näherten, desto poröser und brüchiger wurde das Schmuckstück elbisch-magischer Baukunst; ganze Säulenstücke brachen heraus und rauschten in die Tiefe, wo der Fluss sie verschlang. Dröhnen und Knirschen war zu hören.

Die flüchtenden Elben erreichten das Brückentor von Minasar. Thamandor und Siranodir wurden von dem kommandierenden Prinzen Sandrilas sogleich auf zwei verschiedene, nach Süden ausgerichtete Türme beordert, und die Einhandschützen verstärkten die sehr schwach besetzten Mannschaften auf den Wehrgängen der Stadtmauern.

Keandir aber glitt aus dem Sattel des Pferdes und blieb zusammen mit Lirandil am Tor. Beide blickten sie wie gebannt den heranrückenden Schattenkreaturen entgegen. Wieder bildeten die Katzenkrieger auf ihren Fledertieren die Vorhut, aber der Beschuss mit den beiden Flammenspeeren und den Armbrüsten der Einhandschützen hielt sie auf Abstand und verhinderte, dass sie ihre Feuerdämonen absetzen konnten. Die Treffsicherheit von Thamandor und Siranodir brachte ihnen so hohe Verluste bei, dass sie sich schließlich zurückzogen. Sie kreisten über dem gegenüberliegenden Ufer und warteten anscheinend auf das Hauptheer Xarors.

Kolonnen von Stierkriegern, Wolfsköpfigen und Rhagar-Soldaten folgten indessen mehreren Riesenskorpionen, die von ihren käferartigen Reitern unerbittlich vorwärtsgetrieben wurden. Die mörderischen Scherenwerkzeuge dieser Bestien schienen wie geschaffen dafür, die Stadttore Minasars aufzubrechen. Wenn die Aratanische Mauer ihnen schon nicht hatte standhalten können, dann auch nicht die Mauern der Stadt, deren Magieanteil mindestens genauso groß war wie jener des Schutzwalls an der elbareanischen Südgrenze.

»Wir sollten die Schattenkreaturen weit auf die Brücke lassen«, meinte Keandir. »Sie scheinen noch nicht bemerkt zu haben, wie brüchig sie bereits ist.«

Bis auf die Distanz eines Steinwurfs kamen die Horden des Limbus und ihre Rhagar-Verbündeten an das Brückentor von Minasar heran. Dann brach ein entscheidender Pfeiler und riss weitere mit sich. Die Brücke verlor jeglichen Halt, fiel mit Getöse in sich zusammen und stürzte in den Fluss. Kurz vor dem Brückentor Minasars brach sie einfach ab, und Keandir wich ebenso wie Lirandil auf den sicher scheinenden Boden der Stadt zurück.

Todesschreie gellten in einem tausendfachen Chor über dem Fluss. Sowohl Rhagar als auch Stierkrieger und Riesenskorpione versanken im Wasser. Die Skorpione allerdings schwammen an der Oberfläche und krochen hier und da ans Ufer, wo Feuerlanzen aus den Flammenspeeren sie verbrannten. Die Käferartigen gingen sofort unter, und Gleiches galt auch für die Stierkrieger. Die Fähigkeit zu schwimmen war hingegen unter den Rhagar-Soldaten sehr unterschiedlich ausgeprägt, je nachdem, aus welcher Gegend sie stammten und wie sehr dies dort verbreitet war. Aber selbst jene, die zu schwimmen vermochten, konnten oft gegen die Strömung des Nur nicht ankommen und wurden einfach fortgerissen. Und diejenigen, die schwere Rüstungen trugen, hatten gar keine Chance; deren Gewicht zog sie unerbittlich in die Tiefe.

Keandir begab sich auf den mittleren Südturm, wo sich inzwischen auch Thamandor aufhielt und von wo aus Sandrilas seine Befehle gab. Lirandil folgte seinem König und Heeresführer und machte ihn während des Weges auf die vielen Risse aufmerksam, die sich im Mauerwerk der Gebäude von Minasar gebildet hatten.

Auf Keandirs Stirn erschien eine Falte. Er ahnte Schreckliches. »Sind unsere Schamanen und Magier etwa zu schwach, um den Auflösungszauber allein auf die Brücke zu konzentrieren?«, fragte er grimmig.

»Es hat den Anschein, mein König«, sagte Lirandil zerknirscht. »Wir werden die Stadt räumen müssen, um nicht unter dem Schutt unserer magischen Bauten erschlagen zu werden oder plötzlich von Türmen zu stürzen, die sich aufzulösen beginnen!«

Keandir aber wartete noch mit dem Befehl und schaute vom Turm hinab. Vor allen Dingen wollte er wissen, ob sich Magolas selbst vielleicht auf der Brücke befunden hatte, als diese eingestürzt war, denn der geistige Kontakt zu ihm war vollkommen abgebrochen.

Noch jemand anderes beobachtete die Schlacht, allerdings aus weiter Entfernung. Manchmal kreiste dieses Geschöpf in unvorstellbarer Höhe über dem Geschehen. Ein Wesen mit Reißzähnen und Lederschwingen, das nach Blut dürstete.

Larana hatte sich zunächst von ihrem vagen Instinkt leiten lassen, mit dem sie die Spur ihrer Kinder wahrzunehmen glaubte. Sie war dieser Spur über Wälder und Flüsse gefolgt und hatte Berge überflogen. Aber dann hatte sie die geistige Fährte verloren, und so sehr sich die grauenhafte Kreatur auch nach dem Blut ihrer eigenen Kinder sehnte, es war ihr nicht möglich, die Spur wieder aufzunehmen. Da war etwas, das Daron und Sarwen vor ihr schützte und vor ihr verbarg.

Andir?

Dieser Name tauchte in ihrer verwirrten Seele auf, aber sie vermochte ihn kaum noch einzuordnen. Der Instinkt und die Gier hatten in ihr längst alles verstandesmäßige Denken weit in den Hintergrund gedrängt. Sie war zu einer Art Tier und die Menschen ihr fremd geworden.

Inzwischen hatte sie eine andere Spur aufgenommen, der sie folgen konnte. Eine Spur, die der geistigen Fährte ihrer Kinder nicht unähnlich war: Es war die Spur eines anderen Wesens, dem sie einmal in Liebe verbunden gewesen war, einer Liebe, die zu grenzenlosem Hass geworden war.

Magolas.

Sie beobachtete ihn aus der Ferne, begleitete ihn in einigem Abstand und wartete auf den Moment, in dem sie ihrem Hass freien Lauf lassen konnte.

Zur gleichen Zeit entstieg weit entfernt im Tempel der Sechs Türme ein augenloses Wesen mit gedrungener Gestalt dem Schlund der Finsternis. Xaror war aus dem Limbus zurückgekehrt, und es gab kein Zurück mehr: Der Schlund schloss sich, verschwand einfach, und nur kalter Marmor bildete noch den Boden des Tempels.

Eigentlich hatte Xaror vorgehabt, diesen endgültigen Schritt erst zu gehen, wenn der Sieg sicher und die Errichtung eines neuen Dunklen Reichs nicht mehr aufzuhalten war.

Aber eine der Linien des Schicksals hatte sich auf einmal völlig verändert und drohte das von ihm gesponnene Muster zu zerreißen. Ein Faktor, der für das Ganze ungemein wichtig sein musste, war außer Kontrolle geraten. Wenn er nicht das Risiko eingehen wollte, dass sich der sicher geglaubte Sieg in eine absolute Niederlage wandelte, musste er präsent sein. Nur so konnte er den Einfluss auf die sich bildende Zukunft zurückgewinnen.

Sein Geist erforschte noch einmal die Linien des Schicksals und breitete sich in Raum und Zeit aus. Und dann erkannte er mit einem Mal die Gefahr!

Eine Gefahr, die sich erst noch manifestieren würde, aber immer mehr Schicksalslinien wurden bereits davon betroffen und veränderten sich entsprechend.

»Magolas!«, rief seine Gedankenstimme, die von grollenden Lauten unterlegt war. »Kehre zu mir zurück, mein Sklave Magolas! Die entscheidende Schlacht wird nicht bei Minasar geschlagen!«

13

LICHT UND SCHATTEN

Magolas vernahm den rätselhaften Gedankenruf des Xaror, der ihn zum Tempel der Sechs Türme beorderte.

Sofort.

Ohne Aufschub oder Rücksicht darauf, wie die Schlacht gerade stand.

Magolas wusste, dass er diesem Ruf Folge leisten musste. Er fragte seine Stierkrieger-Paladine, was es damit auf sich habe, aber sie gaben ihm keine Antwort.

»Folge dem Befehl deines Herrn«, sagte Hakin nur.

»Er braucht deinen Dienst«, ergänzte Makin.

So verließ der Feldherr des Xaror die Schlacht, gerade als sich Hunderte von Riesenskorpionen ins Wasser begaben, kleinen Schiffen gleich mit Kriegern beladen; die Käferartigen drängten sich mit Rhagar und Zweihörnigen auf den Rücken der Skorpione, die sich anschickten, zum anderen Ufer überzusetzen. Außerdem wurden die großen Belagerungsmaschinen zerlegt, um primitive Gondeln daraus zu zimmern. Riesenfledertiere sollten sie ziehen, um auf diese Weise ganze Kolonnen von Stier- und Rhagar-Krieger über den Fluss zu schaffen.

Minasar war auf Dauer nicht zu halten, und von dort würde das Heer der Finsternis ins Herz Elbianas vorstoßen.

Umso weniger verstand Magolas den Ruf seines Gebieters.

Als Makin den nachdenklichen Blick des Großkönigs bemerkte, den dieser ein letztes Mal über die Truppen am Flussufer streifen ließ, sagte er: »Wie man Elben tötet, wissen sowohl die Rhagar als auch die Geschöpfe des Limbus; sie benötigen deine Anleitung nicht, Magolas.«

Der Großkönig schwieg dazu, doch ein deutliches Unbehagen machte sich in ihm breit. Einem inneren Instinkt folgend blickte er empor zum Himmel, wo er in großer Höhe einen Schatten in den Wolken verschwinden sah.

Larana, dachte er bitter und fragte sich, was ihn im Tempel der Sechs Türme erwarten mochte.

Ein Fledertier landete in seiner Nähe, und Hakin und Makin forderten den Großkönig auf, in den lediglich von einem einzigen Katzenkrieger besetzten Korb zu steigen. »Auf diese Weise werden wir schneller reisen können«, erklärte Makin.

»Wie ich annehme, werdet ihr nicht von meiner Seite weichen.«

»Das ist richtig«, bestätigte Hakin.

Wenig später ließen sie sich von den Schwingen des Riesenfledertiers gen Süden tragen. Von oben sah Magolas die eingeschlossenen Städte Nuraniens und Elbaras, die jeweils von einem Belagerungsring der Limbus-Geschöpfe umgeben waren. Dann flog das Fledertier mit einer derartigen Geschwindigkeit, dass selbst er als Elb kaum noch Einzelheiten des Landes erkennen konnte, das unter ihnen dahinrauschte.

Es war bereits dunkel, als sie den Tempel des Xaror im Wald von Karanor erreichten. Als Magolas durch das sich öffnende Tor trat, sah er eine gedrungene Gestalt, die ihn an den Augenlosen Seher erinnerte, wie sein Vater und Prinz Sandrilas ihn in ihren Erzählungen beschrieben hatten, als er noch ein Junge gewesen war.

»Du musst mir einen Dienst erweisen«, sagte dieses Wesen, wobei Magolas nicht einen einzigen Moment daran zweifelte, dass es sich um den Herrscher des dunklen Reichs persönlich handelte. Er war also tatsächlich aus dem Limbus zurückgekehrt und schickte sich an, die Regentschaft über sein Dunkles Reich wieder zu übernehmen.

»Was für einen Dienst? Und weshalb habt Ihr mich von der Schlacht abberufen?«

»Schicksalslinien kreuzen sich, die sich eigentlich nicht mehr hätten berühren dürfen. So etwas geschieht nun mal – aber es gefährdet meine Pläne.«

»Von wessen Linie sprichst du?«

»Von der Andirs und deiner. Du hast ihn einmal nicht zu töten vermocht. Aber du erhältst eine Gelegenheit, dein Versagen wiedergutzumachen. Er ist mächtig geworden – aber du kannst seine Schicksalslinie durchschneiden, sodass sie vor dem Augenblick endet, da sie die meine kreuzt.«

Magolas schluckte, dann fragte er: »Wann und wo soll das geschehen?«

»Hier. Und bald. Und er wird nicht allein kommen.«

»Wen bringt er mit?«, fragte Magolas, denn er hatte eine dunkle Ahnung, die ihn zu quälen begann. »Daron und Sarwen?« Es war plötzlich Gewissheit für ihn.

»Unglücklicherweise wird er versuchen, die Kinder als Waffe gegen mich einzusetzen.«

»Und jetzt erwartest du, dass ich sie bekämpfe?« Magolas schüttelte den Kopf. »Nein. Das werde ich auf keinen Fall! Du magst mit mir machen, was du willst, aber …«

»Vielleicht sollte ich dir zeigen, was deine Belohnung wäre, bevor du es wagst, mein Angebot abzulehnen, Sklave.«

Das Tempeltor öffnete sich erneut, und das grauenerregende, tierhafte Wesen, zu dem Larana geworden war, flog herein. Getrocknetes Blut klebte im Fell ihres Oberkörpers. Ihre Bewegungen waren eckig und marionettenhaft, was wohl daran lag, dass sie unter Xarors Einfluss stand. Sie flatterte wild umher und landete unsanft, fast wie dahingeworfen, auf den Boden. Ein Fauchen entrang sich dem vorgewölbten Maul mit den langen Reißzähnen, die bereits ungezählte Rhagar-Kehlen zerfetzt hatten.

Doch auf einmal verwandelte sich das Wesen, veränderte sich vor Magolas' Augen, und der Großkönig murmelte eine Formel, mit der sich Illusionen auflösen ließen; schließlich wollte er nicht auf billige Weise getäuscht werden.

Aber die Verwandlung geschah tatsächlich. Das Maul bildete sich zurück, die schrecklichen Zähne verschwanden, und nur Augenblicke später stand Larana in ihrer ganzen Schönheit vor ihm. So jung, wie sie gewesen war, als er ihr zum ersten Mal begegnet war.

»Magolas!«, stieß sie hervor.

Aber Xaror ließ ihm keine Möglichkeit, sofort zu antworten.

»Wir können beide viel verlieren, Magolas, denn deine Schicksalslinie ist genauso bedroht wie meine; sie sind inzwischen untrennbar miteinander verwoben. Du hast nicht einen Bruchteil der Kräfte, die ich mein Eigen nenne, aber im Augenblick befindest du dich an einem entscheidenden Knotenpunkt der Schicksalslinien; da braucht man nicht viel Kraft, um etwas zu bewirken. Wir können alles gewinnen, Magolas. Alles, was wir immer begehrt haben ...«

Magolas war nicht in der Lage, darauf etwas zu erwidern. Er ging auf Larana zu und nahm ihre Hände. Sie waren so warm, wie er es an Rhagar-Frauen liebte. Nur der Blick – so voller Verzweiflung und Schmerz – war nicht, wie er hätte sein sollen.

»Erwarte deinen Bruder«, sagte Xarors Gedankenstimme. »Und wenn du dich geschickt anstellst, wirst du vielleicht auch das Leben deiner Kinder schonen können. Nutze die Skrupel deines Bruders aus. Er wird versuchen, die Kraft Darons und Sarwens gegen mich zu wenden – aber er wird sie niemals gegen ihre Eltern wenden können!«

Die ganze Nacht über waren die Schreie der Sterbenden zu hören. Zahllose Riesenskorpione hatten vom Nachmittag an bis weit in die Nacht hinein die Krieger Xarors über den Fluss gebracht. Ein weiterer Teil der Armee des Schreckens hatte mit den schnell zusammengezimmerten Gondeln übergesetzt, die von den Riesenfledertieren an starken Seilen zum anderen Flussufer gezogen worden waren.

Um das immer mehr zerfallene Minasar war ein heftiger Kampf entbrannt. Die Mauern brachen in sich zusammen, weil ihnen zunehmend der Halt fehlte; die Folgen des Auflösungszaubers, der die Brücke zerstört hatte, machten sich in vollem Umfang auch bei der Stadt und der Burg bemerkbar. Es war lebensgefährlich, sich auf Türme oder Wehrgänge zu begeben, die plötzlich einstürzten, weil sich Teile des Mauerwerks in Nichts auflösten. Nur wenige Häuser waren einzig aus Stein und Holz errichtet und daher nicht gefährdet.

Ein vollkommen unüberschaubarer Kampf entbrannte, nachdem Siranodir und Thamandor vergeblich mit ihren Flammenspeeren versucht hatten, das feindliche Heer von der Stadt fernzuhalten, denn die Angreifer waren letztlich einfach zu zahlreich.

Der einzige Turm, der noch einigermaßen hielt, war der Nordturm der Stadt. Er war eines der ältesten Gebäude Minasars und mit relativ wenig magischer Hilfe errichtet worden. In der Hoffnung, dass er noch einige Zeit stehen würde, waren die Magier und Schamanen auf diesen Turm gewechselt, um ihre Beschwörungen durchzuführen. Sie unternahmen einen letzten Versuch, Riboldirs Zauber durchzuführen. Aber sie scheiterten kläglich.

Immer öfter drangen Schattenkreaturen und Rhagar-Krieger sogar in den inneren Bereich um die Burg vor. In jeder Straße wurde gekämpft und gestorben.

Keandir begab sich zu den Magiern und Schamanen auf den Nordturm, während der mittlere Südturm mit lautem Getöse in sich zusammenbrach. Hin und wieder sah man die Lichtblitze der beiden Flammenspeere durch die Gassen sengen, hier und dort brachen Brände aus.

Der König unterbrach die erfolglosen Bemühungen der Magier und Schamanen. Brass Shelian war vollkommen ergraut und offenbar am Ende seiner Kräfte.

»Wir sind zu wenige! Und zu schwach!«, bekannte er mit zitternder Stimme.

»Beschwört Andir!«, sagte der König. »Ich erhalte keine Verbindung zu ihm – mit Eurer Hilfe gelingt es mir vielleicht! Nur er kann das Schicksal des Elbenreichs noch wenden – wo auch immer er jetzt sein mag. Er kann schließlich durch die Zwischenwelten reisen und hat schon am Elbenturm geholfen.«

Daran, dass dies Andir fast das Leben gekostet hatte, dachte Keandir jedoch mit Schaudern.

»Ich glaube, selbst dazu sind unsere Kräfte zu gering«, sagte Brass Shelian resignierend. »Wenn Andir nicht von selbst hier auftaucht, um uns zu helfen, dann soll es wohl nicht geschehen, dass wir …«

Er stockte mitten im Satz, denn in diesem Moment erschienen drei Lichtsäulen auf dem Turm. Wie Spalten in einer Welt aus reiner Helligkeit wirkten sie, und innerhalb weniger Augenblicke wurden daraus Gestalten – eine größere und zwei kleinere.

Andir, Daron und Sarwen.

Die Kinder wirkten kein bisschen irritiert. Andir schien sie auf das vorbereitet zu haben, was sie erwartete.

»Ich hoffe, wir kommen noch rechtzeitig«, sagte Andir. »Aber an dem Ort, von dem aus wir hierher gelangt sind, vergeht die Zeit langsamer!«

»Du warst am Hofe von Fürst Bolandor in Estorien!«, stieß Keandir hervor.

»So ist es«, bestätigte Andir. »Der einzige sichere Ort für Eure Enkel, weil dort die Zeit in anderen Bahnen verläuft. Allerdings haben die beiden jetzt das Gefühl, dass ich sie erst vor ein paar Augenblicken in den Palast von Esthaven gebracht und dann schon wieder abgeholt habe, um mich mit ihnen hierher zu versetzen.«

»Was hast du vor?«

»Hilfe ist nahe. Wir brauchen sie nur zu rufen: Ungezählte Eldran stehen bereit, um diesem Ruf sofort zu folgen. Aber sie warten auf den Ruf.«

»Die letzte Beschwörung der Jenseitigen führte Brass Elimbor durch«, erinnerte Brass Shelian. »Und sie tötete ihn letztendlich, ohne dass die Eldran erschienen wären!«

»Damals waren die Jenseitigen nicht mehr an der Elbenheit interessiert. Aber das ist jetzt anders«, erklärte Andir. »Unzählige Eldran wurden von Fürst Bolandor und den Seinen nach Estorien geholt, um das Land wenigstens mit Geistern zu besiedeln, da die Zahl der estorischen Elben nicht dafür ausreichte. Und ihnen habe ich von der Bedrängnis erzählt, in die Elbiana geraten ist.«

»Dann lass sie uns rufen!«, entschied Keandir.

»Nicht Ihr, mein Vater!«, sagte Andir. »Die Dunkelheit in Eurer Seele würde sie abschrecken. Und auch nicht Ihr, Brass Shelian, und diejenigen, die Euch treu ergeben sind, denn es würde Eure Kraft überfordern und Ihr würdet zugrunde gehen wie Brass Elimbor.«

»Wer dann?«, fragte der Brass.

Andir antwortete ihm nicht. Stattdessen bildete er mit Sarwen und Daron einen Kreis, indem sie sich an den Händen hielten.

»Ist nicht auch Finsternis in den Seelen meiner Enkel?«, fragte Keandir. »Und würden sie nicht die Eldran verschrecken, so wie es bei mir der Fall wäre?«

»Es war Finsternis in ihren Seelen«, antwortete Andir. »Doch ich habe sie durch einen Zauber verschlossen. Sie sind Kinder, und die finsteren Male ihrer Seelen erwecken eher Mitleid als Abscheu.«

Alsdann führten Andir, Daron und Sarwen die Beschwörung durch. Dabei murmelten sie Zauberformeln, die seit tausend Jahren kein Elb mehr gehört hatte.

Am nördlichen Horizont erschien ein Lichtstreifen, von dem man hätte annehmen können, es handle sich um die Morgendämmerung, aber die hätte sich nie im Norden gezeigt.

Das Licht wurde heller, und je näher diese Front aus Helligkeit kam, desto deutlich wurde es, dass es die Eldran waren, die Geister unzähliger Elbenkrieger, die im Verlauf von Jahrtausenden nach Eldrana eingegangen waren.

Das Erscheinen der leuchtenden Gestalten veranlasste die Schattenkreaturen des Limbus, im Kampf innezuhalten. Verwunderte Rufe stießen sie aus, während dieses unermesslich große Heer leuchtender Gestalten immer näher und näher rückte und den Feind schließlich erreichte. Mit strahlenden Waffen hieben die Eldran auf die Kreaturen des Limbus ein. Die Klingen-Bumerangs der Stierkrieger säbelten in Kehlenhöhe durch die Luft, aber sie glitten ebenso ins Leere wie die konventionellen Armbrustbolzen der Rhagar oder die Rapiere der Katzenkrieger. Selbst deren Feuerdämonen konnten den Geisterkriegern nichts anhaben.

Xarors Armee blieb nichts als die heillose Flucht. Gegen diesen Feind hatten die Kreaturen der Finsternis nicht den Hauch einer Chance. Unerbittlich wurde das Heer des Xaror in den Fluss getrieben. Wer konnte, rettete sich auf den Rücken eines Riesenskorpions; teilweise kämpften Käferartige, Rhagar, Wolfsköpfige und Katzenkrieger gegeneinander um die viel zu wenigen Plätze und brachten sich dabei gegenseitig um. Überall sah man im Wasser waffenstarrende Käferbeine verzweifelt strampeln oder Stierkrieger vergebliche Schwimmversuche unternehmen, bevor die Strömung sie meerwärts trug oder sie einfach untergingen, in die Tiefe gezogen von ihren schwer behangenen Waffengurten oder Rüstungen.

Die vor langer Zeit unterbrochene Verbindung zu den Ahnen der Elben war wieder hergestellt, ging es Keandir durch den Sinn, während er zusah, wie die ersten Eldran-Krieger über das Wasser gingen; wie Irrlichter wirkten ihre leuchtenden Geisterkörper im Morgennebel, der in dicken Schwaden über dem Nur stand.

»Wenn sich der kommende Tag dem Abend neigt, werden die Eldran alle Diener Xarors erschlagen oder vertrieben haben«, kündigte Andir an. Er wandte sich an Daron und Sarwen. »Wir müssen jetzt fort von hier.«

»Wo geht ihr hin?«, fragte Keandir.

»Die entscheidende Schlacht schlagen«, sagte Andir.

»Lasst mich Euch helfen!«

»Das könnt Ihr nicht, Vater.«

»Weil zu viel Finsternis in mir ist?«

»Nein. Weil Euer Schicksal ein anderes ist und Ihr an einem anderen Ort zu sein habt.«

Keandir wollte etwas erwidern, aber stattdessen meldete sich Daron zu Wort. »Wir sehen uns«, sagte er. »In Elbenhaven.«

Und Sarwen ergänzte: »Das hat Andir gesagt.«

Dann wurden Andir, Daron und Sarwen zu entschwindenden Lichtsäulen, und Keandir hob die Hand vors Gesicht, um die Augen vor der Helligkeit zu schirmen. Ihm fiel auf, dass keiner der anderen anwesenden Elben dies tat, weder Brass Shelian noch einer der anderen Magier oder Schamanen.

War auch dies eine der Folgen der Finsternis in ihm? Diese empfindliche Reaktion auf die Helligkeit?

Keandir vernahm Stimmen aus dem Burghof. Stimmen, die seinen Namen riefen. Er trat an die Zinnen und blickte hinab.

Da sah er vier Reiter.

Eldran-Reiter.

Zwei von ihnen trugen eine Krone. Der dritte war ein Mann in weißer Kutte, und der vierte trug ein Horn am Gürtel. Keandir war einen Moment wie erstarrt. Fassungslos stand er da und blickte die durchscheinenden Gestalten an.

Die beiden Könige waren Eandorn und Péandir – Keandirs Vater und Großvater. Während Péandir noch in der Alten Zeit Athranors regiert hatte, war Eandorn jener Elbenkönig gewesen, unter dem das Lichtvolk die große Seereise angetreten hatte. Bei ihnen befand sich der Geist von Brass Elimbor, der offenbar den Kontakt zu den anderen Eldran nicht mehr scheute, und der vierte Reiter war Herzog Merandil von Nuranien, der in der ersten Schlacht an der Aratanischen Mauer gefallen war.

»Seid gegrüßt, mein König!«, rief Merandil, nachdem er den Königen und dem ehemaligen Obersten Schamanen lange genug Zeit gegeben hatte, um etwas zu sagen, diese es aber vorgezogen hatten zu schweigen. Merandil fuhr fort: »Mein Nachfolger Ygolas müsste hier auch irgendwo sein. Aber er fiel ja erst vor Kurzem in der zweiten Schlacht an der Aratanischen Mauer, und sein Hass auf die Kreaturen der Finsternis dürfte deshalb wohl um einiges stärker sein als meiner. Daher nehme ich an, dass er lieber über das Wasser des Flusses gelaufen ist, um noch möglichst viele von ihnen zu erschlagen, anstatt seinen König zu begrüßen!«

Drei Lichtsäulen erschienen vor dem Tempel des Xaror – aber keiner der wachhabenden Stierkrieger bemerkte sie.

Andir blickte sich um, und eine tiefe Furche bildete sich auf seiner Stirn.

»Werden diese Krieger uns angreifen?«, fragte Sarwen.

»Es sind Xarors Diener. Sie können euch nicht sehen, wenn ihr es nicht wollt«, antwortete Andir. »Und sie hören euch auch nicht.«

»Ihr Geist ist schwach, und du lässt sie sehen, was sie sehen wollen«, stellte das Mädchen fest.

»Ja.«

Da wagte es auch Daron, sich zu äußern, und er deutete dabei auf den Tempel. »Dann ist dies das Haus des Herrschers des Dunklen Reichs.« Es war eine Feststellung, keine Frage.

»Ja«, bestätigte Andir, aber die beiden Elbenkinder bemerkten, dass er aus irgendeinem Grund nicht bei der Sache war. Er schien irgendetwas mit seinen magischen Sinnen zu erspüren, das ihm Sorge bereitete.

»Jetzt werden wir Xaror doch töten?«, fragte Daron vorsichtig.

»So, wie du uns erklärt hast, oder?«, fragte Sarwen.

»Nein«, bestimmte Andir. »Ihr bleibt hier und wartet auf mich. Kommt nicht herein, wenn ich euch nicht rufe.«

»Liegt es daran, dass unsere Eltern im Tempel sind?«, fragte Sarwen.

Andir war überrascht. Er hatte nicht geglaubt, dass die beiden Kinder das so schnell bemerken würden, zumal eine ziemlich starke Aura den Tempel im Moment abschirmte.

»Ja, damit hat es auch zu tun. Wartet hier.«

Daron und Sarwen sahen Andir nach. Die Tempeltore sprangen auf, und der Elbenmagier schritt ins Innere. Schwer fielen die Tore hinter ihm wieder zu.

»Was ist mit ihm?«, fragte Sarwen.

»Er ist ratlos«, stellte Daron fest. »Ganz eindeutig.«

Das unruhige Licht von hundert Fackeln beleuchtete das Tempelinnere. Fackeln, deren Flammen vollkommen kalt waren.

Andir schritt hinein in den Raum. Xaror stand vor dem Altar und sah ihm entgegen. Neben ihm standen Magolas und Larana, die ihre menschliche Gestalt zurückerhalten hatte.

»Was habe ich dir gesagt, Sklave?«, sagte Xaror zu Magolas. »Du kannst ihn gefahrlos töten. Er wird deine Kinder nicht gegen ihre Eltern kämpfen lassen. Aber allein ist er zu schwach. Das hat sich schon beim letzten Mal gezeigt. Also vollende, was du begonnen hast. Du stehst genau am richtigen Punkt des Musters, das die Schicksalslinien bilden.«

Magolas sah Larana an. Sie sagte nichts, erwiderte nur stumm den Blick ihres Gemahls, doch Tränen glitzerten in ihren Augen.

Der Großkönig machte einen Schritt nach vorn.

»So soll denn dieses Schwert endlich seinen Namen erhalten«, sagte er.

»Ja, doch muss es sich den Namen Elbentöter erst verdienen«, äußerte Xaror und kicherte, während sein fauliger Atem bis zu Andir zu riechen war.

Da wirbelte Magolas mit einem Schrei auf den Lippen herum – und stieß die Klinge Xaror in den Leib!

Xaror schrie auf, während sich der Elbenstahl tief in sein verdorbenes Fleisch grub. Gleichzeitig riss er eine rechte Pranke hoch, und bläuliche Blitze schossen aus den sechs Fingern hervor, trafen Magolas und schleuderten ihn quer durch den Raum und gegen die Wand, mit einer Wucht, dass selbst ein Elb es kaum überleben konnte.

Auch Andir bekam einen der Blitze ab, allerdings wurde er nicht so stark getroffen wie Magolas. Dennoch riss es ihn von den Füßen, und er wurde von der dunklen magischen Kraft bis zum Tor geschleudert.

Xaror taumelte geschwächt zurück. Er umklammerte den Griff von Magolas' Schwert mit beiden Händen und zog sich die Klinge Stück für Stück aus dem Leib. Schwarzes, dickes Blut klebte an dem Elbenstahl.

»Sieh, was du getan hast, du elender Verräter und Verderber deines eigenen Schicksals! Was hättest du werden können!«, dröhnten seine Gedanken, während sich Laranas Gestalt zu wandeln begann: Innerhalb weniger Herzschläge wurde sie wieder zu dem grausigen geflügelten Monstrum, zu dem Xaror sie gemacht hatte. Sie stieß ein tierisches Knurren aus, und schon wurde sie wieder vom Blutdurst beherrscht.

Einem leichten geistigen Befehl Xarors folgend, wandte sie sich Andir zu, der aufzustehen versuchte, aber wie gelähmt war. Die dunkle magische Kraft drückte ihn auf den Boden wie ein zentnerschweres Gewicht.

Xaror hielt noch immer Magolas' Schwert. »Und jetzt verdient sich diese Klinge ihren Namen – Elbentöter!«, schrien seine Gedanken voller Wut.

Und er schleuderte Magolas' Schwert von sich. Die Klinge wirbelte durch den Raum, drehte sich in scheinbar chaotischer Weise um sich selbst und wandte schließlich, kurz bevor sie Magolas' Brust erreichte, ihre Spitze nach vorn. Bis ans Heft fuhr sie ihm in den Leib.

Die Schwärze verschwand aus Magolas' Augen. Sie wurden wieder so, wie sie vor mehr als einem Menschenalter gewesen waren, und das blutrünstige Tier, zu dem Larana geworden war, starrte in das Gesicht mit diesen Augen und war für einen Moment wie gebannt von ihnen.

Dann drehte sich das Monstrum, das aus Larana geworden war, um – und stürzte sich auf Xaror, während Magolas' Blick im Tode gefror!

Mit geöffnetem Maul und gespreizten Flügeln warf sich Larana auf den Herrscher des Dunklen Reichs, dessen Blitzstrahlen sie erfassten und mit ungeheurer Wucht gegen das Kuppeldach des Tempels schleuderten. Dutzende von Schädeln, die dort an ihren Fäden hingen, zerplatzen oder wurden abgerissen, um am Boden zu zerspringen. Andere wirbelten durcheinander, prallten zusammen, zersprangen, und ein schauriger Chor verfluchter Seelen erhob sich im Hintergrund.

Larana fiel zu Boden, blieb reglos liegen, und ihr Körper war eigenartig verrenkt.

In diesem Moment erhob sich Andir. Die Zentnerlast der dunklen Magie war von ihm genommen, denn Daron und Sarwen unterstützten ihn. Sie waren körperlich nicht im Tempel, aber geistig waren sie anwesend. Sie sahen alles durch Andirs Augen und gaben ihm reichlich von ihrer Kraft.

Andir streckte die Hand aus, und Magolas' Schwert löste sich zitternd aus der Brust des toten Großkönigs. Es flog Andir in die linke Hand, und mit dem Schwert schritt der Elb auf Xaror zu. Der wollte davonlaufen, Andir auf irgendeine Weise entkommen, aber eine unsichtbare Kraft presste ihn zu Boden.

»Dieses Schwert wird noch einen zweiten Namen erhalten«, sagte Andir. »Es soll auch Schattentöter heißen.«

Und damit ließ er die Klinge niedersausen und spaltete Xarors Schädel, dass die Hirnmasse bis zum Altar spritzte, wo sie anschließend an den uralten Steinreliefs hinablief.

Andir hatte seine Augen geschlossen.

Als er sie wieder öffnete, waren sie für einen kurzen Moment mit purer Finsternis gefüllt.

Wenig später verließ er den Tempel, dessen Tore sich hinter ihm schlossen. Draußen erwarteten ihn Daron und Sarwen. Auch ihre Augen hatten sich mit Finsternis gefüllt, die sich aber wieder auflöste.

Als die Finsternis schließlich zur Gänze verschwunden war, blieb da nur noch Verstörung. Aber es gab nichts, was Andir ihnen hätte erklären können, denn sie hatten alles mit angesehen – durch seine Augen.

»Ich bringe euch nach Elbenhaven«, sagte Andir schließlich, ohne dass irgendeiner der wachhabenden Stierkrieger auf ihn achtete. »So wie ich es versprochen habe.«

EPILOG

An der Spitze der Eldran aber ritten die Könige Péandir und Eandorn, gefolgt von Brass Elimbor, denn Letzterer hatte Frieden mit den anderen Toten geschlossen und verübelte ihnen nicht länger ihr Desinteresse an der lebenden Elbenheit.
Die Eldran-Krieger vertrieben oder töteten die Schattenkreaturen des Herrschers des Dunklen Reichs. Und jene dieser Bestien, die überlebten, waren ohne Führung, nachdem Xaror sein Ende gefunden hatte. Da es niemanden mehr gab, der über die Limbus-Geschöpfe gebot, irrten sie durch die Lande oder lebten in einsamen Gegenden. Manche von ihnen wurden durch ihre gewalttätige Natur zur Grundlage allerlei schrecklicher Geschichten, die man sich bis heute sowohl unter den Elben als auch unter den Rhagar oder Halblingen erzählt.
Dann zog sich das Heer der Eldran zurück nach Estorien, in das Reich Fürst Bolandors, das man auch das Land der Geister nannte.

Das Ältere Buch Keandir

Daron und Sarwen lebten fortan am Hof von König Keandir in Elbenhaven. Er zog sie anstelle ihrer Eltern auf, und auch wenn ihnen aufgrund ihrer teils menschlichen Herkunft zunächst so mancher Vorbehalt entgegengebracht wurde, so bestritt doch später niemand, dass aus Daron ein würdiger Elbenprinz und aus Sarwen eine würdige Elbenprinzessin geworden war.
Darons besonderes Interesse galt der Magie, weil er danach trachtete, die Finsternis seiner Seele zurückzudrängen und die aus ihr resultierende Kraft zu Gutem zu nutzen. So hoffte König Keandir trotz des menschlichen Erbes seines Enkel, dass Daron dereinst sein Nachfolger werden würde.
Auch Sarwen widmete sich der Magie, und sie wurde ein Mitglied des

Schamanenordens. Der Grund dafür war wohl, dass sie den Tod ihrer Eltern nie verwinden konnte und Antworten auf ihre dringendsten Fragen suchte: War ihr Vater ein Eldran oder ein Maladran geworden? Hatte ihre menschliche Mutter Larana einen Platz in den jenseitigen Sphären der Elben erhalten oder war sie dazu verdammt worden, in das unterirdische Totenreich einzugehen, das den Vorstellungen der Rhagar entsprach?

Eines Tages bekam König Keandir Besuch von Herzog Branagorn von Elbara, und dieser trat an den Herrscher der Elben mit einer Bitte heran, die er vor langer Zeit schon Ruwen vorgetragen hatte, als Keandir auf der Insel des Augenlosen Sehers weilte. »Seit Jahrhunderten habe ich Euch treu gedient und als Herzog das Land für das Elbenreich regiert«, sprach Branagorn. »Aber jetzt möchte ich Euch um die Erlaubnis bitten, mein Amt niederzulegen.«

»Dieses Recht steht Euch gewiss zu, nach allem, was Ihr für Elbara und die Elbenheit geleistet habt. Doch darf ich fragen, was Euch zu diesem Entschluss bewegt?«

»Ich beabsichtige, nun endlich in das Reich Fürst Bolandors überzusiedeln«, legte Branagorn seine Beweggründe noch einmal dar. »In Estorien leben bekanntlich die Eldran mit den Diesseitigen zusammen, und so habe ich dort eine Möglichkeit, mit meiner geliebten Cherenwen vereint zu sein, die einst der Lebensüberdruss dahinraffte.«

»So habt Ihr Eure geliebte Cherenwen nie vergessen?«, fragte König Keandir.

»So wie Ihr Königin Ruwen nie vergessen habt.«

»Das ist wahr«, murmelte der König und entschied dann: »Ihr habt meine Erlaubnis, Herzog Branagorn. Geht nach Estorien – und wer weiß, vielleicht werden wir uns eines Tages dort begegnen.«

»Da die Zeit in Estorien langsamer vergeht als im Rest des Zwischenlands werden mir die Jahrhunderte bis dahin wahrscheinlich sehr kurz vorkommen«, erwiderte der Herzog.

Noch zehn Jahre brauchte Herzog Branagorn, um seine Verhältnisse auf Burg Candor, der herzoglichen Residenz Elbaras, zu ordnen. Dann machte er sich auf die Reise nach Estorien, die er schon so lange geplant hatte und die der Tod der Königin Ruwen und die Ereignisse im Reich der Elben bisher hinausgezögert hatten.

König Keandir aber wurde sehr nachdenklich und fragte sich, wann wohl der rechte Zeitpunkt wäre, das Reich, das er gegründet hatte, in andere Hände zu legen.

Das Jüngere Buch Keandir

Obwohl Prinz Daron in seinen jüngeren Jahren wenig Neigung zeigte, einst König von Elbiana zu werden, und damit seinem Großvater Keandir viel Kummer und Sorge bereitete, galt er später als ein über die Maßen weiser Regent.
Mit König Daron begann die Dynastie der Halbelben, die bis zur Eroberung Elbianas durch die Trorks über hundert Jahrhunderte in ununterbrochener Folge das Reich regierte.

Die Chronik der Halbelben

Als Keandir aber die Zeit für gekommen hielt, dass sein Enkel Daron ihm als König nachfolgen sollte, legte er die Krone nieder und zog gen Estorien, um seiner geliebten Ruwen nahe zu sein. Es heißt, dass sie ihn in ihrer lichten Eldran-Gestalt bereits an der noramitischen Grenze empfing. Es heißt auch, sie habe dort zuvor Jahrhunderte auf ihn gewartet.

Die Apokryphen des Jüngeren Buches Keandir, Appendix III *(rekonstruiert nach älteren Quellen durch Redaktor D, auch bekannt als »Der Weise von Norgua«)*

Kean!
Über die grünen Hügel von Noram
bist du mir entgegengeritten.
Schicksalsbezwinger ist der Name deines Schwertes,
aber das Schicksal bezwungen
hast du.
Wiedergefunden haben wir uns
wie einst Branagorn und Cherenwen.

Ruwens Freudenlied
(aus: Lieder der Eldran, gesammelt von Katanor aus Estgard; später durch Redaktor D eingefügt in das Buch Branagorn, Codex III – auch bekannt als »Die Verbotenen Schriften«)

Es gibt aber eine Legende über den ins Reich der Geister entschwundenen König Keandir, die besagt, dass er dereinst zurückkehren wird, um die Hoffnung Elbianas neu zu entflammen.

Der anonyme Chronist

ISBN 978-3-8025-8127-4